rororo

Fiona Barton wurde in Cambridge geboren und arbeitete lange bei der «Daily Mail», beim «Daily Telegraph» und bei der «Mail on Sunday». Für ihre Tätigkeit gewann sie den britischen Preis «Reporter of the Year». Viele Jahre war sie als Prozessbeobachterin und Gerichtsreporterin für verschiedene Medien tätig. Heute arbeitet sie als Medientrainerin. Ihr Erstling «Die Witwe» landete auf Anhieb auf den internationalen Bestsellerlisten.

Sabine Längsfeld übersetzt bereits in zweiter Generation Literatur verschiedenster Genres aus dem Englischen in ihre Muttersprache. Zu den von ihr übertragenen Autorinnen zählen unter anderem Anna McPartlin, Sara Gruen, Malala Yousafzai, Amitav Ghosh und Simon Beckett.

«Der Pageturner einer Autorin, die weiß, dass die vielen kleinen Geheimnisse einer Geschichte Spannung verleihen.»
(Bücher Magazin)

«Eine aufwühlende Geschichte, die die Spannung bis zum Ende hält.»
(Brigitte)

«Wirklich höllisch spannend.»
(Dresdner Morgenpost)

Fiona Barton

DER TRIP

Deine Tochter macht die Reise
ihres Lebens –
bis sie spurlos verschwindet …

Thriller

Aus dem Englischen von
Sabine Längsfeld

Rowohlt Taschenbuch Verlag

Veröffentlicht im Rowohlt Taschenbuch Verlag,
Hamburg, Februar 2021

Covergestaltung Hafen Werbeagentur, Hamburg
Coverabbildung Elena-studio/iStock
Satz aus der Caslon 540
bei Pinkuin Satz und Datentechnik, Berlin
Druck und Bindung CPI books GmbH, Leck, Germany
ISBN 978-3-499-00160-4

Die Rowohlt Verlage haben sich zu einer nachhaltigen Buchproduktion verpflichtet. Gemeinsam mit unseren Partnern und Lieferanten setzen wir uns für eine klimaneutrale Buchproduktion ein, die den Erwerb von Klimazertifikaten zur Kompensation des CO_2-Ausstoßes einschließt.
www.klimaneutralerverlag.de

FSC
www.fsc.org
MIX
Papier aus verantwortungsvollen Quellen
FSC® C083411

Für Beatrice, Arthur, Jemima, Olive und Isabelle

Never let the truth get in the way of a good story.
Man sollte sich eine gute Geschichte niemals von der Wahrheit verderben lassen.

Anon

Teil eins

DER JOB

1

Sonntag, 27. Juli 2014

DIE JOURNALISTIN

Der Anruf kommt um drei Uhr morgens. Der abgehackte Klingelton des Telefons auf dem Nachttisch reißt uns aus dem Schlaf. Ich strecke den Arm aus, um es zum Schweigen zu bringen.

«Hallo?», flüstere ich heiser.

Es flüstert knisternd zurück. Ich presse den Hörer ans Ohr. «Wer ist da?»

Ich spüre, dass Steve sich umdreht und mich ansieht, aber er sagt nichts.

Das knisternde Rauschen verklingt, und ich höre eine Stimme: «Hallo? … Hallo!», tönt es, suchend.

Ich fahre hoch und knipse das Licht an.

Steve reibt sich stöhnend die Augen. «Kate, was ist denn los?», fragt er.

«Wer ist da?», frage ich wieder. Dabei weiß ich, wer dran ist. «Jake?»

«Mum», sagt die Stimme, das Wort durch die schlechte Verbindung gedehnt – *oder vom Alkohol.* Der Gedanke ist gnadenlos.

«Sorry, dass ich deinen Geburtstag vergessen habe.»

Die Leitung knistert wieder, dann ist er weg.

Ich sehe Steve an.

«War er das?», fragt er.

Ich nicke. «Es tut ihm leid, dass er meinen Geburtstag vergessen hat …»

Es ist der erste Anruf seit sieben Monaten. Es gab drei E-Mails, aber unser Ältester hatte uns von Anfang an klargemacht, dass er telefonisch nicht erreichbar sein würde. Er wolle sich den Stress mit der ständigen Telefoniererei nicht antun, hatte er gesagt. Er würde sich bei uns melden.

Das letzte Mal rief er zu Weihnachten an. Wir hatten gehofft, er wäre bis dahin längst wieder zu Hause, um gemeinsam mit uns Knallbonbons zu zerreißen und seinen berüchtigten Glühwein für uns zu kochen. Wir hatten erst leise Andeutungen gemacht, dann per E-Mail regelrecht gefleht und ihm, als er allem Anschein nach schwach geworden war, sogar einen Flug gebucht. Doch Jake war nicht gekommen, hatte am Weihnachtsmorgen nichts weiter zustande gebracht als ein Zehnminutentelefonat. Steve war ans Telefon gegangen und hatte zuerst mit ihm gesprochen, während ich ihm nicht von der Seite gewichen war, danach hatte Jake mit seinem kleinen Bruder Freddie sprechen wollen und erst ganz zum Schluss mit mir, seiner Mutter.

Ich hatte das Telefon beinahe umarmt, als könnte ich so sein Gewicht, seine Wärme spüren, hatte versucht, ihm zuzuhören und selbst den Mund zu halten. Doch er blieb distanziert, während in einer Telefonzelle irgendwo auf der Welt die gekauften Sekunden herunterzählten, bis bei mir die innere Inquisitorin die Führung übernahm.

«Und, Schätzchen? Wo bist du gerade?»

«Hier», sagte er lachend.

«Immer noch in Phuket?»

«Ja, klar.»

«Und? Arbeitest du?»

«Ja, logo. Mal dies, mal das.»

«Kommst du über die Runden?»

«Ich komme zurecht, Mum. Mach dir keine Sorgen. Mir geht's gut.»

«Na ja. Solange du glücklich bist …», hörte ich mich sagen. Der feige Ausweg.

«Ja. Bin ich.»

Nachdem ich aufgelegt hatte, drückte Freddie mir ein Glas Prosecco in die Hand und gab mir einen Kuss.

«Na komm, du Übermutter. Ihm geht's gut. Er macht sich eine super Zeit, aalt sich irgendwo in der Sonne, während wir hier im Regen sitzen.»

Doch mir war tief in meinem Inneren klar gewesen, dass es ihm überhaupt nicht gutging. Seine Stimme hatte argwöhnisch und angespannt geklungen. Und dann dieses nervöse Lachen. Er hatte sich nicht angehört wie mein Jake.

2

Freitag, 15. August 2014

DIE MUTTER

Lesley überprüfte noch einmal den Posteingang. Nur für den Fall, dass sie was übersehen hatte. Sie wusste, dass da nichts war, aber wenn sie damit aufhörte, bedeutete es, dass sie etwas unternehmen mussten. Da waren sie sich einig. Malcolm stand hinter ihr und beobachtete jeden Handgriff. Sie konnte seine Anspannung spüren.

«Ist was gekommen?», fragte er.

«Nein.»

«Ich rufe jetzt die Polizei an.»

Sie nickte. Sie hatten in ihrem ganzen gemeinsamen Eheleben noch nie die Polizei rufen müssen. Die Polizei gehörte in eine andere Welt – in eine Welt, die sie nur aus dem Fernsehen oder aus der Zeitung kannten –, aber nicht in ihre. Lesley zitterte, als Malcolm zum Hörer griff. Sie hätte es ihm am liebsten verboten. Ihm befohlen, noch einen Tag dranzuhängen. Die Sache noch nicht ins Rollen zu bringen. Nicht in ihr Haus zu lassen.

«Mal», sagte sie, aber er brachte sie, schon wählend, mit einem Blick zum Schweigen. Der Kühlschrank brummte. Draußen fuhr ein Auto vorbei. Das Leben ging weiter.

«Hallo? Ich möchte meine Tochter als vermisst melden», hörte sie ihn sagen.

Damit war ihr altes Leben vorbei.

«Eine Woche. Wir haben von ihr und von der Freundin, mit der sie unterwegs ist, seit einer Woche nichts mehr gehört», sagte er. «Gestern war Notenbekanntgabe, und sie hat sich immer noch nicht gemeldet … Ihr Name ist Alexandra O'Connor … Achtzehn. Seit Mai.»

Lesley erinnerte sich, wie sie den Geburtstagskuchen glasiert hatte. *Abgesehen von den roten Haaren sah ihr Kunstwerk Ed Sheeran zwar kein bisschen ähnlich, aber Alex hatte sich trotzdem unglaublich darüber gefreut.* Sie kehrte in die Gegenwart zurück und hörte, wie ihr Mann sich entschuldigte.

«Sorry, ich dachte, das hätte ich bereits gesagt. Sie ist in Thailand. Backpacking, zusammen mit ihrer Freundin Rosie Shaw. Bei der letzten SMS waren sie noch in Bangkok.»

Es dauerte noch zwanzig Minuten, bis Malcolm die Situation erklärt, seine Daten genannt und sich die üblichen Ratschläge angehört hatte. Als er auflegte, rieb er sich die Augen und ließ die Hände einen Moment lang, wo sie waren.

«Was? Was haben sie gesagt?» Die Panik machte Lesleys Stimme schrill. Sie klang nicht wie sie selbst. «Mit wem hast du gesprochen. Sag schon!»

Ihr Mann hob ruckartig den Kopf und sah sie an, als müsse er sich vergewissern, dass die kreischende Furie in ihrer Küche tatsächlich seine Frau war.

«Sie haben ihre Daten aufgenommen, Liebling. Du hast doch zugehört. Ich habe mit einer Frau gesprochen. Ich habe mir alles notiert.» Er lehnte sich über die Arbeitsplatte und angelte nach einem Klebezettel. «Hier.»

Lesley fegte den Zettel beiseite, und er trudelte auf den Fliesenboden.

«Das ist mir egal. Was hat sie gesagt? Was werden sie unternehmen, um Alex und Rosie zu finden?»

Malcolm beugte sich hinunter, fischte die Notiz vom

Boden und legte sie zurück auf die Arbeitsplatte. Lesley hätte ihn am liebsten geschlagen.

«Malcolm!»

«Entschuldige, Liebling, aber den Zettel werden wir brauchen.» Er sprach langsam, wie mit einer alten Tante. «Sie hat gesagt, sie leiten die Informationen an Interpol weiter, und dass wir die britische Botschaft in Bangkok anrufen sollen. Dazu rät sie uns. Aber sie hat auch gesagt, dass so was ständig passiert – junge Menschen gehen auf Reisen und vergessen, sich zu Hause zu melden. Sie sagt, es wäre noch zu früh, und wir sollten versuchen, uns keine Sorgen zu machen.»

«Sie glaubt also, es ist alles in Ordnung?» Lesley wollte ihn zwingen, ja zu sagen, zu nicken. *Mach, dass alles gut ist …*

Malcolm schüttelte den Kopf. «Sie weiß es nicht, Liebling. Wir sollen sie anrufen, sobald Alex sich meldet – oder falls wir in einer Woche immer noch nichts von ihr gehört haben.»

«Sie wird sich doch melden, oder?»

Malcolm zog sie an sich. «Natürlich meldet sie sich. Sie will doch ihre Noten wissen. Morgen, spätestens übermorgen. Sie taucht wieder auf, ganz bestimmt.»

Lesley wischte sich mit einem Papiertaschentuch die Tränen weg und versuchte, ein hoffnungsvolles Gesicht aufzusetzen.

«Ich rufe mal besser bei Jenny an», sagte sie, dankbar, weil es etwas Praktisches zu tun gab. «Ich habe ihr gesagt, wir würden uns melden, sobald wir mit der Polizei gesprochen haben. Sie war gestern deswegen ein bisschen komisch.»

«Sie ist sicher genauso verzweifelt wie wir. Rosie ist ihr einziges Kind. Und Jenny ist allein.»

Malcolm tippte auf seinem Laptop herum. «Die Polizei will ein Foto. Ich habe gesagt, ich schicke ihnen eins. Und dann besorge ich uns die Telefonnummer der Botschaft.»

Lesley schaute ihm über die Schulter. Er hatte das Bild ausgesucht, das Alex geschickt hatte: sie und Rosie in einem Tuk-Tuk, an dem Tag, als sie in Bangkok angekommen waren, beide breit grinsend, die Umgebung verschwommen.

«Wenigstens sind sie zusammen», sagte Lesley, ließ den Kopf auf die Arme sinken und fing am Küchentisch an zu weinen.

BANGKOK, ERSTER TAG

Sonntag, 27. Juli 2014

Alex O'Connor

Sonntag um 05:00

... ist endlich da! Der Hammer! Jetzt geht's richtig los!

Ihre Finger flogen über die Tastatur ihres Telefons, während sie ihr Selfie auf Facebook postete: Sie vor dem Suvarnabhumi Airport, mit todmüden Augen und einem dämlichen Grinsen im Gesicht. Sie hatte das Foto bereits im Flugzeug geplant, aber sie hatte nicht mit dem Lärm und der Hitze gerechnet, die über sie herfielen, sobald die Türen des Terminals aufglitten. Es rüttelte sie körperlich förmlich durch. Ihr war klar gewesen, dass es heiß sein würde – aber nicht so heiß. Ihr Gesicht war schweißnass, und Haarsträhnen klebten auf ihrer Stirn. Die Luft war so zäh, dass Alex sie auf der Zunge schmecken konnte. Vorsichtig setzte sie den Rucksack ab, sicherte ihn mit den Füßen vor dem Umkippen, reckte die Arme über den Kopf und verspürte eine erste, aufregende Ahnung von Freiheit.

Sie freute sich seit einem Jahr auf diese Reise, hatte, während sie sich auf die Abiturprüfung vorbereitete und im Supermarkt Regale einräumte, um das nötige Geld zusammenzusparen, von Orten, Menschen und Abenteuern geträumt. Sie hatte sich auf jede Einzelheit gefreut, angefangen beim Flug – schon immer hatte sie das Gefühl geliebt, plötzlich über die Startbahn auf etwas ganz Neues zuzurasen. Und als die Motoren bei diesem Flug auf Touren gebracht worden waren, ihrem allerersten Langstreckenflug, der sie ans andere Ende der Welt beförderte, hatte sie genau diese Aufregung wieder verspürt. Doch dann war es mit der Begeisterung ziemlich schnell vorbei gewesen. Elf Stunden Flug auf einem Mittelplatz, permanent bemüht, den Arm des Sitznachbarn nicht zu berühren, unter einer dünnen Decke versteckt wie eine Leiche.

Rosie hatte sich zu ihrem abartigen Flugzeugfraß – «Hühnchen oder Nudeln?» – drei Gläser Wein gegönnt, und Alex hatte sich genötigt gefühlt, sie vor der Gefahr des Dehydrierens zu warnen. Doch Rosie hatte nur die Augen verdreht und total auffällig mit dem Typen auf ihrer anderen Seite geflirtet, ehe sie leise schnarchend weggedämmert war. Alex hatte versucht, ebenfalls zu schlafen, war auf dem engen Sitz herumgerutscht, um irgendwie eine bequeme Position zu finden, die Decke hochgezogen, dabei die Füße entblößt und mit dem Sicherheitsgurt gekämpft, der ihr in die Hüfte schnitt. Schließlich hatte sie es aufgegeben, im Dunkeln dagesessen und auf dem winzigen Bildschirm Filme geschaut, bis ihr die Augen brannten.

Als eine Stunde vor Landung die Kabinenbeleuchtung wieder angegangen war, hatte sie sich abgeschnallt und war auf die Toilette gegangen. Das Gesicht im Spiegel hatte furchtbar ausgesehen: rot geränderte Augen und ein vor Schlafentzug schlaffer Mund. Sie hatte sich selbst angegähnt und dann versucht, die Tür wieder aufzukriegen, in einem plötzlichen Anflug von Panik.

Als sie es endlich geschafft hatte und die Tür mit einem Ruck aufgegangen war, hatte ein Junge wartend davorgestanden. Sie hatte gelacht. «Die Dinger sind ein Albtraum, oder?»

Er hatte ihr schüchtern zugelächelt und sie vorbeigelassen.

Und jetzt war sie hier. In Bangkok. Sie hob den Rucksack vom Boden, setzte ihn mit Schwung wieder auf und geriet ins Schwanken, leicht schwindelig von der plötzlichen Bewegung. Sie fühlte sich steif und benommen, als würden ihre Füße gar nicht richtig den Boden berühren.

Fremde sprachen sie an, wollten, dass sie mitkam. Kleine Männer mit breitem Lächeln und aufdringlichen Händen.

«Brauchst du Taxi?»

«Ich weiß super Guesthouse.»

«Willst du Tempel sehen?»

Sie stand da, und die Angebote prasselten auf ihre Schädeldecke ein. Es war fünf Uhr morgens, dunkel, heiß, und sie wollte sich eigentlich nur noch hinlegen.

Komm schon, Alex. Los geht's, sagte sie zu sich selbst. *Wo ist Rosie?*

Ihre Freundin war losgelaufen, um sich etwas gegen ihre Kopfschmerzen zu besorgen.

«Du hättest im Flugzeug nicht so viel Wein trinken sollen. Hast du kein Paracetamol dabei?», hatte Alex gefragt und nach dem Reißverschluss ihrer Tasche gegriffen.

«Nein!», hatte Rosie geschnauzt und war losmarschiert.

Alex hoffte, dass mit ihnen alles gutging. Außerdem war es für Zweifel jetzt sowieso zu spät. Sie waren hier. Und es war genial. Na ja, das würde es sein.

3

Freitag, 15. August 2014

DER POLIZIST

DS Zara Salmond schlich an diesem Vormittag dermaßen auf Zehenspitzen um DI Bob Sparkes herum, dass er sich vorkam wie unter heimlicher Beschattung. Sie befand sich ständig gerade eben außer Sichtweite und hätte damit gar nicht aufdringlicher sein können. Genauso gut hätte sie ein Neonschild mit der Aufschrift «Die Frau vom Boss liegt im Sterben» hochhalten können.

Vor zwei Monaten war Eileens Krebs zurückgekommen, hatte neue Löcher in sie hineingefressen, und jetzt brachte er sie um. «Wir schaffen das», hatte er zu ihr gesagt, als die jüngsten Ergebnisse gekommen waren. «Wir haben es schon einmal geschafft, und wir schaffen es wieder.» Zu Hause, hinter dem Rücken ihrer Mutter, hatten die Kinder mit ihm geweint.

Sam rief jeden Tag an, bevor sie zur Arbeit ging und wenn sie wieder zu Hause war, und gab sämtliche Neuigkeiten an ihren Bruder weiter. Sie versuchten, füreinander stark zu sein, und die Anstrengung zehrte an den Kräften aller. Manchmal brauchte er morgens seine ganze Energie, nur um aus dem Bett zu kommen.

Im Kommissariat hatten sie sich fantastisch verhalten, seine Vorgesetzten bedrängten ihn, sich so viel Auszeit zu nehmen, wie er brauchte, doch Sparkes kam weder im Krankenhaus noch zu Hause zur Ruhe. Er brauchte dringend etwas zu tun, etwas, das nichts mit Krebs zu tun hatte. Er musste so tun, als wäre ein normales Leben weiterhin möglich, um Eileens willen und zur Ablenkung für sein schmerzendes Herz.

Aber er hatte offensichtlich vergessen, DS Salmond in seine Pläne einzuweihen.

Er wusste, dass sie das Theater im Einsatzraum von ihm fernhielt, weil sie es gut mit ihm meinte, aber als Sparkes zufällig mitbekam, wie seine Detective Sergeant zu einem Kollegen sagte: «Komm später wieder. Er hat heute keinen guten Tag», platzte ihm der Kragen. «Salmond! Kommen Sie her! Auf der Stelle!», brüllte er.

Als sie ihren ordentlich frisierten Kopf zur Tür hereinstreckte, verging ihr augenblicklich das Lächeln.

«Sie gehen mir auf den Zeiger, Salmond! Hören Sie auf, den Leuten zu sagen, sie sollen mich in Ruhe lassen. Machen Sie zur Abwechslung mal was Sinnvolles. Ich komme mir vor wie unter Quarantäne.»

Salmond versuchte, es mit einem Lachen abzutun, aber Bob wusste, dass er zu hart gewesen war. Er erhob sich und hielt sie auf.

«Tut mir leid. Aber wenn ich Sie über mich reden höre, klingt es, als hätten Sie's mit einem Brückenspringer zu tun. Mir geht es gut.»

«Okay, Boss. Hab's kapiert. Ich lasse Sie in Ruhe. Ich muss noch ein paar Berichte schreiben.»

«Erzählen Sie mir, an was Sie gerade dran sind.» Bob deutete auf einen Stuhl.

Salmond setzte sich, die Arme verschränkt.

Immer noch auf Abwehr, dachte Bob. «Kommen Sie schon, Zara. Helfen Sie mir auf die Sprünge.»

«Also. Ich bin gerade dabei, ein bisschen Dampf zu machen wegen der Endergebnisse von der Drogenrazzia draußen in Portsmouth.»

«Das läuft alles ein bisschen zäh, oder?»

«Ja. Na ja, es waren ziemlich viele Leute in Urlaub.»

«Müssen wir uns Sorgen machen?»

«Nein, sieht eigentlich alles sauber aus. Oh, und heute kam eine Vermisstenmeldung rein. Zwei Mädchen aus Winchester.»

«Vermisst? Wie alt?», fragte Bob, sofort in Alarmbereitschaft. «Wann kam das rein? Warum haben Sie mich nicht sofort informiert?»

«Sie sind achtzehn und werden in Thailand vermisst.»

«Ach», murmelte Sparkes, und seine Gedanken schweiften ab zu dem bevorstehenden Gespräch mit Eileens Arzt.

«Nicht ganz unser Revier, aber falls Sie jemanden hinschicken wollen, wäre ich …», sagte DS Salmon einen Tick lauter, um ihm zu signalisieren, dass sein abwesender Blick ihr nicht entgangen war.

«Träumen Sie weiter, Zara. Außerdem sind Sie gerade erst weg gewesen.»

«Das war kein Urlaub, Boss. Als Neil Türkei sagte, dachte ich an Liegestühle. Stattdessen sind wir die meiste Zeit für sein Jahrgangsprojekt durch uralte Latrinen gestapft. Bei vierzig Grad.»

«Latrinen! Klingt super. Gibt es Fotos?»

Salmond lachte. «Neil hat jede Menge. Ich werde ihn bitten, Ihnen eine Auswahl zu schicken.»

«Ja, danke. Keine Eile. Also. Was ist mit diesen Mädchen?»

«Es ist zwar erst eine Woche her, aber die Eltern sind beunruhigt. Die Mädchen sind zum ersten Mal von zu Hause weg und haben sich gestern nicht gemeldet, um ihre Abiturnoten zu erfahren. Der Vater der einen hat heute Morgen angerufen, und ich leite die Daten an Interpol weiter, auch wenn mein persönlicher Tipp lautet, dass die zwei irgendwo am Strand liegen. Die Glücklichen.»

«Ja. Die Glücklichen. Na gut. Lassen Sie es mich wissen, wenn Sie was Neues hören.»

Dann zwinkerte er ihr zu, um ihr zu signalisieren, dass zwischen ihnen alles wieder gut war.

«Kurzes Update, Sir», sagte Salmond zwanzig Minuten später. «Die Pressestelle ist über die Backpacker informiert, und es gibt bereits eine Facebook-Kampagne – auf Initiative der Familie.»

Sparkes verzog das Gesicht.

«Das ist eigentlich eine gute Idee, Sir. So werden die Kids, die vielleicht zufällig neben Alex und Rosie an der Bar sitzen, noch am ehesten aufmerksam.»

«Richtig. Die und alle Spinner und Selbstdarsteller auf dem Planeten, die geheucheltes Mitgefühl und gefakte Sichtungen verbreiten, nur um Teil des Dramas zu sein. Und dann noch die Trolle, die den Eltern die Hölle heißmachen, weil sie ihre Kinder allein verreisen lassen, und die Mädchen als Schlampen und Huren beschimpfen. Gott! Wer hat Leute wie die nur nach ihrer Meinung gefragt? Vor Social Media musste man sich diesen Scheiß wenigstens nicht anhören. Die hocken irgendwo gemütlich in ihrer Stammkneipe oder bei sich im Wohnzimmer und versprühen Gift und Galle.»

«Wie auch immer», sagte Salmond. «Wir machen weiter …»

«Ja. Machen wir.»

Sparkes überflog auf seinem Bildschirm Berichte, aber in Gedanken war er woanders.

Er lehnte sich zurück, streckte die Arme vor, bis er den

Computer berührte, und hob sie über den Kopf, bis es in seinem Rücken knackste. Er hatte einen metallischen Geschmack im Mund und kam nicht mehr ohne unfreiwilliges Stöhnen von seinem Stuhl hoch. Er fühlte sich alt. Steinalt.

Eileen hatte gesagt, er bräuchte mehr Schlaf, als er heute Morgen auf dem Weg zur Arbeit bei ihr vorbeigesehen hatte, doch er hatte ihre Sorgen kleingeredet. «Mir geht es gut, Liebling. Wieso sprechen wir überhaupt über mich? Wir sollten uns lieber auf dich konzentrieren und diese dämliche Infektion loswerden, damit wir mit deiner Behandlung weitermachen können.»

Sie hatte sich zurück in die Kissen sinken lassen. «Ich gebe mir Mühe, Bob.»

Er versuchte, sich auf die Wörter auf seinem Bildschirm zu konzentrieren, doch in seinen Gedanken hatte nur die zunehmende Zerbrechlichkeit Platz, die er in den Augen seiner Frau gesehen hatte. Sie sanken immer tiefer in ihre Höhlen, weg von ihm. Es war, als würde Eileen von innen heraus ausgehöhlt. Er bog und dehnte die Finger.

Nicht jetzt. Ich kann jetzt nicht. Alles wird gut.

Er berührte das Touchpad, um den Bildschirm wieder zum Leben zu erwecken, und ein Foto erschien. DS Salmond hatte die Bilder der vermissten Mädchen hochgeladen und ihm den Link auf die von den O'Connors eingerichtete Facebook-Seite geschickt.

Sparkes betrachtete die Gesichter der Mädchen und seufzte. Er klickte auf den Link und fing an zu lesen. Der Eintrag begann mit Alex' letztem Post und der E-Mail, die sie am Samstag, den 9. August nach Hause geschrieben hatte.

Alex O'Connor

Samstag um 11:00

... wird schon sehr bald mit ihrer BF die Abiturnoten feiern, und zwar auf Kho Phi Phi, mit Blick auf monumentale Felsen im azurblauen Meer, sagt zumindest *Lonely Planet* ...

Von: Alex O'Connor
An: Les und Mal O'Connor
Betr: Die Noten

Hi, Mum, hi, Dad. Immer noch Bangkok – hier gibt es so viel zu sehen, dass wir beschlossen haben zu verlängern – aber wir wollen rechtzeitig weiter, um unsere Noten zu feiern. Drückt mir die Daumen, dass ich es auf die Warwick schaffe. Ich rufe euch an wie vereinbart, am 14. August um 12:00 eurer Zeit (hier 18:00), dann öffnen wir zusammen den Umschlag. Wie bei den Oscars! Schreibt mir, wenn die Post früher kommt!!! Hab euch lieb! Alex XX

PS: Morgen gehen wir zu den Elefanten. Wieder ein Häkchen auf meiner Wunschliste ...

Schließlich schlug Alex O'Connors Bruder Alarm, zuerst noch leise. Eher ein leichter Anstupser.

Hi Alex.
Hab seit ein paar Tagen nichts mehr von dir gehört. Wo seid ihr inzwischen?

Wir können dich telefonisch nicht erreichen. Mum macht sich ein bisschen Sorgen. Kannst du uns bitte schreiben?

Alex?

Alex???

FCK, ALEX! RUF AN!!!!

Der Appell in Großbuchstaben markierte den Wendepunkt, an dem die freundlichen Anfragen sich in einen Panikschrei aus vollem Halse verwandelten.

4 Tage, seit meine Schwester und ihre Freundin gesehen wurden. Bitte teilen und posten.

5 Tage

6 Tage

Und die Facebook-Community war in die Gänge gekommen:

Meldet euch bei euren Familien, Alex und Rosie. Bitte

Wart ihr die Mädels, denen ich gestern Abend bei Oxxi's einen Drink spendiert habe? Ruft eure Eltern an. Die wollen nur wissen, dass es euch gutgeht.

Was seid ihr für Egoisten! Meldet euch!

Die beiden werden von ihren Eltern einen gehörigen Einlauf bekommen, wenn sie erst wieder auftauchen, dachte Sparkes. *So einen Wirbel zu verursachen. Ich wette, die Familien wünschten, sie hätten sie nie gehen lassen.*

Er hatte nie vor solchen Entscheidungen gestanden. Seine Kinder waren beide keine Abenteurer gewesen. Er konnte sich noch nicht mal an Diskussionen über eine

Auszeit nach dem Schulabschluss erinnern. Jim wollte unbedingt sofort auf die Universität und danach als Wirtschaftsprüfer Karriere machen, und seine Tochter Sam hatte sich gerade verliebt; die würde also nirgendwo hingehen.

Ich frage mich, ob sie sich anders entwickelt hätten, wenn sie nach Thailand gegangen wären, dachte er und scrollte träge durch die Posts.

So wie der Sohn von Kate Waters. Das hatte sie ihm anvertraut, als sie sich das letzte Mal gesehen hatten, um einen Fall zu besprechen. Er ließ sich mit Journalisten eigentlich nie auf Privatgespräche ein, aber Kate hatte offensichtlich dringenden Redebedarf gehabt und ihm schließlich von Jakes monatelangen Sendepausen erzählt. Und von ihrer heimlichen Angst, dass es ihm nicht gutging, die sie ihrem Mann gegenüber nicht eingestehen wollte.

Sparkes hingegen hatte nicht zugeben wollen, dass er sich insgeheim Sorgen machte, sein Sohn werde alt, ohne jemals jung gewesen zu sein. Obwohl Jim erst Anfang dreißig war, bekam er bereits schütteres Haar und trug im Haus Pantoffeln.

«Sie haben Eichenparkett», hatte Eileen gesagt, als Bob mit ihr darüber geredet hatte. «Alles gut.»

Aber Jim würde nie auf eine Vollmondparty gehen.

Vielleicht waren er und Eileen auch einfach nur davongekommen. Er kam wieder zu sich und betrachtete die lachenden Gesichter der vermissten Mädchen. Junge Gesichter. Vermisste Kinder.

Wo waren sie? Er würde Kate anrufen und ihr von der Geschichte erzählen. Bewegung in die Sache bringen.

4

Freitag, 15. August 2014

DIE JOURNALISTIN

Joe Jackson sitzt auf meinem Platz, weil er freien Blick auf den Redaktionsfernseher haben will, und ich versetze ihm im Vorbeigehen einen Hieb auf die Schulter.

«He, Jackson! Weg da!»

Er grinst zu mir hoch, drückt sich vom Schreibtisch ab, rollt von mir weg, und ich sehe plötzlich Jake beim Herumblödeln vor mir, der mich mit frechem Blick durch seine Ponyfransen auf den Arm nimmt.

«Geh an die Arbeit!», knurre ich.

«Ich bin am Telefonieren!» Joe zeigt mir zum Beweis sein Handy, springt auf und schiebt meinen Stuhl zurück an den Platz. «Viel ist es noch nicht, aber bis zur Vorplanungssitzung ist noch ein bisschen Zeit. Ich hoffe nur, Terry zieht den Termin nicht vor.»

Wie durch ein Wunder taucht der Nachrichtenredakteur aus seinem Goldfischglas auf, dem gläsernen Bürokäfig inmitten der Redaktion.

«Der hat doch unsere Schreibtische verwanzt!», raunt Joe, und ich nicke.

«Was gibt's denn da zu flüstern?», ruft Terry zu ihnen rüber. «Hoffentlich eine Story. Ihre Trefferquote ist ein Witz, Jackson.»

Als jüngster fester Reporter in der Nachrichtenredaktion ist Joe Jackson ein leichtes Ziel für sogenanntes Geplänkel. Eigentlich ist es Schikane. Joe und ich hatten einen etwas holprigen Start, als er mir damals als Praktikant zugewiesen wurde – ich hatte Terry gesagt, ich hätte keine Zeit für die Redaktionskinderkrippe, doch der Chefredakteur hatte darauf bestanden –, aber inzwischen ist Joe Jackson mir ans Herz gewachsen. Ich weiß, dass die anderen Reporter ihn «Kates Kleinen» oder «Schoßhündchen der Chefreporterin» nennen, aber das ignoriere ich, und er tut das hoffentlich auch. Ich versuche, ihm klarzumachen, dass es denen früher oder später langweilig wird und sie sich ein anderes Spielzeug suchen.

«Hier. Bring ihm das», sage ich und schiebe einen Zeitungsausschnitt über den Tisch. «Da steht dick und fett Nachverfolgung drauf.»

«Danke. Ich schulde dir schon wieder was.»

«Ich setz es auf die Rechnung. Und jetzt halt dich ran, damit es nachher wenigstens so klingt, als wüsstest du, wovon du sprichst.»

Ich werfe Terry einen kurzen Blick zu – er hat alles mitgekriegt. Terry kriegt grundsätzlich alles mit. Er verzieht das Gesicht. *Viel zu weich*, sagt seine Miene. Ich zucke die Achseln und greife zum Hörer, um nicht mit ihm sprechen zu müssen.

Auf der Suche nach einem geeigneten Ziel scrolle ich durch meine Kontakte und bleibe bei DI Bob Sparkes hängen. Seinen Namen lese ich fast jeden Tag – ich habe ihn unter seinem Vornamen abgelegt, damit er oben auf der Liste bleibt. Aber diesmal lese ich nicht darüber hinweg, sondern öffne die Karteikarte. Ich brauche heute Morgen eine nette Stimme, und vielleicht hat er ja eine Story für mich.

Bob Sparkes und ich haben jene Art erzwungener Intimität genossen – er würde vielleicht eher erduldet sagen –, die die Arbeit an schwierigen Fällen mit sich bringt.

Es ist nun mal eine Tatsache, dass Polizisten und Reporter auf der Suche nach Fakten immer wieder an dieselben Türen klopfen und einander ständig in denselben Pubs, Gerichtssälen und Cafés über den Weg laufen.

Für manche Polizeibeamte sind Reporter ein notwendiges Übel, und sie lassen uns für jedes Fitzelchen Information bluten, doch Sparkes ist ein großherziger Bulle. Er weiß, was wir brauchen, um eine Geschichte zu erzählen, und tut uns im Normalfall gern den Gefallen. Er spielt keine Spielchen.

«Eine Zusammenarbeit ist für uns alle von Vorteil», sagte er einmal zu mir. «Die Polizei bekommt die für die Ermittlungen notwendige Öffentlichkeit – und etwas Anerkennung für ihre Arbeit –, und Sie kriegen Ihre Story.»

Und wenn einer Anerkennung verdient hat, dann er. Bob Sparkes reißt sich den Arsch auf, um seine Fälle zu lösen.

Ich habe ihn dabei erlebt. Vor acht Jahren hat er im Bella-Elliott-Fall jede wache Minute nach dem vermissten Kleinkind gesucht und an nichts anderes gedacht. Er habe sogar von ihr geträumt, erzählte er mir einmal. Und er hat mir bei Fällen geholfen, die gar nicht unter seiner Leitung standen. Als ich versuchte, der Identität eines Babys auf die Spur zu kommen, dessen Überreste 2012 auf einer Londoner Großbaustelle gefunden worden waren, war Bob Sparkes mein heißer Draht. Obwohl er nicht dazu verpflichtet gewesen wäre, stand er mir mit Rat und Tat zur Seite, als ich mich zu sehr in die Geschichte verrannte. Als ich zu dicht dran war, um zu erkennen, was ich direkt vor der Nase hatte.

Wir sind zwar nicht gerade Morse und Lewis, aber wir kommen miteinander aus.

Andererseits bedeutet das natürlich, dass er viel zu viel

über mich weiß. Mir ist bewusst, dass ich ab und zu zur Redseligkeit neige und ihm auch meine Probleme und intimsten Gedanken anvertraue, aber genau das ist der Punkt: Ich vertraue ihm.

Das Telefon klingelt. «Kate!», sagt eine strenge Stimme, und ich zucke zusammen.

«Grundgütiger, Bob! Haben Sie jetzt auch noch telepathische Fähigkeiten? Ich wollte Sie gerade anrufen.»

«Ach, was! Da haben wir wohl im gleichen Moment aneinander gedacht.»

Ich spüre, wie ich rot werde. *Um Himmels willen, reiß dich am Riemen, Mädchen!* «Sie haben an mich gedacht? Was Nettes? Oder haben Sie mich innerlich verflucht?»

«Was Nettes, Kate», antwortet er ungerührt. Bob Sparkes flirtet nicht. Er war wahrscheinlich noch nie ein Frauenheld.

Ich versuche, nicht zu lächeln – er würde es hören. «Na dann. Was haben Sie denn gedacht?»

«Ich habe eine Anfrage, bei der Sie vielleicht helfen können. Zwei weibliche Teenager, in Thailand mit dem Rucksack unterwegs, wurden von ihren Familien als vermisst gemeldet. Sie haben seit einer Woche keinen Kontakt mehr, es ist also noch ziemlich früh, aber gestern haben sie nicht angerufen, um ihre Abiturnoten zu erfahren, und die Eltern sind sehr beunruhigt. Meine DS ist der Meinung, die beiden tauchen irgendwann mit einem Riesenkater wieder auf, aber vielleicht lockt sie eine Story in der Zeitung ja aus ihrer Spelunke raus. Jedenfalls sind Sie mir eingefallen. Und Jake.»

Bob Sparkes weiß über Jake Bescheid. Dass er das Studium geschmissen hat, und auch was danach bei uns los war – ich hatte es ihm erzählt, als wir uns nach dem

Abschluss des Baustellen-Baby-Falls auf ein paar ruhige Drinks getroffen hatten. Bob hat selbst zwei erwachsene Kinder. Er weiß, wie gotterbärmlich man sich manchmal als Elternteil fühlt, und er kann gut zuhören. Bob hört immer gut zu, er hat ein geschultes Ohr. Aber von Eileens Krankheit hat er mir nichts erzählt. Nur durch Zufall habe ich von einem anderen Cop von ihrem Krebs erfahren. Ich war schockiert – wenn ich ehrlich bin, mehr über die Tatsache, dass Bob mir nichts erzählt hatte, als über den Krebs selbst. Ich habe seitdem schon öfter versucht, es aus ihm herauszulocken, und mehr als einmal nebenbei erwähnt, dass Steve Onkologe ist. Doch Bob Sparkes hat meine Köder nie geschluckt.

«Klar. Wie alt sind die Mädchen? Gibt es Fotos? Woher sind sie? Kann ich mit den Eltern sprechen?»

«Menschenskinder, Kate! Immer langsam mit den jungen Pferden. Sie sind ja wie ein tollgewordener Windhund! Beide achtzehn Jahre alt und aus Winchester. Ich schicke Ihnen gleich im Anschluss rüber, was ich habe.»

«Toll. Machen Sie die Sache öffentlich?» Ich muss das fragen.

«Ja, die Pressestelle schreibt gerade die Info für die Bandansage.»

«Gibt es irgendeine Chance auf ein paar Stunden Vorsprung, Bob?»

Er antwortet nicht gleich. Ich warte geduldig.

«Na gut», sagt er. «Ist ja schließlich keine Eilmeldung. Ich werde die Kollegen bitten, mit der Veröffentlichung bis heute Nachmittag zu warten.»

«Großartig. Danke, Bob.»

«Übrigens, wie geht's Jake?»

Ich hatte meinen Sohn kurz vergessen, ihn in der Hektik beiseitegedrängt, um über die Kinder anderer Leute zu schreiben. *Was bist du eigentlich für eine Mutter?* «Äh, ich weiß es nicht. Er hat vor ein paar Wochen mitten in der Nacht angerufen – zum ersten Mal seit Monaten –, aber es klang wie von irgendeinem Dschungelaußenposten, und dann ist die Verbindung abgerissen.»

«Das ist schade. Wenigstens hat er angerufen.»

«Ja, stimmt. Ich denke, ich sollte dafür dankbar sein, oder?»

«Die Eltern von Alex O'Connor und Rosie Shaw wären dankbar, Kate.»

Ich höre eine Ahnung von Tadel in seiner Stimme und versuche, nicht darauf zu reagieren. Hastig notiere ich mir die Namen. «Ja, also dann ... Okay, schicken Sie mir die Daten der vermissten Mädchen, so schnell Sie können. Das kriege ich sicher bei uns unter. Es passiert gerade nicht viel. Ach, und danke für den Vorsprung, Bob. Ich weiß es zu schätzen.»

Ich klappe meinen Laptop auf und warte auf seine E-Mail. Mein Posteingang ist schon wieder randvoll. Erst vor einer halben Stunde habe ich die Flut an Mails aus der letzten Nacht bearbeitet, trotzdem sind schon wieder ein gutes Dutzend großmäulige Pressemitteilungen über Fernsehsendungen und von Ghostwritern geschriebene Memoiren irgendwelcher Promis mit der Ankündigung «unglaubliche Enthüllungen» bei mir gelandet.

Ich habe keine Ahnung, warum ich so viel Society-Müll bekomme, beschwere ich mich regelmäßig bei Joe. Dabei weiß ich es ganz genau: Mein Name steht inzwischen auf der Liste von Schreiberlingen, die Promi-Geschichten machen. Ich bin eine gebrandmarkte Frau. Ich war mal eine seriöse Reporterin, was auch immer das heutzutage heißen mag. Den gestrigen Nachmittag habe ich damit verbracht, eine «herzerwärmende» – in meiner Vorstellung setze ich ironische Anführungszeichen in die Luft – Geschichte über einen Hund zu schreiben, der Entenküken adoptiert hat.

«Wahrscheinlich hat er sie gefressen, sobald der Fotograf wieder weg war», hatte ich zu Steve gesagt, als ich nach Hause gekommen war. «Gott. Ich hasse den August. Dämliches Sommerloch. Wir sitzen fest in der nachrichtenfreien Zone und graben verzweifelt nach irgendwelchen Stories, während das ganze Land in die Ferien gefahren ist. Heute Nachmittag hat mir der Chef eine Uraltgeschichte von mir zurückgegeben. Die hat er wahrscheinlich die ganze Zeit irgendwo in der Schublade aufgehoben. Wollte, dass ich sie abstaube, damit er sie mit reinnehmen kann. Ich musste mich vergewissern, dass inzwischen niemand gestorben ist.»

Steve hatte mir noch ein Glas Sauvignon eingeschenkt und mitfühlend mit mir angestoßen.

Ich lösche die beleidigenden E-Mails ungelesen, den Blick automatisch auf der Suche nach irgendwas von Jake.

Seine E-Mails kommen nie als Antwort auf die Nachrichten, die ich oder Steve ihm regelmäßig schicken. Wenn was kommt, dann immer kurz und auf den Punkt – zwei oder drei Sätze, eher Telegramm als Brief –, um uns zu sagen, dass er noch am Leben ist und, so viel steht fest, seine Gedanken nicht an uns verschwendet. Und wir vertiefen uns in jedes einzelne Lebenszeichen von ihm und sezieren jedes einzelne Wort auf der Suche nach einem tieferen Sinn.

Es ist jetzt zwei Jahre her, seit er sich auf die Reise gemacht hat, um in Südostasien «sich selbst zu finden». Dieses Jahr hätte er für sein Examen büffeln sollen. Er hatte sich an der Uni so leichtgetan … wir hatten uns für ihn eine Karriere als Strafverteidiger erträumt. Wie enthusiastisch wir gewesen waren! Im Rückblick betrachtet, waren wir wahrscheinlich immer sehr viel enthusiastischer als er. Jake war eher der entspannte, coole Typ. Damit hat er mich zum Wahnsinn getrieben. Er war ein echtes Glückskind – mit Glück und mit Hirn –, aber er nahm seine Talente für selbstverständlich. Vielleicht hatte er es zu leicht gehabt. Im Gegensatz zu seinem kleinen Bruder hatte Jake sich nie anstrengen müssen, um gute Noten zu bekommen. Freddie war derjenige, um den wir uns immer Sorgen machten – auch wenn Steve und ich uns bemühten, uns nichts anmerken zu lassen. Die selbstquälerischen Diskussionen über seine Zukunft schoben wir auf, bis er ins Bett gegangen war. Armer Freddie. In der Schule permanent im Schatten seines Bruders.

Und dann, völlig aus dem Nichts, war Jake eines Tages nach Hause gekommen und hatte verkündet, er habe das Studium geschmissen und wolle auf Reisen gehen. Hatte irgendwas von einem Schildkrötenprojekt auf Phuket erzählt, dem er sich anschließen wolle, und damit einen riesigen Familienkrach vom Zaun gebrochen. Ich hatte ihn angeschrien, ihm vorgeworfen, sein Leben zu ruinieren, und danach hatten wir vor seiner Abreise nach Thailand kaum noch ein Wort miteinander gewechselt.

Im ersten Monat hörten wir gar nichts von ihm, und daran gab Steve mir die Schuld. «Er glaubt, du bist immer noch sauer», sagte er.

«Ich *bin* immer noch sauer», hatte ich zurückgeblafft.

«Du musst aufpassen, Kate, sonst verlierst du ihn.»

Wie verliert man einen Sohn?, hätte ich am liebsten geschrien. *Er ist seit zweiundzwanzig Jahren ein Teil von mir. Ich werde immer seine Mutter sein.* Doch ich behielt es für mich. Ich ließ mir nicht anmerken, wie verletzt ich war, und tat, als mache mir sein Schweigen nichts aus. Doch heimlich schlug die Angst in mir Wurzeln und zeichnete entsetzliche Bilder von Jake, der bei einem Motorradunfall ums Leben kam oder brutal überfallen wurde.

Ich bin Reporterin. Ich weiß, dass diese Dinge jedem Menschen passieren können.

5

Freitag, 15. August 2014

DIE JOURNALISTIN

Schon fünf Minuten, und noch immer keine E-Mail. Ich sitze da, spiele mit meinem Telefon herum und überlege, ob ich Bob Sparkes zurückrufen und ihn fragen soll, wann er gedenkt, auf den Sende-Button zu drücken. Er sagte, er würde die Informationen sofort schicken. Andererseits wird es ihm nicht gefallen, wenn ich ihm auf die Pelle rücke. Ich lege das Telefon wieder weg. Mache ich mich eben selbst auf die Suche. Steht sowieso alles im Netz.

Und sobald ich die Begriffe «Mädchen vermisst Thailand» in die Suchzeile tippe, sind die vermissten Mädchen auch schon da.

Bingo. Allerdings in einem Blog. *Ich hasse Blogs.*

«Als Journalismus verkleidetes Blabla», sagte ich irgendwann mal in einem unbedachten Moment zu Joe.

«Gott, Sie klingen wie meine Mum», antwortete er. Joes Mutter, eine kürzlich «pensionierte» Verlegerin, war von der boshaften Pressezunft allgemein als Fleet-Street-Dinosaurier bezeichnet worden. Das brachte mich sofort zum Schweigen. Ich hatte keine Lust, mich gemeinsam mit ihr vom Tisch fegen zu lassen.

Bei dem Blogger handelt es sich um einen anderen Backpacker, der die Alarmglocken läutet und die beiden Mädchen, Alex und Rosie, bekniet, sich bei ihren Familien zu melden.

Ich frage mich, wie viele der unzähligen Teenager, die

sich nach der Schule ein Jahr Auszeit gönnen, als vermisst gelten. Heutzutage, mit Smartphones und weltweitem WLAN sicher nicht mehr so viele wie früher. Aber trotzdem.

Ich starre auf den Bildschirm und habe das Gefühl, mein Herz würde jeden Moment den Brustkorb sprengen. Mein Kind ist auch verschollen. Zu Hause tun wir so, als wäre alles in bester Ordnung; schließlich ist er erwachsen, lebt sein eigenes Leben, trifft seine eigenen Entscheidungen. Dabei wissen wir nicht mal mit Sicherheit, in welchem Land er sich aufhält. Wie oft ich schon die Flugpreise nach Thailand recherchiert habe! *Nur mal so*, versuche ich mir einzureden. Außerdem habe ich in den letzten zwei Jahren Dutzende von Umweltprojekten in Phuket angeschrieben und mich nach Jake erkundigt, aber er war bei keinem einzigen registriert. Er könnte sonst wo sein. Doch auch das habe ich für mich behalten. Steve zu beunruhigen, hat keinen Sinn. Manchmal frage ich mich, ob er es genauso macht und seine Sorgen vor mir verheimlicht.

Ich schreibe Jake sofort eine Mail.

> Hi, hab gerade an dich gedacht und frage mich, wo du wohl steckst und was du machst. Danke für deinen Anruf neulich – es war schön, deine Stimme zu hören. Wir vermissen dich. Freddie hat endlich den Führerschein!!! Melde dich, wenn du das liest. M X

Ich weiß zwar nicht, wann ihn meine Mail erreicht, aber wenigstens ist sie da, wenn er sich das nächste Mal einloggt.

«Kate», sagt Joe. «Kate? Ich habe gefragt, wo Sie den Ausschnitt herhaben. Bitte. Terry pfeift uns jeden Moment zur Sitzung zusammen.»

«Was? Kannst du nicht online nachsehen? Ich glaube,

aus einer der Sonntagsbeilagen. Ist es Hochglanz? Ach, sag einfach aus dem *Sunday Express*. Den liest sowieso keiner.»

«Kommen Sie mit?»

«Wie spät ist es jetzt in Bangkok, Joe?»

«Äh, Nachmittag oder Abend, glaube ich. Die sind uns voraus, oder? Warum?»

Aber ich wähle bereits die Telefonnummer unseres ehemaligen Südostasienkorrespondenten und scheuche Joe von meinem Schreibtisch weg.

«Ich komme gleich nach. Muss nur schnell was nachprüfen.»

Don Richards geht beim ersten Klingeln ran.

«Ja!», bellt er dem Anrufer entgegen, der es wagt, ihn zu stören.

«Don? Kate Waters hier. Von der *Post*.»

Die Stimme wird einen Hauch sanfter. «Ah, die entzückende Kate. Wie geht's dir? Himmel, wann haben wir uns eigentlich das letzte Mal gesehen? Ist sicher zehn Jahre her – damals, als du hier warst, um über den Tsunami zu berichten. Das war eine höllische Geschichte, was? Hat für einen neuen Bungalow gereicht.»

Ich beiße mir auf die Zunge. Dons Feingefühlschalter ist schon vor einer Ewigkeit kaputtgegangen – «Das passiert, wenn man hier draußen lebt», hatte er mir damals irgendwann gestanden, als wir nach Wochen entsetzlicher Bilder und Geschichten hundemüde und betrunken gewesen waren. «Man stumpft ab. Ich bin zu einem widerlichen alten Kolonialklischee geworden.» Ich hatte uns die nächste Runde Bier besorgt und ihn thematisch sanft zu seinen Glanzzeiten zurückgelenkt.

«Unglaublich, ist das schon wieder zehn Jahre her?», sage ich. «Wir werden alt, Don. Hör mal, ich weiß, dass du beschäftigt bist, also mache ich's kurz: Ich habe mich gefragt, ob du zufällig an zwei vermissten britischen Mädchen dran bist. Alex O'Connor und Rosie Shaw?»

«Na ja, jedenfalls sind die zwei Thema im Backpacker-Network. Aber das passiert hier ständig – die Botschaft kriegt jeden Tag ein bis zwei Vermisstenmeldungen rein. Dämliche, hirnlose Teenager. Die Familie versucht eine Woche lang, Kontakt herzustellen, aber die Kids lassen sich einfach seelenruhig treiben. Lernen in einer Bar irgendwen kennen, hören von einem neuen Hotspot, und schon sind sie weg. Die Mädels haben sich wahrscheinlich irgendwo mit zwei Jungs eingenistet und keinen Bock, irgendwem zu erzählen, wie gut es ihnen gerade geht. Weshalb fragst du? Schicken sie dich, um die Sache zu covern?»

Ich lächle. Don kann Geld riechen.

«Nein, dazu ist es sicher noch zu früh, aber ich werde auf alle Fälle mit Terry drüber sprechen – könnte eine gute Story werden. Der Albtraum aller Eltern, gerade jetzt, wo sich wieder jede Menge Kids ein Jahr Auszeit nehmen. Und sonst ist hier im Augenblick so gar nichts los.»

«Ich schick dir was. Und du machst ein Honorar locker, ja?»

Der Ruf des Rotschwanz-Freelancers: *Ho-no-rar.*

«Klar, Don. Schick mir, was du hast, und ich weise eine Zahlung an. Hattest du schon Kontakt zu den Angehörigen? Ich werde sie nachher anrufen.»

«Nur via Facebook. Die O'Connors brüllen am lautesten.»

Terry streckt den Kopf zur Tür des Konferenzzimmers raus. «Schwing deinen Hintern her, Kate. Du bist die Chefreporterin. Du musst mit gutem Beispiel vorangehen, Himmel, Arsch und Zwirn!»

BANGKOK, ERSTER TAG

Sonntag, 27. Juli 2014

Alex O'Connor

27. Juli um 08:30 h

... wohnt im Penthouse von Bates Motel. YOLO

An einem riesengroßen Verkehrskreisel, der eine mehrspurige Autobahn mitten in der Stadt im Klammergriff hielt, waren sie und Rosie aus dem Bus gestolpert.

Dass sie ihre Haltestelle erreicht hatten, wussten sie nur durch den Fahrer. «Demokratiedenkmal», hatte er gesagt. «Khao San Road.»

Als sie an der vierspurigen Straße standen, war auch das letzte bisschen Hochgefühl in Alex' Bauch verflogen. Das hatte sie sich anders vorgestellt. Sie hatte Bilder der Altstadt gesehen, und die war definitiv woanders. Wo waren die kleinen Straßen und Gassen?

Rosie sah sie erwartungsvoll an. «Wo ist unser Hotel?», fragte sie.

«Hostel», korrigierte Alex sie mit Blick auf die Buchungsbestätigung auf ihrem Telefon. «Es heißt *Green Paradise* und ist laut Wegbeschreibung nur fünfzehn Minuten von hier entfernt.»

«Und in welche Richtung?»

Sie war sich nicht sicher und viel zu müde, um einen vernünftigen Gedanken zu fassen. Sie hatte den Weg zum Hotel mit Hilfe des Telefons finden wollen, aber vergessen, am Flughafen eine thailändische SIM-Card zu kaufen. Also lief sie drauflos und versuchte dabei, auszusehen, als wüsste sie, was sie tat – und Rosie folgte ihr.

«Hier lang», sagte sie und schickte sicherheitshalber noch ein gemurmeltes *«glaub ich»* hinterher.

Es war die falsche Richtung. Und offensichtlich verstand sie niemand, als sie nachfragten und den Leuten den Namen des Hostels zeigten.

«Das ist der reinste Albtraum», sagte Rosie, und Alex beschleunigte ihre Schritte, um sie nicht mehr hören zu müssen.

Endlich stolperten sie dann doch irgendwann in die Khao San Road hinein. Ein Laden reihte sich an den anderen, auf Holzfeuern und Gasöfen wurden riesige Töpfe mit Wasser erhitzt, kleine Kinderplastikstühlchen in Rot und Grün standen dicht an dicht am Straßenrand, bereit für die erste Kundschaft des Tages. Doch von ihrem Hostel war immer noch weit und breit nichts zu sehen.

Rosies üble Laune hatte sich in lautstarkes Maulen verwandelt, als Alex in einer Nebenstraße *Mama's Paradise Bar and Guesthouse* erblickte.

«Das stand auch auf meiner Liste», log sie. *Na ja, wenigstens hat es auch was mit Paradies im Namen.* «Wir vergessen das andere und fragen hier.»

«Na gut», sagte Rosie.

«Sieht ganz okay aus», sagte Alex, als sie in die Düsternis hinter der Bar spähten.

Sie und Rosie bekamen ein Zimmer im obersten Stockwerk.

Eine eigentümliche Gestalt in fließendem Kaftan, mit platinblonder Perücke und breitem Lächeln ragte über ihnen auf. «Ich bin Mama», sagte sie. «Das hier ist mein Laden. Ich gebe euch Privatzimmer ganz oben.» Es klang wie die Königssuite.

War es nicht. Es kam Alex eher vor wie eine Billigabsteige. Nicht dass sie jemals in einer gewesen wäre, aber sie hatte für ihre Seminararbeit *Erledigt in Paris und London* gelesen und fand, dass das Zimmer zu Orwells Beschreibungen passte.

Sie schleppten ihre Rucksäcke über eine dunkle Betontreppe nach oben, Alex voran, den Zimmerschlüssel wie einen Glücksbringer umklammernd. Die Zimmernummern waren mit schwarzer Farbe an die Wand gemalt, und als sie die Tür aufmachte, trieb sie der Gestank nach alten Turnschuhen rückwärts zurück auf den Flur.

«Ernsthaft?», sagte Rosie.

«Es ist billig», blaffte Alex, zu müde für den gärenden Streit. «150 Bhat die Nacht. Drei Pfund. Dafür kann man kaum mehr erwarten. Außerdem bleiben wir ja nicht lang.»

«Eher nicht.»

«Wir verbuchen es als Erfahrung», sagte Alex.

«Ja.»

«So schlecht ist es doch gar nicht», fügte Alex mit dünner Stimme hinzu, als sich ihr der Horror in seinem ganzen Ausmaß präsentierte. «Außerdem sind wir sowieso kaum auf dem Zimmer.»

«Zum Glück», nuschelte Rosie und starrte die mit Mückenleichen übersäten beigen Wände an. Alex trat ans Fenster zum Flur, um die dünnen Vorhänge zu schließen, aber es blieb eine Lücke – es gab nicht genug Häkchen.

In dem Zimmer war definitiv auf jeglichen überflüssigen Komfort verzichtet worden. Es gab einen Ventilator, einen einzelnen Plastikstuhl und ein schmales Doppelbett. Das Betttuch trug die Spuren von Generationen schwitzender Touristen und war zur Mitte hin dunkler als an den Rändern.

«Hübsche Kissen», sagte Rosie, die immer noch keinen Schritt ins Zimmer getan hatte. Die schemenhaften Abdrücke von Zeichentrickkätzchen starrten ihnen entgegen, die riesigen, einst niedlichen Augen nach unzähligen Wäschen kaum noch erkennbar.

«Komm schon», murmelte Alex. «Auf welcher Seite willst du schlafen?» Sie hatte nicht damit gerechnet, sich mit Rosie das Bett zu teilen, und wusste aus dem Flugzeug, dass sie schnarchte.

«So weit entfernt vom Mückenfriedhof wie möglich», sagte Rosie mürrisch. «Ich hoffe nur, du schnarchst nicht …» Sie ließ den Rucksack auf den Boden plumpsen und setzte sich schwerfällig aufs Bett.

Alex tat dasselbe. Im Moment wollte sie nur noch nach Hause. «Ich gehe duschen.» Sie versuchte, das Zittern in ihrer Stimme zu unterdrücken, und fing an, nach Zahnbürste und Seife zu graben.

Rosie machte große Augen. «Wer weiß, wie's da aussieht! Kakerlakenhausen.»

«Ich habe noch nie eine Kakerlake gesehen», sagte Alex. «Wieder was fürs Erfahrungskonto.»

Plötzlich bemerkten sie draußen auf dem Gang zwei Thailänderinnen, die durch die Lücke zwischen den Vorhängen spähten und jede ihrer Bewegungen beobachteten.

«Dusche?» Alex öffnete die Tür und imitierte mit der Hand Regen über dem Kopf.

Die Frauen deuteten wortlos den Flur hinunter.

Die Mädchen drückten sich an den beiden vorbei und inspizierten einen winzigen Raum mit gefliestem Boden, einem Abflussloch und einem tröpfelnden Duschkopf. An einem Haken hingen schlaffe, ausgebleichte Handtücher. «Okay. Ich gehe rein!», sagte Alex mit übertrieben amerikanischem Akzent. «Wenn ich in fünf Minuten nicht zurück bin, rufst du den Klempnernotdienst.»

Und Rosie lachte.

Gott sei Dank!, dachte Alex.

Als sie etwas später mit noch nassen Haaren unten an der Bar saßen, tauchte Mama aus der Düsternis auf und trat vor die Tür.

Rosie stieß Alex in die Seite. «Die könnte fürs englische Rugby-Team spielen.»

Mama musterte sie, und Alex hatte Angst, sie könnte ihre Bemerkung gehört haben, aber dann fegte sie weiter den Müll vor ihrer Tür zusammen.

«Dirty people!», zischte sie einem Fußgänger zu, der einen Kaugummi auf die Straße spuckte. Ihr Lippenstift hatte auf den Zähnen einen roten Fleck hinterlassen.

Für die Backpacker-Horden war es wahrscheinlich noch zu früh – es war erst Mittag, und die Überbleibsel der Exzesse vom Vorabend hingen in sämtlichen Grautönen in den Gesichtern derjenigen, die es doch schon aus dem Bett geschafft hatten. Ein Junge in ihrem Alter schlurfte nur mit einer kurzen Hose bekleidet an ihnen vorbei. Dünn. Gelblicher Teint und uralte Augen. Er zog an einer Zigarette, als wäre es sein allerletzter Atemzug.

Gerade als Alex sagen wollte, wie krank er aussah, zwitscherte Rosie: «Sieht aus, als könnte man sich hier echt gut amüsieren.»

6

Freitag, 15. August 2014

DIE JOURNALISTIN

Terry musste zu der Geschichte nicht groß überredet werden. Die Nachrichtenlage war eher dünn. «Wie ich sehe, haben Sie heute Morgen beschlossen, *Wünsch dir was* zu spielen, Herr Nachrichtenredakteur. Ich kann hier nur leider keine Story entdecken», rief Simon Pearson, der Chefredakteur, Terry von seiner Bürotür aus zu und wedelte dabei mit dem beleidigenden Dokument. Terry grinste, als hätte Simon einen Witz gemacht. Aber wir wussten alle, dass er einen Einlauf kriegen würde, sobald die Tür ins Schloss gefallen war.

Als er wieder rauskommt, macht er ein tapferes Gesicht, aber er hält die Nachrichtenliste zerknüllt in einer Hand. «Die vermissten Mädchen werden der Aufmacher», sagt er, als wäre es seine Idee gewesen.

«Das ist ein bisschen dünn für den Titel», entgegne ich. Es stimmt. *Mädchen schreiben ihren Eltern aus dem Urlaub keine E-Mail* ist kaum eine Schlagzeile.

«Dann lass dir was einfallen und koch die Geschichte ein bisschen hoch, Kate. Was anderes haben wir heute nicht.»

Ich beobachte, wie er sich in seinem Glaswürfel verbarrikadiert und Löcher in die Luft starrt. Ich frage mich, wie lange er es noch mitmacht, sich zwölf Stunden täglich dem Beschuss auszusetzen. Er behauptet immer, er liebt es – er liebt das Sirren, immer im Zentrum des Geschehens zu sein –, trotzdem sieht er von Tag zu Tag mehr aus wie ein Opfer häuslicher Gewalt.

Ich fürchte, ich muss dafür sorgen, dass die Geschichte funktioniert.

Malcolm O'Connor hebt beim ersten Klingeln ab.

Der Mann sitzt offensichtlich direkt neben dem Telefon.

«Hallo, Mr. O'Connor? Bitte entschuldigen Sie die Störung, aber ich rufe wegen Ihrer Tochter an, Alex. Ich arbeite für die *Daily Post* und möchte Ihnen helfen, sie zu finden.»

Ich versuche, mir den Mann am anderen Ende der Leitung vorzustellen. Mittelalt, langsam schütter werdendes Haar? Auf alle Fälle verzweifelt. Ich hatte gehofft, die Mutter ans Telefon zu kriegen. Mit Frauen lässt sich leichter über Trauer, Gefühle und Verlust reden. Männer, auch Väter, tun sich schwer damit, Worte zu finden. Und ein tapferes Gesicht klingt schwarz auf weiß gedruckt immer so kalt.

Am anderen Ende herrscht Schweigen.

«Mr. O'Connor?»

«Entschuldigung, ja. Ich glaube, Sie sprechen besser mit meiner Frau.»

Aus einem anderen Zimmer sind Stimmen zu hören, das Rascheln von Bewegung, dann wird der Hörer wieder aufgenommen.

«Hallo? Wer ist da?»

«Kate Waters, Mrs. O'Connor. Ich habe ihrem Mann gerade schon erklärt, dass ich für die *Daily Post* arbeite und ich Ihnen dabei helfen will, Alex zu finden.»

«Die *Post*? Die lesen wir eigentlich nicht, aber … haben Sie irgendwas gehört? Was hat man Ihnen gesagt? Sie wissen sicher mehr als wir.»

«Ich weiß vermutlich genauso viel wie Sie, Mrs. O'Connor.» *Weniger, wenn ich ehrlich bin.* «Ich stehe im Kontakt zur Polizei in Hampshire und zu unserem Korrespondenten in Bangkok, aber bis jetzt gibt es kaum Informationen. Erzählen Sie mir doch erst mal, was Sie gehört haben.»

«Nur dass man Interpol informiert hat. Und wir haben Kontakt zur Botschaft in Bangkok aufgenommen. Die sagen, wir müssen warten. Ich weiß nicht, wie lange wir das noch können.» Ihre Stimme kippt, und ich weiß, dass der Zusammenbruch nicht mehr fern ist.

«Über Facebook zu gehen, ist eine gute Idee gewesen», sage ich, um sie abzulenken. Sie muss mit mir reden. «Damit erreichen Sie da drüben mit Sicherheit Tausende von Backpackern und Touristen.»

«Genau dasselbe sagt Dan auch, unser Sohn», antwortet sie leise. «Ich bin erst bei Facebook, seit Alex unterwegs ist. Sie hat gesagt, so kann ich ihre Fotos immer sofort sehen. Dass wir so lesen können, was sie unternimmt. Aber seit einer Woche herrscht Funkstille. Niemand hat etwas von ihr gehört. Niemand weiß irgendwas. Also haben wir gewartet. Wir dachten, sie wären vielleicht für ein paar Tage zu einem Trip aufgebrochen, aber wir hatten vereinbart, dass sie sich meldet, wenn die Noten bekanntgegeben werden. Das war gestern. Ihre Abiturnoten. Sie wollte so dringend wissen, ob sie zum Studium zugelassen ist. Ihr war klar, dass sie sich nach einer Alternative umhören muss, falls sie es nicht geschafft hat.»

«Ja. An die Zeit erinnere ich mich auch noch», sage ich. Jake wurde an der Uni seiner Wahl auf Anhieb angenommen, aber ich kann mich noch sehr gut an den Tag erinnern, als Freddie die demütigenden Telefonate führen musste, während ich neben ihm in der Aula stand, ihm nickend und aufmunternd zulächelte und er eine Absage nach der anderen kassierte. Schließlich nahm er das Angebot für den Studienplatz in Medienwissenschaften in Birmingham an. Meine Wahl wäre das nicht gewesen – drei Jahre, während der er Journalist spielte und einen Haufen Schulden machte –, aber ich war zu erschöpft von dem Prozedere, um mit ihm zu streiten. Er sagt, es macht ihm Spaß.

«Was ist mit Rosie?», frage ich.

«Auch nichts. Aber bis jetzt kamen die Nachrichten eigentlich immer von Alex. Rosie war nicht so … Sie wissen schon.»

«Ja, ich habe selbst so einen. Hören Sie, wäre es vielleicht möglich, dass ich bei Ihnen vorbeikomme, Lesley? Darf ich Lesley zu Ihnen sagen? Damit wir uns richtig unterhalten können? Ich finde das am Telefon eher schwierig, meinen Sie nicht? Wenn Sie wollen, könnte ich sofort zu Ihnen kommen.»

Es folgt eine kurze Pause, und ich kann Lesley O'Connor mit ihrem Mann flüstern hören. *Sie will zu uns kommen, um mit uns zu sprechen.*

Ich kann die Antwort zwar nicht hören, aber ein paar Sekunden später sagt Lesley: «Okay. Haben Sie unsere Adresse?»

Mick Murray fährt. So ist es ihm lieber. «Ich habe meine gesamte Ausrüstung im Kofferraum – es ist einfacher, wenn wir mit meinem Wagen fahren. Abgesehen davon fährst du wirklich miserabel Auto.»

Ich nehme auf dem Beifahrersitz Platz, kicke mit dem Schuh leere Cola-Flaschen und uralte Junkfood-Tüten beiseite und versuche, den überquellenden Aschenbecher zu ignorieren. Aber Mike bemerkt meinen Blick.

«Tut mir leid, hab's diese Woche nicht in die Waschanlage geschafft.»

«Diese Woche? Dieses Jahrhundert, wolltest du sagen. Die Big-Mac-Schachteln da unten sind älter als meine Kinder.»

«Sieht vielleicht aus wie eine rollende Müllkippe, ist aber mein Zuhause.» Er lacht und zündet sich eine Zigarette an.

«Also ... Terry ist fest entschlossen, die Story auf die Titelseite zu bringen. Ein bisschen dünn, wenn du mich fragst, aber es ist August.»

«Die Bildredaktion ist genauso verzweifelt. Wir kriegen das schon hin. Das sind hübsche Mädchen – auf der Facebook-Seite des Bruders gibt es ein paar Fotos von ihnen vor irgendeinem Tempel.»

«Ich hoffe, dass Mum und Dad uns noch ein bisschen mehr Stoff liefern. Die Armen. Sie klingen, als wären sie nette Leute.»

Mick nickt, wirft die Kippe zum Fenster raus und angelt sich sofort die nächste Zigarette aus dem Päckchen auf dem Armaturenbrett. Er zündet sie an und inhaliert tief.

«Scheiße, Mick, mach das Fenster auf. Ich rauche das Ding für dich mit.»

Er lacht und bekommt einen Hustenanfall, der klingt, als würde er jeden Moment sterben. «Ex-Raucher sind die schlimmsten Nichtraucher. Genieß es. Die ist umsonst ...»

Ich öffne das Fenster und mache mir Gedanken über das bevorstehende Interview.

Wir halten vor der angegebenen Adresse, einem Haus in einer Reihe roter Backsteinhäuser am Rand der wohlhabenden Kleinstadt. Ich nehme sämtliche Einzelheiten in mich auf und versuche, mich zu sammeln, doch als ich aus dem Wagen steige, klingelt mein Telefon. Es ist Steve, aber er ist durch den Verkehrslärm kaum zu verstehen.

«Entschuldige, Liebling, ich stehe irgendwo auf dem Bürgersteig. Bin auf dem Sprung zu einem Interview. Können wir später reden?»

«Ich wollte dich nur an heute Abend erinnern. Wir sind mit Henry und Deepika zum Tapas-Essen verabredet. Weißt du noch?», ruft er.

«Ja, ja.» Das hatte ich vergessen. Mit Absicht, würde Steve behaupten, aber ich habe momentan zu viel im Kopf. Außerdem kann ich Henry nicht ausstehen. Er ist zwar ein Kollege von Steve, aber trotzdem ein Arschloch. Er gehört zu der Sorte Männer, die es witzig finden, ihre Frau vor anderen niederzumachen, und sobald andere irritiert reagieren, «War nur ein Witz!» zu rufen. Deepika, Partnerin in einer Anwaltskanzlei, macht sein Verhalten offenbar nichts aus. Sie lacht nur, wenn er sie als «meine oberste Heeresleitung» und seine Ehe als «lebenslänglich» bezeichnet, aber mir geht sein Verhalten mächtig gegen den Strich.

Bei unserer letzten Begegnung hatte ich mir als Reaktion noch ein Glas Wein bestellt, obwohl Steve mich mit seinem «Es reicht»-Blick bedacht hatte.

«Sag ihm, wenn er heute Abend wieder den Bernard Manning raushängen lässt, ramme ich ihm eine extrascharfe Peperoni ins Nasenloch», rufe ich zurück.

«Katie, du benimmst dich! Okay?» Steve lacht, aber ich höre die Anspannung in seiner Stimme.

«Vielleicht. Ich lieb dich. Bis dann.»

«Auf wen willst du mit einer Chilischote losgehen?», fragt Mick und schultert die Kameratasche.

«Geht dich gar nichts an. Los. Greifen wir an.»

7

Freitag, 15. August 2014

DIE JOURNALISTIN

Das Wohnzimmer der O'Connors ist ein Hindernisparcours aus Möbeln und Schnickschnack, und ich muss einen gepolsterten Schemel, eine zitternde Riesenorchidee und einen scharfkantigen Couchtisch umrunden, um zu dem Sessel zu gelangen, den Lesley mir anbietet. Auf dem Sofa sitzt noch eine Frau, einen Becher Tee in den Händen.

«Das ist Jenny, Rosies Mum. Wir haben sie angerufen und ihr gesagt, dass Sie kommen, und sie wollte mit dabei sein», sagte Lesley eilig.

Aber begeistert bist du nicht, denke ich. *Ich frage mich, warum.*

Jenny nickt mir wortlos zu und trinkt einen Schluck Tee.

«Hallo, Mrs. Shaw. Ich bin Kate, und das ist Mick, mein –»

Mick schneidet mir mit einem giftigen Blick das Wort ab. «Ich bin der Fotograf, der zusammen mit Kate an dieser Geschichte arbeitet.»

Er wird in letzter Zeit immer ekelhafter, wenn ich ihn versehentlich als «meinen Fotografen» bezeichne.

«Ich bin nicht dein verfluchtes Äffchen!», zischt er.

Lesley O'Connor tut, als würde sie nichts bemerken. «Tee?», fragt sie in die plötzliche Stille hinein, und als ich nicke, ruft sie «Noch zwei Tee, Malcolm» nach draußen.

Lesley ist ungefähr in meinem Alter – Anfang fünfzig

würde ich sagen. Sie trägt unmodische Billigjeans, hansaplastfarbene Sandalen und ein langes T-Shirt. Kein Make-up. Keine Ohrringe. Unauffällig knöpfe ich das Jackett auf und lege es beiseite. Ich will auf keinen Fall zu förmlich wirken.

«Lesley», sage ich, doch sie fällt mir ins Wort.

«Haben Sie gut hergefunden?», fragt sie.

Sie zögert den schlimmen Moment hinaus. Den Moment, wenn sie es aussprechen muss. «Wunderbar. Ganz problemlos. Vielen Dank, dass wir herkommen durften.» Ich beuge mich vor, um Blickkontakt herzustellen. «Erzählen Sie mir doch ein bisschen über Alex, Lesley. Sie hat sich bestimmt furchtbar auf diese Reise gefreut.» Lesley lächelt mich dankbar an. Genau das will sie: sich an die glücklichen Zeiten erinnern, die vor der letzten Woche lagen.

«Und wie. Sie haben sich beide so gefreut, nicht wahr, Jenny?»

Jenny Shaw sieht nicht von ihrer Teetasse auf. Ich kann spüren, wie die Anspannung im Raum sich ein winziges bisschen steigert. Nur Lesley merkt offensichtlich nichts davon und spricht ahnungslos weiter.

«Alex kannte kein anderes Thema mehr. Sie wollte ursprünglich mit ihrer besten Freundin Mags verreisen, aber das fiel ins Wasser, und dann ist Rosie eingesprungen. Alex hat Stunden im Internet verbracht, sich die Inseln angesehen, recherchiert, wie man dorthin kommt, Sie wissen schon, Busrouten, Fähren, all so was, und die Unterkünfte. Sie hat alles genau geplant. Sie wollten erst mal für drei Monate weg und dann weitersehen. Vielleicht sogar noch nach Australien, falls sie dort Arbeit finden.»

«Ziemlich große Pläne. Waren die beiden vorher schon mal weg?»

«Nein», sagt Jenny Shaw. Ihr erstes Wort.

«Nein, das stimmt», sagt Lesley schnell. «Sie sind beide das erste Mal weg von zu Hause. Aber das sind zwei vernünftige Mädchen, haben alles genau geplant. Alex hat sogar eine Tabelle angelegt.»

Ich meine, von Jenny Shaw ein Prusten zu hören. «Verzeihung Jenny, ich habe Sie nicht verstanden», sage ich.

«Ich habe nichts gesagt.»

«Jenny ist ziemlich außer sich», sagt Lesley entschuldigend. «Wie wir alle.»

Malcolm O'Connor stellt ein Tablett ab, auf dem er sorgsam ein Milchkännchen, eine Zuckerdose, Schokoladenkekse und eine Teekanne mit Wärmehaube arrangiert hat. *Es darf auf keinen Fall die Etikette leiden*, registriere ich.

«Ja. Das sind wir», sagt er und setzt sich zu seiner Frau und Jenny aufs Sofa.

«Wir müssen sie finden», sagt Lesley und nimmt seine Hand. «Wir sind verzweifelt. Wir können nicht mehr schlafen. Malen uns die schrecklichsten Dinge aus.»

«Weshalb haben Sie Alarm geschlagen, Lesley? Hat Alex irgendetwas Beunruhigendes erzählt?»

«Nein. Gar nicht. Das ist es ja gerade – die beiden haben sich wunderbar amüsiert. Aber jetzt haben wir seit Tagen nichts mehr von ihnen gehört. Das sieht den beiden gar nicht ähnlich. Die Abmachung lautete, dass die Mädchen sich jeden zweiten Tag bei uns melden. Eine Nachricht über Facebook, über WhatsApp oder, wenn sie Zeit haben, eine E-Mail. Und gestern wurden die Abiturnoten bekanntgegeben. Ich habe den Brief noch gar nicht aufgemacht, weil wir das mit Alex gemeinsam tun wollten. Sie wusste genau, dass das am vierzehnten August sein würde – sie hat uns extra eine Mail geschickt, um uns zu sagen, wann sie anrufen würde. Sie wusste genau, dass wir darauf warten, von ihr zu hören. Stimmt doch, Mal?»

Er nickt und lässt ihre Hand los, um Tee einzuschenken.

«Wäre es möglich, die Mails zu sehen, Lesley? Ich würde in meinem Artikel gerne ein paar Worte der Mädchen selbst verwenden. Wenn ich darf.»

«Wozu?», fragt Jenny.

Um der Geschichte Saft zu verpassen, werden sie nicht hören wollen. «Um ihnen eine Stimme zu geben», sage ich stattdessen. «Schließlich geht es um sie.» Sie wirkt nicht überzeugt, also mache ich weiter: «Mit wem haben Sie in Thailand gesprochen, Lesley?»

«Wir hatten Kontakt zur Botschaft. Dort waren sie sehr nett, aber sie meinten, es wäre noch sehr früh. Dass bei ihnen im letzten Jahr vierhundert Touristen als vermisst gemeldet wurden. Sie meinten, die Leute würden schnell wiederauftauchen. Dass wir nicht in Panik verfallen sollen. Und das versuchen wir ja auch.»

Beim letzten Wort muss Lesley schlucken, und sie verstummt. Ich halte den Blickkontakt, nicke aufmunternd, und sie holt tief Luft und fährt fort.

«Sie hätte sich melden müssen. Alex ist ein liebes Mädchen. Sie würde uns das niemals antun. Wir wissen, dass sie in Bangkok ein Zimmer in einem Hostel gebucht hat, dem *Green Paradise*, aber als wir dort angerufen haben, hieß es, sie wären nie dort aufgetaucht. Wir wissen nicht, wo sie abgestiegen sind – auf Facebook nennt sie es «Bates Motel». Ich dachte, das wäre ein Witz. Mir war nicht klar, dass sie tatsächlich woanders wohnen – bei unserem ersten Telefonat hat sie nichts dergleichen erwähnt. Es gab so viel anderes zu erzählen. Sie war so aufgedreht. Total aufgeregt. Die beiden fanden Bangkok toll. Sie hat uns von den Tempeln erzählt und von den neuen Leuten, die sie kennengelernt haben. Und dann nichts mehr. Niemand hat etwas von ihr gehört. Keine ihrer Freundinnen – wir haben sie alle angerufen. Ihr Telefon ist ausgeschaltet. Wir wissen einfach nicht …»

Malcolm legt den Arm um sie. Jenny Shaw wirkt vollkommen isoliert, sitzt am äußersten Rand des Sofas, und ich beuge mich zu ihr und berühre sanft ihren Arm, um sie zu integrieren.

«Und Sie, Jenny? Wie kommen Sie und Ihr Mann damit zurecht?»

«Ex-Mann.»

Scheiße. «Verzeihung. Das muss eine harte Zeit für Sie sein.»

Jenny Shaw holt tief Luft. Sie wirkt so fragil, als würde sie jeden Moment zusammenbrechen. «Ja», sagt sie. «Sehr hart. Rosie ist mein einziges Kind. Sie dürfte eigentlich gar nicht in Thailand sein. Sie sollte ihr Studium anfangen. Sie will Hebamme werden. Aber sie hat beschlossen, es um ein Jahr zu verschieben.»

«Um zu reisen?», hake ich nach.

«Ja. Eigentlich war das Alex' Idee. Sie hat Rosie überredet mitzukommen.»

Lesley wirft ihr einen schnellen Blick zu. Es könnte eine Warnung sein.

«Sind die beiden eng befreundet?», bohre ich weiter.

«Eigentlich nicht. Sie kennen sich erst seit ein paar Jahren, seit wir hierhergezogen sind. Nach der Scheidung mussten wir uns verkleinern.»

Ich nicke mitfühlend. «Das war sicher nicht leicht.»

«Wir sind zurechtgekommen», sagt Jenny brüsk. «Ich war ziemlich überrascht, als Rosie mir erzählte, dass sie mit Alex nach Thailand will. Die Mädchen waren zwar im selben Jahrgang, aber so viel hatten sie auch wieder nicht miteinander zu tun. Und wenn sie zurückkommen, gehen sie auf verschiedene Unis.»

Einen Herzschlag lang senkt sich Stille über den Raum. *Wenn.*

«Wie ist es Rosie in ihren Prüfungen ergangen?», frage ich.

«Ich habe die Ergebnisse auch noch nicht aufgemacht, aber ich bin mir sicher, dass sie gut abgeschnitten hat.»

«Was ist Rosie für ein Mädchen?»

«Sie ist klug.» Jennys Stimme wird eng, und sie klingt etwas atemlos. «Aber sie ist jung und lässt sich manchmal zu Dingen hinreißen, nichts Schlimmes. Etwas störrisch in letzter Zeit – wenn sie sich was in den Kopf gesetzt hat, ist sie nicht mehr davon abzubringen.»

«Wie diese Reise?»

«Ja. Wie diese Reise. Ich war der Meinung, sie sollte wie geplant mit dem Studium beginnen. Aber sie hat nicht auf mich gehört, und dann hat ihr Vater ihr das Geld dafür geliehen.»

Sie drückt sich vorsichtig aus, überprüft jede einzelne Aussage mit einem kleinen, bestätigenden Nicken. Sie erinnert mich an einen Vogel im Käfig. Diese ruckende Kopfbewegung. «Ist Ihr Mann – Entschuldigung, Ex-Mann – in die Suchaktion involviert?», frage ich.

«Nein. Seine neue Frau braucht ihn zu Hause. Sie hat gerade ein Kind bekommen.»

Unausgesprochen schwingt der Subtext von Schuldzuweisungen und einer von Scheidung in drei Teile zerrissenen Familie mit. Noch. Ich kann das Brodeln spüren und frage mich, wann es überkocht. *Ziemlich bald, falls Rosie nicht gefunden wird. Jenny wird jemanden brauchen, auf den sie mit dem Finger zeigen kann.*

«Die Polizei sagt, vielleicht sind die Mädchen für ein paar Tage unterwegs, irgendwohin, wo es weder WLAN noch Empfang gibt», sagt Malcolm O'Connor und schüttelt den Kopf.

Lesley sieht ihren Mann an. «Warum sagen die das ständig? Wir glauben, dass sie noch in Bangkok waren, als sie das letzte Mal geschrieben haben. Alex sagte, sie hätte eine Elefantentour gebucht. Sie hatten so viel Spaß.» Sie verstummt erschrocken. Der letzte Satz ist ihr offensichtlich herausgerutscht. «Ich habe solche Angst, dass wir sie verloren haben. Ich muss ständig daran denken, wie sie uns am Flughafen von der Schlange an der Sicherheitskontrolle aus zugewinkt hat. Auf dem Weg in ihr großes Abenteuer.» Tränen laufen ihr übers Gesicht und tropfen vom Kinn auf Malcolms nackten Unterarm. «Entschuldigung», murmelt sie, wischt sich mit dem Ärmel ab und macht Anstalten aufzustehen.

«Nehmen Sie sich einen Augenblick Zeit, Lesley», sage ich leise und angle ein Tempo aus meiner Handtasche. «Natürlich haben Sie Angst. Das würde allen Eltern so gehen. Gibt es ein Foto von den beiden am Flughafen?»

Jenny steht auf und quetscht sich an den Knien vorbei. Auch sie weint. «Ich brauche eine Minute», sagt sie.

«Jenny, bleib doch», schluchzt Lesley, aber ihre Nachbarin verschwindet im Flur. Sie dreht sich zu mir. «Wir fühlen uns so hilflos. Sie werden uns doch helfen, oder?»

Ich stehe auf und setze mich zu ihr aufs Sofa, auf Jennys Platz. Dann beuge ich mich zu ihr und drücke ihre Hand. «Natürlich. Sobald wir hier fertig sind, setze ich mich hin und schreibe einen Artikel, damit die Leute weiter nach ihnen suchen. Die *Post* wird online auf der ganzen Welt gelesen.»

Plötzlich wirkt Lesley argwöhnisch. *Ihr ist gerade wieder*

eingefallen, dass ich Reporterin bin. «Was werden Sie denn schreiben?»

«Dass Sie verzweifelt ihre Töchter suchen und dass Sie Angst um Alex und Rosie haben. Ich werde über die Mädchen schreiben und über die letzten Informationen, die Sie von ihnen bekommen haben. Wir brauchen Fotos von den beiden – und von Ihnen. Wir wollen, dass andere Eltern verstehen, was Sie durchmachen.»

«Na ja. Wenn Sie meinen, dass das zu was gut ist», sagt Lesley zögerlich.

Jenny ist wieder da. Sie steht im Türrahmen und betupft sich die Augen.

«Was meinst du, Jenny?», sagt Lesley.

Jenny starrt den Teppich an. «Okay», sagt sie.

BANGKOK, ZWEITER TAG

Montag, 28. Juli 2014

Alex O'Connor

Montag um 06:30

... ist tatsächlich hier. Träume. Werden. Wahr.

Vor einem Monat, als ihre beste Freundin Mags einen Rückzieher machte, hätte sie die ganze Reise fast abgeblasen. An dem Tag hatten sie eigentlich die Flüge buchen wollen, aber Mags war zu ihr nach Hause gekommen, um ihr zu sagen, dass sie es sich anders überlegt hatte. Sie hätte einfach nicht genug Geld – es täte ihr so leid. Alex war viel zu perplex, um sich zu streiten. Später fragte sie sich, ob ihre beste Freundin jemals ernsthaft die Absicht gehabt hatte mitzukommen.

Und dann hatte Rosie sie angefleht, sie mitzunehmen. Alex war, gelinde gesagt, erstaunt gewesen. Zum einen, weil sie keine *echten* Freundinnen waren. Sie waren nicht zusammen aufgewachsen, so wie sie und Mags. Rosie war erst Anfang der Oberstufe in Alex' Straße gezogen, und sie belegten verschiedene Kurse. Alex' Mum hatte damals vorgeschlagen, dass sie morgens zusammen zur Schule gehen sollten, dass sie Rosie ihren Freundinnen vorstellen sollte und so weiter.

«Sie ist neu, Alex. Sei nett zu ihr.»

Das erste Mal waren sie sich begegnet, als Rosie und ihre Mum – ohne Dad – zu einem peinlichen Willkommensmittagessen zu ihnen kamen.

Alex hatte den Gästen die Haustür aufgemacht. Das Mädchen auf der Türschwelle war kleiner als sie, hatte einen toupierten blonden Pferdeschwanz und trug einen geblümten kurzen Einteiler und hohe Keilabsätze dazu. Alex zupfte sich verlegen das Hogwarts-T-Shirt aus dem Hosenbund und bat sie herein.

«Mir war nicht klar, dass wir uns aufmotzen», raunte sie ihrer Mutter zu, als sie die Gäste ins Wohnzimmer führte.

Es gab einen peinlichen «Und in welchen Fächern machst du Abi?»-Moment, ehe ihre Mutter sie zum Essen rief. Als Alex' großer Bruder Dan aufkreuzte, fing Rosie an zu strahlen, setzte sich neben ihn und nahm ihn mit ihren Grübchen und den kullerrunden Kinderaugen in Beschlag. Alex versank in griesgrämiges Schweigen. Bis zur Nachspeise hielt sie durch – Apple Charlotte, Lesleys «berühmte Nachspeise», verkündete ihr Dad stolz, und Alex wäre am liebsten gestorben. Und als wäre das nicht schon schlimm genug, folgte kurz darauf die elterliche Angeberei.

«Rosie geht an die Uni, um Geburtshilfe zu studieren», verkündete ihre Mutter Jenny. «Sie wollte immer schon Hebamme werden. Dafür braucht sie natürlich gute Noten, aber sie ist sehr klug.»

Alex' Mum setzte ihr angespanntes Lächeln auf und antwortete: «Das klingt schön. Alex ist eher an einer akademischen Laufbahn interessiert, nicht wahr, Schätzchen?»

Die Mädchen standen gleichzeitig auf und verdrückten sich auf die Terrasse.

«Sorry wegen eben. Diese Hebammenkiste ist ihr Lieblingsthema», sagte Rosie. «Ich bin mir nicht sicher, ob ich die Zulassung schaffe, aber sie will unbedingt, dass ich das mache.»

«Meine ist genauso schlimm.» Alex grinste. «Löwenmütter!»

Es hatte sich angefühlt wie ein gemeinsamer Anfang,

aber es war nie wirklich etwas daraus geworden. Alex hatte nie genau verstanden, weshalb. Normalerweise war sie in ihrer Clique die, zu der die Leute kamen, wenn sie Probleme hatten, reden wollten oder einen Rat brauchten. Unsere Kummertante, nannten ihre Freundinnen sie im Spaß. Aber als Alex morgens auf dem Schulweg versuchte, über die Bücher zu sprechen, die sie gelesen hatte (Rosie las grundsätzlich nur die Pflichtlektüre und die *Heat*) oder über Filme, die sie sich ansehen wollte (ihre neue Freundin stand auf hirnlose Rom-Coms), stellte sich heraus, dass Rosie nur Jungs im Kopf hatte. Sonst nichts. Sie wollte von ihnen gesehen werden, sie wollte, dass sie ihr erzählten, wie hübsch sie war, und ihr Outfit bewunderten. Alles andere war ihr komplett egal. Alex versuchte es schließlich mit der «Ich-auch»-Strategie und erzählte Rosie von einem Jungen, mit dem sie sich traf, und tatsächlich erntete sie dafür einen Funken Interesse. Also wurde das ihr Standardthema, und als Alex mit ihm Schluss machte, weinte sie ein bisschen, und Rosie gab ihr ein Taschentuch und sagte, sie würde drüber wegkommen. Doch die Wahrheit lautete, dass Rosie und sie im Grunde nie über das Stadium von Social-Media-Geplapper hinauskamen.

«Wir sind wie Facebook-Freunde», sagte sie zu ihrer Mutter, die nicht verstand, was sie damit meinte. «Wir reden, aber es gibt keine echte Verbindung.»

«Aha», antwortete ihre Mum. «Na ja. Du hast es versucht.»

Zu Beginn des Winterhalbjahrs, als Rosie dann mit dem Bus zur Schule fuhr – «Es ist viel zu kalt, außerdem kann ich so zwanzig Minuten länger liegen bleiben» –, wandte Alex sich schließlich achselzuckend ab. Wenn sie sich zufällig über den Weg liefen, blieben sie immer noch stehen, um hallo zu sagen, und sie luden einander auch weiter gegenseitig zum Geburtstag ein, aber Alex war erleichtert, die großschwesterlichen Pflichten wieder los zu sein.

Als Rosie sie dann an dem Tag, nachdem Mags die Bombe hatte platzen lassen, in der Schule abpasste, hätte Alex niemals geahnt, was kommen würde.

«Ich hab gehört, Mags hat dich hängenlassen!» Rosie platzte ohne jede Einleitung damit heraus. «Das war beim Mittagessen *das* Thema. Tut mir echt leid.»

«Danke, Rosie.» Alex war aufrichtig berührt. «Ich weiß ehrlich gesagt noch nicht genau, was ich jetzt machen soll. Meine Mum will nicht, dass ich alleine fliege ...»

«Also, kann ich an ihrer Stelle mitkommen? Bitte! Thailand, das klingt so super», sagte Rosie und hakte sich bei Alex unter.

«*Du?* Du willst mitkommen?»

«Ja. Das wäre doch toll!»

«Das ist echt lieb von dir», antwortete Alex vorsichtig, viel zu verblüfft, um sich selbst über den Weg zu trauen. «Aber ich dachte, du wolltest direkt auf die Uni ...»

«Ja, stimmt. Aber ich habe es mir anders überlegt.»

«Ach so, das wusste ich nicht.»

«Weiß keiner. Du bist die Erste, der ich es sage.»

«Okay ... Also können wir morgen früh darüber reden? Ich muss zu einer Schülervertretungssitzung.»

«Klar. Obwohl ich nicht weiß, ob ich heute Nacht ein Auge zukriege», meinte Rosie und ging singend davon.

Alex hatte auch kaum geschlafen, weil sie mit der Vorstellung gerungen hatte, wie es wäre, mit Rosie drei Monate lang zusammen zu sein. Sie hatte Bedenken gehabt. Was auch sonst? Worüber sollten sie sich während zwölfstündiger Busreisen unterhalten? Würde Rosie Heimweh kriegen, sobald sie gelandet waren? Würde sie irgendwann einfach abhauen und sie irgendwo sitzenlassen? Doch gegen drei Uhr morgens hatte sie ihre Bedenken schließlich zusammengetrieben, in eine Kiste gesperrt und den Deckel zugeklappt.

Wenn sie ehrlich war, hätte Alex nach jedem Rettungsring gegriffen, um ihre geliebte Reise nicht aufgeben zu müssen. Als sie Rosie dann am nächsten Morgen an der Ecke auf sie warten sah, schrie sie ihr laut «JA!» entgegen und rannte zu ihr, um sie zu umarmen.

Rosie umarmte sie auch, zitternd vor Aufregung. «Danke!», sagte sie. «Du hast mir das Leben gerettet.»

Alex hatte keine Ahnung, was das bedeuten sollte, und sperrte die Bemerkung zu den Bedenken in die Kiste. Sie wollte den Moment auf keinen Fall verderben, und auch Rosie äußerte sich nicht weiter dazu. Den ganzen Schulweg über plapperte sie in Höchstgeschwindigkeit von all den Dingen, die sie unternehmen würden. Was sie packen sollte, wollte sie wissen. Und ob sie auch Elefanten sehen würden?

Die Euphorie trug sie durch die stürmischen Tage, die noch kommen sollten. Alex versuchte, ihre Reibereien kleinzureden, aber sie stritten sich ein paar Mal ziemlich heftig. Wenn sie ehrlich war, mehr als ein paar Mal. Das größte Problem war, dass Rosies Mutter nichts von ihrem Plan wusste, ein Jahr Auszeit einzulegen, und es kam zu regelrechten Schreiwettbewerben zwischen ihnen, die in einem sehr schwierigen Treffen mit Alex' Eltern mündeten. Wie sich herausstellte, hatte Rosie kein Geld für die Reise, sie konnte sich nicht mal den Flug leisten. Es folgten verzweifelte achtundvierzig Stunden, weil feststand, dass die Reise geplatzt war, bis Rosie plötzlich verkündete, sie habe das Geld aufgetrieben. Ihr Vater habe es ihr gegeben.

«Er hatte nicht wirklich eine Wahl», sagte sie lachend.

«Wie meinst du das?», fragte Alex.

«Ich hab ihm gesagt, er schuldet mir was, für die Art, wie er mich behandelt hat. Stimmt doch.»

Alex war viel zu erleichtert, um dies zu hinterfragen. «Das ist toll, Rosie», gab sie zurück.

Dafür läutete die «Einmischung» ihres Vaters die nächsten Streitrunden zwischen Rosie und ihrer Mutter ein. Das ständige Auf und Ab war anstrengend, doch offensichtlich hatte Rosie neues Selbstvertrauen daraus gezogen, sich durchgesetzt zu haben. Sie hockte sich hin und nickte mit ihrem kleinen blonden Köpfchen, während Alex ihr die Pläne erklärte, über denen sie monatelang mit Mags gebrütet hatte.

«Das klingt alles total magisch», hatte sie gesagt.

Doch wie sich rausstellte, hatte Rosie ihre eigenen Vorstellungen.

«Ach du Scheiße! Nicht noch ein Tempel!», hatte sie lachend gesagt, als sie vor dem Boarding ihre ordentlich zusammengeheftete Kopie von *A&Rs ultimativem Reiseplan* studiert hatte. «Stehst du auf Mönche, oder was?»

Alex hatte mitgelacht, aber Rosie hörte nicht auf zu sticheln. Sie gab keine Ruhe und kritisierte Alex' Kulturprogramm in Grund und Boden. Plötzlich hatte Rosie keinen Bock mehr auf Magie. Rosie wollte Party machen.

Sie hatten sich trotzdem geeinigt. So gut wie, jedenfalls.

8

Freitag, 15. August 2014

DIE JOURNALISTIN

Ich bin spät dran und sehe sie schon an einem Tisch im Freien sitzen. Henry sieht auf die Uhr. *Leck mich.* Ich winke ihnen zu, hebe die Hände und verziehe entschuldigend das Gesicht. Das muss reichen.

Die Männer erheben sich, als ich an den Tisch trete und Begrüßungsküsschen verteile.

«Habt ihr schon bestellt?»

«Wir haben auf dich gewartet, Katie», sagt Steve betont.

«Ach so, entschuldigt. Komme ich viel zu spät?»

«Nein. Was möchtest du trinken?»

Das gibt Ärger. Ich mustere die Runde, um zu sehen, was die anderen bestellt haben. Die Jungs teilen sich eine Flasche Rotwein, und Deepika hält mir ein Glas sprudelndes Mineralwasser hin.

«Ich habe eine alkoholfreie Woche», erklärt sie mit rechtschaffenem Tonfall.

«Ein Glas Weißwein, bitte», sage ich. «Ein großes. Ich hatte einen harten Tag.»

Deepika lächelt mitfühlend. «Heiße Story?»

«Na ja, ein bisschen. Zwei in Thailand vermisste Mädchen. Ich war zu einem Interview bei den Eltern in Winchester.»

«Ist Jake nicht auch gerade in Thailand?», fragt sie und tunkt ein Stück Weißbrot in Tapenade.

«Ja, das stimmt», sage ich und drehe mich um, um zu sehen, wo mein Wein bleibt.

Henry und Steve reden über die Arbeit und jammern über die jüngsten Budgetkürzungen in der Klinik, während ich versuche, Deepika von meinem Sohn abzulenken.

«Wie schön, dass das heute geklappt hat!», sage ich, und höre selbst, wie unaufrichtig meine Stimme klingt. «Wir haben uns seit Ewigkeiten nicht gesehen. Was war bei dir so los in letzter Zeit?»

Als sie anfängt, mir in epischer Länge einen komplizierten Fall aus der Kanzlei und ihre Probleme mit irgendwelchen lauten Nachbarn zu schildern, schalte ich ab. Ich denke an Lesley und Jenny, die jetzt jede für sich zu Hause sitzen und gegen die Angst ankämpfen, ihren Töchtern könnte etwas zugestoßen sein.

Ich habe die Geschichte möglichst offen angelegt, die emotionalen Zitate der beiden Familien mit offiziellen Statements und früheren Fällen vermisster Backpacker aufgepolstert, aber was den Eltern in der Leserschaft tatsächlich zu Herzen gehen, was ihnen auf den Magen schlagen wird, ist das Selfie der zwei lachenden Mädchen in einem Tuk-Tuk unter der Überschrift «Die verschwundenen Mädchen».

Ich zerkrümle ein Stück Weißbrot und kämpfe gegen meine eigenen Magenschmerzen an.

Henry ist inzwischen bei der Politik gelandet, als der Kellner endlich mein Glas bringt. Ich versuche, mich zusammenzureißen, doch der erste, sehr große Schluck entgeht ihm nicht.

«Durstig, Kate?» Er lacht sein fieses Arschlochlachen, und Steve legt mir unter dem Tisch die Hand aufs Knie, um mich zu zügeln.

«Ein bisschen», sage ich. «Was essen wir?»

Später, nachdem wir uns durch Tellerchen voller Garnelen, panierter Hähnchenhäppchen und Tintenfisch gefuttert haben, richtet Henry seinen weinseligen Blick auf mich.

«Hab gehört, dass sie schon wieder ein paar von euch fürs Abhören eingebuchtet haben», sagt er und pult sich ein Stückchen Salat zwischen den Zähnen heraus.

«M-hm», mache ich und tue, als müsste ich kauen. Steves Hand ist sofort wieder auf meinem Knie. Ich ziehe ihm das Bein weg.

«Ich kapier das nicht. Was hat das für einen Sinn, Anrufbeantworter zu hacken?» Henry lässt nicht locker. «Reporter erfinden doch sowieso alles, was sie schreiben. Oder etwa nicht?»

«Henry!», ruft Deepika, aber sie lächelt. Verschwörerisch. Und in dem Augenblick habe ich endgültig genug.

«Ich bin Reporterin, Henry!», sage ich, und Steve hebt den Finger, um nach der Rechnung zu rufen.

«Stimmt, das bist du», lallt Henry und lacht.

«Und ich habe noch nie etwas erfunden.»

«Ach so!», sagt er und sieht seine Frau mit hochgezogener Augenbraue an.

«Nennst du mich etwa eine Lügnerin?», sage ich so leise, dass er sich vorbeugen muss, um mich zu verstehen.

«Jetzt komm schon, Katie», sagt Steve. «Henry macht nur Spaß. Da ist die Rechnung.»

«War nur Spaß», kichert Herny, als Steve die Kreditkarte in das Lesegerät rammt und seine PIN in die Tastatur tippt. «Sie hat echt Temperament! Ich mag Frauen mit Temperament», sagt er zu Steve.

Und plötzlich, ich weiß selbst nicht wie, hat er mein Mineralwasser samt der Zitronenscheibe mitten im Gesicht.

Steve scheucht mich vom Tisch weg und gibt dem triefenden Henry mit einer Geste zu verstehen, dass ich zu viel getrunken hätte. Als wir am Taxistand angekommen sind, fange ich an zu lachen. Steve bemüht sich nach Kräften, ernst zu bleiben, aber am Ende stehen wir beide vornübergebeugt da.

«Sein Gesicht!», sage ich. Und schon fangen wir wieder an.

«Ich rufe ihn nachher an und entschuldige mich. Ich sage ihm, du warst betrunken», sagt er, als wir im Taxi sitzen.

«Das wirst du nicht tun!»

«Ich muss mit dem Mann zusammenarbeiten, Kate.»

«Okay. Tu, was du nicht lassen kannst, das war jedenfalls definitiv das letzte Mal, dass ich mit den beiden essen war.»

«Ich bezweifle, dass sie das Risiko noch mal eingehen würden.»

«Na ja. Er hat gesagt, er steht auf temperamentvolle Frauen. Gut möglich, dass er sich eine Revanche wünscht.»

BANGKOK, ZWEITER TAG

Montag, 28. Juli 2014

Von: Alex O'Connor
An: Mags Harding
Betreff: ANGEKOMMEN!!!

Hi Mags,
Wir sind tatsächlich hier!

Es ist HEISS! Aber mega. Ich war mit Rosie und zwei Typen aus unserem Hostel unterwegs, um unseren ersten Abend zu feiern. Der eine ist Engländer, der andere ein Aussie. Shaun. Er wollte uns ein bisschen was zeigen, ehe er nach Ko Tao abhaut. Wir haben gekichert wie kleine Kinder, als wir in unser erstes Tuk-Tuk gestiegen sind, haben jede Menge Selfies gepostet und uns kreischend an das Chromgeländer geklammert. Die Fahrt war völlig IRRE – wie ein Computerspiel, und das ohne Sicherheitsgurte.

A XXX

«Ich penne im Fünfbettzimmer», hatte Shaun gesagt, als er noch im Halbschlaf aufgetaucht war. «Im sogenannten Schlafsaal. Kostet pro Bett nur die Hälfte. Wollt ihr mal sehen?»

Er machte die Tür auf und präsentierte ihnen das Zimmer. An den Fenstergittern hingen T-Shirts, und die Lücken waren mit Boxershorts zugestopft. «Statt Vorhängen», erklärte er.

In dem Zimmer standen fünf Metallbetten aufgereiht, und in den Ecken war ein ganzes Meer aus Habseligkeiten gestrandet. Auf einer der dünnen Matratzen schlief jemand. Er lag auf dem Bauch und hatte ein Kissen über dem Kopf.

«Wie gemütlich», sagte Rosie. «Ein richtiges Männernest …»

Shaun lachte mit ihr mit. «Nur noch eine Nacht. Dann bin ich am Strand.» Er wollte mit Bus und Fähre nach Ko Tao. «Neun Stunden, zum Schlafnachholen.»

«Hast du dir dort ein Hostel gebucht?», fragte Alex, die das Desaster, ein Bett für die Nacht finden zu müssen, noch nicht verwunden hatte.

«Nein. Vielleicht penn ich einfach am Strand. Ist doch egal, wo man pennt, wenn man im Paradies ist.»

«Genau», pflichtete Rosie ihm bei, als wüsste sie Bescheid.

Du bist gerade mal fünf Stunden im Land, dachte Alex. *Und das hier soll das Paradies sein?* Sie sah zu dem Guesthouse-Schild hoch, das zwischen einem Gewirr aus Stromkabeln hing. *Eher Bates Motel.*

Auf ihrer ersten gemeinsamen Tuk-Tuk-Fahrt hatten sie beide gekreischt vor Vergnügen, aber danach war es zwischen ihnen schnell bergab gegangen. Die Fahrt endete an einem Tresen bei Wodka und Red Bull und Strohhalmen. Es schmeckte widerlich, und Alex bestellte eine Cola.

Als sie um ein Uhr morgens vor dem Nana Plaza landeten, hatte Alex endgültig genug. Das Neonschild an dem riesigen Gebäude plärrte «weltgrößter Erwachsenenspielplatz», und Shaun schrie grinsend: «Seid ihr bereit?»

«Aber so was von!», schrie Rosie zurück.

Alex murmelte zögernd: «Ich habe ein bisschen Jetlag. Ich glaube, ich fahre zurück ins Guesthouse.» Aber die anderen hörten sie nicht, weil die Musik so laut war. Also ging sie mit. *Wie sagt Mum? Man muss alles einmal probiert haben*, redete sie sich ein. *Aber ich glaube, sie meinte Gemüse, keine Ladyboys.*

Drinnen war es ziemlich schäbig und ein bisschen trist. Mädchen in ihrem Alter stießen die Becken aneinander, ließen ihre Zungen umeinander kreisen und beschmierten sich mit Schaum, während Touristen und geifernde Männer ihnen dabei zusahen.

«Ich dachte, wir gehen in einen Club», raunte Alex Rosie zu, die sich an Shaun klammerte, um nicht das Gleichgewicht zu verlieren.

«Sind wir doch. Shaun sagt, hier sind dreißig Clubs unter einem Dach. Ist doch mega, oder?»

«Sind die alle so?», fragte Alex und deutete auf eine Bar, die sich Spanky's nannte und «Girl Shower Action» versprach.

«Wahrscheinlich!» Rosie lachte schwankend. «Kannst du dir vorstellen, was meine Mum sagen würde, wenn sie uns jetzt sehen könnte?»

«Nein», sagte Alex. *Kann ich wohl. Vielleicht hätte ich mehr trinken sollen*, dachte sie. *Dann wäre mir egal, was Jenny Shaw sagen würde. Von meiner Mum ganz zu schweigen.* «Also, ich bleibe hier nicht lange. Das ist alles ein bisschen schmierig, oder?»

Rosie drehte sich wortlos weg.

Eine Stunde Oben-ohne-Gewackel später verkündete Alex lautstark, dass sie zurückfahren würde. Der ausschlaggebende Moment war gekommen, als Shaun betrunken versucht hatte, mit ihr zu knutschen.

«Komm mit, Rosie», schrie sie ihr zum dritten Mal über die Musik hinweg zu.

«Ich gehe noch nicht», lallte Rosie. «Ich find's super. Shaun ist doch süß, oder? Wir sehen uns im Paradies, Süße ...»

Auf der Rückfahrt zu *Mama's* kämpfte Alex mit ihren Schuldgefühlen, weil sie Rosie allein gelassen hatte. Sie war schon am ersten Abend in hohem Bogen durch den Mama-Test gefallen.

Was bin ich nur für eine Freundin?

9

Samstag, 16. August 2014

DIE MUTTER

Sie hatte ein Foto von Alex aus dem Regal genommen und es zu sich auf den Tisch gestellt, während sie die erste Tasse Kaffee des Tages trank. «Hallo, meine Süße», hatte sie gesagt, so wie sie es jeden Morgen im Leben ihrer Tochter getan hatte.

Malcolm war losgegangen, um die Zeitung zu besorgen – sie hatten sich beide den Tag freigenommen. Kate Waters Artikel hatten sie zwar bereits online gelesen, auf Dans Laptop, aber sie wollten ihn selbst in Händen halten. Sie brauchten etwas Greifbares, etwas zum Festhalten. Alles andere glitt ihnen zwischen den Fingern hindurch oder passierte im Cyberspace, unter dem sie sich immer noch nichts vorstellen konnte.

Als Malcolm wiederkam, setzten sie sich mit Alex' Foto an den Tisch und lasen den Artikel noch einmal.

«Es fühlt sich so unwirklich an, als würde das alles irgendjemand anderem passieren», sagte Lesley.

«Ich weiß, Liebling. Aber das hilft wahrscheinlich, oder? Kate hat das wirklich gut geschrieben. Nach diesem Bericht werden die Leute wirklich anfangen zu suchen, oder was meinst du?»

«Dan sagt, auf der Facebook-Seite sind jetzt viel mehr Kommentare. Die Leute fangen an, sich zu melden.»

«Was schreiben sie denn?»

«Hauptsächlich, dass es ihnen leidtut. Ich will aber,

dass die Polizei sie sucht und nicht irgendwelche Jugendlichen in Badehosen.»

«Ich weiß, Liebling, aber es gibt angeblich keine Hinweise, dass den Mädchen was passiert ist.»

«Und warum melden die sich dann nicht?» Plötzlich schrie Leslie: «Fuck!» Das Wort hallte von den Schränken ihrer ordentlichen kleinen Einbauküche wider. Sie hätte am liebsten jemanden geschüttelt. So sehr, bis sie die Zähne klappern hörte.

Malcolm stand abrupt auf. Fast hätte er dabei seinen Stuhl umgeworfen. Er wich zurück. «Lesley, um Gottes willen, beruhige dich!», schrie er zurück. «Dan kann dich hören.»

Sie machte ihm Angst – das konnte sie in seinen Augen sehen. Auch sie hatte Angst. Sie erkannte die Frau ja selbst nicht wieder, die plötzlich dasaß und kreischte wie eine Furie und mit den Fäusten auf den Tisch schlug. Was würden ihre Kolleginnen in der St. John's Primary School dazu sagen? Sie war immer diejenige, die beruhigend auf alle einwirkte, wenn es mal hitzig wurde, diejenige, von der man nur vernünftige Dinge erwartete. Aber jetzt hatte sie sich nicht mehr unter Kontrolle.

Lesley brach laut schluchzend zusammen. «Ich will doch nur, dass sie gefunden werden», heulte sie.

«Das wollen wir beide, Lesley», sagte Malcolm, ohne sich von der sicheren Seite des Tisches wegzubewegen. «Ich mache dir eine Tasse Tee.»

«Ich will keinen verfluchten Tee!», schrie sie und rannte aus dem Zimmer.

10

Samstag, 16. August 2014

DIE JOURNALISTIN

Der *Herald* bringt ein Exklusivinterview mit Rosies Vater, und ich kann Terry irgendwo in Surbiton mit den Zähnen knirschen hören, während ich mich auf meinem Telefon durch die Story unseres Erzrivalen scrolle.

Als hätte er meine Gedanken gelesen, ruft er an.

«Wieso haben wir das nicht gekriegt?», poltert er.

Ich bedeute Steve, dass der Anruf beruflich ist, und verziehe mich in die Küche, um sein Samstagvormittagsritual aus Wochenendzeitungen und Kaffee nicht zu stören. Außerdem will ich nicht, dass er mithört. Steve nimmt es sehr persönlich, wenn sie in der Redaktion nicht nett zu mir sind. Als würde er den Anschiss kassieren.

«Ich kann es nicht leiden, wenn die dich schlecht behandeln», sagt er immer.

«Das perlt an mir ab», entgegne ich dann, aber er bleibt trotzdem beleidigt – viel länger als ich –, und am Ende bin ich es, die *seine* verletzten Gefühle trösten muss. Deshalb versuche ich, meinen beruflichen Ärger möglichst von ihm fernzuhalten. Ein lautstarker Wortwechsel vor der versammelten Mannschaft ist mir lieber.

«Die haben definitiv den Kürzeren gezogen, Terry», sage ich und setze den Wasserkocher auf. «Wir sind total eng mit den beiden Müttern. Hätten wir das gebracht, hätten wir Jenny Shaw verloren. Sie ist kein einfacher Mensch, sehr empfindlich, aber ich glaube, ich habe einen

Draht zu ihr. Außerdem hasst sie ihren Ex – er hat sie verlassen und Rosie das Geld für die Thailandreise gegeben. Und auf Imogen, seine neue Lebensgefährtin, sollte man sie besser nicht ansprechen. Wenn wir dieses Interview veröffentlicht hätten, hätte sie nie wieder ein Wort mit mir geredet. Ist doch logisch.»

Am anderen Ende der Leitung herrscht Schweigen.

«Und dann dieses Foto …», sage ich und gebe Terry Zeit, sich das Bild von Mike Shaw anzusehen, den Arm um seine neue Frau gelegt, in der Hand ein Foto seiner vermissten Tochter. «Sie hat sich extra geschminkt und die Haare gemacht», sage ich. «Nicht gerade die trauernde Stiefmutter. Außerdem hat er nichts zu sagen, weil er nichts weiß. Er war fünf Jahre lang von der Bildfläche verschwunden. Im Vergleich dazu stehen wir viel besser da – die Mütter sind der Mittelpunkt.»

«Okay, okay. Aber du sorgst dafür, dass Rosies Mutter weiß, es war unsere Wahl, dass wir uns für ihre Seite entschieden haben. Wir brauchen sie exklusiv.»

«Mach ich. Und du? Bereit für den Samstagsausflug zu Sainsbury mit deinem Einkaufswägelchen?»

«Verpiss dich. Bis später.»

Das wäre geschafft. Ich rufe Jenny an, und sie kreischt sofort los. «Haben Sie den *Herald* gelesen? Das ist eine Frechheit!»

Weil ich sowieso nicht zu Wort kommen würde, lasse ich ihrem Ärger freien Lauf, damit sich die über Jahre angestaute Wut auf die scheinheilige Imogen Luft machen kann.

«Wieso ist die überhaupt mit auf dem Bild? Was hat die denn damit zu tun? Sein Seitensprung! Wussten Sie, dass sie für ihn gearbeitet hat? Ein Büroflirt. Was für ein Klischee. Hat uns wegen der da sitzenlassen, mit ihren sechzig Wörtern pro Minute und ihren Push-up-BHs. Nach zwanzig Jahren Ehe.»

«Jenny», versuche ich es sanft. «Ich weiß, wie aufgebracht Sie sind. Lassen Sie nicht zu, dass es dadurch noch schlimmer wird. Wir wissen doch beide, wie lächerlich diese Frau aussieht. Sich so für die Kameras herauszuputzen, obwohl Rosie verschwunden ist.»

Jenny schnaubt verächtlich. Es ist genau das, was sie hören will. «Sie haben recht. Ich hoffe, die Leute sehen sie – und ihn – als das, was sie wirklich sind: Egoisten. Alles dreht sich nur um sie. Mike erwähnt Rosie kaum. Es geht nur darum, wie er sich fühlt. Das Schwein.»

«Stimmt. Hören Sie, Jenny, ich wollte Ihnen nur noch mal sagen, dass die *Post* Ihnen helfen will.»

«Richtig. Ja. Also mit dem *Herald*, diesem Schmierblatt, spreche ich ganz bestimmt nicht.»

Bingo. Aber kein Grund für Triumphgebrüll. Ich brauche eine neue Schlagzeile. «Wie geht es Ihnen denn? Abgesehen davon, meine ich. Konnten Sie letzte Nacht ein bisschen schlafen? Haben Sie was Neues gehört?»

«Ich war den ganzen Vormittag am Telefon. Zuerst hat Mikes Mutter angerufen und hat irgendwas von einem Bankirrtum geblökt. Als Lesleys Nummer auf dem Bildschirm aufgetaucht ist, habe ich sie abgewürgt. Im Internet wurden ein paar neue Sichtungen gepostet. Aber die hören sich eigentlich alle nicht nach unseren Mädchen an.»

«Die habe ich auch gesehen, Jenny. Aber, genau wie Sie sagten, es ist nichts dabei, was einem ins Auge springt. Haben Sie den Post gesehen, in dem es heißt, zwei Mädchen – eine blond, die andere dunkelhaarig, wie Rosie und Alex – wären in einem Café gewesen und hätten darüber geredet, mit dem Bus nach Laos zu fahren? Das blonde Mädchen hatte einen Gecko auf die Schulter tätowiert.»

«Rosie ist nicht tätowiert. Ich war dagegen. Tattoos sind ordinär und außerdem ein Gesundheitsrisiko.»

Vielleicht hat sie sich eins stechen lassen, und du weißt nichts davon. Du kannst ihr jetzt nichts mehr verbieten.

Ich mache Steve noch einen Kaffee und schreibe ein Update für die Online-Story inklusive tätowiertem Gecko. Außerdem soll Don mit Fotos der Mädchen die Tattoo-Studios und Busunternehmen abklappern, aber als ich ihn in Bangkok anrufe, lacht er nur.

«Klar, kann ich versuchen, aber davon gibt es hier viel zu viele. Der übliche Tagessatz?»

«Hattest du schon Glück mit Bates Motel?», will ich wissen.

«Warst du schon mal in Bangkok, Kate? Von solchen Schuppen gibt es hier eine ganze Kette. In manchen Zimmern würde man nicht mal einen Hund halten wollen.»

«Ach, komm in die Gänge. Ruf mich an, bevor du ins Bett gehst.»

Ich wähle die Nummer von Mike Shaw. Das muss ich tun. *Alles abdecken.*

BANGKOK, SIEBTER TAG

Samstag, 2. August 2014

Von: Alex O'Connor
An: Mags Harding
Betreff: ROSIE!

Hi Mags,

ich mache mir echt Sorgen wegen R. Seit Shaun weg ist, hängt sie mit zwei holländischen Jungs im sogenannten Schlafsaal ab. Und heute Abend steht Rosie völlig neben sich. Ich kriege kein vernünftiges Wort aus ihr raus. Sie sitzt einfach nur da und keucht, mit glasigen Augen, total gruselig. Gott weiß, was die eingeworfen hat. Ich habe Lars gefragt – einen der Holländer –, aber er hat nur gelacht. Meinte, alles wäre gut und er hätte auch was genommen. Ich bringe sie jetzt ins Bett und versuche, morgen mit ihr zu reden. Seit wir hier sind, ist sie wirklich ein bisschen durchgedreht. Sie arbeitet sich durch sämtliche Bars in der Khao San Road, erzählt mir irgendwas davon, sich mit Flaming Sambucas (schreibt man das so?) die Haare abzufackeln, und von Tischtennisbällen, die aus Mösen abgefeuert werden. Fuck! Ich bin mir nicht ganz sicher, mit wem R. ins Bett steigt, mit Lars oder Diederik. Oder vielleicht mit beiden? Ich glaube, sie hat sich zum Ziel gesetzt, sämtliche Mitbewohner im Hostel zu vögeln!
Am echten Bangkok hat sie jedenfalls definitiv kein Interesse. Sie sagt, hier ist gar nichts echt. Alles nur Fake. Dass es nur darum geht, seinen Spaß zu haben. Und genau das gefällt ihr hier. Und sie sagt, ich wäre bloß eifersüchtig. Als ob!
Ich versuche, es zu ignorieren und es mir gutgehen zu lassen, aber das ist manchmal gar nicht so einfach. Und du? Was treibst du so?

Weißt du schon, ob du ab Oktober aufs College gehst? Schreib mir bitte bald und erzähl mir alles. Ich gehe besser wieder nach Rosie sehen. Ich dachte, wir würden hier gemeinsam was unternehmen, aber so funktioniert das nicht. Ja, ich weiß, du hast mich gewarnt. Hätte auf dich hören sollen, oder? Tja. Zu spät. Alles wird gut.

A xxx

Als Mags erfahren hatte, dass Rosie ihre Lückenbüßerin sein würde, hatte sie versucht, Alex zu warnen.

«Bist du sicher, Alex? Du kennst sie doch eigentlich überhaupt nicht.»

«Klar kenne ich sie», hatte Alex sie angeblafft. «Das wird super. Außerdem sind wir ja nicht auf uns allein gestellt. Wir lernen bestimmt ständig neue Leute kennen.» – *«Außerdem ist das alles deine Schuld»*, hätte sie gerne hinzugefügt, aber sie konnte Mags' Tränen wegen ihres schlechten Gewissens nicht mehr ertragen.

«Na ja. Wie heißt es so schön? Man kennt einen anderen Menschen erst, wenn man mit ihm in Urlaub war.»

«Danke, Mags. Sehr hilfreich!»

Aber Mags hatte recht gehabt.

*

Alex versuchte, Rosie auszublenden. Sie beobachtete, wie hinter den Wohnblöcken riesige Gewitterwolken heraufzogen, und wenn der tägliche Monsunschwall auf die Dächer niederprasselte, vergrub sie sich in zerfledderte Taschenbücher, die andere Backpacker zurückgelassen hatten, oder verfasste Facebook-Posts. Sie schrieb witzige Geschichten über Mönche, die sich in Tempeln auf ihren Telefonen Seifenopern reinzogen, und über Standbesitzer, die bei Bedarf einen ganzen Stand mit Regenschirmen aus dem Nichts zauberten und sich selbst Duschhauben aufsetzten, um in den sintflutartigen Wolkenbrüchen keine nassen Haare zu kriegen.

Am Anfang las sie Rosie ihre Texte noch vor, aber als Rosie sagte, sie hätte «von Tempeln so dermaßen die Nase voll», hörte sie damit auf. Sie waren am zweiten Tag in ein paar Tempeln gewesen, aber das war offensichtlich schon ihr absolutes Limit. «Gesehen, abgehakt. Ich will in meinem ganzen Leben keinen Mönch mehr singen hören», tönte sie in der Bar herum. «Nichts für ungut», fügte sie noch hinzu, weil Mama zuhörte, die Lippen zu einem eiskalten Lächeln verzogen, und die Mädchen vom Tresen aus unentwegt anstarrte, was Alex furchtbar auf die Nerven ging. Rosie war offensichtlich dagegen immun.

Sie war zu sehr damit beschäftigt, allen zu erzählen, dass sie sich eine Tätowierung stechen lassen wollte. Einen großen Gecko, den gleichen wie Lars.

11

Samstag, 16. August 2014

DER POLIZIST

Sparkes telefonierte mit seiner Frau, als Salmond plötzlich in Laufklamotten in der Tür stand, Gesundheit und Kraft verströmend. Er scheuchte sie mit einem lautlosen «bin beschäftigt» weg, und sie joggte davon.

«Verflucht noch mal, Eileen», sagte er in den Hörer. «Ich dachte, wenn ich am Wochenende reinkomme, wäre mir ein bisschen Ruhe vergönnt, aber Zara ist auch schon wieder hier. Sie sieht aus, als wäre sie mal wieder auf dem Fitnesstrip. Ich glaube nicht, dass ich ihre Moralpredigt ertragen kann.»

Seine Frau lachte. «Die packt dich in Lycra, ehe du bis drei zählen kannst. Ich werde noch ein bisschen schlafen. Morphium ist was Herrliches.»

«Ich komme später vorbei. Ich liebe dich.»

Eileen schnaubte. «Sei still und geh ein paar Verbrecher jagen.»

Als Salmond wieder auftauchte, war sie frisch geduscht und umgezogen, und ein noch leicht feuchter Knoten saß straff auf ihrem Hinterkopf.

«Ich wusste nicht, dass Sie heute reinkommen würden, Sir. Ich wollte noch ein paar Sachen für meine Prüfungen wiederholen. Aber ich dachte, es könnte Sie interessieren, dass die Großmutter von Rosie Shaw sich bei uns gemeldet hat», sagte sie.

«Natürlich. Hat sie von ihr gehört?»

«Nein, aber sie hat einen Diebstahl von ihrem Bankkonto gemeldet.»

Sparkes lehnte sich zurück. «Und weiter?»

«Sie ist sich nicht ganz sicher, wie viel Geld fehlt, aber sie glaubt, es sind um die zweitausend Pfund. Also, sie hat jede Menge verschiedener Konten für ihre ganzen Anlagen – Aktien und Fonds und Sparkonten und so. Sie hat erst gemerkt, dass etwas nicht stimmt, als ihr Bankberater sie angerufen hat.»

«Was? Sie hat nicht gemerkt, dass ihr zwei Riesen fehlen?», sagte Bob. «Eileen würde schon merken, wenn fünfzig Mäuse verschwunden wären.» Die Finanzen waren schon immer Eileens Baustelle gewesen, aber er fragte sich, wann sie zuletzt nachgesehen hatte. «Gibt es überhaupt noch Bankberater? Ich dachte, inzwischen gäbe es überall nur noch Callcenter ...»

«Also, so hat sie ihn bezeichnet. Der Typ, der sie angerufen hat, wer auch immer das war, meinte, sie hätte ohne Vorankündigung ihr Konto überzogen. Zum ersten Mal in ihrem Leben, sagte sie.»

«Und?»

«Sie glaubt, dass jemand das Geld gestohlen hat.»

Sparkes seufzte. Alte Leute und Geld. Sein Vater hatte sämtliche Ersparnisse in seiner Kommode gebunkert. Als er gestorben ist, hatten er und sein Bruder Hunderte von Zehn-Pfund-Noten gefunden, sorgsam zusammengefaltet in Socken und Unterhosen und gestapelten Taschentüchern. «Wen hat sie denn im Verdacht? Doch sicher nicht Rosie?»

«Na ja ... es wäre schon möglich. Die Bank sagt, vor ihrer Abreise wurden zweitausend Pfund elektronisch auf Rosies Bankkonto überwiesen. Jenny Shaw hat mir aber erzählt, Rosie hätte das Geld für die Reise von ihrem Vater bekommen.»

«Kann es sein, dass die Großmutter sich geirrt hat? Wie alt ist sie?»

«Über achtzig, aber geistig fit wie ein Turnschuh.»

Sparkes versuchte, sich auf das zu konzentrieren, was er da gerade erfuhr.

«Also, zwei Riesen verschwinden vom Konto der Großmutter und tauchen auf Rosies Bankkonto wieder auf? Hat sie das möglicherweise selbst getan? Und warum hat die Bank nicht früher Alarm geschlagen?»

«Weil das Konto nicht sofort überzogen war. Das Konto von Oma Shaw wanderte erst ins Minus, als gestern ein paar Daueraufträge abgebucht wurden.»

«Die Frage lautet: Besteht ein Zusammenhang mit Rosies Verschwinden?»

Salmon zuckte die Achseln. «Vielleicht war ihr klar, dass die Sache bald auffliegt. Vielleicht hat sie beschlossen, in Deckung zu gehen.»

«Aber was ist mit Alex? Wieso sollte sie abhauen?»

«Keine Ahnung. Vielleicht war sie ihre Komplizin?»

Sparkes beugte sich vor. «Mit wem wollen Sie sprechen?»

«Mit der Betrugsabteilung der Bank, zur Überprüfung der Daten. Außerdem werde ich heute Nachmittag mit Rosies Vater Michael Shaw sprechen, bei ihm zu Hause.»

Der Unterton in ihrer Stimme entging ihm nicht. «Was? Kommen Sie, Zara, was denken Sie? Was sagt Ihr Instinkt?»

Zara Salmond lächelte. «Ich dachte, das mit dem Bauchgefühl wäre für Sie endgültig erledigt, Sir.»

Sparkes zog eine Grimasse. Er hatte nach der Bella-Elliott-Entführung seinem Bauchgefühl abgeschworen, als seine Besessenheit von dem Verdächtigen Glen Taylor eine wichtige Spur zunichtegemacht und ihn fast seine Karriere gekostet hatte. «Stimmt. Für mich. Zumindest auf dem Papier, Sergeant. Aber Sie haben immer ein gutes Näschen.» Er sah sie wissend an. Sie beide hatten schon einiges miteinander durchgemacht.

«Ich weiß nicht. Da stimmt was nicht», sagte Salmond.

«Was genau?»

«Mir Rosies Vater. Ich habe gestern mit ihm gesprochen, nachdem seine Tochter vermisst gemeldet wurde, und da war er ziemlich verschlossen, wenn Sie wissen, was ich meine. Hatte nicht viel dazu zu sagen. Als wäre Rosie eine Fremde.»

«Vielleicht stand er unter Schock?»

«Ja, aber heute in der Zeitung macht er plötzlich einen auf verzweifelten Vater.»

«Höre ich da einen Hauch von Zynismus?»

«Mein Bauch mochte ihn nicht.»

«Wenn das so ist – wann sprechen wir mit ihm?»

12

Samstag, 16. August 2014

DER POLIZIST

Mike Shaw rückte sich die Krawatte zurecht. Bob Sparkes beobachtete ihn durchs Wohnzimmerfenster, während er draußen auf DS Salmond wartete, die noch den Wagen abschloss. Das verschaffte ihm einen Augenblick für eine erste Einschätzung des Geschäftsmanns mittleren Alters auf der anderen Seite des doppelverglasten Fensters.

Das Bild gab nicht viel her. Eher groß, eher breit; hellbraune Haare und ein teures Hemd, dazu eine Krawatte mit Angeberknoten. Ein doppelter Windsor. Sparkes hatte sich geweigert, bei Sams Hochzeit so rumzulaufen. Eigentlich hatte er sich auch weigern wollen, die Krawatte in Fuchsia umzuhängen, und schließlich widerwillig nachgegeben – unter der Voraussetzung, seinen einfachen Schuljungenknoten binden zu dürfen. Es hatte für ein bisschen Irritation gesorgt, aber Bob hatte sich durchgesetzt.

«Ich führe die Braut zum Altar und keinen neuen Hedgefonds ein!», hatte er zu Eileen gesagt. Und damit war die Sache erledigt. Sam war es egal gewesen. Zumindest hatte sie sich nichts anmerken lassen.

DS Salmond berührte ihn am Ellbogen – sie war bereit. Sparkes räusperte sich, trat vor und betätigte den Türklopfer. Obwohl Mike Shaw sie erwartete, wirkte er misstrauisch, als die neue Mrs. Shaw sie hereinbat. Das ging beim Anblick eines Polizeibeamten allen Leuten so. Selbst den Unschuldigen.

«Danke, Mrs. Shaw», sagte Sparkes freundlich. «Ist das Ihre Kleine?»

Imogen Shaw, heute mit ungekämmten Haaren und erschöpftem Gesicht, drückte das Baby enger an sich. «Ja. Entschuldigung, sie hat schon wieder Hunger. Ich lasse Sie allein.»

Mike Shaw flüsterte ihr etwas zu, und sie schloss die Tür.

«Ich kann mich noch gut an die ersten Wochen erinnern – bekommen Sie genug Schlaf?», sagte Sparkes in dem Versuch, sein Gegenüber ein bisschen aufzulockern.

Shaw schüttelte den Kopf, doch sein Gesicht blieb ausdruckslos. Die beiden Polizisten setzten sich an den Esstisch. Er nahm gegenüber Platz.

«Worum geht es? Gibt es was Neues?», fragte er, die Hände auf den Tisch gestützt. «Das hätten Sie mir doch auch am Telefon sagen können. Ich muss zurück zur Arbeit. Samstags ist bei mir immer am meisten los, und ich hänge im Augenblick sowieso hinterher.»

Aha. Nicht mal ein Guten Tag, dachte Sparkes. «Ja und nein. Die Sache ist ein wenig heikel, Mr. Shaw. Ich will nicht lange drum herumreden. Ihre Mutter hat uns heute Morgen angerufen, um zu melden, dass von ihrem Bankkonto zweitausend Pfund verschwunden sind. Sie hat es erst bemerkt, als der Anruf von der Bank kam; dort war man besorgt, weil sie ohne Voranmeldung ihr Konto überzogen hatte.»

Mike Shaw öffnete den Mund, um etwas zu sagen, doch es kam nichts. Seine Hand wanderte zum Krawattenknoten hinauf, und er räusperte sich. «Entschuldigung. Ich dachte, Sie wären wegen Rosie hier.»

«Nun ja, in gewisser Hinsicht sind wir das auch», sagte Sparkes freundlich. «Hat Ihre Mutter mit Ihnen darüber gesprochen?»

«Mit mir? Nein, nein. Ich verstehe nicht, warum sie mir das nicht erzählt hat.»

«Nein? Vielleicht konnte sie Sie nicht erreichen.»

«Ja. Das muss es wohl sein.»

«Wir haben das überprüft, und es hat sich bestätigt, dass am fünfzehnten Juli zweitausend Pfund auf das Konto Ihrer Tochter transferiert wurden, weniger als zwei Wochen vor Rosies Abreise nach Bangkok.»

«Auf Rosies Konto? Warum sehen Sie sich Rosies Konto an? Was wollen Sie damit sagen?»

«Ich sage nur, dass wir versuchen, das fehlende Geld aufzuspüren.»

Mr. Shaw hatte sich vor Aufregung halb erhoben. «Ich kann nicht fassen, dass meine Mutter wegen so etwas die Polizei anruft.»

Er bestreitet aber nicht, dass Rosie das Geld gestohlen haben könnte, dachte Sparkes.

«Ihre Enkeltochter ist verschwunden, und sie interessiert sich nur für ihr Geld», blaffte Mike Shaw. «Typisch. Sie ist die größte Egoistin, der ich je begegnet bin.»

«Aber *falls* Rosie das Geld gestohlen hat, steht das womöglich tatsächlich im Zusammenhang mit ihrem Verschwinden. Vielleicht hat sie Angst, entdeckt zu werden. Das ist Ihnen doch klar?»

«Das ist lächerlich. Das lässt sich bestimmt aufklären. Vielleicht hat meine Mutter vergessen, dass ...»

«Vergisst Ihre Mutter häufiger Dinge, Mr. Shaw?»

Shaw nickte langsam. «Na ja, sie ist zweiundachtzig. Ihre Erinnerung ist manchmal ein bisschen unzuverlässig.»

«Verstehe. Als ich mit ihr gesprochen habe, kam sie mir ziemlich klar vor», mischte Salmond sich ins Gespräch. Sie hatte ihrem Boss von Constance Shaws recht aggressivem Befragungsstil erzählt. Sie hatten zweimal miteinander telefoniert, und die alte Dame hatte darauf bestanden, sich jeden einzelnen Schritt, den die Polizei unternehmen würde, genau erläutern zu lassen.

«Sie halten es also für möglich, dass Ihre Mutter Rosie zweitausend Pfund für ihre Reise geschenkt und es wieder vergessen hat?»

«Na ja, möglicherweise ... keine Ahnung.»

«Aber von Ihrer Frau – ihrer Ex-Frau, Entschuldigung – weiß ich, dass Sie Rosie das Geld für die Thailandreise geliehen haben. Sie beharrt darauf.»

Shaw sah ihn an. «Na klar. Jenny beharrt auf so manchem. Aber wir sprechen eigentlich nicht miteinander. Woher soll ich wissen, was sie gesagt hat?» Er verstummte.

Bedenkzeit, dachte Sparkes. *Worüber muss er nachdenken?*

Shaw räusperte sich. «Hören Sie. Ich habe Rosie kein Geld geliehen. Sie hat mich gefragt, aber ich habe abgelehnt. Ich habe ihr gesagt, sie wäre erwachsen und müsste sich ihren Urlaub in Zukunft selbst finanzieren. Die Frage allein war schon dreist. Sie war so gemein zu Imogen – meiner zweiten Frau. Sie sollten den Brief mal sehen, den sie ihr geschrieben hat.»

«Verstehe», sagte Sparkes. *Dann mal ran an den Speck* ... «Die Sache ist die. Ihre Mutter war auf der Bank und hat sich die Kontoauszüge der letzten zwölf Monate zeigen lassen», sagte Salmond.

Shaw verkrampfte sichtlich. Er senkte den Kopf, strich die Hose glatt und musterte angestrengt die Bügelfalten.

«Offensichtlich sind im letzten Jahr regelmäßig Beträge auf Ihr Privatkonto geflossen, Mr. Shaw. Beträge, von denen Ihre Mutter, wie sie behauptet, nichts gewusst hat. Sie sagt, sie würde keine Ausdrucke der Kontoauszüge mehr erhalten, seit Sie ihre Konten auf Onlinebanking umgestellt haben.»

«Ich dachte, das wäre leichter für sie.»

«Ihre Mutter sagt, sie hätte keinen Computer, Mr. Shaw. Wieso sollte das leichter sein?»

«Indem ich mich um ihre Rechnungen kümmere und so weiter.»

«Was genau meinen Sie damit?», hakte Sparkes nach.

Shaw lehnte sich zurück und schloss die Augen, als müsse er nachdenken. Dann fing er an zu reden, bevor er sie wieder aufschlug. «Meine Mutter ist eine schwierige, anstrengende Frau, Inspector. Ich habe jede Menge Arbeit für sie erledigt. Ich habe mir schlicht genommen, was mir zusteht.»

«Wenn ich richtig informiert bin, arbeiten Sie im Vertrieb bei einem Teppichhersteller, Mr. Shaw. Welche Arbeit genau haben Sie für Ihre Mutter erledigt? Teppichboden verlegt?»

«Nein. Natürlich nicht. Ich meinte damit, ich habe alles, was sie haben wollte, aus meiner Tasche bezahlt. Ich erledige ständig Dinge für sie.»

«Zum Beispiel ihre Bankgeschäfte?»

«Ja. Sie hat mich nach dem Tod meines Vaters darum gebeten.»

«Sie sagt, das hätten Sie vorgeschlagen. ‹Darauf bestanden› war der genaue Wortlaut. Wie steht es um Ihre eigenen Finanzen, Mr. Shaw?»

«Was meinen Sie damit?»

«Der Unterhalt für zwei Familien ist bestimmt kostspielig.»

«Sie haben ja keine Ahnung», sagte er und ließ den Kopf in die Hände sinken. «Die eine schreit nach Studiengebühren, und die andere liegt mir mit der Neugestaltung des Hauses in den Ohren.»

«Das klingt sehr nervenaufreibend.»

«Finden Sie? Letzte Woche waren wir Wandfarbe kaufen. Imogen hat sich für *Elephant's Breath* entschieden. Das lag natürlich weit über unserem Budget, aber sie hat gar nicht zugehört. Sie meinte, es wäre die perfekte Farbe fürs Kinderzimmer. Sie musste sie haben. Mir blieb nichts übrig, als die Rate fürs Haus diesen Monat von meinem Kreditkartenkonto zu bezahlen. Und jetzt auch noch die Sache mit Rosie ...» Shaw fing an zu zittern. Sein Mund zuckte, und seine Hände brachten den Tisch zum Beben.

DS Salmond beugte sich nach vorn in die Sichtachse seines Gegenübers. «Das ist für Sie sicher sehr erschütternd, Mr. Shaw. Soll ich Ihre Frau bitten, Ihnen ein Glas Wasser zu bringen?»

Er blinzelte. «Nein! Ich will nicht, dass Imogen davon etwas mitbekommt. Sie ist im Augenblick sehr emotional, wegen des Babys und so. O Gott. Das ist unfassbar! Meine Tochter ist verschwunden, und Sie interessieren sich nur für mein Bankkonto? Was sind Sie eigentlich für Menschen? Sehen Sie nicht, dass ich verzweifelt bin?»

Sparkes achtete darauf, Salmond nicht anzusehen. «Natürlich. Aber wir müssen auf die Informationen reagieren, die wir bekommen, Mr. Shaw. Das verstehen Sie doch?»

Falls dem so war, wollte er jedenfalls nicht weiter darüber reden. «Ich werde mit meiner Mutter sprechen und die Sache aufklären. Ich bin mir sicher, dass sie nur einen dummen Fehler gemacht hat.»

«In Ordnung», sagte Sparkes. «Wir werden uns auch noch einmal bei ihr melden.»

«Ich muss jetzt wirklich zur Arbeit», sagte Mike Shaw und stand auf.

Die beiden Beamten nickten. «Vielen Dank für Ihre Zeit. Wir melden uns», sagte DS Salmond.

Als sie aus dem Wohnzimmer traten, wartete die zweite Mrs. Shaw schon im Flur. «Ist alles in Ordnung, Mikey?», wollte sie wissen.

«Erzähle ich dir gleich», antwortet ihr Mann und scheuchte die beiden Polizisten zur Haustür hinaus.

«Und?», fragte Salmond, sobald sie wieder im Wagen saßen.

«Mein Bauch mag ihn auch nicht», antwortete Sparkes leise. «Und was zum Teufel ist *Elephant's Breath*?»

BANGKOK, NEUNTER TAG

Montag, 4. August 2014

Alex O'Connor

Montag um 07:18 h

... isst Entenfüße und lebt ihren Traum!

Sie war nicht sicher, ob es tatsächlich Entenfüße waren, jedenfalls war es etwas Undefinierbares, und Entenfüße klang exotischer als Nudeln. Jedenfalls aufregender als Rosies Mac D mit Pommes.

Alex hatte sich angewöhnt aufzustehen, sobald es hell wurde, und zu Fuß durch die verschiedenen Stadtviertel zu schlendern, solange es noch ruhig und kühler war. Meistens ging sie allein, spazierte am Fluss entlang, fuhr mit dem Boot in ein Viertel, wo sie noch nicht gewesen war, und machte Fotos, die sich zusammen mit Emojis von Champagnerflaschen und Sternchen auf Facebook und Instagram posten ließen.

Sie hätte inzwischen längst am Strand sein sollen, aber Rosie konnte sich nicht dazu aufraffen. Sie amüsierte sich prächtig und wollte nicht aus Bangkok weg. Und Alex traute sich nicht, allein weiterzureisen. Also postete sie weiter alle möglichen Varianten von *Alex O'Connor ... hat die beste Zeit ihres Lebens* auf ihrer Timeline und zählte die Likes, die Herzen, die witzigen Kommentare von Freunden und flüchtigen Bekannten. Das half ihr, die Anspannung abzufedern. *Alex O'Connor ... wünschte, sie wäre nie hergekommen* behielt sie für sich.

Für die Wahrheit gab es kein passendes Emoji. Sie war unglücklich und hatte Heimweh. Diese Reise war vollkommen anders, als sie sie sich vorgestellt hatte. Außerdem gestand sie sich allmählich ein, dass sie sich nie mit Rosie hätte zusammentun dürfen.

Mags war die Einzige, der Alex sich anvertraute. *Gott sei Dank gibt es Mags …*

Ihrer Mutter konnte sie nicht die Wahrheit sagen: *Rosie ist ständig hackedicht und schläft sich durch das ganze Hostel. Dafür bin ich doch nicht nach Thailand gekommen! Sie macht alles kaputt. Ich könnte sie umbringen.* Ihre Eltern würden womöglich darauf bestehen, dass sie zurückkam. Außerdem gab es in ihr immer noch einen winzigen Hoffnungsschimmer. Sie würde der ganzen Sache noch eine Woche geben. Und inzwischen würde Mags weiter ihr Sorgentelefon bleiben.

In letzter Zeit tauchte der Engländer immer öfter neben ihr an der Bar auf. Manchmal war er schon unten, wenn sie zu ihrem Spaziergang aufbrach, und bot an, sie zu begleiten. Er nannte sich JW. Alex musste lächeln, als er sich ihr so vorgestellt hatte. Er war ziemlich schweigsam, aber er schien sich jedes Mal zu freuen, wenn er sie sah. Vielleicht war er auch einsam. Schließlich hatte sie ihn zum Reden ermuntert – eigentlich nur der Höflichkeit halber –, und er hatte langsam angefangen, sich zu öffnen, hatte ihr von seiner Reise erzählt und dabei mit hastigen Blicken ihre Reaktion getestet. Er war allein unterwegs. «Wow, wie mutig», hatte Alex sehnsüchtig gesagt. Und er hatte schüchtern gelächelt. Sich gefreut.

Irgendwie hatte er sich ihrer angenommen, sie in seine Sicherheitsmaßnahmen eingeweiht – wie er sein Eigentum aufbewahrte und vor allem für sich behielt. Alex hatte nur mit halbem Ohr hingehört, als er seine Vorkehrungen aufzählte: seine Mitbewohner im Auge behalten, Geld und Pass nur im Spezialgurt, den er immer trug. Erst als sie ihn etwas von einem Plastikbeutel unter der Dusche sagen hörte, schaltete sie sich wieder ins Gespräch ein.

«Das ist aber schon ein bisschen übertrieben, oder?», hatte sie lachend gesagt. Sein Blick huschte davon. «Aber wahrscheinlich kann man nicht vorsichtig genug sein», hatte sie eilig hinterhergeschoben.

«Nein. In einem Schlafsaal sicher nicht», sagte er und trank einen Schluck Wasser. «Die Holländer benutzen die Schließfächer im Hof. Stümper. Schließfächer benutzt kein Mensch. Dann weiß jeder, wo du deine Sachen hast, und die Schlösser sind total einfach zu knacken.»

«Woher weißt du das?»

«Ich hab unterwegs ein bisschen was aufgeschnappt», sagte er.

Manchmal hatte sie das Gefühl, ihm falsche Hoffnungen zu machen, und das war nicht nett. Aber sie brauchte jemanden zum Reden. Außerdem war er süß. Er hörte zu, lachte über ihre Witze, hing an ihren Lippen. Er füllte die Rolle aus, die für Rosie bestimmt gewesen war.

Ohne JW hätte Alex nicht mal die Hälfte der Dinge unternommen, das war ihr klar. Abgesehen davon schien er ihre Gesellschaft genauso zu genießen. Womöglich ein bisschen zu sehr. Sie hatte versucht, das zwischen ihnen auf einer rein freundschaftlichen Ebene zu halten, aber es wurde immer deutlicher, dass er mehr wollte. Er sagte, sie dürfe Jamie zu ihm sagen, aber nur wenn sie allein waren.

Sie sprachen über alles Mögliche, wie einsame Menschen es oft tun, die sich in der Sehnsucht nach echter Nähe zu schnell öffnen. Er hatte ihr am zweiten Tag erzählt, wie gut es ihm tat, dass in Bangkok niemand wusste, wer er war. Niemand urteilte über ihn. Sie hatte geglaubt zu verstehen, was er meinte, und ihm zugestimmt, und als sie ihren Weg fortgesetzt hatten, machte sie ihn auf die seltsamen und wunderbaren Dinge an den Straßenständen aufmerksam – Skorpione, knallorange Enten, die aussahen wie angemalt. Mitsamt den Köpfen hingen die nackten Viecher mit milchig verfärbten Pupillen vor ihren Nasen.

«Das kann man mit Tesco nicht vergleichen», hatte JW gesagt. «Hier sieht man richtig, dass es sich um tote Lebewesen handelt.»

Wenn sie abends unterwegs waren, verwandelte sich die Stadt in eine andere Welt. Obwohl Sommer war, wurde es früh dunkel, und dann kamen jede Menge zwielichtiger Gestalten und die Sextouristen aus ihren Löchern gekrochen.

Sie beschrieb die Typen in einer E-Mail an Mags:

> Man erkennt sie aus einer Meile Entfernung. Alt, weiß, fett und tätowiert. Und verzweifelt. Sie tun so, als hätten sie Spaß, sie reden und lachen zu laut, dabei müssten sie doch wissen, dass jeder sie hasst. Müssen sie! Die winzigen Frauen, die an ihren Armen hängen und wie kleine Mädchen aussehen, hassen sie mit Sicherheit.

Ihre tatsächliche Reisegefährtin machte keinen Mucks, wenn Alex morgens aufstand und im Zimmer herumkramte. Rosie lag dann normalerweise erst seit ein paar Stunden im Bett. Die beiden sahen sich von Tag zu Tag weniger. Sobald Alex von schönen Sonnenuntergängen oder einem tollen Fischstand am Straßenrand erzählte, rollte Rosie mit den Augen.

Es war genau wie früher auf dem gemeinsamen Schulweg. Von zu Hause weg zu sein, hatte sie nicht zu besten Freundinnen gemacht. Im Gegenteil, es hatte die gähnende Kluft zwischen ihnen nur noch greller ausgeleuchtet. Alex fand sich in der Rolle der spießigen großen Schwester wieder, die ständig nur das Negative sah, während Rosie das lebenslustige Mädchen war, das sich blendend amüsierte.

Rosie erzählte den Leuten ständig, was für ein freier Geist sie sei. In Alex' Ohren klang sie wie eine Idiotin, für die ein freier Geist offensichtlich bedeutete, sich so oft wie möglich die Kante zu geben. Doch sobald Alex versuchte, Rosie vor irgendetwas zu warnen, zum Beispiel dass ein Fremder ihr was in den Drink kippen könnte, reagierte sie beleidigt und sagte, sie käme sich vor, als wäre sie mit ihrer Mutter im Urlaub.

Alex hätte Rosie gerne gesagt, dass der Gedanke, frei zu sein, um zu tun, was sie wollte, sie bei der Stange gehalten hatte, als sie nach der Schule im Supermarkt Konservendosen gestapelt hatte. Doch das ging nicht. Und erst recht konnte sie ihr nicht erzählen, dass ihre beiden Mütter ihr offiziell die Verantwortung übertragen hatten. Sie hatten sich mit ihr hingesetzt und zu ihr gesagt: «Und du passt auf Rosie auf, ja?» Als müsste Rosie beschützt werden. Und damit hatten sie ihr einen winzigen, radioaktiven Samen Angst tief unter die Haut gepflanzt.

13

Montag, 18. August 2014

DIE JOURNALISTIN

«Das ist die reinste Zeitverschwendung. Die tauchen wieder auf» ist Dons Mantra geworden.

Und genau das ist passiert. Heute.

Die Nachricht kam am Morgen. Don rief mich an, als ich gerade aus dem Bett aufstand.

«Sie sind gefunden worden», sagte er. «In zwei Leichensäcken.»

«O Gott!», sagte ich. «Wo? Was ist passiert?»

«In einer der Absteigen in der Nähe der Khao San Road ist ein Feuer ausgebrochen. Es ist bereits am Freitag passiert, in den frühen Morgenstunden, aber die Polizei hat die Leichen jetzt erst entdeckt. Es heißt, es habe kein Gästeregister gegeben und das Gebäude hätte aus Sicherheitsgründen nicht früher betreten werden können.»

«Wie viele Tote?»

«Bis jetzt nur zwei.»

«Und es handelt sich definitiv um Alex und Rosie?»

«Es gab zwar noch keine offizielle Identifizierung, aber angeblich sind sie es. Ich bin mir nicht sicher, ob die Eltern schon informiert wurden.»

Denselben Gedanken hatte ich auch. Ich würde definitiv nicht bei ihnen anrufen, für den Fall, dass die Polizei sich noch nicht gemeldet hatte. Das ist mir in meiner Karriere ein einziges Mal passiert, und ich werde das Gefühl niemals vergessen, als mir klarwurde, dass die Frau am anderen Ende der Leitung keine Ahnung hatte, dass ihr Mann tot war. Genauso wenig wie das verzweifelte Zurückrudern, als ich versuchte, das Telefonat zu beenden, ohne mich zu verraten.

*

Ich rufe Bob Sparkes an, um rauszukriegen, was er weiß. Es ist sehr früh – noch nicht mal acht Uhr –, aber das stört ihn bestimmt nicht. Er ist sicher schon auf dem Weg zur Arbeit.

Aber seine Stimme klingt wie in einer Echokammer.

«Bob? Können Sie reden?»

«Eigentlich nicht. Ich bin im Krankenhaus.»

«O Gott! Entschuldigung. Hatten Sie einen Unfall?»

«Nein. Ich bin bei Eileen. Hören Sie, ich rufe zurück.»

«Klar.»

Und damit ist er weg.

Langsam wähle ich die Nummer der O'Connors und überlege mir dabei genau, was ich sagen werde, je nachdem, wie sie ans Telefon gehen.

Falls Lesley sagt «Hallo, Kate, Sie sind ja früh dran!» oder etwas Ähnliches, tue ich so, als würde ich mich nur kurz melden, bevor sie aus dem Haus geht; ihr sagen, ich hätte gehört, dass es offensichtlich Neuigkeiten aus Bangkok gibt, und sie dazu bringen, im Außenministerium anzurufen. Falls sie aufgelöst ist …

Eine Fremde geht ans Telefon. Eine alte Frau. Einen Augenblick lang denke ich, ich hätte mich verwählt.

«Entschuldigung, ich wollte mit Lesley sprechen, aber ich habe vielleicht die falsche Nummer erwischt.»

«Ich bin dran», sagt Lesley.

Sie weiß es.

«Die Polizei ist hier, Kate. Sie sagen, in Bangkok hätte es gebrannt und es wären zwei Leichen gefunden worden. Zwei Mädchen. Im Alter von Alex und Rosie, und sie sagen, sie wären sich zu neunzig Prozent sicher. Es gibt also immer noch eine Chance … Sie sagen, sie brauchen vielleicht Zahnarzt…unterlagen …» Ihre Stimme bleibt am Wort Zahnarzt hängen, und ich versuche zu sprechen, um sie zu trösten.

«Es tut mir so leid, Lesley. Ich hatte gehofft …»

«Wir auch. Wir fliegen heute noch nach Bangkok. Ich muss da hin, Kate. Um Gewissheit zu haben. Und um sie nach Hause zu holen, falls …»

Terry ist natürlich insgeheim begeistert, weil er schon so früh am Morgen seine Titelschlagzeile im Kasten hat.

«Fuck!», sagt er. Terry neigt nicht zu übertriebenen Begeisterungsausbrüchen. «Wissen die Angehörigen Bescheid? Hast du schon mit ihnen gesprochen?»

«Ja.»

«Super. Hau es, so schnell du kannst, in die Tasten, ehe die Aasgeier darüber herfallen. Ruf mich danach sofort an.»

Als ich mit meiner Geduld endgültig am Ende bin und es noch einmal bei Bob Sparkes versuche, erwähnt er Eileen oder das Krankenhaus mit keinem Wort.

«Kate, entschuldigen Sie wegen vorhin. Haben Sie's schon gehört?»

«Ja, unser Mann in Bangkok hat mich angerufen.»

«Gut. Bei uns kam die Meldung in der Nacht rein, und ich habe DS Salmond losgeschickt, um die Angehörigen zu informieren. Ich glaube, sie ist immer noch dort. Darauf waren sie definitiv nicht vorbereitet. Eigentlich keiner von uns.»

«Ich weiß. Ich habe Lesley vorhin angerufen. Sie klingt fürchterlich. Ich habe gerade den Artikel abgegeben.»

«Tatsächlich? Es ist bis jetzt noch nichts bestätigt, Kate. Die Leichen müssen offiziell identifiziert werden.»

«Ja, ich weiß, das ist mir klar. Ich habe den Text entsprechend vorsichtig formuliert. Aber sie sind es doch, oder?»

«Ja, die Möglichkeit besteht», sagt er vorsichtig. «Die Beschreibungen passen auf die Vermisstenanzeige.»

«Himmel noch mal, Bob, ich werde Sie nicht zitieren. Die Angehörigen warten übrigens auch nicht ab», füge ich hinzu. «Sie fliegen heute noch nach Bangkok.»

Genau wie ich.

«Nina kümmert sich um eure Tickets», sagt Terry, als er aus der Chefredaktion zurückkommt, wo er sich grünes Licht für unsere Reise geholt hat.

«Danke, Terry», sage ich und zerre meine Reisetasche aus dem Schreibtisch.

«Sieh zu, dass du loskommst. Die Bildredaktion gibt Mick Bescheid, und ich setze Joe hier bei uns auf die Story an.»

Joe springt auf, reißt sich sofort zusammen und versucht, sich die Aufregung nicht anmerken zu lassen.

Er lernt dazu, denke ich. *Zu eifrig zu wirken, zahlt sich nicht aus.*

Mein junger Schützling rümpft die Nase wie ein Großer und murmelt: «Ich werde ein paar Anrufe machen.»

«Danke, Joe», sage ich. «Alles, was ich von Don und Lesley bekommen habe, ist im Druck und auf der Website. Ich habe es noch einmal bei ihr und Malcolm versucht, aber sie packen offensichtlich gerade ihre Sachen, du musst dich also an Dan halten. Das ist der Sohn. Er ist auch für die Suchseite auf Facebook zuständig.»

«Alles unter Kontrolle», sagt Joe und schreibt sich Dans Telefonnummer auf. «Ich wünschte, ich könnte mitkommen.»

Der Dschungel von Calais war bis jetzt sein einziger Auslandstrip. Man hatte ihn hingeschickt, um Flüchtlinge zu interviewen. «Da war ich ja mit der Schule weiter weg», hatte er sich bei mir beschwert.

«Die schicken einen heutzutage nirgendwo mehr hin, Joe. Das hat nichts mit dir zu tun. Es ist eine Frage des Budgets», hatte ich erklärt. «Früher sind wir ständig durch die Gegend geflogen, aber die Controller sagen, wozu noch Geld für Flugtickets rauswerfen, wo man inzwischen alles online recherchieren kann? Ich sitze inzwischen so selten in einem Flugzeug, dass ich kurz davorstehe, meinen Vielfliegerstatus zu verlieren … bestimmt nächstes Mal.»

Während in der Redaktion also der Adrenalinspiegel steigt, befeuert von den Aussichten auf eine echte Story mitten im Sommerloch, breche ich auf. Ehe ich in den Aufzug steige, rufe ich Steve an.

«Ich fliege nach Bangkok, Liebling», sage ich. «Sie sind sich zu neunzig Prozent sicher, dass es sich bei den zwei Mädchen, die bei dem Brand ums Leben kamen, um die vermissten Britinnen handelt. Die Angehörigen werden die Leichen persönlich identifizieren.»

«Ich wusste, dass das so kommt», sagt Steve anklagend. «Das passiert jedes Mal, wenn ich Karten für irgendwas besorge. Wir wollten uns heute Abend das neue David-Tennant-Stück ansehen.»

«Tut mir leid. Geh doch mit einem deiner Arbeitskollegen. Nimm Henry mit. Hör zu, das ist eine wirklich gute

Story – und die Eltern fliegen heute noch hin. Ich muss Schluss machen.»

«Na dann. Ruf mich an, wenn du gelandet bist.»

«Natürlich. Ach, und Steve? Kannst du bitte die Kreditkartenrechnung bezahlen? Und ich wollte endlich den alten Kühlschrank abholen lassen. Die Nummer von dem Typen liegt obendrauf. Kannst du?»

«Ja, ja. Wie lange wirst du weg sein?»

«Weiß ich noch nicht. Ein paar Tage – eine Woche schlimmstenfalls.» Ich höre meinen Ehemann seufzen. «Ich weiß, dass es nervt, aber ich wollte die Story, damit ich vielleicht noch nach Phuket fliegen kann, wenn ich schon mal da unten bin. Das sind von Bangkok aus gerade mal anderthalb Stunden. Vielleicht finde ich Jake, vielleicht kann ich ihn sogar überreden, wieder nach Hause zu kommen.»

«Okay. Das ist eine schöne Idee, Kate, aber mach dir keine allzu großen Hoffnungen. Jake ist kein kleiner Junge mehr. Er ist erwachsen. Hör mal, ich muss zurück an die Arbeit. Guten Flug. Und ruf mich an.»

*

Im Taxi auf dem Weg zum Flughafen sitze ich stumm da, betrachte versonnen Jakes Foto auf meinem Telefon und stelle mir sein überraschtes Gesicht vor, wenn ich plötzlich bei seinem Umweltschutzprojekt auftauche. *Falls ich sein Umweltschutzprojekt finde.* Schnell schiebe ich sämtliche Bedenken beiseite. Ich stelle mir vor, wie wir uns beim Wiedersehen in die Arme fallen, er lachend und ich weinend. Ich hoffe sehr, dass es so sein wird.

14

Montag, 18. August 2014

DER POLIZIST

DS Salmond war die nächstliegende Wahl gewesen, um die Familien zu informieren. Sparkes wäre auch selbst hingefahren, aber Eileen hatte einen Termin bei ihrer Onkologin, und er hatte dabei sein wollen, um die neuste Prognose zu erfahren. Auch wenn er sich auf schlechte Nachrichten gefasst machen musste.

Außerdem war Salmond in solchen Dingen besser als er. Sie hatte ein Händchen für trauernde Hinterbliebene. Wo manche Polizisten steif und sichtlich überfordert waren, traf Salmond den richtigen Ton, war warmherzig und gleichzeitig professionell. Wohin er auf dieser Skala passte, konnte Sparkes nicht sagen.

«Momentan werden sie noch von Hektik und Adrenalin angetrieben. Sie schieben den Augenblick, in dem die Wahrheit sie trifft, vor sich her», sagte sie bei ihrer Rückkehr ins Kommissariat.

«Bist du auch bei Mike Shaw gewesen?»

«Ja. Zu ihm bin ich zum Schluss gefahren. Ich glaube, er stand unter Schock. Als ich eintraf, hatte seine Ex-Frau ihn bereits angerufen. Er begleitet sie nach Bangkok und hat versucht zu packen. Seine neue Frau ist dagegen, und ich bin nicht lange geblieben.»

Schon im Gehen drehte Salmond sich noch einmal um. «Ach, und er sagt, seine Mutter erinnert sich wieder daran, dass sie Rosie das Geld geliehen hat.»

«Wie bitte? Das erzählt er dir, während du ihm die Nachricht überbringst, dass wahrscheinlich die Leiche seiner Tochter gefunden wurde?»

«Ja, ich weiß. Hat er aber. Und ich werde Constance Shaw deswegen heute ganz sicher nicht anrufen.»

«Nein. Aber verlier es nicht aus den Augen, Zara. Die Sache muss irgendwann vom Tisch.»

Er saß da und dachte an die beiden Mädchen. Nicht irgendwo in einer Bar, während ihre Eltern sich Sorgen machten, sondern in Leichensäcken. Jede Zelle seines Polizistenhirns war in Betrieb. Wo? Wie? Warum waren diese Mädchen gestorben? Feuer war ein grausamer Mörder. Auf den ersten Blick betrachtet, sah es aus, als hätten sie einfach Pech gehabt – falscher Ort, falsche Zeit. Aber ... Sparkes klopfte die Informationen nach winzigen Details ab, doch da war nichts, was seine Aufmerksamkeit erregt hätte. Das Problem bestand darin, dass er in dritter Reihe agierte. In diesem Stadium musste er sich auf Berichte über Berichte verlassen, und jede einzelne Tatsache war bereits durch andere Augen und Normen gefiltert worden. Er wollte selbst vor Ort sein, den Schauplatz sehen, Beweise sammeln, Zeugen befragen, und nicht in diesem stickigen Büro irgendwelche E-Mails lesen. Er lockerte seine steifen Schultern und versuchte es noch einmal. Doch während er las, schweiften seine Gedanken zu Eileen ab. Er hatte sich nicht getäuscht: Ihnen rannte die Zeit davon.

«Du siehst wunderbar aus, Liebling – jedes Mal, wenn ich dich sehe, ein bisschen besser», hatte er zu ihr gesagt, als er um die Mittagszeit zum zweiten Mal an diesem Tag ihr Zimmer betreten hatte.

«Ich komme bald nach Hause, Bob», hatte sie ihm vom

Bett aus geantwortet, während ein Windpark aus Ventilatoren ihr die Perückenhaare zerzauste.

Sparkes hatte sich auf seinen Stammplatz gesetzt, einen dunkelroten Kunstledersessel, die Sitzkante von unzähligen besorgten Ehepartnern über die Jahre beinahe durchgescheuert in dem Bestreben, kein Wort und keine Geste zu verpassen. Er hatte den Sessel direkt ans Bett gezogen, damit sie einander berühren konnten.

«Was machen die Schmerzen?»

«Okay. Wie läuft's bei dir?», hatte sie zurückgefragt, den Blick leicht verschwommen, aber vage auf ihn gerichtet. «Was gibt es Neues?»

«Ach, alles gut. Das spielt doch auch gar keine Rolle, Liebling.» Bob hatte sich schnell nach vorn gebeugt und sie auf die Stirn geküsst. Sie hatte sich kalt und klamm angefühlt, und er hatte sich eingebildet, die Chemikalien schmecken zu können, die seiner Frau durch den Körper gejagt wurden.

Beim Küssen war er versehentlich an ihre Perücke gestoßen – die hatte sie sich bei der ersten Runde Chemo aus dem Katalog bestellt und sich dabei für eine neue Haarfarbe entschieden.

«Mir war nach was Neuem. Außerdem wollte ich schon immer mal blond sein», hatte sie blass und glatzköpfig geflötet und ihm einen Helm aus aschblonden Haaren unter die Nase gehalten. Er hatte gelacht – das erste echte Lachen seit der Diagnose – und sie leidenschaftlich geküsst. Es war ein richtiger Kuss gewesen. Eileens neuer Anblick hatte ihn jedes Mal, wenn er zur Haustür reinkam, innehalten lassen, aber als sie die Perücke abgenommen hatte, waren bereits wieder erste Stoppeln zu sehen gewesen und hatten ihr das natürliche Braun zurückgegeben.

«Vielleicht färbe ich sie blond, wenn ich wieder zu

Hause bin», hatte sie im Spaß gesagt, als sie seinen Blick bemerkt hatte. «Und, was sagst du? Sexy?» Er hatte sie angelächelt und ihre Hand genommen. Damals waren sie noch auf der Siegerseite gewesen.

Er schloss die Augen, und Bilder von Eileen fluteten seinen Kopf. Statt hier im Büro rumzusitzen, sollte er zu Hause sein und Eileens Entlassung vorbereiten. Die Betten frisch beziehen – eins oben, eins unten im Wohnzimmer, je nachdem, wie es ihr ging. Die Bettwäsche mit den Rosenknospen war ihr die liebste. Er musste sie noch bügeln. Und den Himbeertee besorgen, den sie so mochte. Er würde sich nachher darum kümmern. Er kritzelte *H. Tee* und *bügeln* auf einen gelben Zettel und suchte einen geeigneten Platz zum Hinkleben, um ihn nachher wiederzufinden, aber schließlich landete er wieder auf dem Post-it-Block, wo er sich angesichts Sparkes' Unentschlossenheit spöttisch zusammenkringelte.

Sparkes atmete ein paarmal tief durch, um die Panik in den Griff zu kriegen, die versuchte, ihm die Brust einzuschnüren. *Mach deine Lungenflügel weit* …, sagte die Frau auf Eileens Yoga-DVD. *Spüre, wie dein Atem den inneren Raum öffnet.* Er probierte es aus, aber das, was «ich komme bald nach Hause» bedeutete, ließ sich nicht wegatmen. Eileen kam nach Hause, weil man im Krankenhaus nichts mehr für sie tun konnte. Die letzte Runde war eingeläutet. Ihre Onkologin hatte ihnen die Situation erklärt, während sie sich an den Händen hielten, seine feucht vor Angst, ihre von den Medikamenten. «Vielleicht noch ein paar Monate, wahrscheinlich eher Wochen», hatte sie freundlich, aber bestimmt gesagt. Hier gab es weder etwas zu diskutieren, noch konnte man gegen das Urteil Einspruch einlegen.

Danach hatten sie benommen dagesessen und nicht

gewagt, einander anzusehen, weil sie sonst darüber sprechen mussten. «Wir reden, wenn ich zu Hause bin», hatte Eileen schließlich gesagt, um das Schweigen zu brechen. «Denkst du bitte daran, meinen Himbeertee zu besorgen?» Er würde sie am nächsten Morgen abholen, nach der Visite. Sie würde für ihn ein fröhliches Gesicht aufsetzen. Noch war Eileen mit Hilfe des Morphiums in der Lage, ihr Lächeln anzuknipsen, doch im Laufe des Tages würde es verblassen. Er stellte sich vor, wie sie sich langsam durch ihr Haus bewegte und einzelne Dinge berührte, wie um Abschied zu nehmen. Die Qualen veränderten sie. Es gab Momente, wo sie seine liebevolle Fürsorge brüsk von sich stieß. Momente, in denen sie wütend wurde, nicht ertrug, wenn er sie berührte. Und in diesen dunkelsten Momenten wurde ihm besonders deutlich klar, wie sehr er sie liebte. Wie viel er zu verlieren hatte. *Monate – bitte mach, dass es Monate sind …*

Sparkes stieß sich vom Schreibtisch ab, als könnte die Bewegung ihm helfen, die Gedanken loszuwerden, und sah sich nach etwas um, egal was, das ihn für einen allerletzten Tag von Eileens Krankheit ablenkte.

15

Montag, 18. August 2014

DIE JOURNALISTIN

In der Flughafenlounge wimmelt es von Geschäftsreisenden, die sich mit gelockerten Krawatten und auf die Scheitel geschobenen Brillen, ein Glas Pinot Noir umklammernd, in Ledersesseln fläzen. Auf einem der riesigen Fernseher läuft Fußball, und auf einem anderen läuft unter dem lächelnden Gesicht eines Nachrichtensprechers der Schlagzeilenticker vorbei.

Diesen Teil meines Jobs liebe ich am meisten: Auslandsreisen. Blitzschnelle Vorbereitungen auf den allerletzten Drücker, nur die Notfalltasche mit dem Nötigsten, die immer im Büro bereitliegt, ins Taxi zum Flughafen springen, während das Redaktionssekretariat sich noch um die Tickets kümmert, sich an der Sicherheitskontrolle nach vorne schmuggeln, in letzter Sekunde an Bord gehen, während die Türen sich schon schließen. Und dann die gespannte Vorfreude auf die Story, die einen am Ende des Flugs erwartet.

In der Lounge herrscht Hochbetrieb. Ich suche mir einen Tisch in der Ecke des Raums, nehme langsam Platz und sehe mich um. Ich bin mit Sicherheit nicht die einzige Reporterin, die nach Bangkok fliegt, um über die Sache zu berichten, aber ich kann an der Bar mit den Freigetränken kein einziges bekanntes Gesicht entdecken. Offensichtlich müssen meine Kollegen Holzklasse fliegen.

Ich habe am Check-in meine goldene Statuskarte und

all meinen Charme spielen lassen, um ein Upgrade in die Business Class zu ergattern. *Vielleicht das letzte Mal, dass ich diesen Trumpf ausspielen kann*, denke ich, aber ich bin zufrieden. Ich muss in der Nähe der Angehörigen sein, damit wir reden können. Und die sitzen zum Schutz vor der Presse mit Sicherheit vorn. *Zum Schutz vor Leuten wie mir.*

In der Businesslounge gibt es normalerweise zwei Kategorien von Menschen: die Stammgäste – hochgelegte Füße und mit dem Personal quasi per Du – und die Touristen – die Ersttäter, die wie aufgeregte Wespen über die Gratisbrötchen herfallen.

Doch die O'Connors und die Shaws tun nichts von beidem.

Ich entdecke Lesley und Malcolm schweigend und einander an den Händen haltend an einem Tisch am Fenster. Sie wirken erschöpft. Lesley starrt auf ihr Telefon, als wolle sie es zwingen zu läuten. Dann hebt sie den Blick, entdeckt mich und hebt die Hand zum Gruß.

Das Telefon klingelt, sie mustert die Nummer und reicht es an Malcolm weiter. Dann steht sie auf und bahnt sich durch die Tische einen Weg zu mir.

«Darf ich mich setzen?», fragt sie und lässt sich auf einen Stuhl fallen. «Entschuldigung. Es stört Sie doch nicht, oder? Ich fühle mich ein bisschen zittrig.»

«Natürlich», sage ich. «Möchten Sie ein Glas Wasser? Oder vielleicht etwas Stärkeres?»

Sie schüttelt den Kopf. «Ich möchte gar nichts. Ich will nur, dass es nicht Alex ist.» Sie bricht in Tränen aus.

«Ach, Lesley», sage ich sanft und rutsche mit meinem Stuhl näher an ihren heran.

«Ich weiß, es ist gemein, sich zu wünschen, dass es das Kind von jemand anderem ist, aber ich kann es einfach nicht ertragen.»

«Sie sind nicht gemein, Lesley», sage ich. «Nur fürchterlich mitgenommen. Das kann ich verstehen.»

«Ich glaube nicht, dass *irgendwer* das verstehen kann.»

Ich überlege, ob ich ihr von Jake erzählen soll. Mein eigenes Quäntchen Unglück mit ihr teilen. *Ich auch.* Aber das ist im Augenblick für sie völlig irrelevant. Wie es anderen Menschen geht, spielt für sie im Moment keine Rolle. In ihren Gedanken ist jetzt nur Platz für Alex.

«Außerdem habe ich Flugangst», schluchzt Lesley und hätte angesichts der Absurdität ihrer Lage beinahe gelacht. «Ich kann nicht fassen, dass das passiert. Ich sollte heute Abend eigentlich zur Quiz-Nacht im Pub sein. Meine Mannschaft nennt sich *Die Kleinen Grauen Zellen.* Stattdessen setze ich mich in ein Flugzeug und fliege elf Stunden lang nach Osten, um herauszufinden, ob es sich bei der Toten in einer thailändischen Leichenhalle um meine Tochter handelt.»

«Sie sind sehr tapfer, Lesley.»

«Nein. Bin ich nicht. Ich breche zusammen. Ich will nicht in dieses Flugzeug steigen. Was, wenn es inzwischen was Neues gibt? Wir sind stundenlang nicht erreichbar in der Luft. Wir erfahren nichts bis zur Landung. Das ist der reinste Horror.»

Ich beuge mich vor und suche ihren Blick. Sie soll sich auf mich konzentrieren. «Dort ist es jetzt Nacht. Bis zum Morgen passiert gar nichts. Und morgen hat sich die Lage vielleicht schon etwas geklärt. Sie müssen versuchen, während des Flugs etwas Schlaf zu kriegen. Haben Sie was zum Einnehmen dabei?»

Lesley zerpflückt das Taschentuch zwischen ihren ruhelosen Händen zu kleinen Fetzen. «Ich schaffe das schon.»

Ich nicke, ohne die Frau, die sich direkt vor mir in nichts auflöst, aus den Augen zu lassen.

Ich hole das Telefon aus der Tasche und rufe Joe an.

«Hallo, ich bin's. Ich bin am Flughafen. Hör mal, kannst du anrufen oder mir schreiben, falls es vor dem Start noch was Neues gibt?» Das würde Joe natürlich auf jeden Fall tun, aber ich will, dass Lesley weiß, dass sämtliche neuen Informationen bei mir landen.

Joe antwortet mit seiner Telefonstimme, und ich würde ihn gern damit aufziehen, aber nicht vor Lesley.

«Ja, wird gemacht», sagt er. «Im Moment gibt es nichts Neues, auch nicht auf Twitter oder Facebook. Wie geht's Ihnen?»

«Gut, danke. Wir sprechen, wenn ich gelandet bin.» Ich schüttle den Kopf und sehe Lesley in die Augen. «Bei uns gibt's nichts Neues, aber ich rufe jetzt noch mal unseren Korrespondenten vor Ort an, um sicherzugehen, dass wir vor dem Start noch über sämtliche Updates sofort informiert werden.» Ich wähle Dons Nummer. «Hallo. Ich bin auf dem Weg zu euch. Was passiert im Augenblick? Muss ich noch was wissen, ehe ich an Bord gehe?»

«Es ist mitten in der Nacht, Kate. Also nicht so viel. Die Polizei hat versucht, das Gebäude abzusichern. Hoffentlich tragen sie Helme – wie's aussieht, war das Haus schon vor dem Brand ein Sicherheitsrisiko, aber das spielt jetzt auch keine Rolle mehr. Stinkt grässlich. Die armen Schweine, müssen herfliegen, um ihre Kinder zu identifizieren.»

Ich redigiere die Information in Gedanken bereits für den öffentlichen Konsum.

«Hattest du schon Kontakt zu den Eltern?», will Don wissen.

Lesley sieht mich an, und ich hoffe nur, dass sie Don nicht hören kann.

«Ja», sage ich möglichst betont, um ihm den richtigen Hinweis zu geben.

«Ach was. Sitzt du gerade bei ihnen?»

«Ja, klar, also ... Was sagt die Polizei über den Brand?»

«Dass er von *farang kee ngok* – entschuldige, von billigen Rucksacktouristen verursacht wurde. So wie's aussieht, war die Hütte zu dem Zeitpunkt nicht voll, Gott sei Dank, aber ein Kontakt im Krankenhaus meint, es gäbe möglicherweise einen Überlebenden: In der Nacht des Feuers wurde ein Westler mit Verbrennungen eingeliefert. Es gibt noch keine Einzelheiten über ihn, aber ich höre mich um.»

«Welches Krankenhaus?», frage ich. «Wer weiß noch davon?»

«Noch niemand. Ich arbeite daran, mit ihm zu sprechen.»

«Ich sorge dafür, dass du es nicht bereust, wenn du alles, was du rausfindest, für uns aufhebst. Nur bis ich da bin ... Don?»

Wir wissen beide, dass ein Interview mit einem Überlebenden die nächste große Story sein könnte. Vor allem, falls sich rausstellt, dass er der Held der Stunde ist.

«Na gut. Weil du's bist», sagt Don. «Aber ich kann es mir nicht leisten, die Meute zu vergrätzen. Also behalt's für dich, okay?»

«Danke. Wir sehen uns, wenn ich gelandet bin. Und, Don? Kannst du mir bitte schreiben, falls du was Neues hörst?»

«Ja, mach ich», sagt Don. «Bis später an der Bar.»

Lesley lehnt sich gespannt vor. «Was hat er gesagt? Wer liegt im Krankenhaus?»

«Es gibt einen Jungen, der vielleicht bei dem Brand verletzt wurde, aber das ist im Augenblick alles noch ziemlich vage.»

Enttäuschung macht sich auf Lesleys Zügen breit.

«Ein Junge», wiederholt sie leise. «Weiß er, was passiert ist?»

Ich drücke ihre Hand. «Ich weiß es nicht. Die Ermittlungen stehen noch ganz am Anfang, Lesley, das ist alles noch sehr ungewiss.»

Lesley nickt, aber ich sehe ihr an, dass sie mir nicht wirklich zuhört. Sie wirkt, als hätte sie das alles schon einmal gehört. Und so ist es ja auch.

«Mein Kontaktmann meldet sich, sobald es irgendwas Neues gibt. Er ist in ständigem Kontakt mit der Polizei.»

Sie bedankt sich tonlos und geht zurück zu ihrem Mann, um ihm zu erzählen, was ich ihr gesagt habe. Dann geht sie weiter zu einem anderen Tisch, wo Jenny Shaw mit ihrem Ex-Mann sitzt. Sie hat ihm den Rücken zugewandt.

Tja. Diese Katastrophe hat sie einander jedenfalls nicht nähergebracht, denke ich und hebe die Hand zum stummen Gruß, als Jenny zu mir herübersieht.

16

Montag, 18. August 2014

DIE JOURNALISTIN

Mein Telefon klingelt, und Lesley hebt den Blick, sieht zu mir rüber. Es ist Mick, und ich schüttle verneinend den Kopf.

«Ich habe eben eingecheckt, Kate. Wie zum Teufel hast du das mit dem Upgrade hingekriegt? Ich hab's auch versucht, aber keine Chance. Das Mädchen am Schalter hat ein Gesicht gemacht, als hätte ich sie um einen Blowjob gebeten, als ich die Business Class ins Spiel gebracht habe.»

Ich muss grinsen und wende mich ab, damit Lesley mein Gesicht nicht sieht.

«Ich habe in der Schlange vor der Sicherheitskontrolle drei andere Fotografen entdeckt», sagt Mick. «Das wird ein Rudeljob.» Ich kann sein Grinsen förmlich hören. Mick liebt die Arbeit im Rudel – die Besäufnisse, den Konkurrenzkampf, den Spaß, mit einer Meute anderer Journalisten zusammen unterwegs zu sein. «Und? Wie sieht's bei dir aus?»

«Okay. Ich habe mit Lesley gesprochen. Sie haben alle schreckliche Angst, die Armen. Jedenfalls sitze ich im Flugzeug in ihrer Nähe. Das macht uns das Leben sehr viel einfacher, wenn wir erst mal da sind.»

«Na ja. Denk an mich, wenn du dir dein Gourmetmenü reinziehst und Champagner schlürfst.»

«Ich bring dir ein Doggybag nach hinten.»
Ich warte, bis die Angehörigen dösen, dann gehe ich nach hinten in die Economy. Mick ist völlig weggetreten, sein Kopf rollt hin und her.

«Mick!», zische ich, leider zu laut, und um ihn herum recken sich Köpfe.

«Hallo, Kate», sagt George Clarkson vom *Telegraph* aus der Reihe hinter Mick. «Ich wusste gar nicht, dass du auch an Bord bist. Wie geht's dir?»

«Genau. Sitzt du vorne?», ruft Louise Butler vom *Herald* über den Gang zu mir rüber.

«Hi, okay und ja», sage ich. «Und du, George? Wir haben uns seit deinem Weggang von der *Mail* nicht mehr gesehen. Wie ist es bei einem Blatt mit Tiefgang?»

«Bei weitem weniger schrill und feindselig.» Er lächelt. «Niemand brüllt rum. Alles sehr zivilisiert.»

Ich sehe mich um und zähle fünf Print-Leute und einen Fernsehreporter. Ich kenne sie alle. Das sind meine Leute. Hier fühle ich mich zu Hause, auf den billigen Plätzen mit dem Mief aus Flugzeugfraß und Flatulenzen.

«Hattest du schon Kontakt zu den Angehörigen? Oder schiebt das Kabinenpersonal Wache?», fragt Louise, und mir wird klar, dass sie die News, die ich unmittelbar vor dem Boarding aus der Lounge abgeschickt habe, noch nicht gesehen haben. Ich zögere. Die Reporter bemerken die Pause und realisieren die schmerzliche Wahrheit: Sie wurden abgehängt.

«Was sagen sie? Die müssen am Boden zerstört sein», meint Louise.

Ja, genau. Leg mir die Worte in den Mund. Ich nicke nur.

«Wie hast du deine Redaktion dazu bekommen, dir die Business Class zu bezahlen? Ich habe versucht, mich während des Essens nach vorne zu schleichen, um die Eltern zu sehen, aber sie haben mich erwischt.»

Louise Butler, du mieser kleiner Ehrgeizling, höre ich mich denken und habe dazu das beunruhigende Bild von mir selbst auf einer Türschwelle vor Augen. Ich drehe mich zu George zurück.

«Wie geht es den Eltern, Kate?», fragt er.

«Ganz okay. Sie werden von der Botschaft abgeholt.»

«Und du sitzt natürlich gemütlich mit ihnen im Auto, oder? Aber du lässt uns eine Zeile oder zwei zukommen, ja?», sagt Louise, beugt sich über den Gang und berührt mich am Arm. «Wir sind schließlich deine Freunde.»

George hebt im Namen aller eine Augenbraue.

«Mir ist klar, dass du die Story willst, Louise», sage ich und entziehe ihr den Arm. «Die wollen wir alle. Also: Ich habe mein Gespräch mit ihnen kurz vor dem Start noch online gestellt. Ihr könnt euch die Infos auf unserer Website besorgen.»

«Hört euch die an!», raunt Louise ihrem Nachbarn zu. Sie äfft meine Stimme nach: «‹Ihr könnt euch die Infos auf unserer Website besorgen!› Für wen hält die sich?»

«Hört zu, es ist mitten in der Nacht», sage ich in dem Versuch, die Wogen wieder zu glätten. «Wir sollten zusehen, dass wir noch etwas Schlaf kriegen. Wo seid ihr untergebracht?»

Als ich gehe, greift Mick nach meiner Hand, und ich drücke seine sanft. Er steht auf und folgt mir zum Vorhang.

«Versuch, nach der Landung so schnell wie möglich rauszukommen, Mick. Ich fahre mit den O'Connors und den Shaws vor, und wir treffen uns vor Ort. Ich werde versuchen, inzwischen mit meinem Telefon ein paar Bilder und Videos zu machen. Ruf mich an, sobald du auf dem

Weg bist – und sieh zu, dass du Louise loswirst. Die wird Himmel und Hölle in Bewegung setzen, um uns auszuhebeln.»

Mick grinst. «Kinderspiel.»

17

Dienstag, 19. August 2014

DIE JOURNALISTIN

Der Botschaftsvertreter sieht mich leidgeprüft an, als Lesley mich vorstellt.

«Ach, die Presse Ihrer Majestät. Ich bin mir sicher, Sie kommen selbständig in die Stadt, Mrs. Waters.»

«Sie kommt mit uns», sagt Lesley. «Wir quetschen uns zusammen.»

Ich sage nichts – das ist gar nicht nötig. Lesley kommt hervorragend allein zurecht. Malcolm bleibt stumm, und die Shaws wenden nur den Blick ab.

«Aha. Na, wenn Sie sicher sind», sagt der Botschaftsangehörige, Missbilligung in jeder einzelnen Silbe. «Hier entlang.»

Als Vizekonsul Clive Barnes uns in der Ankunftshalle begrüßt, hat sich wieder Beklommenheit über die Gruppe gesenkt.

«Der Brand hat sich in einem mehrfach genutzten Gebäude ereignet, und die Polizei hofft im Identifizierungsprozess auf Ihre Hilfe, um Fehler zu vermeiden», sagt er behutsam.

Ich übernehme die Führung, und die andern stolpern mit den Rollkoffern im Schlepptau hinter mir her. Ich muss mich dringend mit Clive anfreunden.

«Das ist bestimmt der schwierigste Teil Ihres Jobs», sage ich und versuche vergeblich, mit ihm Schritt zu halten. «Der Umgang mit den Tragödien im Leben anderer Menschen.»

«Allerdings. Aber ich vermute, darin kennen Sie sich bestens aus, Mrs. Waters. Ich kann nicht behaupten, dass ich darüber glücklich bin, Sie mit vor Ort zu nehmen, aber offensichtlich ist es das, was die Angehörigen wünschen.»

Das wird ein hartes Stück Arbeit. Ich warte auf Lesley und nehme ihr sanft den Griff ihres Rollkoffers aus der Hand. «Sie sehen erschöpft aus. Kommen Sie, ich nehme Ihnen das ab.»

Ihr Mann trottet als Schlusslicht hinterher, den Kopf gesenkt, beladen mit einem weiteren Koffer und ein paar Tragetaschen. Mike Shaw trägt seine und Jennys Reisetasche. Sie hatte am Gepäckband darauf gezeigt, ihn die Tasche vom Band wuchten lassen und keinerlei Anstalten gemacht, sie ihm abzunehmen. Sie geht direkt hinter Lesley, doch die beiden Frauen wechseln kaum ein Wort.

Während Clive Barnes' Fahrer das Gepäck in den Kofferraum des wartenden Kleinbusses verlädt, hält Lesley die Hand ihres Mannes. Sie wirkt, als würde sie trotz der Hitze frieren, sie zittert, und ihre Zähne klappern. *Jetzt ist es plötzlich alles real*, denke ich. *Nicht nur ein Facebook-Post. Sie sind hier, und ihre Tochter ist wahrscheinlich tot.*

Malcolm hilft Lesley, in den Bus zu steigen, und ich quetsche mich zwischen sie und Jenny und versuche entschuldigend, den schmalen Mittelsitzgurt zu schließen. Die beiden Männer sitzen in der ersten Reihe. Lesley und Jenny starren zum Fenster auf den Verkehr hinaus, während die Männer peinlich berührt versuchen, Konversation zu machen.

«Ich habe für Sie Zimmer in einem Hotel in der Nähe der Botschaft reserviert», sagt Clive Barnes. «Ich bringe Sie nach der Identifizierung der …» Er bricht ab. Im Wagen herrscht Schweigen. Er bringt das Wort «Leichen» nicht über die Lippen, und keiner springt ein, um ihm zu helfen.

Schließlich sagt Malcolm: «Steht definitiv fest, dass es sich bei den Gefundenen um Alex und Rosie handelt?»

Ich spüre, wie Lesley neben mir erstarrt.

«Das können wir zum jetzigen Zeitpunkt noch nicht mit Sicherheit sagen, aber es wurde bestätigt, dass es sich um zwei junge westliche Frauen handelt, auf die die Beschreibungen Ihrer Töchter zutreffen.»

Ich streichle Lesleys Arm, und sie lehnt sich gegen mich und fängt an zu schluchzen.

Malcolm bemüht sich, stark zu bleiben. «Wir wollen sofort mit der Polizei sprechen und zum Schauplatz des Brandes gebracht werden.»

«Ja. Selbstverständlich», sagt Clive Barnes. Er klingt dankbar. «Einer meiner Mitarbeiter hat vorhin mit dem leitenden Ermittler gesprochen. Die Obduktion ist für den späten Vormittag angesetzt, und die polizeiliche Durchsuchung der Brandstelle dauert noch an. Es wäre womöglich ratsam, sich einen Dolmetscher zu nehmen, für den Fall, dass ich nicht zur Verfügung stehe. Möchten Sie, dass ich Ihnen bei der Vermittlung behilflich bin?»

«Was wird das kosten?», nuschelt Mike Shaw.

«Ja, bitte, Mr. Barnes», sagt Malcolm.

«Bitte nennen Sie mich Clive.»

Auf der Rückbank lehnt Lesley noch immer schluchzend an meiner Schulter.

«Oh, Liebling!», sagt Malcolm, dreht sich um und greift nach ihrer Hand. «Versuch durchzuhalten.»

Der Wagen hält neben der Absperrung an einer schmalen Gasse. Dahinter erkenne ich Polizisten in grauen Uniformen und mit Masken über den Mündern, außerdem Arbeiter mit schwerem Gerät. Und Don Richards.

«Es ist ratsam, nicht mit der Presse zu sprechen», sagt Clive Barnes, dann nimmt er sich zusammen. «Verzeihung, Mrs. Waters, aber das ist unsere Standardempfehlung.»

«Ich verstehe. Andererseits kann die Presse durchaus hilfreich sein, wenn es darum geht, Druck auf die Behörden auszuüben, um herauszufinden, was hier geschehen ist.» Ich versuche, meine Stimme in Schach zu halten.

«Ja, also gut. Sollen wir aussteigen?»

Die Eltern gehen dicht beieinander, und als sie den Polizisten an der Absperrung erreichen, schieben Lesley und Jenny beide eine Hand in die von Malcolm. Mike geht zwei Schritte hinter ihnen.

Don Richards kommt augenblicklich auf uns zu. «Mr. und Mrs. O'Connor? Mr. und Mrs. Shaw?»

Alle vier sehen ihn erwartungsvoll an.

«Hallo, Don», sage ich.

«Meine Liebe, da bist du ja.»

Ich höre die Enttäuschung in seiner Stimme. Er hätte die Eltern gern für sich allein gehabt.

«O Gott!», flüstert Lesley, als sie durch die Absperrung gewinkt werden. «Mach, dass sie es nicht ist.» Ich will hinterher, aber Clive hält mich mit einem Blick auf.

«Nur Angehörige. Anweisung der Polizei.»

Scheiße. Ich versuche hilfesuchend, Lesleys Blick aufzufangen, aber sie hat jetzt nur noch Augen für das rußige Skelett des Hauses vor ihnen. Was von dem Hostel noch übrig ist, neigt sich in die Gasse wie ein alter Trunkenbold und kotzt die letzten Trümmer aus. Es sieht so aus, als wären sämtliche Stockwerke eingestürzt. Auf der Straße liegt eine zusammengekrümmte, verkohlte Schaumstoffmatratze, und um die Füße der Versammelten wirbelt Asche.

Beißender Gestank nach Rauch und Ruß kratzt mir in der Kehle, als ich ihnen nachrufe: «Ich warte hier auf Sie.»

Ich weiß nicht, ob Lesley mich gehört hat. Also hole ich das Telefon aus der Tasche und filme die Gruppe, die sich auf die Ruine zubewegt. Ich gehe am staubigen Straßenrand in die Hocke und tippe mit heißer Hand einen ersten Bericht in mein Handy. Ich muss den Text dringend sofort losschicken und bereit sein, wenn die Angehörigen zurückkommen. Ich benutze beide Daumen, um ein paar Zitate zu tippen und die Brandstätte zu beschreiben, während Don versucht, mir über die Schulter zu schauen und mitzulesen.

«Verpiss dich, Don», sage ich, als er so tut, als würde er mir das Telefon wegschnappen. «Denk dir selbst was aus.»

«Schon dabei, Kumpel.» Neben mir stehend, kritzelt er etwas in sein zerfleddertes Notizbuch. «Das geht gleich via Laptop raus. Ich bin praktisch von allen engagiert», sagt er und steckt das Büchlein wieder ein. «Da sind sie schon wieder. Das ging schnell.»

Ich drücke auf Senden und komme stolpernd wieder auf die Beine, um ihre Rückkehr zu filmen. Wie eine Trauerprozession kommen sie langsam auf uns zu, die Köpfe gesenkt. Malcolm hat seiner Frau stützend den Arm um die Schultern gelegt.

«Wie geht es Ihnen, Lesley?», frage ich, als die Gruppe wieder an der Absperrung angekommen ist.

«Es zerreißt einem das Herz, Kate. Haben Sie das gesehen?»

Ich mache einen Schritt an dem Polizisten vorbei, der mir am nächsten steht, und erhasche durch eine Lücke im Sichtschutz einen Blick auf einen Berg von Müll. Es ist schwer zu erkennen, aber ich glaube, ich kann das geschwärzte Metallgerüst eines Rucksacks sehen, vielleicht ist es aber auch ein verbogenes Bettgestell.

«Ich habe nichts gesehen, was Alex gehört», sagt Lesley. «Das ist doch ein gutes Zeichen, oder?»

Ich nicke. «Was sagt die Polizei?»

Clive Barnes gibt ein lautes Räuspern von sich. «Ich denke, wir sollten jetzt zum Polizeipräsidium fahren. Und danach ins Hotel. Sie sind sicher erschöpft.»

«Wir werde nicht schlafen, ehe wir nicht getan haben, was wir tun können», sagt Malcolm. «Wir müssen mit der Polizei sprechen. Komm, Lesley.»

Mike Shaw nickt und versucht, seine Ex-Frau an die Hand zu nehmen. Beinahe hätte sie ihn gelassen, ihre Abwehr ist am Boden, doch irgendetwas hält sie ab, und sie schlägt ihn weg.

«Jenny!», höre ich ihn zischen. «Herrgott noch mal, es geht hier um Rosie, nicht um uns.»

Ihre Fassade bricht in sich zusammen. «Das wäre nicht passiert, wenn du ihr nicht das Geld für die Reise gegeben hättest!»

Lesley holt scharf Luft, und ich versuche, sie nicht anzusehen, als Mike Shaw mit langen Schritten zu dem wartenden Wagen zurückkehrt.

«Lass ihn gehen», sagt Jenny, als Malcolm ihm folgen will. «Das kann er am besten. Weglaufen.»

«Sei still, Jenny», sagt Lesley. «Die Sache ist auch schlimm genug, ohne dass du Mike so zusetzt.» Sie fängt wieder an zu weinen, und Malcolm führt sie davon. Im Vorbeigehen greift Lesley nach meinem Arm. «Davon schreiben Sie aber nichts in ihrer Zeitung, ja? Sie sind beide so außer sich. In so einer Situation sagen die Menschen die schlimmsten Dinge.»

18

Dienstag, 19. August 2014

DIE JOURNALISTIN

Don schleppt mich in eines der zahllosen Cafés in der Nähe, um dort auf Mick zu warten, und wir versuchen, uns über den blechernen Radau der *Greatest Hits* von den Eagles hinweg zu unterhalten.

«Warum steht die Identität noch nicht fest?» Ich versuche, die grünen Teeblätter in meiner Tasse durch Rühren gefügig zu machen. «Haben die hier überhaupt eine ordentliche Ausstattung? Können sie DNA-Tests machen?»

«Klar können die das. Das hier ist ein internationaler Knotenpunkt und nicht irgendein Dritte-Welt-Land. Aber ausländische Touristen haben nicht oberste Priorität. Es gibt jedes Jahr Hunderte toter Touristen – hauptsächlich Verkehrsunfälle und Ertrunkene –, und die Polizei betrachtet sie als lästiges Übel erster Güte. Man versucht, die Akten so schnell es geht vom Tisch zu kriegen. Tod und Unruhen sind schlecht fürs Urlaubsgeschäft.»

Am Nebentisch sitzt ein sonnenverbrannter Junge im Unterhemd und lauscht. Er fällt fast vom Stuhl, um nur ja kein Wort zu verpassen.

«Hallo!», sage ich, als es unmöglich ist, ihn noch länger zu ignorieren. «Wohnst du auch in einer dieser Todesfallen?»

Er grinst ein hackedichtes Grinsen und wedelt mit den Händen.

«Ja? Warst du hier, als das Feuer ausgebrochen ist?»

Er nickt. «Ich war auf dem Heimweg, und da hab ich den Rauch und so gesehen. Krasser Scheiß.»

«Kanntest du jemanden von da?»

Der Junge lacht nervös. «Nö. Hier kennt man ja nicht mal den Typen im Nachbarbett, und die Leute aus anderen Hostels erst recht nicht.»

Ich drehe mich achselzuckend zu Don zurück. «Sinnlos.»

«Er hat recht. In manchen dieser Löcher stopfen sie jede Ritze mit Kids voll. Und der Besitzer unserer Bude hat sich vom Acker gemacht. Was mich nicht überrascht. Das Viertel ist eine einzige Todesfalle – sieh dir nur den Kabelsalat an.»

Ich sehe zu dem Gewirr aus Kabeln und Leitungen hoch, das sich von Gebäude zu Gebäude zieht.

«Ständig Kurzschlüsse, dazu überall Müll und alte Gasflaschen. Die Mädchen hatten keine Chance, falls sie im Haus waren.»

«Wo zum Teufel bleibt Mick?», rufe ich, und der Kiffer am Nachbartisch zuckt zusammen. «Wir verlieren kostbare Zeit.» Ich wähle Micks Nummer und trinke einen Schluck von der bitteren Flüssigkeit.

«Wo steckst du?», brülle ich ins Telefon. «Keine Ahnung, wo das sein soll … wie lang? Okay. Wir sitzen in dem Café an der Ecke. Wenn du in fünf Minuten nicht hier bist, hau ich ab.»

Don zieht fragend die Augenbrauen hoch.

«Ich muss mit dem möglichen Überlebenden sprechen», sage ich. «Das ist die einzige Exklusivspur, die ich habe.»

Nervöse Energie brennt mir ein Loch in den Bauch. Die allerersten Stunden vor Ort sind für eine Story ausschlaggebend. Es ist entscheidend, überall die Erste zu sein. Ich frage mich, wo Louise gerade steckt, und spüre erste Anflüge von Reporter-Paranoia. *Wahrscheinlich sitzt sie gerade bei dem Typen am Bett, hält Händchen und greift die Story ab. Und Don hat sie bestochen, mich hier festzuhalten.*

«Wir können nicht zu ihm», sagt Don. «Noch nicht. Ich war heute Morgen in aller Frühe dort, aber keine Chance. Mein Kontakt gibt mir Bescheid, sobald es geht.»

Ich sehe ein Taxi halten, und Mick steigt mit entschuldigender Geste aus dem Wagen. Ich stehe auf. Es ist jetzt schon so heiß, dass ich schwanke.

«Scheiß Flughafen-Security. Jemand hat mich angeschwärzt. Hundertprozentig. Ich und der Typ von der BBC wurden gefilzt. Wir tippen auf Louise.»

«Wo ist sie jetzt?», will ich wissen. «Und wo sind die anderen?»

«Im Polizeipräsidium. Die Angehörigen sind offensichtlich auf dem Weg dorthin. Es heißt, nachher soll eine Pressekonferenz stattfinden. George ruft mich an, sobald er was hört. Ich hab ihm im Gegenzug eine Zeile versprochen.»

«Okay. Wenn dort irgendwas gesagt wird, kriegen wir das mit. Lesley will sich in ein paar Stunden mit mir im Hotel treffen, wir haben also etwas Zeit. Wir müssen zum Krankenhaus, ehe die Meute von dem möglichen Überlebenden Wind bekommt.»

«Ein Überlebender?»

«Erzähl ich dir im Taxi.» Ich werfe meine Tasche in den Kofferraum und springe neben den verdatterten Fahrer auf den Vordersitz. «Los, Don, rein mit dir. Wir brauchen dich zum Übersetzen. Und bitte sag ihm, er soll die Klimaanlage hochschalten. Ich sterbe in dieser Kiste!»

Während der Fahrt erzähle ich Mick, was ich weiß, und

rufe in der Redaktion an, um sicherzugehen, dass mein Text angekommen ist. Ich will mit Terry sprechen, aber ich habe mich in der Zeit vertan. In London ist es sechs Stunden früher, und in der Redaktion sitzt immer noch die Friedhofsschicht. Die Abgehalfterten und die auf Gnadenbrot. Ich muss nehmen, wen ich kriegen kann.

«Hallo, Veteranenheim», knurrt Gordon Willis, der ehemalige Kriminalreporter der Zeitung in den Hörer. «Oh, du bist dran, Kate. Hab gerade dein Zeug gelesen. Alles sehr bewegend, vorausgesetzt, man steht auf so was.»

«Halt die Klappe, Gordon. Es ist exklusiv. Und überhaupt. Was hast du in der Redaktion zu suchen? Ich kann nicht fassen, dass sie dich überhaupt ins Haus gelassen haben. Ich dachte, du bist in Rente und aalst dich zusammen mit all den Bösewichten, über die du geschrieben hast, an der Costa del Crime in der Sonne. Was ist passiert? Hast du etwa deine ganze Abfindung schon in Sangria investiert?»

«Ich hatte Lust auf eine kleine Pause von der Hacienda. Außerdem haben sie freundlich gefragt. Hast du Don schon gesehen?»

«Er sitzt direkt hinter mir in unserem Batmobil. Ich bestelle ihm deine Grüße.»

«Tu das. Wohin geht's als Nächstes?»

«Ins Krankenhaus. Es gibt möglicherweise einen Überlebenden – in der Brandnacht ist ein Typ mit Verbrennungen aufgetaucht. Im Augenblick haben wir die Geschichte noch für uns. Erzähl das Terry, wenn er ausgeschlafen hat – und sag ihm, dass ich später die Eltern treffe, allein, dass die offizielle Identifizierung der Mädchen für heute erwartet wird und dass die Polizei nichts sagt.»

«Okay. Er soll dich anrufen, sobald ich von ihm höre.

Das dauert aber sicher noch eine Stunde, es sei denn, du willst, dass ich ihn aus dem Bett werfe.»

«Nein. Lieber nicht. Hör zu, wir sind da. Bis dann.»

19

Dienstag, 19. August 2014

DIE MUTTER

Lesley konzentrierte sich auf ihre Umgebung: Der Raum wurde von an die Decke montierten fluoreszierenden Leuchtröhren erhellt, der Boden war mit gesprenkelten Fliesen gekachelt, riesige Edelstahlschränke säumten die Wände. Der Geruch war unbeschreiblich. Es dauerte einige Minuten, ehe sie es über sich brachte, den Blick auf den Obduktionstisch zu richten. Die Leiche war mit einem weißen Tuch bedeckt, unter dem ein Fuß mit hellgrün lackierten Zehennägeln herausragte.

«Mrs. O'Connor?», sagte jemand neben ihr. Clive. «Sind Sie bereit?»

War sie nicht. Wie konnte man jemals für so etwas bereit sein? Malcolm nahm ihre Hand. Seine war eiskalt. Wie Stein.

«Ja», sagte sie. Was hätte sie sonst sagen sollen?

Ein Obduktionsassistent zog behutsam das Tuch zurück und entblößte einen Körper, der wie eine wächserne Nachbildung ihrer Tochter aussah. Malcolms Hand zuckte zusammen. Sie wollte die Hand ausstrecken und das Gesicht ihres Kindes berühren. Sie trösten. Doch der Assistent ahnte die Bewegung voraus und hielt sie davon ab. «Bitte berühren Sie die Leiche nicht», sagte ein Polizist, ein asketischer Mann, der neben dem Tisch stand.

«Alex», korrigierte Lesley. «Bitte berühren Sie Alex nicht.»

«Können Sie uns bestätigen, dass dies Ihre Tochter ist, Alexandra O'Connor?», fuhr er ungerührt fort.

«War», sagte sie. «Das ist sie doch gar nicht mehr, oder?»

Der Beamte machte ein verwirrtes Gesicht.

«Das ist unsere Tochter», sagte Malcolm.

Lesley wollte bei ihr bleiben, doch Malcolm führte sie zurück in den Wartebereich, wo Jenny und Mike Shaw schweigend nebeneinandersaßen. Lesley musste nichts sagen. Sobald Jenny sie sah, verzog sich ihr Gesicht, und Malcolm ergriff ihre Hand. «Es ist Alex, Jenny. Willst du, dass ich mitkomme?»

Mike Shaw erhob sich mühsam. «Nein, ist in Ordnung. Wir schaffen das.»

Seine Ex-Frau stand neben ihm, die Tür ging auf, und sie wurden in den Raum gebeten.

Während Lesley wartete und auf die Echos der Verzweiflung nebenan lauschte, spielte sie mit der Vorstellung, dass nichts von dem hier wirklich geschah. Dass sie jeden Moment aufwachen, auf ihren uralten Wecker schauen und ihre Jüngste in der Dusche hören würde. Die wieder mal das ganze warme Wasser verbrauchte.

Mike und Jenny kamen zurück, und Lesley kam wieder zu sich. «Ich habe gerade gedacht, dass das vielleicht nur ein Traum ist», sagte sie.

«Nein, Liebling. Ich fürchte, nicht», murmelte ihr Mann. «Wir müssen jetzt klar denken.»

Jetzt. Jetzt, wo wir Gewissheit haben.

Lesley sah Jenny in das vom Schock bleiche Gesicht. «Ich wollte Alex berühren», sagte sie. «Aber sie haben mich nicht gelassen.»

«Eine Sekunde lang dachte ich, sie ist es nicht», sagte

Jenny. «Das Mädchen auf dem Tisch hatte eine kleine Rose auf die Schulter tätowiert. Ich wollte schon sagen, das ist nicht Rosie – aber sie war es doch. Ich wusste nicht, dass sie tätowiert ist. Ich habe versucht, sie zu küssen, aber sie sagten, das ginge jetzt nicht, dass dafür später noch Zeit wäre. Aber das stimmt doch gar nicht, oder? Kein Kuss mehr. Der Abschiedskuss am Flughafen war der letzte.»

«Wie ist das passiert?», schluchzte Lesley. «Wir müssen rausfinden, warum sie so ums Leben gekommen sind.»

«Das werden wir, Liebling», sagte Malcolm.

Clive trat auf sie zu. «Wir gehen jetzt und sprechen mit der Polizei.»

Der Polizeioberst von der Abteilung für Verbrechensbekämpfung war förmlich, aber zuvorkommend. Er war in Begleitung des angeheuerten Dolmetschers, einem jungen Mann im engen Anzug, mit Harry-Potter-Brille und einer albernen Schuljungentolle.

Sobald sie Platz genommen hatten, erläuterte ihnen der leitende Ermittler die Fakten, so wie er sie sah.

«Die Opfer wurden gemeinsam im rückwärtigen Teil des Gebäudes gefunden», sagte der Dolmetscher, nachdem er zugehört und sich Notizen gemacht hatte. Nach dem melodischen Singsang des Obersts klang seine Stimme harsch.

«Aber ihr Zimmer war oben», sagte Lesley. «Das hat Alex in einer E-Mail erwähnt. Sie hat es scherzhaft als Penthouse bezeichnet.»

«Nicht in einem Zimmer. In einer Art Schrank.» Der Übersetzer wirkte verwirrt.

«In einem Schrank?», sagte Lesley.

Der Dolmetscher fragte den Oberst etwas und nickte unterwürfig. Dann wandte er sich wieder an seine Zuhörer.

«Größer als ein Schrank. Eine Kammer zur Aufbewahrung von Sachen. Kalten Sachen», versuchte der junge Mann zu erklären, doch der Oberst hatte schon wieder zu sprechen begonnen, und die Wörterflut drohte den Dolmetscher zu überschwemmen. Er senkte den Blick und machte sich wieder Notizen.

«Unten war eine Party», erklärte er, als der Oberst verstummte, um Luft zu holen.

«Er hat doch mehr gesagt als das», mutmaßte Lesley fordernd. «Er hat doch ewig geredet. Wieso übersetzen Sie uns nicht alles, was er sagt?»

«Das tue ich, Madam», sagte der Dolmetscher sichtlich pikiert, weil man seine Professionalität in Frage stellte. «Ich wollte gerade weitersprechen …»

«Gut!», sagte Lesley.

«Auf der Party wurden Drogen und Alkohol konsumiert …»

«Unsere Töchter haben keine Drogen genommen», fiel Jenny ihm mit lauter Stimme ins Wort. «Warum sagt er das?»

Ihr Einwand wurde dem Oberst nicht übersetzt.

«Die Polizei vermutet, auf der Party wurde womöglich eine Kerze umgeworfen», fuhr der Mann fort. «Oder eine Zigarette nicht richtig ausgedrückt. Höchstwahrscheinlich ein Unfall.»

«Hat Rosie geraucht?», fragte Mike.

«Nein», murmelte Jenny.

«Das Feuer breitete sich schnell aus. Die Front des Hauses bestand hauptsächlich aus Holz. Die beiden Mädchen flohen vor den Flammen in die Kühlkammer. Sie starben an …» Auf der Suche nach dem richtigen Wort griff sich der junge Mann an den Hals.

«Ich vermute, er meint Rauchvergiftung», flüsterte

Clive Barnes eilig, um der Pantomime ein Ende zu setzen, ehe sie zu plastisch wurde.

«Und Herzinfarkt», fügte der Dolmetscher hinzu. Lesley glaubte zu sehen, wie Barnes mit den Augen rollte. «Die Besitzerin des Hostels wird in Zusammenhang mit Verstößen gegen die Brandschutzregeln gesucht.»

Und damit schlug der Oberst die Akte auf dem Schreibtisch zu, hob die Hände zum *Wai*, neigte kaum merklich den Kopf und erhob sich zum Gehen. Malcolm bemühte sich, die Geste zu imitieren. Doch Lesley sprang auf, um seinen Abgang zu verhindern.

«Hat niemand sie gehört? Sie müssen doch um Hilfe geschrien haben …»

Der Oberst blieb ungerührt stehen.

«Der Oberst sagt, keiner wusste, dass die beiden dort waren, ehe die Leichen gefunden wurden», sagte der Dolmetscher.

«Keiner hat etwas gehört oder gesehen? Was ist denn mit den anderen auf der Party?», fragte Mike. «Wo sind die? Wie lauten deren Aussagen? Wie konnten sie entkommen, unsere Töchter aber nicht?»

Der Oberst sah den Dolmetscher ungeduldig an.

«Wir haben keinerlei Zeugen gefunden.»

«Sie behaupten also, unsere Töchter wären zum Zeitpunkt des Brandes die Einzigen in dem Hostel gewesen? Wo sind denn die anderen Gäste alle hin? Man kann ja wohl kaum zu zweit eine Party feiern, oder?»

Der Oberst zuckte taktvoll die Achseln. «Wir haben keine Zeugen gefunden», wiederholte der Dolmetscher.

«Wir haben gehört, dass ein junger Mann mit Verbrennungen im Krankenhaus liegt», sagte Lesley, der soeben das Gespräch mit Kate wieder einfiel.

«Er ist für die Ermittlungen nicht relevant.»

«Was meint er damit?», fragte Lesley den Dolmetscher.

Mit versteinerter Miene ließ sich der Oberst zu einer längeren Erklärung herab.

«Er sagt, der junge Mann im Krankenhaus kann ihnen nichts sagen», übersetzte der Dolmetscher. «Wir sind uns nicht einmal sicher, dass er auch in dem Hostel war.»

Der Oberst gab ihnen allen einen schlaffen Händedruck. «Wir werden die Leichen in den nächsten Tagen freigeben», sagte er abschließend. «Wir händigen Ihnen alle notwendigen Unterlagen aus, dann können Sie sie nach Hause überführen.»

Als es vorbei war, begleitete Clive Barnes sie zurück zu dem wartenden Minibus.

«Sie sahen nicht gerade zufrieden aus, Clive», sagte Lesley. «Ich glaube nicht, dass Harry Potter uns alles erzählt hat, was der Mann von sich gegeben hat.»

Barnes machte ein gequältes Gesicht. «Mein Thai ist zwar nicht fließend, aber er hat definitiv ein paar Dinge ausgelassen.»

«Was?»

«Dass die Polizei bereits vorher im Zusammenhang mit Drogen in dem Guesthouse war. Sagen wir, das Hostel war den Behörden bekannt. Außerdem gab es noch ein paar Details darüber, wie die Mädchen aufgefunden wurden. Sie wiesen weder Verbrennungen noch sonstige Verletzungen auf – sie müssen an Rauchvergiftung gestorben sein. Der Lagerraum, in dem man sie fand, bestand aus Metall, das hätte die Flammen abgehalten, und sie hatten sich offensichtlich zum Schutz in irgendwelche Läufer gewickelt.»

«O Gott!» Lesley hatte ihr verängstigtes Kind vor Augen, das sich vor den Flammen versteckt.

«Warum behaupten sie, es hätte eine Party gegeben, wenn es dafür keine Zeugen gibt?», wollte Jenny wissen.

Barnes schüttelte den Kopf. «Vielleicht haben die anderen sich abgesetzt, weil sie von der thailändischen Polizei nicht in Verbindung mit Drogen verhört werden wollen», sagte er vorsichtig.

«Unsere Töchter haben keine Drogen genommen», wiederholte Jenny.

Barnes zögerte. «Wir wissen nicht immer ganz genau, was unsere Kinder tun, wenn wir nicht in der Nähe sind.»

«Glauben Sie, der Junge im Krankenhaus hat deshalb nichts gesagt? Wenn er dort war, muss er was wissen», sagte Lesley. «Die Polizei muss ihn noch einmal befragen.»

BANGKOK, ELFTER TAG

Mittwoch, 6. August 2014

Von: Alex O'Connor
An: Mags Harding
Betreff: ROSIE IST DER REINSTE ALBTRAUM!

Hi Mags,

was für ein Tag! Zuerst beschloss R, sich definitiv tätowieren zu lassen! Sie hat mich angebettelt mitzukommen, um Händchen zu halten. Ich habe ihr gesagt, was ich davon halte. Dass sie damit nicht in die Sonne kann, nicht ins Wasser oder sonst was tun, womit sie eine Entzündung riskiert. Aber sie hat nicht auf mich gehört.
Ich weiß auch gar nicht, wie sie sich das eigentlich leisten kann – schließlich macht sie jeden Abend Party. Außerdem würde ihre Mum sie umbringen, wenn sie davon wüsste.
JW hat gesagt, es würde höllisch weh tun, und hat ihr sein Tattoo gezeigt – ein kleiner Dolch, den ihm irgendwer mit einer Nadel und einem Fläschchen Tinte gestochen hat, als mal gerade nichts im Fernsehen kam. Aber sie hat nicht auf ihn gehört. Natürlich hat sie angefangen zu heulen, sobald der Tätowierer die Nadel angesetzt hat. «Er tut mir weh!», hat sie geschrien. «Mach, dass er aufhört, Alex.» Der reinste Horror! Sie hat einen solchen Zirkus veranstaltet, dass die Frau, die vorher ihr Geld kassierte, zu uns nach hinten kam und meinte, sie würde den anderen Kunden Angst machen. Dabei hat sie gelächelt, als würde sie einen Witz machen – die lächeln hier alle ständig, vor allem, wenn es überhaupt nichts zu lächeln gibt –, und gesagt, es gäbe kein Geld zurück und Rosie solle bitte still sitzen und die Klappe halten. Sie wollte sich eigentlich einen Riesengecko auf die Schulter tätowieren lassen, wie Lars ihn hat, aber ich habe

sie überredet, sich was Kleineres stechen zu lassen. Schließlich hat sie sich für eine Rosenblüte entschieden. Es sah schlimm aus, als der Typ fertig war. Total blutig und geschwollen. Eklig.
Hinterher sind wir sofort ins Guesthouse zurück, damit Rosie sich hinlegen konnte, und ich habe ihr geholfen, das T-Shirt über die Schulter zu ziehen, damit es die Wunde nicht berührt, und in dem Augenblick ist was echt Schräges passiert. Kennst du dieses Gefühl, beobachtet zu werden? Plötzlich dachte ich, ich hätte in der Lücke zwischen unseren zwei Vorhängen eine Bewegung gesehen. Ich bin vor Schreck hochgefahren, und dann hat Rosie geschrien, weil ich dabei an ihren Arm gekommen bin. Wir waren beide zu Tode erschrocken. Rosie hat mich geschickt, um draußen nachzusehen. Ich hatte total Schiss und habe ganz langsam die Tür aufgemacht. Ich musste ständig an diesen Horrorfilm denken, den wir mal zusammen gesehen haben. *Hostel.* Ich habe total gezittert. Der Flur war leer. Aber ich bin mir trotzdem sicher, dass da jemand war.
Rosie war zwar mehr an ihren Schmerztabletten interessiert, aber ich habe mein Nähetui aus dem Rucksack geholt und habe die Vorhänge zusammengenäht. Weitere Einzelheiten bald.

A XXX

Am Abend machte Rosie sich immer noch wichtig, jaulte theatralisch auf, sobald jemand ihr zu nahe kam, und langweilte jeden mit den Schmerzen zu Tode, die sie erleiden musste.

«Es hat sich angefühlt, als würde jemand auf mich einstechen», sagte sie zu Mama, dem einzigen Menschen im ganzen Guesthouse, der noch bereit war, sich ihr Gejammer anzuhören.

Mama gab mitfühlende Laute von sich und inspizierte lächelnd die Wunde. «Arme Rosie», murmelte sie. «Warte, ich hab was dagegen.»

Sie verschwand und tauchte mit Wattebäuschen aus dem geheimnisvollen Raum hinter der Bar wieder auf, in dem sie anscheinend lebte.

Für Alex' Bericht über den Spanner interessierte sie sich dagegen nicht. «Das war bestimmt nur der Ventilator», hatte sie gesagt. «Das hier ist ein anständiges Haus. Hier gibt es keine Probleme.» Damit war das Thema beendet.

Ich frag mich ja, ob es auch einen Mr. Mama gibt, dachte Alex beim Anblick der Vermieterin, die im Kaftan und auf Stöckelschuhen in der Größe von Kindersärgen um Rosie herumwuselte.

Bei der Vorstellung musste Alex laut lachen, und die Patientin und ihre Krankenschwester fuhren herum und starrten sie böse an.

«Sei still, Alex. Ich habe Schmerzen», fauchte Rosie.

«Hier, Liebes, nimm das.» Mama drückte ihr eine Pille in die Hand. «Gleich geht es dir wieder gut.»

20

Dienstag, 19. August 2014

DIE JOURNALISTIN

Der Arzt hielt uns für Familienangehörige. Wir hatten nichts dergleichen behauptet, aber wir waren mit verzweifelten Gesichtern aus einem Taxi gesprungen, das mit quietschenden Reifen vor dem Krankenhaus angehalten hatte, und der Sicherheitsdienst hatte uns sofort in ein Büro durchgewinkt.

Don sprach auf Thai mit einem ernst dreinblickenden jungen Arzt, fremde Laute tanzten die Tonleiter hoch und wieder runter, bis der Arzt schließlich nickte und Mick und mich mitfühlend anlächelte.

«Was hast du ihm erzählt?», fragte ich, doch Don brachte mich zum Schweigen und führte mich aus dem Zimmer. «Spielt keine Rolle.»

«Sag's mir!»

«Dass ihr extra aus England gekommen seid, um den Überlebenden des Brandes zu sehen. Er hat sofort angenommen, dass ihr Familienangehörige seid.»

«Und du hast es richtiggestellt? Don …?»

Zwinkernd sagte Don: «Sei still. Ihr seid drin. Dritter Stock, Zimmer sechs. Ihr habt fünf Minuten.»

Ich stand unschlüssig da, während Menschen um uns herumwuselten, bis Mick mich anrempelte. «Komm schon, Kate. Wir gehen nach oben und fragen ihn, ob er mit uns sprechen will. Daran ist doch nichts verkehrt.»

Ich nickte zustimmend und lief zum Aufzug.

*

Und hier stehen wir nun. Vor einem leeren Bett. Die Matratze wurde abgezogen und wartet darauf, für den nächsten Patienten bereitgemacht zu werden. Don geht zurück auf den Flur, um nachzusehen, ob wir im richtigen Zimmer sind, und kommt kopfschüttelnd wieder herein.

«Definitiv Zimmer sechs. Ich gehe eine Schwester suchen.»

Er kommt mit grimmigem Gesicht zurück. «Er ist weg. Hat sich selbst entlassen. Die Schwester sagt, er hätte sich durch nichts aufhalten lassen.»

Während ich auf Mick gewartet habe. Innerlich schäume ich vor Wut. «Name? Adresse?»

«Nichts. Sie sagt, die Daten sind vertraulich. Sie wollte wissen, wer ich bin. Ich glaube, sie ist losgelaufen, um einen Verantwortlichen zu holen. Vielleicht ist es besser, die Beine in die Hand zu nehmen.»

«Du hast doch gesagt, du hättest einen Kontaktmann hier.»

«Hab ich auch. Ich habe versucht, ihn zu erreichen, aber er ist auf Visite.»

Ich würde am liebsten schreien. *So knapp! Wären wir nur ein paar Stunden früher hier gewesen …* Rasch sehe ich im Nachttisch nach, ob sich noch irgendwas mit einem Namen finden lässt, als der ernste Arzt mit einer Kollegin ins Zimmer kommt.

«Hallo», sagt sie auf Englisch. «Ich war für diesen Patienten zuständig, Mr. Waters.»

«Mrs. Waters, bitte», korrigiere ich sie.

Sie sieht mich irritiert an.

«Entschuldigung, das ist völlig irrelevant», sage ich eilig. «Wissen Sie, wohin Ihr Patient wollte?»

Sie zuckt die Achseln. «Nein. Aber die Polizei vielleicht. Die waren hier, um mit ihm zu sprechen. Heute Morgen sagte er dann, dass er gehen will. Er hatte kein Geld, um hierzubleiben.»

«War er Engländer?»

«Ja, Mr. Waters, ein Engländer.»

«Mrs. Waters», sage ich noch einmal und versuche, mir meine Verärgerung nicht anmerken zu lassen.

«Sind Sie Mrs. Waters?», fragt mich die Ärztin.

«Ja, ja. Was wissen Sie noch über Ihren Patienten. Wie heißt er?»

«Mr. Waters», sagt sie.

«Hören Sie …» Ich fühle mich wie in einem bizarren Sketch gefangen.

«Wollen Sie uns sagen, sein Name ist Mr. Waters?», fällt Don mir ins Wort.

«Ja. Der Patient hieß Mr. Waters.»

Ich habe das Gefühl, von einer Klippe zu stürzen. «Und mit Vornamen?», krächze ich, dabei weiß ich es schon.

Die Ärztin zieht ein Blatt Papier hervor. «Jake.»

21

Dienstag, 19. August 2014

DIE JOURNALISTIN

«Was soll das? Kennst du ihn?», fragt Mick, seine Stimme plötzlich laut. «Kate?»

«Er ist mein Sohn», sage ich und sinke auf den Stuhl an Jakes leerem Bett.

«Nein! Willst du mich verarschen?» Mick zieht sich einen zweiten Stuhl heran.

«Ich fasse es nicht», sage ich heiser, und Mick murmelt: «Verfickte Scheiße …»

Die Ärztin und Don unterhalten sich mit gedämpften Stimmen.

«Warum hat man mich nicht informiert?», frage ich. «Wieso hat mich niemand kontaktiert, als er eingeliefert wurde?»

«Er wollte nicht, dass wir jemanden informieren», sagt die Ärztin. «Das war seine Entscheidung, Mrs. Waters.»

«Warum? Warum wollte er nicht, dass wir Bescheid wissen?», rufe ich, und alle machen einen Schritt auf mich zu. Don hilft mir hoch. Mir zittern die Knie.

«Komm, Kate, wir bringen dich ins Hotel. Du stehst unter Schock. Nimm du ihren anderen Arm, Mick.»

«War er schwer verletzt? Hat er Verbrennungen?» Ich schüttle die beiden Männer ab.

«Nein, nicht allzu schwer», antwortet die Ärztin. «Verbrennungen an den Händen und eine Brandwunde an der rechten Wange und an der Nase.»

Dann spricht sie von Verbrennungsgraden, der Fläche der beschädigten Haut und von irgendwelchen Heilungsraten, und ich versuche verzweifelt, die Informationen zu verarbeiten, doch mein Verstand schweift immer wieder ab zu einem Bild von Jake, der verzweifelt versucht, aus dem brennenden Gebäude zu entkommen. Die Panik, die er gespürt haben muss, hält jetzt meine Eingeweide gepackt. Ich will ihn im Arm halten, jetzt sofort, mich vergewissern, dass es ihm gutgeht, doch das kann ich nicht. Stattdessen streichle ich die Matratze, auf der Jake vor kurzem noch gelegen hat.

«Weiß er etwas über die Mädchen?», fragt Don die Ärztin, und mir fällt plötzlich wieder ein, weshalb wir eigentlich hergekommen sind.

Sie nickt. «Die Polizei hat ihn nach ihnen gefragt. Aber wir wissen nicht, ob er sie verstanden hat. Als er eingeliefert wurde, stand er unter Schock. Die ersten zwei Tage konnte er überhaupt nicht sprechen, und als er endlich wieder anfing, erwähnte er sie nicht. Aber das ist unter diesen Umständen verständlich.»

Ich nicke, als würde ich selbst ebenfalls verstehen, doch die Fakten entgleiten mir immer wieder.

«Und es war definitiv Jake?», frage ich.

Sie zeigt mir das Datenblatt in ihrer Hand. Dort stehen sein Geburtsdatum und die Nummer seines Reisepasses. Mein Kind.

Neben «Angehörige» steht: Unbekannt.

«Ich muss Steve anrufen», sage ich zu Mick, und er scheucht Don raus auf den Flur.

«Wir gehen Wasser holen», sagt er, und als sie davongehen, höre ich sie sprechen.

«Verfluchte Scheiße! Wenn du das erzählst, denkt jeder, du hast's erfunden!», sagt Don.

Nacheinander tippe ich die Ziffern in mein Telefon ein, zögere den Moment hinaus. *Was soll ich ihm sagen? Was soll ich nur sagen? Ich weiß überhaupt nichts. Zum Beispiel, warum Jake in dem Hostel war oder was er dort gemacht hat. Was hat er die letzten beiden Jahre getrieben?*

Steve geht beim ersten Klingeln ran.

«Hallo, du bist früh dran. Dein Glück, dass ich gerade aufgewacht bin. Wie spät ist es bei euch? Wie war der Flug? Das Theaterstück war großartig – ich versuche, noch mal Karten zu kriegen, wenn du wieder zurück bist.»

«Steve. Es ist was passiert. Mit Jake», platze ich heraus.

«Jake? Was? Was ist passiert?» Seine Stimme dröhnt überlaut aus dem Telefon zu mir ins Zimmer. «Bist du schon in Phuket? Wie geht es ihm? Kann ich ihn sprechen?»

«Ich bin in einem Krankenhaus in Bangkok. Jake war in dem Hostel, Steve. Der Brand, wegen dem ich hergeflogen bin.»

Einen Augenblick herrscht schockiertes Schweigen, während mein Mann versucht zu verdauen, was ich eben gesagt habe.

«Was!?», schreit er dann. «Ich verstehe nicht. Was hat Jake mit dem Brand zu tun?»

«Er war dort, keine Ahnung, warum. Die Polizei hat mit ihm gesprochen. Sie waren im Krankenhaus, um ihn zu befragen.»

«Krankenhaus? Polizei? Ist er ein Zeuge?»

«Ich weiß es nicht.»

«O Gott! Ist er verletzt?»

«Die Ärzte sagen, es wäre nicht schlimm. Sie sagen, er hätte Verbrennungen an den Händen und im Gesicht.»

«Hast du ihn denn nicht gesehen?»

«Nein. Er ist weg. Aus dem Krankenhaus verschwunden.»

«Verschwunden!?»

«Ja. Verschwunden. Ich mache mir solche Sorgen, Steve.»

«Ich verstehe das nicht.»

«Ich auch nicht. Die Ärztin sagt, er wäre gegangen, nachdem die Polizei da war. Er wollte nicht, dass wir erfahren, wo er ist. Er hat im Krankenhaus keine Angehörigen genannt.» Ich schluchze zu sehr, um weitersprechen zu können.

«Tief atmen, Liebling», sagt Steve. «Es ist wichtig, dass ich genau verstehe, was du sagst. Und ich muss dich sehen, Katie. Bitte ruf mich über FaceTime an, damit ich dein Gesicht sehen kann.»

Ich lege auf und schließe die Augen, hole tief und bibbernd Luft und lasse die Panik aus der Kehle zurück in meinen Magen gleiten, ehe ich Steve via FaceTime anrufe. Dann erscheint sein verstörtes Gesicht auf dem Display.

«Jetzt fang noch mal ganz von vorne an», sagt er.

Und genau das tue ich. Wie in alten Zeiten am Telefon mit der Redaktion.

Neue Zeile. Er sagte, Anführungszeichen, Zitat. Punkt. Neuer Absatz.

Und Steve spricht mit seiner beruhigenden Onkologenstimme zu mir, sagt mir, dass wir Jake finden werden, erklärt, wie Haut sich regeneriert, sagt mir, dass wir ihn so schnell wie möglich nach Hause holen werden, sagt mir, dass alles wieder gut wird. Sagt mir alles, was ich hören muss.

Als wir am Ende der Geschichte angelangt sind, sage ich: «Es tut mir so leid, Steve.»

«Was tut dir leid, Liebling?», fragt er. Aber er weiß, was ich meine.

«Ich habe ihn verloren. Du hast es mir prophezeit.»

Er seufzt. «Es ist nicht deine Schuld. Fahr zurück ins Hotel. Wir müssen mit den Behörden sprechen. Wir müssen helfen, ihn zu finden. Und wir werden ihn finden. Wenn du da bist, rufst du mich wieder an, okay?»

«Okay.»

Nichts ist okay. Hier, in diesem Raum mit dem Geruch nach Verbandszeug und Desinfektionsmittel ist auf einen Schlag alles anders geworden. Hier bin ich nicht mehr die Reporterin. Hier bin ich die Mutter.

22

Dienstag, 19. August 2014

DIE JOURNALISTIN

Don telefoniert mit der Touristenpolizei, und sobald Jakes Name fällt, spitze ich die Ohren. Ich frage mich, was er denen erzählt. Mick setzt mich im Empfangsbereich auf eine Bank, und ich versuche, wie eine Journalistin zu denken. Wohin würde ein verletzter junger Mann mit wenig Geld gehen? Würde er sich ein Zimmer im nächsten Hostel nehmen? Würde er sich an die Botschaft wenden? Würde er bei Freunden unterkommen? Er würde in eine Apotheke müssen, um Schmerzmittel zu besorgen. Besaß er ein Rezept? Ich muss noch mal mit der Ärztin sprechen. Sie könnte die Apotheken alarmieren. Ich schreibe das Wort «Apotheken» auf meinen Notizblock. Meine Schrift ist zittrig, und meine Gedanken kehren zu dem leeren Krankenbett zurück.

Wo bist du? Diese Frage stelle ich mir seit dem ersten Mai 2012 ständig, als Jake mit seinem Rucksack und seinen verletzten Gefühlen das Haus verließ. *Ich hätte es niemals so lange laufen lassen dürfen.*

Ich muss etwas unternehmen. Irgendwas. Ich rufe Clive Barnes an, unter der Nummer auf seiner Visitenkarte. Er klingt nicht erfreut, meine Stimme zu hören.

«Im Augenblick haben wir keinerlei Informationen für die Medien, Mrs. Waters. Sie müssen sich gedulden. Ich bin derzeit mit den Eltern der Mädchen beschäftigt, wenn Sie mich also entschuldigen ...»

Ich unterbreche die Verabschiedungsfloskel und werfe mich ihm um Gnade flehend zu Füßen. Ich erzähle ihm von Jake, und augenblicklich wechselt seine Stimme in den Opferunterstützungsmodus, verbirgt dabei jegliche Überraschung – und jegliche geheime Genugtuung, die er darüber empfinden muss, dass die Presse Ihrer Majestät in die Defensive geraten ist.

«Verstehe», sagt er nur. «Sie machen sich bestimmt große Sorgen. Bitte nennen Sie mir seine Daten – Geburtsdatum, Reisepassnummer, falls Sie die haben, und eine Personenbeschreibung, dann werde ich sehen, was ich tun kann. Bitte versuchen Sie, sich keine allzu großen Sorgen zu machen.»

Er handelt nach einem Manuskript, denke ich, und versuche verzweifelt, es nicht persönlich zu nehmen.

«Darf ich fragen, ob Sie mit den O'Connors und den Shaws bereits darüber gesprochen haben?», fragt er. «So wie ich das verstehe, sind Sie regelmäßig in Kontakt.»

«Äh, noch nicht. Ich habe es selbst eben erst erfahren.»

«Dann spreche ich mit ihnen. Wir wollen doch nicht, dass sie es aus der Presse erfahren?»

Also doch ein winziger Augenblick des Triumphs. «Ich würde es Lesley gern selbst sagen», bitte ich ihn. «Ich habe Antworten auf ihre Fragen, und ich kann von Mutter zu Mutter mit ihr sprechen ...»

«Wie Sie wünschen. Ich melde mich bei Ihnen, Kate. Und bitte geben Sie mir Bescheid, falls Jake auftaucht.»

Mick zupft mich am Ärmel. «Da sind sie», zischt er. Durch die Glastüren sehe ich die Pressemeute aus einem Taxikonvoi krabbeln. Sie hasten geschlossen in den Empfangsbereich und entdecken mich sofort.

«Verdammte Scheiße, sie war vor uns hier», höre ich Louise sagen.

Mick versucht, sie abzufangen. «Hallo! Wart ihr schon an der Brandstätte? Wie war die Pressekonferenz?», fragt er. «Sagt die Polizei schon irgendwas?»

«So gut wie gar nichts, bis jetzt», erzählt George. «Wir haben erfahren, dass das Hostel als Ort bekannt war, wo man gut Drogen kriegt. Im Augenblick warten alle auf die offizielle Identifizierung und die Obduktionsergebnisse, also beschäftigen wir uns momentan alle mit ein bisschen Lokalkolorit und kloppen uns um die gleichen paar zugekifften Rucksacktouris.»

Ich versuche, in das allgemeine Gelächter einzustimmen, aber es fühlt sich künstlich an.

«Völlig unwichtig. Hast du mit dem Jungen gesprochen, der den Brand überlebt hat?», ruft Louise zu mir rüber. Sie ist keine, die sich leicht ablenken lässt.

«Nein», sage ich, und meine Stimme zittert.

Louise sieht mir forschend ins Gesicht, und die Reporter kommen näher.

«Du siehst aufgewühlt aus», stellt George fest. «Was ist passiert? Gab es Ärger? Bist du rausgeflogen?»

«Nein», sage ich. «Nichts dergleichen.» Ich hole tief Luft und erwäge, den Mund zu halten. Aber sie werden es sowieso erfahren. Ich würde es rauskriegen. «Die Sache ist die: Der Überlebende ist mein Sohn Jake.»

«Du machst Witze! Dein Sohn?», fragt George ungläubig, und eine Woge der Aufregung erfasst die ganze Meute.

«Ja, ich weiß. Unfassbar. Ich habe es selbst erst aus dem Gespräch mit der Ärztin erfahren.»

«Wow!», sagt Louise, und ich sehe, wie sie etwas in ihr Notizbuch schreibt.

«Dass er in Thailand ist, wusste ich – ich habe dir davon erzählt, George –, aber ich dachte, er wäre in Phuket, Schildkröten retten», sage ich in dem hoffnungslosen Versuch, es zu erklären.

«Gott! Dass muss ein schrecklicher Schock für dich gewesen sein, Kate! Wie geht es ihm?», will George wissen.

«Nicht allzu schlimm, sagt die Ärztin. Nur ein paar Verbrennungen an Gesicht und Händen.» Ich habe das Gefühl, ich würde mit meinen Freunden sprechen – und das sind sie auch, die meisten von ihnen –, aber inzwischen notieren sie sich fast alle was ich sage. *Ist das eine Pressekonferenz?*

«Wie alt ist dein Sohn?», will jemand wissen.

«Macht Jake hier Urlaub?»

«Wie ist er den Flammen entkommen?»

«Hat er sich die Verbrennungen bei dem Versuch zugezogen, die Mädchen zu retten?»

«Ist er ein Held, Kate?»

Und während ich noch verzweifelt versuche, Antworten auf ihre Fragen zu finden, sagt Louise: «Du lässt uns doch zu ihm, oder?»

Die Meute verstummt.

Ich muss schlucken. «Nein. Das kann ich nicht. Jake ist nicht mehr hier.»

«Wo ist er dann? Hast du ihn im Hotel versteckt, oder was?», fragt Louise schnippisch.

«Nein. Ich habe ihn nicht mal gesehen. Er hat sich heute Morgen selbst entlassen, ehe ich eintraf. Ich weiß nicht, wo er ist.»

«Was? Er ist verschwunden?», fragt sie, und die Meute schart sich noch enger um mich, um nur ja kein Wort zu verpassen.

«Weiß die Polizei davon?», fragt ein Fernsehreporter hinter seiner Videokamera, und ich nicke.

«Sie haben gestern Abend mit ihm gesprochen.»

«Ist er also ein Held oder ein Verdächtiger?», will Louise wissen.

«Halt den Mund, Louise», sagt George. «Hör nicht auf sie, Kate.»

Ich sehe sie an, diese Gesichter, die mir so vertraut sind. Mit diesen Menschen habe ich bereits gemeinsam gebangt, gelacht, Vertraulichkeiten geteilt, getrunken – und plötzlich bin ich die Fremde in ihrer Mitte. Ich bin die Story.

Teil Zwei

DIE STORY

23

Dienstag, 19. August 2014

DIE MUTTER

Sobald sich die Zimmertür hinter ihnen schloss, drehte sie sich zu Malcolm um.

«Warum hast du mich nicht unterstützt? Sitzt da und sagst kein Wort!»

«Was hätte ich denn sagen sollen, Lesley? Du und Jenny, ihr habt alle Fragen gestellt. Und die Polizei weiß, was sie tut.»

«Wer behauptet denn so was? Ich habe doch gesehen, wie der Typ von der Botschaft die Augen verdreht hat, als der Polizist gesprochen hat. Ich will wissen, was mit meiner Tochter passiert ist!»

«Mit *unserer* Tochter.»

«Ja, ja. Mit unserer Tochter.»

«Das will ich doch auch. Das weißt du. Wir dürfen uns davon jetzt nicht entzweien lassen, Liebling. So was geschieht oft zwischen Paaren, wenn etwas Schreckliches passiert ist. Das habe ich gelesen.»

«Wir sind nicht Jenny und Mike», fuhr Lesley ihn an. Ihr war im Moment nicht danach, vernünftig zu sein. Sie wäre am liebsten geplatzt vor Wut. Ihre *Tochter*. Ihre Tochter lag in einem Leichenschauhaus, und niemand konnte ihr sagen, warum. Warum war Alex tot? Wer war schuld?

Malcolm legte sich angezogen aufs Bett, vollkommen erschöpft, und schloss die Augen.

«Wir können jetzt nicht schlafen!» Lesley schüttelte ihn. «Wir müssen rausfinden, wer dafür verantwortlich ist. Steh auf!»

Malcolm rollte sich auf den Rücken und sah zur Decke. Tränen liefen ihm in die Haare.

«Hör auf, so untätig zu sein!», kreischte Lesley.

Er streckte die Arme nach ihr aus, und sie brach auf dem Bett zusammen und schmiegte sich an ihn.

«Wir werden es rausfinden.» Er streichelte ihr übers Haar und brachte die geballten Fäuste zur Ruhe. «Aber ohne Schlaf sind wir nicht funktionsfähig, Liebling. Du bist so müde, dass es dir schon die Augen verdreht. Mach sie zu, nur eine halbe Stunde.»

Sie lauschte auf seinen langsamer werdenden Atem, wartete, bis er eingeschlafen war, dann stand sie auf und setzte sich mit dem hauchdünnen Schreibblock, den sie neben dem Bett gefunden hatte, an den Tisch.

«Zu erledigen» schrieb sie, genau wie sie es zu Hause getan hätte. Doch anstatt *Bank anrufen*, *Katzenfutter kaufen*, *REINIGUNG!* schrieb sie «Brandursache herausfinden; wer war noch in dem Hostel? Gab es eine Party? Wo waren Alex und Rosie genau? WARUM KONNTEN SIE NICHT RAUS?» auf ihre Liste. Sie hielt den billigen Hotelkuli so fest gepackt, dass er zerbrach. Als sie den Blick hob, begegnete Lesley ihrem hohläugigen Spiegelbild.

«Warum konntest du da nicht raus, Alex?», fragte sie, doch die verzweifelte Mutter im Spiegel hatte keine Antworten auf ihre Fragen.

Das Telefon klingelte, und sie hob sofort ab, um zu vermeiden, dass Malcolm davon aufwachte.

«Mrs. O'Connor», erklang der süßliche Singsang von der Rezeption. «Hier ist jemand für Sie. Moment.»

«Lesley? Hier ist Kate. Ich hoffe, ich habe Sie nicht geweckt. Kann ich raufkommen?»

«Okay. Aber Malcolm schläft.»

Kate sah fürchterlich aus, als Lesley ihr die Tür aufmachte. Die Schminke war verlaufen, als hätte sie geweint. *Was gibt es bei der denn zu heulen?*, flatterte es ihr durch den Kopf, aber sie fragte nicht nach. Sie hatte nicht die Kraft dazu.

«Wir müssen uns im Bad unterhalten», flüsterte sie und ging voraus. Sie setzte sich auf den Klodeckel, und Kate quetschte sich auf den Badewannenrand.

«Wir haben die Mädchen identifiziert. Sie sind es», sagte Lesley atemlos. «Ich hatte gehofft, sie hätten einen Fehler gemacht. Aber es sind Alex und Rosie.»

«Oh, Lesley. Das tut mir so leid.»

«Ja. Tja. Wir müssen herausfinden, was passiert ist.» Sie wusste, dass sie sich manisch anhörte, aber sie musste dringend weitermachen, weil sie sonst zusammenbrach. *Bleib stark*, sagte sie zu sich und knetete mit der Faust ihren Oberschenkel, um konzentriert zu bleiben.

«Natürlich», sagte Kate. «Was sagt die Polizei?»

«Dass es an dem Abend eine Party gab. Mit Drogen und Alkohol. Dass es höchstwahrscheinlich ein Unfall war. Das hat uns zumindest der Dolmetscher erzählt. Eine Kerze oder so was.»

«Aha», machte Kate. «Gibt es schon Beweise dafür, dass eine Kerze den Brand verursacht hat?»

«Das weiß ich nicht. Davon haben sie nichts gesagt. Die Sache ist, laut Polizei gibt es überhaupt keine Zeugen. Das ergibt doch keinen Sinn.»

«Aha», wiederholte Kate.

Wieso macht sie das ständig? Es klingt, als würde sie mir

nicht glauben. «Aber Clive Barnes sagt, er hätte von dem Jungen gehört, den Sie am Flughafen erwähnt haben – der Junge, der lebend rausgekommen ist. Ich will mit ihm reden. Ich will wissen, wieso er es geschafft hat und meine Tochter nicht.»

Das Schweigen zwischen ihnen flutete das Badezimmer. *Schon wieder ein gekachelter Raum*, dachte Lesley und riss einen Streifen Klopapier von der Rolle, um sich die Augen abzuwischen. Kate wirkte völlig außer sich. Sie reichte ihr auch ein Stück Klopapier.

«Entschuldigung, Lesley. Ich bin ziemlich durch den Wind. Wann hat Clive Ihnen das erzählt? Hat er einen Namen genannt?»

«Nein. Warum? Wissen Sie, wer der Junge ist? Haben Sie ihn gesehen?», fragte Lesley.

«Er ist mein Sohn.»

«Was? Was reden Sie denn da?» Lelsey fühlte sich komplett verloren, als wäre sie bewusstlos geworden und an einem völlig anderen Punkt im Gespräch wieder zu sich gekommen.

Kate beugte sich vor, um es ihr zu erklären, und wäre dabei fast von dem schmalen Wannenrand gerutscht. Lesley streckte automatisch die Hand aus, um sie zu stützen.

«Vorsichtig», sagte sie, aber Kate fegte ihre Hand weg.

«Ich war im Krankenhaus, um mit dem Überlebenden zu sprechen, und als ich ins Zimmer kam, stellte sich heraus, dass es sich um Jake handelte, meinen Sohn. Das haben mir die Ärzte gesagt. Ich wusste nicht mal, dass er in Bangkok ist – wir dachten, er wäre in Phuket. Das hat er uns zumindest immer erzählt. Es war der totale Schock für mich.»

«Ihr Sohn?»

«Ja. Jake.»

«War in dem brennenden Hostel?»

«Ja. Ich weiß, das muss für Sie schwer zu begreifen sein. Das ist es für mich auch.»

Lesley konnte nicht gleich sprechen. Sie hatte Mühe, das Gehörte zu verdauen. «Was sagt er? Was ist passiert?», fragte sie schließlich.

«Anscheinend konnte er der Polizei keine Angaben machen, als sie ihn befragt haben.»

«Ja, das hat der Polizist uns auch erzählt. Aber uns kann er doch sagen, was war, oder?»

«Im Augenblick nicht.»

«Okay, und wann können wir ihn sehen?» Lesley sprang auf. Das Adrenalin schoss durch ihre Blutbahnen. Sie riss die Badezimmertür auf und rief laut nach Malcolm.

«Was?», stöhnte er. «Alex?»

«Wach auf, Liebling! Wir fahren ins Krankenhaus. Jetzt sofort.» Sie war durch nichts zu bremsen. Kate packte sie am Arm, versuchte, sie aufzuhalten, aber Lesley schüttelte sie unwirsch ab. «Kommen Sie, Kate! Sie bringen uns hin.» Aber irgendetwas stimmte nicht. Außer ihr stand in diesem Zimmer niemand unter Strom. Kate wirkte bedrückt und voller Angst.

«Warten Sie, Lesley. Die Sache ist die: Ich weiß im Augenblick nicht, wo er ist. Keiner weiß es. Er hat das Krankenhaus heute Morgen verlassen.»

«Warum das denn? Ist er abgehauen?»

Kate konnte ihr nicht in die Augen sehen.

«Was? Stimmt das?»

«Nein», sagte Kate laut. «Er hat der Ärztin gesagt, er hätte kein Geld, um sich im Krankenhaus behandeln zu lassen.»

«Hat er Sie nicht angerufen, um zu sagen, dass er im Krankenhaus ist?»

Wieder Schweigen.

«Nein. Er hat sich seit einer ganzen Weile nicht mehr richtig gemeldet. Er ist nach Thailand gegangen, um sich selbst zu finden. Entschuldigung. Meine privaten Probleme werden Sie sicher nicht interessieren. Jedenfalls hat es keinen Sinn, ins Krankenhaus zu fahren. Wirklich nicht. Er ist weg.»

«Was ist denn los?», krächzte Malcolm mit vor Erschöpfung rauer Stimme, ohne den Kopf vom Kissen zu heben.

«Schlaf weiter, Liebling», sagte Lesley. Darum würde sie sich kümmern. «Was unternehmen Sie, um ihn zu finden?», wollte sie wissen.

«Alles, was ich kann, aber ich brauche Ihre Hilfe. Wir stehen zu unterschiedlichen Leuten in Kontakt, Lesley, aber wir können unsere Informationen bündeln. Sagen Sie mir Bescheid, wenn Sie irgendwas erfahren?»

Jetzt war sie mit Schweigen dran.

«Und werden Sie veröffentlichen, was ich Ihnen erzähle?»

«Nein. Im Augenblick nicht.» Die Antwort war zu schnell gekommen, und Kate sprach hastig weiter. «Ich will meinen Sohn finden.»

«Okay. Wir treffen uns später wieder mit Clive, und morgen früh gibt es eine Pressekonferenz. Wir möchten mit den Medien sprechen.»

«Es wird viele Fragen zum Thema Drogen geben, Lesley. Ist Ihnen das klar?»

«Sie hat keine Drogen genommen.»

«Nein, aber es kann sein, dass sowohl die Polizei als auch die örtliche Presse etwas erzählen. Ich will nur, dass Sie darauf gefasst sind.»

«Und Sie, Kate? Sie müssen sich auch auf Fragen über ihren Sohn gefasst machen, oder nicht? Wir sitzen im selben Boot.»

BANGKOK, DREIZEHNTER TAG

Freitag, 8. August 2014

Von: Alex O'Connor
An: Mags Harding
Betreff: Albtraum ohne Ende!!!

Hi Mags,

warte IMMER NOCH darauf weiterzureisen – wir sind jetzt schon eine Woche länger hier als geplant –, aber R die Oberzicke will nichts davon hören.
Als ich heute in unser Zimmer kam, waren sie und Lars voll bei der Sache. Sooo peinlich! Rosie brüllte, ich soll abhauen. Ich meine, das ist auch mein Zimmer. Lars kam dann halbnackt raus und entschuldigte sich. Als ich wieder reinging, hat sie so getan, als wäre nichts gewesen. Das ist typisch für sie. Sie hat gesagt, Lars würde sie am Abend wieder in irgendeinen Club mitnehmen. Er legt da auf. Nennt sich DJ Rappo. Ha, ha, Deppo trifft's eher!!! Ich glaube, er hat mich beklaut. Also, irgendwer muss es ja gewesen sein. Ständig verschwinden Sachen von mir – die Ohrringe zum Beispiel, die ich mir für den Abschlussball gekauft habe. Rosie und ich hatten deshalb einen Megastreit. Sie sagt, ich würde meine Sachen ständig überall rumliegen lassen. Aber das stimmt gar nicht. Und ich bilde mir das nicht nur ein.
Ich will so dringend hier weg, das kannst du dir gar nicht vorstellen. Ich überlege inzwischen ernsthaft, Rosie einfach sitzenzulassen und alleine weiterzureisen. Aber das traue ich mich nicht. In so einem Loch wie hier würde ich nicht allein wohnen wollen. Ständig kommen und gehen total schräge Typen – außerdem sind die Schlösser kaputt. Vielleicht ist es doch besser, noch zu warten. Die Holländer

hauen Montag mit dem Bus nach Myanmar ab, dann hat sie keinen mehr zum Spielen. Vielleicht wird ja auch alles ganz anders, wenn wir endlich unterwegs sind, nur noch wir beide. Vielleicht wird dann endlich alles gut.

Ich vertreibe mir die Zeit mit Lesen und Leute Beobachten. Die Bar ist wie ein Taubenschlag, ständig treffen irgendwelche Besucher ein. Mama nimmt oft welche mit nach hinten. Aber sie bleiben nie lang. Manchmal trinken sie an der Bar noch einen Kaffee oder ein Bier. Manchmal hauen sie gleich wieder ab. Jedenfalls gibt es eine Menge zu beobachten. Einen ziemlich mysteriösen Engländer habe ich jetzt schon ein paar Mal gesehen. Er spricht nicht mit uns, sitzt rauchend am Fenster und bläst die Dope-Wolke ins Freie, direkt unter dem Schild «Drogen verboten». Die Jungs aus seinem Zimmer nennen ihn den Kiffer.

Aber er hat was an sich. Er ist älter als wir und irgendwie interessant. Ich weiß, das klingt nicht besonders sexy, aber er hat echt was Besonderes.

Ich geh jetzt frühstücken … bis nachher …

Teil 2!

Wie sich rausstellt, ist der mysteriöse Typ gar nicht unterwegs. Er arbeitet hier, um sich seinen Lebensunterhalt zu verdienen – putzt die Duschen und macht Frühstück und so. Normalerweise ist er fertig, wenn ich von meinen Spaziergängen zurückkomme, aber heute Morgen war ich nicht unterwegs – weil ich dir so viel zu schreiben hatte!

Jedenfalls haben wir uns eben unterhalten …

Ich saß am einen Ende der Bar, und am anderen waren die Holländer und unterhielten sich über irgendein Trinkspiel von letzter Nacht. Sie konnten aber trotzdem noch ein Riesenomelette mit Chilis, irgendwelchem undefinierbaren Fleisch und klumpiger Tomatensauce verdrücken. Widerlich!

«Fertig?», fragte er, als er die Teller wieder holte. Dabei landete sein Daumen in der Tomatenpampe.
Irgendwie sind wir über das eklige Essen ins Gespräch gekommen – er sagt, er weiß, wie widerlich es ist, weil er es früher selbst gegessen hat! Er hat ein niedliches Lächeln. Und er meinte, er kann mir ein Stück die Straße runter einen Laden zeigen, wo es besser schmeckt. Er sagt, da gibt es nicht so viele Kakerlaken – außerdem ist es billiger. Win-win!
Drück mir die Daumen!

XXX

Hinterher war ihr aufgefallen, dass sie ihn nicht mal nach seinem Namen gefragt hatte. Einer der Holländer erzählte ihr, der Typ heiße Jake.

24

Dienstag, 19. August 2014

DIE JOURNALISTIN

Sobald ich auf dem Zimmer bin, rufe ich Terry an und gebe das wieder, was ich über Jake weiß, bereits taub gegen die Bestürzung, die meine Story bei anderen hervorruft.

«Was ist er dann, ein Held?», fragt Terry unsicher.

«Vielleicht», antworte ich und wünsche mir verzweifelt, dass es wahr ist.

«Schick mir, was du hast, und ich setze Joe dran, um hier in der Redaktion was draus zu machen. Wir haben noch ganz netten Stoff von Angehörigen, den wir mit einflechten können. Was wirst du jetzt tun?»

«Ehrlich gesagt, ich weiß es nicht. Don streckt bei seinen Kontakten die Fühler aus, aber es ist wie die Suche nach der Nadel im Heuhaufen. Jake könnte überall sein.»

Zum allerersten Mal in meiner Karriere weiß ich nicht, wo ich anfangen soll. Normalerweise liebe ich die Jagd nach der Story, aber diesmal betrifft es mich persönlich. Jede Einzelheit spielt eine dramatische Rolle. Und ich habe Angst vor dem, was ich herausfinden werde.

«Na, dann mal ran», sagt Terry. «Und meld dich.»

Ich lege mich aufs Bett – nur fünf Minuten, sage ich mir, ehe ich handeln muss. Ich schließe die Augen, um Ordnung in das Chaos in meinem Kopf zu bringen. Ideen, Gedanken, Bilder, Befürchtungen, Ängste. Ich muss daran denken, wie Jake als Kind vom Schuppendach gesprungen war. Er hatte einfach nur dagesessen und sein Handgelenk gehalten, als würde es nicht ihm gehören. Blass, aber gefasst. «Ich glaube, es ist gebrochen», hatte er gesagt. Freddie war derjenige gewesen, der geweint hatte.

«Mein tapferer Junge», hatte ich wieder und wieder zu Jake gesagt, während wir in der Notaufnahme aufs Röntgen warteten. Später hatte sich herausgestellt, dass er versucht hatte, seinen kleinen Bruder zum Springen zu überreden, und dabei selbst vom Dach gefallen war. Doch wir hatten die Sache auf sich beruhen lassen. Schließlich hatte er sich das Handgelenk gebrochen. Ich frage mich, was wir noch alles auf sich haben beruhen lassen. Mein Vater sagte immer, wir würden Jake verziehen. Wir hatten Streit deswegen. Was für ein schreckliches Wort. *Verziehen.* Es klingt so harmlos, doch es bedeutet «ruinieren, beschädigen, zerstören». Ich liege da und denke *Stimmt das? Haben wir unseren Sohn verzogen?*

Plötzlich läuft alles in doppelter Geschwindigkeit ab.

«Stopp! Mach langsam!», sage ich laut zu mir selbst. «Die gute Nachricht lautet: Er lebt. Er ist nicht schwer verletzt. Wahrscheinlich hat er versucht, die Mädchen zu retten.» Aber eine Stimme in meinem Kopf fragt: *Warum ist er dann abgehauen?* Ich setze mich auf und fange an zu tippen. *Erst schreiben, dann ans Telefon*, sage ich zu mir.

Als ich das nächste Mal in der Redaktion anrufe, teilt Terry mir mit, dass die Story der Aufmacher ist und außerdem die Doppelseite vier und fünf belegt; dazu auf der Meinungsseite noch die Außenansicht eines Abgeordneten, der im Ausland ein Kind verloren hat.

«Und Jake?»

«Drei Zeilen auf der Titelseite, darüber, dass er lebendig entkommen konnte und verletzt ist. Okay? Eine der Boulevardzeitungen hat die Story zur Heldennummer aufgeblasen – sie haben sogar ein Foto von Jake aufgetrieben.»

«Ein Foto?»

«Von einer hiesigen Lokalzeitung, wie's aussieht. Ich wusste gar nicht, dass er sein Abitur mit Auszeichnung bestanden hat. Du hast ein Genie großgezogen.»

«Ja.» Ich weiß noch, wie plötzlich der Reporter und der Fotograf bei uns auftauchten und Jake tat, als wäre er völlig unbeeindruckt. «Ich bin so stolz auf dich», hatte ich zu ihm gesagt, ihm einen Kuss auf die Wange gedrückt und den Lippenstift wieder weggewischt. Ich hatte danebengestanden und zugesehen, wie mein Junge für die Kamera posiert hatte, mein selbstbewusster, kluger Sohn.

«Und jetzt geh ins Bett und sieh zu, dass du etwas Schlaf kriegst», sagt Terry und stößt mich zurück in meinen Albtraum.

«Mach ich», sage ich. Nichts liegt mir ferner. Ich muss wissen, was vor sich geht. Ich muss am Ball bleiben.

«Ist Joe da? Ich will mich nur kurz bei ihm melden», sage ich.

«Klar. Unser Goldjunge glotzt *Countdown*, zusammen mit dem Rest vom Kindergarten. Ich sag ihm, er soll dich sofort anrufen.»

«Hi, Kate», sagt Joe, als ich rangehe. «Wie geht es Ihnen? Haben Sie schon was von Jake gehört?»

«Noch nicht. Gibt's bei dir was Neues?»

Jo rattert die Leute runter, mit denen er gesprochen hat, aber das ist alles nur Hintergrundrauschen. «Das waren zwei so entzückende Mädchen» steht offensichtlich unterm Strich seiner Recherche, aber so gelingt es mir, in den Reporter-Modus zurückzuschalten. Wenigstens für eine Minute.

«Du hältst zu allen Kontakt», sage ich. «Wir wollen alles mitkriegen, was die mitkriegen.»

«Ja, Kate.»

«Ach übrigens, die Scherzfragenrunde hast du verloren.»

«Was?»

«Terry hat dich verpfiffen. Und, Joe?»

«Ja, Kate?»

«Nur Loser sehen tagsüber fern.»

«Ja, Kate.»

25

Dienstag, 19. August 2014

DIE JOURNALISTIN

Sobald ich aufgelegt habe, kehre ich in die Khao San Road zurück. Ich rede mir ein, dass ich ein Gefühl dafür bekommen muss, was dort vor sich ging. Ich lasse den Blick durch die Menge schweifen, auf der Suche nach meinem Sohn. Er ist nicht hier, und die Gesichter beginnen zu verschwimmen, weil ich auf der verzweifelten Suche nach Vertrautheit zu angestrengt hinstarre. Die Leute starren zurück, und schließlich zeige ich das Foto von Jake auf meinem Handy herum. Er lächelt darauf jemandem auf der Seite zu, der nicht zu sehen ist – mir vielleicht. Ich kann mich nicht mehr daran erinnern. Ich verwende das Foto seit zwei Jahren als Bildschirmschoner und kann mich nicht mal mehr an den Anlass erinnern. Die Leute lächeln und schütteln mitfühlend den Kopf, aber ich weiß, dass sie gar nicht richtig hinschauen – sie sehen ihn nicht an. Dabei müssen sie sich doch an sein Gesicht erinnern! Ich betrete einen Copyshop und lasse Jakes Gesicht auf Flugblätter drucken. Unter dem Foto stehen sein Name, meine Telefonnummer und der Satz BITTE HELFT MIR JAKE ZU FINDEN. Wie die Frau in einer Story. Danach streife ich durch die Menge und verteile die Flugblätter. Kids nehmen mir die Blätter aus der Hand, weil sie glauben, es wären Gutscheine für einen Gratisdrink oder freien Eintritt in einen Club. Ich sehe, wie sie kurz den Blick senken und den Zettel dann in die Tasche stopfen oder einfach fallen lassen. Warum sollte sie das auch interessieren?

Ich setze mich in einer der unzähligen Bars in die vorderste Tischreihe, möglichst weit weg von den Lautsprechern, aber die Clubmusik prasselt wie Hagel auf meinen Schädel.

Ich sitze da und sehe zu, wie Horden von Neuankömmlingen vorbeistolzieren: Mädchen in Shorts mit weißen Beinen und riesigen Ohrringen. Sie haben alle gehört, dass man hier sensationell Party machen kann, und auf ihren Gesichtern spiegelt sich die Entschlossenheit, genau das zu tun. Ihr kreischendes Gelächter hallt durch die Bars und stürzt sich zusammen mit der dröhnenden Musik auf meine Trommelfelle.

Die Jungs, im Vergleich zu den Mädchen hagere Kinder, halten sich an Bierflaschen fest, rempeln einander an und stacheln sich mit Sprüchen und Grimassen gegenseitig auf, während die hübschen Kneipenpromoterinnen so tun, als würden sie ihre winzigen Miniröcke nach unten ziehen, und dabei in Wirklichkeit noch ein Stückchen mehr nackte Haut entblößen.

Partymeile, denke ich, doch ein kurzer Blick auf die Nachbartische sagt etwas anderes: ausdruckslose, erschöpfte Gesichter, damit beschäftigt, sich mit Plastikbechern voller Wodka und Red Bull oder mit überdimensionierten Flaschen Chang-Bier zu betäuben. Gelangweilt wirkende Pärchen starren wie hypnotisiert auf ihre Mobiltelefone, statt einander anzusehen. Ein einsamer Junge beäugt misstrauisch die Massagesessel in dem Laden gegenüber. Masseusen mit jungen Körpern und alten Gesichtern lungern auf den abwischbaren Plastikbezügen herum wie Eidechsen, die darauf warten zuzuschlagen.

«Später», denkt der Junge wahrscheinlich, *«nach ein*

paar Bier mehr, wenn ich bis dahin immer noch keine rumgekriegt habe.»

Es fühlt sich alles schal und billig an. *Wie Blackpool, nur heißer*, denke ich.

«Gin Tonic», rufe ich dem gelangweilten Jungen am Tresen zu. Obwohl er sich nicht anmerken lässt, dass er die Bestellung gehört hat, bringt er mir kurze Zeit später das Getränk und die Rechnung. Ich zeige ihm das Flugblatt von Jake, und er deutet achselzuckend hinter sich. An den Säulen, die das Vordach halten, kleben ein Dutzend fotokopierte Bilder, jedes mit der flehenden Bitte eines Freundes oder von Eltern versehen. Ich nehme einen tiefen Schluck und heiße dankbar den bitteren Geschmack und die sofort einsetzende leichte Benommenheit willkommen.

«Bist du allein?», ertönt hinter mir eine Stimme.

Ich drehe mich um und entdecke zwei Tische weiter Louise. Ausgerechnet.

«Ja», sage ich und wende mich wieder meinem Glas zu. Ich ertrage sie nicht. Immer diese gespielte Besorgnis, die durchtriebenen Fragen.

Sie kommt rüber und setzt sich an meinen Tisch. «Mir ist klar, wie schwierig das für dich sein muss», sagt sie, und ich lache.

«Scheiße, Louise, versuchst du echt, diese Nummer bei mir abzuziehen?»

Sie reißt sich zusammen. «Für mich auch einen Gin Tonic», ruft sie dem Kellner zu. «Tut mir leid. Macht der Gewohnheit, du weißt schon … Wie geht es dir?»

«Ging schon besser. Hör mal, mir ist wirklich nicht nach Reden zumute. Wieso gehst du nicht mit der übrigen Meute essen?»

«Keine Lust – die lassen sich an der Hotelbar zulaufen. Hast du schon gegessen?»

Habe ich nicht – nicht einen Bissen, seit ich vor einer Ewigkeit angekommen bin, und der Gin steigt mir bereits zu Kopf. Sie wartet meine Antwort sowieso nicht ab.

«Ich lass mir eine Schale Irgendwas kommen», sagt Louise. «Und für dich auch. Du musst was essen. Du musst bei Kräften bleiben.»

Sie spielt ich!, denke ich und hätte fast anerkennend gelächelt. *Sie bemuttert mich, übernimmt die Führung.* Ich würde ihr gerne sagen, dass sie sich ihre Schale Irgendwas sonst wo hinschieben kann, aber es fühlt sich zu gut an, umsorgt zu werden. Keine Entscheidungen treffen zu müssen. Also lasse ich sie gewähren. Ich verschlinge das klebrig süße Hühnchen mit Reis, als hätte ich seit Tagen nichts gegessen. Als ich fertig bin, setzt Louise ihre Schale ebenfalls ab, obwohl sie noch halbvoll ist. *Mit vollem Mund kann man keine Fragen stellen*, denke ich.

«Hast du irgendeine Idee, wo Jake jetzt sein könnte?», fragt sie. «Er muss von den Geschehnissen völlig traumatisiert sein.»

Ich antworte nicht. Ich warte ab. Aber sie tut dasselbe. Wir sitzen schweigend da, sie fummelt mit ihrer Serviette herum, befeuchtet schließlich den Zeigefinger und versucht, verstreute Reiskörner vom Tisch zu picken.

Ich werde als Erste schwach. «Was hast du geschrieben?», frage ich.

«Die Mädchen, die Mütter, die Reise ihres Lebens. Das Übliche. Und Jake habe ich als scheuen Helden beschrieben, der alles riskiert hat, um die Mädchen zu retten, und sich nur davongemacht hat, weil er das Rampenlicht scheut.»

«Richtig. Ich habe gehört, ihr habt sogar ein Foto von ihm aufgetrieben …»

«Ja. Das hat die Lokalbildredaktion gefunden. Ich

glaube, das haben inzwischen alle. Nettes Foto, nur leider ein bisschen alt. Wahrscheinlich hat er sich inzwischen etwas verändert.»

«Ja», sage ich. Dabei habe ich keine Ahnung. Ich versuche, ihn mir mit Vollbart vorzustellen oder mit kahlrasiertem Schädel.

«Wann habt ihr euch eigentlich das letzte Mal gesehen?», fragt Louise ganz nebenbei und bestellt mit einer Geste die nächste Runde.

«Nicht für mich. Danke», sage ich eilig. «Ich muss zurück ins Hotel.» Ich suche nach meiner Geldbörse, aber Louise winkt ab.

«Das übernehme ich. Kommt sowieso auf die Spesenrechnung.» Und dann greift sie zu dem Flugblatt, das ich mit meiner Geldbörse aus der Handtasche gezogen habe. «Das ist eine gute Idee», sagt sie. «Darf ich das behalten?»

Zurück in meinem Zimmer, scrolle ich durch die Nachrichten-Websites und entdecke mein Flugblatt unter der Schlagzeile: «DIE VERZWEIFELTE SUCHE DER MUTTER NACH IHREM HELDENSOHN». Das bin ich. Ich greife zum Telefon und will schon Louises Nummer wählen, doch dann breche ich ab. Alles, was ich ab jetzt sage, landet in den Nachrichten. Ich darf überhaupt nichts mehr sagen.

26

Mittwoch, 20. August 2014

DIE JOURNALISTIN

Terry weiß nicht, was er sagen soll. Er trifft nie den richtigen Ton, und ich habe mich schon oft gefragt, wie er als Reporter jemals zurechtgekommen ist.

«Hör mal, Kate, das ist eine Riesenstory, aber ich kann mir unmöglich von dir Updates schicken lassen, wenn du selbst betroffen bist. Das verstehst du doch, oder?»

Tue ich. Trotzdem habe ich das Gefühl, mir würde die Tür vor der Nase zugeschlagen werden. Ich versuche, mich zu wehren. «Nur noch ein paar Tage, bis ich Jake gefunden habe.» Ich versuche, es klingen zu lassen, als wäre es kein großes Thema – so wie man mit einem Kind spricht, das einen Wutanfall hat.

«Ja, aber was, wenn die Sache kompliziert wird?», will er wissen.

«Kompliziert?», blaffe ich, dabei wissen wir beide genau, was er meint.

«Du weißt doch, wie das manchmal läuft», sagt Terry genervt. «Das muss ich dir nicht erklären.» Muss er nicht. Vielleicht hat es längst angefangen.

«Was wird denn über Jake geredet?»

«Nicht viel, und das meiste ist ziemlich positiv. Er wird als der Überlebende gehandelt, der vielleicht den Schlüssel zur Aufklärung liefern kann.»

«Na ja, das klingt doch gut», sage ich hoffnungsvoll.

«Ich hoffe, du hast Steve gesagt, er soll den Mund halten.»

Nein, noch nicht, aber das mache ich sofort. Und Freddie auch.

«Jedenfalls musst du dich jetzt auf deine Familie konzentrieren, Kate», fügt er hinzu. Der letzte Nagel ist in den Sarg geschlagen. Wenn die Redaktion deine Familie ins Spiel bringt, weißt du, dass es vorbei ist.

«Kommt das vom Chef?», will ich wissen.

Terry antwortet nicht gleich, aber es ist trotzdem offenkundig: Ich werde kaltgestellt, für den Fall, dass mein Sohn und ich den wertvollen Ruf seines Blattes beschädigen könnten.

«Simon macht sich große Sorgen um dich, Kate, und weiß, was du durchmachst», sagt Terry schließlich. «Er hat selbst Kinder. Er ist der Meinung, du musst dich jetzt auf Jake konzentrieren. Da sind wir uns alle einig.»

«Und wer soll hier vor Ort die Story für uns covern? Don etwa?»

«Ich schicke Joe.»

«Gut – na ja, der wird sich freuen. Sein echter erster Auslandseinsatz. Wann kommt er?»

«Er ist schon unterwegs. Er ruft dich an, sobald er morgen landet – Gott! Bei dir ist es schon morgen, oder? Geh ins Bett, Kate. Ach, und falls ich irgendwas tun kann, lass es mich bitte wissen, okay?»

Er kann es nicht erwarten, endlich vom Telefon wegzukommen und den hilflosen Versuch zu beenden, sich in meinen Schmerz einzufühlen.

«Okay», sage ich.

Ich werfe einen Blick auf die Uhr am Fernseher. Zwei Uhr morgens. Ich nehme meinen Notizblock zur Hand und vertiefe mich wieder in meine Liste: «Krankenhäuser, Apotheken, Schildkrötenprojekte».

Als ich zu Hause anrufe, springt der Anrufbeantworter

an. Ich spreche, während meine eigene Ansage läuft, und sage Steve, dass er abheben soll.

«Kate? Entschuldige – ich musste anfangen auszusieben. Deine Kollegen rufen ständig hier an, um nach Jake zu fragen. Gibt es was Neues?»

«Nein, noch nicht. Ich habe in der Gegend rund um das Hostel Flugblätter verteilt.»

«Ich sollte bei dir sein.»

«Mir geht's gut.» Das ist eine Lüge. «Wir warten ab, was sich in den nächsten ein, zwei Tagen tut. Ich vermute, dass er sich meldet, sobald er die Berichterstattung mitbekommt. Und dann nehme ich ihn mit nach Hause.»

«Gut. Hoffentlich. Freddie sagt, er bekommt auf Facebook inzwischen Freundschaftsanfragen von Reportern.»

«Wie geht es ihm? Ich rufe ihn gleich an.»

«Ganz okay. Ein bisschen durch den Wind – wie wir alle.»

«Ich weiß. Hör mal, mir ist klar, dass ich dir das nicht zu sagen brauche, aber bitte sprich nicht mit der Presse. Auch nicht mit Leuten, die du kennst. Vor allem nicht mit denen.»

«Wozu, glaubst du, siebe ich die Anrufe? Aber egal. Was sagt eigentlich die Polizei?»

«Nichts über Jake. Nur dass Ausländer für den Brand verantwortlich sind.»

«Du klingst erschöpft. Bei dir ist es mitten in der Nacht. Du kannst momentan nichts tun, Liebling. Sieh zu, dass du etwas Schlaf bekommst, damit du morgen einen klaren Kopf hast.»

«Ja.»

«Ich meine es ernst, Kate.»

Dann spreche ich Freddie noch auf die Mailbox. «Hallo, Liebling, hier ist Mum. Bei mir gibt es nichts Neues, aber er taucht bestimmt bald wieder auf. Ich gehe jetzt ins Bett. Sprich bitte nicht mit der Presse … Ich hab dich lieb.»

27

Mittwoch, 20. August 2014

DIE JOURNALISTIN

Ich werde von Joe geweckt, der aus der Lobby anruft.

«Kate? Ich bin's. Ich bin gerade angekommen. Der Taxifahrer hat mich abgezockt, das Schwein. Können Sie mir ein Update geben?»

Seine nervöse Energie schwingt durchs Telefon bis an mein Ohr, zwingt mich in die Senkrechte und weckt den Wunsch, ihn zu erwürgen.

«Ich komme runter», sage ich und schleppe mich aus dem Bett. «Bestell schon mal jede Menge Kaffee.»

Ich brauche zehn Minuten, um mir das Gesicht zu waschen, mich anzuziehen und mir mit der Bürste durchs Haar zu fahren, und als ich die Lobby betrete, sagt Joes Blick mir, wie schlimm ich aussehe.

Er wendet sich ab, und ich erhasche im schimmernden Chrom des Frühstücksbuffets einen kurzen Blick auf mein Spiegelbild. Ich sehe aus wie neunzig.

«Geht es Ihnen gut?», fragt Joe, und meine Rüstung fängt an zu bröseln.

«Hör sofort auf, nett zu sein, sonst fange ich an zu heulen.»

Joe sieht mich entsetzt an.

«Keine Sorge. Mir geht's gut. Nur zu wenig Schlaf, das ist alles.»

«Sie haben einen Ohrring verloren», sagt er.

«Egal. Schieben wir meine Modesünden für den Moment bitte beiseite und konzentrieren uns auf die Story. Hast du von den anderen schon wen gesehen?»

«Nur Mick. Er sieht noch schlimmer aus als Sie …»

«Danke.» Ich trinke einen Schluck Kaffee und verbrenne mir die Zunge.

«Wo sind die Eltern der Mädchen?»

«Wenn sie einen Funken Verstand haben, hoffentlich oben auf ihren Zimmern. Gehen uns aus dem Weg. Los, Joe, hol dir Frühstück.»

Ich nippe an meinem Kaffee und sehe zu, wie Joe um das Buffet rumstromert und sich den Teller mit Pancakes und labbrigem Speck vollllädt. Er fragt gestikulierend, ob ich auch was möchte, und ich schüttle den Kopf. Ich würde sowieso nichts runterkriegen. Ich sehe, wie der Minutenzeiger der Uhr im Speisesaal die nächste Runde dreht, und versuche, einen Plan für den Tag zu machen. Jetzt, wo ich nicht mehr die Reporterin bin.

Joe kommt vom Buffet zurück. «Was haben Sie heute Vormittag vor?», fragt er, als könnte er Gedanken lesen, und meint eigentlich *Was soll ich tun?*

Ich rattere eine Liste mit Namen von Leuten runter, die er anrufen muss – Don, die Polizei, Clive Barnes und die Eltern –, während er sich Essen in den Mund schaufelt, mitschreibt und nickt. «Du brauchst einen guten Draht zu Lesley und Jenny. Ich rufe sie an, sobald du damit fertig bist, dich vollzustopfen.»

«Oh! Das sieht gut aus!» Mick taucht plötzlich hinter Joes Schulter auf. «Im Gegensatz zu dir, Mrs. Waters.»

«Hast du heute Morgen schon in den Spiegel geschaut, Mick? Ich glaube, den Walking-Dead-Wettbewerb gewinnst du. Wie viele Drinks hattest du gestern Nacht?»

«Ein paar.»

«Liter?»

«Leck mich, Kate. Was hast du da auf dem Teller, Joe? Sieht aus wie ein Hauttransplantat.»

«Hähnchenspeck. Schmeckt jedenfalls wie Speck.»

«Das erfüllt seinen Zweck. Bin gleich wieder da.»

Ich frage mich, was die Redaktion Mick erzählt hat. Und was noch wichtiger ist: Er weiß mit Sicherheit, was die Meute vorhat. Was die anderen denken.

«Brauchst du wirklich drei Spiegeleier?», frage ich, als er wiederkommt.

«Sei still. Das tut mir bestimmt gut. Irgendwas muss ja helfen.»

«Wo sind die anderen?»

«Im Bett. Ich hab eben mit George vom *Telegraph* gesprochen. Um zehn gibt es hier im Hotel eine Pressekonferenz.»

Joe schreibt sich den Termin in sein Buch.

«Fertig?», frage ich. «Dann komm. Wir gehen rauf und reden mit den Angehörigen.»

«Wartet auf mich», sagt Mick, klappt das letzte Spiegelei in eine Scheibe Brot und schnappt sich seine Kameratasche.

Als wir aus dem Frühstücksraum kommen, steht Lesley in der Lobby und hebt zum Gruß die Hand.

«Hallo. Wie geht es Ihnen?», frage ich. «Konnten Sie ein bisschen schlafen?»

«Nein. Und Sie? Irgendwas Neues über Ihren Sohn?»

Ich fasse sie sanft am Ellbogen und führe sie zu einer Sesselgruppe in einer Nische. «Lesley? Ich wurde vorübergehend von der Story abgezogen, bis sich die Dinge geklärt haben, aber mein Kollege Joe Jackson ist extra hergekommen, um zu übernehmen.»

Wir sehen beide zu Joe hinüber, dem klarwird, dass ich

von ihm spreche. Er lächelt und winkt uns quer durch die Lobby zu.

Lesley seufzt. «Er sieht aus wie zwölf.»

«Er ist ein guter Reporter. Und ein netter Kerl.»

«Wenn Sie es sagen. Irgendwer hat in aller Herrgottsfrühe bei uns an die Tür geklopft. Ich habe ihn zum Teufel gejagt.»

Louise auf Dämmerungspatrouille. Wer sonst?

«Malcolm ist oben und telefoniert mit der Fluggesellschaft. Wir wollen die Mädchen so schnell wie möglich nach Hause bringen, aber das bedeutet so viel Papierkram. Ich kann das einfach nicht.»

«Wenn Sie möchten, helfe ich Ihnen», sage ich. «Wollen wir uns nach der Pressekonferenz treffen?»

Lesley nickt abwesend. Ihr Blick ist auf Malcolm und die Shaws gerichtet, die gerade die Lobby betreten.

«Hast du was erreicht?», fragt Jenny ihren Mann.

«Ich habe mit einer sehr netten Dame am Flughafen gesprochen. Ich soll mich um elf noch mal melden.»

Ich gebe Joe ein Zeichen, zu uns zu kommen, damit ich ihn vorstellen kann. Mick wirft den Rest seines Frühstücks in den nächsten Abfalleimer und gibt allen die Hand. Er hält die von Jenny den Bruchteil einer Sekunde länger fest als nötig. Sie errötet, zieht die Hand aber nicht zurück.

«Wie kommen Sie zurecht, Jenny?», fragt er und drückt mitfühlend ihren Ellbogen.

Arme Frau, die bräuchte dringend ein paar Streicheleinheiten, denke ich. *Könnte ich auch gut gebrauchen.* Joe beruhigt Malcolm und Lesley mit ein bisschen höflicher Konversation über Bangkok und den verrückten Verkehr. *Guter Junge*, denke ich. *Du packst das.*

Die Angehörigen haben beschlossen, in die Botschaft zu fahren, um von dort aus zu Hause anzurufen.

«Meine Handyrechnung ist jetzt schon astronomisch», sagt Jenny. «Das kann ich mir einfach nicht leisten. Keine Ahnung, von was ich das alles bezahlen soll …»

Sie fängt an zu weinen, und Malcolm berührt ihren Arm und sagt: «Darum kümmern wir uns, wenn wir zurück sind. Komm, Jenny. Der Wagen ist da.»

28

Mittwoch, 20. August 2014

DIE MUTTER

Clive hatte sie in der Pförtnerloge in Empfang genommen und zu Fuß in die Botschaft begleitet, vorbei an den Rauchern vor der Tür und durch den Warteraum mit all denjenigen, die ihren Pass verloren hatten oder ein Visum wollten. Die Menschen sahen auf, als sie vorbeigingen, und Lesley spürte ihre Blicke auf sich. Die konnten unmöglich wissen, wer sie war. *Reine Neugier, hätte mein Dad gesagt, wenn er jetzt hier wäre.* Sie wünschte, er wäre es. Lesley klammerte sich fester an Malcolms Hand.

Sie wurden in einen Raum gescheucht, der aussah wie die Kulisse für einen Kostümfilm. Der Parkettboden der Botschaft war auf Hochglanz poliert, und durch die hohen Fenster fiel von feinen Gardinen gefiltertes Sonnenlicht.

«Hier sieht es aus wie im Film», sagte Lesley und kam sich sofort lächerlich vor. Sie waren hier, um über den Tod ihrer Töchter zu sprechen, und nicht auf Besichtigungstour. «Wo sollen wir uns hinsetzen?», fügte sie eilig hinzu.

Sie nahmen an einem weiß gedeckten Tisch im Gartenzimmer Platz, unter Beobachtung eines lächelnden Porträts der Queen und, durchs Fenster, einer Bronzestatue der Königin Victoria. Tee wurde serviert.

Clives Erläuterungen der Überführungspläne und rechtlichen Bestimmungen wurden ab und zu von Malcolm mit einem «Verstehe» oder «Natürlich» unterbrochen. Die beiden Frauen und Mike saßen nur schweigend dabei; die Anstrengung, irgendwas sagen zu müssen, wirkte unüberwindlich.

«Wir haben noch ein wenig Zeit, ehe Sie ins Hotel zurückmüssen», sagte Clive. «Möchten Sie telefonieren?»

«Ja!», stießen Jenny und Lesley atemlos aus. «Bitte!», fügte Lesley hinzu.

Sie musste dasitzen und zuhören, während Jenny weinend mit ihrer Schwester telefonierte und sich dabei die Fäuste in den Magen drückte, um die Trauer in Schach zu halten. Mike saß neben ihr, hohläugig vom Schock.

Dann war Lesley an der Reihe. Jenny krümmte sich mit einer Schachtel Taschentücher auf der niedrigen, gepolsterten Bank in der Ecke zusammen, und Mike ging nach draußen, um eine Zigarette zu rauchen. Lesley rief bei sich zu Hause an und lauschte benommen dem blechernen Kauderwelsch, das aus dem Hörer schallte.

«Es funktioniert nicht», sagte sie, die Stimme stumpf vor Erschöpfung.

«Haben Sie die internationale Vorwahl gewählt?», fragte Clive sanft, nahm ihr das Telefon aus der Hand und wählte noch einmal.

Dann klingelte es bei ihr zu Hause, und Lesley schloss die Augen. Einen Augenblick lang hoffte sie, niemand würde rangehen. Sie war zum Reden zu müde.

«Hallo, hier sind die O'Connors. Wenn Sie eine Nachricht für Malcolm, Lesley, Dan oder Alex hinterlassen, rufen wir zurück», sagte der Anrufbeantworter.

Alex.

Sie konnte nicht sprechen. «Hier, hier ist …», brachte sie schließlich stotternd heraus.

«Mum!», unterbrach Dans verschlafene Stimme sie. «Bist du das?»

«Ja, Liebling.»

«Wie geht's euch?»

«Okay. Wir bereiten alles vor, um … um sie nach Hause zu bringen, Danny.» Das Wort «Leiche» kam ihr nicht über die Lippen.

Fünftausend Meilen weit weg schluchzte ihr Sohn ins Telefon, und sie konnte nichts dagegen tun.

«Du musst jetzt ganz stark sein, mein Schatz. Wir kommen nach Hause, so schnell wir können. Ist Tante Sheila bei dir?»

«Ja. Sie und Onkel Rick sind gestern gekommen. Sie steht neben mir, falls du mit ihr sprechen willst.»

Das Telefon wurde weitergereicht wie ein Staffelstab.

«Les?», sagte ihre Schwägerin. «Geht es dir gut? Wie geht's Malcolm?»

«Wir sind am Boden zerstört, Sheila», sagte Lesley. Das tapfere Gesicht wurde nicht länger gebraucht. «Aber wir bringen sie nach Hause. Vielen Dank, dass ihr euch um Dan kümmert. Was hast du Mum erzählt? Begreift sie es?»

«Nicht wirklich. Vielleicht ist das ein Segen. Macht euch um Dan keine Sorgen. Wir sind da. Passt gut auf euch auf und ruft an, wenn ihr Zeit habt.»

Im Hotel war inzwischen die Pressekonferenz vorbereitet worden. Clive Barnes erklärte ihnen, wo die Reporter sitzen würden, und zeigte auf die Plätze für die Angehörigen. Davor standen knubbelige Tischmikrophone. Eine junge Frau verteilte Namensschilder auf der weißen Tischdecke. Sie hatten ihren Namen falsch geschrieben. Leslie O'Connor. Sie war doch kein Mann.

Sie wollte etwas sagen, ließ es jedoch sein. Was spielte es für eine Rolle? Alex war tot.

Als sie zehn Minuten später im Nebenraum standen, hörte sie das lauter werdende Stimmengewirr im Konferenzzimmer, scharrende Stuhlbeine, das Gezwitscher ausgetauschter Begrüßungen. Clive hatte ihnen erklärt, sie würden erst hineingebracht, wenn alle saßen. *Wie die Stargäste einer Talkshow*, wollte sie sagen. Hätte sie vor einer Woche noch gesagt. Vor nur einer Woche.

Sie sah erst Malcolm an, dann Mike und Jenny. «Ob die uns Fragen stellen?», sagte Lesley, dann wurde ihr bewusst, dass sie dieselbe Frage eben schon gestellt hatte.

«Wer weiß», sagte Jenny.

«Sie müssen keine Fragen beantworten», sagte Clive mit Nachdruck. «Ich rate davon ab.»

Er hatte sie beim Verfassen der Erklärung beraten, die Malcolm verlesen würde. «Am besten, Sie fassen sich kurz und würdevoll», hatte er gesagt. Clive hatte sich die Erklärung durchgelesen, zustimmend genickt und noch einen Satz hinzugefügt: *Wir wünschen uns, abseits der Öffentlichkeit um unsere Töchter trauern zu dürfen, und vertrauen darauf, dass Sie unsere Privatsphäre respektieren.* «Einen Versuch ist es wert», hatte er gemurmelt.

Als sie in den Raum geführt wurden, ertönte ein Geräusch wie von einem aufsteigenden Vogelschwarm, und Lesley erschrak. Ein Dutzend Kameras war wie starrende Augen auf sie gerichtet, und Lesley stolperte.

«Na, komm, Liebling», sagte Malcolm.

Die Verlesung der Erklärung war gut gelaufen. Es war Malcolm gelungen, sie ganz zu Ende zu lesen, und Lesley hatte ihn erst schluchzen gehört, als er gesagt hatte, sie würden Alex und Rosie mit nach Hause nehmen. Sie hatte sich das zerknüllte Taschentuch an den Mund gepresst, damit ihre Lippen aufhörten zu zittern, und hatte aufstehen wollen, um den Raum zu verlassen. Doch dann rief eine Stimme ihren Namen, und sie zögerte.

«Mrs. O'Connor, vielen Dank, dass wir heute hier sein dürfen. Uns ist bewusst, wie hart die Situation für Sie sein muss.»

Sie versuchte, den Sprecher zu identifizieren, doch das erwies sich in dem Meer von Gesichtern als unmöglich. «Vielen Dank für Ihre Unterstützung», sagte sie in den Raum hinein.

Sofort schoss ein Wald aus Armen in die Luft.

«Wann haben Sie erfahren, dass Alex eins der Mädchen ist, die bei dem Brand ums Leben kamen?», rief ein Mann in der ersten Reihe.

«Gestern», antwortete sie.

«Wissen Sie, wie das Feuer ausgebrochen ist?»

«Nein», antwortete Jenny, den Blick starr vor sich auf den Tisch gerichtet.

«Wir haben gehört, an dem Abend hätte eine Party stattgefunden. Waren die Mädchen auch dort?»

«Wir glauben es», sagte Lesley.

«Wissen Sie, wer sonst noch dort war?», rief Joe von sehr weit hinten.

«War Jake Waters auch mit dabei?», fragte eine Frau aus der ersten Reihe.

«Wer?», fragte Mike.

«Der Sohn von Kate, der Reporterin», flüsterte Lesley ihm zu. «Das wissen wir nicht», sagte sie zu der Frau. «Er wurde in der Brandnacht mit Brandverletzungen ins Krankenhaus eingeliefert. Mehr können wir im Augenblick noch nicht sagen.»

«Sind Sie mit den polizeilichen Ermittlungen zufrieden?», fragte dieselbe Frau und beugte sich gespannt vor.

«Äh ...», setzte Lesley an.

«Behandelt die Polizei Jake Waters als Verdächtigen?»

«Weswegen verdächtig?», brach es aus Malcolm heraus. Er sah die anderen hilfesuchend an. «Was um alles in der Welt meinen Sie damit? Der Brand war ein Unfall. Das sagt die Polizei.»

«Es ist nur so, dass wir über das Hostel inzwischen ein paar ziemlich besorgniserregende Informationen bekommen haben. Wussten Sie, dass *Mama's Paradise* der Polizei bestens bekannt war? Das Hostel steht in dem Ruf, ein lokaler Kiosk zu sein. Offensichtlich geht – Verzeihung, ging – man dorthin, um sich mit Drogen einzudecken», erklärte die Reporterin, als wären sie kleine Kinder. Ahnungslose Briten im Ausland.

Lesley konnte den Blick nicht von ihr abwenden.

«Außerdem gab es dort schon einmal einen Todesfall. Ende letzten Jahres starb ein zweiundvierzig Jahre alter Mann unter bis heute ungeklärten Umständen.»

«Nein», sagte Mike heiser. «Natürlich wussten wir das nicht!»

«Ich fürchte, das war die letzte Frage», sagte Clive Barnes mit seidenweicher Stimme und zerrte Lesley am Ellbogen von ihrem Stuhl hoch. «Wir danken Ihnen, meine Damen und Herren.»

Und dann war es vorbei. Doch als sie wieder im Nebenraum stand, hatte Lesley das Gefühl, als hätte es gerade erst angefangen.

29

Mittwoch, 20. August 2014

DIE JOURNALISTIN

Auf mich allein gestellt, lasse ich mich in der Lobby in einen Sessel fallen und weiß einen Moment lang nicht weiter. Ich kann doch nicht einfach so rumsitzen, oder? *Na los, Waters, komm in die Gänge.* Also gehe ich nach draußen zum Taxistand und lasse mich zurück in die Khao San Road fahren.

Das rotweiße Plastikband, das die schmale Straße zu *Mama's Paradise* gestern noch abgesperrt hatte, liegt zerrissen im Staub. Auch von der Polizei ist nichts mehr zu sehen. Ich laufe bis zu der verkohlten Ruine und bleibe vor dem ausgebrannten Eingang stehen. Der Gestank nach Ruß reizt meine Kehle und brennt mir in den Augen. Das Schild hat irgendwie überlebt und baumelt an der letzten verbliebenen Schraube, doch die Schrift ist verschwunden, das Holz verkohlt, und die Farbe ist abgeplatzt und schält sich.

Ich strecke den Kopf hinein und sehe mich um. Es ist niemand da, der mich aufhalten würde.

«Hallo?», rufe ich in die Dunkelheit, nur zur Sicherheit, dann schleiche ich mich auf Zehenspitzen hinein. Ich weiß nicht, was ich hier zu finden glaube, aber wenn ich in einer Geschichte auf eine Sackgasse stoße, sagt mir mein Instinkt immer, noch mal an den Anfang zurückzukehren, um herauszufinden, was ich übersehen habe.

Ich bahne mir vorsichtig einen Weg, und während meine

Augen sich allmählich an die Dunkelheit gewöhnen, offenbart sich mir das volle Ausmaß des verheerenden Brandes. Ich habe einmal einen forensischen Tatortermittler interviewt, der mir erzählt hat, das Feuer selbst sage einem, wo es ausgebrochen ist, mit einem V-förmigen Rauch- oder Brandmuster, das auf den Brandherd deute wie ein Pfeil.

Ich fange an zu suchen, und nach allem, was ich erkennen kann, scheint der schlimmste Schaden im hinteren Teil des Gebäudes entstanden zu sein, aber ich beschließe, nicht noch weiter vorzudringen. Die Überreste der oberen Stockwerke hängen tief über meinem Kopf, und Holz und Beton balancieren übereinander wie Zirkusakrobaten.

«Kommen Sie da raus!», ertönt plötzlich eine Stimme. «Sind Sie verrückt? Das ist lebensgefährlich.»

Ich wende den Kopf und spähe ins Helle. Draußen steht der bekiffte Junge aus dem Café.

«Was geht dich das an?», rufe ich zurück. «Ich sehe mich nur mal um.»

«Das ist gefährlich. Verfluchte Scheiße, Sie sind alt genug, um meine Mutter zu sein – *Sie* sollten *mich* zusammenscheißen!»

Seine Empörung bringt mich zum Lachen, zum ersten Mal seit Tagen. «Okay, okay, krieg dich wieder ein», sage ich. «Wie alt bist du eigentlich? Vierzehn?»

«Zwanzig. Was haben Sie da drin überhaupt zu suchen? Die Polizei ist hier fertig. Die sagen, es war ein Unfall. Aber das sagen die immer.»

«Tatsächlich?»

«Wenn das Opfer ein *farang* ist, wie ich. Oder wie die Mädchen.»

«Kanntest du sie? Die Mädchen?»

Der Junge sieht sich eilig um.

«Was ist?»

«Ich muss aufpassen», sagt er. «Hier stellen jede Menge Leute irgendwelche Fragen.»

«Es sieht so aus, als wäre mein Sohn auch in den Flammen gewesen.»

«Ihr *Sohn*?»

«Ja. Und jetzt ist er verschwunden. Ich versuche verzweifelt, ihn zu finden.» Ich hole ein Flugblatt aus der Handtasche.

Er betrachtet es kurz, dann sieht er mich mit großen Augen an. «Jake!», sagt er. «Sie sind Jakes Mum?»

Zehn Minuten später sitzen wir in seinem Zimmer, er im Schneidersitz auf dem Fußboden, ich am Bettende. Ross wollte sich nicht auf der Straße unterhalten – er sagt, er habe Angst vor der Polizei und vor der Presse. Ich habe ihm nicht erzählt, dass ich auch eine von denen bin. Das muss er nicht erfahren. Er sagte, er würde gleich um die Ecke wohnen und ob ich Lust auf eine Tasse Tee hätte, also bin ich mitgekommen. In letzter Minute schrieb ich Mick noch eine SMS, um ihm zu sagen, wo ich hingehe. Zur Sicherheit.

Als Ross die Tür aufmachte, entschuldigte er sich für die Unordnung und sah mich an, um rauszufinden, ob ich ihn maßregeln würde. Für ihn bin ich einfach die Mutter von irgendwem. Aber ich schob die verkrusteten Alubehälter, die Strohhalme und die dreckigen Klamotten einfach von der Matratze und setzte mich.

Er macht sich an einem Campingkocher zu schaffen, um Tee für uns zu kochen, und ich wippe ungeduldig mit dem Fuß. Er hebt den Blick, und ich höre auf zu zappeln und lächle ihn aufmunternd an.

«Wie lange wohnst du schon hier? Du hast es dir ja richtig gemütlich gemacht.»

Er lacht über meinen lahmen Versuch, Konversation zu machen, und wendet sich wieder dem Wassertopf zu. Dann gießt er auf und reicht mir eine dreckige Tasse. Ich tue, als würde ich einen Schluck trinken, und er zündet sich einen Joint an.

«Stört Sie das?», fragt er, als wäre ihm das nicht völlig egal.

Und ob! Was glaubst du denn? «Nein», sage ich. «Das ist dein Zimmer. Du kannst machen, was du willst.» *Aber können wir bitte sprechen, ehe du dich zudröhnst?* «Dann kennst du Jake also», fahre ich fort, und er inhaliert, hält den Atem an und nickt langsam.

Als er schließlich ausatmet, sagt er: «Er arbeitet bei Mama – in der Küche, macht den Abwasch und so. Er sagt, er verdient zwar nicht viel, aber sie lässt ihn umsonst bei sich wohnen. Er ist schon seit einer Ewigkeit hier. Er war schon da, als ich hergekommen bin, und das war Januar 2013.»

Er war hier, und uns hat er die ganze Zeit angelogen und so getan, als würde er in Phuket Schildkröten zählen. Mein Überfliegersohn als Spüler in der Küche einer Absteige.

«Manchmal gehe ich rüber, um ihn zu besuchen», sagt Ross. «Oder er kommt her.»

«Also seid ihr Freunde?»

«Ja, kann man so sagen.» Ross nimmt wieder einen tiefen Zug. «Wir reden nicht viel. Ab und zu rauchen wir zusammen was. Er weiß, wo man gutes Zeug kriegt. Die kleinen Helferlein.» Ross fängt an zu kichern.

Ich ringe die Hände, um sie davon abzuhalten, ihm ins Gesicht zu schlagen. «Was für Helferlein?», frage ich, obwohl ich genau weiß, was er meint.

«Nur ein bisschen Gras, nichts weiter. Kein Yaba, kein TNT. Nichts Schlimmes», sagt Ross. «Jake ist ein braver Junge.»

Ein braver Junge? Ich kann nicht fassen, dass wir über den Drogenkonsum meines Sohns sprechen. Er war in Chemie eine Niete, höre ich mich denken. *Hör auf damit!* «Weißt du, wo er jetzt ist?» Ich kann es nicht erwarten, endlich hier rauszukommen.

«Keine Ahnung. Der macht sein eigenes Ding. Ich war überrascht, dass er noch mal aufgetaucht ist, nachdem der Typ gestorben ist.»

«Welcher Typ?»

«Ein Schotte. Uralt, irgendwas Mitte vierzig. Er wurde kurz vor Weihnachten in seinem Zimmer bei Mama gefunden. Die Polizei sagt, es war Selbstmord, aber …»

«Aber was?»

«Na ja, sagen wir mal so: Er hat keinen Abschiedsbrief hinterlassen. Er sah aus, als hätte er sich geprügelt, und als sie ihn fanden, waren seine Sachen verschwunden. Sein Geld und sein Pass sind gestohlen worden.»

«Wurde er ermordet?»

«Keine Ahnung. Am Abend davor war er feiern, hat es ziemlich übertrieben. Jake hat ihm an der Bar jede Menge Schnaps verkauft, und mir hat er erzählt, der Typ hätte Special K geschnupft.»

«Special K?»

«Ketamin. Das nimmt hier so gut wie jeder – macht einen total schnell high. Das ist der Hammer.»

Ich will nicht weiter fragen. Ich will gar nicht mehr wissen. Aber ich kann nicht anders. «War die Polizei da? Wurden Leute verhört? Wurde Jake verhört?»

Ross grinst. «Nein. Mama hat ihm gesagt, er soll untertauchen, sie würde sich um alles kümmern. Sie hat ihm erzählt, die Polizei würde immer versuchen, den Ausländern alles in die Schuhe zu schieben. Und sein Visum enthält keine Arbeitserlaubnis. Mama kennt sich aus – sie hat mit der Polizei irgendein Ding laufen. Aber Jake war ziemlich durch den Wind. Er ist eine Weile verschwunden. Hat ein bisschen Urlaub gemacht, bis die Dinge sich wieder beruhigt haben. Das war auch das einzig Vernünftige. Und während der Unruhen gegen die Regierung hat er sich auch nicht blicken lassen. Hier war Chaos. Total crazy. Aber dann stand er plötzlich doch wieder bei Mama auf der Matte. Hat gesagt, er kann sonst nirgendwohin. Hat gesagt, seinen Eltern kann er es nicht erzählen, weil sie ihm genau das prophezeit haben. Dass er versagen würde.»

«Das habe ich nie gesagt», wehre ich mich, aber vielleicht habe ich es doch gesagt. Ich versuche, mich zu erinnern. «Wann hast du Jake zum letzten Mal gesehen, Ross?»

«Letzte Woche. Ein paar Mal. Das erste Mal haben wir uns auf der Straße getroffen, und er meinte, ihm würde es super gehen. Er sagte, er hätte eine Frau kennengelernt.» Ross zwinkerte mir schläfrig grinsend zu.

«Wie schön», sage ich. «Hat er dir von ihr erzählt?»

«Nö, aber ich glaube, das ist sowieso nichts geworden, weil er ein paar Tage später ziemlich fertig bei mir aufgekreuzt ist und was zu rauchen wollte. Es war ziemlich früh – ich lag noch im Bett. Aber er hat so lange gegen die Tür gehämmert, bis ich ihm aufgemacht habe. Er sah fürchterlich aus, hatte Kotze oder so auf der Hose, und ich habe ihm eine von mir geliehen. Seine ist übrigens immer noch hier. Ich hatte noch keine Zeit, sie zu waschen, aber Sie können sie gerne mitnehmen, wenn Sie wollen.»

Er wühlt in einem Haufen schmutziger Klamotten herum, angelt eine blaue Hose heraus und reicht sie mir. «Sorry, müffelt ein bisschen.»

Die Hose stinkt wie die Pest, und ich vergrabe sie tief unten in meiner Tasche.

Ross lächelt wieder. «Hören Sie, Jake ist echt ein guter Typ. Keine Sorge, der taucht wieder auf.»

Mir dröhnt der Schädel von den vielen ungewollten Informationen, und ich wünschte, der dürre Junge würde endlich den Mund halten. «Hast du irgendjemandem erzählt, was du über Jake weißt?», frage ich. *O Gott! Wer weiß noch davon?*

Ross schüttelt den Kopf. «Gestern Abend hat sich eine Reporterin nach ihm erkundigt, aber ich habe ihr gesagt, ich wüsste nichts. Ich mochte sie nicht. Sie war aufdringlich. So direkt. Wissen Sie, was ich meine? Die haben sicher auch versucht, mit Ihnen zu sprechen, oder?»

«Ja, aber von mir erfahren die auch nichts. Kannst du das bitte alles für dich behalten, Ross? Den schottischen Typen, und dass Jake kifft? Um seinetwillen. Wenn die Presse davon Wind bekommt, machen sie ihm die Hölle heiß.»

Ross nickt weise. Er fummelt sich am Mund rum, um zu signalisieren, dass seine Lippen versiegelt sind. Ich tippe meine Nummer in sein Telefon, falls er irgendwas hört, und lasse ihn in seinen süßen, betäubenden Rauchschwaden zurück.

30

Mittwoch, 20. August 2014

DIE JOURNALISTIN

Seine E-Zigarette rauchend, steht George vor dem Hotel und produziert eine Schwade Wasserdampf, die so groß ist, als käme sie aus einem Fabrikschornstein. Zimt und Apfel, erkenne ich beim Näherkommen.

«Hallo, Kate», sagt er. «Mein neustes Spielzeug ... hast du's schon probiert? Widerlich, aber jetzt kann ich wenigstens so tun, als wäre es gesund, weil es nach Obst riecht. Eine von meinen fünf am Tag.»

George ist schon bei uns zu Hause zu Gast gewesen, mit Frau und Kindern. Zum Grillen, glaube ich. Sein Sohn wurde von einer Wespe gestochen, und ich tat Essig drauf wie meine Mutter früher, als ich noch ein Kind war. Es war ein schöner Nachmittag unter Freunden, wir lagen auf alten Liegestühlen, machten Scherze über unsere Arbeit und tranken eiskalten Rosé.

Er lächelt mich mitfühlend an. «Wir haben dich auf der Pressekonferenz vermisst, Kate. Dich und deine Killer-Fragen. Was hast du gemacht?»

«Ja, war ein komisches Gefühl, nicht dabei zu sein. Ich stöbere rum, rede mit Leuten, komme nicht weiter. War heute Morgen irgendwas Interessantes dabei?»

«Nur Kinkerlitzchen. Es gab eine Erklärung und ein paar Fragen. Ich hab's gerade geschickt. Die Angehörigen sahen aus wie Kaninchen im Scheinwerferlicht, die armen Schweine. Sie kamen ja quasi direkt aus der Leichenhalle.

Und Louise wollte wissen, ob sie über den anderen Todesfall in dem Guesthouse Bescheid wüssten.»

Meine Haut prickelt. Sie sind mir dicht auf den Fersen.

«Ach?», sage ich.

«Ja, ein Stuckateur auf Urlaub, von dem die Polizei behauptet, er hätte Selbstmord begangen, was seine Familie vehement bestreitet – er hatte gerade einen Haufen Geld investiert, um seine Fußballdauerkarte zu verlängern ... Aber das hat die thailändische Polizei überhaupt nicht interessiert.»

«Hast du mit seiner Familie gesprochen?»

«Ja, nette Leute, und es eignet sich gut, um die Geschichte zu unterfüttern. Wir nehmen es alle mit rein. Das und die Tatsache, dass *Mama's* ein bekannter Drogenshop war. Eine regelrechte Kifferzentrale, hat man uns erzählt.»

«O Gott», sage ich in der Hoffnung, aufrichtig überrascht zu klingen.

«Wusstest du das nicht?», fragt George.

Ich schüttle den Kopf. Ich muss hier weg. Ich muss mich dringend sammeln.

«War Jake eigentlich lange in dem Guesthouse?» George bohrt sich mitten in mein Schweigen hinein.

«Ich weiß es einfach nicht, George. Er ist erwachsen. Seit er weggeflogen ist, hat er aufgehört, uns ständig Bescheid zu geben.»

«Logisch», sagt George eilig. «Ich kann's gar nicht erwarten, bis unsere endlich flügge werden.» Er unterbricht sich. Ihm ist klar, dass er das Falsche gesagt hat.

«Wir sollten uns wieder ans Telefon klemmen», sage ich, als würde ich ihn damit vom Haken lassen.

In meinem Zimmer scrolle ich mich durch die Berichte über den ersten Toten. Was die anderen nicht wissen, ist, dass mein Sohn damals schon da war. Und damals auch schon weggelaufen ist.

Ich wende mich wieder meiner Liste zu und rufe das nächste Umweltprojekt in Phuket an. Ich weiß, dass es die reinste Zeitverschwendung ist. Er war nie dort. Während wir den Leuten seine Lügen weitererzählt haben, hat er ein völlig anderes Leben gelebt.

Es klopft an meiner Tür, und als ich aufmache, steht Louise davor. Sie hat diesen ganz bestimmten Blick im Gesicht, diesen Blick, der «Ich weiß was» sagt. Den habe ich schon zu oft gesehen, um mich zu täuschen.

«Ich habe ziemlich viel zu tun, Louise», sage ich, aber damit hat sie gerechnet.

«Du musst dir das anhören, Kate. Bevor es im Netz auftaucht.»

«Was anhören?» Und schon habe ich den Köder geschluckt. Ich müsste es eigentlich besser wissen, aber ich kann nicht widerstehen. Ich will auch zu den Eingeweihten gehören.

«Wir haben Jakes Facebook-Profil gefunden.»

«Ach, das!» Ich hätte fast gelacht. Ich bin auf sicherem Boden. «Das benutzt er gar nicht mehr, seit er weg ist. Ist ihm auf die Nerven gegangen, hat er gesagt …» Und ich habe immer und immer wieder dort nachgesehen.

Louise lächelt verhalten zurück. «Nicht das alte – nicht das Profil unter seinem richtigen Namen. Das andere. Bei seinen Facebook-Freunden nennt er sich Jake Sherwood.»

«Sherwood?» Ich hätte mich fast verschluckt. *Mein Mädchenname.* «Woher weißt du, dass das Jake ist?»

«Er ist es.»

«Wie habt ihr ihn gefunden?»

«Mein IT-Geek in der Redaktion hat ihn aufgestöbert. Na ja, ich hatte hier Kontakt zu einem Freund von Jake –

ein kleiner Wichser namens Ross, der so getan hat, als hätte er noch nie von ihm gehört. Man merkt den Typen doch eigentlich immer an, wenn sie Blödsinn erzählen, oder? Ich habe ihn in ein Gespräch über ein paar andere Themen verwickelt, so seinen Namen rausbekommen und woher er kommt, und über ihn sind wir dann an Jakes Online-Profil gekommen.»

«Und? Postet Jake?», frage ich. «Weißt du, wo er ist?»

Louise schüttelt den Kopf. «Seit dem Feuer gibt es nichts Neues mehr. Aber dafür anderes Zeug.»

Mir schnürt sich der Magen zusammen. «Anderes Zeug? Was für Zeug?»

«Du solltest dir das besser selbst ansehen. Es ist ziemlich unschön.»

«Erzähl's mir einfach!», blaffe ich sie an.

«Er sagt, er musste dringend von Phuket abhauen. Wir haben uns in einer Bar dort umgehört, die Jake in einem Post erwähnt hat, und der Besitzer sagt, Jake hätte bei ihm gearbeitet, wäre aber vor über einem Jahr wieder verschwunden. Er hat rumerzählt, er wäre ausgeraubt worden und die örtliche Mafia hätte ihn mit dem Tod bedroht, weil er ihnen Geld schuldete. Klingt, als hätte er sich mit den falschen Leuten eingelassen …»

Sag jetzt nichts. Gib ihr auf keinen Fall was Zitierfähiges in die Hand. Ich versuche, eine möglichst unbeteiligte Miene aufzusetzen. «Okay. Ich seh's mir an.»

«Es gibt Fotos …»

«Kann ich mir vorstellen.» Ich will ihr die Tür vor der Nase zumachen. «Danke, dass du's mir gesagt hast.» *Und jetzt zieh Leine.*

Sie dreht sich um und sagt drängend: «Du musst dir die Bilder ansehen, Kate. Die werden alle veröffentlicht.»

Ich schließe die Tür und renne zum Laptop.

Als ich Jakes Profil gefunden habe, fange ich an zu weinen. Da ist er. Direkt vor mir. Eine Strandparty, im Hintergrund ein Lagerfeuer. Seine Haare sind zu zwei steifen Hörnern gegelt, die Augen mit schwarzem Kajal umrandet. Die Bildunterschrift lautet: «I am a twisted fire-starter.»

31

Donnerstag, 21. August 2014

DIE JOURNALISTIN

Das Bild prangt auf dem Titelblatt so gut wie jeder Zeitung. Was auch sonst? Sogar auf der *Post*. Die Autorenzeile trägt Joes Namen, und die Schlagzeile lautet: «IST DAS DER VERSCHWUNDENE ZEUGE VOM BACKPACKER-BRAND?»

Ich rufe meinen Ziehsohn an.

«Was soll das, zum Teufel?», brülle ich ihm ins Ohr.

«Alle haben das Foto, Kate. Es ging über eine Agentur, und ich konnte gar nicht anders, als was zu schreiben. Ich habe versucht, es runterzuspielen, aber Terry hat mir den Marsch geblasen. Er hat gesagt, ich soll gefälligst härter schreiben. Es tut mir leid, aber das Foto ist echt unglaublich.»

«Ja. Und laut Facebook vor über einem Jahr entstanden. Außerdem ist er verkleidet. Als Keith, der Sänger von The Prodigy.»

Mir war das natürlich auf den ersten Blick klar gewesen. Es ist ein familieninterner Witz: Nachdem einer seiner Lehrer Jake irgendwann mal auf einem Elternabend als Wunderkind – Prodigy – bezeichnet hatte, fingen wir an, ihn damit aufzuziehen und nannten ihn Keith, wenn er mal wieder einen Anflug von Größenwahn bekam. Jake fand das toll. Er und Freddie sprangen wie zwei kleine Irre durch unsere Küche und grölten dabei den Text von «Firestarter». Verfluchter Scheißsong.

«Ach, stimmt», sagt Joe und fängt an, den hirnlosen Refrain zu singen.

«Halt den Mund, Joe. Das ist unpassend.»

«Entschuldigung. Also ich habe in meinem Text darauf hingewiesen, dass es ein altes Foto ist. Ich habe geschrieben, dass es vor einem Jahr in Phuket entstanden ist. Ich bin mir allerdings nicht sicher, ob die Redaktion das dringelassen hat ...»

«Warum hast du mich nicht gewarnt?»

«Weil mir klar war, dass Sie mir den Kopf abreißen. Ich befinde mich in einer unmöglichen Position, Kate, das ist Ihnen doch klar? Ich bin hier, um an dieser Story zu arbeiten, und nicht, um Ihnen das Händchen zu halten. Ich muss tun, was der Nachrichtenredakteur sagt – er ist schließlich mein Boss ...»

«Wie auch immer.» *Die Treibjagd hat begonnen. Jetzt lässt Jake sich erst recht nicht mehr blicken. Wer würde das an seiner Stelle noch tun?*

«Möchten Sie sich äußern? Seine Seite der Geschichte erzählen?» Ich kann die Hoffnung in seiner Stimme hören.

«Fick dich! Ich kenne seine Seite der Geschichte nicht. Und das war inoffiziell. Alles, was ich sage, ist inoffiziell. Kapiert?»

«Ja, ja. Ich weiß, aber wissen die anderen das auch? Was wollen Sie denen sagen? Ein paar sind nach Phuket geschickt worden. Einer von Dons Jungs ist für uns unterwegs. Terry will, dass ich bei den Eltern bleibe.»

«O Gott! Hat Lesley es schon gesehen?»

«Das weiß ich nicht.»

Ich lege auf und rufe im Zimmer der O'Connors an. Malcolm geht ans Telefon.

«Kate? Wir wussten nicht, ob Sie sich heute bei uns

melden würden. Haben Sie Ihren Sohn in den Zeitungen gesehen?»

«Das ist total aufgebauscht, Malcolm. Das ist ein Halloween-Kostüm, und es ist über ein Jahr her. Er war als Sänger verkleidet – Keith von The Prodigy. ‹Firestarter›, so hieß der Titel ihres größten Hits. Deshalb das Zitat ‹I am a twisted firestarter›. Jake ist kein *durchgeknallter Brandstifter* – das war ein Witz. Und hat nichts mit dem zu tun, was hier passiert ist. Verstehen Sie das?»

Aber er hat schon wieder aufgelegt.

Die anderen kommen und klopfen an meine Tür. *Klopf klopf. Rattatatat. Bumm bumm.*

Sie sind sich nicht sicher, ob ich da bin, also verhalte ich mich still. Aber es wird immer schwieriger. Ich habe das Gefühl zu ersticken. Das Zimmer wird immer kleiner und die Wände immer dünner, während sie durch die Tür rufen: «Kate! Ich weiß, dass du da bist! Mach mir die Tür auf!» Als das keinen Erfolg hat, versuchen sie es mit geflüstertem Flehen: «Kate, ich bin's, George. Hör zu. Ich kann dir helfen. Wir müssen reden, Kate.»

Wäre es andersherum, würde ich da draußen stehen, das ist mir vollkommen klar. Ich würde mich die ganze Nacht auf meinem Hotelzimmer anrufen, mich beim Frühstück abpassen, mir Zettel unter der Tür durchschieben. Ich kann mich auf der anderen Seite der Tür förmlich hören. Ich frage mich, wie lange sie durchhalten. Wie lange würde ich bleiben?

Ich lausche den Gesprächen draußen auf dem Flur.

«Glaubt ihr, sie ist da? Ich höre nichts.»

«Sie muss völlig am Ende sein.»

«Wetten, dass sie trotzdem was geschickt hat?», sagt Louise gehässig. «Von der kleinen Nebensächlichkeit, dass er zufällig ihr Sohn ist, lässt die sich doch nicht abhalten.»

Ich habe die Hand schon auf dem Türgriff, bin kurz davor, die Tür aufzureißen und ihr meine Meinung zu sagen. Aber ich halte mich gerade noch zurück. *Sie weiß genau, dass du sie hören kannst, Dummkopf! Sie versucht, dich mit allen Mitteln aus der Reserve zu locken.*

Mein Telefon klingelt. Ich habe es lautlos gestellt, damit die Reporter es nicht hören. Es ist Joe. Ich schleiche auf Zehenspitzen ins Bad und schließe in Zeitlupe die Tür.

«Kate», sagt er, als ich endlich rangehe. «Alles in Ordnung?»

«Was glaubst du denn?», zische ich.

«Ich werde jetzt gleich raufkommen und denen erzählen, ich hätte von Ihnen gehört», sagt er. «Dass Sie auf dem Weg zur Botschaft sind. Ich hoffe, das lockt sie weg.»

«Könnte funktionieren. Aber was dann?»

«Mick hat Ihnen unter seinem Namen woanders ein Zimmer gebucht. Packen Sie Ihre Sachen. Sobald die Meute weg ist, holen wir Sie da raus.»

«Danke, Joe.» Mehr kann ich nicht sagen, weil mir die Stimme versagt.

«Ich bin gleich da. Sobald die Luft rein ist, klopft Mick drei Mal an die Tür.»

*

Zwei Minuten später höre ich ihn kommen. «Joe!», ruft George ihm entgegen. «Bring du Kate dazu, mit uns zu sprechen. Sie muss sich äußern. Es bleibt ihr überhaupt nichts anderes übrig.»

«Ich habe eben mit ihr telefoniert. Sie ist gar nicht da. Sie ist zur Botschaft gefahren, um mit Clive Barnes zu sprechen.»

«Fuck!», sagt Louise. «Bist du sicher? Du verarschst uns doch nicht etwa, oder, Joe?»

Ich halte den Atem an. Ich bin mir nicht sicher, ob Joe kaltblütig genug ist, um es mit jemandem wie ihr aufzunehmen.

«Halt den Mund, Louise. Du glaubst echt, alle wären so wie du.»

Guter Junge. Wie konnte ich jemals an dir zweifeln?

«Ihr könnt gern weiter vor einem leeren Hotelzimmer rumlungern. Ich fahre jetzt jedenfalls zur Botschaft.» Und dann höre ich ihn weggehen.

Kurz ist es ganz still vor der Tür, und ich kralle mich an der Bettkante fest.

«Warte auf mich – wir können uns das Taxi teilen», ruft George, und dann zieht die Meute maulend und fluchend ab.

Als es drei Mal klopft, fahre ich hoch. Ich öffne die Tür einen winzigen Spalt, und davor steht Mick.

Er umarmt mich flüchtig. «Na los, Kate, komm schon, wir spielen Verstecken mit der bösen Presse», sagt er und nimmt meine Tasche. «Am Hintereingang wartet ein Taxi auf uns. Nur für den Fall, dass sie vorne doch einen Wachposten stationiert haben …»

Im Taxi quatscht er weiter fröhlich drauflos, während wir uns durch die Straßen zu einem kleinen, anonymen Hotel schlängeln.

Er hat bereits eingecheckt, wir sind Mr. und Mrs. Murray, und ich gehe die Treppe voraus zu unserem Zimmer.

«Okay. Ich muss zurück an die Arbeit, sonst schöpfen sie Verdacht», sagt er. «Ruf mich an, wenn du mich brauchst. Ich hab dich in meinem Telefon unter Mum abgespeichert, damit niemand sieht, dass du es bist. Joe habe ich gesagt, er soll es genauso machen. Das hat er gut hingekriegt, oder? Ganz die Mama …»

«Im Gegensatz zu Jake», sage ich.

«Sei nicht so streng mit ihm, Kate. Er war auf einer Party. Ich vermute, da waren alle verkleidet. Er hatte einfach Pech.»

«Ich weiß nicht. Was ihn betrifft, weiß ich überhaupt nichts mehr. Na los, hau ab. Ich komm schon klar. Und danke, Mick. Du bist toll!»

«Ich bin der Hammer. Bleib unter dem Radar, Kate.»

Ich kann Steve nicht anrufen, um ihm zu sagen, dass ich umgezogen bin – er ist inzwischen sicher auf Visite –, also lege ich mich aufs Bett und versuche, meine Gedanken zu sortieren. Aber sie springen wie wild in meinem Kopf herum.

Warum ist Jake abgehauen? Er ist traumatisiert, sagen die Ärzte. Das ist der Grund. Er kann die Erinnerung an die Brandnacht nicht ertragen. Er muss völlig verängstigt sein. *Oder schämt er sich?*

Ich versuche es auf Lesleys Handy. Ich drücke mir selbst die Daumen, dass sie abhebt, wenn sie meine Nummer auf dem Display erkennt. Es klingelt viel zu lange, und ich will gerade auflegen, als sie doch noch rangeht, ein wenig außer Atem.

«Kate? Entschuldigung, ich musste erst nach nebenan gehen. Malcolm will nichts mehr mit Ihnen zu tun haben.»

«Das kann ich verstehen. Die Schlagzeilen heute müssen für Sie alle ein fürchterlicher Schock gewesen sein. Danke, dass Sie ans Telefon gegangen sind. Sie wissen, dass das Foto vor einer Ewigkeit entstanden ist? Auf einer Party?»

«Ja, ja. Aber es hat uns völlig umgehauen. Und Zweifel gesät. Malcolm fragt mich immer wieder, ob der Brand vielleicht absichtlich gelegt wurde. Aber das würde die Polizei doch wissen, oder nicht?»

«Vermutlich schon. Haben Sie heute schon mit denen gesprochen?»

«Ja, Malcolm. Sie sagen, sie gehen nach wie vor davon aus, dass es ein Unfall war. Es gibt keine neuen Beweise.»

Eine Woge der Erleichterung durchspült mich, ich fange an zu zittern. *Das ist lächerlich. Reiß dich zusammen*, sage ich mir. *Natürlich war es ein Unfall.*

«Das war für Sie sicher auch fürchterlich», sagt Lesley. «Ihn so zu sehen.»

Also sind wir immer noch auf derselben Seite. «Ich bin umgezogen, um den Reportern zu entkommen», erzähle ich ihr, und sie schnaubt verächtlich.

«Willkommen in unserer Welt. Wir kommen langsam vorwärts, was die Papiere betrifft. Die Versicherungen kümmern sich um die Rückführung der Mädchen, und wir bereiten die Beisetzungen vor. Uns zu beschäftigen, ist wohl alles, was wir tun können.»

«Falls ich Ihnen irgendwie helfen kann …»

«Im Augenblick wohl eher nicht. Ich werde mit Malcolm sprechen. Er ist kurz vorm Durchdrehen. Normalerweise ist er von uns beiden der Ruhige, aber der Druck ist einfach zu groß. Wir wollen nur noch nach Hause.»

«Das ist durchaus verständlich. Haben die gesagt, wie lange es noch dauern wird, bis alles geklärt ist?»

«Noch ein paar Tage. Alle sind unglaublich nett. Sogar die Polizei aus Hampshire hat sich bei uns gemeldet. Dieser nette DI Sparkes. Wollte nur mal hören, wie es hier läuft, und uns sein Beileid aussprechen. Wir müssen zu Dan zurück. Er muss das alles ohne uns durchstehen, ganz allein, und irgendwie verpassen wir uns ständig.»

«Bald sind Sie wieder zu Hause», sage ich.

Sobald wir fertig sind, rufe ich Bob Sparkes an. Bei ihm ist es jetzt halb neun Uhr vormittags. Ich muss dringend mit einem Erwachsenen sprechen.

32

Donnerstag, 21. August 2014

DER POLIZIST

Er hatte sich schon gefragt, wann sie sich melden würde.

Als gestern die ersten Geschichten über Jakes Verwicklung in den Brand die Runde machten, kam Zara sprichwörtlich angerannt. Er hatte gedacht, es hätte mindestens Terroralarm gegeben, und sie an seiner Tür abgepasst.

«Was?», hatte er mit rasendem Puls gerufen.

«Kate Waters' Sohn. Er war auch in Bangkok, in dem Feuer mit den zwei Mädchen. Er hat versucht, sie rauszuholen.»

«Was?»

«Ihre Lieblingsreporterin, Sir. Ihr Sohn Jake ist heute in fast allen Zeitungen. Er war in der Brandnacht dort.»

Salmond waren vor Aufregung fast die Augen aus dem Kopf gefallen, und Sparkes hatte laut gestöhnt.

«Herrgott noch mal, Zara! Beruhigen Sie sich. Ich dachte, wir hätten eine Geiselnahme, so wie Sie den Gang runtergetrampelt kamen. Außerdem ist sie nicht meine Lieblingsreporterin.»

«Entschuldigung. Aber ich war völlig fassungslos, als ich das gerade gelesen habe.» Salmond war vor Anstrengung und Verlegenheit rot angelaufen. «Entschuldigen Sie, Sir, ich gehe dann mal wieder und mache etwas Vernünftiges.»

«Gut.»

Nachdem sie weg gewesen war, hatte er die Berichte

gesucht, sie sorgfältig gelesen und sich dabei ein leises «Verfluchte Scheiße!» erlaubt. Fast hätte er Kate selbst angerufen, um ihr zu sagen, wie froh er war, dass es Jake gutging, aber Salmonds «Ihre Lieblingsreporterin» hatte ihn gefuchst. War er so leicht durchschaubar? Abgesehen davon, dass es nicht stimmte. Er würde mit ihr sprechen, wenn sie zusammen mit ihrem heldenhaften Sohn aus Thailand zurück war.

Als er seine Mitarbeiterin dann heute Morgen schon wieder den Korridor heruntertrampeln hörte, wurde ihm klar, dass das noch nicht alles gewesen war.

«Er ist doch kein Held», sagte sie. «Laut Presse ist er ein, ich zitiere, ‹durchgeknallter Brandstifter›. Sieht so aus, als wäre er untergetaucht. Warten Sie, bis Sie das Foto gesehen haben!»

«Vielen Dank für den Newsflash, Zara. Ich sehe es mir gleich an …»

Er machte sich auf die Suche, sobald ihr Kopf wieder verschwunden war, und stellte fest, dass das Thema die Schlagzeilen sämtlicher Boulevardzeitungen beherrschte. Es war grotesk: Er hatte keine Ahnung, wie Jake Waters aussah, und konnte nur hoffen, dass er nicht immer so rumlief. Sparkes las die Artikel, registrierte das «Kein Kommentar» der thailändischen Polizei und musterte noch einmal das Foto, auf der Suche nach Kates Zügen in dem stark geschminkten Gesicht. Doch er konnte darin weder ihre Augen noch ihren Mund wiedererkennen.

Andererseits sah sein eigener Sohn ihm auch nicht sehr ähnlich – er kam eher nach Eileens Familie.

Er überlegte, wie es den Kindern heute ging. Sie hatten beide nicht gefragt, ob ihre Mutter zum letzten Mal nach Hause entlassen wurde, und er brachte es nicht übers Herz, es ihnen zu sagen. Er ging davon aus, dass sie es wussten, aber es war einfacher, es nicht auszusprechen. Sie würden die Tage nehmen, wie sie kamen, einen nach dem anderen. Er hatte das Gefühl, ins Bodenlose zu fallen, und musste nach den rettenden Armlehnen greifen.

Jake Waters war als Ablenkung für den heutigen Tag gut geeignet. Er war sich ziemlich sicher, dass Kate sich melden würde.

Vierzig Minuten später war es so weit.

«Hallo», sagte er. «Wie geht's Ihnen?»

«Beschissen, Bob. Haben Sie die Zeitung gelesen?»

«Ja. Meine DS hat eine neue persönliche Bestzeit hingelegt, um mich auf dem Laufenden zu halten.»

«Das ist eine einzige Farce, Bob. Dieses beschissene Foto wurde vor über einem Jahr aufgenommen. Es hat nichts mit dem Brand zu tun. Jakes Leben wird gerade von einem Bild ruiniert, das auf einer bescheuerten Strandparty entstanden ist.»

«Ich muss sagen, ich war auch ziemlich überrascht. Gestern konnte man noch überall lesen, wie mutig er gewesen sei.»

Kates schwerer Seufzer brachte die Verbindung zum Pfeifen. «Daran sind die Ärzte schuld. Sie sagten, ihrer Meinung nach hätte er sich die Verletzungen bei dem Versuch zugezogen, Menschen aus den Flammen zu retten. Dann tauchte das Foto auf. Klassisches ‹Von hundert auf null im freien Fall›-Szenario.»

«Na ja, Sie wissen besser als ich, wozu Journalisten imstande sind, wenn ihnen langweilig ist …»

Sie antwortete nicht.

«Also haben Sie noch nichts von Jake gehört?», fuhr

Sparkes schließlich fort. «Warum ist er Ihrer Meinung nach aus dem Krankenhaus verschwunden?»

«Ich habe keine Ahnung. Ich mache mir furchtbare Sorgen um ihn. Gleichzeitig könnte ich ihm den Hals umdrehen. Warum zum Teufel meldet er sich nicht? Sie schreiben, er wäre auf der Flucht, aber das ist lächerlich. Er ist ein erwachsener Mann und hat beschlossen, sich selbst aus dem Krankenhaus zu entlassen. Das ist ja wohl kein Verbrechen.»

«Stimmt. Trotzdem ist es seltsam, dass sie ihn haben gehen lassen – und dass er noch nicht wiederaufgetaucht ist.» Sparkes wählte seine Worte mit Bedacht. Wäre dies seine Ermittlung, er hätte dafür gesorgt, dass ein möglicher Zeuge nicht einfach verschwand. «War er schwer verletzt?»

«Nein, Gott sei Dank. Nur ein paar mittelschwere Verbrennungen im Gesicht und an den Händen.»

«Es ist also möglich, dass er abgehauen ist, um sich irgendwo zu erholen. Oder um nach Hause zu kommen?» *Nach Hause.* Genau dort sollte er selbst jetzt auch hin – zu Eileen.

«Nach Hause?», wiederholte Kate.

«Na ja. Wenn ich verletzt und traumatisiert wäre, würde ich jedenfalls versuchen, nach Hause zu kommen.»

Es folgte die nächste vielsagende Pause.

«Macht mich das zu einer schlechten Mutter, wenn ich zugebe, dass mir das noch gar nicht in den Sinn gekommen ist?», flüsterte Kate schließlich.

Möglicherweise, dachte er. *Und macht es mich zu einem schlechten Ehemann, weil ich mit dir telefoniere, anstatt mich um meine sterbende Frau zu kümmern?* «Hören Sie, Kate», sagte er und verlagerte das Gewicht. «Niemand ist perfekt. Und Sie befinden sich gerade mitten in einem medialen Shitstorm.» *Und zwar ausnahmsweise auf der anderen Seite*, dachte er, verzichtete aber darauf, das Messer noch tiefer in die Wunde zu bohren. «Da ist es schwer, klar zu denken. Hat Jake ein Rückflugticket?»

«Wir haben ihm zu Weihnachten einen Flug gebucht. Das Ticket haben wir ihm per E-Mail geschickt, und er sagte, er hätte es bekommen, doch dann war er nicht auf dem Flug. Ein Freund von ihm hat mir erzählt, er hätte damals ein paar Schwierigkeiten gehabt ...»

«Okay. Möglicherweise hat er es für einen späteren Zeitpunkt aufgehoben. War das Ticket flexibel? Vielleicht kann die Botschaft bei der Fluggesellschaft anfragen. Oder vielleicht hat die Polizei sich auch schon erkundigt, falls sie tatsächlich daran interessiert sind, ihn zu finden. Haben Sie mit den Ermittlern gesprochen?»

«Nein, noch nicht. Sämtliche Informationen über Jake stammen von der Presse, nicht von der Polizei. Von Lesley O'Connor weiß ich, dass die Polizei sich nicht für ihn interessiert. Sie sagen, er wäre für die Ermittlungen irrelevant. Ich weiß zwar nicht, was er denen erzählt hat, aber es heißt, sie wären sich nicht mal sicher, ob er an dem Abend tatsächlich in dem Hostel gewesen ist. Ich habe das Gefühl, die Polizei gibt sich damit zufrieden, dass es ein Unfall war und die Mädchen an Rauchvergiftung gestorben sind. Fall erledigt.»

«Und was sagen die Angehörigen dazu?»

«Na ja, anfangs dachten sie dasselbe. Aber die Berichterstattung hat sie verunsichert – was auch sonst. Außerdem gibt es inzwischen Gerüchte darüber, dass in dem Hostel schon einmal jemand gestorben ist. Ein Selbstmord. Hat nichts mit der Sache zu tun. Meiner Meinung nach sucht die Presse nach einem Schuldigen und fixiert sich jetzt wegen dieses Fotos ausgerechnet auf Jake. Ein Klassiker.

Vorverurteilung durch die Medien, weil einer ein bisschen komisch aussieht.»

«Ja, dieses Muster ist in Ihrer Branche weit verbreitet.» Er ließ sie nicht vom Haken. «Erinnern Sie sich noch an diesen armen Schuldirektor aus Bristol, der von den Zeitungen praktisch als Mörder hingestellt wurde, nur weil er eine komische Frisur hatte?»

«Von meiner Zeitung nicht», schoss Kate zurück. «Jedenfalls weiß ich nicht mal, ob Jake die Mädchen kannte. Bis jetzt gibt es noch niemanden, der dazu eine Aussage gemacht hat. Und er ist nicht hier, um sich zu verteidigen. Das ist so unfair.»

«Ich kann mich bei Interpol erkundigen, ob es für Jake eine internationale Suchanfrage gibt», schlug er vor. «Wenn die Thailänder nicht nach ihm suchen, könnten Sie das veröffentlichen und Ihren Kollegen damit ein bisschen den Wind aus den Segeln nehmen.»

«O Gott! Würden Sie das tun?»

«Lassen Sie mich mal ein bisschen rumtelefonieren. Sind Sie da drüben auf Ihrer Handynummer erreichbar?»

«Ja. Und Sie rufen mich an, sobald Sie mit denen gesprochen haben, ja? Danke, Bob. Ich bin Ihnen sehr dankbar.»

Nach dem Telefonat lehnte Sparkes sich zurück und dachte nach. Er hatte die Anfrage an Interpol längst gestellt, und zwar, sobald er die Berichte gesehen hatte.

Er hatte Kate auch nicht erzählt, dass er bereits am Vorabend mit Hilary Young aus der Gerichtsmedizin gesprochen hatte. Das waren Polizeiinterna und nichts davon für die Presse bestimmt. Er hatte Hilary angerufen, nachdem er erfahren hatte, dass die Leichen der Mädchen überführt werden würden. Der örtliche Gerichtsmediziner würde, sobald sie in Großbritannien und damit in seinem Zuständigkeitsgebiet eintrafen, eine Untersuchung einleiten, und Sparkes wollte sich bezüglich der Termine melden. Sie hatten sich über den Fall unterhalten und gemeinsam überlegt, ob die Familien die Mädchen möglicherweise vor der Rückführung einäschern ließen.

«Es ist billiger. Außerdem gäbe es dann hier keine Autopsie mehr», hatte Hilary gesagt. «Möglicherweise ist ihnen das lieber. Ich hoffe, die Botschaft erläutert ihnen sämtliche Möglichkeiten.»

«Ich kümmere mich darum», hatte Sparkes gesagt. Das Gespräch war reine Routine gewesen. Aber da hatte Sparkes natürlich noch nicht gewusst, dass Jake Waters untergetaucht war. Das warf ein völlig neues Licht auf die Dinge.

33

Donnerstag, 21. August 2014

DIE JOURNALISTIN

Ich bemühe mich verzweifelt, mich bei der thailändischen Polizei verständlich zu machen, als mein Handy klingelt. Mick versucht, mich zu erreichen. Ich werde ihn zurückrufen, sobald ich hier fertig bin.

«Mein Name ist Kate Waters», sage ich noch einmal. «Sprechen Sie Englisch?»

Die Stimme am anderen Ende – inzwischen die dritte – sagt: «Sorry, Sorry», und ich werde in die Warteschleife geschickt, während man sich auf die Suche nach jemandem macht, der mich versteht.

«Hallo … hallo?», rufe ich höflich in den Hörer, weil sich niemand meldet. *Heb den scheiß Hörer ab!*, hätte ich am liebsten geschrien, aber das hilft auch nicht weiter. Da ist niemand. Nur Rauschen. Ich lege auf und versuche es noch einmal. Ich kenne die Nummer inzwischen auswendig.

«Hallo. Mein Name ist Kate Waters», wiederhole ich und bemühe mich, mir den Frust nicht anmerken zu lassen. «Sprechen Sie Englisch?»

Ich höre nur Atmen und völliges Unverständnis.

«Bitte nicht die Warteschleife …», rufe ich, als ich merke, dass genau das schon wieder passiert – aber zu spät. Ich bin bereits im Nirgendwo.

In der Botschaft – mein erster Anruf – war man höflich, aber unerbittlich: «Wir bekommen keinerlei Informationen über Fluggäste, Mrs. Waters. Sie haben bestimmt Verständnis dafür, dass für den Flugverkehr besondere Sicherheitsbestimmungen gelten. Vielleicht kann man Ihnen bei der Polizei weiterhelfen.»

Es dauert noch zehn Minuten und eine weitere Wahlwiederholung, ehe ich endlich jemanden ans Telefon kriege, der mir die magische Frage stellt: «Wie kann ich Ihnen helfen?»

Ich verhasple mich fast bei dem Versuch, meine Geschichte in möglichst einfache Worte zu fassen, und muss mich ständig wieder korrigieren. «Mein Sohn heißt Jake Waters. Er wurde bei dem Brand – Feuer – in *Mama's Paradise Bar and Guesthouse* verletzt. Wo die beiden englischen Mädchen gestorben sind.»

«Ja», sagt der Officer.

«Verstehen Sie mich?», frage ich.

«Ja», sagt er. Ich habe keine Ahnung, ob das stimmt.

«Suchen Sie meinen Sohn? Jake Waters?», frage ich.

«Ja», sagt er.

Hör auf, ihm geschlossene Fragen zu stellen!, herrsche ich mich im Geiste an. *Frag ihn etwas, worauf er mit mehr als einer Silbe antworten muss.* «Warum?»

«Wir haben ein paar Fragen an ihn.»

Jetzt sind wir im Geschäft! «Was für Fragen? Ich dachte, der Fall wäre abgeschlossen.»

«Das ist Angelegenheit der Polizei. Wissen Sie, wo Ihr Sohn sich aufhält?»

«Nein, es tut mir sehr leid, ich weiß es nicht. Ich bin auch verzweifelt auf der Suche nach ihm.»

«Gut. Bitte rufen Sie mich an, wenn Sie von ihm hören.»

«Das mache ich», sage ich und kreuze dabei wie ein kleines Kind die Finger hinter dem Rücken. Keine Ahnung, ob ich das tun werde. «Haben Sie überprüft, ob mein Sohn Thailand verlassen hat?»

Nach einer kurzen Pause fragt er: «Hat er ein Flugticket?»

«Möglicherweise. Ich bin mir nicht sicher ...»

«Verstehe. Für welche Fluggesellschaft? Wir werden das überprüfen.»

Ich gebe ihm die Informationen, die ich in meiner alten E-Mail an Jake gefunden habe, und buchstabiere überdeutlich den Buchungscode.

«Vielen Dank, Mrs. Waters.»

Bob ruft an, um mir zu sagen, dass Jake bei Interpol auf der Liste steht. «Eine Yellow Notice – soll heißen, er ist als vermisst gemeldet. Das ist die Liste, auf der auch die Mädchen standen, bis ihre Leichen identifiziert wurden. Das ist eine gute Nachricht. Eine Red Notice – ein internationaler Haftbefehl – hätte bedeutet, dass wegen eines Verbrechens eine internationale Fahndung nach ihm läuft.»

«Danke, Bob, ich bin mir nur nicht sicher, ob die Presse sich für die Feinheiten der Farbcodierung interessieren wird. Die werden einfach schreiben, dass er von Interpol gesucht wird. Ich glaube, das behalte ich lieber für mich.»

Dann telefoniere ich mit Mick, und er hat schlechte Neuigkeiten für mich: «Es gibt noch mehr schmutzige Wäsche», sagt er. «Joe hat sich mit einer von Jakes alten College-Freundinnen unterhalten. Wie's aussieht, ist er von der Uni geflogen.»

«Rausgeflogen? Er hat gesagt, er hätte das Studium geschmissen, weil es nicht das Richtige für ihn war.»

«Tja. Stimmt wohl nicht. Er hat geschummelt und wurde erwischt.»

Mir zieht es förmlich den Boden unter den Füßen weg.

Ich habe das Gefühl, den Verstand zu verlieren. «Ich will Joe sprechen!», blaffe ich.

«Hi, Kate», sagt Joe nervös, und ich weiß genau, welches Gesicht Mick gezogen hat, als er ihm den Hörer reichte.

«Was soll die Scheiße, Jake wäre von der Uni geflogen?»

«Also wussten Sie es nicht?»

«Natürlich nicht! Was ist denn das für eine Frage?»

«Okay. Also: Eine frühere Freundin von ihm hat sich gemeldet. Sie hat das Foto in der Zeitung gesehen und bei uns angerufen, um zu hören, ob wir an Informationen interessiert wären. Terry hat sie an mich weitergeleitet.»

«Wer ist sie? Wollte sie Geld? Mit Sicherheit. Na los, mach schon. Ich will jedes einzelne Wort hören!»

Joe zögert.

«Was?»

«Ich erzähle es dir lieber gleich. Sie hat gesagt, Jake hätte mit Drogen zu tun gehabt.»

Ich schließe die Augen und warte auf den Horror, der mich überfällt.

«Im Grunde wurde er rausgeworfen, weil er seine Arbeiten aus dem Internet kopiert hat. Seine Ex-Freundin sagt, er hätte sie mit links selbst schreiben können, war aber zu sehr mit Partymachen beschäftigt.»

Plötzlich fällt mir der Morgen wieder ein, als wir Jake nach Durham zur Uni fahren wollten. Er hatte abgelehnt – «Das ist doch viel zu weit. Ich nehme den Zug» –, und dann war es ihm peinlich, als wir am Bahnhof auftauchten, um ihm zu winken, aber das war uns egal. Das war ein Übergangsritual – unser Ältester auf dem Weg ins Erwachsensein. Er sah aus wie ein junger Stephen Hawking mit seiner Retro-Brille – ein bisschen affig, natürlich – und dem wunderschönen Lächeln.

Was ist mit diesem Jungen passiert? Mit dem Jungen, den ich zu kennen glaubte? Vielleicht hat sich das Blatt für Jake gewendet, als er mit dem Studium begann. Im Grunde hatte er bis dahin für seinen Erfolg nie etwas tun müssen: In der Schule war er immer der Klassenbeste gewesen. Und sobald er geglaubt hatte, etwas nicht zu schaffen – wie damals die Geschichte mit dem Saxophonunterricht, um den er uns angefleht hatte, nur um nach drei Monaten alles hinzuwerfen, sobald es angefangen hatte, schwierig zu werden –, hatte er sich einfach umgedreht und sich etwas anderem zugewendet. Jake war es gewohnt gewesen, dass ihm alles im Leben in den Schoß fiel. Aber an der Universität gab es mit Sicherheit jede Menge Jakes. Wenn er zu Hause anrief, hieß es immer, alles wäre super. Vielleicht hätte ich etwas merken können, wenn ich mir die Mühe gemacht hätte, genauer hinzuhören. Beruflich ist es mir schon immer leichtgefallen, zwischen den Zeilen zu lesen, zwischen blankpolierten Lügen die Wahrheit flüstern zu hören. Nur hier nicht. Wahrscheinlich wollte ich nur die positiven Dinge hören. Schließlich benötigt man für positive Dinge viel weniger emotionale Energie. Stimmt doch. Außerdem war ich viel zu beschäftigt mit den negativen Dingen anderer Leute.

Ich versuche, mir die Telefonate mit ihm ins Gedächtnis zu rufen, die versteckten Hinweise, die ich nicht hätte überhören dürfen. Er hat zum Beispiel gesagt, in seinem Semester wären viele Klassenbeste gewesen, und manche von denen wären noch schlauer als er, aber Steve und ich hatten ihn deshalb nur aufgezogen. Armer Jake. Die Erkenntnis, dass er würde arbeiten müssen, um mitzuhalten, musste ein Schock für ihn gewesen sein. Am Anfang hat er es definitiv versucht. Er hat uns erzählt, dass er abends in der Bibliothek saß – *«Du würdest mich nicht wiedererkennen,*

Mum. Der totale Streber …» –, dass er sich sämtliche Bücher der Leseliste reingezogen hätte. Und er prahlte mit der guten Note, die er für eine Arbeit bekommen hatte.

Wahrscheinlich hatte der Spaß an der Anstrengung nach einer Weile den Glanz verloren und Jake seinen Fokus. Etwas, das so viel Aufwand forderte, war es seiner Meinung nach vielleicht nicht wert.

Joe redet immer noch, ergeht sich in den schauderhaften Einzelheiten des tiefen Falls meines Sohns, und ich versuche, mich wieder auf ihn zu konzentrieren.

«Die Ex-Freundin sagt, irgendwann hätte er angefangen, sich jeden Abend zu betrinken und auch zu koksen. Sein Freundeskreis war entsprechend. Er fing an, sich auch während der Vorlesungen zuzukoksen, und hielt sich für brillant, obwohl er in Wirklichkeit totalen Müll von sich gab.»

«Dieser Idiot!», sage ich leise.

«Jake hat ihr erzählt, sein Tutor hätte ihm Anfang des dritten Semesters eine gut gemeinte Ermahnung verpasst. Er hätte ihm gesagt, er müsse seinen Arbeiten mehr Aufmerksamkeit widmen. Dass Drogen ihn nicht klüger machen. Dass sie ihn langsam, aber sicher in ein gewaltiges Arschloch verwandeln und er auf dem besten Wege wäre, auf ganzer Linie zu versagen. Aber Jake wollte nichts davon hören und machte weiter wie bisher. Seine Freunde machten sich große Sorgen um ihn.»

«So sehr, dass sie jetzt Infos an die Presse verkaufen. Sehr nett.» *Wieso hat er uns nichts gesagt? Im zweiten Jahr rief er nicht mehr so oft an, aber warum auch? Er brauchte keine Mutter mehr, die sich um ihn kümmert. Oder vielleicht doch. Habe ich ihn je angerufen? Nein, ich habe geschrieben. Fürsorge in 160 Zeichen. Keine echte Verbindung. Und dann blieb er auch in den Semesterferien in Durham. Um zu arbeiten, sagte er.*

«Dann fing er offenbar damit an, einzelne Passagen aus dem Netz zu kopieren, wenn er mal wieder vergessen hatte, eine Seminararbeit zu schreiben und auf den letzten Drücker liefern musste», fährt Joe fort. «Irgendwann waren es ganze Arbeiten. Und da haben sie ihn erwischt. Es gab ein Disziplinarverfahren, und dann folgte der Ausschluss.»

«Gott!», ist alles, was ich zustande bringe.

«Wir bringen es», sagt Joe leise. «Es tut mir leid.»

«Wirklich?», sage ich. «Wo ist da die Story? Das hat nichts mit dem Brand zu tun. Ich vermute, Jake hat mit ihr Schluss gemacht? Deshalb hat sie angerufen. Aus Rache.» Mein letzter, verzweifelter Versuch, die Story zu killen. Aber die Schule, durch die Joe bei mir gegangen ist, war viel zu gut.

«Nein. Sie sagt, sie hätte ihn wegen der Drogen verlassen. Er hätte sich verändert. Außerdem habe ich ihre Geschichte überprüft. Es klingt stimmig. Die Universität hat eine Erklärung veröffentlicht, die bestätigt, dass er ausgeschlossen wurde.»

«Super gemacht, Joe!» Ich hasse mich dafür, dass ich so bitter klinge. Noch vor zwei Tagen habe ich ihn in den höchsten Tönen gelobt. Aber das geht jetzt nicht mehr. Ich bin selbst schon viel zu oft an dem Punkt gewesen, an dem Joe Jackson jetzt ist, dem Punkt, wo ich triumphierend die Wahrheit ans Licht brachte. Uns wird beigebracht, dass nur die Wahrheit zählt. Ich habe heute noch die Worte meines ersten Redakteurs im Ohr: «Es spielt keine Rolle, wie gut eine Geschichte geschrieben ist. Wenn sie nicht stimmt, ist sie nichts wert.»

Jeder will die Wahrheit wissen. Bis auf die, die sie nicht wissen wollen. Diejenigen, für die alles zusammenbricht, wenn die Wahrheit ans Licht kommt. Das ist mir jetzt klar.

«Ich muss mit Steve sprechen», sage ich und lege auf.

Mein armer Mann wird sehr still, als ich ihm die Sache in ihrer ganzen Tragweite schildere. «Katie», sagt er «was ist mit ihm passiert?»

«Ich weiß es nicht. Vielleicht hat er sich mit den falschen Leuten eingelassen.» Die lahme Entschuldigung aller Eltern, deren Kinder sich in Schwierigkeiten gebracht haben.

«Bitte komm nach Hause, Liebling. Freddie und ich brauchen dich. Außerdem wissen wir nicht mal, ob Jake noch in Thailand ist …»

Ich bin verzweifelt und wütend, weil er von mir verlangt, dass ich abreise, obwohl Jake durchaus noch hier sein könnte, aber zum Streiten fehlt mir die Kraft. «Okay», sage ich zögernd. Es klingt, als würde ich nur ihm zuliebe einwilligen, aber in Wirklichkeit bin ich viel zu erschöpft und viel zu verzweifelt, um irgendetwas anderes zu tun. Ich rufe unsere Reisestelle an und lasse mich auf den nächsten verfügbaren Flug umbuchen. In meinem anderen Leben hätte sich jetzt das vertraute Glücksgefühl in mir geregt, nach dem Ende eines Jobs nach Hause zu kommen. Aber der hier ist noch nicht zu Ende.

Nachdem ich gepackt habe, schalte ich den Fernseher ein, um die Stille zu übertönen, aber der viel zu schrille Actionfilm verschwimmt, während ich versuche, mich in Jakes Lage zu versetzen. Ich versuche, mir seine Scham vorzustellen, die Verzweiflung, als er von der Uni geworfen wurde. Vielleicht war ihm die Thailandreise als logischer Schritt erschienen. Ein Jahr Auszeit, um wieder zu sich zu kommen, und danach zurück auf die Spur? Er brauchte nur ein bisschen Ruhe und Erholung. Reisen, neue Leute kennenlernen, die Perspektive verändern?

Aber offenbar ist Jake nur weiter auf die schiefe Bahn

geraten, hat sich vor der Wahrheit versteckt und verzweifelt nach Halt gesucht. Er hat sich von seiner Familie abgeschnitten, uns mit seltenen E-Mails und noch selteneren Anrufen auf Abstand gehalten. Ross, sein Freund hier in Bangkok, hat gesagt, Jake könne nicht zurück nach Hause. Dass er seinen Eltern auf keinen Fall erzählen könne, dass er in Schwierigkeiten steckte.

Wir durften auf keinen Fall erfahren, was aus ihm geworden war. Ein Versager.

34

Freitag, 22. August 2014

DIE MUTTER

Malcolm hatte sich mit an Enthusiasmus grenzender Energie in die Komplexizität der Vorbereitungen gestürzt. Ihr war klar, dass er das machte, weil er so alle Gedanken an eine Zukunft ohne Alex verdrängen konnte, und sie bemühte sich, diese Blase aus Geschäftigkeit nicht zu punktieren. Sie saß da und sah ihm zu, während er telefonierte, über Genehmigungen und Dokumente sprach. Sie würde ihn später danach fragen müssen. Er machte sich in seinem speziellen Heft akribisch über alles Notizen. Lesley fiel auf, dass seine Schrift, auf die er immer so stolz war, immer kleiner und enger wurde.

Als ihm am anderen Ende offenbar etwas buchstabiert wurde, runzelte er die Stirn. Es war fast, als säße er in seiner Kanzlei. Er wirkte beflissen, professionell und souverän. Nicht wie ein trauernder Vater. Doch als er ihren Blick auffing, entgleisten seine Gesichtszüge.

«Sorry», mimte er lautlos und hob fünf Finger, um ihr zu zeigen, wie lange er noch brauchte.

«Ich hole uns Kaffee», mimte sie zurück.

Lesley lauschte, ehe sie die Zimmertür öffnete. Sie wusste inzwischen, wie der Hase lief. Die Reporter waren dazu übergegangen, sich draußen auf dem Flur abzuwechseln, nachdem das Hotel damit gedroht hatte, sie rauszuwerfen, falls sie weiter die Gänge blockierten.

«Tut mir sehr leid, Mrs. O'Connor», hatte der charmante Manager lächelnd gesagt. Sie hatte eine Weile gebraucht, um sich an das ständige Lächeln zu gewöhnen. Anfangs hatte Lesley gedacht, man würde sich über sie lustig machen, als sie sich über das spätabendliche Klopfen beschwert hatte.

«Was gibt es da zu lachen?», hatte sie das Mädchen an der Rezeption gefragt. «Das ist sehr unangenehm.» Daraufhin hatte das Mädchen noch breiter gelächelt, und Lesley war wütend davongerauscht. Clive hatte ihr später erklärt, es handle sich um einen kulturellen Tic, über den viele Westler stolperten.

«Das erste Lächeln diente der Entschuldigung, und als Sie Ihre Verärgerung äußerten, lächelte sie aus Verlegenheit», sagte er.

«Woher soll ich das wissen?», hatte sie zu Malcolm gesagt. «Was für ein bescheuertes Tamtam! Meinst du, ich sollte zu ihr gehen und mich entschuldigen?»

«Lass es einfach gut sein, Liebling.»

Sie hatte sich an die Geräusche vor der Tür gewöhnt, wenn bei den Reportern Schichtwechsel war und die Neuen es sich auf den Stühlen bequem machten, die sie sich auf den Flur gestellt hatten. Vor ihrer Tür sah es aus wie beim Zahnarzt im Wartezimmer.

Sie fragte sich, wer es diesmal sein würde. Joe von der *Post*? Sie hoffte es. Er sprang jedes Mal auf, sobald sie erschien. Gute Manieren. Er erinnerte sie ein bisschen an Dan. Oder George vom *Telegraph*. Er war ernst und respektvoll. Im Gegensatz zu einigen anderen. Louise Butler zum Beispiel. Sie tat so, als wäre sie besorgt, und kam ihr grundsätzlich einen Schritt zu nahe. Aber Lesley konnte sie nichts vormachen, nicht mit dem verkniffenen Mund.

Doch vor der Tür war alles still, und als Lesley sie öffnete, war niemand da. Sie war fast ein bisschen enttäuscht. *Reiß dich zusammen, Lesley*, sagte sie sich. *Du sollst der Presse aus dem Weg gehen.*

Trotzdem sah sie sich suchend auf dem Gang um, in der Hoffnung, jemanden zu entdecken. Im Grunde genommen waren die Reporter und Fotografen längst so etwas wie Nachbarn geworden, vertraute Gesichter in einem Land voller Fremder. Sie fragten, wie es ihr ging, wie sie zurechtkam, sprachen über Alex. Und Lesley erfuhr auch etwas über sie. Kates Schwierigkeiten, natürlich, aber auch, dass Mick bald heiraten würde: «Was der Caterer für ein Stückchen Lachs und ein paar scheiß Salatblätter verlangt, ist ein Skandal!», hatte sie ihn vor der Tür sagen hören. Sie wusste, dass Joe darauf sparte, sich eine Wohnung zu kaufen, und dass George sich Durchfall eingefangen hatte. Fast hätte sie ihm was von ihrem Imodium vor die Tür gebracht, aber Malcolm fand, das würde zu weit gehen.

Trotzdem hatte sie ihn gefragt, ob es ihm besserging, als sie ihn das nächste Mal sah.

Und als sie den Speisesaal betrat, winkte sie den beiden Fotografen zu, die gerade beim Frühstück saßen.

Malcolm war mit seinem Notizbuch beschäftigt, als sie zwei Kaffeetassen balancierend ins Zimmer zurückkam. Etwas Kaffee war auf die Untertassen geschwappt. «Pass auf deine Notizen auf», rief sie aus dem Bad, wo sie etwas Klopapier holte, um das Malheur aufzuwischen.

«Der Bestatter kümmert sich um den Totenschein, die Urkunde zur Einbalsamierung und die Dokumente zur Überführung der sterblichen Überreste», sagte Malcolm. «Clive sagt, wir können unseren Rückflug buchen.»

Lesley schwankte und ließ sich auf den Toilettensitz

sinken. *Überführung der sterblichen Überreste* war wie ein Magenschwinger.

Sie hatten beschlossen, die Mädchen im Sarg nach Hause zu bringen, weil die Vorstellung einer Einäscherung ohne Trauerfeier unerträglich war.

«Alles in Ordnung da drin?»

«Ja, ich brauche nur einen Moment. Wissen Jenny und Mike schon Bescheid?»

«Nein, ich gehe gleich zu ihnen rüber. Wer ist heute Morgen vor der Tür?»

«Niemand. Seltsam, oder? Ich frage mich, wo die sich rumtreiben. Ich gehe.»

Jenny Shaw war im Pyjama. Die körperliche Anstrengung, sich aus dem Schlafanzug zu quälen, sich etwas zum Anziehen rauszusuchen und sich die Sachen über den Kopf zu ziehen, war ihr zu viel, erklärte sie Lesley, als sie ihr die Tür aufmachte und sie in das abgedunkelte Zimmer ließ. Sie wollte nur zurück ins Bett, einschlafen und nie wieder aufwachen.

Lesley hätte sie am liebsten geschüttelt und entschied sich für Entschlossenheit. «Ich mache den Vorhang auf, Jenny. Bei Tageslicht betrachtet, sieht alles besser aus.»

«Rosie ist auch bei Tageslicht tot», antwortete Jenny.

Lesley drehte sich um und sah sie an. «Ich weiß. Glaubst du, das weiß ich nicht? Aber wir müssen trotzdem weitermachen. Wir können jetzt nicht einfach zusammenbrechen. Es gibt Dinge zu regeln.» Sie suchte nach Aufgaben, die Malcolm nicht bereits in die Hand genommen hatte. «Wir müssen Kleidung für die Mädchen kaufen. Sachen für den Bestatter.»

«Kleidung?», fragte Jenny, als wüsste sie nicht, was das Wort bedeutete.

Lesley setzte sich neben sie auf das ungemachte Bett. Jennys Trauer triefte von den Wänden. Sie war in die zerwühlten Laken gesickert, lag zwischen den geleerten Miniaturen aus der Minibar und dem unberührten Abendessen, das auf dem Nachttisch vor sich hin gammelte. In diesem Zimmer war die Welt stehengeblieben. Sie drehte sich zu Jenny um und packte sie bei den Schultern. «Glaubst du, wir sterben nicht auch innerlich? Du machst das nicht allein durch. Mike ist genauso am Boden zerstört.»

Jenny schlang die Arme um sich. «Mike fliegt nach Hause. So sehr ist er am Boden zerstört. Imogen braucht ihn. Er lässt mich hier im Stich, und ich kann mich allein um alles kümmern. Egoistisches Arschloch.»

Lesley versuchte, nicht zu reagieren – es würde Jenny nur noch mehr auf die Palme bringen –, aber sie war stocksauer auf Mike. Hätte er nicht noch ein paar Tage warten können? Sie würde dafür sorgen, dass Malcolm mit ihm redete und ihn dazu brachte hierzubleiben.

«Hör zu, Jenny», sagte sie leise. «Wir können das, was passiert ist, nicht mehr ändern. Aber wir können dafür sorgen, dass alles in die richtigen Bahnen gelenkt wird und wir die Mädchen mit nach Hause nehmen können. Malcolm tut das Seine, und wir müssen das Unsere tun. Komm, zieh dich an, und dann fahren wir in die Mall neben der Botschaft.»

Während die beiden Frauen gedankenverloren Ständer voller unpassender Kleidungsstücke durchstöberten, stellte Jenny plötzlich die Frage, die alles veränderte.

«Was hatten sie an, als sie gefunden wurden?»

Und sie hielten beide inne und ließen die Kleiderbügel an ihren Platz zurückschwingen.

«Ich weiß es nicht, Jenny. Der Polizist hat doch gesagt, sie hätten sich zum Schutz vor den Flammen in irgendwelche Läufer gewickelt, oder?»

«Aber niemand hat ihre Kleidung erwähnt. Niemand hat angeboten, mir Rosies Sachen zurückzugeben. Ich will wissen, was sie anhatten. Es muss Fotos vom Fundort geben. Ruf Clive an.»

Lesley hantierte ungeschickt mit ihrem Telefon herum und stand stocksteif da wie eine Schaufensterpuppe. «Clive? Hier spricht Lesley. Wir wollen wissen, was die Mädchen anhatten, als sie gefunden wurden … Na, dann fragen Sie nach. Irgendjemand muss es wissen.»

Die zwei Frauen hielten einander einen Moment lang fest und schoben sich dann an den Verkäuferinnen vorbei, um zum Ausgang zu gelangen.

Als sie über den Hotelflur liefen, klingelte endlich Lesleys Telefon.

«Clive? Moment, ich will erst in mein Zimmer gehen. Wir sind fast da. Okay. Was haben Sie rausgefunden?»

Die Stille in dem luxuriösen Hotelzimmer dehnte sich minutenlang, während Lesley zuhörte und sich das Telefon so fest ans Ohr presste, dass es auf ihrer Wange eine Druckstelle hinterließ. Jenny sah sie die ganze Zeit an, versuchte, in ihren Augen zu lesen. Malcolm saß, ohne zu verstehen, worum es ging, auf dem Bett, aber Lesley wusste, dass er abwarten würde, bis sie fertig war. Malcolm mochte in sich abgeschlossene Geschichten – Fernsehserien mit offenen Enden und dramatischen Schlagzeugsoli waren ihm ein Gräuel. Dan nannte ihn im Scherz einen DVD-Staffel-Typen.

Sie legte auf und ließ sich schwer neben ihm aufs Bett fallen.

«Sag schon!» Jenny war aus ihrem Sessel aufgesprungen. «Was hat er gesagt?»

«Sie waren nackt.»

35

Freitag, 22. August 2014

DER POLIZIST

Sparkes stocherte in einer labbrigen Portion Lasagne herum, als Salmond ihn in der Mitarbeiterkantine aufspürte.

«Das sieht widerlich aus», sagte sie und ließ sich neben ihm auf den Stuhl fallen.

«Na, danke auch», antwortete er, schob den Teller weg und bedeckte die Überreste mit seiner Serviette, um sich den weiteren Anblick zu ersparen. «Ich habe Mittagspause – zwanzig Minuten Kohlenhydrate und Stille. Was auch immer es ist, kann es nicht warten?»

«Nein, eher nicht», sagte seine DS in ernstem Ton. «Die beiden Mädchen waren nackt, als sie in dem Kühlraum gefunden wurden.»

Sparkes stand augenblicklich auf und ging zurück ins Büro, Salmond im Schlepptau.

Sie berichtete von Lesley O'Connors hysterischem Anruf und ihrem nachfolgenden Telefonat mit der Botschaft in Bangkok.

«Sie sagt die Wahrheit. Der Vizekonsul hat es von der Polizei erfahren. Deren Bericht sagt, die Leichen wären nackt aufgefunden worden und am Fundort habe sich keinerlei Kleidung befunden.»

«Und das war die ganze Zeit bekannt? Und wurde mit keinem Wort erwähnt? Verdammte Scheiße. Wir müssen die Berichte lesen und rausfinden, was sonst noch unerwähnt geblieben ist. Was ist das hier? Schlampige Polizeiarbeit oder vorsätzliche Vertuschung?»

«Letzteres», sagte Salmond. «Egal was die behaupten. Es passt nicht zu ihrer Theorie, dass die Mädchen bei dem Versuch umkamen, vor den Flammen zu fliehen, oder? Dieses Detail eröffnet alle möglichen Szenarien, und keines davon ist gut.»

«Nein. Was zum Teufel ging in diesem Hostel vor?»

«Genau das hat Lesley auch gefragt.»

«Wie sind Sie mit ihr verblieben?»

«Ich habe ihr gesagt, dass Sie zurückrufen, nachdem wir beide gesprochen haben.»

Das Gespräch begann nicht sonderlich gut. Jenny Shaw war zuerst am Apparat. Sie ließ ihn gar nicht zu Wort kommen, sondern zeterte über die haarsträubenden Ermittlungen, die Lügen, die unterschlagenen Informationen. Er wartete darauf, dass ihr die Luft ausging, und machte sich Notizen, bis sie irgendwann aufhörte.

«Jenny?», fragte er in die Stille hinein.

«Ja, ich bin noch dran», murmelte sie. «Wir sind alle hier. Ich stelle Sie auf Lautsprecher.»

«Okay. Weshalb haben Sie der Polizei diese Frage gestellt? Gibt es noch mehr, das ich wissen muss?»

«Nein, ich glaube nicht. Lesley und ich waren unterwegs, um den Mädchen für die Überführung was zum Anziehen zu kaufen. Und da fiel mir das Kleid ein, das Rosie sich kurz vor der Abreise noch gekauft hat, und ich habe mich gefragt, ob sie es getragen hat, als sie starb. Ich weiß nicht, warum. Ich habe ständig so seltsame Gedanken.»

«Das war ein hervorragender Gedanke, Jenny. Das ist möglicherweise ein entscheidender Schritt, um herauszufinden, was wirklich geschehen ist.»

«Nur dass die Polizei hier nichts davon hören will. Sie haben den Fall abgeschlossen.»

Dann war plötzlich Lesley am Telefon. «Sie hören uns nicht zu, Inspector. Wir sind sofort hingefahren und haben versucht, mit der Polizei zu reden, aber der Colonel, mit dem wir das letzte Mal zu tun hatten, war nicht zu sprechen. Stattdessen kam ein Junior Officer und lächelte uns an. Er beharrte darauf, dass der Totenschein in der Sache das letzte Wort gewesen wäre. Wir haben um eine Kopie des Polizeiberichts gebeten, aber er weigerte sich. Ich vermute, da stehen noch mehr Dinge drin, die sie vor uns geheim halten wollen», sagte Lesley. «Als wir ihn damit konfrontiert haben, dass die Mädchen nackt waren, sagte er, vielleicht hätten sie sich ausgezogen, weil ihnen zu heiß wurde.»

Sparkes stöhnte. «Im Ernst?»

«Ich glaube, der hätte alles gesagt, nur um uns loszuwerden.»

«Ich setze mich mit der thailändischen Polizei in Verbindung», sagte Sparkes. «Für Sie ist zu diesem Zeitpunkt wichtig zu wissen, dass wir Ermittlungen einleiten werden – ich habe die neuen Entwicklungen mit dem Untersuchungsrichter für West Hampshire besprochen, und er hat mich gebeten, dass ich mich der Sache annehme.»

«Gott sei Dank!», sagte Lesley.

«Es ist sehr wichtig, dass die Mädchen in Bangkok nicht eingeäschert werden. Wir müssen in der Lage sein, hier eine Autopsie durchzuführen. Falls möglich, wäre es gut, wenn Sie die Leichen vor der Überführung einbalsamieren lassen. Das könnte helfen, etwaige Hinweise auf die Todesursache zu konservieren.»

Malcolm übernahm den Apparat. «Ich bin gerade dabei, das in die Wege zu leiten, Inspector. Ich melde mich bei Ihnen, sobald ich ein Überführungsdatum habe.»

«Danke sehr», rief Lesley. Eine ferne Stimme aus dem Hintergrund.

«Haben Sie momentan noch irgendwelche Fragen?», sagte er eher aus Gewohnheit als aus dem Wunsch heraus, das Gespräch noch weiter in die Länge zu ziehen.

«Nein. Nicht ehe wir wieder zu Hause sind», antwortete Lesley.

36

Montag, 1. September 2014

DIE MUTTER

Die letzten Tage in Bangkok hatte sie nur durchgestanden, indem sie sich allein darauf konzentriert hatte, Alex nach Hause zu bringen, und sämtliche Fragen und Horrorgeschichten einfach ausgeblendet hatte. Sie hatte bis auf einen schmalen Streifen Geschäftigkeit völlig dichtgemacht und die immer greller und entsetzlicher werdenden Schlagzeilen über die nackten Leichen der Mädchen und Jake Waters ignoriert – DIE FINSTERE WAHRHEIT ÜBER DEN «FEUERHELDEN» oder DROGEN MACHTEN HELD ZUM MONSTER –, ebenso wie die üblichen Fragen der letzten immer noch im Hotel ausharrenden Reporter.

Tagelang war sie nicht in der Lage gewesen, weiterzudenken als bis zur Landung in Heathrow. Doch als sie dann endlich die Haustür aufschloss, spürte sie, wie etwas in ihr zerbrach. Sie war zurück in der realen Welt – zurück in ihrem kleinen Leben aus täglichem Halbtagsjob, wöchentlichen Quizabenden im Pub, Fahrten zum Supermarkt und fröhlichem Geträller zur Musik aus dem Radio beim Bügeln von Malcolms Hemden. All das hatte keine Bedeutung mehr. Sie kam sich vor wie eine Schauspielerin in einem Theaterstück. Öffnete völlig mechanisch die Post auf dem Küchentresen, tat, als würde sie die Briefe von der Bank und von irgendwelchen Versicherungen lesen.

Das Bedürfnis zu erfahren, was mit Alex passiert war, füllte ihren Kopf wie ein laut pfeifender Tinnitus. Sie musste wissen, ob man ihrem Kind mit Absicht weh getan hatte; sie musste dringend alles über die Beweise erfahren, die die thailändische Polizei so hartnäckig ignorierte. War sie unter Drogen gesetzt worden? Vergewaltigt? Absichtlich verbrannt?

Sie riss sich zusammen, steuerte sich selbst mit aller Kraft weg vom Rand des Wahnsinns. Sie musste jetzt stark sein. *Ich kann dich nicht mehr retten, mein liebstes Kind. Aber dein Dad und ich haben geschworen, dass wir keine Ruhe geben werden, bis wir die Wahrheit herausgefunden haben. Wir werden für Gerechtigkeit sorgen.*

Lesley wusste nicht genau, wie diese Gerechtigkeit aussehen würde. Doch es war ein Ziel, das für andere nachvollziehbar war, allen voran für die Presse. Sie hatten darüber berichtet, dass in Hampshire eine Leichenschau angeordnet worden war, und Fotos der Särge waren auf den Titelblättern erschienen, doch langsam verschwand die Geschichte aus dem Fokus. Politische Parteitage standen bevor, und andere Nachrichten rückten in den Vordergrund. Das Sommerloch, von dem Kate erzählt hatte, war zusammengefaltet und weggeräumt worden wie Badetücher nach der Strandsaison.

«Wir haben thailändische Totenscheine», hatte Malcolm der Beamtin aus dem Büro des Coroners gesagt, einer unerwartet fröhlichen Frau in einem sehr bunten Kleid, die sie am Morgen nach der Rückkehr in Winchester aufgesucht hatten. «Ich habe sämtliche Dokumente übersetzen lassen.»

«Nennen Sie mich Hilary, Mr. O'Connor. Das ist sehr gut. Das Bestattungsunternehmen hat mir bereits Kopien zukommen lassen», hatte sie gesagt und mit jeder Menge Unterlagen geraschelt.

«Wir müssen herausfinden, was passiert ist», hatte Lesley sich sagen hören, wie eine Stimme von nebenan.

«Selbstverständlich.»

Und Lesley hatte sich bei dem Versuch ertappt, die Vögel zu identifizieren, die auf Hilarys Kleid herumflatterten. *Kraniche? Reiher?*

«Und die Beerdigung …?», hatte Malcolm gefragt.

«Es tut mir leid, Mr. O'Connor. Wir können den Leichnam Ihrer Tochter erst freigeben, wenn sämtliche Untersuchungen abgeschlossen sind.» Die Beamtin hatte sich vorgebeugt und seine Hand getätschelt. «Wir werden so schnell vorgehen, wie wir können. Die Autopsie ist für Ende dieser Woche angesetzt.»

Als sie nach Hause kamen, war Lesley ins Bett gegangen und hatte den restlichen Vormittag lang das Gesicht in ihrem klammen Kopfkissen vergraben und geweint, bis Dan mit einer Tasse Tee ins Zimmer gekommen und bei ihrem Anblick zusammengebrochen war. In dem Moment legte sich in ihr ein Schalter um.

Ich werde bis zu Alex' Beerdigung nicht mehr weinen, versprach sie sich später selbst, während sie zum Handtuch griff und das Geschirr abtrocknete, das auf dem Abtropfgitter stand.

Jenny und Mike hatte man bei einer offenbar identischen Besprechung dasselbe gesagt. Lesley hatte angeboten, dass Malcolm sie begleitete – um, falls nötig, zu vermitteln –, aber Jennys Schwester Fran war aus dem Norden gekommen, um sie zu unterstützen.

«Das ist gut», hatte Lesley gesagt. «Du brauchst jetzt deine Familie um dich.»

«Fran hält keine Sekunde lang den Mund», hatte Jenny sich bei ihr beschwert. «Solange sie da ist, habe ich nicht einen Moment Ruhe.»

Erst auf Lesleys eindringlichen Blick hin hatte Jenny matt hinzugefügt: «Ich weiß, sie meint es gut.»

Fran gab die ganze Unterhaltung der Shaws mit der Beamtin aus dem Büro des Untersuchungsrichters wieder, als sie und Jenny hinterher zu ihnen kamen. Lesley versuchte ein paar Mal, mit einem leise gemurmelten «Ja, dasselbe hat sie zu uns auch gesagt …» den Redeschwall zu unterbrachen, doch Fran ließ sich ihren Moment nicht nehmen.

«Und Mike? Wie geht es ihm?», fragte Lesley.

Der war laut Fran, sobald die Besprechung vorbei gewesen war, sofort wieder in sein anderes Leben zurück verschwunden.

Plötzlich erwachte auch Jenny, die bis dahin kein Wort gesagt hatte, wieder zum Leben. «Was weiß ich? Er sah aus, als wäre er am liebsten woanders gewesen.»

«Er hat auch seine Tochter verloren, Jenny», sagte Fran und begab sich damit direkt auf dünnes Eis.

«Ja, und zwar schon vor langer Zeit, als er sie im Stich gelassen hat. Ich will nicht über ihn sprechen. Das ist alles seine Schuld.»

Malcolm nahm seine Tasse vom Tisch und verschwand mit einem «Möchte noch jemand Kaffee?» in die Küche.

Fran reagierte prompt: «Ich nehme gern noch eine Tasse, Malcolm. Ich komme mit.» Ohne ihren Redefluss zu unterbrechen, folgte sie ihm in die Küche.

Allein mit Jenny, versuchte Lesley, mit ihr zu reden, doch Jenny mied ihren Blick.

«Das ist nicht Mikes Schuld, Jenny», sagte sie. «Das weißt du. Aber ich kann verstehen, dass du verletzt und wütend bist. Ich bin es auch.»

Jenny sackte zu einem Häuflein Elend zusammen. «Sie wäre noch am Leben, wenn sie nicht nach Thailand geflogen wäre. Und sie wäre nicht geflogen, wenn er ihr das Geld für die Reise nicht gegeben hätte.»

«Jenny …»

«Ich weiß, ich weiß!», fuhr Jenny sie an. «Ich bin unfair.»

Lesley blickte auf ihre Hände hinab. Es war der falsche Augenblick.

«Weißt du, Fran hört einfach nicht auf damit.» Jenny war noch nicht fertig. «Stochert ständig in alten Wunden herum. Wie Mike sich jetzt fühlen muss, wie traurig er sein muss. Er sollte hier bei mir sein. Ich brauche ihn!»

Sie sahen sich erschrocken an. Die Wahrheit war einfach so aus ihr rausgestolpert.

«Hast du mit ihm darüber gesprochen, wie es dir geht?», fragte Lesley schnell.

«Nein. Ich kann nicht. Ich kann die Vorstellung nicht ertragen, dass Imogen ans Telefon geht, wenn ich anrufe.»

«Dann lass Fran anrufen.»

Jenny nickte.

37

Montag, 1. September 2014

DIE JOURNALISTIN

Der weiße handbeschriftete Briefumschlag war noch feucht, als ich ihn vom Fußabstreifer aufhob, vielleicht, weil er im Morgenregen in der Zustelltasche nass geworden war. Der Name war verschmiert. Ich riss ihn auf, ohne nachzudenken, der Daumen schob sich wie von selbst unter die lose Ecke auf der Rückseite, während meine Augen schon den Rest der Post überflogen.

«Na, toll!», sagte ich, als ich, bereits am Küchentisch sitzend, den ersten flüchtigen Blick auf den Brief warf. «Mal wieder zu schnell gefahren!» Ich warf ihn beiseite. Das war das ultimative i-Tüpfelchen auf einem Scheißtag.

Steve ist derjenige, der den Bußgeldbescheid richtig liest, als er eine Stunde später auch nach Hause kommt. «Hallo!», ruft er über den Lärm der Radionachrichten hinweg, die in voller Lautstärke durchs Haus dröhnen, damit ich sie hören kann, wo auch immer ich bin. «Katie! Mach das leiser, Himmel noch mal! Da kann ja die ganze Straße mithören.»

Ich werfe einen Blick zur Küchentür hinaus und strecke ihm die Zunge raus. «Wie ich sehe, ist mein Sonnenschein auch schon zu Hause. Na? Schlechten Tag gehabt?»

Steve stöhnt. Es war eindeutig ein sehr schlechter Tag. Seine Geräusche sind mir inzwischen allzu vertraut. Im Laufe von fünfundzwanzig Ehejahren haben meine

Ohren sich haargenau auf sämtliche Nuancen seiner akustischen Tics eingestellt.

«Ich auch. Komm, wir trinken ein Glas Wein und tun uns ein bisschen selber leid», sage ich und gebe ihm einen Kuss. Wir trinken in letzter Zeit mehr. Um der Panik die Schärfe zu nehmen, die ständig direkt unter der Oberfläche lauert.

Er lässt sich schwer auf den Stuhl fallen, die Erschöpfung zieht seine Augen nach unten in die Tränensäcke. «Ich war zwölf Stunden auf den Beinen. Hatte einen höllischen OP-Plan», sagt er.

Ich behalte meine Wehwehchen für mich. Im Vergleich zu seinen sind sie lächerlich. Ich schiebe Revierdienst in der Redaktion, Terry hält mich von allem fern, was irgendwie bedeutsam sein könnte. Ich musste darum kämpfen, überhaupt an meinen Schreibtisch zu dürfen, mit dem Versprechen, von der Brand-Geschichte die Finger zu lassen – und mit dem Argument, dass sie mich brauchen. «Ist ja schließlich nicht so, dass du plötzlich Leute im Überfluss hättest, Terry», sagte ich. «Wenn du willst, mache ich Korrekturen. Ich brauche was zu tun.»

An meinem ersten Tag rief mich der Chefredakteur zu sich ins Büro – für ein Zweiminutengespräch, um mir zu versichern, dass die *Post* hinter mir stehe –, aber seitdem geht er mir aus dem Weg. Und mein Name landet momentan in keiner einzigen Ausgabe.

«Halt dich eine Zeitlang bedeckt, Kate», lautete Terrys Anweisung. Also habe ich die letzten zehn Tage damit verbracht, belanglosen Blödsinn aufzublasen und mich mit den PR-Agenten irgendwelcher Promis rumzuschlagen, die mir erzählen wollen, was ich schreiben kann und was nicht.

«Du hast gewonnen. Dein Tag war schlimmer», sage ich.

Steve starrt in sein Glas.

«Prost.» Ich stoße mit ihm an, und wir trinken beide einen Schluck Weißwein. «Also. Was möchtest du zum Abendessen? Es ist noch Auflauf da. Oder wir bestellen uns was.»

«Mir egal», sagt er. «Irgendwas. Du siehst müde aus, Liebling.»

«Bin ich auch», murmle ich. «Ich stell den Auflauf in die Mikrowelle.»

«Okay. Irgendwelche Nachrichten auf dem AB? War was in der Post?», fragt er, wie immer.

«Deine Mum hat wegen Sonntag angerufen. Sie freut sich darauf, uns zu sehen, und so weiter. Eine Erinnerung von der Hausratversicherung und eine vom Zahnarzt wegen meiner nächsten Vorsorgeuntersuchung. Außerdem ein Bußgeldbescheid wegen Geschwindigkeitsübertretung.»

«Ach Kate! Nicht schon wieder!», sagt er. «Wieso musst du ständig rasen wie Jenson Button? Das kostet uns ein Vermögen.»

«Sei still und trink», sage ich. «Außerdem warst es vielleicht du. Ich habe nicht näher draufgeschaut.»

«Wo ist er?»

Ich fische den feuchten Umschlag vom Tresen, lege ihn Steve auf den Tisch und beuge mich auf der Suche nach Salat, den ich zu kaufen vergessen habe, in den Kühlschrank.

«Und?», frage ich. «Wer ist der Schuldige?»

«Jake», sagt Steve tonlos.

Ich starre ihn an.

Steve hält zum Beweis den Bußgeldbescheid in die Luft.

«Der Strafzettel ist für ihn. Offensichtlich ist unser

Sohn am 26. August mit hundertdreißig Sachen auf der A3 geblitzt worden. Das war letzte Woche. In einem Mietwagen. Der Autovermieter hat den Bußgeldbescheid weitergeleitet.»

«Jake?», sage ich. Es ist das einzige Wort, das ich wirklich gehört habe.

«Jake», wiederholt Steve und nimmt meine Hand.

«Er ist zurückgekommen …»

38

Dienstag, 2. September 2014

DER POLIZIST

Er und Salmon hatten die beiden Familien am Tag nach ihrer Rückkehr besucht, und beide Mütter waren froh gewesen, sie zu sehen.

«Es tut so gut, endlich mit jemandem zu sprechen, der weiß, was er tut», hatte Lesley zur Begrüßung gesagt.

Sparkes lächelte aufmunternd und hoffte insgeheim, dass bei dem Besuch mehr rauskommen würde, als nur auf der thailändischen Polizei herumzuhacken.

«Wir hören uns an, was sie zu sagen haben, ehe wir ein Urteil fällen», hatte er unterwegs zu Salmond gesagt. «Trotzdem waren die Angehörigen nicht dabei, als es passiert ist, und wir dürfen die Tatsache, dass es sich hier um Informationen aus dritter Hand handelt, nicht aus den Augen verlieren.»

Malcolm O'Connor hatte nickend dabeigesessen, während seine Frau und ihre Nachbarin berichtet hatten, was sie wussten. Oder was sie zu wissen glaubten. *Schwer, angesichts der Beweise objektiv zu bleiben, wenn man emotional derart involviert ist*, dachte Sparkes.

«Wie wir Ihnen am Telefon bereits sagten, waren die beiden unbekleidet, als sie gefunden wurden, Inspector», sagte Lesley O'Connor und malte entsprechende Gänsefüßchen in die Luft. «Trotzdem weigert sich die Polizei, zu ermitteln, ob es zu einer Sexualstraftat kam.»

Sparkes sah, wie Malcolm O'Connor bei dem Begriff

Sexualstraftat automatisch den Blick zur Decke hob. *Für Väter immer unerträglich*, schoss es Sparkes durch den Kopf. Er merkte auch, dass Lesley es nicht registriert hatte. Sie war ganz darauf konzentriert, ihnen den Fehlerkatalog der thailändischen Polizei aufzulisten.

«Sie haben den Tatort lediglich vierundzwanzig Stunden lang abgeriegelt, danach konnte jeder ungehindert über sämtliche Beweise trampeln. Das war total unprofessionell. Sie haben überhaupt nicht nach Zeugen gesucht. Es hat sich niemand gemeldet, der auf dieser angeblichen Party gewesen wäre. In dem Hostel müssen außerdem weitere Gäste gewohnt haben, aber der Einzige, von dem wir wissen, nämlich Jake Waters» – sie spuckte den Namen förmlich aus –, «ist auf der Flucht.»

«Ich bin mir nicht sicher, dass ‹auf der Flucht› der angemessene Ausdruck ist, Mrs. O'Connor», sagte Sparkes und hob die Hand, um ihr Einhalt zu gebieten. «Jake Waters hat sich selbst aus dem Krankenhaus entlassen. Und er hat sich weder bei seiner Familie noch bei der Polizei gemeldet. Womöglich weiß er gar nicht, dass wir mit ihm sprechen wollen.»

«Dann muss er auf einer einsamen Insel hocken.»

«Was in dem Teil der Welt, wenn ich es richtig sehe, durchaus möglich ist», sagte Sparkes vorsichtig.

«Inspector! Es war überall im Netz. Die Presse hat deutlich gemacht, dass man eine Menge Fragen an ihn hat», meldete Jenny sich zu Wort.

Wie gut, dass die Presse nicht das Sagen hat, dachte Sparkes.

«Unsere Töchter wurden von der thailändischen Polizei verleumdet! Sie haben die Mädchen ins schlechte Licht gerückt, um ihnen selbst die Schuld geben und die Wahrheit verschleiern zu können. Sehen Sie das denn nicht?» Lesley war laut geworden, die Anschuldigungen purzelten aus ihr heraus, und sie hatte sich zu ihrem Schlussplädoyer halb aus dem Sessel erhoben.

Malcolm O'Connor fasste sie sanft am Arm und zog sie behutsam zurück.

«Ich kann Ihre Verärgerung durchaus verstehen», sagte Sparkes. «Sie wollen Antworten. Die wollen wir alle. Und wir werden alles dafür tun, um diese Antworten zu bekommen. Die Obduktionen werden uns helfen herauszufinden, wie Ihre Töchter ums Leben gekommen sind.»

Das Wort Obduktionen hatte sie alle zum Schweigen gebracht, und Lesley hatte angefangen zu weinen.

«Ich kann die Vorstellung nicht ertragen», schluchzte sie. «Ich weiß, dass Sie das tun müssen, aber ich will nicht, dass Alex noch einmal von jemandem berührt wird. Sie wurde von Polizisten angefasst, vom Leichenbeschauer, vom Einbalsamierer, von den Bestattern. Irgendwer hat Alex und Rosie ausgezogen und sie in einen Kokosläufer gewickelt. Und was sonst noch? Ständig sehe ich Hände auf ihrem Körper vor mir. Und ich kann nichts tun, um sie aufzuhalten.»

«Aber es muss sein, Liebling», sagte Malcolm mit Nachdruck. «Ich wünschte, wir könnten uns das ersparen, aber wir brauchen Beweise. Alex ist der Schlüssel zu dem, was passiert ist.»

«Und Rosie», fügte Jenny hinzu. «Sie würden wollen, dass wir es erfahren, oder nicht?»

«Ja, Jenny», antwortete Malcolm. «Ganz bestimmt.»

Sparkes hatte dagesessen und zugehört, wie sie das Unerträgliche rationalisierten, um es ertragen zu können.

«Wo steckt Jake Waters?», sagte Sparkes jetzt. «Was hat er gesehen?»

«Wahrscheinlich ist er immer noch irgendwo in Südostasien», hatte Salmond überflüssigerweise geantwortet.

«Das wissen wir nicht. Wir müssen mit seiner Mutter sprechen und sichergehen, dass sie noch nichts von ihm gehört hat.»

«Ich dachte, das hätten Sie schon», sagte Salmond hinterlistig.

«Nicht offiziell. Nicht als Teil dieser Ermittlung. Wir brauchen dringend ein umfassendes Bild von der Situation in Bangkok. Vielleicht hat man dort irgendwas gehört und es nicht für nötig befunden, es jemandem mitzuteilen. Sie kümmern sich um den Kontakt zu den Thais, und ich spreche mit meinem Kumpel bei Interpol», sagte er. «Außerdem müssen wir uns alles vornehmen, was die Mädchen geschrieben haben: sämtliche E-Mails, SMS, WhatsApps, Facebook-Posts, Tweets. Die Eltern haben uns Passwörter gegeben, oder?»

«Ja, das von Alex haben wir – sie benutzt überall dasselbe. Aber Jenny Shaw hat gesagt, sie kennt Rosies Passwörter nicht.»

«Dann fangen wir bei Alex an.»

«Schon dabei», sagte sie und eilte hinaus.

*

Irgendwann tauchte sie mit gehetztem Gesicht wieder auf. «DC Collins gräbt sich durch den Online-Kram – in so was ist er genial.»

«Wenigstens einer», lachte Sparkes. «Und die Thais?»

«Police Colonel Prasongsanti von der Abteilung für Verbrechensbekämpfung hat keinerlei Informationen über den Verbleib eines britischen Staatsbürgers namens Jake Stephen Waters, geboren am 15. März 1992», zitierte Salmond.

«Okay. Ich rufe Kate Waters an. Ich werde jetzt nicht gleich ins Auto springen – dazu ist mir der Weg zu weit, nur um mir anhören zu müssen, dass sie nichts von ihm gehört hat.»

«Vielleicht sollte ich das übernehmen, Sir. Damit wäre es etwas … etwas formeller.»

«In Ordnung.» Sparkes las ihr die Telefonnummer vor, Salmond wählte und stellte das Gespräch auf laut.

«Hallo? Kate Waters.» Ihre Stimme klang forsch.

«Hallo, Mrs. Waters. Hier spricht DS Zara Salmond von der Hampshire Police.»

«Hampshire Police?» Sparkes konnte Kate förmlich kombinieren hören. «Die Kollegin von DI Sparkes? Wir sind uns schon mal begegnet, oder? Ist schon ein paar Jahre her. War das nicht bei Gericht?»

«Stimmt. Der Baustellen-Baby-Fall, wenn ich mich richtig erinnere. Hören Sie, ich rufe an, weil die Hampshire Police eigene Ermittlungen zum Tod von Alex O'Connor und Rosie Shaw eingeleitet hat.»

Schweigen.

«Hallo?»

«Entschuldigung, ja. Ich wollte nur von meinem Schreibtisch weg. Ich dachte, die Ermittlungen wären abgeschlossen.»

«Was Bangkok betrifft, ja. Aber die Leichen der beiden Mädchen wurden überführt, und der Coroner hat uns gebeten, eine Untersuchung einzuleiten.»

«Natürlich, verzeihen Sie, ich hatte vergessen, wie das funktioniert. Wie kann ich Ihnen helfen?»

«Wir würden gerne rausfinden, wo sich Ihr Sohn Jake Waters aufhält», sagte Salmond behutsam.

«Da geht es Ihnen wie mir», murmelte Kate Waters.

«Um ihn zu der Brandnacht in Bangkok zu befragen.»

«Wir wissen doch nicht mal, ob er wirklich dort war, Sergeant.» Kates Stimme wurde schrill.

«Deshalb wollen wir ja mit ihm sprechen – um zu überprüfen, wo er war. Er ist womöglich ein wichtiger Zeuge.»

«Okay.»

«Hatten Sie inzwischen Kontakt zu Ihrem Sohn, Mrs. Waters? Haben Sie irgendeine Vorstellung, wo er sich aufhalten könnte?»

«Weiß Bob Sparkes, dass Sie mich anrufen? Wir waren diesbezüglich bereits im Gespräch.»

«Ja. DI Sparkes ist über meinen Anruf informiert.»

«Ich würde lieber mit ihm sprechen, falls es Ihnen nichts ausmacht.»

Sparkes schüttelte den Kopf.

«Er ist im Moment leider nicht zu sprechen.» Salmond schlug einen klaren, knappen Tonfall an. «Also: Haben Sie von Ihrem Sohn gehört?»

Sie antwortete nach einer winzigen Pause. «Nein. Habe ich nicht.»

Sparkes kritzelte *Sonst jemand?* auf einen Zettel und wedelte damit vor Salmonds Nase herum.

«Hat sonst jemand von ihm gehört?»

Wieder dieses kurze Zögern. «Ich bin mir nicht sicher», sagte Kate Waters.

«Was meinen Sie damit, Sie sind sich nicht sicher?»

«Also, ich weiß nicht genau, ob es etwas zu bedeuten hat, aber es könnte sein, dass er wieder in England ist.»

Sparkes' Augenbrauen schossen in Richtung Haaransatz.

«Wie kommen Sie darauf?», hakte Salmond nach.

«Er ist in eine Geschwindigkeitskontrolle geraten.»

39

Mittwoch, 3. September 2014

DIE JOURNALISTIN

Als DS Salmond gestern anrief, wollte sie, dass ich sofort im Anschluss zur Befragung komme, aber ich bat darum, das Treffen auf heute Vormittag zu verschieben. Es seien ein paar Stunden Fahrt, sagte ich, und ich müsse noch einen Artikel zu Ende schreiben. Ich sagte ihr nicht, dass ich an irgendwelchem Blödsinn über die wärmsten Augustmonate der Geschichte saß. Ich wollte die Oberhand behalten.

Wir haben uns für elf Uhr heute Vormittag verabredet. Zu Terry sagte ich, ich hätte einen Arzttermin, und er winkte es durch. Er ist froh, wenn ich nicht in der Redaktion bin.

Meine Rückkehr war schwieriger, als ich mir jemals hätte vorstellen können. Steve hatte mich gewarnt, aber ich hatte mich wohl auf eine Art Heimkehr zum Mutterschiff gefreut, darauf, endlich wieder von Freunden und Kollegen umgeben zu sein. Doch meine Erfahrungen mit der Meute haben ihre Spuren hinterlassen. Ich bin misstrauisch geworden, vor allem gegen mitfühlend klingende Floskeln.

«Kate, du musst doch am Boden zerstört sein!», sagte Gail – eine unserer Feature-Autorinnen, eine Frau, die ich kenne, seit wir zusammen im Stenographiekurs saßen – zur Begrüßung und nahm mich in den Arm. «Und Jake, der Ärmste! All die üblen Gerüchte, die über ihn verbreitet werden, das muss der reinste Horror sein.»

Ich wurde innerlich ganz starr und wartete auf den Augenblick, wo das großherzige Mitgefühl zum Verhör wurde.

Die Sache ist die: Wir können nichts dafür. Es liegt in unserer Natur, Bescheid wissen zu wollen, und mir ist klar, dass ich an ihrer Stelle dieselben Fragen gestellt hätte: *Wusstest du das mit der Uni? Was hat er deiner Meinung in Bangkok gemacht? Glaubst du, er hatte was mit den toten Mädchen zu tun?*

Und als klar wurde, dass sie von mir nichts bekommen würden, machten meine Kollegen einen Rückzieher und fingen stattdessen an, hinter meinem Rücken über mich zu reden. Die schmerzhafte Peinlichkeit der Situation begann, mich zu zermürben. Sobald ich einen Raum betrat, brachen die Gespräche ab. Die Leute sahen weg, taten, als wären sie beschäftigt, und ich wurde regelrecht paranoid. Ich war mir nicht sicher, ob es daran lag, dass sie Jake für einen schlechten Menschen hielten oder mich.

Ich stelle mir immer noch dieselben Fragen. Ich suche immer noch nach Antworten, schicke ihm täglich eine E-Mail, flehe ihn an, sich zu melden. Ich hatte gehofft, Freddie hätte vielleicht von ihm gehört, aber er bestreitet es. Wir haben ihn vorzeitig nach Birmingham zurückgeschickt – er hatte angeboten, bei uns zu bleiben, aber ich hatte den Widerwillen in seiner Stimme gehört. Er musste dringend zurück in die Normalität. Er konnte nichts tun, als zu Hause rumzusitzen und zu versuchen, uns die Dinge ein bisschen erträglicher zu machen. Er ist ein wunderbarer Junge, aber Geduld gehört nicht gerade zu seinen Stärken. Ich glaube, die quälende Warterei auf Neuigkeiten hat auch ihn ausgelaugt. Irgendwann haben wir angefangen, nur noch umeinander herumzuschleichen, haben uns gegenseitig mit literweise Tee versorgt und *Häuser unter dem Hammer* angesehen, nur um nicht reden zu müssen. An einem gewissen Punkt sind sämtliche Varianten von «Das darf doch nicht wahr sein» erschöpft.

Wir flüchteten uns in oberflächliche Plattitüden. Doch schließlich war die Luft von allem, was unausgesprochen blieb, zum Schneiden dick. Ich ertappte mich bei der Frage, ob Freddie insgeheim Momente der Schadenfreude erlebte – weil das Strahlekind der Familie endlich vom Sockel gefallen war –, und machte mir schwere Vorwürfe, weil ich so etwas auch nur dachte. Freddie liebt seinen Bruder.

Ironischerweise fühle ich mich ausgerechnet in der Gesellschaft jenes Kollegen am wohlsten, dem ich die Verantwortung für Jakes schlechten Ruf in die Schuhe schieben kann. Joe serviert mir ohne viele Worte Kaffee und dazu Häppchen aus der Gerüchteküche.

Ich habe beschlossen, so gut es geht, unter dem Radar zu bleiben, bis die ganze Sache vorbei ist. Bis uns die Untersuchungsergebnisse bestätigen, dass der Tod der Mädchen ein Unfall war und sie endlich beerdigt werden können. Und dann werde ich sie alle dafür leiden lassen, dass sie meinen Sohn verdächtigt haben. Wenn das alles einmal vorbei ist.

Steve war erleichtert, als ich ihm vom Anruf der Polizei erzählte. Er hatte sich sofort bei denen melden wollen, als der Strafzettel ins Haus geflattert war, aber ich war dagegen gewesen.

«Das ist sicher ein Versehen. Ich rufe bei der Mietwagenfirma an. Und wenn er es tatsächlich gewesen ist, besteht immer noch die Chance, dass er sich meldet. Das wird er sicher nicht tun, wenn ich die Polizei mit ins Boot hole und die Presse davon Wind bekommt. Das wirbelt alles wieder hoch. Lass uns bitte noch warten.»

Ich hatte sofort am nächsten Morgen bei der Mietwagenfirma angerufen. In meinem Kopf war nur Platz für Jake, und während ich bei nervigem Vivaldi-Gedudel in Dauerschleife wartete – leider nicht in der Version von Nigel Kennedy –, strich ich die Knicke auf dem Formular vor mir auf dem Schreibtisch glatt und streichelte mit der Fingerspitze sanft über seinen Namen. Ich redete mir ein, dass es ein Fehler in der Kundendatei war. Es ging gar nicht anders. Und Steve war bereitwillig auf meine Linie eingeschwenkt, weil die Vorstellung, dass unser Sohn nach England zurückgekommen war, ohne sich bei uns zu melden, zu schmerzhaft war, um sie zuzulassen. Also Verwaltungspfusch, was sonst?

Endlich hatte sich am anderen Ende der Leitung ein Mensch mit Namen gemeldet, und ich hatte mein Anliegen geschildert.

«Ich habe einen Brief bekommen», hatte ich gesagt. «Darin heißt es, mein Sohn wäre mit einem Ihrer Fahrzeuge zu schnell gefahren. Es muss sich um eine Verwechslung handeln, denn mein Sohn ist derzeit in Thailand.»

«Haben Sie eine Referenznummer für mich?»

Zehn endlose Minuten später hatte die Frau am Telefon von professionellem Kundenservice auf «Der Computer sagt nein»-Modus umgeschaltet. Sie war dazu übergegangen, mich in jedem Satz beim Namen zu nennen – was nie ein gutes Zeichen ist –, und hatte sich nicht von der offiziellen Linie ihres Unternehmens abbringen lassen, dass der Bußgeldbescheid Polizeisache sei.

«Es tut mir leid, Mrs. Waters, aber ich kann Ihnen in dieser Angelegenheit keinerlei Auskunft geben, sondern nur Ihrem Sohn persönlich.»

«Aber der ist in Thailand.»

«Das muss er selbst mit der Polizei klären, Mrs. Waters.

Die haben den Bußgeldbescheid ausgefertigt, nicht wir. Wir leiten die Korrespondenz lediglich an denjenigen weiter, der das Fahrzeug im fraglichen Zeitraum angemietet hat.»

«Verstehe.»

«Kann ich sonst noch etwas für Sie tun?»

«Machen Sie Witze?»

Dann war die Leitung tot gewesen.

Und während ich noch überlegt hatte, welche Schritte ich als Nächstes unternehmen sollte, hatte DS Salmond angerufen und mir eine direkte Frage gestellt. Und ich hatte gewusst, dass ich nicht lügen konnte.

Ich habe den Brief in der Tasche. Und den Umschlag. Aber ich bin mir sicher, dass DS Salmond längst mit der Mietwagenfirma Kontakt aufgenommen hat. Sie klingt wie eine von der tüchtigen Sorte.

Sie kommt nach vorne in den Empfangsbereich, um mich zu begrüßen, und begleitet mich in einen Verhörraum. Bob Sparkes ist bereits da. Er hebt den Blick von seiner Akte und lächelt.

«Hallo! Wie war die Fahrt?»

«Gut, danke …» Fast hätte ich ihn Bob genannt, aber das fühlt sich plötzlich nicht mehr stimmig an. Ich beschließe, die direkte Anrede ganz zu vermeiden.

Außerdem stellt sowieso DS Salmond die Fragen.

«Wann haben Sie den Brief mit dem Bußgeldbescheid von der Mietwagenfirma bekommen?»

Wenn sie nicht völlig unfähig ist, kennt sie die Antwort auf diese Frage längst, aber ich spiele ihr Spiel trotzdem mit. «Er war Montagmorgen in der Post, aber ich habe ihn erst entdeckt, als ich abends von der Arbeit kam. Ich dachte, er wäre für mich. Ich bekomme immer mal wieder einen …»

«Wann haben Sie gemerkt, dass der Bußgeldbescheid Ihren Sohn betrifft?»

«Erst etwas später am selben Abend. Mein Mann hat seinen Namen auf dem Schreiben entdeckt.»

«Aber die Polizei haben Sie nicht kontaktiert?»

Ich sehe verstohlen zu Bob Sparkes hinüber, aber er lässt sich nichts anmerken und hält den Blick auf seine Unterlagen gesenkt. «Wir konnten uns nicht vorstellen, dass das stimmt. Ich wollte zuerst mit der Mietwagenfirma klären, ob womöglich ein Irrtum vorliegt. Aber dort hat man sich natürlich geweigert, mir irgendwelche Auskünfte zu geben. Es hieß, sie dürften nur mit Jake selbst darüber sprechen. Außerdem sei es Angelegenheit der Polizei.»

«Stimmt. Hat sich Ihr Sohn inzwischen direkt bei Ihnen gemeldet?»

«Nein. Nein!», wiederhole ich, weil sie den Blick nicht von mir nimmt. «Das hätte ich Ihnen doch gesagt.»

«So wie die Sache mit dem Bußgeldbescheid?»

«Okay. Das war ein Fehler. Tut mir leid.»

«Das ist wichtig, Kate», sagt Bob, und ich nicke.

«Hat die Mietwagenfirma Ihnen Details mitgeteilt, die bestätigen, dass Jake der Mieter war?», frage ich.

«Er hat das Fahrzeug mit seinem Führerschein und einer Kreditkarte angemietet.»

«Hat er den Wagen noch?»

«Nein. Den hat er zurückgegeben», sagt Salmond.

«Dann hat er einen anderen gemietet?»

Sparkes lächelt. «Schnell kombiniert, Kate. Ja. Jake hat sich ein neues Fahrzeug gemietet. Wir suchen danach – und nach ihm.»

«Was passiert, wenn Sie ihn finden?»

«Wir werden ihm ein paar Fragen stellen, um zu erfahren, was er in der Brandnacht gesehen und gehört hat.»

«Falls er dort war.»

«Richtig. Vergessen Sie nicht, den Strafzettel zu bezahlen.» Salmond klappt ihr Notizbuch zu.

BANGKOK, SIEBZEHNTER TAG

Montag, 11. August 2014

Die Holländer hatten damit angefangen. Die mit ihren bescheuerten Trinkspielen. So wie die aussahen, hatten sie den ganzen Tag Bier gekippt – die großen Flaschen Chang –, aber sie wollten noch mal richtig Spaß, hatten sie gesagt, als sie irgendwann endlich mit einer Flasche ohne Etikett im Hostel aufgekreuzt waren.

«Wir hauen heute Abend ab. Wir wollen 'ne Abschiedsparty!»

Alex war es mulmig geworden. Die Typen hatten total fertig ausgesehen, rote Gesichter und verschwitzt, außerdem hatten sie gefährlich gewirkt, auf diese unterschwellig aggressive Weise. Hatten die Mädchen seltsam angesehen und immer wieder Blicke getauscht, als hätten sie irgendwas vor. Alex hatte Rosie warnend angesehen, aber die hatte nur gelacht, und Lars hatte betrunken seine Arme um sie geschlungen und ihr einen fetten Schmatz auf die Wange gedrückt.

«Her mit meiner kleinen Engländerin!», hatte er ihr mitten ins Gesicht gelallt, ohne sie wieder loszulassen, und Alex hatte bemerkt, dass Rosie sich aus der Umarmung zu befreien versucht hatte.

«Hör auf damit, Lars», hatte sie gesagt. *Ganz die Klassensprecherin.* «Was habt ihr in der Flasche?»

«Tequila, meinte der Typ.» Diederik hatte gerülpst und sich die Hand vor den Mund geschlagen.

«Vorsicht, der kotzt gleich!», hatte Alex gerufen und ihn in Richtung Toiletten geschoben. Lars hatte Rosie losgelassen und Alex geholfen, seinen Freund zu stützen.

«Alles okay. Dem geht's gut!»

«Wenn nicht jetzt, dann gleich.» Sie hatte Diederik in eine Kabine geführt und die Tür zugemacht. *Wenigstens muss man dem nicht die Haare aus dem Gesicht halten wie bei einem Mädchen. Der kommt auch allein zurecht*, hatte sie sich gesagt. Die Geräusche hinter der Tür sprachen eine deutliche Sprache, und als er wieder rauskam, grinste er glücklich und wischte sich mit dem nackten Arm den Mund ab.

«Los geht's! Neue Runde!», hatte er gebrüllt und war in den Schlafsaal zurückgerannt.

Als Jake eine Stunde später ins Zimmer kam, trug Rosie nur noch BH und Unterhose.

«Welcher Idiot hat ins Scheißhaus gekotzt?», fragte er, und seine eisige Stimme brachte alle zum Schweigen. «Und was ist hier eigentlich los?» Sein Blick war auf Rosie gerichtet. Sie versuchte, sich mit den Händen zu bedecken, und fast hätte sie Alex leidgetan.

Sie wollte Jake sagen, dass sie versucht hatte, das Spiel zu beenden, dass ihre Freundin nicht auf sie hatte hören wollen und einfach weiter Schnapsglas für Schnapsglas in sich reingekippt hatte, weil sie wieder und wieder verloren hatte, aber sie hielt den Mund. Sie hatte die Nase voll davon, sich ständig für Rosie zu entschuldigen.

Außerdem war sie zwar nicht so betrunken wie ihre Freundin, aber durchaus ein bisschen beschwipst. Am Anfang hatte sie mit ihr mitgehalten, weil sie die Schnauze voll hatte, immer die Vernünftige zu sein, doch als ihr irgendwann von dem undefinierbaren Zeug schwindlig geworden war, hatte sie angefangen, die Gläser heimlich in den Mülleimer hinter sich zu kippen, wenn die Jungs nicht hinsahen. Aber die waren sowieso nur an Rosie interessiert. Alex hatte beobachtet, wie sie ihre Freundin immer weiter einkreisten, und obwohl sich ihr der Magen zusammengezogen hatte, war sie insgeheim froh, dass nicht sie das Ziel war.

Jake war richtig sauer, aber dann sprang Lars auf und fing an, im Zimmer herumzutanzen: ein eins neunzig großer Schuljunge in Superman-Boxershorts. Er sah absolut lächerlich aus, und plötzlich musste Alex lachen. Sie konnte gar nicht anders. Lars sah aus wie eine Stabheuschrecke auf Crack. Rosie zog sich das T-Shirt wieder an, und Jake beruhigte sich. Er schnappte sich ein Schnapsglas und setzte sich zu ihnen auf den Fußboden.

«Ich weiß ein Spiel», sagte er.

Er schrieb ihre Namen auf Papierservietten, dann musste jeder einen Namen ziehen und die betreffende Person imitieren. Die anderen mussten erraten, wer gemeint war. Wer danebenlag, musste einen Tequila kippen, oder was auch immer in der Flasche war.

Alex zog Jakes Namen, und sie lehnte sich zurück und wartete ab, bis sie an der Reihe war. Sie musste ihn nicht mustern, um sich verräterische Details einzuprägen – die kannte sie längst: die Art, wie er sich die Brille zurechtrückte, sein schiefes Grinsen, und die Angewohnheit, an seinem linken Daumennagel zu kauen, wenn er jemandem zuhörte. Die anderen wurden derweil immer wilder, versuchten, sich gegenseitig mit beleidigenden Parodien zu übertrumpfen. Diederik hatte Rosie gezogen, und er fing an, sich die Sachen vom Leib zu reißen und übertrieben mit Lars zu flirten. Er küsste ihn auf die Wange und wühlte in seinen Haaren. Jeder wusste, wer gemeint war, aber er war so witzig, dass sie ihn machen ließen. Rosie lachte am lautesten von allen, und Alex war klar, dass sie sich so bald wie möglich mit Lars absetzen würde.

Als Jake an der Reihe war, senkte er den Kopf und

sah sie der Reihe nach durch seine Wimpern hindurch an. Es war nicht sexy gemeint, eher verschlagen. Wie ein Spanner. Alex wusste sofort, wer gemeint war, und warf Jamie einen heimlichen Blick zu, um zu sehen, ob er sich erkannt hatte. Jamie wirkte völlig ahnungslos.

«Wer soll das denn sein?», fragte er sie tonlos, und sie deutete mit dem Finger auf ihn.

«Na, du!», sagte sie.

Ich?, formten seine Lippen, aber weiter kam er nicht. Jamie wirkte entsetzt. Alex konnte seine Gedanken lesen: *So sehen die mich? Bin ich tatsächlich so ein Freak?*

Die andern begannen, sich zu langweilen, also raufte Jake sich die Haare, bis sie ihm zu Berge standen wie die von Jamie, wenn er morgens aufstand.

Schließlich brüllte Lars: «JW!», und das Rätsel war gelöst.

Alex war klar, dass Jamie sie alle beobachtet hatte. Er wusste, wer sie waren.

Stunden später, als Jake runterging, um zu spülen, und Rosie die Holländer zum Busbahnhof begleitete, hockte Alex noch immer mit Jamie im Schlafsaal auf dem Fußboden. Er hatte nach dem Spiel weitergetrunken.

Sie versuchte, ihn auf die Füße zu ziehen, aber seine Beine verweigerten ihm den Dienst, und schließlich purzelten sie beide hysterisch lachend übereinander.

Als sie sich wieder beruhigt hatten, setzte Jamie sich auf und sah sie aus betrunkenen Augen an. «Alex, ich liebe dich», sagte er.

Sie versuchte, es schnell wegzulachen, doch ihr blieb das Lachen im Hals stecken.

«Ich liebe dich, seit wir uns im Flugzeug begegnet sind.»

«Wovon redest du?»

«Du hast mir auf dem Bangkok-Flug zugelächelt. Erinnerst du dich?»

Alex erinnerte sich nicht – und schob sein Gerede dem Alkohol zu.

«Ich bin euch im Bus gefolgt, aber du hast mich nicht bemerkt. Ich dachte, wahrscheinlich ist der Jetlag schuld. Aber wir sind ja trotzdem zusammen hier gelandet, stimmt's?»

«Jamie, sei still!», sagte sie, und er nahm ihre Hand.

«Ich weiß, dass du zu hübsch für mich bist. Wie die meisten Mädchen.» Er holte tief Luft, als müsste er sich eine Last von der Seele reden, und die Worte sprudelten nur so aus ihm heraus. «Spud, einer der Typen auf der letzten Baustelle, wo ich gearbeitet habe, hat mich immer Krötenfänger genannt – er hat den anderen erzählt, ich wäre nur deshalb hinter den hässlichen Mädchen her, weil sie einfach rumzukriegen wären. Ich hätte mich gern gewehrt und gesagt, dass die Mädchen nett waren, aber dann wäre das Spiel nur wieder von vorne losgegangen. Das Spiel namens ‹Jamie ärgern›. Also hab ich mich gezwungen, langsam zu atmen, wie ich es gelernt habe, hab mit ihnen gelacht und bin zurück an die Betonmischmaschine gegangen. Aber was er gesagt hat, hat mir keine Ruhe gelassen. Ich bin die Mädchen durchgegangen, mit denen ich was hatte. Ich meine, viele waren es nicht. Ich mochte sie, weil sie mich nicht mit diesem typischen ‹Was bildest du dir eigentlich ein?›-Blick angesehen haben. Dieser Blick, den ich von den zickigen, hübschen Mädchen immer kassiere und der mir das Gefühl gibt, der letzte Dreck zu sein. Ich hab irgendwann aufgehört, hübsche Mädchen anzusprechen, und mich lieber an die gehalten, die nervös anfangen zu lächeln, wenn ich in einem Pub oder Club auf sie zukomme. Die kichern und genauso viel Angst vor

Zurückweisung haben wie ich. Die geben mir ein gutes Gefühl, und das kann ja wohl nicht schlimm sein, oder?»

Alex fühlte sich von seiner Selbstoffenbarung völlig überrollt, aber sie schüttelte den Kopf. «Nein, das ist bestimmt nicht schlimm.»

«Alex? Magst du mich?»

Sie nickte, unfähig zu jeder anderen Reaktion. «Ich mag dich, Jamie, als guten Freund», hätte sie eigentlich antworten wollen, aber diese plötzliche Verletzlichkeit machte ihr Angst. Sie brachte es nicht über sich, ihm weh zu tun.

Er lächelte glücklich und glitt langsam wieder zu Boden. Alex nahm ein Laken von seinem Bett und deckte ihn damit zu.

40

Donnerstag, 4. September 2014

DER POLIZIST

Vierundzwanzig Stunden zuvor war eine Nachricht auf Sparkes' Bildschirm aufgeploppt: *Obduktion Alex O'Connor.*

Er hatte sich nicht daran erinnern können, den Termin in seinen Outlook-Kalender eingetragen zu haben – er hatte sich lediglich eine Notiz in seinen Schreibtischkalender gekritzelt. *Er ist sehr analog,* hatte Zara Salmond irgendwo in seinem Hinterkopf gesagt. Sicher hatte sie den Termin für ihn eingestellt.

Also war er frühzeitig ins Büro gefahren, um sich vorzubereiten. Obduktionen machten ihm nichts aus. Sie waren Teil des Jobs. Im Gegensatz zu Salmond, die zu seiner stillen Freude grundsätzlich dafür sorgte, dass sie in der gerichtsmedizinischen Leichenhalle ganz hinten in der Ecke stand – «möglichst weit entfernt vom Kopfende» –, wenn sie unbedingt dabei sein musste. Selbst Wonder Woman, wie sie in der Abteilung gern genannt wurde, hatte eine Schwachstelle in der Rüstung.

Der Coroner von West Hampshire, ein grauhaariger, ungeduldiger Rechtsmediziner, der Verfahren grundsätzlich im Eiltempo vorantrieb und der trotzdem einen tröstenden Effekt auf die Hinterbliebenen hatte, hatte die Polizei gebeten, den Obduktionen beizuwohnen.

Sparkes hatte keine Ahnung, was bei der Leichenschau ans Tageslicht kommen würde. Beweise für sexuellen Missbrauch ließen sich an einbalsamierten Leichen nur schwer nachweisen. Abgesehen davon, dass es vielleicht gar nichts zu finden gab. Nichts zu beweisen. Vielleicht war die Sache mit den Kleidungsstücken ein Missverständnis gewesen. Und das Fehlen von Kleidung war im Augenblick alles, was sie hatten. Sie hatten nichts als Indizien.

Doch das wollten die Familien natürlich nicht hören, und er fragte sich, ob es ihnen gelingen würde, endlich in Ruhe um ihre Töchter zu trauern, falls der Coroner übereinstimmend mit den Thais zu dem Schluss kam, dass die Mädchen durch einen tragischen Unfall in den Flammen ums Leben gekommen waren. Er hatte seine Zweifel. Aber wenigstens konnten sie dann endlich ihre Kinder beerdigen.

Am Vorabend hatte Eileen mit ihm über ihre Beerdigung gesprochen. Sie wollte ihren Namen als Blumengesteck, und dass die Leute händeringend «The Old Rugged Cross» sangen, hatte sie verkündet und über sein entsetztes Gesicht gelacht.

«Bob, das war ein Witz. Wenn du ‹The Old Rugged Cross› singst, stehe ich senkrecht im Sarg. Nein. Wie wär's stattdessen mit ‹Ding Dong! Die Hex ist tot›?»

Er hatte versucht, gute Miene zu ihren Scherzen zu machen, aber innerlich brach ihm das Herz.

«Gut», hatte sie schließlich gesagt und ihm die Liste vorgelesen, die auf ihrem Schoß lag. «Weiße Lilien für den Sarg. Spenden an die Krebsforschung. Das Gedicht aus *Vier Hochzeiten und ein Todesfall*, alle Strophen von ‹Amazing Grace› und zum Abschluss ‹Starman› von David Bowie.» Sie riss die Seite aus ihrem Notizheft und gab sie ihm. «Alles erledigt.»

Bis aufs Sterben, dachte er, und sein Magen zog sich zu dem altvertrauten Angstknoten zusammen. *Das ist lächer-*

lich, dachte er und kämpfte gegen die aufsteigende Übelkeit an. *Du bist dem Tod schon so oft begegnet.*

Aber immer erst hinterher. Und nie dem Tod von Menschen, die er liebte. Er hatte schon viele Leichen gesehen, doch diesmal würde er da sein, wenn der Tod eintrat. Und ihm graute davor. Wovor genau, vermochte er nicht zu sagen. So, wie die Palliativschwester es beschrieben hatte, würde alles ganz ruhig vor sich gehen. Eileen würde einfach davongleiten. Und dann wäre sie weg. Und seine Zukunft ohne sie würde beginnen.

DS Salmon klopfte an die halb geöffnete Tür und riss ihn aus seinen Gedanken. Er fasste sich mit den Händen an die Augen, falls er wieder geweint hatte, ohne es zu merken. Das passierte ihm momentan ab und zu.

«Haben Sie noch auf dem Schirm, dass heute die O'Connor-Obduktion angesetzt ist?», fragte sie.

«Kommen Sie rein, um Himmels willen. Ständig spreche ich mit Ihrem körperlosen Kopf. Ja, natürlich. Wer führt sie noch mal durch?»

«Aoife Mortimer. Hat Hilary aus dem Büro des Coroners mir gesagt.»

«Ah, gut. Wir sollten los. Sie fängt gern pünktlich an.»

«Okay. Ja, gut. Äh, sind Sie sicher, dass ich dabei sein muss?»

«Ja. Sie können fahren.»

Im Wagen lutschte Salmond ein Pfefferminzbonbon als Präventivmaßnahme gegen die Gerüche, bei denen sich ihr jedes Mal der Magen umdrehte.

«Weshalb haben die Thais Ihrer Meinung nach keine Obduktion durchgeführt? Das ist ziemlich schlampig», sagte sie, um irgendwas zu sagen.

«Ich wäre mit so einer Entscheidung jedenfalls nicht glücklich. Aber warten wir ab, was Aoife herausfindet.»

Sie brauchten nicht lange zu warten. Die kriminaltechnische Fotografin machte bereits erste Aufnahmen von Alex O'Connors Leichnam, als Sparkes und Salmond die Zuschauergalerie des Obduktionssaals betraten.

«Guten Morgen, Bob», rief Dr. Mortimer ihnen zu. «Hallo, Zara. Wie geht es Ihnen heute? Ich habe Ihnen für alle Fälle einen Stuhl in die Ecke stellen lassen.»

Sparkes verkniff sich ein Grinsen und trat ans Geländer, um den Leichnam auf dem Obduktionstisch in Augenschein zu nehmen.

«Himmel! Die Einbalsamierer waren aber sehr großzügig mit dem Formalin», sagte er. Die Konzentration der Konservierungsflüssigkeit war so hoch, dass ihm die Augen brannten.

Aoife Mortimer nickte. «Ich komme rauf. Wir sollten unser Briefing abhalten, solange wir noch atmen können.»

Sparkes fasste die Situation zusammen und achtete darauf, jede einzelne Tatsache mit dem Hinweis «nach Aussage der thailändischen Polizei» einzuleiten. Die Rechtsmedizinerin machte sich Notizen und ging dann zurück nach unten, um ihr Werk zu beginnen.

Sie schaltete zum Schutz vor dem Formalin den Dunstabzug ein, legte ihren Notizblock auf den Metalltisch hinter sich und sah zu Sparkes hinauf – ihre Augen waren auf gleicher Höhe mit seinen Schuhen. «Okay», sagte sie. «Dann mal los.»

Im Raum herrschte Stille, als sie um den Tisch trat, um sich einen ersten Eindruck von dem marmorierten, wächsernen Leichnam zu machen.

«Als Erstes entfernen wir dieses Bestatter-Makeup», sagte sie zu dem Assistenten an ihrer Seite. «Wahrscheinlich haben sie versucht, die Einstiche im Hals zu verbergen, jedenfalls wurde das Zeug mit einem Lappen aufgetragen.»

Die dicke, orangefarbene Grundierung gab dem Mädchen das makabere Aussehen einer Varietétänzerin. Sparkes versuchte, durch den Mund zu atmen, während die Pathologin sich daranmachte, Alex O'Connor das Make-up von Gesicht und Hals zu waschen und die Haut freizulegen.

«Das am Hals sieht aus wie ein Bluterguss.» Aoife Mortimer beugte sich vor und strich die Haare der jungen Frau zurück. «Können Sie das von da oben aus erkennen, Bob? Direkt da, wo die Grundierung war.»

Bob spähte nach unten. Der Verwesungsvorgang hatte die Haut bereits verändert, doch er konnte eindeutig ein dunkleres Muster aus Blutergüssen und Kratzern erkennen.

«Himmel! Sieht aus, als wäre sie gewürgt worden.»

Salmond sprang auf und trat mit der Hand vor dem Mund ans Geländer.

Hab ich's doch gesagt!, sagte der Blick, mit dem sie ihren Boss ansah.

«Wir wollen nichts überstürzen», sagte Dr. Mortimer gelassen. Salmonds Blick war ihr offenbar nicht entgangen. «Vor Abschluss der vollständigen Obduktion werde ich keine Schlüsse ziehen.» Akribisch setzte sie die äußere Leichenschau fort.

Salmond kehrte auf den rettenden Stuhl zurück und machte sich auf der Rückseite eines Schnellhefters Notizen.

Dr. Mortimer arbeitete sich Stück für Stück am Leichnam des Mädchens hinunter. Für den Schambereich nahm sie sich besonders viel Zeit, ging noch einmal zurück und dann noch ein Stück näher dran und untersuchte ihn sorgfältig aus verschiedenen Winkeln. Sparkes wusste, dass sie nach dem Schimmer oder der Reflexion getrockneter Flüssigkeiten suchte.

Alex erzählt uns ihre Geschichte, dachte er und nickte wie zur Bestätigung.

BANGKOK, SIEBZEHNTER TAG

Dienstag, 12. August 2014

Der Tag hatte schwierig angefangen und war immer schlimmer geworden. Endlich war es zwischen ihr und Rosie zum großen Showdown gekommen, der seit Tagen in der Luft gelegen hatte. Es ging um die Weiterreise. Als Alex nach ihrem Morgenspaziergang in die Bar kam, traf sie auf Rosie, die heftig mit Jake flirtete und passend zu seinen Pointen lasziv mit den Wimpern klimperte. Lars, in den sie eben noch verknallt gewesen war, war offensichtlich schon vergessen.

Alex fühlte sich, als wäre sie geohrfeigt worden. Rosie wusste genau, was sie für Jake empfand – sie hatte ein paar Mal über ihn gesprochen, wenn sie allein in ihrem Zimmer waren. Um ihre Gefühle für ihn zu überprüfen, um rauszufinden, wie andere ihn sahen. Rosie hatte nicht sonderlich interessiert geklungen, und jetzt rückte sie ihm plötzlich derart auf die Pelle. Alex' Interesse an ihm war für sie offensichtlich kein Hindernis. Und Jake sah aus, als würde er es genießen.

«Rosie! Ich rede mit dir!», rief Alex.

«Was denn? Ich bin beschäftigt …»

«Das sehe ich.» Alex schob schrappend ein paar Stühle beiseite und ging auf sie zu. «Ich weiß wirklich nicht, warum ich mir überhaupt die Mühe mache, dir das noch mal zu erklären, aber wir müssen heute die Fahrkarten kaufen. Wenn wir zu spät dran sind, sind die billigen vielleicht weg.»

Rosie zuckte die Achseln.

«Wir wollen Freitag weiter, direkt nach der Notenbekanntgabe. Das hatten wir vereinbart.»

«Das hast *du* vereinbart. Ich nicht. Ich will hierbleiben. Ich hab Spaß hier. Jake will mir einen neuen Karaoke-Club zeigen. Stimmt's, Jake?»

«Na ja. Ich habe dir nur gesagt, wo er ist. Ich habe nicht vor hinzugehen», sagte Jake eilig und brachte sich hinter dem Tresen in Sicherheit.

«Jake!» Rosie versuchte vergeblich, ihn zurückzupfeifen, und drehte sich zu ihrer Freundin um.

«Du vertreibst echt jeden, Alex. Du bist eine langweilige Zimtzicke, das sagen alle. Wieso machst du dich nicht einfach endlich locker und hast ein bisschen Spaß?»

«Ich bin locker. Ich will nur einfach mehr von diesem Land sehen. Ich bin nach Thailand gekommen, um zu reisen und nicht um wochenlang in Bangkok in einem schäbigen Guesthouse rumzuhocken, mir Drogen reinzupfeifen und mich jedem Typen an den Hals zu werfen, der nicht bei drei auf dem Baum ist.»

«Halt die Klappe! Du erträgst es einfach nicht, dass ich mich amüsiere. Was ist eigentlich dein Problem?»

«Du! Du bist mein Problem. Und was glaubst du, wie lange du noch ‹deinen Spaß› haben kannst, wenn du weiter dein Geld für Alkohol in Clubs und bescheuerte Tattoos rauswirfst? Weißt du überhaupt, wie viel du noch hast?»

Rosie schaltete auf Schmollkind um und zog eine Schnute. «Kümmere dich um deinen eigenen Mist. Du bist nicht meine Mutter.»

«Gut! Ich reise Freitagabend ab, ob du mitkommst oder nicht. Ich gehe mir heute Abend eine Busfahrkarte kaufen. Du kannst tun und lassen, was du willst.»

Jake tat, als würde er Gläser polieren, und Jamie saß in sein Telefon vertieft in der Ecke, aber sie bekamen natürlich trotzdem alles mit. Alex hasste Auseinandersetzungen in der Öffentlichkeit. Ihre Mutter fand so was niveaulos, und sie wusste, dass sie ein rotes Gesicht hatte und offenkundig den Tränen nahe war. Aber diesmal ließ es sich nicht vermeiden. Sie war gedanklich seit Tagen um das Thema herumgeschlichen. Dem Originalplan nach sollten sie längst auf Kho Phi Phi sein, um dort auf ihre Abiturnoten anzustoßen, «mit paradiesischem Blick auf markante Felsen in azurblauem Meer», laut Alex' Reiseführer. Aber so, wie es aussah, würden sie mal wieder in Oxxi's Place rumhocken, mit Blick auf ein Meer aus Besoffenen.

Sobald Rosie davongestürmt war, kam Jamie aus seiner Ecke, setzte sich zu Alex und wich ihr für den Rest des Vormittags nicht mehr von der Seite. Er redete ihr mitfühlend zu und sagte, alle hätten von Rosie die Nase voll. Von ihren Launen und dem Gejammer.

Kurz nach Mittag konnte sie ihm schließlich entwischen, während er kurz auf die Toilette verschwand. Sie brauchte dringend etwas Zeit für sich. Sie wusste, dass sie ihn damit verletzte, aber er hing inzwischen an ihr wie eine Klette. Ständig nervte er sie damit, dass sie Rosie sitzenlassen solle, bedrängte sie, stattdessen mit ihm weiterzureisen. Aber sie brachte es nicht über sich, ihm zu sagen, dass es dazu auf keinen Fall kommen würde. Sie sah die Bedürftigkeit in seinen Augen. Sie konnte ihm unmöglich die Wahrheit sagen – sie stand einfach nicht auf ihn.

Alex machte einen Spaziergang runter zum Fluss, um den Booten und den Wasserhyazinthen zuzusehen, die auf der Strömung trieben. Auch wenn sie zu Rosie gesagt hatte, dass sie allein weiterreisen würde, war ihr klar, dass sie das nicht tun würde. Sie hatte zu viel Angst. Was sollte sie tun? Ihre Gedanken kehrten immer wieder zu Jake zurück. Er war süß. Sie war sich nicht sicher, ob ihre Mum mit ihm einverstanden wäre – er brauchte definitiv eine

Dusche und musste sich dringend die Zehennägel schneiden –, aber ihre Mum war schließlich nicht hier, um ihn unter die mütterliche Lupe zu nehmen.

Jake wirkte ein wenig verloren – und verlorenen Seelen konnte Alex nicht widerstehen. Die Vorstellung, jemanden zu haben, den sie retten konnte, so wie bei Lizzy und Mr. Darcy oder Die Schöne und das Biest, war total romantisch. Sie konnte Stunden damit verbringen.

Sie wusste, dass Jake an der Uni gewesen war, doch es hatte nicht funktioniert. Das hatte er ihr bei ihrem ersten Date erzählt – sie nannte es Date, auch wenn er ihr lediglich gezeigt hatte, wo man gefahrlos essen konnte. Angeblich war er mit seinem Tutor nicht zurechtgekommen und hätte deshalb beschlossen zu gehen. In Alex' Ohren hatte das zwar etwas extrem geklungen, aber sie hatte nichts sagen wollen.

«Wie haben deine Eltern reagiert?», hatte sie stattdessen gefragt. Das war das Erste, was ihr dabei in den Sinn gekommen war. Sie hatte sich vorgestellt, ihrer Mum so etwas beibringen zu müssen und was sie ihr damit antun würde.

«Ach, denen war das egal», hatte er gesagt. «Ich bin erwachsen. Dazu brauche ich doch keine Erlaubnis.» Doch er hatte ihr dabei nicht in die Augen sehen können.

«Wann planst du, wieder heimzureisen?» Sie hatte versucht, das Thema zu wechseln.

«Keine Ahnung. Keine Pläne.»

Auf dem Rückweg hatte er geschwiegen, und Alex war sich sicher gewesen, dass er nicht noch mal mit ihr ausgehen würde. Doch als sie die Kreuzung zu ihrer Gasse erreicht hatten, hatte er sich geräuspert, und sie war stehen geblieben.

«Die Wahrheit lautet: Ich habe es verkackt. Meine

Familie weiß nichts davon, aber ich hab die Uni nicht gepackt. Ich habe versagt, und das konnte ich ihnen nicht sagen. Sie hatten riesige Hoffnungen in meine Karriere. Es gab kein anderes Thema. Sie waren so stolz darauf, dass ich Jura studiere.»

«Meine sind ähnlich drauf. Manchmal hab ich das Gefühl, dass sie für mich meine Zukunft planen. Sie wünschen sich so sehr, dass ich Erfolg habe – es tut beinahe weh. Der Druck ist enorm.»

Jake hatte genickt. «Weihnachten wäre ich fast nach Hause geflogen. Ich hatte schon ein Ticket. Aber mir war klar, das würde bedeuten, dass ich ihnen alles erzählen muss. Jedes Mal, wenn ich mir vorgestellt habe, dass ich ihnen die Wahrheit sage, hab ich sie wieder vor mir gesehen, damals am Bahnhof, um mich auf dem Weg an die Uni zu verabschieden. Und ich hab den Schwanz eingezogen. So bin ich hier gelandet.»

«Wissen deine Eltern, wo du jetzt bist?»

«Nein. Das ist auch wieder so eine Scheißgeschichte. Aber das führt jetzt zu weit. Neulich habe ich sie angerufen, ich war ein bisschen angetrunken. Ich hatte den Geburtstag meiner Mum verpasst und wollte nur kurz ihre Stimmen hören, und als meine Mum ans Telefon ging, wusste ich nicht, was ich sagen sollte.»

Alex hatte die Hand ausgestreckt und ihn sanft am Arm berührt.

«Ich melde mich bei ihnen, sobald ich mein Zeug auf die Reihe gekriegt habe», hatte er mit zitternder Stimme gesagt.

«Tu das, Jake», hatte sie gesagt. «Ruf sie an!»

Er hatte ein Nicken angedeutet. «Mal sehen. Danke fürs Zuhören. Aber bitte erzähl's niemandem.»

«Logo.»

Als sie die Treppe raufgegangen war, hatte sie sich gefragt, weshalb er ausgerechnet ihr seine persönliche Geschichte anvertraut hatte, aber im Grunde war es ihr egal. Er hatte es getan, und das war alles, was zählte. Sie stand singend unter der Dusche und ertappte sich beim Tagträumen. Sie stellte sich vor, wie sie in seine Arme sank, und fragte sich, wie diese Lippen sich anfühlen mochten. Nicht dass er irgendeine Andeutung gemacht hätte, was den nächsten Schritt betraf. Sie hatten nicht mal Händchen gehalten. Aber es war ja noch Zeit. Sie würde daran arbeiten. Sie würde sich ab sofort ein bisschen schminken und ihm so Signale senden.

Bei der Vorstellung, dass er auch an ihr interessiert war, hatte Alex die Arme um sich geschlungen. Und ließ wieder los. Sie musste dringend in die Pötte kommen. Rosie hatte längst ihre Netze nach ihm ausgeworfen – sie war völlig schamlos. Also musste Alex das auch sein. Sie stellte sich Rosies blödes Gesicht vor, wenn sie ihr verkündete, dass Jake mit ihr nach Kho Phi Phi kam. Das würde ihren dämlichen, wippenden Pferdeschwanz eine Weile zum Stillstand bringen. Ehe sie den Mut verlor, hatte Alex Jake eine Nachricht geschrieben, ob er später Lust auf einen Drink hätte. Die Antwort war prompt gekommen: «Super. Ich zeig dir meine Lieblingsbar …»

*

Sie kam erst abends um sechs zurück ins Hostel, und Jamie saß immer noch da und wartete auf sie.

«Du liebe Zeit! Hast du den ganzen Tag da gesessen?»

«Wo bist du gewesen?», fragte er. «Ich habe mir Sorgen gemacht.»

«Mir geht's gut. Ich musste nur den Kopf freikriegen.»

Sie erhaschte im Spiegel hinter der Bar einen Blick auf sich selbst. Sie strahlte. Jamie sah dagegen so unglücklich aus, dass sie ihn drückte und ihm sagte, es täte ihr leid.

«Schon okay. Wo wollen wir heute Abend essen?»

«Ach … Also ich gehe heute Abend mit Jake aus. Er zeigt mir seine Lieblingsbar.»

Jamie zog ein langes Gesicht, und Alex wurde sauer. Mit Jake auszugehen, war ihr gutes Recht. Doch sie sagte nichts. Sie sagte nicht, dass sie seit einer Ewigkeit nicht mehr so aufgeregt wegen eines Jungen gewesen war. Dass Jake so hübsche Augen hatte. Und so schöne Hände. Und dass sie das Top anziehen würde, das ihre Mum überhaupt nicht mochte. Sie musste gleich Mags schreiben. Jamie saß nur da und starrte sie mit offenem Mund an.

«Alex!», krächzte er.

Aber sie wollte nichts hören. Sie sauste davon, weg von ihm, rauf auf ihr Zimmer, um sich zu duschen und sich für Jake fertig zu machen.

«Pass auf dich auf», rief er ihr nach, als sie die Treppe raufging.

41

Donnerstag, 4. September 2014

DER POLIZIST

Fünf Stunden später versuchte Sparkes, in der Kantine Kaffee zu trinken, doch die Flüssigkeit traf in seinem Mund auf die alles durchdringenden Überreste des Formalins und gerann. Der Nachgeschmack des Todes.

«Na, dann», sagte er, als Salmond sich mit einer Kopie des vorläufigen Obduktionsberichts zu ihm setzte. «Wo stehen wir? Irgendwas, das wir in der Leichenhalle noch nicht erfahren haben?»

«Nein, ich glaube nicht. Orale, vaginale und anale Abstriche sind zusammen mit weiteren Gewebeproben auf dem Weg ins Labor. Im Moment beträgt die Wartezeit achtundzwanzig Tage, das heißt, wir können Anfang nächsten Monats mit Ergebnissen rechnen, es sei denn, wir fordern ein paar Gefallen ein und machen Druck. Aber sie hat die Blutergüsse aufgelistet, Abwehrspuren, die Fraktur des Zungenbeins, abgerissene Fingernägel, alles Hinweise auf manuelle Strangulation. Es ist ein Skandal, dass die Polizei in Bangkok nicht darauf reagiert hat. Diese Spuren hätte man auch ohne Obduktion erkannt. Zwei Augen und ein Hirn hätten genügt.»

«Richtig. Aber wir wollen uns trotzdem an die Fakten halten, die uns vorliegen, in Ordnung, Salmond? Ich vermute, der Vorbericht weist noch keine Todesursache aus?»

Sparkes hatte eine Kopie des thailändischen Totenscheins von Alex O'Connor vor sich, der als Todesursache «Inhalation von Brandrauch und giftigen Gasen» auswies.

«Nein, aber hier steht ‹keine Rußspuren in den Atemwegen unterhalb der Stimmbänder›.»

Sieht so aus, als wäre sie bei Ausbruch des Feuers nicht mehr am Leben gewesen, hatte Dr. Mortimer in der Leichenhalle gesagt, ohne den Blick von der freigelegten Luftröhre zu heben.

«Wann beginnt die Obduktion von Rosie Shaw?» Sparkes sah auf die Uhr.

«Wir haben noch zwanzig Minuten. Wollen Sie ein Sandwich?»

«Sehe ich so aus?»

«Ich hole mir eins. Auf leeren Magen schaffe ich das nicht.»

«Na dann los.»

Sparkes wartete, bis seine Mitarbeiterin außer Hörweite war, und rief Eileen zu Hause an.

«Hallo, du», sagte sie. «Helen, mein Schutzengel, ist gerade bei mir. Sie sagt, ich muss mehr essen.» Helen, die Palliativschwester, saß mit Sicherheit in dem alten Lloyd-Loom-Sessel neben Eileens Bett im Wohnzimmer. *Da sollte ich sitzen.* Der Gedanke schoss ihm durch den Kopf und zog eine Schleppe aus Schuldgefühlen hinter sich her. Eileen verschwand vor seinen Augen, ihre Haut wurde immer fahler, als würde sie sich auflösen. Heute Morgen hatte er sie zum Abschied drei Mal geküsst. Er konnte nicht aufhören, sie zu küssen.

«Verzeih mir, ich brauche das heute Morgen», hatte er gesagt.

«Entschuldige dich doch nicht dafür, Bob. Gib mir noch einen», hatte sie geantwortet.

«Helen hat recht», sagte er zu ihr. «Wie geht's dir? Wann kommt Sam heute Nachmittag vorbei?»

Ihre Tochter besuchte sie jeden Tag, tauschte die Rollen, wurde zur Mutter. Ihr Sohn hingegen kam und ging, blieb oft in der Tür zum Zimmer stehen, als hätte er Angst, sich etwas einzufangen oder zu sehr involviert zu werden. Eileen gab sich extrem viel Mühe mit ihm, zwang sich zu einer fröhlichen Stimme, lachte über seine Geschichten. Der Anblick brach ihm das Herz. Wenn er die beiden so sah, streckte die Angst ihre schwarzen Tentakel nach Sparkes aus, um ihn zu erwürgen.

«Sei nicht so streng mit ihm, Bob. Er hat solche Angst», hatte Eileen nach einem besonders angespannten Besuch gesagt. «Ihm ist in seinem ganzen Leben noch nie was Schlimmes passiert. Er musste noch nie einen Misserfolg wegstecken.»

«Misserfolg? Du hast Krebs, Eileen. Das ist keine Frage von Erfolg oder Misserfolg.»

«M-hm. Ich glaube, insgeheim sieht Jim es aber so. Er kann nichts dafür. So ist er eben.»

*

«Wir müssen nach der Shaw-Obduktion sofort mit den Eltern sprechen», sagte Sparkes, als Salmond mit einem widerlich aussehenden Eier-Mayo-Sandwich zurückkam. Das war fast noch schlimmer als der Geruch von Formalin. «Ich würde es ihnen gerne noch heute Abend sagen, wir dürfen sie nicht länger warten lassen. Ist es in Ordnung für Sie, ein paar Überstunden zu machen?»

«Kein Problem, Boss. Neil hat heute sowieso Elternabend in der Schule.»

«Gut. Wer ist vom Opferschutz vor Ort?»

«Wendy Turner. Ich rufe sie an und bereite sie vor.»

Aoife Mortimer trat durch die Schwingtüren in die Kantine und winkte. «Ich hole mir nur schnell einen Kraftriegel. Sind Sie bereit?» Sie beäugte Salmonds sich wölbendes Sandwich und zog eine Augenbraue hoch. «Na, ob das klug ist?»

Sparkes ertappte sich bei einem leisen Gefühl gespannter Erwartung, als er zum zweiten Mal an diesem Tag die Leichenhalle betrat. Er fragte sich, ob es Aoife Mortimer genauso ging. Er sah zu ihr hinunter. Die Atemmaske bedeckte das ganze Gesicht, aber er wusste, dass sie sich auch darunter nichts anmerken ließ.

Auf der Suche nach verräterischen Spuren ließ er langsam den Blick über Gesicht und Hals der Leiche von Rosie Shaw gleiten. Zögernd beugte er sich ein Stückchen vor, um von seinem Stuhl aus besser zu sehen, aber da war nichts.

«Am gesamten Oberkörper keinerlei sichtbare Spuren von Prellungen oder anderen äußeren Verletzungen», sprach Dr. Mortimer in ihr Diktiergerät. «Ausgeprägte graublaue Verfärbung der Haut als Hinweis auf einsetzende Verwesung des Gewebes vor der Einbalsamierung.»

«Sie starb nicht auf dieselbe Weise wie Alex O'Connor, richtig?», fragte Sparkes und hörte selbst den leicht enttäuschten Tonfall in seiner Stimme.

«Sieht nicht danach aus.» Mit einem Stäbchen nahm die Gerichtsmedizinerin Abstriche von Zähnen und Gaumen. «Offenbar Rußpartikel im Mundraum», diktierte sie. «Jedoch nicht in der Luftröhre», fügte sie nach einer Weile hinzu. «Auch dieses Mädchen hat bei Ausbruch des Brandes nicht mehr geatmet.»

«Woran ist sie also gestorben?», fragte Bob Sparkes

mehr sich selbst als die Pathologin. «Durch Gewalteinwirkung?»

«Es ist noch zu früh, das zu sagen. Ich kann keinerlei äußerliche Wunden oder Abwehrverletzungen entdecken. Ich habe Abstriche und Gewebeproben für den toxikologischen Befund entnommen, wir müssen die Laborergebnisse abwarten. Tut mir leid, mehr kann ich im Augenblick nicht sagen.»

«Wann können wir mit dem vollständigen Bericht rechnen?»

«Die übliche Wartezeit, Bob. Bis alles fertig ist, sprechen wir von Mitte Oktober. In den Laboren stapelt sich die Arbeit.»

«So lange können wir nicht warten. Ich werde einen Antrag auf Priorisierung der DNA-Abstriche für beide Mädchen stellen. Wir müssen wissen, wer das war.»

«Na dann, viel Glück.»

BANGKOK, SIEBZEHNTER TAG

Dienstag, 12. August 2014

Sie war derart in ihre Gedanken vertieft, dass sie gar nicht gleich realisierte, was sie sah, als sie die Zimmertür öffnete. Heute musste sie sich zu Hause melden, heute war sie mit Schreiben dran – und sie war dabei, eine Nachricht zu formulieren.

Rosie saß im Schneidersitz auf dem Bett. Vor ihr lag, der Inhalt auf dem Laken ausgeleert, Alex' Handtasche.

«Oh!», sagte sie erschrocken und fing hektisch an, Flyer und Fahrpläne wieder einzuräumen. «Sorry, ich habe eine Paracetamol gesucht.»

Alex nickte unsicher. Was auch sonst? «In der Seitentasche von meinem Rucksack. Da, wo sie immer sind.»

«Oh, ja. Sorry. Hab ich vergessen.»

Alex nahm ihre Handtasche vom Bett. Die Atmosphäre im Raum hatte sich verändert. Es fühlte sich unheilvoll an, als würde gleich etwas passieren. Etwas Schlimmes.

«Meinem Arm geht es schon viel besser», sagte Rosie und zeigte auf ihre Tätowierung, als wäre nichts passiert. Aber ihre Stimme klang hoch und gepresst.

«Gut.»

«Gehst du weg?»

«Ja. Ich wollte mich umziehen. Ich gehe mit Jake aus.»

«Ach!» Rosie zog eine Schnute.

«Ja.»

Sie sahen einander nicht an. Alex holte ihren Notfallgeldbeutel aus der Tasche.

«Ich komme auch mit. Ich lade euch ein», sagte Rosie schnell. Zu schnell.

«Nein danke», murmelte Alex und zog den Reißverschluss auf. «Wir wollen allein sein. Ich muss das Geld für die Busfahrkarte mitnehmen. Ich verliere langsam echt den Überblick. Ich habe viel weniger Geld übrig, als ich dachte. Vielleicht sollte ich Buch führen …»

«Hör doch mit dem Theater auf!», fuhr Rosie sie an.

Alex legte sich den Geldbeutel auf die Oberschenkel. «Ich fahre definitiv weiter», sagte sie.

«Ich will aber bleiben.»

«Dann bleib doch.»

Alex griff in den Geldbeutel, um die Banknoten herauszunehmen, die sie am Tag ihrer Ankunft sorgfältig gezählt hatte. Es war nichts mehr da.

«Was ist denn los?», fragte Rosie viel zu laut. Ihre Besorgnis klang falsch und übertrieben.

Alex sah zu ihr auf. «Es ist weg. Mein Geld ist weg!»

«Nein! Jemand muss dich beklaut haben!»

Die gewinnt nie einen Oscar, dachte Alex. «Wo ist mein Geld, Rosie?»

«Spinnst du? Was willst du damit sagen? Weiß ich doch nicht!»

«Das hast du gemacht, als ich eben reinkam! Zuerst versuchst du, mir Jake auszuspannen, und jetzt klaust du mir mein Geld.»

Rosie war dunkelrot angelaufen. «Ich … ich … ich fasse es nicht, dass …» Sie versuchte mit allen Mitteln, die Empörte zu spielen, aber Alex sah, wie die Fassade bröckelte. Als Nächstes war die Tränendrüse dran.

Rosie enttäuschte sie nicht. Sie heulte wie ein Baby, und Alex saß daneben mit einem Stein im Magen, der mit jedem Schluchzer noch ein bisschen härter wurde. Sie brachte es nicht über sich, Rosie zu berühren. Sie zu trösten. Sie hätte sie am liebsten geohrfeigt.

«Wo ist mein Geld?», fragte sie und hätte fast ihre eigene Stimme nicht wiedererkannt.

Auch Rosie zuckte zusammen. Sie griff sich unter den Oberschenkel und zog zwei Zwanzigpfundnoten hervor. «Mehr habe ich nicht. Der Rest ist weg», schluchzte sie.

«Alles? Als ich das letzte Mal nachgesehen habe, hatte ich noch zweihundert Pfund!»

«Es tut mir so leid, Alex. Ich wollte es zurücklegen. Ich geb's dir wieder, versprochen. Was machst du denn jetzt? Bitte, erzähl es niemandem.»

«Ich weiß nicht, was ich tun soll», sagte Alex mehr zu sich selbst. Sie wusste es wirklich nicht. Sie fühlte sich vollkommen allein und verletzlich. Sie wünschte sich mehr als alles, sie könnte einfach nach Hause fliegen und ihre Mum würde alles wiedergutmachen. Sie brauchte Zeit, um nachzudenken.

«Ich ziehe in ein anderes Zimmer», sagte sie schließlich. «Ich will nicht mehr mit dir hier wohnen. Ich kann dir nicht vertrauen.»

Rosie weinte noch heftiger. «Bitte, hass mich nicht», heulte sie.

«Sei still, Rosie. Dir geht es immer nur um dich, oder? Was glaubst du, wie *ich* mich fühle?»

«Stinksauer. Ich weiß, dass du sauer bist. Ich kann es dir erklären …»

«Ach ja? Das bezweifle ich.»

«Alex, hör mir zu. Bitte. Ich hab Scheiße gebaut.»

42

Donnerstag, 4. September 2014

DER POLIZIST

«Ich hab's gewusst», sagte DS Salmond beim Anschnallen.

«Bilden Sie sich bloß nichts ein. Klugscheißer mag keiner», murrte Sparkes. «Ist die Opferschutzbeamtin informiert?»

«Ja, Wendy ist schon vor Ort. Wir treffen uns bei den O'Connors.»

«Na dann los, geben Sie Gas. Ich muss heute Abend irgendwann auch noch mal nach Hause.»

«Natürlich, Boss. Entschuldigung.»

DC Wendy Turner öffnete ihnen mit besorgter Miene die Tür. «Sie sind alle ziemlich aufgewühlt, Sir.»

«Danke für die Warnung. Ist ja auch verständlich.»

Sparkes setzte sein professionelles Gesicht auf, betrat das Wohnzimmer und gab den Anwesenden nacheinander die Hand.

«Was haben die Obduktionen ergeben, Inspector? Was können Sie uns Neues sagen?», fragte Lesley und unterband damit jeglichen Versuch, Höflichkeiten auszutauschen.

«Gib ihm doch einen Augenblick, Liebling. Wir hören Ihnen zu, Inspector», sagte Malcolm.

Sparkes hasste diese Momente. Er kannte allerdings Kollegen, die sie liebten. Er nannte es den Hercule-Poirot-Komplex. Dieser Augenblick, wo alle in der Bibliothek zusammengerufen werden, damit ihnen die Antworten auf alle Fragen präsentiert werden. Er war sich der ungeheuren Auswirkungen bewusst, die seine Worte auf diese vier Menschen haben würden, und zögerte. Was er jetzt sagen würde, konnte nie wieder zurückgenommen werden. Es war ihm wichtig, seine Worte sorgfältig zu wählen, aber wenn er zu viel darüber nachdachte, kam er ins Schleudern.

«Danke sehr. Also ... mir ist klar, dass Sie auf uns gewartet haben, und ich will deshalb gleich zur Sache kommen. Gut. Uns liegen inzwischen die vorläufigen Obduktionsergebnisse vor. Es handelt sich dabei natürlich noch nicht um einen endgültigen Befund, aber eines lässt sich wohl jetzt schon sagen: Laut der Pathologin deuten alle Hinweise darauf hin, dass, äh, dass keines der beiden Mädchen zum Zeitpunkt des Brandes noch am Leben war.»

Verständnislose Gesichter starrten ihn an, als hätten sie sich in seinen Wortschwaden verirrt. Wieso hatte er sich nicht schlicht und einfach ausgedrückt?

«Entschuldigung. Was ich damit sagen will: Offensichtlich waren beide schon tot, als das Feuer ausbrach», verdeutlichte er. Die Erkenntnis erhellte für Sekundenbruchteile die Gesichter, dann kam der Zusammenbruch.

«Sie wurden ermordet!», stieß Jenny Shaw aus. «Jemand hat sie umgebracht und danach Feuer gelegt, um es zu vertuschen.»

«Wie sind sie gestorben?», murmelte Malcolm.

«Was Rosie betrifft, so wissen wir es noch nicht, aber es gibt Anzeichen dafür, dass Alex erwürgt wurde», sagte Sparkes und sah Malcolm O'Connor dabei ruhig in die Augen. Sein Kiefer fing an zu pochen, und er presste die Lippen zusammen, um den Schmerz zu kontrollieren.

«Erwürgt? Wer hat unser liebstes Kind erwürgt?»,

kreischte Lesley. «Wo ist Jake Waters? Er weiß was darüber! Nur wer schuldig ist, versteckt sich, oder?»

«Oder wer Angst hat», erwiderte Sparkes.

«Wovor sollte er Angst haben? Vor der Wahrheit!»

«Wir dürfen jetzt keine voreiligen Schlüsse ziehen, Lesley. Ich weiß, dass diese Neuigkeiten niederschmetternd für Sie sein müssen, aber wir brauchen Beweise. Mutmaßungen und Anschuldigungen helfen uns zu diesem Zeitpunkt nicht weiter. Wir müssen den vollständigen Laborbericht abwarten, um zu sehen, ob es hinsichtlich der Beteiligten Beweise gibt.»

«Und wie lange wird das dauern?», heulte Lesley.

«Der vollständige Bericht liegt uns erst in sechs Wochen vor, das hat Wendy Ihnen sicher bereits erklärt. Aber wir haben das Labor gebeten, einige Tests zu priorisieren. Wir rechnen schon nächste Woche mit den ersten Ergebnissen, aber ich kann nichts versprechen.»

«Und was ist mit Rosie?», erklang die Stimme von Mike Shaw in Sparkes' Rücken. Er stand an der Tür, als wolle er jeden Moment fliehen. «Wurde sie auch erwürgt?»

Sparkes drehte sich zu ihm um. «Das wissen wir noch nicht, Mike. An ihrem Körper gibt es keinerlei sichtbare Anzeichen für Verletzungen», sagte er vorsichtig. «Wir hoffen, dass der Laborbericht uns hilft zu verstehen, wie sie ums Leben gekommen ist.»

Sie verstummten, sichtlich überwältigt von dem Tsunami an Informationen, der sie überrollt hatte.

Malcolm O'Connor ergriff schließlich als Erster wieder das Wort: «Warum hat die thailändische Polizei das nicht herausgefunden?»

«Ich weiß es nicht», antwortete Sparkes. «Wir werden denen die neuen Erkenntnisse zukommen lassen und mit ihnen sprechen.»

«Die Mühe können Sie sich sparen», sagte Lesley. «Denen ist doch völlig egal, was mit unseren Mädchen passiert ist. Aber Ihnen nicht, oder?»

Als sie das Haus der O'Connors verließen, war es halb acht, aber Sparkes war noch nicht bereit, nach Hause zu fahren. Es gab noch etwas zu erledigen. Er mochte es ordentlich.

«Okay. Ein kurzer Abstecher nach Südostlondon», sagte er und tat so, als hätte er Salmonds gemurmeltes «Sie machen Witze» überhört.

«Ich dachte, Sie müssen nach Hause, Sir», sagte sie.

«Muss ich auch, aber Sam ist bei ihrer Mutter. Und ich mag keine unerledigten Dinge.»

Er rief Kate an, um ihr zu sagen, dass sie unterwegs waren. «Ist Ihr Mann zu Hause?»

«Mein Mann? Haben Sie Jake gefunden? Können Sie mir bitte sagen, was los ist?», flehte sie ihn an.

«Nein. Das sollten wir besser persönlich besprechen.»

Das Haus von Kate Waters entsprach nicht seinen Erwartungen. Er hatte geglaubt, Journalisten und Fachärzte würden ein Vermögen verdienen, und jetzt standen sie vor einem bescheidenen Reihenhaus, vermutlich ein ehemaliger Genossenschaftsbau, nur einen Katzensprung von den Marktständen auf der Roman Road entfernt. Bei den Londoner Immobilienpreisen war es wahrscheinlich trotzdem dreimal so viel wert wie seines.

In einem Terrakottatopf auf dem Fensterbrett welkten rote Pelargonien vor sich hin.

«Die bräuchten auch mal wieder Wasser», sagte DS Salmond und klingelte.

An der Haustür wurden sie von Steve Waters begrüßt.

Er war kleiner als Bob Sparkes, was den Polizisten unerklärlicherweise erfreute.

«Sie müssen DI Sparkes sein», sagte Kates Mann freundlich. «Und DS Salmond. Bitte, kommen Sie rein.»

Kate saß still im Wohnzimmer. Der Fernseher lief, und sie hatte ihren Laptop auf dem Schoß. Als die beiden Polizisten eintraten, klappte sie den Deckel zu, stellte den Fernseher stumm und erhob sich.

«Hallo», sagte sie. «Das ging ja schnell.» Sie klang gefasst, aber Sparkes bemerkte ein leichtes Zittern in ihren Mundwinkeln.

«Kommen Sie, setzen Sie sich doch bitte und sagen Sie uns, um was es geht.» Steve Waters führte sie zum Sofa.

«Es dauert auch nicht lange – vielen Dank, Mr. Waters.» Er räusperte sich. «Ich will gleich zur Sache kommen. Die Leichen von Alex O'Connor und Rosie Shaw wurden heute obduziert.»

«Aha», hauchte Kate.

«Offensichtlich waren beide Mädchen schon tot, als das Feuer ausbrach.»

Kate wich seinem Blick nicht aus. «Wie sind sie dann gestorben?»

«Es stehen noch ein paar Untersuchungen aus, aber es deutet alles darauf hin, dass eines der Mädchen erwürgt wurde.»

Steve Waters keuchte auf.

«Und Sie sind den ganzen langen Weg von Southampton hergefahren, um uns das zu sagen?», stellte Kate fest. «Weshalb?»

Sie wusste, weshalb. Und Sparkes wusste, dass sie es wusste.

«Geht es hier um Jake?», fragte Steve leise.

«Ja, Mr. Waters. Wir haben Ermittlungen wegen zweifachen Mordes eingeleitet, und die neusten Entwicklungen machen es noch dringender, dass wir mit Ihrem Sohn sprechen. Um zu erfahren, was er in den Tagen und Stunden vor dem Brand womöglich gesehen oder gehört hat.»

«Selbstverständlich», sagte Steve.

«Außerdem brauchen wir eine DNA-Probe von Jake – von einem Kamm oder einer Zahnbürste, irgendetwas Persönliches in der Art.»

«Sie wollen seine DNA? Sicher nicht!», sagte Kate laut. «Sie sagten, sie wollten ihn lediglich als möglichen Zeugen vernehmen. Was verschweigen Sie uns? Die thailändische Polizei hat ihm absolut nichts vorgeworfen. Es ist allein die Presse, die Jagd auf ihn macht. Und es gibt nichts, das ihn mit …»

«Wir sind die ganze Zeit damit beschäftigt, Beweise zu sammeln, Kate. Es wird immer klarer, was mit Alex und Rosie geschehen ist. Eine DNA-Probe könnte Jake als Verdächtigen ausschließen.»

Sie antwortete nicht gleich. «Wir haben auch gar nichts hier», sagte sie schließlich und klang nicht mehr ganz so selbstsicher. «Er hat keine Zahnbürste mehr hier – er ist von zu Hause ausgezogen. Und wir haben sein Zimmer ausgeräumt.»

«Sie wären überrascht, wenn Sie wüssten, wo sich überall DNA-Proben nehmen lassen. Dürfen wir jemanden von der Kriminaltechnik vorbeischicken?»

«Na gut, wenn es sein muss. Wenn es hilft, ihn auszuschließen.» Sparkes hörte die Angst, die ihre Stimme noch aggressiver machte. «Was haben Sie sonst noch rausgefunden?»

«Darüber möchten wir aus ermittlungstaktischen Gründen im Augenblick nicht sprechen», sagte er streng und warf Salmond einen warnenden Blick zu. Er wollte die Genitalabstriche vorerst für sich behalten.

«Verstehe», sagte Kate. «Wann geben Sie das an die Medien? Wird es eine Pressekonferenz geben?» Sie hatte die Oberhand über das Gespräch zurückerlangt, und Sparkes merkte, wie er sich automatisch etwas gerader hinsetzte. Er fragte sich, ob sich ihre Gesprächspartner immer so fühlten.

«O Gott!», flüsterte Steve Waters.

«Ihnen bleibt nichts anderes übrig, Steve. Das ist der nächste Schritt», sagte Kate.

«Ja», sagte Sparkes. «Sie ist für morgen Vormittag anberaumt. Wir möchten die Öffentlichkeit bei der Fahndung um Hilfe bitten – und natürlich auch, um mögliche weitere Zeugen zu finden.»

«Nach wem suchen Sie noch?», fragte Kate.

Ganz die Journalistin, dachte Sparkes.

43

Donnerstag, 4. September 2014

DIE JOURNALISTIN

Als sie gegangen sind, fliehe ich auf die Gästetoilette und verriegle die Tür. Ich kann Steves Anblick nicht ertragen. Er sitzt auf dem Sofa, den Kopf zwischen den Händen, und ich habe Angst, dass er zusammenbricht. Ich habe ihn, seit wir uns kennen, nur selten weinen sehen – als die Jungs zur Welt kamen, weinten wir gemeinsam und dann letztes Jahr, als sein Vater starb. Und damals, als ich ihn verließ. Die Kinder waren klein gewesen und er nie da – entweder er arbeitete, oder er dachte an die Arbeit. Ich hatte ihm nur die Augen öffnen wollen, aber ich war zu weit gegangen, und es hatte Monate gedauert, bis wir wieder in sicheres Fahrwasser gelangt waren.

Als Bob uns über die Obduktionen informierte, fühlte ich mich wie abgespalten. Ich schaltete automatisch auf Reportermodus um, wog Informationen ab, formulierte im Geiste das Intro. Aber es geht hier um uns, nicht um irgendeine Story, die man zur Steigerung der Auflage ausschlachtet.

Sie müssen an den Mädchen fremde DNA-Spuren gefunden haben. Der Gedanke schrillt wie eine Alarmglocke in meinem Kopf. *Sie werden rausfinden, wer das war.*

Reiß dich zusammen, Kate!, sage ich zu meinem Spiegelbild. *Jake hatte nichts damit zu tun. Und Steve braucht dich jetzt.*

Als ich zurückkomme, hebt er den Kopf.

«Was sollen wir nur tun, Katie?», sagt er. Ich wusste,

dass diese Frage kommen würde. Er will, dass ich die Führung übernehme, dass ich alles wiedergutmache. «Was sollen wir den Leuten sagen?»

«Na ja, die wissen schon, dass die Polizei mit Jake sprechen will. Das ging schließlich durch die Presse.»

«Aber dass die Mädchen ermordet wurden, wissen sie noch nicht, oder?»

«Eine», korrigiere ich ihn. «Eine ist ermordet worden. Was mit der anderen ist, wissen wir nicht.»

«Verdammte Scheiße, Kate! Hör auf, spitzfindig zu sein! Ein Mädchen oder beide – das spielt doch keine Rolle, oder?»

Tut es nicht.

«Tut mir leid. Du hast recht», sage ich. «Wir müssen so schnell wie möglich mit der Familie sprechen. Sofort. Du telefonierst mit deiner Mutter, und ich rufe Freddie an.»

Wir greifen zu unseren Telefonen, und ich gehe raus auf den Flur. Ich höre, wie Steve sich bei Dorothy für die späte Störung entschuldigt. *Wahrscheinlich war sie schon im Bett. Wir hätten bis morgen früh warten sollen. Jetzt kann sie die ganze Nacht nicht schlafen.*

«Entschuldige, Ma», sagt Steve. «Ich wollte dich nur wissen lassen, dass es Neuigkeiten gibt, es geht um den Brand in Bangkok. Na ja, irgendwie geht es um Jake ...»

Freddie hebt ab, und sofort schallt mir dröhnender Kneipenlärm entgegen.

«Mum! Ist was passiert?»

Nein!, hätte ich am liebsten geschrien, er ist viel zu jung, um die volle Wucht meiner Ängste abzukriegen – aber er ist nun mal involviert. «Irgendwie schon. Kannst du kurz wohin gehen, wo es etwas leiser ist, Liebling?»

«Hast du was von Jake gehört? Ist er wiederaufgetaucht?»

«Nein, noch nicht. Aber die Zeitungen werden trotzdem schreiben. Eines der Mädchen wurde ermordet.»

«Nicht Jake ...», flüstert er.

«Sie wissen nicht, wer sie umgebracht hat, Freddie. Jedenfalls werden sie morgen die Einleitung der Mordermittlungen bekanntgeben und gleichzeitig verkünden, dass sie dringend mit deinem Bruder sprechen müssen. Ich wollte dich vorwarnen.»

«Oh, Mum!»

«Ich weiß, Liebling. Ich weiß. Sie wollen eine DNA-Probe von ihm. Um Jake auszuschließen», sage ich und höre selbst, wie billig das klingt. «Aber wir haben nichts mehr von ihm im Haus.»

«Ich schon», sagt Freddie. «Ich habe ein paar von seinen T-Shirts aufgehoben und die Baseballkappe, die er aufhatte, wenn er dich ärgern wollte.»

«Wirklich? Das wusste ich gar nicht.»

«Doch», sagt er, und ich höre das Zittern in seiner Stimme. «Die Sachen liegen in meinem Schrank. Dämlich, ich weiß. Aber sie haben nach ihm gerochen, Mum. Ich habe ihn auch vermisst.»

Und auch das war mir entgangen. Ich war zu sehr damit beschäftigt gewesen, selbst ein tapferes Gesicht zu machen.

«Es tut mir so leid, Freddie. Wir finden ihn.»

Später sitzen Steve und ich schweigend zusammen und halten uns an unseren Kaffeebechern fest.

«Er hat nichts damit zu tun, Steve», sage ich noch einmal.

«Nein.»

«Ich finde raus, wer das getan hat.» Plötzlich wird mir leichter ums Herz. «Genau! Ich werde die Leute finden, die in dem Guesthouse waren. Die anderen. Weil ich es kann. In so was bin ich gut.» *Im Gegensatz zum Muttersein, das steht fest. Aber das hier kann ich.*

«Katie», sagt Steve. «Du kannst es nicht wiedergutmachen, indem du an wildfremde Türen klopfst und Polizisten piesackst. Jake ist unser Sohn. Wir sind für ihn verantwortlich. Und falls er etwas Falsches getan hat, müssen wir ihm beistehen und ihm helfen, seine Strafe zu schultern.»

Ich starre ihn an. Er zweifelt an Jake. Er kann kein Teil meines Plans werden, und ich ziehe meine Verteidigungslinien enger um mich zusammen.

Ich gehe in die Küche und rufe Joe Jackson an, um ihn wegen der Obduktionsergebnisse vorzuwarnen. Seiner Stimme ist anzuhören, dass er immer aufgeregter wird, während ich ihn mit den Häppchen füttere, die ich bereit bin zu teilen.

«Schon tot, ehe das Feuer ausgebrochen ist?», ruft er. «Erwürgt? Scheiße! Und das kann ich jetzt schon schreiben?»

«Ja, Joe. Die Polizei geht morgen Vormittag damit an die Öffentlichkeit. Am besten, du rufst sofort bei den Angehörigen an. Du kannst mich auch gern zitieren. Sag, es sei für die Familien eine fürchterliche Entwicklung, es gäbe jedoch nichts, das meinen Sohn mit den beiden Todesfällen in Verbindung brächte.»

«Verstanden.»

«Und, Joe? Du schuldest mir was. Und ich werde mich darauf berufen. Kapiert?»

«Absolut. Jederzeit.»

Wir werden sehen.

BANGKOK, SIEBZEHNTER TAG

Dienstag, 12. August 2014

Mama hatte sie kühl angesehen, als Alex nach einem eigenen Zimmer gefragt hatte.

«Wohnst du nicht mehr bei Rosie?»

Alex hatte ihren Blick erwidert. «Nein. Ich brauche ein anderes Zimmer. Für mich allein.»

Sie war nicht in der Stimmung gewesen, sich zu rechtfertigen oder zu diskutieren. Sie brauchte Raum für sich. Punkt.

Rosies Geständnis hatte sie völlig verstört. Ihr war schon vorher klargeworden, dass sie das Mädchen, mit dem sie sich auf dieses Abenteuer eingelassen hatte, eigentlich überhaupt nicht kannte, aber auf das, was Rosie ihr erzählt hatte, hätte nichts in der Welt sie vorbereiten können.

Ihre Freundin hatte wie auf Knopfdruck aufgehört zu heulen und sich mit dem T-Shirt die Tränen abgewischt – vielleicht weil sie gemerkt hatte, dass Alex ihr die Armes-kleines-Häschen-Nummer endgültig nicht mehr abkaufte. Sie hatte sich rücklings auf die Kissen gelegt und ihre Worte an die Zimmerdecke gerichtet, vielleicht weil sie so Alex' nicht hatte ins Gesicht sehen müssen. Dann hatte sie ihr eröffnet, dass sie von zu Hause abgehauen sei, weil sie kein Abiturzeugnis kriegen würde.

«Mir ist das total egal, aber meine Mum flippt aus.»

«Woher willst du wissen, dass du durchfällst? Du bildest dir vielleicht nur was ein», hatte Alex geantwortet.

«Schön wär's. Mir fehlt eine Zulassung. Eine ganze Prüfung. Ich war davor auf einer Party, und dann habe ich durchgemacht. Ich bin mit jemandem mitgegangen und am nächsten Morgen nicht rechtzeitig wach geworden. Meine Mum dachte, ich wäre mit meinem Bio-Grundkurs auf einem Lernwochenende. Aber ich musste dringend mal wieder Party machen. Ich hatte die Schnauze voll vom Lernen. Ich will sowieso nicht studieren. Meine Mum will das unbedingt, nicht ich.»

Wo sie erst mal angefangen hatte, schien Rosie ihr Geständnis schon fast wieder zu genießen. Sie stand wieder mal im Mittelpunkt, dort, wo sie hingehörte. Und wie immer waren die anderen an allem schuld. Sie war wie immer das unschuldige Opfer.

«Okay. Abgehakt. Was ist mit meinem Geld? Wieso hast du mich beklaut?»

«Ich habe dich nicht beklaut. Ich habe dir doch gesagt, es war geliehen. Ich zahl's dir zurück.»

«Wann?»

Aber Rosie erzählte der nackten Glühbirne über ihrem Kopf lieber das nächste Kapitel ihrer rührseligen Geschichte: «Ich musste, Alex, ich hatte keine Wahl. Hier ist alles viel teurer, als ich dachte. Weißt du noch? Allein die Tätowierung hat viertausend Bhat gekostet! Obwohl ich mir nicht mal die große ausgesucht habe!»

«Dazu hat dich niemand gezwungen!» Alex platzte der Kragen.

Doch die Entschuldigungen flossen einfach weiter aus Rosie heraus, während sie ihre glitzernden Fingernägel betrachtete, die sie den ganzen Nachmittag lackiert hatte. «Außerdem zocken alle mich ab.»

«Wer denn?»

«Na ja, die im Tattoo-Studio. Und … und der Typ vom Rollerverleih.»

«Welcher Typ?»

Rosie setzte sich auf und sah sie zum ersten Mal an. «Das war nicht meine Schuld, Alex. Ehrlich! Ich habe einen Roller bei ihm gemietet. Lars wollte unbedingt mit dem Roller durch die Stadt fahren. Aber er hatte nicht genug Kohle, also habe ich die Kaution bezahlt. Es war eine richtige Rollervermietung, mit Vertrag und so. Wir hatten total viel Spaß, aber dann sind wir irgendwo was trinken gegangen und haben den Roller draußen stehenlassen. Er war abgeschlossen, das schwör ich dir. Und als wir wieder rauskamen, war er weg. Der Typ ist total ausgeflippt, als wir es ihm erzählt haben. Er hat sich über mir aufgebaut und behauptet, jetzt würde ich ihm Tausende von Bhat schulden, um den Roller zu ersetzen.»

«Dein Ernst? Wie blöd bist du eigentlich? Das ist einer der übelsten Abzocker-Tricks in Thailand. Davor warnen sie dich in jedem Backpackerforum. Die Vermieter haben Ersatzschlüssel für ihre Roller, mit denen klauen sie die Dinger selbst und stellen sie dir in Rechnung.»

«Das wusste ich nicht.»

«Egal. Warum hast du mir das nicht gesagt?»

«Weil mir klar war, dass du ausflippen würdest. Ich dachte, ich kriege das allein auf die Reihe, ohne dass du Wind davon bekommst.»

Alex hätte fast gelacht. Fast. «Warst du bei der Polizei?»

«Wollte ich ja, aber der Typ vom Verleih hat meinen Pass kassiert. Den musste ich als Sicherheit hinterlegen, als wir den Roller gemietet haben. Ich habe Mama gefragt, ob sie mit mir zur Polizei geht, aber sie sagte, die würden mich verhaften, wenn ich keinen Pass dabeihabe. Sie hat gesagt, die Polizei würde außerdem vielleicht versuchen, mir Drogen unterzujubeln. Aber sie meinte, wenn ich ihr Geld gebe, besticht sie die Typen. Sie hat gesagt, sie kümmert sich darum. Sie sorgt dafür, dass ich nicht in

Schwierigkeiten komme. Sie sagte, das hat sie für Ausländer schon öfter gemacht.»

Rosie warf Alex einen verstohlenen Blick zu, ließ sich zurück auf die Matratze fallen und vergrub das Gesicht im Kissen. Im Zimmer herrschte fassungsloses Schweigen. *Du hast alles kaputt gemacht*, war der einzige Gedanke, den Alex denken konnte.

«Ich hätte es dir sagen sollen», sagte Rosie leise.

«Findest du? Hast du mit deiner Mum gesprochen?»

«Natürlich nicht!»

«Was ist mit deinem Dad? Vielleicht kann er dir das Geld leihen, damit du deinen Pass wiederbekommst.»

Rosie setzte sich auf und lachte gekünstelt. «Sicher nicht. Ich musste ihn ja schon damit bestechen, Imogen nichts von seiner Affäre zu erzählen, damit er mir überhaupt das Geld für die Reise gibt. Ich habe ihn eines Tages vor dem Laden mit einer der Verkäuferinnen im Auto rumknutschen sehen. Es war reines Glück. Freiwillig hätte er die Kohle nie rausgerückt. Also hat er bezahlt, damit ich den Mund halte und um mich loszuwerden. Ich weiß nicht, woher er es hatte. Er sagte, er wäre total pleite und würde von seinen Kreditkarten leben. Aber er hat's mir gegeben.»

Alex starrte sie sprachlos an. *Wer bist du?*, schoss ihr durch den Kopf.

«Hier!» Mama drückte ihr einen Schlüssel in die Hand. «Erdgeschoss. Dahinten.» Sie deutete in die betreffende Richtung, und Alex sah, dass sie denselben silbernen Nagellack trug wie Rosie. *Die stecken fett unter einer Decke*, dachte sie.

«Danke.» Alex schulterte ihren hastig gepackten Rucksack und stapfte davon in den düsteren Rückteil des Gebäudes.

Rosie kam die Treppe heruntergepoltert und rief ihr nach, aber Alex ignorierte sie. Sie war viel zu wütend, um irgendwas Vernünftiges zu sagen. Das musste sie dringend alles Mags erzählen.

«Sie weiß es, Mama», hörte sie Rosie im Davongehen noch sagen.

44

Freitag, 5. September 2014

DER POLIZIST

An diesem Morgen meldete sich Mags Harding.

«Ich muss mit jemandem über Alex O'Connor und Rosie Shaw sprechen», sagte sie der Frau in der Telefonzentrale mit zitternder Stimme. «Ich habe eben die Nachrichten gesehen.»

«Okay, ganz langsam und der Reihe nach. In welchem Verhältnis stehen Sie zu Alex O'Connor und Rosie Shaw?», fragte die Beamtin freundlich. «Fangen wir doch damit an.»

Ein paar Minuten später wurde das Mädchen zu DS Salmond durchgestellt, die ihr sorgfältig zuhörte und dann an Sparkes' Bürotür klopfte.

«Wir haben den ersten Anruf zu den Mädchen, Sir», sagte sie.

«Das ging ja schnell. Und? Irgendwas über Jake Waters?»

«Ja, in gewisser Weise. Es geht um die Geschehnisse in Bangkok vor dem Tod der Mädchen. Um das, was wirklich los war. Die Anruferin sagt, Alex sei ihre beste Freundin gewesen und hätte ihr jede Menge E-Mails geschickt und ihr erzählt, was auf der Reise alles schiefgelaufen ist, und zwar von Anfang an. Es gab jede Menge Probleme und Streit.»

«Tatsächlich? Worüber?»

«Unter dem Strich wohl Sex, Drugs und Rock 'n' Roll.

Laut den E-Mails haben Rosie und Alex sich wegen Jake Waters gestritten.»

«Ach was! Dann kannten sie ihn also tatsächlich. Und er war dort.»

«Definitiv. Aber da kommt noch mehr. Rosie ist einem Betrüger auf den Leim gegangen. Und in ihrer letzten Mail schrieb Alex, Rosie hätte ihr Geld gestohlen. Ach, und dass Rosie ihren Vater erpresst hat, ihr das Geld für die Reise zu geben.»

«Verfluchte Scheiße! Und wieso sind diese E-Mails unserem Technik-Genie DC Collins durch die Lappen gegangen?»

«Sie hat einen anderen Mail-Account benutzt. Einen, von dem wir nichts wussten. Laut ihrer besten Freundin benutzte sie den ausschließlich für private Korrespondenz.»

«Und wer ist ihre beste Freundin? Ich dachte, das wäre Rosie.»

«Offensichtlich nicht. Die Anruferin heißt Margaret Harding – kurz Mags. Sie war diejenige, die ursprünglich mit Alex nach Thailand wollte und kurzfristig einen Rückzieher gemacht hat.»

«Stimmt, Rosie sprang erst in letzter Minute ein.»

«Wie es aussieht, hat Alex Mags ständig geschrieben. Die letzte Mail stammt vom 12. August – also über achtundvierzig Stunden nach der letzten Nachricht an die Eltern. Die Mails zeichnen definitiv ein ganz anderes Bild als das, was wir bis jetzt aus den sozialen Medien kennen. «Beste Freundinnen auf Tour» war offensichtlich ein Märchen. Alex hat Mags geschrieben, dass sie Rosie verabscheut.»

«Warum hat sie sich nicht schon früher bei uns gemeldet, nachdem die Mädchen als vermisst gemeldet wurden?»

«Sie hatte Alex geschworen, den Mund zu halten, und wollte niemanden in Schwierigkeiten bringen. Der Inhalt der Mails ist ziemlich explizit – definitiv kein Lesematerial für Eltern. Außerdem dachte sie, wie alle anderen, die Mädchen würden wiederauftauchen. Und als es dann so weit war, dachte sie, es wäre ein Unfall gewesen und keiner bräuchte je etwas von den E-Mails zu erfahren. Aber jetzt hat sie gehört, dass plötzlich wegen Mordes ermittelt wird.»

«Na schön. Dann wollen wir mal – Collins soll sich sofort an die Arbeit machen!»

Die E-Mails – manchmal drei an einem Tag – dokumentierten die wachsende Anspannung zwischen den beiden Mädchen in Bangkok, die Auseinandersetzungen, die Sprachlosigkeit, die wachsende Wut und den Diebstahl.

Sparkes fing nach dem Zufallsprinzip an zu lesen.

Und heute Abend steht Rosie völlig neben sich. Ich kriege kein vernünftiges Wort aus ihr raus.

Rosie ist ständig hackedicht und schläft sich durch das ganze Hostel. Deshalb bin ich doch nicht nach Thailand gekommen! Sie macht alles kaputt.

Schon wieder mit Rosie gestritten. Mir reicht's!

Rosie hat sich an Jake rangewanzt. UNFASSBAR!

«Wieso wussten wir davon noch nichts?», fragte er. «Uns hat man gesagt, sie hätten die beste Zeit ihres Lebens.»

Salmond rief Alex' Facebook-Seite auf. «Weil Alex uns genau das glauben lassen wollte. Zum Beispiel hier: Am 2. August – das war der Tag, an dem sie Mags geschrieben hat, Rosie würde sich durchs ganze Hostel schlafen – hat sie ein Foto gepostet, auf dem die beiden fröhlich anstoßen. «Beste Freundinnen im Paradies» steht da.

«Wieso sollte sie so tun, als wäre alles wunderbar?»

Salmond sah in an. «Weil es das ist, was ihre ‹Freunde› denken sollen. Das hier ist ihr öffentliches Profil. Das hat nichts damit zu tun, was in ihrem wirklichen Leben vor sich geht.»

«Öffentliches Profil?», sagte Sparkes. «Sie war eine Schülerin aus Winchester, kein B-Promi aus dem *Dschungelcamp*!»

«Aber wir sind doch inzwischen alle die Stars unserer eigenen Reality-Show, Sir. Wussten Sie das noch nicht?»

«Seien Sie doch still, Zara. Was für ein Blödsinn! Wohingegen das hier» – er wedelte in Richtung Bildschirm – «ein paar ziemlich ernste Fragen darüber aufwirft, was auf dieser Reise tatsächlich vor sich gegangen ist.» *Drogen, Gelegenheitssex, Diebstahl. Hochriskantes Verhalten. Sind die beiden deshalb gestorben?* «Wir brauchen so schnell wie möglich die Aussage von Mags Harding.»

«Sie ist auf dem Weg hierher.»

«Gut. Rufen Sie mich, sobald sie da ist. Ich will dabei sein, wenn sie ihre Aussage macht. Ich sollte das wohl besser an die Kollegen in Bangkok weiterleiten, zumindest um den Schein zu wahren …»

«Lassen Sie mich mit den Thailändern sprechen», sagte Salmond. «Die große Frage lautet: Wie viel erzählen wir den Angehörigen?»

Sparkes scrollte sich durch die E-Mails und gestattete sich etwas Zeit, um nachzudenken. Schließlich sagte er: «Ich glaube, uns bleibt nichts anderes übrig, als es ihnen zu erzählen. Wir leiten die Mails nach Bangkok weiter, und wir können nicht garantieren, dass es nicht irgendwo ein Leck gibt. Ich habe keine Ahnung, wie sicher die Sachen dort sind, und es wäre noch tausend Mal schlimmer, wenn sie es aus der Presse erfahren würden.»

«Wollen Sie, dass ich mit ihnen rede?»

«Nein, das übernehme ich. Sagen Sie Wendy, dass ich sie am frühen Nachmittag sehen will, nachdem wir mit Mags Harding gesprochen haben. Ich fahre hin. Als Erstes werde ich mir Mike Shaw allein vornehmen, er ist in den Mails eine Hauptattraktion. Gut möglich, dass er in Gegenwart der anderen dichtmacht. Danach spreche ich mit seiner Ex-Frau und den O'Connors. Könnte ziemlich unschön werden.» Er versuchte, sich Jenny Shaws Reaktion vorzustellen. *Fassungslos und ungläubig vermutlich. Niemand will hören, dass die eigene Tochter eine dunkle Seite hat. Erst recht nicht, wenn sie tot ist.*

Die letzte Zeile, die Alex an Mags geschrieben hatte, hallte unter seiner Schädeldecke wieder. Da stand nur:

«Ich hasse Rosie. Ich könnte sie umbringen.»

45

Freitag 5. September 2014

DIE JOURNALISTIN

Ich habe mir die Pressekonferenz schon drei Mal angesehen. Die Highlights werden in einer Schleife und auf dem Nachrichtenticker wiederholt, der unter dem lebhaften Gesicht der Sky-News-Sprecherin entlangläuft. Jedes Mal, wenn das Foto von Jake an der Reihe ist, das ich ihnen zur Verfügung gestellt hatte, kneife ich die Augen zusammen, als wäre das Bild zu grell, um es direkt anzusehen. Ich weiß inzwischen, wann es kommt – an derselben Stelle wie in der Reportage –, trotzdem erschüttert es mich jedes Mal, lässt mich erstarren.

Ich hatte eigentlich beschlossen, heute Morgen zur Arbeit zu gehen, aber Steve war von der Idee entsetzt gewesen.

«Warum solltest du?», fragte er.

«Warum denn nicht? Du gehst doch auch zur Arbeit», schoss ich zurück.

«Das ist was anderes.»

Eigentlich wollte er sagen, dass seine Arbeit im Gegensatz zu meiner zählte. Dass er Menschenleben rettete. Aber er riss sich zusammen. Wahrscheinlich sagte er sich, dass für so was jetzt nicht der richtige Augenblick war.

Aber das ließ ich ihm nicht durchgehen. Warum auch?

«Was? Was wolltest du sagen? Dass mein Job nicht so wichtig ist wie deiner?»

«Hör auf, Katie. Ich wollte nichts dergleichen sagen.

Schau, wir haben beide nicht geschlafen. Wir stehen beide fürchterlich unter Stress, und man hat dir nahegelegt, zu Hause zu bleiben. Ich komme zu spät zu meinem ersten Patienten, ich muss los. Geh wieder ins Bett.»

Ich ließ mir einen Abschiedskuss geben und führte unseren Streit im Geiste fort, während ich darauf wartete, dass das Wasser kochte. Ich gewann. Glaube ich zumindest. Ich ging nicht zurück ins Bett. Ich musste was tun – mich beschäftigen.

Und jetzt sitze ich hier, sehe mir die Wiederholung der Nachrichten an und mache alle fünfzehn Minuten die Augen zu.

Joe bricht schließlich den Bann der Glotze. Ich habe das Telefon stumm gestellt und es auf dem Tischchen im Flur liegen lassen, um nicht mit Reportern sprechen zu müssen. Ich höre es auf dem polierten Holz brummen und stelle den Fernseher lauter. Aber Joe lässt nicht locker und klopft an die Haustür. *Klopf-klopf, klopf-klopf.* Ich hab ihn gut trainiert. Vorsichtig ziehe ich die Gardine beiseite. Er steht in Hemd und Krawatte vor der Tür und mustert meine Blumen.

«Die brauchen Wasser, ich weiß», sage ich, als ich ihm öffne. «Komm rein, schnell. Ist irgendwer draußen?»

«Nein, ich habe die Lage gecheckt, ehe ich geklopft habe. Goldene Regel Nummer einhundertzwanzig, stimmt's?»

«Halt den Mund. Kaffee?»

«Gerne. Ist dann mein dritter heute Morgen. Danach kann ich hier raus*fliegen*.»

«Was machst du überhaupt hier? Wieso bist du nicht bei den Eltern? Weiß Terry, dass du hier bist?»

«Nicht direkt. Ich habe die Konferenz getextet, und sie

haben Gail vom Porträtressort hingeschickt, um das große Interview zu führen.»

Das hätte ich sein sollen, denke ich wie die verlassene Ex-Freundin in der hintersten Kirchenbank. Natürlich wird Gail ihren Job gut machen.

«Ich habe Terry gesagt, ich treffe mich mit einem Kontakt. Stimmt ja auch. Sie sind mein bester Kontakt.»

«Das ist echt tragisch, Joe. Kontakte sind eigentlich Leute, die einem was erzählen können – Leute, die was wissen. Wie Polizisten und Politiker zum Beispiel.»

«Oder wie Sie», sagt er.

Er hat recht. Ich weiß die Dinge, die er wissen will. «Okay. Du hast von Terry ein goldenes Fleißbildchen für den Knüller von gestern Abend bekommen, könnte ich mir vorstellen?», sage ich, um von mir abzulenken.

Joe grinst breit. Es ist ein Ausdruck reinster Freude. «Er hat ‹Fuck!› gesagt. Das hat Terry noch nie zu einer meiner Storys gesagt.»

«Schön für dich. Und jetzt setz dich hin und hör zu. Ich sage dir, was wir tun werden.»

Wir haben eine Liste verfasst. Ich mag Listen. Sie bedeuten ein klein wenig Ordnung in einer chaotischen Welt. Wir werden die anderen Zeugen auftreiben, aber um auch nur einen einzigen von ihnen aufzuspüren, brauchen wir mehr Informationen.

«Was haben wir bis jetzt?», fragt Joe.

«Ich habe mit Ross in Bangkok telefoniert, Jakes Freund. Er sagt, in dem Hostel hätten außerdem noch zwei holländische Jungs gewohnt. Er glaubt sich zu erinnern, dass einer von beiden Lars hieß.»

«Na, das ist ja schon die halbe Miete …»

«An diesem Tisch ist kein Platz für Zynismus», sage

ich und schlage mit flacher Hand auf den Küchentisch. «Okay. Wo finden wir die Infos, die wir brauchen?»

«Im Netz. Reiseforen. Facebook. Instagram. Twitter», sagt Joe, und wackelt mit den Fingern wie auf einer Tastatur.

«Ja, ja. Aber was ist mit echten Menschen? Wer weiß was?»

«Na ja. Jake, offensichtlich.»

Ich werfe ihm einen Blick zu. Das «Jake hat mit dem Tod der beiden Mädchen nichts zu tun»-Gespräch haben wir bereits hinter uns.

«Und Rosie und Alex», sage ich.

Joe sieht mich verständnislos an.

«Sie haben nach Hause geschrieben, oder? Alex jedenfalls. Rosie hat die Kommunikation mit den Eltern offensichtlich ihr überlassen. Ich bin mir sicher, dass Alex sich nicht nur bei ihren Eltern gemeldet hat. Sie war überall in den sozialen Netzwerken unterwegs, es gibt bestimmt noch andere E-Mails. Die brauchen wir. Sie hat doch mit Sicherheit hier und da immer wieder kleine Geschichten und Gerüchte über die anderen Mitbewohner in dieser gottverlassenen Absteige geteilt.»

Joe hebt den Kopf und zieht die Augenbrauen hoch, und ich nicke.

«Ja, ich weiß. Womöglich auch über Jake. Aber es kann sein, dass das Informationen sind, die ihm helfen würden.»

«Ich rufe DS Salmond an. Wir telefonieren sowieso jeden Tag. Meistens ist sie zu beschäftigt, um zu reden, aber vielleicht kann sie uns helfen.»

«Daran musst du noch arbeiten, Joe. Bring sie auf deine Seite. Rede mit ihr. Über den Fall, über die vielen Überstunden, über die Bezahlung bei der Polizei. Über alles Mögliche. Du musst eine Beziehung zu ihr aufbauen. Ihr zeigen, dass du ein Reporter bist, dem sie vertrauen kann.»

«Klingt für meinen Geschmack ein bisschen zu gefühlsduselig.»

«Als Reporter geht es immer um Gefühlsduselei, du Idiot. Wir sind nicht dazu da, die Nachrichten durchs Teleskop zu beobachten – oder via Google. Wir sind für die Geschichten da. Du musst dich deinem Job mit Haut und Haaren verschreiben, um die Dinge erspüren zu können, sie aus allernächster Nähe sezieren, um sie zu verstehen. Du musst dir die Hände schmutzig machen. Bis rauf zu den Ellbogen.»

«Alles klar. Hab's kapiert. Soll ich mir das auch aufschreiben?»

Lachend gebe ich ihm mit meinem Notizheft einen Klaps. Ich könnte ihn küssen, weil er mich zum Lachen gebracht hat. «Okay. Schluss mit Unterricht. Also fall bitte nicht mit der Tür ins Haus und frag Salmond nach den Mails. Sie wird nein sagen und in der Abteilung sämtliche Alarmglocken läuten. Wer hat sonst noch E-Mails bekommen?»

«Mum und Dad?»

«Die habe ich schon gelesen, als ich das erste Interview gemacht habe. Mehr oder weniger dieselbe Leier über Tempel und Tuk-Tuks. Wir müssen die Freunde finden, mit denen sie sich wirklich ausgetauscht hat.»

«Ich bin schon dran», sagt Joe. Er sitzt vorgebeugt da und macht sich stumm Notizen, dann fängt er an, sich tief ins Netz zu graben.

46

Freitag, 5. September 2014

DIE MUTTER

Sie hatte sich die Pressekonferenz immer wieder angesehen. So oft, dass sie angefangen hatte, DI Sparkes' Worte mitzusprechen, während sie darauf wartete, dass sofort nach der Schlagzeile das Foto von Alex und Rosie erschien.

Und das Foto von Jake Waters. Sie hatte die Konferenz aufgezeichnet und bei dem Abschnitt mit seinem Porträt angehalten, sodass er den ganzen Bildschirm ausfüllte. Es war nicht mehr das schreckliche Strandfoto, auf dem er aussah wie der Teufel, sondern ein anderes, auf dem er einfach nur jemandes Sohn war. Er trug eine Brille, hatte gewellte Haare und ein schiefes Lächeln.

«Warst du das?», fragte sie das Gesicht. «Könntest du das getan haben?» Sie versuchte, sich vorzustellen, wie ihr eigener Sohn jemandem weh tat, aber es gelang ihr nicht. Ihr Sohn – niemals. Aber der Sohn von jemand anderem? Der Sohn von Kate?

Plötzlich stand Malcolm in der Tür, und sie sah erschrocken auf.

«Hör auf, dich zu quälen», seufzte er.

«Ich suche die ganze Zeit in seinem Gesicht nach einer Spur, Mal. Wie sehen Menschen aus, die Mädchen erwürgen? Sehen sie aus wie er? Völlig normal?»

«Ich weiß es nicht, Liebling. Die Polizei kennt sich mit solchen Sachen aus, aber nicht ich. Es ist unerträglich für mich, das, was passiert ist, ständig wieder durchzukauen.

Ich fühle mich entsetzlich, weil ich es nicht verhindern konnte.» Er setzte sich neben sie und fing leise an zu weinen. Seine Schultern bebten. Lesley sah ihn an und lenkte den Blick zurück auf den Fernseher. Sie spulte zurück, drückte wieder auf Play und konzentrierte sich auf Bob Sparkes' Gesicht.

Sie hatte zum Frühstück zwei Eier kochen wollen, aber dann den Schwung verloren und sie im Topf vergessen, bis sie hart und grau geworden waren. Malcolm hatte weiter mit bleichem Gesicht im Wohnzimmer gesessen. Irgendwann hatte sie ihm ohne ein Wort den Überwurf von Alex' Bett um die Schultern gelegt und ihn mit seiner Trauer allein gelassen. Sie konnte seine unmöglich auch noch schultern. Nicht heute.

Um zehn Uhr rief Wendy Turner an.

«Wendy? Gibt es was Neues? Hat sich jemand gemeldet? Hat man Jake Waters gefunden?»

«Hallo, Lesley. Wie ich höre, wurden Sie gestern Abend von einem Reporter belästigt. Sie hätten mich anrufen sollen – dazu bin ich doch da.»

«Es war schon spät, da wollte ich Sie nicht mehr stören. Außerdem hatte Joe Jackson die Informationen bereits. Wir hätten ihn schlecht davon abhalten können, es zu schreiben, oder?»

«Nein, wahrscheinlich nicht. Ich rufe an, um ein Treffen mit DI Sparkes zu vereinbaren. Er möchte mit Ihnen allen ein paar Dinge besprechen. Kann er am frühen Nachmittag vorbeikommen?»

«Ja, natürlich. Gerne auch früher. Worum geht's denn?»

«Nein, er hat ausdrücklich um einen Termin am frühen Nachmittag gebeten. Wir warten, bis er da ist, ja? Ist das okay?»

Es war natürlich nicht okay, aber das lag nicht in ihrer Macht. Ihr blieb nichts anderes übrig, als die Warterei auszuhalten.

«Wie geht es Ihnen heute, Lesley?», wollte Wendy wissen.

«Fürchterlich. Malcolm hat völlig dichtgemacht, und ich fühle mich wie auf Autopilot.»

«Vielleicht wäre es hilfreich, mit dem Arzt zu sprechen und sich etwas verschreiben zu lassen, das Sie ein bisschen unterstützt.»

«Wir brauchen keine Pillen! Wir brauchen nur Klarheit darüber, wer Alex ermordet hat.»

«Ich weiß. Aber Tabletten können dabei helfen, diese Phase der Unsicherheit durchzustehen.»

Phase der Unsicherheit. Schon wieder ein neuer Euphemismus für die Liste, dachte Lesley. *Diese schwierige Zeit; in Ihrer Traurigkeit; in Ihrer Trauer. «Während wir den Mörder Ihrer Tochter suchen», hat noch keiner gesagt. Ich frage mich, wie lange es dauert, bis sie es endlich tun.* «Danke, Wendy. Ich werde mit Mal darüber sprechen.»

Sie saß da, das Telefon auf dem Schoß, und starrte in die Luft. Dieser Stillstand brachte sie noch um. Sie wählte die Nummer von Kate Waters.

«Wo ist er?», kreischte sie in den Hörer. «Wo versteckt sich Ihr Mördersohn?»

«Lesley?», flüsterte Kate, fast unhörbar vor Schock.

«Ja, Lesley, allerdings! Wussten Sie, was er getan hat? Als sie um uns rumgeschlichen sind mit Ihrem geheuchelten Mitgefühl?»

«Natürlich nicht. Was ist los mit Ihnen? Sie sprechen von meinem Kind. Mein Sohn hat niemanden ermordet. Die Presse und die Polizei sind auf der falschen Fährte.»

«Ja, klar. Da sagen die aber was ganz anderes.»

«Und was sagen die Ihnen? Hören Sie, ich kann verstehen, wie verzweifelt Sie sind. Aber mein Sohn hat mit dem Tod Ihrer Tochter nichts zu tun. Bitte glauben Sie mir.»

«Das können Sie doch gar nicht wissen. Sie waren nicht dabei! Ihr Sohn war an der Uni schon ein Junkie – ehe er hochkant rausgeflogen ist. Das haben Sie schließlich auch nicht gewusst. Sie wissen also nicht besonders viel über ihn, oder?»

Kate legte auf.

Lesley versuchte, einen kleinen Moment des Triumphes auszukosten, aber sie fühlte sich so tot wie die Telefonleitung.

47

Freitag, 5. September 2014

DER POLIZIST

Sparkes räusperte sich. «Es tut mir leid, dass Sie gestern Abend von der Presse belästigt wurden», sagte er. Das Level an nervöser Energie in seinem Körper ließ die Kaffeetasse klingeln wie eine Glocke, als er umrührte.

«Schmeißfliegen!», blaffte Jenny. «Von wem hat Joe Jackson eigentlich die Obduktionsberichte bekommen? Von uns jedenfalls nicht.»

Alle Anwesenden schüttelten vehement den Kopf. Diesmal hatten sie sich in Jennys winzige Küche gequetscht: Jenny, die O'Connors, Wendy Turner und er. Er blickte in die angespannten Gesichter und war insgeheim froh, dass Mike Shaw nicht dabei war.

Mit ihm hatte Sparkes als Erstem gesprochen. Er hatte ihn in seinem Teppichgeschäft aufgesucht. Shaw hatte verschwitzt und krank gewirkt in seinem vollgestopften Büro, das offensichtlich gleichzeitig als Lager diente. Er hatte ein paar Muster von einem Stuhl geräumt, um Sparkes Platz zu machen, dann hatten sie sich hingesetzt, beinahe Knie an Knie.

«Wie geht es Ihnen momentan?», hatte Sparkes gefragt. Shaw saß so dicht vor ihm, dass er den Saccharingeschmack seines Kaugummis und den schalen Zigarettenrauch darunter riechen konnte. Sparkes war einen Zentimeter zurückgerutscht, um sich ein bisschen Freiraum zu verschaffen.

«Beschissen», hatte Shaw geantwortet. «Mir geht es beschissen. Entschuldigung, aber das ist ein verfluchter Albtraum.»

Sparkes hatte mitfühlend genickt. «Ich verstehe, das ist für Sie alle eine schlimme Zeit.» *Und gleich wird es noch schlimmer werden.* «Jetzt, wo wir schon etwas mehr darüber wissen, wie die Mädchen umgekommen sind, müssen wir versuchen herauszufinden, was genau in diesem Hostel vor sich gegangen ist, Mike. Dazu benötige ich Ihre Hilfe.»

Erst da hatte Shaw ihn überhaupt richtig angesehen. «Meine Hilfe?», hatte er gesagt. «Was soll ich Ihnen denn erzählen? Ich war Tausende von Meilen weit weg, als das passierte. Ich hatte von Rosie ewig nichts mehr gehört, bis sie weggeflogen ist. Ich weiß überhaupt nichts.» Er hatte die gespreizten Hände vor sich auf den Tisch gelegt.

Sparkes hatte sich nach unten gebeugt und nach der Aktenmappe gegriffen, die er neben sich auf den Fußboden gelegt hatte. «Ich möchte Ihnen einige E-Mails zeigen, die Alex an eine Freundin geschickt hat. Es geht darin um Rosie. Es könnte wichtig sein.»

Shaws Augen hatten sich geweitet, dann hatte er nach dem Stapel Ausdrucke gegriffen.

«Ich muss Sie vorwarnen. Es ist darin auch von Ihnen die Rede», hatte Sparkes hinzugefügt.

Mike Shaws Hand hatte kurz innegehalten, ehe er die E-Mails genommen hatte.

Sparkes hatte zugesehen, während Shaws Augen über die Zeilen geglitten waren, und er hatte genau gewusst, wann Mike die belastende Stelle gefunden hatte, weil ihm in dem Augenblick die Gesichtszüge entgleist waren.

«O Gott! Hat Jenny das gelesen?»

Es geht dir also nur um dich. Nicht um deine tote Tochter, hatte Sparkes gedacht und mit dem Kopf geschüttelt.

«Noch nicht. Ich treffe mich in einer halben Stunde mit den anderen. Ich dachte, es wäre fair, Ihnen die Sachen zuerst zu zeigen.»

«Schließlich bin ich derjenige, dessen Ruf hier zerstört wird.» Shaw hatte die Krawatte gelockert.

«Kommen Sie mit dazu?»

«Was glauben Sie denn!», hatte er gemurmelt. «Das hatte ich ohnehin nicht vor. Ehrlich gesagt, ich versuche, den anderen möglichst aus dem Weg zu gehen, so wie die Dinge zwischen Jenny und mir stehen. Nachdem Sie gestern Abend gegangen sind, kam es schon wieder zum Streit. Sie hat mir mal wieder Vorwürfe gemacht, weil ich sie und Rosie im Stich gelassen hätte. Ich packe das einfach nicht mehr, Inspector. Malcolm hat versprochen, mich hinterher anzurufen.» Shaw hatte eine Schublade geöffnet und ein Päckchen Zigaretten herausgeholt. «Ich öffne das Fenster», hatte er gesagt, sich eine angezündet und tief inhaliert.

«Das wäre gut», hatte Sparkes geantwortet. «Ist das am Arbeitsplatz nicht verboten?»

«Verfluchte Scheiße, verhaften Sie mich doch!» Shaw hatte grimmig gelächelt.

Sparkes hatte den Rauch in Richtung Fenster gewedelt und dann weitergemacht. «Mir ist klar, wie schwierig das für Sie ist», hatte er gesagt. «Ich muss Sie trotzdem fragen, ob das, was Alex behauptet, stimmt. Dass Rosie Sie erpresst hat, ihr das Geld für die Reise zu geben.»

Shaw hatte sich aufgerichtet und die Zigarette in der Schublade ausgedrückt – in einem versteckten Aschenbecher, wie Sparkes hoffte. «Ich wüsste nicht, was das mit dem zu tun hat, was passiert ist», hatte Shaw gesagt.

«Wir müssen rausfinden, ob Alex die Wahrheit sagt. Sie behauptet auch, Rosie hätte Drogen genommen. Dass es

Eifersuchtsszenen gab, in Bezug auf Männer, die sie dort kennengelernt haben, dass es zum Streit zwischen ihnen kam. Das kann durchaus etwas mit den nachfolgenden Ereignissen zu tun haben. Das leuchtet Ihnen doch ein, Mike?»

Shaw hatte den Mund aufgemacht und wieder geschlossen, als wolle er alles abstreiten, doch schließlich nickte er schwach. «Ich weiß nicht, ob Rosie Drogen genommen hat, ehe sie nach Thailand geflogen ist – schon möglich, ich wusste im Grunde gar nicht, was sie so gemacht hat. Ich weiß, dass ich das hätte wissen sollen, aber Jenny hat es uns so schwer wie möglich gemacht. Ständig die Vereinbarungen geändert, Besuche in letzter Sekunde abgesagt. Ich habe Jenny im Laufe der Zeit immer weniger zu Gesicht bekommen. Sie hat Rosie benutzt, um mich zu bestrafen. Dafür, dass ich sie verlassen habe. Dafür, dass ich mit Imogen glücklich bin …»

«Trotzdem war Ihre Tochter bei Ihnen, um mit Ihnen über die Reise zu sprechen», hatte Sparkes provozierend gesagt.

«Ja. Rosie war bei mir.» Er hatte den Kopf zwischen den Händen vergraben. «Ich hatte sie seit einer Ewigkeit nicht mehr gesehen. Ich dachte, wenn sie erst älter wäre, könnte sie selbst entscheiden, ob und wann sie mich sehen will, aber wahrscheinlich hatte Jenny ganze Arbeit geleistet, um sie gegen mich aufzuwiegeln. Jedenfalls kam es zu einer schrecklichen Szene. Sie hat mich beim Fummeln erwischt, mit einem der Mädchen aus dem Laden. Da war gar nichts, wirklich – nichts, was nicht ständig am Arbeitsplatz passieren würde. Das gibt es doch überall», hatte er gesagt.

Na ja, an deinem Arbeitsplatz vielleicht, hatte Sparkes gedacht. Er war froh, dass Zara Salmond nicht dabei war, sie hätte ihm wegen der flapsigen «Männer sind eben so»-Bemerkung den Marsch geblasen.

«Rosie hat total überreagiert. Sie hat damit gedroht, die Sache Imogen zu erzählen. Meine zweite Frau hätte kein Verständnis dafür gehabt.» Shaw hatte den Blick abgewandt. «Das können Sie sich ja denken.» Sparkes hatte genickt, und Shaw hatte weitererzählt: «Ich musste sie unbedingt davon abhalten, und sie meinte, wenn ich ihr das Geld für die Scheißreise gebe, hält sie den Mund.»

«Und woher hatten Sie das Geld? Sie haben mir erzählt, sie würden die Raten für das Haus von der Kreditkarte zahlen.»

Shaw hatte bitter aufgelacht, ein gespielt amüsiertes Bellen. «Sparen Sie sich bitte Ihre Spielchen, Inspector. Sie wissen doch, woher Rosie das Geld hatte. Von meiner Mutter.»

«Haben Sie die Überweisung von ihrem Konto veranlasst?»

«Ich erinnere mich nicht.»

«Und wusste Ihre Mutter davon?»

Shaw war aufgestanden, um dem Gespräch ein Ende zu setzen. «Das ist kalter Kaffee, Inspector. Die Sache ist erledigt. Meine Mutter hat die Behauptung, ihr würde Geld fehlen, zurückgenommen. Sie haben doch sicher Wichtigeres, dem Sie nachgehen müssen. Zum Beispiel herauszufinden, wer meine Tochter ermordet hat.»

«Ja.» Sparkes hatte sich ebenfalls erhoben und die Ausdrucke wieder an sich genommen. «Ich werde diese E-Mails jetzt Ihrer Ex-Frau zeigen.»

«Ich stelle schon mal mein Telefon ab», hatte Shaw gesagt. «Was für ein verfluchter Albtraum!»

In Jenny Shaws Küche mussten sie auf winzigen Stapelhockern sitzen. Sie sahen alle aus, als würden sie auf einer Pobacke balancieren.

«Ich weiß nicht, wer Joe Jackson informiert hat», sagte Sparkes. Zumindest nicht mit Sicherheit. Er hatte natürlich eine Ahnung, aber er wollte in der nächsten Stunde die Fäden in der Hand behalten, und es wäre wenig hilfreich, wenn das Gespräch jetzt diese bestimmte Richtung einschlug. Er räusperte sich noch einmal, um den Themawechsel anzudeuten. Doch Lesley war immun gegen seine nonverbalen Signale. Die E-Mails blieben weiter als Elefant im Zimmer stehen, der müßig mit dem Schweif wedelte.

«Das ist jetzt auch egal», sagte sie. «Hat es seit der Pressekonferenz irgendwelche Hinweise auf Jake Waters gegeben? Wo ist er?»

«Nein, Lesley, aber wir erhalten trotzdem hilfreiche Hinweise aus der Bevölkerung.»

Das war gelogen. Es handelte sich um die üblichen Knallköpfe. *«Der Typ auf dem Foto sieht aus wie der Mann aus der Pommesbude. Nur dass der Typ aus der Pommesbude schwarz ist»* war im Augenblick sein Favorit. Er rutschte mit seinem Hocker näher an den Tisch heran und beugte sich vor, um sicherzugehen, dass alle ihm zuhörten.

«Ich bin heute hergekommen, um sie über gewisse Hinweise zu informieren, die wir diesen Vormittag erhalten haben.»

«Was für Hinweise? Worum geht es?», schallte es ihm im Chor entgegen.

«Wir haben Kenntnis von einigen E-Mails erlangt, die Alex an eine Freundin geschickt hat. Sie erzählt darin von Schwierigkeiten zwischen ihr und Rosie.»

«Schwierigkeiten? Alex hat uns gegenüber nie etwas

von Schwierigkeiten erwähnt. Sie sagte, sie hätten eine tolle Zeit», meinte Lesley. «Und wieso erfahren wir erst jetzt davon?»

Er seufzte. «Weil wir selbst gerade erst davon erfahren haben.»

Mit erhobener Stimme versuchte Jenny, sich Gehör zu verschaffen. «Sie sagen uns jetzt, was in diesen E-Mails steht!», verlangte sie.

«Also, es gibt eine ganze Reihe davon. Sie waren an Margaret Harding adressiert.»

«Mags? Davon hat sie mir gar nichts erzählt!», sagte Lesley, schrill vor Empörung. Das aufgeregte Stimmengewirr schallte durch die kleine Küche und verzerrte sich zu einem wütenden Sirren. «Ich habe sie damals sofort angerufen, um zu fragen, ob sie etwas von Alex gehört hätte, und sie sagte, nein, gar nichts – genau wie wir. Und als wir aus Bangkok zurückkamen, hat sie mich angerufen, um mir zu sagen, wie leid es ihr tut. Wieso hat sie uns das nicht erzählt?»

Sparkes hob die Hand, um den Redefluss zu unterbrechen. «Sie hatte Alex versprochen, niemandem etwas zu erzählen. Die E-Mails enthalten ziemlich heikle Details, von denen Alex nicht wollte, dass Sie davon erfahren. Mags ist ein Teenager. In dem Alter trifft man manchmal nicht die klügsten Entscheidungen. Sie haben zweifellos jede Menge Fragen, aber vielleicht wäre es besser, Sie lesen die Mails selbst, ehe wir uns darüber unterhalten –»

«Geht es da um Drogen?», platzte Lesley dazwischen.

«Ja.»

«Nun zeigen Sie schon her!», blaffte Jenny.

«Bitte», fügte Malcolm hinzu.

Sparkes nahm die Ausdrucke aus seiner Aktenmappe, DC Turner reichte die Kopien herum, und er ging hinaus auf den Flur, um ihnen etwas Zeit zu lassen, sie zu lesen. «Ich melde mich inzwischen kurz im Büro», sagte er in dem dringenden Bedürfnis, der engen Küche einen Augenblick zu entkommen. Er betrachtete die Fotos von Rosie neben der Eingangstür. Geburtstage im Laufe der Jahre: Variationen von einem kleinen Mädchen im Partykleid, das die Kerzen auf einem Kuchen ausbläst und in die Kamera lächelt.

Die wachsende Anspannung in der Küche schien hinaus auf den schmalen Flur zu sickern und sich in einer Pfütze um seine Schuhe zu sammeln, während er dastand und Salmond eine Nachricht schrieb. Es war unerträglich. Dann drangen vereinzelt Töne aus der Küche, als die Eltern auf die ersten verstörenden Hinweise, die ersten Anschuldigungen trafen. Nur ab und zu ein «Oh Gott!». Sonst nichts. In eisigem Schweigen tasteten sie sich weiter vor, immer beklommener, voller Angst, was sie als Nächstes zu lesen bekamen.

Zehn Minuten später rief DC Turner ihn zurück in die Küche. Er sah die Bedrängnis auf ihren Gesichtern.

«Hat das sonst noch jemand zu sehen bekommen?» Malcolm übernahm die Führung.

«Nur DS Salmond und ich. Und Mike.»

«Mike hat das gelesen?», kreischte Jenny. «Wann? Wieso hat er das zuerst bekommen? Wieso ist er nicht hier, um Ihre Fragen zu beantworten?»

«Ich war vorhin bereits bei ihm, Jenny.»

«Er kann uns nicht unter die Augen treten, oder? Dieses feige Schwein! Und wieder mit seiner alten Nummer unterwegs. Macht sich tatsächlich immer noch an die Mädchen im Laden ran. Das wird die heilige Sankt Imogen ihm bestimmt nicht verzeihen!»

«Hör auf, Jenny!» Lesley hieb mit der flachen Hand auf den Tisch. «Hier geht es nicht um dich und deine kaputte Ehe. Wir müssen uns auf unsere Töchter konzentrieren.»

Jenny wurde rot. «Entschuldigung. Ich kann einfach nicht anders – es kommt alles wieder hoch.»

«Das ist ganz natürlich, Jenny», sagte DC Turner sanft und beendete damit das Thema.

«Wer bekommt sonst noch Zugang zu diesen Mails?» Malcolm beharrte verbissen auf seiner Frage.

«Wir werden sie im Augenblick lediglich an die Kollegen von der thailändischen Polizei weiterleiten», antwortete Sparkes vorsichtig.

«Gott sei Dank!», sagte Jenny. «Reicht es nicht, dass sie tot ist? Muss jetzt auch noch ihr Charakter durch den Dreck gezogen werden?»

Sparkes ließ die Frage unkommentiert. Sie sahen einander nicht an, während er ihnen darlegte, welche Auswirkungen diese Informationen womöglich haben würden.

«Alex spricht von weiteren Hostel-Gästen: Lars, ein Holländer und Freund von Rosie, womöglich *ihr* Freund; außerdem ein weiterer holländischer Junge namens Diederik. Und ein Junge, den sie mal als Jake und mal als JW bezeichnet und den sie mag.»

«Jake Waters», sagte Lesley leise. «*Der Kiffer.* Er kommt ständig vor. Und sie mag ihn auch nicht immer. Einmal schreibt sie, sie wünschte, er würde sich endlich verziehen.»

«Außerdem ist das meiste nicht wahr», sagte Jenny plötzlich.

Die O'Connors fuhren herum und starrten sie an.

«Jenny!», sagte Lesley. «Natürlich ist das wahr.»

Die vollständige Litanei von Rosies Verfehlungen fuhr in Sparkes' Kopf Karussell.

«Meine Tochter würde niemals Geld stehlen. Außerdem hat sie keine Drogen genommen», behauptete Jenny. Aber ihre Stimme zitterte.

«Wir wissen nicht, was sie getan haben», sagte Lesley.

Nein, dachte Sparkes.

«Wieso hat Alex uns nicht gesagt, dass sie so unglücklich war?», fragte Lesley flüsternd ihren Mann. «Wieso hat sie uns etwas vorgemacht?»

«Ich weiß es nicht, Liebling», sagte Malcolm. «Zwei junge Mädchen, zum ersten Mal auf sich gestellt. In dem Alter haben wir alle Blödsinn gemacht.»

«Tut mir leid, aber das glaube ich einfach nicht», sagte Jenny wie fürs Protokoll.

«Das ist nicht der richtige Zeitpunkt, das zu diskutieren», sagte Lesley. «Du bist viel zu aufgebracht, um klar zu denken.»

«Halt den Mund, Lesley. Ich bin glasklar!», kreischte Jenny. «Ich weiß genau, was ich sage. Das ist alles erstunken und erlogen.»

48

Freitag, 5. September 2014

DIE JOURNALISTIN

Nachdem ich aufgelegt habe, hat es mir vor Schreck die Sprache verschlagen. Es liegt nicht nur an der schreienden Ungerechtigkeit in Lesleys Worten. Ich fühle mich wie verprügelt und unter Schock, als wäre ich körperlich attackiert wurden. *Wo versteckt sich Ihr Mördersohn?* Der Satz pocht wie wild gegen mein Herz.

In der Stille gleite ich an der Wand im Flur hinunter bis auf den Teppichboden und versuche, meinen Atem und meine Gedanken wieder zu beruhigen. Versuche, mein *Jack-ist-unschuldig*-Banner unbeschadet aus dem Dreck zu ziehen.

Ich weiß nicht, ob Joe etwas von dem Anruf mitbekommen hat, doch dann streckt er den Kopf zur Küchentür hinaus, und ich habe die Antwort. Er ist so leichenblass, wie ich mich fühle.

«Geht es Ihnen gut? War das Lesley O'Connor?»

Ich kann nur nicken.

«Sie ist total durch den Wind», versucht er mich zu trösten. «Sie weiß nicht, was sie sagt.»

Das stimmt nicht. Sie weiß es ganz genau. «Ich möchte nicht darüber sprechen. Los, lass uns mit was Sinnvollem weitermachen», sage ich und versuche, mich hochzuziehen. «Wie weit bist du inzwischen?»

«Ich habe jemanden gefunden», sagt er und zieht mich auf die Beine.

Joe hat nicht mal dreißig Minuten gebraucht, um eine Mags Harding ausfindig zu machen, die ursprüngliche Reisegefährtin – sie war bis vor einiger Zeit Stammgast auf Alex' Instagram-Account. Er ruft in der Redaktion an, um zu sagen, dass er nach Hampshire fährt, um einem Tipp nachzugehen, und wir gehen raus zu seinem Wagen.

«Was haben sie gesagt?», will ich wissen und stöpsle mein Telefon an seine Ladebuchse.

«‹Klingt interessant› … das Übliche, wenn sie einem nicht zuhören.»

«Manchmal ist es ganz gut, unter dem Radar zu sein, Joe. Na komm, leg einen Zahn zu.»

Joe fährt wie ein alter Mann. Er hält sich selbst dann noch an sämtliche Geschwindigkeitsbegrenzungen, als ich ihn anschreie. «Herrgott noch mal, warum kriechst du eigentlich im Schneckentempo? Du bist doch keine neunzig, Joe! Gib Gas, Junge!»

«Und wie viele Strafzettel haben Sie dieses Jahr schon kassiert?», fragt er. «Sie hätten sich von den Bußgeldern wahrscheinlich längst ein neues Auto kaufen können.»

Danach halte ich den Mund. Aber innerlich schreie ich immer noch, wenn er an jeder grünen Ampel vorsorglich vom Gas geht.

Mags Harding erwartet uns in einem Burger-Laden. Offensichtlich ihr Vorschlag. Sie war ganz aus dem Häuschen gewesen, als Joe sie vorhin angerufen hatte. Wir wären ihre ersten Reporter, hatte sie ihm erzählt.

«Bingo!», hatte ich gerufen, als er von dem Gespräch berichtet hatte. «Erster!»

Ich überlasse Joe die Bestellung von zwei doppelten Cheeseburgern für ihn und Mags – «Für mich einen Kaffee, danke» – und übernehme die Anwärmphase. Ich stelle mich ihr als Joes Kollegin Kate vor. Ohne Nachnamen, um keine schlafenden Hunde zu wecken.

«Wie geht es dir? Die Sache mit Alex nimmt dich sicher furchtbar mit», frage ich und öffne damit vorsichtig einen Spaltbreit die Tür zu unserem Gespräch.

«Ja. Wir … wir waren schon in der Grundschule beste Freundinnen. Ich kann es immer noch nicht fassen. Zuerst der Brand, und jetzt heißt es plötzlich, sie wäre ermordet worden.» Ihr steigen Tränen in die Augen, und sie kaut auf einem Fingernagel.

«Eigentlich wolltest du doch mit Alex nach Thailand, oder?»

Der Finger löst sich vom Mund, und ich merke, wie ein kleiner Nagelsplitter auf den Tisch fällt. Mags schaltet von Trauer auf großäugiges Teenie-Drama um und dann gleich wieder zurück. Die Vorstellung, den Klauen des Todes entronnen zu sein, ist ihr vom Gesicht abzulesen. Sie wird zur Hauptdarstellerin ihres eigenen Survivor-Specials.

«Das hätte ich sein können! Das hab ich auch zu meiner Mum gesagt. Wenn ich mitgeflogen wäre. Wenn ich keinen Rückzieher gemacht hätte. Das hätte ich sein können. Das ist so brutal!»

«Absolut. Warum bist du nicht mitgeflogen, Mags?»

«Es lag am Geld. Ich wollte total gern mit, wirklich, und ich habe mir ständig wieder versprochen, ab nächster Woche anzufangen zu sparen, aber ich hab's nicht hingekriegt. Ich konnte mir die Reise einfach nicht leisten. Ich habe mich lange nicht getraut, es Alex zu sagen. Ich hatte Angst, sie würde ausflippen. Sie kannte kein anderes Thema mehr. Nur noch Thailand.»

«Und? Ist sie ausgeflippt?»

«Nein. Ich glaube, sie war zu geschockt, um viel dazu

zu sagen. Ich fühle mich immer noch schuldig. Ich habe ihr ganz oft gesagt, wie leid es mir tut, aber ich habe sie trotzdem im Stich gelassen, oder nicht?»

Sie will die Absolution von mir. Als Joe mit den Burgern zurückkommt, unterbreche ich unser Gespräch. Dann geht er noch mal los, um mein Getränk zu holen.

«Du darfst dich deshalb nicht so quälen. Ihre Mum hat erzählt, sie hätte in Thailand eine ganz tolle Zeit gehabt, ehe … ehe es zu dem Unglück gekommen ist», sage ich und beobachte, wie ihre Hand sich dem Stapel gepresster Tierreste auf ihrem Teller nähert.

«Na ja …», sagt Mags. Sie nimmt einen Bissen, und ein labbriges Salatblatt fällt auf den Tisch. Sie macht sich nicht die Mühe, es aufzuheben. Salat ist eindeutig nicht ihr Ding.

Joe setzt sich hin und fängt ebenfalls an zu essen. Ich trinke meinen Kaffee und warte, während die beiden ihre Burger verschlingen. Ein paar Minuten später wischt Mags sich mit einer Serviette den Mund ab und lächelt mich mit glänzenden Lippen an.

«Besser?», frage ich, und sie nickt.

«Entschuldigung, ich war am Verhungern.»

«Also, ich sagte, ihre Mum hätte erzählt, Alex hätte in Thailand eine tolle Zeit gehabt …»

Mags verzieht das Gesicht. «Eher nicht. Eigentlich war es ganz schrecklich mit Rosie.»

«Wieso? Ich dachte, die beiden wären beste Freundinnen.»

«Nein! Ich war Alex' beste Freundin», korrigiert Mags mich. «Rosie war die Lückenbüßerin. Sie ist in letzter Sekunde eingesprungen. Ich konnte nicht fassen, dass Alex tatsächlich mit der verreisen wollte. ‹Alex›, habe ich zu ihr gesagt, ‹bist du sicher? Du kennst sie doch gar nicht.› Aber sie meinte, das wäre schon okay. Mir war klar, dass das nicht stimmte. Die beiden waren vorher nie gemeinsam unterwegs, an den Wochenenden, so wie Alex und ich. Rosie hat sich mit den Dangerous Sisters rumgetrieben – die Mädchenclique an unserer Schule, die sich durch alle Betten schläft und ständig zulaufen lässt. Sie war zwar selbst keine von denen – ihre Mum hat sie an die kurze Leine genommen, nachdem ihr Dad abgehauen war –, aber sie wäre gern eine gewesen.»

«Aber Alex hatte andere Vorstellungen von Spaß?»

«Absolut! Ich glaube, die Leute haben uns für schräg gehalten. Wir stehen auf Harry Potter …», fügt sie hinzu.

«Und wie sind die beiden in Thailand dann zurechtgekommen?»

«Nicht gut. Rosie war der totale Albtraum, hat Alex gesagt.»

«Hast du mit ihr gesprochen?», fragt Joe. «Über FaceTime oder so?»

«Einmal nur, ganz am Anfang. Aber der Zeitunterschied hat total genervt. Dafür haben wir uns fast jeden Tag geschrieben.»

«Sie war sicher total froh, dass sie dich zum Reden hatte», sagt Joe. Ich nippe an meinem Kaffee und lehne mich zurück.

«Wir konnten schon immer gut reden. ‹Hanni und Nanni› haben unsere Mütter uns genannt. Wir haben uns alles erzählt. Sie wusste, dass ich dichthalten würde. Und das habe ich auch. Ich habe niemandem was erzählt. Als Alex plötzlich keine Mails mehr geschrieben hat, rief ihre Mum mich an, aber ich habe mein Versprechen gehalten. Ich habe gesagt, ich hätte in der Woche auch nichts mehr von ihr gehört – ich wünschte, ich hätte das nicht getan, aber das, was Alex mir geschrieben hat, konnte ich ihrer

Mutter unmöglich alles zeigen. Es ging um Drogen und ums Rumvögeln. So was wollen Eltern doch nicht hören, oder? Ich bin erst zur Polizei gegangen, als es plötzlich hieß, Alex wäre ermordet worden.»

«Zur Polizei? Wann war das denn?», frage ich.

«Heute Vormittag. Ich dachte, Sie hätten sich deshalb bei mir gemeldet?»

«Okay», sage ich. *Schnell weiter.* «Das war jedenfalls sehr klug von dir, Mags», sage ich, und sie sieht mich dankbar an.

«Ich bin mir nicht sicher, dass Rosies Mum das auch so sieht.»

«Warum? Weil in den E-Mails steht, dass Rosie es hat krachen lassen?»

«Ja, auch. Aber vor allem, weil sie Alex beklaut hat. Außerdem hat sie ihren Vater erpresst, damit er ihr das Geld für die Reise gibt.»

Mags pickt die letzten Zwiebelringe vom Tablett und stippt sie in die Tomatensauce, während ich versuche, mir nichts anmerken zu lassen.

«Ja, das wäre ziemlich heftig», sage ich. «Weißt du, wann das war?»

«Es stand in der letzten Mail, die Alex mir geschrieben hat. Ein paar Tage vor dem Brand. Sie hat geschrieben, dass Rosie sich an den Typen rangewanzt hat, den Alex mochte, und dass sie Rosie beim Wühlen in ihrer Handtasche erwischt hat. Sie hat ihr fast zweihundert Pfund geklaut. Und es für ein Tattoo und lauter Scheiß auf den Kopf gehauen. Und dann hat Rosie ihr plötzlich einfach so erzählt, sie hätte ihren Vater beim Rumknutschen mit einer Frau erwischt und ihm gedroht, es seiner neuen Frau zu erzählen, wenn er ihr das Geld für die Reise nicht gibt. Alex war total geschockt. Sie wollte Rosie dort sitzenlassen, hat überlegt, nach Hause zurückzufliegen. Und dann kam plötzlich nichts mehr …»

«Wow!», sagt Joe. «Das darf doch nicht wahr sein.»

«Ja, oder? Ich hätte es nie geglaubt, wenn Alex mir das nicht selbst geschrieben hätte. Hier. Sie können die Mail gerne lesen.»

Guter Junge, Joe!

Mags reicht ihm ihr Telefon, und er scrollt sich durch die Mail, zieht die Augenbrauen hoch und schüttelt ungläubig den Kopf wie ein Profi.

«Darf ich mir das kopieren?», fragt er und Mags zuckt die Achseln.

«Logo.»

«Weißt du was? Ich leite die E-Mail an mich weiter und tippe meine Telefonnummer bei dir ein, dann kannst du dich jederzeit wieder bei mir melden.»

Sie lächelt und zwirbelt eine Haarsträhne zwischen den fettigen Fingern.

«Kann ich ein Foto von dir machen?», fragt Joe und greift zu seinem Telefon.

BANGKOK, SIEBZEHNTER TAG

Dienstag, 12. August 2014

Alex' neues Zimmer lag direkt neben dem Schlafsaal, und sie konnte das Gemurmel der Jungs hören, während sie in einer E-Mail an Mags ihrer Wut Luft machte und Rosies Untaten in Großbuchstaben in ihr Telefon hackte. Sie endete mit den Worten: «ICH HASSE ROSIE. ICH KÖNNTE SIE UMBRINGEN!»

Sie fragte sich, ob sie jemandem von dem geklauten Geld erzählen sollte. Und von Rosie. Und von Mama. *Vielleicht kann Jake mir helfen. Aber was soll der tun? Das Geld ist weg. Das sehe ich nie wieder. Trotzdem. Die anderen müssen erfahren, was hier abgeht. Oder nicht? Vielleicht macht Mama mit ihnen dasselbe?*

Alex ging ins Bad, um zu duschen. Sie wollte die Gedanken ausblenden und sich die eklig klebrige Wut vom Körper waschen. Das Bad war der reinste Horror, der Gestank nach schleimigen Fliesen und Testosteron markierte es eindeutig als Männerbad. Automatisch stopfte sie frisches Klopapier in die Löcher in den Rigipswänden, ehe sie sich auszog – seit dem Schatten vor dem Fenster zu ihrem alten Zimmer war sie vorsichtig geworden. Sie machte die Augen zu und versuchte, die Luft anzuhalten, bis sie unter der kalten Dusche stand.

Weil sie sich in dem modrigen Bad nicht anziehen wollte, wickelte sie sich in ein Handtuch, griff nach ihren Sachen und schlich zu ihrem Zimmer zurück. In dem Augenblick, als sie den Schlüssel umdrehte, kam Jake aus dem Schlafsaal.

«Alex, was machst du denn hier unten? Erzähl mir bitte

nicht, du hast unsere Dusche benutzt? Das muss traumatisch gewesen sein …»

Sie zog das Handtuch zusammen und presste ihre Anziehsachen an sich, und ihre nackte Haut prickelte unter seinem intensiven Blick. «Äh, ich bin umgezogen. Ich muss mich jetzt anziehen.»

«Alles okay? Du siehst gestresst aus. Bleibt es bei heute Abend? Nach meiner Schicht? Schau doch bei mir an der Bar vorbei, wenn du angezogen bist.»

Sie nickte und verschwand, so schnell sie konnte, durch die Tür. Er war so nett. Vielleicht wusste er doch Rat.

Als sie den Raum betrat, stand auf dem Tresen schon ein Glas Bier für sie bereit. Es war viel los, und Jake hatte zu tun, also setzte sie sich auf einen Hocker und wartete. Auf der gegenüberliegenden Seite des Raumes sah sie, wie Rosie auf Mama einredete. Plötzlich hoben beide die Köpfe und sahen zu ihr herüber, als hätten sie ihren Blick gespürt. Alex drehte sich weg. Sie wollte nicht mit ihnen sprechen. *Ganz ruhig*, sagte sie zu sich. *Du hast nichts falsch gemacht.* Warum fühlte sie sich dann so, als hätte sie was getan?

«Alles klar?», fragte Jake als er von seiner Runde zurückkam. «Ist dein Bier noch kalt? Jamie hat es dir hingestellt.»

«Ja, danke.» Sie drehte sich suchend nach Jamie um. Er saß mit versteinertem Gesicht allein an einem Tisch hinten in der Ecke. Sie hob das Glas, um sich zu bedanken, und trank einen Schluck.

«Also. Was ist los? Warum bist du oben ausgezogen?», fragte Jake. «Wobei – eigentlich kann ich's mir schon denken …»

«Wirklich? Das glaub ich kaum …»

Er zog fragend die Augenbrauen hoch. «Na ja, ich habe euch streiten hören …»

«Das ist eine lange Geschichte», sagte Alex. Sie war sich plötzlich nicht mehr sicher, was sie erzählen wollte.

«Wir haben den ganzen Abend – ich bin in ein paar Stunden fertig», sagte Jake und lächelte sie an.

Dieses Lächeln gab den Ausschlag, und Alex' Bedenken schmolzen dahin.

«Rosie hat mein Geld geklaut», sagte sie.

«Rosie? Echt? Bist du sicher?» Er schaute zu der Beschuldigten hinüber, und ihre ehemalige Bettnachbarin hob den Kopf. *Sie hat sicher ihren Namen gehört.* Rosie zog eine Grimasse und wandte sich wieder ihrer einfühlsamen Zuhörerin zu.

«Ja. Ich habe sie erwischt, als sie in meiner Tasche rumgewühlt hat. Sie hat es zugegeben. Aber das ist noch nicht mal das Schlimmste. Sie ist von einem Typen abgezogen worden. Hat einen Roller bei ihm gemietet, und der ist geklaut worden.»

Jakes hübsche Augen wurden schmal.

«Und Mama hat ihr total Angst gemacht und gesagt, wenn sie zur Polizei geht, schmuggelt man ihr dort Drogen unter.» Ihm zu erzählen, dass Rosie Mama Bestechungsgeld gegeben hatte, brachte sie nicht über sich. Dann zitierte ein Gast Jake ans andere Ende der Bar, um sich einen komplizierten Cocktail mixen zu lassen. Ihre Geschichte musste warten. Sie trank noch einen Schluck Bier. Es war schal geworden. Alex nahm eine Handvoll Erdnüsse aus der Schale auf der Theke.

Als Jake zurückkam, griff er den Faden wieder auf, als hätte es keine Unterbrechung gegeben. «Also, den Rollertrick kennt hier wirklich jedes Kind, aber verhaftet werden? Vielleicht bauscht Rosie die Geschichte auf, um davon abzulenken, dass sie deine Kohle geklaut hat. Damit sie dir leidtut. Sie zieht diese Kleinmädchennummer ziemlich oft ab, finde ich. Im Grunde ist Rosie ein Albtraum, oder?»

«Ich dachte, das geht nur mir so», sagte Alex dankbar. «Sie hat gesagt, ihr fändet mich langweilig und dass ich euch alle ständig runterziehen würde.»

«Ich würde nicht alles glauben, was sie erzählt. Das denkt niemand von dir. In unseren Augen bist du eine Heldin, weil du es mit Prinzessin Rosie überhaupt aushältst.»

Alex lächelte schief.

«Aber was ist mit dem Geld? Hast du überhaupt noch genug, um weiterzureisen? Was willst du jetzt tun?»

«Ich weiß es nicht.»

«Du könntest mit Mama darüber sprechen», sagte er vorsichtig.

«Mama? Könnte sein, dass sie selbst ein Teil des Problems ist.»

«Wie meinst du das? Sie kennt jede Menge Leute, mehr will ich damit gar nicht sagen. Sie weiß, wie die Dinge hier laufen. Mir hat sie auch schon geholfen.»

«Wie denn?»

«Na ja, letztes Jahr lief es bei mir nicht so rund. Die Polizei hat mir wegen meines Visums Stress gemacht, und sie hat sich darum gekümmert. Ich bin ihr was schuldig.»

«Tja. Mir hat sie ziemlich deutlich zu verstehen gegeben, dass sie mich nicht mag. Aber ich denke drüber nach.»

«Ich muss weitermachen. Wir reden nachher», sagte er, als eine lärmende Gruppe Touristen in die Bar einfiel.

*

Später konnte sie nicht mehr sagen, wann genau sie angefangen hatte, sich schlecht zu fühlen. Der Abend hatte sich irgendwie aufgelöst, hatte irgendwann angefangen, an den Rändern zu verschwimmen. Sie konnte sich noch an Mamas Gesicht erinnern, das plötzlich vor ihr geschwebt war, und daran, dass ihr Mund auf einmal nicht mehr richtig funktioniert hatte, sodass die Wörter nur mehr halb artikuliert herausgekommen waren. Dann war sie auf ihrem Barhocker gefährlich ins Schwanken geraten. Sie hatte dringend eine Toilette gebraucht, aber nicht mehr gewusst, wo sie war. War sie immer noch in der Bar gewesen?

«Was ist los mit mir?», hatte sie sagen wollen, aber sie hatte nur mehr ein paar gelallte Laute herausgebracht. Sie hatte Hände gespürt, und wie sie hochgehoben worden war. Und dann nichts mehr.

Als sie das erste Mal aufwachte, hämmerte es wie wild in ihrem Kopf, und als sie versuchte, sich aufzusetzen, übergab sie sich auf den Fußboden neben dem Bett. Sie war zu schwach, um sich etwas daraus zu machen, und schloss die Augen, weil das Sonnenlicht viel zu grell war.

Als sie zum zweiten Mal aufwachte – war es wirklich das zweite Mal? –, hatte sie das Gefühl, es wäre draußen wieder dunkel, und das Erbrochene war verschwunden. Neben dem Bett stand eine Plastikschüssel.

Sie versuchte aufzustehen, aber ihre Beine zitterten so stark, dass sie rücklings wieder umfiel. In dem Moment tauchte Jamie in der Tür auf.

«Wie geht's dir?», fragte er. «Du siehst schlimm aus. Ich bring dir Wasser.»

Alex antwortete nicht. Sie machte den Mund auf und musste augenblicklich würgen. Rippen und Bauchmuskeln fühlten sich an, als hätte sie Muskelkater, und sie hatte Schmerzen, als wäre sie verprügelt worden.

«Bleib ganz still liegen», sagte Jamie. «Ich bin gleich wieder da.»

«Was ist mit mir passiert?», krächzte sie, als er mit einem Glas zurückkam.

«Ich weiß es nicht. Vielleicht hast du was Falsches gegessen. Du bist vor dem Klo zusammengebrochen. Du Ärmste, du hast dich ständig übergeben.»

Sie versuchte, sich daran zu erinnern, was sie gegessen hatte. Die Erdnüsse? Sie hatte nur ein paar Handvoll genommen. Vor lauter Kopfschmerzen konnte sie nicht weiterdenken.

«Ich habe dich ins Bett gebracht. Ich hab immer wieder nach dir geschaut.»

Alex traten Tränen in die Augen und sickerten ins Kopfkissen. «Mir geht es so schlecht!», sagte sie. «Ich wünschte, meine Mum wäre hier.»

Jamie setzte sich zu ihr aufs Bett und streichelte ihr übers Haar. «Hab keine Angst. Ich kümmere mich um dich.»

«Weiß Rosie, dass ich krank bin?»

Als Jamie nicht antwortete, packte sie ihn am Arm. «Sag ihr, sie soll unseren Eltern schreiben, damit sie wissen, dass es uns gutgeht. Ich habe mich gestern nicht bei ihnen gemeldet. Die machen sich bestimmt Sorgen. Und Rosie denkt nie an so was. Und sie soll bitte nicht sagen, dass ich krank bin. Meine Mum flippt sonst aus.»

«Mach ich. Jetzt schlaf.»

Alex lag so still da, wie sie nur konnte, um den permanenten Würgereiz in Schach zu halten. Sie schob die Hand unters Kopfkissen und tastete nach ihrem Telefon, aber es war nicht da. Sie würde es später suchen.

49

Freitag, 5. September 2014

DIE JOURNALISTIN

Joe fährt mich zurück nach Hause, aber als wir in unsere Straße abbiegen, sehe ich Reporter auf der Gartenmauer sitzen. «Flucht nach vorne!», rufe ich und ducke mich in den Fußraum. Joe fährt an unserem Haus vorbei und biegt in die nächste Seitenstraße ab.

«Wie viele sind da?», frage ich und richte mich wieder auf.

«Drei. Und ein Fotograf. Wahrscheinlich Agenturleute. Die sahen alle ziemlich jung aus.»

Ich hätte beinahe gelacht. «So wie du?»

Er grinst. «Ach so. Aber ich fahre wie ein alter Mann! Wohin jetzt?»

«Lass mich an der Ecke raus», sage ich. «Ich gehe hinten rum ins Haus. Wir telefonieren, sobald ich mit den E-Mails durch bin.»

Joe hat den vollständigen Mail-Thread an mich weitergeleitet, Hunderte von Wörtern in zig Nachrichten im Zeitraum zwischen dem 27. Juli und 12. August. Danach nichts mehr. Wir haben besprochen, dass er vorerst noch nichts daraus veröffentlicht.

«Auf uns wartet jede Menge Arbeit, Joe. Bis jetzt wurde nichts davon gegengecheckt – vor allem das mit dem gestohlenen Geld. Möglicherweise hat Alex O'Connor sich das Ganze nur ausgedacht. Wir müssen zuallererst die Fakten prüfen.»

Er nickte, aber die Enttäuschung stand ihm ins Gesicht geschrieben.

*

Ich schleiche mich an den Gärten der Reihenhäuser entlang und winke meiner Nachbarin Bet zu. Sie hängt gerade die Wäsche auf und winkt zurück. Ich lege den Finger auf die Lippen und deute nach vorne. Sie lächelt konspirativ und winkt mich zu sich in die Küche.

«Komm rein», flüstert sie und vertreibt ihren Kater Albert von einem Plastikstuhl. «Setz dich.»

«Sind sie dir auch auf die Pelle gerückt, Bet?»

«Sie haben's versucht. Ich hab ihnen gesagt, sie sollen sich verzupfen. Miese Aasgeier. Eins von den Bürschchen hat mich *meine Liebe* genannt. Frecher Lümmel.»

Bei der Vorstellung, jemand würde versuchen, Bet Honig ums Maul zu schmieren, muss ich lächeln. Das hatte ich weiß Gott selbst versucht, als wir vor einer gefühlten Ewigkeit hier einzogen. Bet kann Unaufrichtigkeit auf eine Meile Entfernung riechen und lässt sich von nichts beeindrucken. Sie ist, was mein Vater «eine eigenwillige Persönlichkeit» genannt hätte. Sie sieht mich erwartungsvoll an, aber ich kann schlecht mit ihr auf die Presse einprügeln.

«Die machen auch nur ihren Job, Bet. Irgendwann hauen sie wieder ab. Ignorier sie einfach.»

«Nicht so einfach, bei dem Mist, den sie über Jake verzapfen. Genau das habe ich ihnen auch gesagt. Jake ist ein guter Junge. Ich kenne ihn schon sein ganzes Leben. Er würde keiner Fliege was zuleide tun.»

Ihre freundlichen Worte treffen mich vollkommen unerwartet, und ich kann mich nicht schnell genug wappnen.

Während ich in ihrer Küche sitze und weine, sucht sie eine Weile vergeblich nach Taschentüchern, geht schließlich raus und kommt mit einer Rolle rosarotem Klopapier zurück.

«Lass es ruhig raus», sagt sie tröstend. «Man darf solche Dinge nicht in sich reinstopfen. Das ist ungesund.»

Ich schniefe erbärmlich und versuche, mich zusammenzureißen. «Ich muss weiter, Bet. Ich muss mit der Familie telefonieren.»

«Hier. Nimm die Kekse mit. Du isst bestimmt nicht genug.»

Ich stecke die Packung Kräcker in die Handtasche.

«Sprichst du mit Freddie? Bitte grüß ihn ganz lieb von mir, ja? Wie geht es ihm mit der ganzen Geschichte?»

«Er ist uns eine große Unterstützung», sage ich, aber wenn ich ehrlich bin, weiß ich nicht mehr, was Freddie denkt. Ich frage mich, ob er mir die Schuld dafür gibt, dass Jake so lange weggeblieben ist, dass er in solch eine Situation geraten ist. Wir müssen vorsichtig sein mit dem, was wir einander sagen. Ich versuche, ihn zu schonen, und vielleicht tut er genau dasselbe. Kann sein, dass er Steve gegenüber offener ist. Ich werde ihn heute Abend wieder anrufen.

Ich eile hinten herum zu meinem Gartentor und sperre hinter mir zu. Eigentlich wird hier nicht abgeschlossen – das war noch nie nötig. Die Jungs kamen immer mit den Rädern aus der Schule und schoben sie durchs Törchen in den Schuppen, ehe sie durch die Hintertür gepoltert kamen. Das Schloss ist verrostet, und ich habe Mühe, den Schlüssel zu drehen. Dann, versteckt hinter den hohen Ziegelmauern zwischen den Gärten, bleibe ich einen Augenblick lang im Sonnenschein stehen, mit Albert als einzigem Zeugen – er thront inzwischen auf unserem Schuppendach. Ich brauche Zeit zum Nachdenken. Doch alles Denken bringt mich immer wieder nur zu Jake zurück, wie er damals war, als Kind. *Wohin ist dieser Junge verschwunden? Was haben wir falsch gemacht?*

Ich schließe die Augen und hole tief Luft.

Deine Liste, Kate! Zurück zur Liste.

Ich gehe ins Haus und hole meinen Laptop aus dem Wohnzimmer. Ich hatte heute Morgen, nachdem Joe gegangen war, die Vorhänge zugezogen, um mich vor neugierigen Blicken zu schützen, aber als ich jetzt aus dem grellen Sonnenschein hineinkomme, macht die plötzliche Dunkelheit mich fast blind. Ich taste mich zum Sofa vor und klappe den Monitor auf. Ich kann sie draußen reden hören. Ich meine sogar, einzelne Stimmen wiederzuerkennen. Wie surreal, sich hier zu verstecken, während meine Kollegen draußen vor meiner Haustür lauern. Dann straffe ich die Schultern und lasse sie gedanklich hinter mir.

Ich habe auch einen Job zu erledigen.

Also gehe ich fischen, werfe auf der Suche forschend mein Netz über dem digitalen Teenager-Bewusstseinsstrom aus.

Ich kopiere sämtliche E-Mails in ein gemeinsames Dokument und suche nach diversen Schlagwörtern. «Jake» ist das erste. Es geht nicht anders. Ich muss wissen, was die Polizei weiß. Sein Name taucht immer wieder auf, aber mir fällt auf, dass Alex ihn immer wieder auch als «JW» bezeichnet hat. Meistens in den jüngeren E-Mails – JW hat dies gesagt, Jake hat das gesagt. Alex wirkt auf mich fast wie gespalten – manchmal schwärmt sie in höchsten Tönen von meinem Sohn, erzählt, wie lieb er ist, schreibt von seinen schönen Augen, seinen faszinierenden Händen und von ihrer Hoffnung, dass er sie fragt, ob sie mit ihm ausgehen will. Davon, wie sie versucht, seine Aufmerksamkeit zu erregen. Was er gesagt hat, wie er sie angesehen hat. Mein Sohn, der Mädchenschwarm. Dann wieder wirkt sie genervt von ihm, beschwert sich darüber, dass er ihr nachläuft. *Mädchen*, denke ich. Nicht, dass ich mitreden könnte. Ich hatte nie eins.

Erst später fällt mir auf, dass schon in den ersten E-Mails von Jake die Rede ist, als Alex von jemandem namens ‹Der Kiffer› erzählt, der im Schlafsaal rumsitzt und Joints raucht, wenn er nicht gerade die Tische abräumt. Das ist er. Ich schiebe diesen anderen Jake beiseite und mache weiter.

Die Suche nach «Lars» führt mich zu seinem Freund Diederik. Die beiden sind nach Myanmar weitergereist. Außerdem finde ich einen Hinweis auf Amsterdam – «wahrscheinlich kifft der auch zu Hause ständig – er sagt, in Amsterdam macht das jeder» – und auf Lars' Pläne, nach seiner Rückkehr Tontechniker zu werden. Alex wirkt nicht sonderlich beeindruckt von ihm. Sie sagt, sie hätte Angst um Rosie, weil sie völlig durchdreht und mit Lars zusammen Drogen nimmt. Mit Alkohol und Partymachen hat sie wahrscheinlich gerechnet – welcher Teenager würde das nicht? Doch Alex hat offensichtlich Verantwortung für ein Mädchen übernommen, das sie im Grunde nicht kannte. Sie war mit der Situation überfordert. Es muss schrecklich gewesen sein, in ihrem Alter mit so was konfrontiert zu werden. *Rosie, dieses Miststück* … Ich ertappe mich bei diesem hässlichen Gedanken. *Hör auf damit, Kate. Du lässt dich jetzt schon viel zu sehr mit reinziehen* …

In Alex' Mails geht es immer so weiter, und Rosie verliert in ihren unschuldigen Augen zunehmend die Kontrolle. «Alles wird gut» wird ihr Mantra, und ich sehe förmlich vor mir, wie sie dabei die Finger kreuzt wie in einem

Kinderspiel. Gleichzeitig schallt mir zunehmend lauter das drohende Verhängnis entgegen. *Wieso hast du nur nichts unternommen, Alex? Hättest du doch zu Hause angerufen! Deine Mum hätte dir sagen können, was du machen sollst. Dazu sind Mütter schließlich da …*

Dann finde ich wieder etwas über Lars – laut Alex hat Rosie zu dem Zeitpunkt bereits mit ihm geschlafen.

> Als ich heute in unser Zimmer kam, waren sie und Lars voll bei der Sache. Sooo peinlich! Rosie brüllte, ich soll verschwinden. Ich meine, das ist auch mein Zimmer. Lars kam dann halbnackt raus und entschuldigte sich. Als ich wieder reinging, hat sie so getan, als wäre nichts gewesen. Das ist typisch für sie. Sie hat gesagt, Lars würde sie am Abend wieder in irgendeinen Club mitnehmen. Er legt da auf. Nennt sich DJ Rappo. Ha, ha, Deppo trifft's eher!!!

Ich google DJ Rappo, Lars und Amsterdam. Und da ist er, lächelt mir schläfrig von seinem Profilbild entgegen. Lars De Vries. Er hat eine eigene Website. «Danke, Social Media», höre ich mich selbst laut sagen.

*

Ich war schneller als Joe. Als ich ihm den Namen nenne, reagiert er genervt, weil er einen Schritt hinterher ist – «Ich musste erst mal zurück in die Redaktion fahren, Kate. Seien Sie nicht so streng mit mir!» –, und ist gleichzeitig begeistert. «Okay. Ich nehme Kontakt zu unserem Korrespondenten in den Niederlanden auf, wer immer das sein mag. Mit wem arbeiten wir da?»

Da ich ja schlecht selbst anrufen kann, sage ich es ihm. Seit den Obduktionsergebnissen und der Einleitung der Mordermittlungen bin ich in der Redaktion *Persona non grata*. In Ungnade gefallen. Vom Tisch verstoßen. Raus. Terry rief an, um zu fragen, wie es mir geht, und um mir zu sagen, ich solle mir jetzt Zeit für mich nehmen. Das ist nett vom ihm. Es ist nicht seine Schuld, dass ich in diesem Chaos stecke, und er ist immer noch ein Kumpel. Mick hat auch angerufen, natürlich. Aber es ist alles so seltsam. Jeder von uns legt ständig jedes Wort auf die Goldwaage.

Ich bleibe in der anonymen Online-Welt und jage weiter meiner Beute hinterher. *Ich könnte damit mein Geld verdienen*, denke ich. *Wenn alle Stricke reißen.*

Auf der Website dreht sich alles um Lars' Musik – Hip-Hop und Grime, offensichtlich. *Ist das das, wo alle kreuz und quer über die Bühne laufen und sich anbrüllen? Gott, ich bin so alt.* Dann entdecke ich, dass er seinen nächsten Auftritt gepostet hat. In zwei Tagen, in einem Club. Ich rufe Joe zurück.

Er klingt genervt, als er an den Apparat geht. «De Vries gehört zu den meistverbreiteten Nachnamen im Land», sagt er. «Ich habe Hunderte gefunden.»

«Mach dir nichts draus. Pack deine Grime-Klamotten ein – was immer das sein soll. Wir machen einen drauf.»

Joe überzeugt Terry, dass die Spur heiß ist – «Ich habe ihm gesagt, Lars kann uns erzählen, was in dem Hostel wirklich vor sich ging und dass er mit Sicherheit Fotos von den Mädchen hat.» Ich könnte wetten, dass er «und von Jake» gesagt hat, aber ich halte den Mund. Ich will einfach nur nach Amsterdam.

Steve ist wenig begeistert. «Du bist freigestellt. Außerdem musst du hierbleiben, falls Jake auftaucht», sagt er.

«Ich bin immer noch da angestellt, lediglich aus familiären Gründen freigestellt. Außerdem ist es nur eine Nacht. Wir bleiben die ganze Zeit in Kontakt. Es ist doch nur ein Hüpfer über den Kanal.»

«Über die Nordsee, genauer gesagt. Na ja. Wenn du meinst, dass das irgendwas bringt …»

Er ist viel zu erschöpft, um weiter mit mir zu streiten, und ich bin erleichtert.

BANGKOK, NEUNZEHNTER TAG

Donnerstag, 14. August 2014

Rosie war weg. Alex schaute noch einmal durch den Vorhang in das Zimmer, das sie sich geteilt hatten. Irgendwer hatte das Provisorium entfernt, mit dem sie die Lücke zugeklammert hatte. Das Bett war mit einem andersfarbigen Laken bezogen, und Rosies Rucksack war verschwunden. Sie rüttelte wieder an der Klinke, und die Tür wackelte in dem windigen Rahmen. Da tauchte Mama an der Treppe auf.

«Hör auf damit!», kreischte sie. «Du machst die Tür kaputt. Rosie ist nicht da.»

«Wo ist sie?» Alex drehte sich der Kopf. Es hatte sie alle Kraft gekostet, sich auf ihren wackligen Beinen die Treppe hochzuschleppen.

«Sie ist zu ihren Freunden gefahren.»

«Welche Freunde?»

«Die Holländer. Sie will sie suchen.»

Alex stand da wie erstarrt, die Hand auf der Klinke, und versuchte zu begreifen. Mama verschwand wieder nach unten, und ihre hohen Absätze klackerten über die Betonstufen.

«Aber sie hat doch gar kein Geld …», rief Alex ihr nach. «Das hast doch du.»

Langsam ging sie zurück in ihr Zimmer. An der Tür zum Schlafsaal blieb sie stehen und klopfte.

Jake machte ihr auf. Sie hatte ihn seit dem Abend, als sie krank wurde, nicht mehr gesehen. Er wirkte überrascht, sie zu sehen. «Ich wusste nicht, dass du auf bist.» In seiner Stimme war keinerlei Wärme.

«Rosie ist weg», sagte sie.

«Ja. Hab ich gehört.»

«Wusstest du, dass sie abreisen will? Hat sie dir was gesagt?»

«Nein, nein. Warum sollte sie? Mama hat mir erzählt, dass sie abgereist ist.» Sein Blick glitt an ihr vorbei, als könne er es nicht erwarten, das Gespräch zu beenden.

«Jake! Hat sie mir eine Nachricht hinterlassen?»

«Ich habe keine Ahnung, hab ich dir doch gerade gesagt. Hör zu, tut mir leid, aber ich kann dir da leider nicht helfen …» Er machte Anstalten zu gehen.

«Ich hasse sie!», zischte Alex, und er blieb abrupt stehen. «Ich hasse sie so sehr. Mit ihrem Egoismus hat sie es voll drauf angelegt, die ganze Reise kaputt zu machen. Egal. Jetzt muss sie selbst sehen, wie sie zurechtkommt. Das ist ihr Untergang. Wenn sie ohne ein Wort abhauen will, bitte sehr. Die wird schon sehen, wie weit sie damit kommt. Mama hat was davon gesagt, dass sie Lars hinterherreisen will, aber wie soll das gehen? Sie hat überhaupt keine Kohle mehr.»

Jake drehte sich um und sah sie an. Er wirkte müde und gestresst. Seine hübschen Augen waren rot gerändert, als hätte er nicht geschlafen.

«Hör zu, Alex. Mach dir um Rosie keine Sorgen. Sie hat nur Ärger gemacht. Du bist ohne sie besser dran», sagte er. «Ich finde, du solltest dringend darüber nachdenken, nach Hause zu fliegen. Das ist alles eine einzige Riesenscheiße.»

«Was meinst du damit? Weißt du, warum sie verschwunden ist?»

Er schüttelte den Kopf. «Du siehst schlimm aus. Geh wieder ins Bett, Alex», fügte er hinzu.

Sie spürte, dass ihr schon wieder übel wurde, und hielt

sich an der Tür fest. Sie wollte nicht, dass Jake sah, wie sie sich übergab. Oder hatte er sie etwa dabei gesehen? Sie versuchte, nicht daran zu denken.

«Was ist an dem Abend passiert?», fragte sie.

«Was meinst du?», blaffte er, und sie fühlte sich verunsichert von dem plötzlichen Wechsel in seinem Tonfall.

«Als ich plötzlich krank wurde …»

«Ach so, okay. Keine Ahnung. Es war total viel los, und Mama hat mich zur Bar eines Freundes geschickt, um Nachschub zu holen. Du hast gesagt, du wartest auf mich, aber als ich zurückkam, warst du weg. Ich war ehrlich gesagt ziemlich sauer. Wir waren verabredet, weißt du noch? Ich bin dich suchen gegangen. Na ja, jedenfalls hat Rosie mir dann erzählt, dass Jamie, die treue Seele, mit dir in deinem neuen Zimmer verschwunden ist.»

«Ich kann mich an überhaupt nichts erinnern. Es tut mir total leid, Jake. Ich hatte mich so darauf gefreut, mit dir auszugehen. Jamie meint, ich hätte wohl was Falsches gegessen.»

«Der gute, alte Jamie», sagte Jake bissig. Und in Alex kribbelte es vor Freude. Er klang eifersüchtig.

«Jamie ist nur ein Freund, Jake. Ich stehe nicht auf ihn. Wir können doch ein andermal ausgehen – diesmal richtig.»

«Vielleicht. Wenn es dir wieder bessergeht …»

«Ich glaube, ich lege mich wieder hin», sagte sie und wankte zurück ins Bett.

Beim Hinlegen glitt ihre Hand auf der Suche nach ihrem Telefon automatisch unter das Kopfkissen. Es war immer noch weg, hatte sich nicht über Nacht einfach so zurück materialisiert – sie rappelte sich mühsam zum Sitzen hoch. Sie musste es unbedingt finden. Alex leerte den ganzen

Rucksack aufs Bett, dann ihre Handtasche und wühlte alles wieder und wieder durch.

«O Gott!», jammerte sie.

Wie aufs Kommando tauchte Jamies Kopf in der Tür auf, als hätte er auf dem Gang gewartet. «Geht's dir gut?»

«Mein Handy. Jemand hat es gestohlen. Und Rosie ist weg. Und mir geht es immer noch so schlecht …»

Jamie kam ins Zimmer und nahm sie in die Arme. «Mach dir keine Sorgen, Alex. Ich kümmere mich um dich.»

Sie war viel zu schwach, um irgendwas anderes zu tun, als sich in seine Arme sinken zu lassen. Sie spürte, wie er sein Kinn auf ihren Kopf stützte.

Sie versuchte, an ihre Wut auf Rosie anzuknüpfen, aber die war verschwunden – genau wie Rosie – und hatte einer Übelkeit erregenden Furcht Platz gemacht bei dem Gedanken, was sie ihren Eltern erzählen sollte.

«Ich muss sie suchen, Jamie», sagte sie. «Was soll ich denn ihrer Mum sagen? Die bringt mich um. Ich habe ihr versprochen, auf Rosie aufzupassen. Sie hat gesagt, dass Rosie auf mich angewiesen ist. Und jetzt ist sie völlig ohne Kohle nach Myanmar abgehauen. Dabei weiß sie nicht mal, wo das liegt. O Gott! Kann ich bitte dein Handy haben, um meine E-Mails zu checken? Vielleicht hat sie sich gemeldet.»

Jamie zögerte.

«Bitte, Jamie.»

«Das ist doch reinste Zeitverschwendung. Sei froh, dass du sie los bist», sagte er. «Rosie war echt das Allerletzte. Du kennst ja nicht mal die Hälfte …»

«Was willst du damit sagen?» Alex spürte, dass ihr heiß wurde. «Die Hälfte wovon?»

«Gar nichts. Tut mir leid, mein Telefon ist ein bisschen

launisch. Ich muss erst mal online gehen.» Er fummelte dreißig Sekunden lang an seinem Handy herum, dann warf er frustriert den Kopf in den Nacken. «Das Scheiß-WLAN funktioniert mal wieder nicht. Ich gehe zu Mama und sage ihr, sie soll den Router rebooten», sagte er und verschwand auf den Flur.

Als er wiederkam, machte er ein aufgeregtes Gesicht. «Mama sagt, Rosie hat ihr eine Nachricht geschickt. Sie sagt, es tut ihr leid, sie wäre gegangen, weil sie Zeit zum Nachdenken braucht.»

Alex starrte ihn an. «Warum hat sie mir keine Nachricht hinterlassen?»

«Keine Ahnung, aber ist doch gut, dass sie weg ist», sagte Jamie. «Ich fahre mit dir nach Kho Phi Phi. Du brauchst einen neuen Reisegefährten.»

Sie vernichtete seinen Vorschlag mit einem einzigen Blick. «*Gut, dass sie weg ist*? Was soll daran gut sein? Das ist eine einzige Katastrophe. Und hör mit diesem scheiß Kho Phi Phi auf.»

Jamie sah aus, als hätte sie ihn geohrfeigt. Sie machte den Mund auf, um seine verletzten Gefühle zu besänftigen, doch dann hielt sie sich zurück. Sie hatte keine Zeit, sich um jemand anderen zu kümmern. Sie musste sich zur Abwechslung auf sich selbst konzentrieren.

«Ich muss mich dringend zu Hause melden», sagte sie mehr zu sich selbst als zu dem eingeschnappten Jungen. «Unsere Eltern müssen erfahren, was passiert ist. Und zwar alles. O Gott! Die flippen völlig aus. Und dann geben sie mir die Schuld.»

«Warum das denn?», sagte Jamie. «Rosie ist in allem schuld, ganz alleine.»

50

Sonntag, 7. September 2014

DIE JOURNALISTIN

Als wir landen, herrscht Stoßverkehr, und Joe will mit dem Taxi in die Stadt fahren, aber ich überzeuge ihn davon, dass der Zug schneller ist. Und billiger. Schließlich bin ich Selbstzahler.

Nina hat ihn in einem Viersternehotel untergebracht. «Klingt gut», sagt er. «Mit Schwimmbad und Fitnessraum.»

«Wir werden nicht schwimmen gehen, Joe. Erzähl mir bitte nicht, du hast deine Badehose eingepackt.»

Zähneknirschend gehe ich auf Booking.com, um in seinem Spa-Hotel einen besseren Tarif zu kriegen.

Der Plan lautete, DJ Rappo vor dem Club abzupassen, aber die Show startet erst mitten in der Nacht – 23:30 h steht auf dem Plakat vor dem Club, und ich stöhne.

«Bis dahin sind es noch zwölf Stunden. So lange kann ich unmöglich aufbleiben», sage ich. «Vorher verwandle ich mich in einen Mehlsack. Es muss jemanden geben, der weiß, wo er wohnt.»

Die Blicke, die ich ernte, sobald ich durch die Tür bin, entgehen mir nicht. Leute in meinem Alter betreten diese heiligen Hallen normalerweise nicht.

«Hallo», sage ich zu einem Mädchen, das mit gelangweiltem Gesicht den Tresen putzt.

«Äh, hallo?», antwortet sie.

«Ist Lars schon da? DJ Rappo?»

Sie lacht. «Nein. Der pennt noch. Der steht erst nachmittags auf.»

«Wo wohnt er momentan eigentlich?», fragt Joe. «Ich meine, seit er aus Myanmar zurück ist? Die Reise war ja ganz toll, habe ich gehört.»

«Ja, er war begeistert. Er ist wieder in dem Mietshaus in der Gibraltarstraat, wohnt bei einem Freund.»

«Aber nicht zufällig bei Diederik, oder?»

«Doch, genau. Kennst du ihn?»

«Flüchtig. Wir haben uns ewig nicht gesehen. Welche Appartementnummer war das gleich wieder?»

«Zweiundvierzig. Zweiter Stock. Sagt Lars, er soll heute Abend pünktlich sein.»

«Gute Arbeit, Joe.» Ich meine es ernst. Wir gehen mit eiligen Schritten durch die Stadt, folgen der Wegbeschreibung auf Joes Handy und klingeln bei Wohnung 42.

Nach einer ganzen Weile ertönt eine verschlafene Stimme. «Hallo?» Dann drückt jemand, ohne eine Antwort abzuwarten, den Türöffner.

Auf dem Weg nach oben hecheln wir hektisch flüsternd unseren Plan durch. «Ich fange an», sagt Joe. «Zuerst der Grund, weshalb wir hier sind, der Brand und so weiter. Und sobald es passt, fädelst du dich mit ein. Okay?»

Das heute ist sein Auftritt. Und das ist in Ordnung. Er hat längst Laufen gelernt.

«Okay. Aber verrat ihm auf keinen Fall meinen Nachnamen. Einfach nur Kate. Sherwood, wenn nötig. Das ist mein Mädchenname.»

Immer noch redend, erreichen wir die Wohnungstür – sie ist angelehnt. Joe ruft: «Hallo?», und drückt sie auf. Vor uns taucht ein Typ in Boxershorts und T-Shirt auf. Er riecht ein wenig und müsste sich mal wieder die Haare waschen. Dringend.

«He! Wer seid ihr?», fragt er.

«Lars? Ich bin Joe aus London.»

«Wollt ihr was von Diederik? Er ist nicht da. Müsste aber bald zurückkommen.»

«Eigentlich würde ich gern mit euch beiden sprechen. Ich bin Reporter von einer britischen Tageszeitung.»

«Ein Reporter? Echt? Was ist los? Was wollt ihr?»

Er klingt aggressiv, macht einen Schritt auf uns zu und drängt uns zurück in Richtung Wohnungstür. Gleich stehen wir wieder draußen auf dem Gang.

«Lars, es tut mir total leid, dass wir einfach so unangemeldet aufkreuzen», sage ich schnell. «Wir hätten ja angerufen, um uns zu verabreden, aber wir hatten keine Telefonnummer von Ihnen.»

Er zögert. Mit Höflichkeit hat er offensichtlich nicht gerechnet. Er wirkt verunsichert.

«Wir sind extra aus England hergeflogen, um Sie zu treffen. Wir kommen direkt vom Flughafen.»

«Echt?»

«Ja. Sagen Sie, wäre es möglich, kurz Ihre Toilette zu benutzen? Es ist wirklich dringend.» Ich mache ein peinlich berührtes Gesicht. «Bitte?»

Er tritt ein paar Schritte zurück und winkt uns rein.

Ich lasse mir Zeit, damit Joe sich warmmachen kann. Als ich wieder aus dem Bad komme und mir heimlich die Hände an der Hose abwische anstatt an dem ranzigen Handtuch, spricht Lars über die Clubszene in Südostasien und macht Joe ein Bier auf.

Er weiß es nicht!, fährt mir durch den Kopf. *Er hat keine Ahnung, was mit den Mädchen passiert ist.*

«Danke!», sage ich übertrieben erleichtert.

«Also …» Joe klingt nervös. «Ich habe Lars eben erzählt, dass wir über Backpacker in Thailand schreiben.»

Er hat den Schwanz eingezogen. «Ja. Das stimmt. Genauer gesagt, über die Gefahren, denen junge Menschen beim Reisen ausgesetzt sind», sage ich und lenke uns sanft in die Spur zurück. «Der Auslöser für unsere Reportage ist natürlich das, was mit Ihren Freundinnen passiert ist.»

Lars sieht mich mit hochgezogener Augenbraue an.

«Rosie und Alex? In Bangkok?»

Lars setzt seine Flasche ab. «Rosie und Alex? Ach ja, stimmt. Was ist mit denen?»

«Wann sind Sie denn aus Asien zurückgekommen?», frage ich behutsam.

«Letzte Woche. Was ist passiert?»

«Das ist eine komplizierte Geschichte, Lars. Setzen Sie sich doch.»

Er setzt sich im Schneidersitz auf den Fußboden wie ein Kind beim Geschichtenerzählen.

«In Mama's Guesthouse hat es gebrannt.»

«Nein! Wann?»

«Am fünfzehnten August, frühmorgens.»

«O mein Gott! Da waren wir eben erst weg. Ich und Diederik. Wir sind am elften mit dem Nachtbus nach Rangun weitergefahren. Glaube ich wenigstens. Rosie war noch am Busbahnhof, um sich zu verabschieden. Ist sie verletzt?»

«Es tut mir leid, Lars, aber Rosie und Alex sind ums Leben gekommen.»

Er reißt den Kopf hoch und starrt mich an. Einen Augenblick lang ist es völlig still im Raum.

«Tot? Beide?»

«Ja. Ihre Leichen wurden nach dem Brand gefunden.

Die Sache ist die: Die Polizei glaubt, dass sie schon tot waren, ehe das Feuer ausbrach.»

«O mein Gott! Sind sie etwa ermordet worden?»

«Es tut mir so furchtbar leid, Sie mit solchen Neuigkeiten zu konfrontieren», sage ich. «Dass ausgerechnet ich diejenige bin, die Ihnen das sagen muss. Wir waren, ehrlich gesagt, davon ausgegangen, dass Sie längst davon gehört haben.»

Er schüttelt den Kopf. «Wir waren die ganze Zeit unterwegs, und in Myanmar gibt es so gut wie nirgends WLAN. Ich bin immer noch dabei, mich wieder einzufädeln. O Gott! Die Ärmsten!»

«Habt ihr viel Zeit zusammen verbracht?», schaltet Joe sich ein.

«Na ja, wir waren ein paar Wochen dort zusammen. Rosie und ich sind uns ziemlich nahegekommen. Alex und ich eher nicht. Ich glaube, sie mochte mich nicht besonders. Sie steckte meistens mit einem anderen Typen zusammen.»

«Jake?», fragt Joe, und ich werfe ihm einen warnenden Blick zu.

«Nein. Na ja, Jake mochte sie richtig gern, soweit ich mich erinnere. Er hat da gearbeitet und war für sie da, wenn die Dinge etwas aus dem Ruder gelaufen sind. Zum Beispiel wenn es mal wieder zwischen ihr und Rosie gekracht hat. Aber meistens war sie mit Jamie zusammen. Die beiden waren befreundet. Er ist ihr ständig nachgelaufen wie ein Hündchen.»

Jamie? «Hat Jamie auch dort gewohnt? Ist er auch Engländer?», frage ich. «Das ist das erste Mal, dass ich seinen Namen höre.»

«Ja. Ich glaube schon. Ich kann nicht viel über ihn sagen – er hat im Grunde nie über sich gesprochen, beobachtete lieber die anderen. Vielleicht war er nur schüchtern, keine Ahnung. Jedenfalls war er ziemlich schräg drauf. Pennte im Schlafsaal immer auf seinen ganzen Sachen. Als würden wir ihn beklauen! Und er stand total auf Alex. Aber sie nicht auf ihn. Jedenfalls nicht so.» Plötzlich schnippt er mit den Fingern. «Jamie Way. So hieß er. Jetzt fällt's mir wieder ein. Rosie nannte ihn zum Spaß immer ‹Jamie always in the way›. Weil er einem irgendwie immer im Weg steht.»

Das muss der JW aus den E-Mails sein, denke ich und versuche, die Mails im Kopf zu rekapitulieren. *Was genau und wann hat sie über JW geschrieben?*

«Wer hat sonst noch dort gewohnt? Laut Polizei hat es jeden Abend wilde Partys gegeben», sagt Joe.

«Blödsinn. Meistens waren wir abends unterwegs. Als wir dort waren, waren wir nur zu sechst. Vier Jungs im Schlafsaal und die Mädchen oben. Und die Besitzerin, natürlich. Mama. Die war echt riesig …»

«Inwiefern riesig?»

«In jeder Beziehung … Sie kannte jeden, konnte einem alles besorgen, was man wollte. Mama's Candy Shop, hat sie den Laden genannt.»

«Drogen?», hakt Joe zur Sicherheit vorsichtig nach.

«Wenn man welche wollte», antwortet Lars. Er ist plötzlich auf der Hut.

«Hat Rosie sich bei Mama Drogen besorgt?», frage ich. *Von irgendwem muss das Mädchen sie schließlich bekommen haben.*

«Manchmal», antwortet er. «Rosie war gut drauf. Wir hatten beide gerne unseren Spaß, und sie hatte kein Problem damit, was Neues auszuprobieren.»

«Hat sonst noch jemand dort Drogen verkauft?» Ich halte den Atem an. *Sag jetzt nicht Jake!*, brülle ich innerlich.

«Machen Sie Witze?», sagt Lars. «Das hätte Mama nicht zugelassen. In der Beziehung war sie sehr streng. Das war ihr Laden.»

«Gibt es Fotos von Ihrem Aufenthalt in Mama's Guesthouse?», frage ich.

Er nickt und angelt sich seinen Laptop vom Tisch. «Ich habe sie gerade auf den Rechner geladen. Ich wollte eine Wandcollage machen …»

Aber jetzt wohl eher nicht mehr, denke ich.

Er öffnet ein Bild, auf dem alle sechs zu sehen sind. «Das ist mit Selbstauslöser fotografiert. Ich wollte ein Gruppenfoto. Der Abend vor unserer Abreise. Wir haben fett Party gemacht.»

Die Gruppe ist in einem der Zimmer versammelt, im Hintergrund sind Metallbetten zu sehen. Und da ist er: Jake. Bei seinem Anblick zieht sich schmerzhaft mein Herz zusammen: Er ist dünner als vor zwei Jahren, abgerissener, aber er lächelt. Auf den ersten Blick wirkt die ganze Gruppe ausgelassen, als hätten sie eine gute Zeit. Doch als ich an Lars vorbeigreife und ein Gesicht nach dem anderen heranzoome, sehe ich, dass das nicht stimmt. Alex lacht nicht. Hinter ihr steht ein Junge. Mit unbewegtem Gesicht.

«Das ist Jamie», sagt Lars.

51

Montag, 8. September 2014

DIE JOURNALISTIN

Die *Post* bringt das Foto der sechs Freunde aus dem Hostel auf der Titelseite. «LETZTES FOTO DER ERMORDETEN BACKPACKER-MÄDCHEN!», posaunt die Schlagzeile, darunter ein Exklusivinterview mit Lars.

Es ist gut geschrieben. Joe hat die besten Zitate verwendet und alle, die zu dem Zeitpunkt in Mama's Guesthouse wohnten, namentlich erwähnt. Dann entdecke ich ein Zitat aus einer der E-Mails von Alex an Mags. Nur eine einzige Zeile, von Drogen oder Diebstahl ist nicht die Rede, trotzdem ist es eindeutig identifizierbar. *Joe, du Idiot! Jetzt weiß die Polizei, dass wir die E-Mails kennen, und dabei hast du das beste Material noch nicht mal verwendet. Was für eine Verschwendung. Ich frage mich, was Bob Sparkes dazu sagen wird.*

Ich rufe Joe an, und natürlich hat sich Sparkes bereits bei ihm gemeldet – und Jenny Shaw.

«Das war kein besonders angenehmes Gespräch», gibt er zu. «Jenny hat mir vorgeworfen, Rosies Privatsphäre verletzt zu haben.»

«Und dabei hast du die Infos darüber, dass sie geklaut hat und dass ihr Vater fremdgegangen ist, noch nicht mal verwendet. Trotzdem. Sie weiß jetzt, dass du es weißt. Muss ätzend für sie sein. Und für Mike Shaw erst recht. Was hat Bob Sparkes gesagt?»

«DI Sparkes wollte auch nicht, dass die Mails öffentlich

werden, aber er hat sich nicht allzu lang damit aufgehalten. Er war mehr an Lars und Jamie Way interessiert.»

«Das ist gut. Hast du ihm die Kontaktdaten von Lars gegeben?»

«Klar. Er hat sich gefreut, glaube ich. War ein guter Artikel, oder?»

«Super. Also. Wo steckt Jamie Way? Wir treffen uns in einer Stunde im Café um die Ecke von der Redaktion. Wir müssen die Geburtenregister durchforsten. Ich bin mir sicher, dass Sparkes' Leute gerade genau dasselbe tun.»

Als ich ankomme, hat Joe den Hauptteil schon erledigt und sich durch die Geburtenregister der Jahre 1985 bis 1995 geackert. Ich hatte ihm geraten, das Feld großzügig abzustecken. Jamie Way sieht auf den Fotos zwar in etwa so alt aus wie die Mädchen, aber man kann nie wissen.

«Könnte älter sein und sich für jünger ausgeben», sage ich. Ich habe mal ein Interview mit einem Kerl über dreißig geführt, der behauptet hatte, siebzehn zu sein, um die Abiturprüfung wiederholen zu können. Menschen tun die seltsamsten Dinge. Außerdem habe ich schon immer vermutet, dass Menschen dazu neigen, sich auf Reisen quasi neu zu erfinden. Wenn keiner die Wahrheit kennt, ist es leicht, sein Leben ein bisschen zu zensieren oder aufzupolieren.

Es gibt fünf Geburtseinträge, die auf Jamie Way passen könnten.

«Wir wissen nicht, woher genau er stammt, also müssen wir alle fünf kontaktieren», sagt Joe und popelt mit dem Messer die Folie von der Portionsbutter. «Ich besorge die Geburtsurkunden.»

«Okay. Inzwischen können wir schon mal online nach den Eltern forschen – die Eheschließungen und Details zu Geburten recherchieren. Gib mir den Ersten, dann fange ich schon mal an, während du noch dein opulentes Frühstück verspeist.»

Joe beißt herzhaft in sein getoastetes Rosinenbrötchen und kaut. «Ich schätze, es dauert einen Tag, um die Urkunden zu beschaffen.»

«Ja, aber so lange müssen wir vielleicht gar nicht warten. Die Zeitung hat gerade das Bild veröffentlicht. Du hast doch eine Aufforderung daruntergesetzt, oder?»

«Ja, das Übliche. ‹Falls Sie Hinweise zu Personen geben können, rufen Sie uns an …›»

«Gut. Wir werden sehen, was an Leserreaktionen reinkommt. Vielleicht erkennt ihn jemand.»

Und wie erwartet, geschieht genau das. Ein Bauleiter aus Portsmouth ruft in der Redaktion an, und die Information wird sofort an Joe weitergeleitet. Er wählt und stellt das Telefon auf Lautsprecher.

«Hallo, spreche ich mit Mr. Watson? Vielen Dank für Ihren Anruf. Meine Kollegen sagten mir, Sie hätten möglicherweise Informationen bezüglich des Fotos, das wir heute abgedruckt haben.»

«Richtig. Ja!», bellt Mr. Watson so laut ins Telefon, dass wir von dem Paar am Nebentisch empörte Blicke ernten. «Also, ich glaube, einer der Typen auf dem Bild hat mal mit mir zusammengearbeitet. Allerdings hatte der einen anderen Namen.»

«Tatsächlich? Wie hieß Ihr Kollege denn?»

«Jamie – allerdings Jamie Lawrence. Seltsamer Junge, aber er konnte zupacken. Hatte das Zeug, ein guter Maurer zu werden.»

«Wie schreibt man Lawrence? Mit w? Inwiefern seltsam?», hakt Joe nach.

«Sehr still, aber wenn er sich in was verbissen hat,

konnte er leicht ausflippen. Verstehen Sie, was ich meine? Hatte ziemlich lockere Fäuste, wenn er zu sehr getriezt wurde.»

«Und? Wurde er häufiger getriezt?»

«Er war der Jüngste in der Truppe, also …»

«Verstehe», sagt Joe gedehnt. «Und wo hat er damals gewohnt?»

«Keine Ahnung. Wohnheim, WG, irgend so was. Er hat nicht darüber gesprochen. Ich glaube nicht, dass er Familie hatte.»

«Wann?», forme ich lautlos mit den Lippen.

«Und wann haben Sie Jamie zum letzten Mal gesehen, Mr. Watson?»

«Äh, kriege ich eigentlich was dafür?», fragt der Mann, und ich seufze.

«Na ja», antwortet Joe und schaltet um auf das übliche Manuskript. «Wir bezahlen eigentlich nicht für Informationen.»

«Ach, vielleicht rufe ich dann doch lieber beim *Herald* an …»

Ich reiße die Augen auf.

«Aber ich könnte, wie ich Ihnen eben erklären wollte, eine Aufwandsentschädigung für Ihre Mühe lockermachen. Hundert Pfund?»

«Das ist schön», sagt Mr. Watson. «Also. Im Juli hat er die Baustelle verlassen. Er hatte gespart, um eine Zeitlang zu reisen. Kannte kein anderes Thema mehr. Thailand hier, Thailand da. Er war total aus dem Häuschen deswegen, hat erzählt, er hätte extra seinen allerersten Reisepass beantragt. Aber in den letzten Wochen, bevor es losging, war er irgendwie anders. Bedrückt, verstehen Sie? Launisch. Wir wollten uns zum Abschied alle auf ein paar Bier im Pub treffen, aber er ist nicht aufgetaucht.»

«Und haben Sie danach noch mal was von ihm gehört?»

«Er hat uns eine Postkarte ins Bauleitungsbüro geschickt. Der Sekretärin, genauer gesagt. Sie hat ihn ab und zu aufgebaut, wenn er wieder mal geknickt war. Ihn bemuttert. Jedenfalls hat er nur geschrieben, dass er in Bangkok ist und viel Spaß hat.»

Ich mime einen Fotoapparat vor dem Gesicht, und Joe winkt ungeduldig ab.

«Sie haben wahrscheinlich kein Foto von Jamie, oder?»

«Nein. Wir haben es nicht so mit Selfies auf dem Bau. Aber ich kann ja mal unten im Pub nachfragen. Da ist er oft rumgehangen.»

«Welcher Pub ist das?»

«Zur Dreckigen Ente – Entschuldigung, der Black Swan. Ein ziemliches Loch, aber es ist trotzdem unser Wohnzimmer.»

Als Joe sie anruft, sagt die Barfrau vom Black Swan, sie hätte sich ebenfalls bei uns melden wollen.

«Ich habe den Artikel gelesen, aber ich musste warten, bis die Schicht vorbei war. Jamie ist ein netter Kerl. Hat mir immer einen ausgegeben», sagt sie. «Bezahlen Sie mich eigentlich dafür?»

«Ich frage nach», sagt Joe, «aber ich kann es nicht versprechen. Wo hat Jamie eigentlich gewohnt? Kam er aus der Gegend?»

«Ja, klar. Er wohnte gleich hinter den Docks, in einem WG-Zimmer. Bei Studenten, glaube ich. Er kannte sie vorher nicht – meinte, es wäre nur ein Platz zum Pennen.»

«Keine Freundin?»

«Nicht mehr, nein, ich glaube nicht. Letztes Jahr gab es da mal jemanden, aber das verlief im Sande. Ich glaube, er war ein bisschen zu viel für sie. Mir wäre er jedenfalls zu viel gewesen. Jamie ist echt nett, aber ein bisschen zu anhänglich. Verstehen Sie, was ich meine?»

«Ja, ich glaube schon. Hat er Familie in Portsmouth?»

«Keine Ahnung. Er hat nicht gerne über seine Familie gesprochen. Er hat mir mal erzählt, er wäre adoptiert worden. Aber ich glaube, er hat zwischendurch auch immer wieder mal im Heim gewohnt. Klang zumindest so.»

Ich liebe Barfrauen. Sie sind das Ohr an jeder Tür und saugen mit gekonntem Lächeln alle Informationen auf. Genau wie ich.

«Das hilft uns sehr weiter. Vielen Dank. Sie haben nicht zufällig Jamies Telefonnummer oder seine E-Mail-Adresse?»

«Nein, tut mir leid. Ich tausche mit Gästen grundsätzlich keine Nummern aus. Das führt nur zu Missverständnissen.»

«Okay. Darf ich Ihnen meine Nummer dalassen, falls sie ihn zufällig sehen oder etwas von ihm hören?»

«Logisch. Und Sie überprüfen das mit dem Honorar, ja? Hier verdiene ich nur Peanuts.»

«Ich melde mich», verspricht Joe.

«Na, das ist ja interessant», sage ich, sobald das Telefonat beendet ist. «Er hieß Jamie Lawrence, ehe er nach Bangkok ging. Ich frage mich, weshalb er seinen Namen geändert hat. Und ob Way womöglich der Name ist, mit dem er geboren wurde – vor der Adoption.»

Joe durchsucht das elektronische Melderegister von Portsmouth nach einem Jamie Lawrence und stößt auf jemanden, der offensichtlich in einem WG-Haus gemeldet ist.

Bingo. Und das alles beim Frühstück im Café.

Bob Sparkes tut so, als würde er sich freuen, von mir zu hören, aber ich lasse mich nicht zum Narren halten.

«Keine Sorge, ich rufe nicht an, um zu jammern, Bob. Ich habe Informationen über Jamie Way, die womöglich wichtig sind – der Junge, der laut Lars ebenfalls in dem Hostel gewohnt hat.»

«Okay. Ich höre.»

«Ein ehemaliger Arbeitskollege hat sich bei uns gemeldet. Angeblich hat der Junge auf dem Foto unter dem Namen Jamie Lawrence in Portsmouth gelebt. Ehe er nach Bangkok ging, hat er auf diversen Baustellen gearbeitet.»

«Tatsächlich?»

«Die Barfrau in seiner Stammkneipe bestätigt die Aussage.»

«Ich frage mich, warum er seinen Namen geändert hat.»

«Vielleicht hat er was zu verbergen? Die Barfrau sagte, er hätte ihr erzählt, dass er adoptiert wurde. Wir haben in einem Wohngemeinschaftshaus jemanden gefunden, auf den die Daten passen könnten.»

«Ich weiß nicht, wozu wir uns überhaupt noch anstrengen, Kate. Sie haben offensichtlich alles bestens im Griff», sagt er, und ich kann ihn lächeln hören.

«Tut mir leid, Bob. Ich will Sie wirklich nicht auflaufen lassen. Sie haben eine Million andere Fälle auf dem Schreibtisch. Ich nur einen einzigen.»

«Die Suchanfrage bei Interpol und der Einreisebehörde zu Jamie Way läuft bereits – ich werde sofort den alternativen Namen nachreichen. Vielen Dank, dass sie das so schnell an uns weitergeleitet haben.»

Ich höre ihm an, dass er das Gespräch beenden will, und falle ihm ins Wort. «Bob? Es ist nur eine Idee, aber glauben Sie, dieser Jamie könnte der JW aus Alex' E-Mails sein? Lars sagt, er wäre ihr ständig nachgelaufen. Und als ich die Mails gelesen habe, ist mir aufgefallen, dass sie, wenn sie über Jake spricht, einen anderen Tonfall benutzt. Als wäre es eher andersrum, als würde sie ihm nachlaufen.»

Bob zögert. Vielleicht bin ich zu weit gegangen.

«Ich sehe es mir an, Kate.» Und dann kommt der Satz, auf den ich gewartet habe: «Sie haben nicht zufällig was von Jake gehört?» Und zack, bin ich wieder zurück in meiner Schublade.

52

Montag, 8. September 2014

DIE MUTTER

«Dieses Miststück!», brüllte Lesley über den Küchentisch und fegte die Zeitung zu Boden.

«Les! Was tust du denn!» Ihr Mann bückte sich, hob die einzelnen Seiten auf und faltete sie wieder zusammen.

«Mags Harding! Sie muss Alex' E-Mails an die *Post* gegeben haben. Wer sonst? Bob Sparkes sagte, außer Mags hätte nur die Polizei die Mails zu sehen bekommen. Und aus seinem Team war es sicher niemand. Er ist genauso sauer wie wir.»

«Aber er pfeffert sicher keine Zeitungen durch die Gegend», murmelte Malcolm.

«Jenny dreht mal wieder total am Rad. Sie hat angerufen, um zu sagen, dass sie dem Reporter am Telefon den Marsch geblasen hat. Außerdem will sie rüberkommen, um mit uns darüber zu reden.»

«O Gott!», sagte Malcolm und beendete seine Origami-Übung. «Ich glaube, das packe ich nicht, Liebling. Noch einen Streit mit ihr halte ich nicht aus.»

«Dann geh rauf und nimm ein Bad. Ich mache das. Na los. Aber sitz nicht einfach nur rum.»

Er rappelte sich schwerfällig auf und trottete völlig kraftlos hinaus. Sie hörte seine Schritte auf der Treppe, zählte jeden einzelnen wie das Ticken der Uhr. Sie registrierte das Quietschen des Dunstabzugsventilators, der dringend einen Spritzer Öl brauchte, und das Wasserrauschen, als Malcolm oben die Badewanne einließ. Sie war so tief in Gedanken, dass sie erschrocken auf die Füße sprang, als es klingelte – als müsste sie fliehen. An den meisten Tagen wünschte Lesley, sie könnte einfach davonlaufen. *Alles hinter mir lassen.*

Sie machte die Haustür auf, und Jenny legte sofort los, die Augen glänzend vor Wut. Lesley machte einen Schritt zurück und ließ sie ins Haus. «Malcolm ist in der Badewanne», sagte sie. «Es geht ihm heute nicht gut.»

Das brachte Jenny kurz zum Schweigen, aber nicht lange. Sie setzte sich an den Küchentisch, wo die *Post* in einem unordentlichen Haufen in der Mitte thronte, und schlug mit der flachen Hand darauf.

«Dieses Schmierblatt …»

«Es besteht kein Grund zu schreien, Jenny. Ich sitze direkt neben dir.»

«Diese miesen Schmierfinken haben die E-Mails in die Finger bekommen. Dürfen die das überhaupt? Dürfen die private Dinge veröffentlichen, einfach so?»

«Ich weiß es nicht. Nach meinem Empfinden eher nicht – hast du schon mit denen gesprochen?» Lesley wusste, dass dem so war, aber sie hatte das Gefühl, trotzdem fragen zu müssen, sodass Jenny ihr die ganze Geschichte erzählen konnte.

«Und ob! Gleich als Erstes heute Morgen. Ich habe mit diesem Milchbubi gesprochen, Joe Jackson. Sinnlos. Dann habe ich versucht, den Chefredakteur ans Telefon zu kriegen, aber der war angeblich in einer Besprechung. Wahrscheinlich hat er sich verleugnen lassen.»

Lesley stand auf und schlüpfte in ihre Rolle als Teekocherin und Trösterin. «Die positive Seite …», wagte sie sich vorsichtig aus der Deckung.

Jenny sah sie finster an. «Es gibt keine positive Seite.»

«Warte bitte, lass mich ausreden. Die positive Seite ist, dass sie nur ein paar Sätze zitiert haben – nichts über Rosie und die Drogen oder Mike und das Geld.»

Jenny schlug wieder auf den Tisch, so fest, dass der Tee in den Tassen schwappte. «Könnten sie aber. Sie könnten jederzeit jede einzelne Lüge abdrucken, oder nicht?»

In der Küche herrschte plötzlich eine eigenartige Stille, und als Lesley sich umdrehte, um Jenny anzusehen, kam sie sich vor wie in Zeitlupe.

«Lügen?» Das Wort hing unnatürlich gedehnt zwischen ihnen in der Luft. «Wie meinst du das?»

«Ich meine, warum schreibt Alex solche Sachen? Solche widerlichen Dinge?» Jenny war nicht mehr aufzuhalten. «So war Rosie doch gar nicht. Jedenfalls nicht, bevor eure Tochter sie nach Thailand mitgeschleppt und sie dort in Gefahr gebracht hat. Ich hätte sie nie fliegen lassen dürfen. Ich glaube, Alex war eifersüchtig, eifersüchtig, weil die Jungs alle hinter Rosie her waren, und hat diese Gemeinheiten nur aus Bosheit geschrieben.»

Lesley spürte, wie Hitze in ihr aufwallte. Sie sprach langsam, traute ihrer eigenen Stimme nicht über den Weg. «Halt den Mund! Wie kannst du so was sagen! Du solltest dich schämen. Aber mir ist schon klar, warum du das tust. Wer will sich schon eingestehen, dass die eigene Tochter Drogen nimmt, sich durch alle Betten schläft und ihre Freundin beklaut? Das muss die Hölle für dich sein.»

Jennys Gesicht war dunkelrot, auf ihrer Oberlippe saß eine kleine Schweißperle. Sie holte keuchend Luft und zischte: «Das hat sie nicht getan! Hast du mich verstanden?»

«Ich glaube, du gehst jetzt besser, Jenny», ertönte eine männliche Stimme. Malcolm stand in der Küchentür, barfuß und in seinem alten gestreiften Bademantel. Jenny wirbelte herum und starrte ihn an. Aber er ließ sie nicht zu Wort kommen. «Vielleicht solltest du dich mit Mike über das Geld unterhalten, das er Rosie für die Reise gegeben hat», sagte er. «Du hast recht. Bei allem, was in Bangkok passiert ist, müssen wir uns auf Alex' Wort verlassen. Aber dein Ex-Mann ist hier. Den kannst du fragen. Von Angesicht zu Angesicht.»

Jenny rannte tränenüberströmt aus dem Haus und knallte die Tür hinter sich zu.

«Glaubst du, das macht sie?», fragte Lesley.

«Ich weiß es nicht. Ich glaube nicht, dass sie die Wahrheit hören will, Les. Sie interessiert sich nur für ihre eigene Version. Aber ich kann nicht zulassen, dass sie so über Alex spricht.»

«Nein. Mal, das war schrecklich ...»

Er führte sie ins Wohnzimmer, um zu reden. Es war zu ihrem Panikraum geworden, ein Ort, an dem sie alles Unaussprechliche sagen und es dort lassen konnten.

Als Lesley zu Ende gezetert und sich an seiner Schulter ausgeweint hatte, hob sie den Kopf und sah ihren Mann an. «Ich werde Mags anrufen und sie zu uns einladen. Ich will, dass sie uns alles erzählt, was sie weiß. Es ist nicht ihre Schuld, dass das passiert ist, und wir haben im Grunde noch gar nicht richtig mit ihr gesprochen, seit wir zurück sind. Schließlich war sie Alex' beste Freundin.»

Malcolm nickte. «Vielleicht könnten wir ihr ein Andenken an Alex schenken, etwas von ihren Sachen.»

«Das ist eine schöne Idee. Ich suche etwas für sie heraus.»

BANGKOK, NEUNZEHNTER TAG

Donnerstag, 14. August 2014

Kurze Zeit später kam über Mama noch eine Nachricht von Rosie. Jamie erzählte, Rosie hätte geschrieben, sie brauche Zeit für sich. Dass sie bei Lars sei. Er habe ihr Geld geliehen.

«Komisch», sagte Alex. «Als hätte Rosie gehört, was ich gesagt habe. Ich glaube, Mama hat sich das ausgedacht.»

Jamie war still geworden. «Warum sollte sie das tun?», fragte er schließlich, und Alex fiel beim besten Willen kein Grund ein.

Sie hatte darum gebeten, die Nachrichten lesen zu dürfen, aber ihre Vermieterin hatte nur höhnisch gelacht. «Du bist nicht mehr Rosies Freundin. Sie hat mir geschrieben», hatte die Antwort gelautet.

Alex fühlte sich völlig isoliert. Sie schrieb sich nicht mehr mit Mags – sie hatte kein Telefon mehr, und selbst wenn, hätte sie es nicht getan. Sie konnte von ihrer Freundin nicht verlangen, Rosies Verschwinden geheim zu halten. Dazu war die Angelegenheit zu ernst. Wäre sie an Mags' Stelle, würde sie wahrscheinlich Alarm schlagen. Also verordnete sie sich Funkstille, bis sie wusste, was los war. Bis Rosie wiederauftauchte.

Auch aus ihrem Umfeld bekam Alex nicht wirklich Unterstützung. Jamies ständiges Genörgel wegen Kho Phi Phi ging ihr zunehmend auf die Nerven. Als er an der Bar schon wieder davon anfing, hatte sie endgültig die Nase voll. Außer ihnen war gerade niemand da – sie fragte sich langsam, ob Mama überhaupt noch neue Gäste aufnahm.

«Himmel noch mal, Jamie! Dafür habe ich jetzt keinen Nerv. Ich muss Rosie finden. Kapierst du das nicht?»

Offensichtlich nicht. «Ich dachte, du wärst froh, dass Rosie weg ist», sagte er. «Du hast dich die ganze Zeit über sie beschwert. Du hast gesagt, du würdest dir wünschen, du wärst nie mit ihr verreist. Du hast gesagt, du willst sie sitzenlassen.»

«Ich habe keine Zeit für so was. Ich muss jemanden finden, der mir helfen kann. Ich muss mit Jake sprechen. Schau mich nicht so an! Er weiß, wie die Dinge hier laufen. Er weiß, was zu tun ist.»

«Vielleicht könnte Jake nach Myanmar fahren und nach Rosie suchen. Offensichtlich steht er auf sie ...», sagte Jamie leise.

«Sei nicht albern!», rief Alex. «Er steht nicht auf sie. Sie hat sich ihm an den Hals geworfen. Es war ihm total peinlich.»

«Na ja, wenn du meinst. Für mich sah es jedenfalls so aus, als ich die beiden gesehen habe.»

«Wann denn?»

«An dem Abend, als du eigentlich mit ihm ausgehen wolltest. Sie haben sich zusammen betrunken. Rosie hat sich an ihn rangemacht, sich auf sein Knie gesetzt, und er hat nicht versucht, von ihr loszukommen. Im Gegenteil. Irgendwann sind sie zusammen verschwunden. Nach oben.»

Alex machte die Augen zu, um die ungewollten Bilder zu verscheuchen. «Halt den Mund!», rief sie, als könnte sie seine Stimme auslöschen. «Das denkst du dir aus, um mich zu ärgern.»

«Nein, tue ich nicht. Frag Mama. Sie hat es auch gesehen. Ich will dich nicht ärgern. Ich würde wissen wollen, wenn meine Freundin hinter meinem Rücken so was tun würde. Das war ein Rachefick. Rosie ist echt tief gesunken.»

«Lass mich in Ruhe, Jamie», schluchzte Alex und rannte hinaus.

Jetzt hasste sie Jamie auch. *Ein Rachefick.* War Rosie tatsächlich zu so was imstande? Und war Jake so schwach, dass er einfach mitgemacht hatte? Sie wusste nicht mehr, was sie glauben sollte.

Alex vermutete, dass Jamie schon wieder vor ihrem Zimmer lauerte. Sie drückte das Ohr an die Tür und lauschte. Sie hörte ein Rascheln und versuchte, es nicht zu beachten. Sie musste dringend aus dem Haus und sich ein neues Telefon besorgen. *Na los, Alex, komm in die Gänge. Das darfst du nicht noch länger vor dir herschieben.*

Als sie sich anzog, glaubte sie, vor der Tür jemanden flüstern zu hören. Sie ging an der Tür in die Hocke und lauschte. «Alles in Ordnung?», flüsterte jemand. Das war Jakes Stimme.

«Nein.» Eindeutig Jamie.

«Fragt sie immer noch nach Rosie?»

«Ja.»

«Ich rede mit ihr», sagte Jake und klopfte direkt über Alex' Ohr an die Tür.

Sie rappelte sich hoch und rief: «Komm rein.»

«Wie geht's dir, Alex? Oh, entschuldige – du ziehst dich gerade an», sagte er, als er sie sah. «Hältst du das für eine gute Idee?»

Ihr Gesicht wurde bei seinem Anblick knallrot, aber die Wut verlieh ihr erstaunliche Kraft. «Was geht dich das an?», blaffte sie.

«Äh … hör mal, du bist offensichtlich ziemlich sauer und kannst nicht klar denken.»

«Falsch. Ich weiß genau, was ich tue. Ich gehe jetzt los und kaufe mir ein neues Telefon, und dann rufe ich zu Hause an. Ich muss meinen Eltern erzählen, was passiert ist.»

«Rosie ist erwachsen. Du kannst ihr nicht vorschreiben, was sie zu tun und was sie zu lassen hat», sagte er versöhnlich.

«Nein. Das hab ich schon gehört.»

Jake sah sie forschend an. «Was meinst du damit? Was hast du schon gehört?»

«Vergiss es.» Jetzt, wo er vor ihr stand, brachte sie es nicht über sich, ihn zu fragen, ob er mit Rosie im Bett war. Sie hätte die Demütigung nicht ertragen.

Jake holte tief Luft. «Alex, was deine Reise betrifft, solltest du deine eigenen Entscheidungen treffen. Du könntest alleine weiterziehen. Soll Rosie doch machen, was sie will. Das liegt nicht in deiner Verantwortung.»

«Und ob!», schrie Alex. «Ich kann sie nicht einfach im Stich lassen. Gott, was soll ich bloß tun?»

«Du könntest nach Hause fliegen», sagte er.

«Bist du doch auch nicht, als es für dich schwierig geworden ist, oder?»

«Nein. Und ich wünschte, ich hätte es getan. Ich habe die falschen Entscheidungen getroffen, Alex. Mach nicht dieselben Fehler wie ich.»

Jake nahm sie in den Arm, um sie zu trösten, und sie wollte sich von ihm losmachen, aber zum ersten Mal seit Tagen fühlte sie sich sicher. Sie blieb, wo sie war, atmete seinen Geruch ein, lauschte seinem Herzschlag und redete sich ein, dass Jamie gelogen hatte. Sie hätte für immer so dastehen können, aber Jake ließ sie plötzlich los, als Jamie ungefragt ins Zimmer platzte und so tat, als hätte er nicht vor der Tür gelauscht.

«Sorry, ich wusste nicht, dass ich störe», sagte er beleidigt.

«Tust du aber!», blaffte Alex. «Mach die Tür zu, und zwar von außen!»

Die Tür knallend, verschwand er.

53

Montag, 8. September 2014

DER POLIZIST

Jamie Lawrence brachte alle möglichen Glocken zum Klingen: Jugendamt, Vorstrafenregister, Jugendgericht, Bewährungshilfe – alle spuckten etwas über ihn aus. Zwar benutzten sie verschiedene Begriffe und auch gerne Beschönigungen – «herausfordernd» war sein persönlicher Favorit –, aber der Konsens lautete: eine schwierige Kindheit.

Mit vier hatte seine Mutter ihn in Pflege gegeben. *Armer Kerl,* dachte Sparkes. *Hat in dem Alter schon die ganze Ladung abbekommen. Mitbekommen, dass seine Mutter nicht in der Lage war, mit ihm fertigzuwerden.*

Danach kamen diverse Pflegefamilien – Sparkes zählte drei Wechsel in weniger als einem Jahr – und schließlich die Adoption durch die Lawrences, ein Ehepaar in den Vierzigern ohne eigene Kinder. Danach wurde es etwa zehn Jahre still um Jamie, ehe er plötzlich als Unruhestifter wieder vehement von sich Reden machte. Irgendwann gaben die Lawrences ihn ins Heim. «Zu seinem eigenen Schutz.» Auch sie waren nicht mit ihm fertiggeworden. Kinderheim, Bagatelldelikte, Körperverletzung, Gerichtstermine – die Unterlagen auf Sparkes' Tisch waren gespickt mit zweiten, dritten, letzten Chancen. Laut seinem Sozialarbeiter kehrte Jamie an seinem siebzehnten Geburtstag der staatlichen Fürsorge mit seinem Pathway Plan für eine Ausbildung in der Hand den Rücken.

Seltsamerweise schien er von da an nicht mehr in

Schwierigkeiten geraten zu sein. Er verschwand einfach vom Radar und blieb dort.

Bis jetzt, dachte Sparkes. Er hatte, was Jamie betraf, ein ungutes Gefühl. Sein Kollege von der Baustelle hatte gesagt, er würde schnell die Beherrschung verlieren – «er konnte leicht ausflippen» –, wenn mal etwas schieflief. Wenn jemand etwas Falsches sagte. Und laut Alex' E-Mails war in diesem Hostel jede Menge schiefgelaufen. *Und du wolltest Rosie unbedingt als Alex' Reisegefährten ersetzen. Hast du dafür gesorgt? Hast du selbst Hand angelegt, um genau das sicherzustellen? Hat Alex es herausgefunden?*

All diese Gedanken wirbelten ihm durch den Kopf, während er sich in das fröhliche Foto vertiefte, versuchte, die Gesichter zu deuten und die Dynamik in der Gruppe zu erspüren.

Er stoppte erst, als am späten Vormittag langsam die ersten Antworten auf seine Nachfragen in seinem Posteingang eintrudelten. Und noch mehr rote Fähnchen hissten.

Wie sich herausstellte, war Jamie Lawrence mit demselben Flug von London nach Bangkok gereist wie die Mädchen, mit einem nagelneuen Reisepass.

Hat er sie im Flugzeug gesehen? Ist er ihnen vom Flughafen aus gefolgt? Ob er wohl auf Videoaufzeichnungen zu finden ist? Im Ankunftsbereich von Suvarnabhumi oder im Abflugsbereich von Heathrow? Er rief Salmond zu sich.

«Klemmen Sie sich dahinter, Zara. Vielleicht können die Flughafenbehörden die Mädchen auf ihren Überwachungsvideos finden. Mal sehen, wer sich in ihrer Nähe so rumtreibt. Ich glaube, wir sind endlich auf der richtigen Spur. Was haben Sie sonst noch auf dem Zettel?»

«Ich habe mit dem Bauleiter gesprochen, mit der Barkellnerin und mit seinen ehemaligen Mitbewohnern.»

«Und? Was hatten die zu sagen?»

«War ein ziemlicher Eigenbrötler, heißt es ... Und er stand offensichtlich auf Schnulzenballaden.»

«Ach was!»

«Ja. Whitney Houston in Dauerschleife. Es gab öfter Beschwerden deswegen.»

«Also ein Romantiker ...»

«Hm. Seine Ex-Freundin beschreibt ihn als launisch. Reagierte auf Kleinigkeiten mit Eifersucht und danach mit Schweigen. Irgendwann letztes Jahr hatte sie die Nase voll und machte Schluss. Sie sagt ...» Salmond zog ihren Notizblock heraus. «Sie sagt, er hätte ein massives Vertrauensproblem. Wenn Sie mich fragen, hat sie zu viele Psycho-Seiten gelesen.»

«Ein gebranntes Kind. Vielleicht hat Alex ihm Grund zur Eifersucht gegeben. Wenn man ihren E-Mails glaubt, war sie ziemlich hinter Jake her. Vielleicht hat sie kein Geheimnis daraus gemacht.»

Beide blieben schweigend sitzen und hingen nickend ihren Gedanken nach.

«Machen wir an dem Punkt weiter», sagte Sparkes. «Sieht aus, als würde sich endlich ein Fall herauskristallisieren. Das sagt mir mein Bauchgefühl.»

Es passte alles wunderbar zusammen. Bis sein Kontakt bei Interpol sich meldete.

«Bob, tut mir leid, das hat etwas gedauert. Hier geht es rund. Wie dem auch sei. Euer Jamie Lawrence ist in unserer Datenbank aufgetaucht. Er sitzt im Zuge einer Drogenermittlung in Bangkok in U-Haft.»

«Himmel, ihr habt ihn. Das ist ja großartig. Wann wurde er verhaftet?»

«Letzten Monat. Die thailändische Polizei hat ihn am vierzehnten August erwischt.»

«Aber das wäre ja der Tag vor dem Brand gewesen. Können Sie das Datum noch mal überprüfen?»

Sparkes trommelte beim Warten nervös mit den Fingern auf dem Schreibtisch herum. Seine Gedanken rasten. *Die Thais haben so gut wie alles vermurkst – bestimmt ist hier auch wieder was schiefgelaufen.*

«Hallo? Nein, das Datum stimmt. Das ist sicher nicht das, was Sie hören wollten. Tut mir leid, aber ich habe eben online noch mal den Arrestbericht gelesen. Verhaftet am Donnerstag, den 14. August um 14:05 Uhr. Mit zwei Gramm Cannabis.»

«Scheiße! Schicken Sie mir das bitte rüber?» Was für ein Reinfall!

«Salmond! Kommen Sie her!», rief er hinaus in den Flur und zog durch den Namen ganz oben auf seinem Block einen dicken Strich.

54

Dienstag, 9. September 2014

DER POLIZIST

Er hatte den ganzen Vormittag auf einen Anruf aus der Kriminaltechnik gewartet. Manchmal hatte er den Verdacht, sie würden ihn aufziehen, wenn er unten anrief, um sich nach dem Sachstand zu erkundigen, und sie so taten, als wüssten sie nicht, wer am Telefon war, und ihn hinter seinem Rücken DI Sparkle nannten. Die unten im Keller waren immer zu Späßen aufgelegt.

«Inspector? Ich schicke Ihnen in dieser Sekunde die Ergebnisse der Vaginalabstriche hoch», sagte eine Stimme am Telefon. «Melden Sie sich einfach bei uns, falls Sie was nicht verstehen.»

Unverschämtheit! «Danke. Mache ich.»

Beweisstück RMS 3 (Vaginalabstrich) positiv auf Sperma getestet. Vollständiges DNA-Profil wurde erstellt.

Die Mikrospuren von Körperflüssigkeit, die an Rosie Mary Shaws Leichnam sichergestellt werden konnten, enthielten Spuren von Sperma. Das Labor hatte sie mit der Datenbank verglichen und kein Ergebnis erzielt. Jetzt, wo Jamie Lawrence aus dem Spiel war, wettete Sparkes, dass sie mit Jake Waters mehr Glück hatten. *Arme Kate*, dachte er. *Vergiss Kate. Arme Alex und ihre Eltern.*

Er las den Bericht ein zweites Mal und stellte die Ergebnisse seiner persönlichen Checkliste gegenüber, als Salmond an die Tür klopfte.

«Ich habe gehört, das Labor hat erste Ergebnisse geliefert, Sir.»

«Haben Sie auch gehört, dass bei Rosie Shaw Spermaspuren gefunden wurden?»

«Nein. Himmel. Ich wette auf Jake Waters. Jetzt haben wir ihn.»

«Nur dass er leider vom Erdboden verschluckt bleibt. Es sei denn, er ist über Nacht wiederaufgetaucht, und niemand hat mir Bescheid gegeben. Wo zum Teufel steckt er? Warum kriegen wir keinerlei Sichtungen über ihn rein, keine Kreditkartenbewegungen, von der Anmietung der beiden Fahrzeuge mal abgesehen? Offensichtlich benutzt er ausschließlich Bargeld und schläft im Freien. Es sind jetzt zwei, nein, drei Wochen, seit die Bundespolizei seine Einreise bestätigt hat. Wie ist es möglich, dass er so lange unter dem Radar geblieben ist? Sein Bild war in sämtlichen Medien.»

Kate Waters hatte sich lautstark über das Foto beschwert – es stammte von Jakes Führerschein –, weil sie fand, dass er darauf aussah wie ein Verbrecher: *Auf diesen Automatenfotos sieht doch jeder aus wie ein Mörder, Bob*, hatte sie gesagt. *Bitte verwenden Sie ein anderes. Ich schicke Ihnen eins von unseren.* Doch auch das neue Foto hatte keinen einzigen Zeugen aus der Deckung gelockt. Abgesehen von den üblichen Verrückten und Trittbrettfahrern gab es keinen einzigen Anruf.

«Okay, Zara. Bis jetzt wissen wir nur, dass er vielleicht Sex mit Rosie hatte. Das heißt nicht, dass er sie ermordet hat. Wir halten uns im Augenblick bitte weiter streng an die Fakten, ja? Wir wissen nicht mal, ob es tatsächlich seine DNA ist. Die Analyse des Haars, das wir in seiner Baseballkappe gefunden haben, sollte heute Nachmittag kommen. Können Sie denen ein bisschen Dampf machen? Ich muss mit der Beletage über die nächsten Schritte sprechen. Jemand muss nach Bangkok fliegen. Mit Jamie Lawrence sprechen, sich den Tatort ansehen und versuchen, Akteneinsicht in die Originalberichte zu kriegen. Am Telefon kommen wir nicht weiter.»

Salmond fing an zu strahlen. «Wer? Schicken Sie mich?»

«Hören sie auf zu grinsen wie ein Honigkuchenpferd. Das ist keine Vergnügungsreise», sagte er.

«Weiß ich doch. Aber ich war noch nie in Bangkok.»

«Noch brauchen Sie Ihre Taschen nicht zu packen. Vielleicht sagen die da oben auch nein.»

DCI Chloe Wellington hörte sich sämtliche Punkte seines Eilantrages nickend an. Sie hatte um elf einen Termin – «Mit Anwesenheitspflicht, also bitte, Bob, kurz und präzise!» –, und er war gezwungen, sich tatsächlich auf das zu konzentrieren, was sie bis jetzt hatten.

Zwei tote Mädchen.

Todeszeitpunkt von beiden bereits vor dem Brand, der vielleicht gelegt wurde, um Spuren zu verwischen.

Die eine erwürgt, die andere möglicherweise vergewaltigt.

Ein britischer Zeuge/Verdächtiger, der sich inzwischen in England versteckt.

Ein britischer Zeuge, Jamie Lawrence, der in Bangkok in U-Haft sitzt.

Schlampige Ermittlungen vor Ort, bei denen so gut wie alle oben erwähnten Einzelheiten übersehen wurden.

«Und was wird das kosten?», wollte DCI Wellington wissen.

«Wir sitzen gerade an der Kalkulation. Wir brauchen auf alle Fälle vier Leute, inklusive Tatortermittler und Fotograf.»

«Und einen Übersetzer», sagte sie mit einem Blick auf die Uhr über der Tür. «Nennen Sie mir so schnell es geht eine konkrete Summe, damit ich zum Commander gehen kann. Prinzipiell stimme ich Ihnen zu. Sie sollten fliegen.»

«Ich bin mir nicht sicher, dass das geht», sagte Sparkes leise.

«Na ja, Bob, die Entscheidung liegt bei Ihnen. Aber ich kann mir nicht vorstellen, dass das ohne Sie klappt.»

Salmond sprang sprichwörtlich in die Luft vor Freude.

«Teambesprechung in dreißig Minuten. Lassen Sie jemanden Flüge und Hotelpreise recherchieren – wir brauchen bis heute Nachmittag ein Budget.»

«Schon dabei.»

Der nachmittägliche Zwischenbericht meldete Beweise für Nahrungspartikel in der Lunge von Rosie Shaw. Die Mikroskopie hatte «diverse Partikel pflanzlichen Ursprungs in den kleinen Atemwegen und Lungenbläschen» ergeben.

«Sieht aus, als wäre sie an ihrem Erbrochenen erstickt», sagte er zu Salmond. «Armes Ding.»

«Ob sie betrunken war und das Bewusstsein verloren hat? Was meinen Sie?»

«Möglicherweise. Vielleicht hat sie außerdem Drogen konsumiert.»

Sparkes scrollte noch einmal durch die E-Mails von Alex O'Connor. Er suchte die Stelle, wo sie erzählte, dass ihre Freundin mit Drogen rummachte. Er war sich zwar ziemlich sicher, dass sie nicht geschrieben hatte, womit genau, aber er wollte es zur Sicherheit überprüfen.

Heute Abend steht Rosie völlig neben sich. Ich kriege kein vernünftiges Wort aus ihr raus. Sie sitzt einfach nur da und keucht, mit glasigen Augen, total gruselig. Gott weiß, was die eingeworfen hat. Ich habe Lars gefragt – einen der Holländer –, aber er hat nur gelacht. Meinte, alles wäre gut und er hätte auch was genommen. Ich bringe sie jetzt ins Bett und versuche, morgen mit ihr darüber zu sprechen.

Das klang schwer nach Ketamin – die Dissoziation und die abgehackte Atmung. Er fragte sich, ob das Rosies erstes Mal gewesen war. Ketamin galt als Partydroge – kleine Mengen, inhaliert oder in den Hintern geschoben, um schnell high zu werden. Doch die Wirkung hielt nicht immer lange an. Vielleicht hatte sie immer wieder nachgelegt, um möglichst lange draufzubleiben. Auch Ketamin konnte man überdosieren – vor allem, wenn man sowieso schon neben der Spur stand –, aber man starb eigentlich nicht daran, es sei denn, man hatte zusätzlich noch etwas anderes genommen. Oder man hatte zu viel getrunken und sich daraufhin übergeben. Um sicherzugehen, würde er auf den toxikologischen Befund der Flüssigkeit warten müssen, die Aoife aus einer Vene in Rosies Leistenbeuge hatte bergen können, aber er wettete darauf, dass sich die Droge nachweisen ließ.

«Ich fahre zu den Shaws und spreche mit ihnen», sagte er.

Sparkes ließ sich für die Fahrt nach Winchester Zeit. Er musste nachdenken. Alex erwürgt. Rosie erstickt. In welchem Zeitfenster? Wo war die Verbindung zwischen den beiden Todesfällen? War der eine die Konsequenz des anderen? Und falls ja, in welcher Reihenfolge?

Immer noch tief in Gedanken, kam er an. Mike Shaw wartete draußen in seinem Wagen. «Ich dachte, wir gehen zusammen rein, Inspector», sagte er nervös, während Jenny sie durchs Fenster beobachtete.

Sie saßen an entgegengesetzten Enden des Wohnzimmers, und Sparkes musste den Kopf hin- und herwenden wie bei einem Tennismatch.

Jenny fing sofort an zu weinen, und schließlich stand Mike auf, setzte sich zu ihr auf die Armlehne und strich seiner Ex-Frau unbeholfen über den Rücken, während Sparkes ihnen die letzten Augenblicke im Leben ihrer Tochter schilderte.

«Sie hat nichts davon mitbekommen», sagte er. Es war das, was alle immer hören wollten. Dass niemand gelitten hatte.

Er überließ die Eltern ihrer Trauer und fuhr zurück ins Büro.

*

Salmond rief ihn an, als er gerade den Computer runterfuhr. Und mit ihm sein Arbeitsgehirn. Er musste endlich nach Hause, zu Eileen.

«Ich bin eigentlich schon auf dem Sprung, Zara. Ist es dringend? Ist das DNA-Ergebnis da?»

«Nein, morgen, heißt es. Aber es sieht so aus, als wäre Jake Waters aufgetaucht.»

Er fuhr den Computer wieder hoch. «Wo war das?»

«In Kingston upon Thames. Hat an einem Autohof an der A3 getankt und am Automaten Bargeld abgehoben. Seine Konten werden überwacht, und die Bank hat uns sofort alarmiert.»

«Und?»

«Er war zu schnell. Als wir hinkamen, war er schon wieder weg. Aber es gibt Aufnahmen von ihm auf der Überwachungskamera. Er ist immer noch mit dem zweiten Mietwagen unterwegs, dem Skoda. Wir fahnden über die Kameras der automatischen Nummernschilderkennung auf der A3 nach ihm, um rauszufinden, in welche Richtung er weitergefahren ist. Falls er auf den Hauptstraßen bleibt, poppt sein Nummernschild früher oder später in einem der Kontrollzentren auf. Der kommt nicht weit.»

«Okay. Was haben wir im Moment? Irgendwelches Bildmaterial von den Überwachungskameras, um ihn zu identifizieren?»

«Das übliche Schneegestöber. Er trägt eine Baseballkappe tief ins Gesicht gezogen und versteckt die untere Gesichtspartie offensichtlich hinter einem Schal. Der Typ, der ihn bedient hat, sagt, er hätte ihn nervös gemacht. Meinte, er wäre mit voller Bankräuber-Montur in den Kassenraum gekommen, total vermummt an einem sonnigen Tag.»

War es heute sonnig? Ich habe offenbar den ganzen Tag kein einziges Mal zum Fenster rausgesehen. «Wer ist für uns vor Ort?»

«Ich und ein Zweimannteam, wir wollen uns die Angestellten und weitere Zeugen vornehmen, ehe alle wieder verschwinden. Außerdem koordiniere ich die Fahrzeugfahndung mit den anderen Kräften.»

«Ist er auf dem Weg nach Hause? Haben Sie schon mit Kate Waters gesprochen?»

«Nein. Die steht als Nächste auf meiner Liste.»

«Das übernehme ich.»

Während er wählte, überlegte er sich, was er sagen wollte. Kate war auf Zack, sie ahnte mit Sicherheit, weshalb er anrief, und er wollte nicht riskieren, dass sie ihren Sohn warnte und ihn noch tiefer in den Untergrund trieb.

Kurz schoss ihm die Frage in den Kopf, was er tun würde, wenn es sein Sohn wäre. Würde er ihn ausliefern? Natürlich. Und wenn die Medien ihn in die Enge getrieben hätten? Und wenn der Fall allein auf Indizien fußte? Konnte er wirklich die Hand aufs Herz legen und sagen, er würde es tun?

«Hallo.» Kate ging beim ersten Klingeln ans Telefon und riss ihn aus seinen Gedanken. «Gibt's was Neues?»

«Wir haben möglicherweise eine Sichtung von Jake an einer Tankstelle in Kingston.»

«Kingston? In Süd-West London? Was sollte er da wollen?»

«Ich hatte gehofft, das könnten Sie mir sagen. Fällt Ihnen zufällig irgendein Grund ein, der ihn in diese Gegend treiben könnte? Hat er dort vielleicht Freunde?»

«Nein, soweit ich weiß, nicht. Da fährt man doch eher vorbei, oder? Woher wissen Sie, dass er es war?»

«Na ja, mit seiner Kreditkarte wurde Geld abgehoben, und er war mit dem zweiten Mietwagen unterwegs.»

«Okay. Viel wichtiger: Haben Sie Jamie Way gefunden oder Lawrence oder wie auch immer er sich jetzt nennt?»

Bob zögerte.

«Was? Haben Sie ihn?»

«Nein, aber die thailändische Polizei. Er war nicht dort, Kate. Er saß in der Brandnacht in Bangkok im Gefängnis. Er ist nicht unser Mann.»

«Nein ...», murmelte sie. Die abgrundtiefe Enttäuschung in ihrer Stimme war nicht zu überhören.

«Also, ich muss dann wieder.»

Als Nächstes rief er Helen an, die Palliativschwester, um ihr zu sagen, dass er sich verspäten würde.

«Keine Sorge, Bob. Sie schläft. Sie merkt es gar nicht.»
«Wie war es heute?»
«Unverändert. Bis nachher.»

BANGKOK, NEUNZEHNTER TAG

Donnerstag, 14. August 2014

Jake hatte ihr Zimmer kurz nach Jamie verlassen, angeblich um mit Mama zu reden. «Ich bin bald wieder da», hatte er gesagt und ihr übers Haar gestreichelt. «Versuch, dich auszuruhen.»

Alex hatte tatsächlich einen Moment lang versucht, sich auszuruhen, hatte versucht, sich aufs Bett zu legen, aber es ging nicht. *Mach einen Plan, und dann setz ihn um*, würde ihre Mum sagen, wenn sie jetzt hier wäre. Aber auf sie wirkte alles so unwirklich, sie kam sich vor, als wäre sie in einem Theaterstück. Sie holte ihr Tagebuch aus dem Rucksack, schrieb «Rosie finden» auf eine freie Seite und schob so den Augenblick, wo sie wirklich handeln musste, noch ein bisschen weiter hinaus. *Okay*, sagte sie zu sich. *Was ist am wichtigsten?*

Sie schrieb *1. Im WiFi-Café ins Internet gehen* und strich es wieder durch. Sie brauchte dringend ein eigenes Telefon, damit ihre Eltern sie zurückrufen konnten. Sie musste dringend richtig mit ihnen sprechen, nicht nur per WhatsApp oder E-Mail.

Alex setzte sich den Sonnenhut auf und ging langsam durch die drückende Hitze, dicht an die Verkaufsstände gedrückt, um den Schatten der Schirme auszunutzen. Als Erstes zum Geldautomaten, sich anstellen, dann genug Geld abheben, um ein Telefon und eine Karte zu kaufen. Dann in den nächsten Fake-Elektronik-Shop, um ein billiges Smartphone zu besorgen.

Es kam ihr vor wie Stunden, doch irgendwann schaffte sie es endlich zurück in ihr Zimmer und fummelte mit schweißnassen Händen die SIM-Karte in das Telefon.

Als das Gerät zum Leben erwachte, versuchte sie als Erstes, sich in ihren E-Mail-Account einzuloggen, doch irgendetwas stimmte mit ihrem Passwort nicht. Sie hatte es so lange nicht mehr benutzt. Ständig wurde sie von Gmail gebeten, es noch einmal zu versuchen. Also versuchte sie es wieder, hieb mit mehr Nachdruck auf die Tasten ein, als wäre Google schwer von Begriff. Vergeblich. Als sie auf *Passwort vergessen* klickte, bekam sie zur Antwort, ein Link zum Reset ihres Passworts sei an ihr Telefon geschickt worden. Nur dass sie ihr Telefon verloren hatte. Alex hätte am liebsten geschrien. Es war wie bei einem dieser billigen Schiebepuzzles, wo man stundenlang kleine Kacheln verrücken muss, um sie in die richtige Reihenfolge zu bringen. Dann würde sie eben jetzt zu Hause anrufen. Die Nummer kannte sie auswendig.

Doch Alex zögerte immer noch, hin- und hergerissen zwischen dem Trost, die warme Stimme ihrer Mutter zu hören, und der Panik, die ihr Anruf auslösen würde. Ihre Eltern hatten sich immer auf sie verlassen können, aber das war jetzt vorbei. Sie kniff die Augen zusammen, zwang sich dazu, die Nummer einzutippen, und ließ das Telefon wieder sinken. In Winchester war es mitten in der Nacht. Ein Schwall aus Erleichterung durchströmte sie, weil sie den schrecklichen Moment noch einmal hinauszögern durfte.

«Ich versuche es einfach bei Rosie!», rief sie. Rosie konnte sie jetzt sofort anrufen. *Ich bringe sie dazu, zurückzukommen und den ganzen Wahnsinn zu stoppen*, dachte sie. *Und Mum braucht nie etwas davon zu erfahren.*

Aber sie konnte sich nicht an Rosies Telefonnummer erinnern. Sie war in ihrem Handy abgespeichert, und sie hatte sie seit Jahren nicht mehr vor Augen gehabt. Sie versuchte, die Ziffern wie durch Magie in ihrem Kopf erscheinen zu lassen – es war eine doppelte Acht dabei, da war sie sich sicher –, doch es kam nichts. Könnte sie doch nur ihr Telefon wiederfinden. Dieser Gedanke brachte sie dazu, ihre eigene Nummer zu wählen – *vielleicht ist es einfach nur irgendwo dazwischengerutscht.*

Sie wartete, rechnete damit, dass inzwischen der Akku leer war und sie direkt zur Voicemail weitergeleitet wurde. Doch dann ertönte das Freizeichen in ihrem Ohr. Sie hielt das neue Telefon am ausgestreckten Arm von sich weg und lauschte auf ihren Klingelton – «Happy» von Pharrell Williams. Sie und Rosie hatten sich den gleichen Klingelton aufs Handy geladen, als sie nach Bangkok aufgebrochen waren. *Gott, das ist kaum drei Wochen her.* Alex umklammerte das neue Telefon und versuchte, sich daran zu erinnern, wann sie zum letzten Mal glücklich gewesen war.

Plötzlich hörte sie Pharrell Williams. Aber nicht in ihrem Zimmer. Sie musste das Telefon in der Bar vergessen haben. So schnell sie konnte, ging sie durch den Flur nach vorne, doch das Geräusch wurde leiser statt lauter. Sie blieb lauschend stehen und drehte sich um die eigene Achse wie eine Radarschüssel, um das leise Geräusch wieder einzufangen. Es kam aus dem Schlafsaal.

In dem Augenblick, als Alex die Tür öffnete, brach der Klingelton ab.

«Scheiße!», rief sie und wählte noch einmal.

«Hast du ein neues Telefon?» Plötzlich kam Jamie direkt hinter ihr ins Zimmer.

«Äh, ja? Und ich glaube, mein altes ist hier bei euch.»

«Bei uns? Warum das denn?»

«Keine Ahnung. Ich habe es klingeln hören.»

«Ach so! Ich habe denselben Klingelton wie du», sagte

Jamie und lachte gepresst. «Ich wollte gerade rangehen.» Seine Stimme klang hohl.

«Nein, hast du nicht», sagte Alex. «Du hast ‹I Will Always Love You›.»

«Ja, früher. Aber dann hat's mich genervt, und ich hab's geändert. Hab mir ‹Happy› runtergeladen.» Und er griff zu seinem Telefon, um es ihr vorzuspielen.

Verunsichert zog Alex sich zurück. Sie kam sich dumm vor. Sie setzte sich auf ihr Bett, um darüber nachzudenken, was sie ihren Eltern sagen sollte, wenn sie sich endlich traute, sie anzurufen. Sie wollte warten, bis sie aufgestanden waren – oder noch besser, bis sie aus der Arbeit kamen. Damit gewann sie wenigstens noch ein paar Stunden Zeit.

55

Mittwoch, 10. Dezember 2014

DER POLIZIST

Sie hatten den Wagen am Vortag gefunden, spätabends, brennend, auf einem Stück Brachland in Südlondon.

Salmond hatte ihn angerufen. «Er muss gemerkt haben, dass die Tankstelle mit Überwachungskameras ausgestattet war», hatte sie gesagt. «Unser kleiner Brandstifter ist jetzt zu Fuß unterwegs.»

«Irgendwas übrig, mit dem unsere Jungs was anfangen könnten?» Er hatte die Stimme gesenkt gehalten, um Eileen nicht zu stören, die im Wohnzimmer lag.

«Nicht viel. Der Wagen war schon fast völlig ausgebrannt, als endlich jemand anrief. Kommt in der Gegend offenbar öfter vor.»

«Bob?», hatte Eileen schwach die Treppe hinaufgerufen.

«Kümmern Sie sich um die DNA-Probe von Jake Waters, Zara. Ich muss Schluss machen.» Er hatte eilig aufgelegt und sich so schuldig gefühlt, als hätte er heimlich mit seiner Geliebten telefoniert.

«Ich komme, Liebling», hatte er zärtlich hinuntergerufen.

Wie sollte er ihr beibringen, dass er nach Bangkok fliegen musste? Überhaupt nicht. Er konnte nicht weg. Wie sollte das gehen? Was, wenn sie … Nein. Er würde hierbleiben.

«War das die Arbeit?», fragte sie, als er sich über sie beugte, um ihre Stirn zu küssen.

«Natürlich. Nichts Wichtiges.»

«Na los, erzähl schon.»

Er setzte sich zu ihr auf die Bettkante und nahm ihre kalte Hand.

«Der Wagen, mit dem Jake Waters unterwegs war, ist ausgebrannt aufgefunden worden. Er selbst ist wieder abgetaucht.»

«Macht nichts. So ein cleverer Kopf wie du findet ihn bestimmt.»

«Im Augenblick fühle ich mich nicht besonders clever.»

«Das tut mir leid, Liebling.»

«Sei nicht albern, Eileen. Ich will damit eigentlich nur sagen, dass es momentan was Wichtigeres gibt. Dich.»

«Sei still. Mir geht es gut. Ich und mein Freund Morphium machen einen super Job. Und jetzt geh und mach du deinen.»

«Ich versuche es. Die Sache ist nur ... die Sache ist, dass wir für ein paar Tage nach Bangkok müssen, um einen Zeugen zu befragen und mit der Polizei vor Ort zu sprechen.»

Eileen antwortete nicht sofort. Sie kämpfte sich mühsam zum Sitzen hoch, und er half ihr dabei, die Kissen zurechtzurücken.

«Wann fliegst du?»

«Gar nicht, Eileen.»

«Ach, Bob, nun hör schon auf, dir selbst leidzutun. Los, flieg nach Bangkok. Ich komme auch allein zurecht, ich habe Sam und meinen Engel Helen an meiner Seite. Es sind doch nur ein paar Tage.»

«Aber was, wenn du ... ich muss doch bei dir sein», stammelte er.

«Sei nicht so melodramatisch. Mir passiert nichts. Helen und der Arzt sind sehr zufrieden mit mir. Die Schmerzen sind unter Kontrolle, und das ist die Hauptsache.»

«Aber …»

«Okay. Wenn ich dir verspreche, nicht zu sterben, während du weg bist, fliegst du dann?»

Ihm stiegen Tränen in die Augen, und er hatte Mühe, seine zitternde Unterlippe zu kontrollieren. Eileen setzte dem ein Ende, indem sie seine Hand tätschelte. «Du fliegst, und dann kommst du zu mir zurück und erzählst mir alles. Ich finde langsam Geschmack an diesen ganzen Polizeigeschichten.»

Bob musste lächeln. Eileen hatte sich nie für seine Arbeit interessiert. Sie hatte sich über die Überstunden, die Bezahlung und den Tribut beschwert, den sein Job von ihm forderte. Aber jetzt, da sie im Sterben lag, sollte er ihr jedes noch so kleine Detail von seinen Fällen erzählen. Sie hatte sogar angefangen, Kriminalromane zu lesen. Je düsterer, desto besser.

«Das besprechen wir morgen früh.»

«Was gibt es da zu besprechen? Ich dachte, wir wären uns einig.»

Er gab ihr noch einen Kuss, dann schlüpfte er zu ihr in das schmale Pflegebett und schmiegte sich eng an sie.

Als er am nächsten Morgen an seinen Schreibtisch kam, waren die Ergebnisse da. Sie hatten einen Treffer. Jake Waters hatte mit Rosie Shaw Geschlechtsverkehr gehabt. *Und was hatte er sonst noch getan?*

«Haben Sie's gesehen?», fragte er, als Salmond an die Tür klopfte.

«Ja. Könnte es Vergewaltigung gewesen sein?»

«Dafür gibt es keinerlei Anzeichen. Außerdem schrieb

Alex in ihren E-Mails, Rosie hätte sich Jake an den Hals geworfen.»

«Falls Alex das herausgefunden hat, könnte es ziemlich hässlich geworden sein …»

Sparkes nickte. «Das bleibt erst mal unter uns. Die Ermittlungen gestalten sich zunehmend komplexer, und wir wollen nicht, dass jemand voreilige Schlüsse zieht und damit an die Presse geht, bevor wir Jake Waters gefunden haben.»

«In Ordnung, Boss. Aber die Familien werden langsam ungeduldig. Sie wollen Antworten.»

«Sagen Sie, es gäbe Verzögerungen, was die Ergebnisse betrifft. Toxikologische Befunde brauchen Zeit, das Labor hat Probleme, seien Sie kreativ. Die Shaws sind noch damit beschäftigt, Rosies Todesursache zu verarbeiten. Wir fliegen jetzt erst mal nach Thailand und sehen, was wir dort herausfinden können.»

56

Freitag, 12. September 2014

DER POLIZIST

Der Flug hatte ihn fertiggemacht, und Sparkes stand völlig neben sich. Er hatte versucht zu schlafen, aber das war unmöglich gewesen. Und Salmond hatte sich die ganze Zeit schnarchend neben ihm hin und her gewälzt. Als die Kabinenbeleuchtung angegangen und das Frühstück serviert worden war, hatten sie sich angesehen.

«Mein lieber Schwan, wir sehen aus wie die lebenden Toten», hatte sie gesagt. «Wenn wir Glück haben, helfen uns die thailändischen Kollegen schon aus purer Angst.»

Er hatte genickt und sich mechanisch löffelweise Joghurt und Orangenstückchen in seinen Zombiemund geschaufelt.

Eine heiße Dusche und ein sauberes Hemd später fühlte er sich wieder wie ein Mensch und einigermaßen bereit für das Treffen mit Police Colonel Prasongsanti von der Abteilung für Verbrechensbekämpfung. Zwanzig Minuten später fragte er sich, wozu er sich die Mühe überhaupt gemacht hatte.

Das Meeting war eine qualvolle Übung in Diplomatie gewesen und hatte in Sparkes' Augen definitiv nichts mit der Mordermittlung zu tun gehabt. Der Vertreter der thailändischen Polizei war bis an die Grenze zur Parodie höflich gewesen, hatte nach einer tiefen Verbeugung eine kleine Rede über die Bedeutung der Zusammenarbeit mit der britischen Polizei gehalten und sich über die Polizeiarbeit im Vereinigten Königreich im Allgemeinen erkundigt, ohne die beiden Mädchen mit einem einzigen Wort zu erwähnen.

Bob hatte immer wieder sanfte Versuche unternommen, das Thema anzuschneiden, hatte sich bei dem Beamten bedankt und zum Ausdruck gebracht, wie sehr sie sich auf die Zusammenarbeit mit dessen Team freuten. Jedes Mal musste er warten, bis der Dolmetscher sein linguistisches Hin und Her beendet hatte, ehe er ebenso sanft zurück in die Schranken verwiesen wurde.

Schließlich bat er ganz direkt um Akteneinsicht. Während Colonel Prasongsanti dem Dolmetscher lauschte, erstarrte sein Lächeln.

Also nein.

«Colonel Prasongsanti bedauert es sehr, doch das ist im Augenblick nicht möglich. Die Akten sind noch in der Verarbeitung. Aber Sie können den Tatort besichtigen.»

Na, das ist doch auch schon was.

«Das ist sehr hilfreich, vielen Dank. Und wann hofft er, die Akten zu bekommen?»

«Bald.»

«Und könnten wir bitte mit den ermittelnden Beamten sprechen?»

«Tut uns sehr leid, aber die sind derzeit mit anderen Fällen beschäftigt.»

Sparkes schenkte seinem Gegenüber ein schmallippiges Lächeln.

«Vielleicht könnten sie trotzdem ein Stündchen ihrer kostbaren Zeit für uns erübrigen? Wir wären überaus dankbar dafür. Wir möchten so gerne von ihnen lernen …»

Er hatte das richtige Knöpfchen gedrückt. Der Colonel nickte ernst.

«Er wird ein Treffen arrangieren. Im Laufe des Tages. Man wird sich unter der Telefonnummer bei Ihnen melden, die Sie uns freundlicherweise zur Verfügung gestellt haben.»

«Wir danken Ihnen sehr!», sagte Sparkes und verbeugte sich unisono mit seinem Gegenüber.

«Das war wie Zähneziehen!», knurrte er Salmond zu, als sie in Richtung Ausgang gingen.

«Was für ein beschissenes Affentheater!», zischte sie zurück. «Ich bin gespannt, wen sie uns schicken. Mit Sicherheit niemanden, der irgendwas weiß.»

«Wir werden sehen. Wir müssen einfach unser eigenes Ding machen. Kommen Sie, wir fahren zum Tatort. Wo stecken Jason und Nicole? Müssen wir sie abholen?»

Die Tatortermittler waren im Hotel geblieben, um mit starkem Kaffee den Jetlag zu bekämpfen. Es war offensichtlich nicht bei zwei Tassen geblieben. Die beiden wirkten leicht überdreht, als sie zu ihnen ins Taxi stiegen. Jason Fellowes fing an, ihnen den Plan für das Vorgehen vor Ort zu erklären, kaum dass sein Hinterteil die Sitzbank berührte, und sprach schneller als gewöhnlich. Sparkes saß schweigend vorn und hörte zu, während er im Geiste seine eigene Checkliste durchging.

Als das Taxi vor *Mama's Guesthouse* hielt, stiegen sie aus und blieben fünf Minuten lang schweigend stehen, um alles gründlich in sich aufzunehmen: das Gebäude, den Weg dorthin, die Nachbarschaft, die Menschen, die sie umgaben. *Witterung aufnehmen*, nannte Sparkes dieses Ritual.

Für ihn war der erste, unverstellte, frische Blick auf einen Tatort ein Schlüsselmoment. So unverstellt und frisch jedenfalls, wie es nach einem Zwölfstundenflug möglich war. Er rieb sich die Augen und versuchte, das, was er sah, mit den Beschreibungen aus Alex' E-Mails und den Fotos von Lars in Einklang zu bringen. Das Haus sah aus wie eine alte, handkolorierte Postkarte. Ruß und Asche hatten es in Sepia getaucht, nur hier und da noch gesprenkelt mit einem unvermuteten Farbtupfer. Die Fetzen eines scharlachroten Werbebanners für Whisky hinter der Bar; eine geschmolzene Plastikwanne.

Sparkes verschaffte sich Orientierung: die überdachte Terrasse, auf der Alex und Rosie Bier getrunken hatten, wenn es regnete; Mamas Schreibtisch hinter der Bar; die Betontreppe nach oben zu dem Zimmer der Mädchen; die Gitter vor den Fenstern eines Zimmers, das der Schlafsaal gewesen sein musste – «Männernest» hatte Rosie es laut Alex getauft.

«Okay», murmelte Sparkes. Die anderen hatten auf sein Kommando gewartet, und die Gruppe setzte sich in Bewegung.

«Ich stehe ja auf Abriss-Schick», sagte Salmond und schlüpfte neben Nicole in ihren weißen Overall. «Hier, Boss, ich hab Ihnen einen mitgebracht.»

Sparkes zog sich ebenfalls die Schutzkleidung an und stülpte ein paar Latex-Handschuhe über. Sie hielten sich an den Standard, auch wenn vermutlich inzwischen die halbe Stadt durch den Tatort getrampelt war. Mit der Verkleidung lenkten sie natürlich Blicke auf sich, und bald waren sie von einer kleinen Menschenmenge umringt. Das meiste waren gelangweilt wirkende Touristen, doch auch der eine oder andere Standbesitzer rückte näher, um etwas zu sehen.

«Na los, machen wir uns an die Arbeit.» Sparkes wollte dringend von dem Publikum weg. Er schwitzte jetzt schon in dem Overall.

Nicole Ratner ging voraus und machte die ersten Videoaufnahmen. Sparkes bewegte sich hinter ihr durch die Ruine und versuchte, die Maße in den Kopf zu bekommen. Er würde schweigen, bis er den Tatort vollständig abgelaufen hatte. Das war seine Art. Er suchte sich seinen Weg durch den Schutt im Erdgeschoss, musste sich dabei immer wieder neu orientieren und hatte Mühe, dabei vor Frust nicht laut aufzuschreien. Er war erstaunt – nein, entsetzt –, welche Fülle an potenziellen Beweismitteln seit Wochen einfach so hier herumlag, völlig ungeschützt vor streunenden Hunden und vorbeikommenden Souvenirjägern. Unter den von der Hitze verformten Metallgestellen im Schlafsaal lagen noch die Flaschen herum. Verkohlte Habseligkeiten – ein geschmolzenes Telefon, ein Armband, undefinierbare Plastik- und Metallstücke – trieben in einem Meer aus Asche, vermutlich noch genau dort, wo sie zuletzt abgelegt worden waren.

Zu Beginn hatte die thailändische Polizei eine umgefallene Kerze für den Brand verantwortlich gemacht, doch für Sparkes sah es so aus, als wäre das Feuer im hinteren Teil des Gebäudes ausgebrochen, am Ende eines Flurs. *Seltsamer Ort für eine Party*, dachte er. *Abgesehen davon, würde auf dem Betonboden eine Kerze umfallen, würde sie einfach verlöschen. Um ein Feuer zu entfachen und in Gang zu halten, brauchte es dann doch etwas mehr.*

Sparkes verfolgte die Brandspuren an den Wänden bis hin zu einem klaffenden Loch, das einmal eine Tür gewesen sein musste. Er hätte wetten mögen, dass das Feuer genau dort ausgebrochen war, direkt an der Tür. Wurde es absichtlich gelegt? Um jemanden daran zu hindern herauszukommen? Oder reinzugehen? Oder um jemanden daran zu hindern zu sehen, was dahinter geschah? Oder geschehen war?

Die einstige Tür führte auf einen winzigen Hinterhof,

der zu allen Seiten durch die unverputzten Wände der Nachbargebäude begrenzt war. Der Hof war übersät mit geschwärzten Glasflaschen und erstarrten Pfützen aus geschmolzenem roten Plastik. Der Kühlraum, in dem vor vier Wochen die Leichen der Mädchen gefunden worden waren, stand in einer Ecke des Hinterhofs. Er wirkte selbstgebaut. Es handelte sich im Grunde um eine sehr große, verbeulte und zerkratzte Metallkiste mit rostigen Kanten. Die Dichtung an der Tür war völlig kaputt, und Asche bedeckte die an der Außenseite montierte Kühleinheit. Sparkes fragte sich, wie zum Teufel es jemandem gelungen war, dieses Ding in den Hof zu bugsieren. Die Kühlung konnte eigentlich nur an Ort und Stelle montiert worden sein.

Die an eine Wand gestapelten Getränkekisten waren noch intakt, und die Flaschen fingen an zu klirren, als er auf den unebenen Fußboden trat. Es stank nach verdorbenen Lebensmitteln und Rattenkot, und Sparkes legte sich die Hand auf die Maske, um die Atemluft zu filtern. Erst als er sich umdrehte, um wieder hinauszugehen, entdeckte er im tiefen Schatten neben der Tür die Kokosfasermatten – wahrscheinlich genau dort, wo sie die Beamten hingeworfen hatten, als sie die Leichen entdeckt hatten.

«Das da brauchen wir», sagte er zu Jason, der sich mit ihm in die klaustrophobische Enge begeben hatte.

«Okay, Boss», sagte Jason. «Nicole fotografiert alles, ehe ich mit der Spurensicherung anfange.»

Sparkes suchte sich vor dem Gebäude ein Fleckchen Schatten und zeichnete einen groben Grundriss in sein Notizbuch. Er zeichnete so sorgfältig wie möglich. Das war im Augenblick so wichtig wie nie – auch weil er zurzeit so leicht abzulenken war.

Er versuchte gerade, die Entfernung vom Schlafsaal zum Fundort der Leichen abzuschätzen, als Salmond zu ihm kam. «Geht es Ihnen gut, Sir?», fragte sie und zog sich Handschuhe und Kapuze aus.

«Ja. Na ja, abgesehen davon, dass dieser Tatort die reinste Schande ist. Hat Jason die Flaschen aus dem Gruppenzimmer sichergestellt?»

«Ja. Alles eingetütet und beschriftet. Natürlich wimmelt es überall vor Fingerabdrücken, aber er konzentriert sich auf die Kühlung. Er sagt, es gibt einen wunderschönen Handabdruck, direkt neben der Tür.»

«Wahrscheinlich Polizei oder Souvenirjäger. Wir brauchen trotzdem alles.»

«Ich glaube nicht, dass die Mädchen in der Kühlung ermordet wurden, und Sie, Boss? Dort ist es viel zu eng – ich kann gerade mal aufrecht stehen. Außerdem hätte das zweite Mädchen einfach tatenlos zusehen müssen, während das erste ermordet wurde.»

Sparkes nickte. «Bei beiden gibt es keinerlei Abwehrspuren. Aber es ist durchaus möglich, dass sie nicht zur gleichen Zeit ermordet wurden. Trotzdem glaube ich, dass sie beide in diesem Gebäude zu Tode gekommen sind. Auf den Hinterhof gelangt man nur durch das Hostel, und die Straße vor dem Haus ist niemals ganz leer – sehen Sie sich nur mal um. Bei den vielen Clubs und Bars in der Gegend herrscht hier mit Sicherheit vierundzwanzig Stunden lang Betrieb. Zwei Leichen durch die Gegend zu karren, wäre nicht unbemerkt geblieben. Selbst hier nicht.»

«Ich tippe auf das Mehrbettzimmer», sagte Salmond und schraubte den Deckel von einer Wasserflasche. «Ein aus dem Ruder gelaufenes Sexspiel vielleicht? So was wie Atemkontrolle? Wie bei diesem Parlamentarier mit seiner Satsuma.»

«Satsuma?»

«Vielleicht war's auch eine Clementine?»

«Okay, Zara, wir haben leider keine Zeit für die Differenzierung von Zitrusfrüchten. Wirklich toll. Schlägt bei Ihnen gerade der Jetlag zu?»

Salmond grinste. «Kann schon sein.»

«Wer hat die beiden als Letzter lebend gesehen?»

«Laut thailändischer Polizei die Leute auf der Party. Nur dass es allem Anschein nach keine Party gab. Die einzigen anderen Bewohner waren die beiden holländischen Jungs, Jake Waters und Jamie Lawrence. Lars und Diederik sind am elften abgereist, und Lawrence saß in der Brandnacht laut Polizei bereits im Gefängnis.»

«Wir müssen so schnell wie möglich zu ihm, um rauszufinden, was er weiß – und um seine Fingerabdrücke zu bekommen. Der Versuch, hier an forensisch verwertbares Material zu kommen, ist reine Zeitverschwendung.» Sparkes senkte den Blick wieder auf seine Notizen. «Wir haben allein das Wort der Polizei, dass die Mädchen am Brandabend noch am Leben waren. Vielleicht wurden sie schon Tage zuvor ermordet und versteckt. Den Todeszeitpunkt konnte Aoife wegen der Unsicherheit bezüglich der Temperatur im Kühlraum lediglich grob schätzen. Von wann stammt Alex' letzte Mail an Mags?»

Salmond nahm ihr Telefon zu Hand und scrollte stumm durch den Mail-Verlauf. «Vom zwölften August», sagte sie. «Der Tag, an dem Alex Rosie mit ihrer Handtasche erwischt hat.»

«Das heißt, sie könnten beide zu jedem beliebigen Zeitpunkt in den zweiundsiebzig Stunden vor dem Brand gestorben sein.»

«Genau.»

Sparkes' Telefon klingelte. Eine örtliche Nummer. «Hallo? Detective Inspector Bob Sparkes?», sagte er förmlich.

Eine halbe Stunde später trafen zwei thailändische Polizeibeamte ein – der ältere von beiden sprach stockendes Englisch. Sie lächelten während der gesamten Begrüßungszeremonie und führten sie dann durch das Hostel, um ihnen zu zeigen, welche Stellen sie genauer untersucht hatten. Man hatte ihnen offenbar erzählt, sie hätten die Aufgabe, den britischen Kollegen zu zeigen, wie man einen Tatort untersucht.

«Soweit ich weiß, gehen Sie davon aus, dass eine Kerze den Brand verursacht hat», sagte Sparkes lächelnd. Er machte Fortschritte. «Wieso glauben Sie, dass es eine Kerze war? Gibt es dazu die Aussage eines Zeugen?»

«Die Besitzerin», sagte der Beamte. «Sie hat gesagt, viele Partys. Leute betrunken. Zünden Kerzen an. Kerze umfallen.» Er wandte sich zum Gehen – offenbar war für ihn die Arbeit getan.

«Wann haben Sie mit der Besitzerin gesprochen? Ich dachte, die wäre verschwunden», sagte Sparkes.

«Direkt nach dem Brand. Sie uns sehr geholfen.»

«Aber wenn ich es richtig verstanden habe, haben Sie sonst keine weiteren Zeugen gefunden.»

«Nur Besitzerin. Sie hat alles verloren. Die toten Fremden selber schuld.»

«Leider hat die Autopsie in England ergeben, dass eines der Mädchen ermordet wurde. Erwürgt», sagte Sparkes mit Nachdruck und stellte sich wie zufällig in die Tür, um den beiden Beamten den Weg zu versperren. «Wir haben Ihnen den Bericht geschickt.»

Die beiden Thailänder unterhielten sich einen Augenblick.

«Der Fall ist abgeschlossen. Wir haben zu tun. Wir müssen gehen», sagte der Wortführer.

«Vielen Dank dafür, dass Sie uns Einblick in Ihre Arbeit gewährt haben», sagte Sparkes, bemüht, sich den Sarkasmus nicht anmerken zu lassen. «Könnten wir eine Kopie Ihres Ermittlungsberichts bekommen? Das wäre sehr hilfreich.»

«Nicht möglich. Leider.» Und damit waren sie wieder weg.

Das Team versammelte sich in dem Café am Ende der Gasse.

«Wir müssen dringend mit der Besitzerin sprechen», sagte Sparkes. «Sie war da. Fragt die Nachbarn. Irgendwer muss wissen, wo sie steckt. Und ich bitte die Botschaft, uns Zugang zu Jamie Lawrence zu verschaffen.»

Und dann fliegen wir wieder nach Hause.

57

Freitag, 12. September 2014

DIE JOURNALISTIN

Die Entscheidung, noch mal zurückzukommen, war mir nicht schwergefallen. Ich wühlte mich tief zwischen sämtliche Zeilen dieser Story, um die Wahrheit herauszufinden, über das, was passiert war, und über die Rolle meines Sohnes darin, und Jamie Lawrence war offenbar der Einzige, der noch am Leben war und diese Wahrheit möglicherweise kannte. *Abgesehen von dir, Jake*, sage ich mir selbst. *Aber du bist nicht hier. Und ich muss endlich wissen, wovor ich dich beschütze.*

Ich sprach mit Steve, sobald ich erfahren hatte, dass Jamie Lawrence in Bangkok im Gefängnis sitzt, versuchte, ihm genau das zu erklären. Er hörte schweigend zu, während er sich Hähnchen mit Linsen aus dem Alubehälter fischte, der umgeben von einem rötlichen Fettrand auf dem Küchentisch stand.

«Und warum musst du selbst nach Bangkok? Wieso kannst du nicht warten, bis dein Freund Bob Sparkes bei ihm war und dir Bericht erstattet?», murmelte Steve.

«Weil ich Fragen habe, die ich ihm stellen muss. Es kann gut sein, dass er mit der Polizei nicht sprechen will.»

«Aber mit dir?» Steve zog die Augenbraue hoch und trank einen Schluck Bier.

«Ich weiß, wie man so was macht, Steve. Ich werde ihn dazu bringen zu reden.»

«Da bin ich mir ganz sicher, Kate. Deinem Charme kann schließlich niemand widerstehen, stimmt's?»

Ich schob den Teller weg. «Sei nicht so gemein zu mir. Du bist erschöpft, das ist mir klar. Mir geht es genauso, aber ich muss trotzdem rausfinden, was er weiß. Das musst du doch verstehen.»

Steve antwortete nicht. Er schob sich noch eine Gabel Curry in den Mund.

«Oder etwa nicht?», fragte ich mit erhobener Stimme. «Dieser Junge könnte der Schlüssel sein.»

«Nein. Jake ist der Schlüssel. Wieso verwendest du deine Energie nicht darauf, ihn aufzuspüren? Dieser andere Kerl wurde von der Polizei bereits von den Ermittlungen ausgeschlossen. Er war nicht dabei. Das ist doch alles nur Ersatztherapie, Kate. Eine kostspielige Ablenkung – die Reise wird dich ein Vermögen kosten. Und vielleicht bekommst du den Typen nicht mal zu Gesicht.»

«Das ist unfair. Ich habe alles Erdenkliche versucht, um Jake zu finden.»

Habe ich wirklich. Ich habe seine Schulfreunde ausfindig gemacht, seine Studienkollegen, sogar seine verräterische Ex-Freundin, habe mich ruhig und nett mit ihnen unterhalten, während mir die Angst den Magen verätzte. Ich rief die Jungs an, mit denen er früher sonntags Fußball gespielt hatte, war in den Kneipen, in denen er gerne getrunken hatte, besuchte die Bibliotheken, in denen er gelernt hatte, war in sämtlichen Cafés und Geschäften, die er frequentiert hatte. Aber vergeblich. Niemand hatte ihn gesehen oder etwas von ihm gehört.

«Ich fliege auf alle Fälle rüber. Ich bin schon ganz woanders reingekommen.» Der nächtliche Besuch in einem bulgarischen Wildpark auf der Suche nach einem angeketteten Elefanten und ein bulgarisches Gefängnis im Stil von *Midnight Express* kamen mir in den Sinn. «Außerdem habe ich noch ein bisschen Geld auf der Seite.»

«Unser Urlaubsgeld, meinst du.»

«Wie auch immer. Es ist wichtig. Ich fliege.»

Er spießte noch ein Stück Hähnchen auf und kaute schweigend.

Und hier bin ich nun. Täglich grüßt das Murmeltier aus Bangkok, der Ausblick aus dem Taxifenster derselbe wie beim letzten Mal. Don ist bereits für mich unterwegs. Ich muss ihn zwar aus eigener Tasche bezahlen, aber der Mann ist sein Gewicht in Gold wert. Wenn mir irgendjemand helfen kann, in das Untersuchungsgefängnis hineinzugelangen, dann er.

Wir treffen uns im selben Café am Ende der Gasse wie beim letzten Mal, und automatisch sehe ich mich an den Nachbartischen nach Ross um. Er ist nicht da, also wende ich mich wieder Don zu und versuche, mich auf seinen Bericht zu konzentrieren.

«Ich kann dich heute Nachmittag ins Klong Prem Gefängnis reinschleusen. Teuer war es nicht, aber du hast nur eine halbe Stunde mit dem Gefangenen.»

«Du bist ein Genie, Don. Kommst du mit, für den Fall, dass ich einen Dolmetscher brauche?»

«Klar.»

Plötzlich erhebt sich eine weibliche Stimme über den allgemeinen Lärm im Café: «Da ist Kate Waters, verflucht!» Ich drehe mich eilig um. Zwei Tischreihen hinter uns sitzt DS Zara Salmond. Beziehungsweise saß. Jetzt kommt sie schnurstracks auf uns zu, eine Frau mit einer Mission, und die beiden Leute an ihrem Tisch sehen fassungslos zu.

«Was um alles in der Welt haben *Sie* hier zu suchen?»,

ruft DS Salmond mir über die Köpfe der Gäste hinweg zu, viel zu ungeduldig, um zu warten, bis sie unseren Tisch erreicht hat.

«Ach, hallo», sage ich. «Ich recherchiere in einer Story.»

«Ach was! Bin gespannt, was der Boss dazu sagt.»

Ich fahre herum, aber ich kann Bob Sparkes nirgendwo sehen. «Ist er auch hier?»

«Darauf können Sie wetten. Er ist zum Telefonieren um die Ecke gegangen.»

Ich stehe eilig auf. Ich will allein mit ihm sprechen, nicht vor einem Publikum aus neugierigen Touristen und vorlauten Polizistinnen. Als ich um die Straßenecke biege, wären wir fast zusammengestoßen. Er hat das Telefon in der Hand und ist tief in Gedanken versunken.

«Bob», sage ich, und er fährt vor Schreck zusammen. Ich gehe weiter, lenke ihn zurück in die Richtung, aus der er gekommen ist, zurück in den Schatten.

«Kate! Was zum Teufel treiben Sie hier?»

«Ihre Mitarbeiterin hat mir gerade dieselbe Frage entgegengebrüllt. Ich bin wegen der Story hier, was denn sonst?»

«Welche Story? Ich dachte, Sie hätten an Joe Jackson übergeben. Sie sind im Augenblick freigestellt, oder nicht?»

«Ich habe eben gern was zu tun. Außerdem ist Joe momentan mit anderen Dingen beschäftigt. Wie geht's Ihnen? Sind Sie bei Ihren thailändischen Kollegen weitergekommen?»

«Sagen wir so, wir machen eher unser eigenes Ding. Unser Team untersucht derzeit den Tatort und versucht, die Besitzerin ausfindig zu machen. Die Polizei behauptet auf einmal, sie wäre eine Zeugin.»

«Tatsächlich? Dabei könnte ich eventuell helfen. Ich

treffe mich nachher mit einem Freund von Jake. Er könnte vielleicht wissen, wo wir sie finden können.»

«Aha.» Er klingt gequält.

«Wir könnten doch gemeinsam hingehen und uns inoffiziell mit ihm unterhalten», sage ich in dem Versuch, an unser altes, früheres Arbeitsverhältnis anzuknüpfen.

«Eher nicht, Kate», antwortet er und holt mich in die Wirklichkeit zurück. «Ich weiß Ihr Angebot zu schätzen, aber wir sind im Zusammenhang mit den Mordermittlungen immer noch auf der Suche nach Ihrem Sohn ...»

«Entschuldigung. Wie dumm von mir.»

«Was hoffen Sie überhaupt hier zu finden? Jake ist in England. Sollten Sie nicht besser dort sein, für den Fall, dass er auftaucht?»

«Himmel, Sie klingen genau wie mein Mann.»

Sparkes lächelt. «Er hat mein ganzes Mitgefühl.»

Ich plappere munter weiter. Ich will nicht, dass er von dem Gefängnisbesuch erfährt. Es könnte sein, dass er sonst versucht, mich davon abzuhalten. «Hier ist geschehen, was auch immer geschehen ist. Ich muss die Wahrheit rausfinden, Bob, für Jake. Ich kann unmöglich zu Hause rumsitzen und warten. Es ist wie ein heftiger Juckreiz.»

«Ich weiß», sagt er.

Er weiß es wirklich. Er und ich, wir sind aus demselben Holz geschnitzt. «Ich muss weiter», sage ich. «Mir läuft die Zeit davon.»

«Wohin wollen Sie denn jetzt?»

«Nur mal kurz frische Luft schnappen», sage ich. «Und Sie?»

«Dasselbe», sagt er und zwinkert mir zu.

58

Freitag, 12. September 2014

DIE JOURNALISTIN

Die Schlangen vor dem Klong-Prem-Gefängnis waren lang, und ich stand da, an den Fingernägeln kauend, und fragte mich, ob wir es vor dem Ende der Besuchszeit überhaupt hineinschaffen würden.

Dons Kontaktmann hatte ihm sowohl Jamie Lawrences volle Haft-ID als auch die Gebäudenummer genannt, und er hatte mir versichert, wir könnten jederzeit kommen. Für Besucher galten Dutzende von Regeln: keine Bücher, keine Zeitschriften mit Bildern von Frauen (ob bekleidet oder nicht), kein Geld, keine Lebensmittel. Was allerdings erlaubt war, war für Toilettenartikel und Lebensmittel zu bezahlen, was bizarrerweise auch KFC-Menüs beinhaltete – sowie die Ware von einem Gefängnisdienst in die Zelle liefern zu lassen.

«Ist das eine besondere Form der Bestrafung?», versuchte ich zu witzeln.

«Im Gefängnis steht jeden Tag Reis mit Fischköpfen auf dem Speiseplan», sagte Don. «Er ist mit Sicherheit für alles dankbar, was wir ihm reinschicken lassen.»

«Hoffentlich ist er kein Vegetarier», sagte ich, als Don für eine große Portion frittiertes Hähnchen, Zahncreme und Seife bezahlte.

«Keine Sorge, alles, was er selbst nicht will, kann er drinnen als Währung verwenden.»

Langsam bewegten wir uns vorwärts, zeigten die Pässe,

ließen uns durchsuchen, füllten in hallenden Fluren irgendwelche Formulare aus und folgten der Beschilderung zum Besuchsraum. Endlich setzten wir uns auf eine Bank und warteten auf unseren Aufruf.

Plötzlich flutet ein Schwall Menschen den Raum – die halbe Stunde der vorigen Besuchergruppe ist vorbei, und ich mache mich bereit. Ich weiß, was ich fragen will, was er mir hoffentlich erzählen wird. *Und auch, was er mir hoffentlich nicht erzählen wird.* Namen werden aufgerufen, Besucher springen auf und rennen in die ihnen zugewiesenen Kabinen.

Plötzlich steht Don auf. «Das sind wir», sagt er. Ich habe weder meinen Namen noch irgendetwas entfernt Ähnliches gehört, aber er packt mich am Arm. «Wir haben keine Zeit zu verlieren. Wir haben nicht lang. Es ist die Kabine ganz hinten.

Wir gehen schnell, vorbei an den anderen Besuchern, die bereits vor dem Sicherheitsgitter sitzen und sich nach vorne beugen, um ihren Lieben so nahe wie möglich zu sein. Der Lärm ist ohrenbetäubend. Dutzende von Stimmen versuchen, einander zu übertönen, und hallen von den nackten Betonwänden wider.

In unserer Hälfte der Besuchskabine befinden sich ein hoher Hocker und ein Telefonhörer aus Plastik. Ich nehme Platz und spähe durch das doppelte Metallgitter – das eine direkt vor meiner Nase, das andere einen knappen Meter weit weg. Drüben im Niemandsland sitzt eine Gestalt, den Hörer in der Hand. Ich kneife die Augen zusammen, um ihn besser zu erkennen. «Das ist ein Thai», sage ich zu Don, und er drückt das Gesicht ans Gitter, um nachzusehen.

Ich nehme den Hörer zur Hand und sage: «Jamie?»

Der Mann antwortet etwas, das ich nicht verstehe.

«Das ist er nicht!», rufe ich Don zu. «Sind wir in der richtigen Kabine? O Gott, wir verlieren wertvolle Zeit.»

Don wendet sich an den Aufseher, der an einem Tisch hinter uns sitzt, und kommt sofort darauf zurück. «Richtige Kabine, falscher Gefangener. Er ist noch von der letzten Runde übrig. Sie bringen unseren Mann jetzt rein.»

Ich säubere den Hörer mit einem Feuchttuch und dann auch noch das Gitter, während der thailändische Gefangene abgeführt wird, und unser Mann erscheint.

Ich sitze da wie gelähmt, unfähig zu sprechen.

«Nimm den Hörer!», sagt Don.

Ich gehorche mechanisch. Der Mann auf der anderen Seite tut dasselbe.

«Hallo, Mum», sagt er.

59

Freitag, 12. September 2014

DIE JOURNALISTIN

Jake ist unfähig zu sprechen, genau wie ich. Wir starren einander nur an.

Da ist er. Mein Sohn. Direkt vor mir. Er sitzt so starr da, dass es aussieht, als wäre er auf einen Grabstein gemeißelt. Aber er ist es.

«Jake», flüstere ich durch das aggressive Stimmengewirr um mich herum. Und endlich bewegt sich sein Kopf. Ein winziges Rucken.

Er legt sich die Hand vors Gesicht, als würde er durch einen Riss in der Wand spähen. Von nebenan ins Zimmer sehen.

«Ich kann nicht glauben, dass du hier bist», sagt er.

Don beugt sich zu mir rüber und pikt mich in die Seite. Er bekommt nur meine Seite dieser Nicht-Unterhaltung mit. «Du verwechselst die Namen, du blutige Anfängerin!» Er explodiert fast. «Das ist Jamie. Und jetzt stell ihm deine Fragen, verdammt noch mal! Wir sind nicht hergekommen, um ihn anzustarren.»

Ich versuche, etwas zu sagen, aber meine Kehle ist derart zugeschnürt, dass nur ein Quieken herauskommt.

Don reißt mir den Hörer aus der Hand und fängt an zu sprechen: «Hallo, Jamie, Entschuldigung. Meine Freundin steht noch voll unter dem Jetlag. Wie geht's dir? Wir sind Reporter, und wir sind hier, um mit dir über Mama's Guesthouse zu sprechen.»

Ich versuche, Don den Hörer wieder aus der Hand zu reißen, und er lässt erschrocken los.

«Jake», sage ich. «Was tust du hier?»

Dons Gesicht ist ein einziges Fragezeichen.

«Das ist mein Sohn!», stammle ich. «Das ist Jake.»

Wir sprechen langsam, tasten uns vorsichtig über das Minenfeld aus Fragen, auf die ich so dringend Antworten suche. Und wieder halte ich mich an einem Telefonhörer fest, wie so oft in den letzten zwei Jahren, wenn ich Tausende von Meilen weit weg versucht habe, nur ja kein Wort zu verpassen. Don sitzt daneben, den Kopf an meinen gelegt, damit er mithören kann. Er macht sich Notizen und hakt ab und zu mit einer Zwischenfrage nach.

Jake erzählt uns, dass Jamie seinen Pass gestohlen und durch seinen eigenen ersetzt hätte. Weshalb, weiß er nicht. Er merkte es erst, als er in der Bar neben dem Hostel verhaftet wurde. Die Polizei hatte seinen Rucksack durchsucht und dort Jamies Reisepass und eine kleine Menge Cannabis gefunden.

«Das war eine Falle, Mum. Jemand hat der Polizei gesagt, wo sie mich finden können. Die kamen direkt zu meinem Tisch, haben mir die Drogen untergeschoben. Ich habe nicht verstanden, was sie zu mir gesagt haben, sie haben mich angeschrien, und dann haben sie in meinem Pass geblättert. Sie dachten, ich wäre Jamie Lawrence. Ich habe ihnen nicht gesagt, wie ich in Wirklichkeit heiße, weil ich dachte, ich könnte die Sache wieder ausbügeln und niemand würde je erfahren müssen, dass ich verhaftet worden bin.»

Er meint uns. Er wollte nicht, dass wir es erfahren. Seine kritische, aburteilende Familie.

«Gab es schon eine Anhörung?», will Don wissen.

«Nein. Ich bin immer noch in Untersuchungshaft.»

«Warum hast du uns keine Nachricht geschickt, Jake?», frage ich.

Er seufzt ins Telefon. «Es tut mir leid, Mum. Ich wollte ja. Aber …»

«Uns hast du erzählt, du wärst in Phuket, Tiere retten oder sonst was. Wir wussten zwei Jahre lang nicht, wo du steckst …»

«Mum», sagt er.

Und ich reiße mich zusammen. «Entschuldige. Ich wollte dich nicht aushorchen.» *Das hebe ich mir für später auf*, denke ich. «Es ist nur ein solcher Schock, dir plötzlich hier gegenüberzusitzen.»

Wir stehen wieder ganz am Anfang.

«Aber weshalb bist du dann hier, Mum? Was wolltest du von Jamie?»

«Es geht um den Brand im Guesthouse», sage ich.

Er reißt den Kopf hoch. «Was? Welcher Brand? Wann?»

«In der Nacht, nachdem du verhaftet wurdest. Hast du das nicht gewusst?»

Er schüttelt den Kopf. «Von den Wärtern spricht niemand Englisch. Ich bekomme hier drin überhaupt nichts mit.»

«Zwei Mädchen, die dort gewohnt haben, sind ums Leben gekommen.»

«Zwei?», schreit er und schlägt sich wieder die Hand vors Gesicht. «O Gott! Alex?»

Warum erwähnt er Rosie nicht?

Don sieht mich an. Er weiß auch, dass an Jakes Reaktion etwas nicht stimmt. Ich schüttle den Kopf und mime das Wort *Schock*.

«Mir ist klar, was das für ein Schock sein muss, Liebling», sage ich und ramme die leise Irritation in Grund und

Boden – ebenso um meinet- wie um seinetwillen. «Die britische Polizei ermittelt – hier und zu Hause. Sie sagen, Alex wäre ermordet worden, Jake. Sie wurde erwürgt, ehe das Feuer in dem Hostel gelegt wurde.»

Mit verzerrtem Gesicht fängt er an zu weinen.

Ich lege die Hand ans Gitter – näher kann ich einer Berührung nicht kommen. «Nicht weinen, Engelchen», sage ich. Diese Worte habe ich nicht mehr benutzt, seit er ein Kleinkind war, und ich fange selbst an zu weinen.

«Kannst du dir vorstellen, wer sie ermordet haben könnte, Jake?», fragt Don. «Hat sich jemand in ihrem Umfeld seltsam verhalten? Ihr vielleicht zu viel Aufmerksamkeit geschenkt?»

Mein Sohn versucht, seine Atmung zu kontrollieren. «Wir haben uns immer lustig darüber gemacht, dass Jamie Alex' Stalker wäre», sagt er mit rauer, tonloser Stimme. Er klingt, als wäre sämtliche Lebendigkeit aus ihm gewichen. «Er hat versucht, sie zu überreden, mit ihm nach Kho Phi Phi zu fahren, nachdem Rosie …» Er verstummt.

«Nachdem Rosie was?», hake ich nach.

«Ich versuche, mich zu erinnern», sagt er mit brüchiger Stimme. «An dem Tag, bevor ich verhaftet wurde, ist Rosie abgehauen. Mama hat sie erzählt, sie wollte mit ein paar Holländern nach Myanmar weiter. Jamie war total froh. Er dachte, er hätte Alex endlich für sich allein.»

«Holländer?», frage ich. «Meinst du Lars und Diederik?»

«Ja. Woher kennst du ihre Namen?» Jake hebt den Kopf und sieht mich forschend an.

«Ich habe mit Lars gesprochen, Jake. Ich habe über den Brand berichtet», sage ich und sehe ihm dabei fest in die Augen. Ich will wissen, ob er lügt. Als er noch klein war, habe ich es jedes Mal gemerkt. Bevor er flunkerte, warf er immer zuerst einen Blick nach unten auf seine

Schuhe. *«Das war Freddie …»* Als er älter wurde und die Lügen subtiler, wurde es schwieriger. *«Ich habe versucht anzurufen, aber mein Guthaben war aufgebraucht …»* Doch die gespielte Aufrichtigkeit in seinem Tonfall hörte ich immer noch heraus.

Hätte ich jetzt beruflich mit ihm zu tun – wäre er die Story –, würde ich ihn direkt konfrontieren. «Rosie ist nicht mit den Holländern nach Myanmar gefahren. Das wissen wir doch beide, oder?», hätte ich gesagt. Aber ich weiß nicht, wie er reagieren wird. Ich will nicht von ihm angelogen werden. Das könnte ich nicht ertragen.

«Sie hat das Hostel nie verlassen», sagt Don. «Rosie war der zweite Leichnam.»

«Das war eine Riesengeschichte», falle ich ihm ins Wort. «Du warst nach dem Brand in Großbritannien auf jeder Titelseite. Die Polizei sucht dich im Zusammenhang mit den toten Mädchen, Jake. Du steckst in fürchterlichen Schwierigkeiten.»

«O Gott! Aber warum suchen sie denn nicht nach Jamie?»

«Weil Jamie nach ihrem Kenntnisstand in Bangkok im Gefängnis sitzt!»

Jake lässt den Kopf hängen.

«Ich – wir holen dich hier raus», sage ich. Ich habe zwar keine Ahnung, wie, aber ich muss ihm wenigstens Hoffnung machen.

«Okay», sagt er.

«Halte durch», sagt Don. «Wir müssen uns sofort um einen Anwalt kümmern. Ich kenne jemanden, der uns vielleicht helfen kann. Und dann sprechen wir mit der Polizei über deine wahre Identität, okay?»

Jake nickt. Er sieht mich nicht an. Die Glocke klingelt, und wir verabschieden uns.

«Ich komme morgen wieder», sage ich. «Ich habe dir was zu essen schicken lassen. KFC», füge ich verzagt hinzu. Er wird von seinem Stuhl gescheucht, um dem nächsten Gefangenen Platz zu machen.

«Jake, ich liebe dich!», rufe ich durchs Gitter zu ihm rüber, aber falls er es gehört hat, lässt er sich nichts anmerken.

60

Freitag, 12. September 2014

DIE JOURNALISTIN

Don und ich schweigen, bis wir wieder draußen sind.

«Kriegen wir ihn da raus?», frage ich. Das ist im Moment alles, was zählt. Mit allem anderen befasse ich mich später. Was auch immer das sein mag.

«Wir werden sehen», sagt Don. «Ich rufe meinen Kumpel an. Außerdem müssen wir sofort die britische Botschaft einschalten. Es handelt sich hier um eine Verwechslung, und wir können beweisen, wer er ist. Das ist schon mal besser als nichts. Befänden wir uns auf heimatlichem Boden, würde ich sagen, ich bin sehr optimistisch. Aber wir befinden uns nicht mehr in Kansas …»

Während er seinen Mann anruft, rufe ich meinen an.

«Steve? Ich habe Jake gefunden», platze ich heraus.

«Was hast du?» Seine Stimme klingt plötzlich ganz laut, schallt mir durch den Hörer entgegen. «Hat er dich angerufen? Wo ist er? Wie geht es ihm? Kann ich mit ihm sprechen?»

«Er ist hier, Steve. In Bangkok.»

Meinem Mann verschlägt es einen Augenblick lang die Sprache, und er versucht zu begreifen, was er eben gehört hat. «Was?», ruft er. «Was ist passiert?»

Und ich fange an zu erklären. Langsam entwirre ich die Knoten dieser Geschichte, sowohl für mich selbst als auch für meinen unter Schock stehenden Ehemann.

Don entdeckt Bob Sparkes und Zara Salmond als Erster in der Besucherschlange.

«Die sind mit Sicherheit gekommen, um Jamie Lawrence zu befragen», sagt er, als ich hinter einem Pfeiler in Deckung gehe. «Wir müssen ihnen sagen, was los ist. Vielleicht können sie dabei helfen, Jake auf freien Fuß zu setzen.» Ich bin mir zwar nicht sicher, aber ich drücke die Daumen.

Bob wirkt bei unserem Anblick absolut angefressen. Anstatt unser Lächeln zu erwidern, fährt er sich mit den Fingern durchs Haar und hinterlässt schweißnasse Furchen.

«Waren Sie bei ihm?», blafft er. «Ich hätte es wissen müssen.»

Ich versuche, ein zerknirschtes Gesicht zu machen – ich brauche ihn jetzt auf meiner Seite. «Ja, Bob», sage ich, aber dann kämpfe ich plötzlich mit den Tränen. Ich presse mir die Fäuste gegen die Augen, um sie zurückzudrängen. Versuche, mich zusammenzureißen.

«Kate? Was ist los? Was ist denn passiert?», fragt Bob.

«Es ist Jake», schluchze ich.

«Was ist mit Jake? Was hat Jamie Ihnen erzählt?»

Ich schüttle stumm den Kopf, und Don spricht an meiner Stelle weiter und erklärt mit drei Sätzen die Situation.

«Der Mann in Untersuchungshaft ist Jake Waters, nicht Jamie Lawrence. Jake sagt, Jamie hätte ihn reingelegt. Sein Pass wurde vertauscht, und ihm wurden Drogen untergejubelt, also wurde er verhaftet.»

«Verfluchte Scheiße!», ruft DS Salmond aus. «Und wer ist dann im Mietwagen kreuz und quer durch Surrey gefahren?»

DI Sparkes sieht erst zum Himmel hinauf und dann mich an. «Sind Sie sicher, dass er es ist?»

«Er ist mein Sohn! Natürlich bin ich mir sicher.»

«Ich gehe davon aus, dass Sie sich nicht direkt gegenübersaßen, außerdem haben Sie ihn eine Weile nicht gesehen. Ich sage lediglich, dass Menschen sich irren können.»

«Er ist es!», rufe ich.

«Und was hat er gesagt? Was hat er Ihnen erzählt?»

Ich putze mir mit dem Taschentuch, das DS Salmond mir gegeben hat, geräuschvoll die Nase, während die anderen in der Warteschlange uns mit unverhohlener Neugierde mustern, ehe sie sich wieder ein paar Schritte vorwärtsschieben.

«Er hat gesagt, als sie angefangen haben, ihn Jamie zu nennen, dachte er, das wäre gut. Dass er die Sache wieder geradebiegen könnte und niemand erfahren müsste, dass er in Schwierigkeiten gesteckt hat. Jake ist ein Idiot, Bob. Aber er hatte mit dem Brand nichts zu tun. Er wusste überhaupt nichts davon, bis ich es ihm erzählt habe. Er war zu dem Zeitpunkt in Klong Prem und hat mit siebzig anderen Gefangenen auf dem Gefängniszellenboden geschlafen.»

Sparkes interessiert sich nicht für Jakes rührselige Geschichte und winkt ab. «Was ist mit den Mädchen? Weiß er, was passiert ist?»

«Er sagte, Rosie wäre vor dem Brand abgereist. Nach Myanmar.»

«Mit den Holländern», fügt Don leise hinzu.

Bob Sparkes zieht die Augenbraue hoch. «Was, wie wir wissen, nicht der Fall war …»

«Das hat ihm die Frau erzählt, die das Hostel leitet, diese Mama. Haben Sie schon mit ihr gesprochen?» Und dann lenke ich die Aufmerksamkeit eilig von Jake weg auf Jamie. «Jake sagt, Jamie wäre ein ziemlich schräger Typ gewesen, der Alex ständig nachgestiegen ist. Er sagt, Jamie hätte versucht, Alex dazu zu bringen, mit ihm anstatt mit Rosie weiterzureisen.»

«Glaubt er, Jamie hat die Mädchen umgebracht?»

«Er weiß es nicht. Aber er sagte, Jamie wäre sehr froh gewesen, als Rosie verschwunden ist.»

Salmond zückt ihr Notizbuch.

«Dann ist Rosie also am dreizehnten August verschwunden?», fragt sie, den Stift im Anschlag.

«Ja, ich glaube, das ist korrekt. Es war schwierig, sich bei dem ganzen Geschrei um uns herum durch das doppelte Gitter hindurch zu unterhalten.»

«Das kann ich mir vorstellen», sagt Sparkes. «Ich muss persönlich mit Jake sprechen. Er gilt in unseren Ermittlungen so lange als verdächtig, bis wir ihn ausschließen können.»

«Ich bin mir nicht sicher, ob Gefangene mehr als einmal am Tag Besuch bekommen dürfen», sage ich. Ich bin mir nicht sicher, ob ich möchte, dass mein Sohn von DI Bob Sparkes verhört wird. «Die haben eine Million Regeln.»

«Lassen Sie das ruhig unsere Sorge sein. Zara hat sich mit jemandem aus der Gefängnisverwaltung angefreundet, und man hat uns die Steine aus dem Weg geräumt. Und jetzt verraten Sie mir bitte ein paar Familiengeheimnisse, mit denen ich Jake auf die Probe stellen kann.»

Ich rattere Haustiernamen herunter, die Namen von Jakes Lehrerinnen, seine Abiturnoten, den Namen seiner ersten Freundin. Und rekapituliere währenddessen im Geiste die ganze Zeit mein eigenes Gespräch mit Jake.

«Zwei?», hatte er gerufen. Als hätte er nur mit einem Leichnam gerechnet. Von Alex' Tod hatte er nichts gewusst. *Aber was ist mit Rosie? Was wird er Bob Sparkes erzählen?*

«Was fangen Sie jetzt damit an, Kate?», fragt Bob mich gerade. «Gehen Sie damit zu Ihrer Zeitung?»

Einen Augenblick lang bin ich mir tatsächlich nicht sicher. Aber es geht nicht anders. Wenn ich es nicht tue, tut Don es.

«Ja. Natürlich. Ich muss ihn da rausholen. Don besorgt ihm einen Anwalt, und ich fahre jetzt direkt in die Botschaft, um mit denen zu reden. Die haben den Falschen verhaftet und ins Gefängnis gesteckt. Das muss doch selbst bei den Thailändern etwas zu bedeuten haben.»

«Tja, na dann, viel Glück damit», sagt Sparkes. «Und ich setzte mal besser vorab unsere Pressestelle ins Bild – wie spät ist es dort jetzt?»

«Noch ganz früh, Sir», sagt Salmond.

«Aber ich werde mich hüten, Ihre Story zu bestätigen, Kate. Vorher muss ich ihn mit eigenen Augen sehen und mich persönlich von seiner Identität überzeugen.»

«Seien Sie nett zu ihm, Bob», sage ich. «Er hat die Hölle durchgemacht.»

61

Freitag, 12. September 2014

DER POLIZIST

Als er wieder rauskam, sprühte Sparkes vor Energie. Der Mann in Untersuchungshaft war tatsächlich Jake Waters. Auf der Krankenstation wurde zwar noch ein Bluttest gemacht, um die Sache auch rechtlich zu besiegeln, aber er war es.

«Na los, Zara, kommen Sie schon», sagte er, als er mit langen Schritten zu den Taxen eilte und im Gehen das Telefon wieder einschaltete. «Wir müssen sofort mit dem Präsidium sprechen und Jamie Lawrence zur Fahndung ausschreiben.»

«Ich bin mir ziemlich sicher, dass Kate Waters die Neuigkeiten schon veröffentlicht hat, Sir. Ich habe jede Menge verpasster Anrufe.»

«Ja, ich auch.» Einer war von Eileen, doch Sparkes rief, sobald er im Taxi saß, als Erstes DCI Wellington zurück. Mit Eileen würde er sprechen, sobald er einen Moment Ruhe hatte. Er konnte es kaum erwarten, ihr die neuste Wendung in dem Fall zu erzählen. Das würde sie bestimmt spannend finden.

Er sprach in kurzen, abgehackten Sätzen mit seiner Chefin, während sie durch die Straßen rasten. Tatsächlich wusste sie im Grunde schon alles. Während er im Gefängnis gewesen war, hatte sich die *Post* bei ihnen gemeldet, ehe sie Kates Bericht veröffentlichten. Aber sie hatte sämtliche Fragen abgeblockt, bis sie persönlich mit ihm hatte sprechen können.

«Sagen Sie, derzeit werden Bluttests gemacht, um die Identität des Mannes in Bangkok zu bestätigen», sagte Sparkes. «Warum liegen Jake Waters' DNA-Ergebnisse zum Abgleich mit den Spuren von Rosies Leiche immer noch nicht vor? Wir müssen den Jungs im Labor Feuer unterm Hintern machen. Und, das Allerwichtigste, geben Sie bekannt, dass wir uns dringend mit Jamie Lawrence unterhalten wollen. Die *Post* hat sein Foto, es stammt von Lars, einem der Holländer. Das blasen wir auf und geben es raus.»

In seinem Zimmer zog er sich das schweißdurchtränkte Hemd aus und stellte sich zum Abkühlen direkt unter die Klimaanlage. Sein Gehirn fühlte sich an, als würde es in seinem Schädel brodeln. Er setzte sich mit einem Handtuch um die Schultern aufs Bett und rief Eileen zurück.

Sam ging ans Telefon.

«Hallo, Liebling!», sagte er immer noch aufgekratzt. «Deine Mum hat angerufen. Gibst du sie mir? Sie wird nicht glauben, was hier los ist!»

«Dad, es geht ihr nicht gut.»

Als er sich gegen das wappnete, was kommen würde, rutschte ihm das Handtuch von den Schultern.

«Was ist passiert?»

«Sie hat letzte Nacht das Bewusstsein verloren. Es tut mir so leid, Dad. Kannst du nach Hause kommen?»

Er versuchte verzweifelt, einen Arm in den Ärmel des klammen Hemds zu bekommen. Adrenalin raste durch seinen Körper.

«Ich komme. Was sagt der Arzt, Sam?»

Seiner Tochter versagte die Stimme. Sie war so tapfer, dass es ihm das Herz brach.

«Er sagt, es ist eine Frage von Stunden, Dad.»

Er würde nicht da sein. Er hatte es gewusst. «Warst du bei ihr, Liebes?»

«Nein, Helen war hier. Sie ist heute Nacht einfach ins Koma gefallen, und Helen hat mich angerufen, sobald sie es gemerkt hat. Warum bist du nach Bangkok geflogen, Dad? Warum bist du nicht hier?»

Einen Moment lang konnte er nicht sprechen. Schuld und Trauer fluteten seinen Kopf und spülten jeden anderen Gedanken davon.

«Dad? Bist du noch da?» Sams Stimme war seine Rettungsleine, zog ihn zurück ans sichere Ufer.

«Ich kümmere mich sofort um den Flug, Liebes. Gib deiner Mum einen Kuss von mir. Sag ihr, sie muss durchhalten, bis ich zurück bin. Sag ihr, ich liebe Sie.»

«O Gott!», sagte er zu seinen Knien, als er das Gespräch beendet hatte. Er lag plötzlich auf dem Teppich. War er in Ohnmacht gefallen? Er wollte nie wieder aufstehen. Er wollte dort liegen bleiben. Aber es klopfte jemand an der Tür. Er rappelte sich mühsam hoch und öffnete sie einen Spaltbreit.

«Bob? Geht es Ihnen gut?», fragte Kate. «Was ist passiert?»

Er ließ sie herein. Zu allem anderen fehlte ihm die Kraft. Sie führte ihn zu einem Stuhl und half ihm dabei, das Hemd ganz anzuziehen.

«Hier drin ist es eiskalt, Bob. Sie zittern. Ich drehe die Klimaanlage runter.»

«Ich muss nach Hause», sagte er. «Ich brauche einen Flug.»

«Warum? O Gott, ist was mit Eileen? Ich rufe sofort Ihre Fluggesellschaft an. Wo sind Ihr Ticket und Ihr Pass?»

Ohne ein Wort angelte er beides aus der Tasche. Der Ticketausdruck war feucht von der morgendlichen Hitze, und Kate nahm ihm beides wortlos ab und setzte sich mit dem Telefon aufs Bett.

Er sah zu, während sie versuchte, die Fluggesellschaft zu überreden, seinen Flug umzubuchen. *So sieht sie auch aus, wenn sie mich überzeugen will.*

«Bob?», sagte Kate, die Hand über dem Telefon. «Sie wollen wissen, was für ein Notfall. Wenn Sie denen diese Information nicht geben, müssen Sie sich ein neues Ticket kaufen. Das kostet ein Vermögen. Sie reisen auf einem Billigtarif.»

«Eileen liegt im Sterben», sagte er, und Kates Augen weiteten sich.

«Die Frau von meinem Freund stirbt an Krebs. Er muss heute Abend nach Hause zurück», hörte er sie sagen. «Ist das der früheste Rückflug? Nichts anderes? Was ist mit anderen Fluggesellschaften?»

Als sie endlich auflegte, klang sie nüchtern und sachlich. «Okay. Der nächste Direktflug nach London geht um Mitternacht. Es gibt zwar ein paar Umsteigeverbindungen, die etwas früher starten, aber die dauern länger, und es besteht immer das Risiko, den Anschluss zu verpassen. Ich habe Ihr Ticket auf den Nachtflug umbuchen lassen. Inklusive Zeitverschiebung sind Sie morgen früh um 06:30 Uhr zurück in London.»

Er nickte. Es war hoffnungslos. Er würde nicht rechtzeitig zurück sein. Er ließ den Kopf hängen, und Kate nahm seine Hand.

«Wir brechen in vier Stunden zum Flughafen auf, Bob. Möchten Sie, dass ich mit DS Salmond spreche?»

«Nein. Das mache ich selbst.»

«Ich hole Ihnen einen Brandy», sagte sie und machte

sich an der Minibar zu schaffen. «Ich glaube, ich nehme auch einen.»

Wenige Minuten später stand Salmond vor der Tür. «O Gott, Sir! Es tut mir so leid. Was kann ich tun?»

«Nichts, Zara», sagte er. «Kate hat sich um den Flug gekümmert. Ich will, dass Sie hierbleiben und die Sache zu Ende bringen.»

«Natürlich. Machen Sie sich keine Sorgen. Fliegen Sie nach Hause.»

Kate gab Salmond ebenfalls eine Miniflasche und riss die Plastikverpackung von dem Zahnputzbecher im Bad.

Schweigend saßen sie da, nippten an ihren Drinks, jeder in seiner eigenen Blase.

Die Realität zerstörte die Stille in dem Moment, als Salmonds Telefon losging.

«DCI Wellington», sagte sie, und reichte es an Sparkes weiter.

Die beiden Frauen zogen sich ins Bad zurück, um ihm ein bisschen Privatsphäre zu verschaffen, während er seiner Chefin erzählte, was los war.

«Zara!», rief er, als er fertig war. «Sie müssen mit der DCI Kontakt und sie bezüglich Jamie Lawrence auf dem Laufenden halten.»

«Kommen Sie zurecht, Sir?», fragte sie, und er nickte.

«Ich bleibe hier», sagte Kate. «Und ich bringe ihn zum Flughafen. Ermitteln Sie weiter.»

BANGKOK, NEUNZEHNTER TAG

Donnerstag, 14. August 2014

Jake war seit Stunden weg. Dabei hatte er gesagt, er wäre bald zurück. Er hatte zerstreut gewirkt, aber er hatte ihr, ehe er gegangen war, übers Haar gestreichelt. Daran hielt sie sich fest.

Sie verstand nicht, was los war. Sie hasste es, wenn Jungs so waren. Ihre Spielchen spielten. In einer Sekunde total zugewandt, und in der nächsten total abweisend.

Egal, es gab andere Dinge, über die sie dringend nachdenken musste ... aber ihre Gedanken kehrten immer wieder zu Jake zurück und zu diesem niedlichen Grübchen über seiner Oberlippe. Und zu Rosie.

Sie holte tief Luft und las sich noch einmal ihre neuste To-do-Liste durch. Dabei stolperte sie über jede einzelne Zeile.

Rosie finden
Mum anrufen
Nach Hause fliegen?

Alex holte ihr Flugticket raus und legte es zu *A&Rs ultimativem Reiseplan* aufs Bett. Über die erste Seite waren sie nicht hinausgekommen. Sie blätterte sich durch den Rest ihrer Reise und blieb immer wieder an Highlights hängen, die sie nun nie zu sehen kriegen würde. Tränen fielen auf die Seiten, beklecksten das feuchte Papier, beschmutzten die wunderbaren Einzelteile ihres Abenteuers. Die Realität war schäbig und versifft. Sie war kurz davor, die Seiten zu zerreißen und quer durchs Zimmer zu schleudern, aber sie riss sich zusammen. Sie brauchte die Telefonnummer der Fluggesellschaft – sie war sich sicher, dass sie die Info in den Reiseplan kopiert hatte – und entdeckte sie in einer Liste namens *Nützliche Kontakte.* Direkt über Rosies Handynummer. Alex griff nach ihrem neuen Telefon und wählte. Am anderen Ende ging sofort die Mailbox ran. Rosies fröhliche Stimme drang in ihr Ohr: «Hi, hab gerade echt was Besseres zu tun, als ans Telefon zu gehen. Wenn du was von mir willst, schreib mir eine Nachricht oder eine E-Mail …»

Sie flehte Rosie an, sich zu melden. «Bitte! Lass uns reden. Ich habe unseren Eltern noch nichts erzählt. Aber ich kann nicht mehr lange warten. Bitte, Rosie, ruf mich an!»

Eine Weile blieb sie einfach so sitzen, das Telefon in der Hand. Ob Rosie ihre Anrufe checkte? Am besten sie schrieb ihr zur Sicherheit auch noch eine SMS. Und als Nächstes würde sie mit Mama sprechen.

Mama starrte Alex finster an, als sie an ihren Tisch trat.

«Ich muss wissen, warum Rosie weggefahren ist, Mama», sagte Alex. «Es ist wichtig.»

Die Vermieterin kniff den Mund so fest zusammen, dass von ihrem dunkelroten Lippenstift fast nicht mehr zu sehen war.

«Wenn du nicht mit mir sprichst, muss ich zur Polizei gehen und sie als vermisst melden.» Alex versuchte, möglichst entschlossen zu klingen.

Die dunkelroten Lippen tauchten wieder auf, zu einem grässlichen Grinsen verzerrt. «Das wäre ein Fehler», sagte Mama. «Deshalb ist Rosie weggegangen.» Und dann erzählte sie Alex, Rosie hätte geweint, sie hätte sich so geschämt, weil sie Mama um Geld angefleht hatte, um von dem Rollermann ihren Pass zurückzubekommen.

«Sie wollte nur noch weg von allem hier – und von dir!» Mama zeigte auf Alex.

«Warum von mir?»

«Weil du sie hasst. Das haben alle hier gehört.» Sie schüttelte den Kopf. «Du und Rosie, das gibt nur Ärger.»

Alex blieb standhaft vor Mamas Schreibtisch stehen. «Bitte zeig mir die SMS, die sie dir geschickt hat. Ich muss sie sehen.»

Mama ließ ihr Telefon vom Schreibtisch in die Tasche gleiten. «Das ist privat», sagte sie.

Alex blieb schweigend stehen und sah sie grimmig an.

«Was? Was willst du noch?», fragte Mama. «Ich habe keine Zeit für so was.»

Als Mama die Hand hob, um sich am Kopf zu kratzen, sah Alex, dass sie die Ohrringe trug, die sie selbst seit Tagen vermisste.

«Woher hast du die?», fuhr sie die Frau an und zeigte auf die mädchenhaften Blütenknospen. Mama fasste sich ans Ohrläppchen.

«Von Rosie», sagte sie und lächelte leise. «Ein Abschiedsgeschenk. Und jetzt hau ab.» Mama wedelte mit der Hand.

«War Rosie mit Jake im Bett?», platzte es aus Alex heraus. Die Frage hatte ihr beinahe ein Loch in die Eingeweide gebrannt.

Mama machte schmale Augen. «Wer hat dir das erzählt?»

«Jamie. Er hat gesagt, ich soll dich fragen.»

«Du bist ein schlimmes Mädchen. Bringst viel Ärger in Mama's Guesthouse.»

«Wo ist Jake?» Alex' Stimme war laut geworden. «Hat er was damit zu tun, dass Rosie weg ist?»

«Das geht dich nichts an!», keifte Mama. «Ich will, dass du verschwindest. Hau ab. Ich brauche dein Zimmer.»

Alex war viel zu unruhig, um an einem Fleck zu bleiben. Sie lief auf dem Flur hin und her, von ihrem Zimmer zum Schlafsaal und wieder zurück. Sie hatte keine Lust, mehr als das Nötigste mit Jamie zu sprechen, und fragte ihn nur, wo Jake war.

«Wann kommt er wieder?»

Jamie wiederholte, er hätte keine Ahnung. Wut zerhackte seine Stimme und machte ihn kurzatmig.

Alex beobachtete ihn. Sobald er dachte, sie wäre außer Sichtweite, schloss er die Augen und zählte langsam bis zehn – wie ein Kind beim Versteckspiel. Als er sie wieder öffnete, erschrak er, weil sie ganz dicht vor ihm stand.

«Was?», fragte er.

Sie starrte ihn weiter an. «Nichts. Glaubst du, Jake geht mir aus dem Weg? Ich möchte wirklich noch mal mit ihm sprechen, bevor ich nach Hause fliege.»

«Hör auf, ständig davon zu reden. Du fliegst nicht nach Hause. Wir kriegen das hin. Wenn du willst, spreche ich mit Mama.»

«Nein, ich frage Jake, wenn ich ihn sehe. Er arbeitet schon ewig hier. Er kennt Mama am besten.»

«Ich kann nicht fassen, dass du noch irgendwas mit dem Typ zu tun haben willst, nach dem, was er sich geleistet hat.»

«Du weißt doch überhaupt nicht, ob er was getan hat, Jamie. Das bildest du dir nur ein.»

«Also ich weiß, was ich gesehen habe. Und gehört.»

«Was? Was hast du gehört?»

«Rosie hat Jake angeschrien. Sie hat gesagt, sie erzählt dir, dass sie mit ihm geschlafen hat.»

«Halt den Mund!», kreischte Alex.

«Wenn du mir nicht glauben willst, ist das dein Problem.»

Alex wandte sich von ihm ab. «Ich gehe ihn suchen.»

«Ich komme mit», sagte Jamie. «Du solltest hier nicht alleine durch die Gegend laufen.»

Sie weigerte sich, neben ihm zu gehen, also trottete er hinter ihr her. Sie klapperten sämtliche Stammplätze ab, und Alex merkte genau, dass Jamie sich eigentlich keine Mühe gab, Jake wirklich zu suchen.

Als sie wieder zurück waren, hatte Rosie sich noch immer nicht gemeldet. Alex rief die Fluggesellschaft an, um sich zu erkundigen, ob sie ihr Ticket umbuchen konnte. Es gab noch ein paar Plätze, aber es würde teuer werden. Sie würde ihre Eltern bitten müssen, für sie umzubuchen – und die Kosten zu übernehmen. Wenn Alex sie endlich anrief.

«Ich kann hoffentlich morgen nach Hause fliegen», sagte sie zu Jamie, als sie in die verlassene Bar zurückkam.

Er wirkte fassungslos. «Aber wir wollten doch mit Mama sprechen, damit du hierbleiben kannst.»

«Nein, Jamie, wollten wir nicht. *Du* wolltest das. Aber ich will das nicht. Selbst wenn Rosie zurückkommt. Wie könnte ich ihr je wieder vertrauen? Ich rufe jetzt zu Hause an und erzähle ihnen alles, und dann steige ich ins Flugzeug … Tut mir leid, aber ich muss hier weg. Du schaffst das schon.» Sie ging zu ihm und legte ihren Arm um ihn, aber sie wollte auf keinen Fall, dass er auf falsche Ideen kam.

«Nein», sagte er mit erstickter Stimme. «Du darfst nicht weggehen, Alex. Bitte, bleib bei mir …»

Sie machte sich los und zog sich das zerknitterte T-Shirt glatt. «Nein. Auf keinen Fall.»

Er sah aus, als würde er gleich anfangen zu weinen.

«Hör zu. Ich gehe jetzt packen. Vielleicht können wir nachher noch was trinken.»

«Ein bisschen feiern?», fragte Jamie.

«Also, vielleicht», sagte sie skeptisch.

62

Freitag, 12. September 2014

DIE JOURNALISTIN

«Möchten Sie allein sein?», frage ich, aber ich will nicht gehen. Bob wirkt irgendwie geschrumpft, der Schmerz hat ihn kleiner gemacht.

«Nein. Ich könnte ein bisschen Gesellschaft gebrauchen», sagt er. «Auch, wenn's ein Schmierfink ist …» Er versucht zu lächeln.

«Charmant wie immer.» Ich lächle zurück, versuche, den plänkelnden Tonfall beizubehalten. Das macht man so, wenn die Dinge schwärzer als schwarz sind. Man macht Witze. Schlechte Witze. Vielleicht ist es eine Form von Tapferkeit. Man zeigt, dass man allem ins Gesicht lachen kann.

«Soll ich Ihre Sachen packen?»

«Danke, Kate. Ist noch Brandy in der Minibar?»

Ich angle die restlichen Fläschchen heraus und breite sie vor ihm auf dem Teppich aus. «Brandy nicht, aber Whisky oder Gin. Oder lieber Bier?»

Ich überlasse ihm die Wahl und fange damit an, den Inhalt der Schubladen in seinen Koffer zu räumen. Ich bin überrascht, dass er Zeit hatte auszupacken – den meisten Kerlen wäre das egal –, aber Unterwäsche und Socken sind ordentlich zusammengelegt, und die Hemden hängen im Schrank.

«Das sieht ja aus, als hätten Sie geplant, einen Monat hierzubleiben, Bob», sage ich. «Nicht der Typ für leichtes Gepäck, was?»

«Ich konnte mich nicht aufs Packen konzentrieren, also habe ich einfach alles in den Koffer geschmissen. Ich hätte nicht herkommen dürfen, oder?»

Ich höre auf zu packen, setze mich ihm gegenüber aufs Bett und streichle automatisch seinen Arm. Ich kann gar nicht anders. Es ist eine eingebrannte Reaktion auf Situationen wie diese, aber mir rieselt vor Peinlichkeit ein Schauer über den Rücken, und ich ziehe eilig die Hand zurück. Bob hingegen zuckt nicht zurück. Er nimmt meine Hand und drückt sie.

«Danke, dass Sie bei mir sind, Kate. Dafür bin ich Ihnen sehr dankbar.»

«Wie wäre es, wenn Sie mit Sam facetimen?», sage ich. «So könnten Sie Eileen sehen. Mit ihr sprechen …»

Er nimmt ein sauberes Hemd aus dem Schrank und dreht sich von mir weg, als er das alte auszieht. Die Haut auf seinem Rücken ist immer noch feucht, und der frische Stoff bleibt sofort kleben.

Ich hole den Dreifuß für mein Telefon aus der Tasche und klappe ihn auf dem Schreibtisch auf. Das ist leichter, als zu versuchen, das Telefon zwischen zitternden Fingern zu halten. «Ich gehe so lange ins Bad, ja?»

«Nein, bleiben Sie. Wenn ich diese FaceTime-Nummer verkacke, müssen Sie mir vielleicht helfen.»

Er ruft seine Tochter an, und ich erhasche einen Blick auf sie: verquollene Augen, Bobs Mund.

«Kann ich sie sehen?», fragt er. Im Spiegel sehe ich seinen gequälten Gesichtsausdruck, während er auf Eileen wartet.

«Hallo, Liebes», sagt er, als Sam bei Eileens Bett ankommt. Beim Klang seiner Stimme kommt ein Hauch Bewegung in die Gestalt im Bett. «Ich bin hier, Liebling», flüstert er. «Ich weiß, dass du mich hören kannst, Eileen.

Ich will, dass du weißt, wie sehr ich dich liebe und dass ich morgen früh wieder da bin, bei dir. Du hast mir versprochen, dass du nicht stirbst, solange ich weg bin. Wartest du auf mich? Bitte, Liebling.»

Er weint, und ich versuche, nicht hinzusehen, aber ich ertappe mich dabei, wie ich die Tragödie im Spiegel beobachte.

«Beweg mal das Telefon, Sam, damit ich sie ganz sehen kann.»

Sam lässt die Kamera über ihre Mutter gleiten, beginnt oben bei ihrem schlafenden Gesicht, weiß wie das Kopfkissen, und weiter hinunter, über gekrümmte Hände auf einer Bettdecke mit Rosenblüten.

«Wir sind alle hier», sagt Sam und filmt ins Zimmer, um ihm die anderen Gesichter zu zeigen, die scheu in die Kamera blicken. «Und wir werden alle hier sein, wenn du zurückkommst, Dad.»

«In Ordnung, Liebes. Wir sehen uns morgen früh.»
Hinterher bestehe ich darauf, dass er ins Bett geht und sich ausruht. Er ist erschöpft und macht sofort die Augen zu, dreht sich auf die Seite und legt die gefalteten Hände wie ein Kissen unter den Kopf. Ich mache das große Licht aus und bleibe still neben ihm sitzen, bis ich glaube, dass er eingeschlafen ist.

Dann gehe ich auf Zehenspitzen ins Bad und rufe selbst zu Hause an.

63

Freitag, 12. September 2014

DIE MUTTER

Als sie sich die zweite Tasse Tee kochte, machte sie den Fernseher an. Noch im Nachthemd und mit ihrer alten Strickjacke stellte sie den Ton lauter, weil der Wasserkocher rauschte.

DC Wendy Turner, ihre Opferschutzbeamtin, hatte im Morgengrauen angerufen, um ihnen mitzuteilen, dass es in den Ermittlungen einen Durchbruch gegeben hätte.

«Lesley? Jake Waters ist gefunden worden. Er sitzt in Bangkok im Gefängnis.»

«Was? Der auch?», hatte Lesley gefragt und versucht, den Worten in ihrem verschlafenen Zustand irgendeinen Sinn abzugewinnen.

«Nein. Die Polizei hat den Mann für Jamie Lawrence gehalten, aber in Wirklichkeit haben sie Jake Waters verhaftet.»

«Das verstehe ich nicht, Wendy. Was meinen Sie damit?»

Sie dachte, sie hätte es verstanden, als sie aufgelegt hatte, um Malcolm Bericht zu erstatten.

«Sie suchen Jake Waters nicht mehr», hatte sie zu ihm gesagt. «Der sitzt in Bangkok im Gefängnis. Jetzt wollen sie sich mit Jamie Lawrence unterhalten. Sie glauben, er hat Alex umgebracht.»

Im Hintergrund liefen die Vorberichte zum schottischen Referendum, während sie Zucker in Malcolms Kaffee rührte. In dem Augenblick, als sie beide Tassen vom Tisch hob, um damit nach oben zu gehen, erschien Alex' Gesicht auf dem Bildschirm. Sie hätte beinahe die Tassen fallen lassen und griff hektisch zur Fernbedienung.

Und dann brüllte der Fernseher ihr die «überraschende Wendung» im Backpacker-Mord praktisch ins Gesicht.

«Mal!», schrie sie. «Komm runter. Es geht um Alex!»

Malcolm rannte in T-Shirt und Boxershorts die Treppe hinunter, das Gesicht noch knittrig vom Schlaf.

«Schau doch!», sagte sie und zeigte auf den Bildschirm. «Die Presse hat schon Wind davon bekommen, dass sie Jake Waters haben.»

Malcolm setzte ich in einen Sessel und rieb sich die Augen.

«Können wir das leiser stellen?», sagte er. «Ich habe schreckliche Kopfschmerzen.»

Lesley stellte den Ton leise und rief Wendy Turner auf dem Handy an. Es war nur die Mailbox. Doch sobald sie das Telefon wieder hinlegte, rief Jenny an.

«Mir platzt noch der Kopf, Lesley!», sagte sie. «Jedes Mal, wenn ich denke, ich hätte endlich kapiert, was passiert ist, wird alles wieder über den Haufen geworfen. Ich will doch nur wissen, wer unsere Kinder ermordet hat. Sonst nichts.»

«Ich habe es gerade noch mal bei Wendy versucht, aber sie geht nicht ans Telefon. Ich weiß nicht, wen ich sonst anrufen soll. DI Sparkes und DS Salmond sind in Thailand. Ich weiß nicht, wie ich sie erreichen kann.»

«Ruf Kate Waters an. Sie weiß bestimmt was.»

Lesley legte auf und wählte Kates Nummer. Sie versuchte, still zu sitzen, während am anderen Ende das Freizeichen ertönte.

«Hallo, Lesley», erklang schließlich Kates Stimme.

«Haben Sie's schon gehört?» Für Höflichkeiten war kein Raum. Sie brauchten im Augenblick nur Mutter-Steno, um sich zu verständigen.

«Ja, unfassbar.»

«Wissen Sie, was passiert ist?»

«Ich wollte heute Vormittag Jamie Lawrence besuchen und hatte im Gefängnis plötzlich meinen Sohn vor mir.»

«Wie konnte es zu einer derartigen Verwechslung kommen? Sehen die beiden sich ähnlich?»

«Ein bisschen – gleiche Größe und dieselbe Haarfarbe. Jamies Pass steckte in Jakes Tasche. Und Jake hat mitgespielt und sich vor der Polizei als Jamie ausgegeben. Er wollte nicht, dass wir etwas von seiner Verhaftung erfahren. Und die Polizei hat es nie in Frage gestellt. Er war nur irgendein dürrer Ausländer mit einem Tütchen Cannabis im Rucksack. Ich glaube nicht, dass sie viel Aufwand betrieben haben, um seine Identität zu überprüfen. Sie haben ihn einfach eingesperrt.»

«Dann war das im Krankenhaus Jamie?»

«Ja. Mit Jakes Reisepass. Und Jamie war auch im Guesthouse, als das Feuer ausgebrochen ist. Jake hatte nichts damit zu tun, Lesley.»

Einen Augenblick lang herrschte Schweigen, während beide Frauen im Geiste ihr letztes, ziemlich hysterisches Telefonat Revue passieren ließen.

«Was ich zu Ihnen gesagt habe, tut mir leid, Kate. Ich war völlig außer mir …»

«Ich weiß. Es war für uns alle eine schlimme Zeit. Aber die Polizei wird Jamie fassen. Jetzt suchen sie endlich nach dem Richtigen.»

«Was werden Sie jetzt tun? Sind Sie mit DI Sparkes und DS Salmond unterwegs?»

Kate antwortete nicht sofort. Dann flüsterte sie, offenbar hinter vorgehaltener Hand: «Hören Sie, bei Bob Sparkes gab es einen familiären Notfall. Er fliegt heute Abend zurück. Zara Salmond bringt die Dinge hier zu Ende. Rufen Sie in einer Stunde oder so mal bei ihr an.»

«Meine Güte, was ist denn passiert?»

«Das ist privat, Lesley. Ich bin mir nicht sicher, dass Bob möchte, dass es bekannt wird. Ist das okay für Sie?»

«Natürlich. Was hat Jake über die Mädchen gesagt, Kate?»

«Er wusste offenbar nicht mal, dass sie tot sind. Er war sehr betroffen, als ich ihm von Alex erzählte. Ich glaube, er mochte sie sehr.»

Lesley fing an zu weinen. Sie hatte das Gefühl, im Dunkeln an einem Abgrund zu stehen, und der Stress, nicht zu wissen, was als Nächstes geschah, füllte ihren Kopf mit einem gellenden *Was jetzt?*. Es kam ihr vor wie ein Fass ohne Boden. Sie konnte die Vorstellung nicht ertragen, auch noch einen einzigen weiteren Schritt zu tun.

«Sie müssen stark bleiben, Lesley», sagte Kate. «Ich besorge Jake einen Anwalt und hole ihn da raus. Er kann uns sicher noch mehr erzählen.»

«Rufen Sie mich hinterher noch mal an?», fragte Lesley. «Bitte?»

64

Montag, 15. September 2014

DIE JOURNALISTIN

Ich habe immer noch nichts von Don gehört und trommle nervös mit den Fingern auf die Tischplatte. Er war das ganze Wochenende im Einsatz und musste sich von mir ständig in die Hacken treten lassen. Er hat den Anwalt ins Boot geholt, und wir haben endlose Gespräche geführt – mit der Botschaft, mit der Polizei, mit der Presse.

Gib ihm noch fünf Minuten, beschwichtige ich mich. *Wahrscheinlich telefoniert er wieder mit dem Anwalt.* Wir werden nachher zusammen mit ihm zu Jake ins Gefängnis fahren. Ich starre auf mein Telefon wie ein Junkie und checke alle dreißig Sekunden, ob neue Nachrichten oder E-Mails gekommen sind.

Bob hat mir gestern eine nüchterne SMS geschrieben, um mir mitzuteilen, dass Eileen gestorben ist. Ob er rechtzeitig zurückgekommen ist, hat er mir nicht gesagt.

Ich hoffe es für ihn. Ich hatte noch lange gewartet, ehe er sich Freitagabend zum Check-in aufmachte. Ich stand einfach nur da, niedergedrückt von seinem stillen Kummer. Er hat nicht noch einmal geweint. Er hat seinen Schmerz für sich behalten, bis er zu Hause ankam.

«Danke, Kate», sagte er, als er seine Tasche schulterte und den Pass in die Brusttasche schob. «Ich geh dann mal besser. An der Sicherheitskontrolle muss man manchmal ewig warten …»

Ich hätte ihn gerne umarmt, aber er wirkte zu zerbrechlich. «Gute Reise, Bob. Versuchen Sie zu schlafen. Dann sind Sie schneller zu Hause.»

Er versuchte zu lächeln.

«Na los. Am Flughafen wartet ein Fahrer auf Sie.»

«Okay. Auf Wiedersehen.»

Er streckte die Hand aus und streichelte meinen Arm, dann drehte er sich um und verschwand in der Menge.

Ich fuhr mit dem Zug zurück in die Stadt. Nach so viel Intensität hätte ich die Einsamkeit eines Taxis nicht ertragen – ich brauchte Menschen um mich herum, auch wenn es Fremde waren. Vor allem, weil es Fremde waren. Ich musterte ihre Gesichter, formulierte im Geiste ihre Geschichten.

Es war spät, als ich zurück in mein Zimmer kam und den Laptop einschaltete. Wieder starrte mir von überall Jakes Gesicht entgegen. Doch diesmal war er das Opfer, nicht der Täter.

«DER FALSCHE MANN.»

Es war ein Freudentag für die Presse. Gemeinsam fiel man über die thailändische Polizei her und beschimpfte sie für die Fehler, die man ausgemacht hatte: «ZEHN GRÜNDE FÜR DAS VERSAGEN DER THAI-POLIZEI» oder «DIE VERHEERENDEN FEHLER IM DETAIL» und so weiter. Die Geschichte ist kompliziert, aber die Redaktionen haben sämtliche Register gezogen – *Bonusfutter* lautete das Zauberwort auf den Hinterbänken –, und es wimmelte von Seitenleisten, Aufzählungszeichen und Graphiken, um jeden einzelnen Punkt unmissverständlich klarzumachen.

Es war wirklich beeindruckend. Ich fragte mich nur, ob es auch hilfreich war. Ob die Thais Jake nur aus Scham entlassen würden?

Ich hätte eigentlich sofort ins Bett gehen müssen, als ich endlich ins Hotel zurückkam, doch stattdessen schenkte ich mir ein Glas Château aus der Minibar ein und ließ die Begegnung mit Jake wieder und wieder vor meinem inneren Auge Revue passieren. Der Augenblick, als wir uns gegenseitig erkannt hatten. Seine Reaktion auf die Neuigkeiten über Alex. Über Rosie.

Ich würde erst wieder Fragen stellen, wenn wir ihn da rausgeholt hatten.

Bei unserem heutigen Besuch wirkt er nicht erholter als am Freitag. Ich allerdings auch nicht.

Inzwischen sind sämtliche Hebel in Bewegung. Die Botschaft versucht hinter den Kulissen, auf diplomatischem Wege Wunder zu wirken, und der Anwalt übernimmt sämtliche Verhandlungen mit dem Gefängnis. Ich muss warten, bis ich an der Reihe bin. Als der Anwalt und Don sich auf den Weg zu ihrem Termin mit der Gefängnisleitung machen, beuge ich mich zu Jake vor.

«Hast du geschlafen?», frage ich. Er schüttelt den Kopf. Seine Augen sind verquollen, und die Bartstoppeln machen ihn alt.

«Hast du das Essen bekommen, das ich dir geschickt habe?»

Er nickt.

«Wir müssen reden, Jake.» Ich kann nicht anders.

«Wenn ich hier raus bin, Mum. Ich bin total durcheinander. Ich versuche ja selbst, die ganze Sache zu kapieren.»

«So geht's uns allen», sage ich. «Vor allem das mit Rosie. Weißt du, was mit ihr passiert ist?»

Er schüttelt langsam den Kopf.

«Die Polizei wird dir dieselben Fragen stellen. Das ist dir klar, oder?»

«Das hat der Inspector schon getan, und ich habe ihm dasselbe gesagt wie dir. Ich weiß es nicht. Sie ist in der Nacht, als Alex so betrunken war und ins Bett gebracht werden musste, verschwunden. Ich wollte eigentlich mit Alex was essen gehen, aber dann habe ich an der Bar eine Extraschicht geschoben. Ich habe gehört, Rosie wäre mit dem Bus nach Myanmar gefahren, um sich mit den Holländern zu treffen.»

Er rattert es runter wie auswendig gelernt, sein hübsches kleines Märchen. Mir läuft ein kalter Schauer über den Rücken.

«Hast du das geglaubt?», frage ich sanft.

Jake sieht quer durchs Niemandsland zu mir herüber. «Warum fragst du das? Was sollte ich denn glauben? Es war plausibel.»

«Wer hat dir das erzählt?»

«Mama, die Besitzerin. Mit ihr sollte die Polizei sich unterhalten.»

«Und Alex?»

«Sie war noch am Leben, als ich das Hostel zum letzten Mal verlassen habe. Ehrlich, Mum. Sie hat davon gesprochen, nach Hause zu fliegen. Es war alles ein totales Chaos.»

Die Glocke schrillt, und er hebt den Blick. Die Erleichterung, steht ihm ins Gesicht geschrieben.

«Halte durch, Liebling», rufe ich und lege die Hand ans Gitter.

Jake nickt und stolpert davon.

Ross ist nervös, als wir uns endlich wiedertreffen. Hibbelig. Verschüttet sein Getränk auf dem Tisch, als er aufspringt, um mich zu begrüßen. Bei meinem letzten Versuch hat er mich sitzenlassen, und ich war mir nicht sicher, ob er heute auftauchen würde.

«Hi!» Er zieht einen Stuhl für mich unter dem Tisch raus, und ich fange ihn auf, ehe er umfällt.

«Vorsicht!», sage ich. «Alles in Ordnung?»

«Ja, ja. 'tschuldigung. Ich bin total durch den Wind. Ich versuche, clean zu werden. Bin noch ganz am Anfang. Seit ein paar Tagen erst.»

«Das ist toll, Ross», sage ich und lächle aufmunternd.

«Ich habe neulich schlechten Stoff erwischt und bin im Krankenhaus gelandet. Na ja, und jetzt versuch ich's halt ...» Mit ein paar Handzeichen bestellt er beim Kellner eine zweite Tasse Kaffee. «Also, glauben Sie, Sie kriegen Jake aus dem Knast? Geht's ihm gut?»

«Ich war eben bei ihm – es ist einfach heftig. Aber wir arbeiten daran, die Thais dazu zu bewegen, ihn freizulassen.»

Ross nickt und streckt die gekreuzten Finger in die Luft. Als wäre er fünf und wir würden ein Spiel spielen. *Wann werden Jungs je erwachsen? Wahrscheinlich erst, wenn sie selbst Kinder haben*, denke ich und rühre in meiner Tasse. *Weil sie erst dann kapieren, was Erwachsensein heißt.*

«Ich muss zur Apotheke», sagt er. «Mir Zeug besorgen.»

«Ja, verstehe. Nur eine Sache noch. Jake sagte, ich soll mit Mama sprechen, der Frau, der das Hostel gehört hat, aber ich weiß nicht, wie ich sie finden kann. Hast du sie in letzter Zeit mal gesehen?»

Ross sieht mich von der Seite an. «Nicht direkt gesehen, aber ich habe von jemandem gehört, dass sie bei einer Cousine aufgetaucht wäre. Sie wohnt anscheinend eine Weile dort.»

«Ich würde sehr gerne mit ihr über Jake sprechen. Kannst du mir die Adresse geben?»

«Aber vielleicht will Mama nicht mit Ihnen reden.»

«Ich verspreche, nicht zu verraten, dass ich sie von dir habe.»

Er nimmt meinen Stift und kritzelt etwas auf meine Serviette.

Die Frau, die vor dem Haus auf einem orangefarbenen Plastikstuhl sitzt, trägt eine Perücke und volles Bühnen-Make-up. Sie fächelt sich mit einem Fächer frische Luft zu.

«Hallo», sage ich. «Sie müssen Mama sein.»

Sie zieht die Lippe kraus, bleibt aber sitzen. «Wer sind Sie? Was wollen Sie?»

«Ich bin Kate. Ich war in Ihrem Guesthouse.» *Das ist nicht gelogen. Ich war dort. Ich stand in den Ruinen.*

Sie zuckt die Achseln, rollt, an die Frau im Stuhl neben ihr gerichtet, mit den Augen. Neben diesem farbenprächtigen Pfau ist die andere eine unscheinbare Henne.

«Ich erinnere mich nicht an Sie. Bei mir waren viele Menschen.»

«Ich wollte nur sagen, wie traurig ich war, als ich das mit dem Feuer gehört habe. Es muss schrecklich für Sie sein. Sie haben alles verloren.»

Mama lässt zum ersten Mal so etwas wie Interesse erkennen. Sie verscheucht ihre Begleiterin mit einem Winken und macht mir Platz. «Ja. Es ist schrecklich. Ich habe mein Zuhause verloren, mein Geschäft, mein Geld.»

Ich schüttle mitfühlend den Kopf, und die Cousine wird fortgeschickt, offenbar, um etwas Kühles zu trinken zu besorgen.

«Waren Sie zu Hause, als das Feuer ausbrach?»

Sie nickt. «In meinem Bett. Ich habe geschlafen. Ich bin aufgewacht und habe das Feuer gerochen.» Sie mimt den Augenblick, als es ihr klarwurde.

«Wow! Wie haben Sie es nach draußen geschafft?»

«Ich bin zum Fenster rausgeklettert. Ich bin gestürzt und habe mir den Arm gebrochen.» Sie schiebt den Ärmel ihres Kleids nach oben und entblößt einen schmuddeligen Gipsverband. «Ich bin in mein Heimatdorf gefahren, um mich zu erholen. Aber ich musste nach Bangkok zurück und mich um ein paar Sachen kümmern.»

«Was für ein Glück, dass Sie lebend da rausgekommen sind», sage ich, Mitgefühl heuchelnd. *Sie war dabei. Endlich spreche ich mit jemandem, der tatsächlich dort war.*

«Großes Glück.»

«Wie konnte das nur passieren?», frage ich. «Ich habe gehört, es war eine umgestoßene Kerze auf einer Party.»

Die Augen werden schmal. «Das sagt die Polizei. Aber es gab gar keine Party. Das war einer von den Engländern», sagt sie und wedelt dramatisch mit dem Fächer.

Ich bin das perfekte Publikum. Ich beuge mich vor, mir entfährt ein ungläubiges Keuchen. «Woher wissen Sie das?»

«Ich habe ihn gesehen. Er ist weggerannt. Ich habe das Feuerzeugbenzin gerochen.» Sie spuckt voller Abscheu auf den Gehsteig.

Jamie Way. Jamie «always in the way».

«Die armen Mädchen», sage ich, und unter der dicken Make-up-Schicht wird Mamas Gesicht steinhart. «Ich habe gehört, eine von beiden, Rosie Shaw, wäre nach Myanmar weitergereist …»

«Das hat sie mir erzählt.»

«Tatsächlich?»

«Als ich sie das letzte Mal gesehen habe. Am Abend vor dem Feuer.»

«Ach so», sage ich behutsam. «Ich dachte, sie wäre schon zwei Tage vorher aufgebrochen.»

Mama fächelt schneller. «Ja, ja, genau, das stimmt. Zwei Tage vorher. Ich bringe schon alles durcheinander.»

«Sie müssen gut befreundet gewesen sein. Ich habe gehört, sie hätte Ihnen geschrieben?»

«Nein, Jamie, einer von den Engländern, hat gesagt, ich soll das erzählen. Es gab Unruhe, weil Rosie plötzlich weg war. Er meinte, wenn ich das sage, sind alle wieder glücklich.»

«Jamie?»

«Ja, er hat mir immer was eingeflüstert, Märchen erzählt. Er sagt, er hätte alles ganz genau gesehen», sagt Mama, mehr zu sich selbst.

«Tatsächlich? Was hat er denn gesehen?»

«Er hat Alex ständig beobachtet. Er wollte sie mehr als alles andere. Einmal hat er ihr sogar Drogen gegeben, damit sie nicht mit Jake ausgeht.»

«Ach was!» Ich traue meinen Ohren nicht.

«Ja. Er hat ihr was ins Bier getan und sie dann ins Bett gebracht. Sie vor allen anderen versteckt.»

Plötzlich erscheint Mamas Cousine in der Tür. Sie hat ein Telefon in der Hand und winkt ihr zu. Mama entschuldigt sich. «Sorry, das ist wichtig.»

Ich sitze da und warte, während das Wasser zwischen meinen Händen warm wird. *Rosie war nie weg. Jamie hat sich die SMS ausgedacht. Hat Alex das rausgefunden? Hat er sie deshalb umgebracht?*

Als Mama wiederkommt, ist sie außer sich. «Wer sind Sie?», zischt sie mir von der Tür aus entgegen.

«Kate, das habe ich Ihnen doch gesagt …»

«Mein Kontakt sagt, Sie kommen von der englischen Polizei.»

«Nein! Das stimmt nicht. Sie haben recht, die englische Polizei ist in Bangkok, um den Tod der beiden Mädchen zu untersuchen. Aber ich gehöre nicht zu ihnen. Ich bin die Mutter von Jake Waters.»

Sie lacht. Tatsächlich. Ein tiefes, schmutziges Grollen. «Ich nicht. Gott sei Dank», sagt sie und macht mir die Tür vor der Nase zu.

Es dauert noch den ganzen Tag, bis endlich die Ergebnisse von Jakes Bluttest vorliegen, die die Verwechslung offiziell bestätigen, und die Thais meinen Sohn tatsächlich freilassen. Ich verbringe den Großteil damit, in irgendwelchen Taxis kreuz und quer durch die Stadt zu jagen, um Unterlagen irgendwo hinzubringen oder abzuholen, nach Hause zu telefonieren, um von Steve irgendwelche Dokumente scannen oder mir von Joe eine Telefonnummer besorgen zu lassen. Ich werde mich richtig bei ihm bedanken, sobald ich zurück bin. Mit Jake.

Am Ende geht seine Entlassung ganz leise vonstatten, ohne viel Aufwand oder gar ein Schuldeingeständnis. Auf thailändische Art.

Ich stehe vor dem Gefängnis und warte, als Jake hinausgeleitet wird. Das schwere Klirren von Eisentüren verkündet sein Erscheinen. Ich habe seinen Ersatzpass, zwei Flugtickets und mein Gepäck dabei – Don und der Anwalt sind der Meinung, es sei am besten, sofort auszureisen, ehe noch irgendwas dazwischenkommen kann. Im Taxi halte ich seine Hand, und er erwidert den Druck.

«Fast zu Hause», flüstere ich. «Dad und Freddie warten am Flughafen auf uns.»

65

Dienstag, 16. September 2014

DIE JOURNALISTIN

Sie sind nicht die Einzigen. Die Ankunftshalle ist gerammelt voll mit Filmteams und Reportern. Steve hat mich vorwarnen wollen, aber ich habe eben erst mein Telefon wieder eingeschaltet. Zu spät.

Ich entdecke ihn hektisch winkend ganz hinten in der Meute und schiebe unseren Gepäckwagen, so schnell ich kann, auf ihn zu, während Jake sich an den Griff klammert wie ein Kleinkind im Kaufhaus. Doch es ist, wie gegen den Strom zu schwimmen. Die Reporter bedrängen uns von allen Seiten, ducken sich unter den Objektiven der Fotografen hindurch, verstellen uns den Weg und feuern ihre Fragen auf uns ab.

«Wie fühlt es sich an, nach Hause zu kommen, Jake?»

«Werden Sie die thailändischen Behörden verklagen?»

«Was werden Sie als Erstes tun?»

«Zuerst ein Pint Bier und dann eine Woche durchschlafen», sagt mein Sohn und lächelt zum allerersten Mal sein wunderschönes Lächeln. Die Kameras klicken und surren, um den Augenblick seiner Heimkehr für die Ewigkeit zu bannen.

Wir bewegen uns vorwärts wie ein verkeiltes Knäuel Rugbyspieler, die Reporter immer noch geduckt unter den Objektiven, sie rückwärts und wir vorwärts. Steve kommt uns durch die Menge entgegen. Dann gelingt ihm der Durchbruch, er schließt Jake in die Arme und hält ihn lange fest.

«Was für ein wunderbarer Anblick!», sagt er zu ihm, dann umarmt er auch mich.

«Immer noch hässlich wie die Nacht!», sagt Freddie und rempelt Jake kumpelhaft an.

«Na los, wir schaffen euch nach Hause», sagt Steve und nimmt seinen Ältesten am Arm.

«Möchten Sie den Eltern von Alex und Rosie irgendetwas sagen?», ertönt plötzlich eine vertraute Stimme über den Lärm hinweg.

Jake hört auf zu lächeln. Ich packe ihn am Arm, um ihn aufzuhalten, aber er sieht sich bereits suchend nach dem Fragenden um.

«Dass es mir sehr leidtut …»

«Was tut Ihnen leid?», hakt Louise Butler nach.

«Es tut mir leid, dass sie tot sind.»

«Wissen Sie, wie Rosie ums Leben gekommen ist, Jake?»

Er wirkt erschrocken angesichts des plötzlich veränderten Tonfalls, und Steve und ich drängen ihn weiter, weg von den Fragen.

Joe Jackson taucht neben mir auf. «Kriegen wir ein paar Statements von euch, Kate? Ein Exklusivinterview? Ich komme gerne zu euch nach Hause.»

«Ruf mich in einer Stunde an», zische ich. «Wir müssen ihn hier wegschaffen.»

66

Donnerstag, 18. September 2014

DER POLIZIST

Bob zog sich die Socken an. Er saß auf der unbenutzten Bettseite. Unten warteten die anderen, und er wusste, er sollte sich beeilen, aber er brauchte fünf Minuten mit Eileen. Alles Reden war erledigt, die unzähligen Tassen Tee, das Grübeln über Fotoalben, das Erinnern. Bob sehnte sich danach, mit seiner Frau allein zu sein. Zu hören, was sie zu all dem zu sagen hatte.

Er schloss die Augen und rief sie innerlich herbei. So, wie sie letztes Weihnachten gewesen war, ehe der Krebs zurückgekommen war. Sie hatte in der Küche das Regiment geführt wie ein Schlachtengeneral, die Bratkartoffeln verflucht, die sich weigerten, knusprig zu werden, und gnadenlos die Klümpchen aus ihrer legendär scheußlichen Bratensoße geschlagen. Und hatte inmitten all des Chaos gelächelt.

«Allein dafür hat es sich schon gelohnt, wieder gesund zu werden, oder?»

Das hatte es. Für jede einzelne Minute.

Als er in Heathrow gelandet war, hatte sie noch gelebt – «Sie ist immer noch da, Dad», hatte Sam gesagt, als er zu Hause angerufen hatte. Und dann war sie ihm irgendwo auf der A3 abhandengekommen.

«Sie hat das Bewusstsein nicht wiedererlangt, Bob», sagte Helen an der Tür. «Es tut mir so leid. Aber es war ganz friedlich. Ein guter Tod.»

Er hatte in dem Korbsessel gesessen und ihre kalte Hand gehalten, hatte aus Gewohnheit angefangen, sie warm zu reiben, und wieder aufgehört.

«Hallo, Liebling. Ich bin wieder zu Hause.»

Als er mit Sam zum Bestatter gefahren war, um die Trauerfeier zu besprechen, hatte er sich Eileens Anweisungen in die Innentasche gesteckt. «Vielleicht schmuggle ich ‹The Old Rugged Cross› ja doch mit rein», hatte er gesagt, und Sam hatte gelacht.

«Wenn du das tust, sucht sie dich heim bis in alle Ewigkeit.»

«Das wäre schön», hatte er gesagt und zurückgelächelt.

Es war eine schöne Beerdigung, sie lachten und weinten, vor allem am Schluss bei «Starman», danach gab es Tee und noch mehr Tränen, umgeben vom Duft später Blüten im Restaurant im Gartencenter, so wie Eileen sich das gewünscht hatte.

«Das hätte ihr gefallen, Bob», flüsterte seine Schwägerin ihm zu. «Du hast ihr alle Ehre gemacht.»

Er hoffte es. *Stimmt das, Eileen?*, fragte er sich.

Alles war perfekt. Und jetzt geh runter und hilf Sam mit der Verwandtschaft, murmelte seine Frau.

«Wann fängst du wieder an zu arbeiten?», fragte einer der betagten Onkel und bekrümelte sich die schwarze Krawatte.

«Morgen», hörte Bob sich antworten. «Ich muss einen aktuellen Fall zu Ende bringen. Das hält mich noch ein bisschen beschäftigt. Danach nehme ich mir eine Auszeit.»

Er konnte den Fall unmöglich abgeben. Hinterher war noch genug Zeit zu trauern.

Zara hatte sich sofort am Morgen gemeldet. Über Nacht waren die ersten Hinweise auf Jamie Lawrence hereingekommen. Der Junge, den er gesucht hatte, hatte sich offenbar die ganze Zeit direkt vor seiner Nase versteckt. Doch das Foto hatte dem Versteckspiel ein Ende gesetzt. Plötzlich hatten Hinz und Kunz ihn gesehen. Salmond hatte ihm eine SMS geschickt, um ihn darüber zu informieren, und er hatte sofort zurückgerufen, schlaflos und dankbar für die Ablenkung.

«Wann sind Sie zurückgekommen?», hatte er sie gefragt, als sie ans Telefon gegangen war.

«Vor ein, zwei Tagen, vielleicht auch gestern. Entschuldigung, ich komme immer noch mit den Zeitzonen durcheinander. Habe ich Sie geweckt?»

«Nein. Ich kann nicht schlafen.»

«Es tut mir so leid, Sir.»

«Danke, Zara. Das geht uns allen so. Aber wir kommen zurecht. Wir konnten uns darauf vorbereiten.»

«Möchten Sie, dass ich Sie bezüglich Jamie Lawrence auf dem Laufenden halte?»

«Absolut. Eileen wird heute Nachmittag beerdigt, und morgen komme ich wieder rein.»

«Sicher?»

«Sicher.»

BANGKOK, ZWANZIGSTER TAG

Freitag, 15. August 2014

Sie hatten nicht wirklich gefeiert. Alex hatte nur ein bisschen getrunken, um ihre Traurigkeit zu betäuben. Jamie hingegen hatte sich hemmungslos zugeschüttet, war immer wieder in Mamas Kühlraum gegangen, um Nachschub zu holen, und hatte die leeren Flaschen durchs Zimmer gekickt.

Es war schon spät, weit nach Mitternacht, Zeit, endlich zu telefonieren.

«Ich rufe jetzt zu Hause an», sagte sie, eher zu sich selbst als zu dem Jungen, der zusammengesunken auf dem Fußboden saß. «Mum und Dad sind inzwischen sicher von der Arbeit zurück. Ich muss anrufen. Aber was soll ich ihnen sagen? Was würdest du deiner Mum erzählen, Jamie?»

Er sah sie einen Moment lang verständnislos an. «Meine Mum? Welche?»

«Was? Hast du auch eine Stiefmutter? Wie Rosie?»

«Eigentlich hatte ich vier Mütter, wenn man die beiden Pflegemütter auch mitzählt.»

«Oh!»

Er holte tief Luft, als wollte er eine große Welle durchtauchen, und sie konnte nichts tun, um ihn zu stoppen.

«Ich war zuerst im Heim, dann wurde ich adoptiert. Und als ich meiner Adoptivmutter zu viel wurde, kam ich wieder ins Heim, bis ich siebzehn war.»

«Oje, Jamie!», sagte sie, schob eine Flasche zur Seite und quetschte sich neben ihn.

«Das ist ewig her. Ich erzähle es eigentlich nie wem. Weil dann alle denken, ich wäre irgendwie anders. Mein

Sozialarbeiter meint, ich wäre zu empfindlich – dass mich nicht jeder automatisch verurteilt. Aber es stimmt.»

Und dann brach es aus ihm heraus. Seine ganze Kindheit. Seine Mum hatte es nicht geschafft. Er hatte ein paar schwache Erinnerungen an sie – ihren Geruch. Einen beißenden Geruch. Billige Zigaretten, die ständig im Aschenbecher oder zwischen ihren nikotinfleckigen Fingern glimmen. Zündhölzer, die angerissen werden, der Gestank überquellender Aschenbecher.

«Manchmal lächelte sie mich an», sagte Jamie wie von ganz weit weg. «Und ich umarmte ihre Beine. Dann weinte sie. Ich erinnere mich an Hunger.»

Dann kamen die Pflegemütter. Alex versuchte, mit den Umzügen Schritt zu halten, aber Jamie sprach immer schneller. «Die erste war alt und roch komisch. Jede Menge Kinder, ich war in einer Horde und trotzdem allein. Ich war erst vier. In meiner Tasche hatte ich eine Streichholzschachtel von meiner Mutter. Um Sachen reinzutun.»

Alex tastete mitfühlend nach seiner Hand und hielt sie ganz fest. «Das muss schrecklich gewesen sein. Du warst doch noch so klein», sagte sie.

«Ja. Die zweite Pflegemutter war jünger, aber ich nässte mich immer ein, und eines Tages konnte sie nicht mehr und schlug mich. Die Sozialarbeiterin sah die blauen Flecken, und dann kam Mum Nummer vier. Meine Adoptivmutter – und der Adoptivvater. Ich musste die Schule wechseln, um bei ihnen zu wohnen. Am ersten Tag hab ich die falsche Uniform getragen, und die Kinder starrten mich an. Einer fragte: ‹Warum hast du einen blauen Pullover an?› Darauf hatte ich keine Antwort. Ich musste zu der netten Frau im Sekretariat. Sie gab mir Kekse und Saft. Die anderen Kinder habe ich dann geschlagen und gebissen. Das war die schlimmste Zeit. Und als ich später immer wieder in neue Schwierigkeiten kam, landete ich schließlich im Heim. Irgendwie war ich darüber auch froh. Ich hatte inzwischen von Familien die Nase voll.»

«Hast du deine richtige Mum jemals wiedergesehen?», fragte Alex, von seiner Geschichte gleichzeitig fasziniert und entsetzt.

«Ich dachte, sie wäre tot – das hatte mir eine der Pflegemütter erzählt. Aber als ich dann den Reisepass beantragt habe, um herzukommen, brauchte ich dazu die Adoptionsurkunde und meine Geburtsurkunde. Ich glaube, da wurde mir zum ersten Mal klar, wer sie wirklich ist. Als ich ihren Namen gesehen habe, Anita Way, dachte ich, ich sehe mir mal das Haus an, in dem sie gelebt hat, als ich zur Welt gekommen bin. Die Adresse stand auf der Geburtsurkunde. Es war gar nicht weit – oben bei Kingston. Ich hab in Portsmouth den Zug genommen und bin in Clapham Junction umgestiegen. Ich fand das Haus, und dann stand ich davor auf dem Bürgersteig und versuchte, mich zu erinnern. Irgendwann ist eine Frau an mir vorbei zur Haustür gelaufen, und ich habe sie gefragt, ob sie eine Anita kennen würde, die mal hier gewohnt hat. Und sie war es selbst.»

«Nein!», flüsterte Alex.

«Ich dachte, ich halluziniere, aber es war wirklich meine Mum. Sie erkannte mich erst, als ich ihr sagte, wer ich bin. Dann kriegte sie Panik. Sie hat mich ins Haus gezogen, damit niemand mich sieht. Es war komisch. Sie roch anders, und sie war hübsch angezogen. Im Wohnzimmer stand ein großer Fernseher. Überall Spielzeug von anderen Kindern. Sie hatte eine neue Familie. Es hat ihr gar nichts ausgemacht, als ich ihr sagte, man hätte mir erzählt, sie wäre tot. ‹War ich auch›, sagte sie. ‹Innerlich tot.› Als ich sie gefragt habe, warum sie mich weggegeben hat, wurde sie sauer. ‹Du warst ein Fehler, Jamie.›» Er ahmte eine Frauenstimme nach, hoch und schrill, und Alex lief es kalt den Rücken runter. «Sie sagte, es wäre nicht ihre Schuld gewesen. Sie hat es erst gemerkt, als es zu spät war, mich loszuwerden. Meinen Dad gab es nicht. Sie war jung und konnte mich in ihrem Leben nicht gebrauchen. Sie hat ihrem Mann nie von mir erzählt. Oder ihren Kindern. Ich sagte, ich bin doch auch ihr Kind, aber sie meinte, ich wäre ihr schmutziges Geheimnis.»

Im Zimmer war es ganz still. Alex fragte sich, ob es noch mehr gab und ob er das schon je einmal jemandem erzählt hatte. Sie hoffte es. Sie wollte keine Geheimnisträgerin sein. Sie hatte selbst schon genug um die Ohren.

«Ich hätte nie hinfahren dürfen», flüsterte Jamie zu sich selbst.

«Es ist nicht deine Schuld.» Alex übernahm die Führung. «Das war gemein von ihr. Das hast du nicht verdient.»

«Und jetzt verlässt du mich auch noch.»

«Ach, Jamie, bitte fang nicht wieder damit an. Du schaffst das», sagte sie. «Jetzt komm, du musst ins Bett. Sonst geht es dir morgen total übel.»

Er hievte sich auf sein Bettgestell, und sie ließ ihn allein und ging in ihr Zimmer. Das Bier hatte sie durstig gemacht. Sie brauchte dringend eine Flasche Wasser. Mama lagerte alles in dem Kühlraum im Hof – sie fragte sich, ob er offen war. *Muss ja. Jamie war vorhin auch da und hat Bier geholt.* Sie würde sich einfach selbst bedienen. Morgen reiste sie sowieso ab. Es war ihr egal, was Mama sagen würde.

Im Guesthouse war alles still. Sie fragte sich, ob außer ihr noch irgendwer wach war, als sie durch die Tür auf den Hinterhof schlich. Sie war schon ein paarmal hier hinten gewesen, um sich mit Jake zu unterhalten, während er zu tun hatte. Die Tür zum Kühlraum klemmte, und sie musste sich mit ihrem ganzen Gewicht dagegenstemmen, um sie aufzuziehen. Sie hoffte nur, dass sie keinen Lärm machte. Innen war es stockdunkel. Sie holte ihr neues Telefon aus der Tasche und drückte auf die Taste, um den Bildschirm zu beleuchten. Zitternd vor Kälte, griff sie eilig in einen Wasserkasten, angelte sich eine Flasche heraus und wandte sich schnell zum Gehen. Sie stolperte und stieß sich den Zeh. An etwas Festem und gleichzeitig Weichem. Sie stützte sich an den Kästen ab, die Flaschen klirrten, und sie schwenkte den beleuchteten Bildschirm auf den Boden. Da unten glitzerte etwas. Sie bückte sich, um es aufzuheben, fuhr erschrocken zurück und machte sich vor Schreck in die Hose.

Es war Rosies glitzernder Fingernagel.

Sie konnte sich nicht erinnern, geschrien zu haben, aber das musste sie wohl, denn plötzlich war Jamie bei ihr und zerrte sie aus dem Kühlraum heraus.

«Rosie!», sagte sie.

Er ging rein und kam viel zu schnell wieder raus.

«Sie ist tot», sagte er. Seine Stimme klang ebenfalls tot. Warum schrie er nicht, warum tat er nicht irgendwas?

Alex stand zu sehr unter Schock, um zu weinen. Ihr war kalt, und sie zitterte, bis die Zähne klapperten. Sie wollte sprechen, aber sobald sie es versuchte, verkrampfte ihr Kiefer.

Jamie wollte sie ins Haus führen, aber sie riss sich los.

«Nein!», sagte sie zwischen zusammengepressten Zähnen. «Kann sie nicht alleinlassen.»

«Sie braucht dich nicht mehr, Alex. Rosie ist tot.»

«Wer war das?»

«Ich weiß es nicht!», zischte er. Er war plötzlich wieder ganz nüchtern.

«Wir müssen einen Krankenwagen rufen und die Polizei informieren. Es jemandem sagen.»

«Das mache ich. Geh du ins Bett.»

Sie schnaubte ungläubig, und die Wut löste ihren Kiefer. «*Ins Bett?* Meine Freundin ist tot! Was redest du?»

«Ich bin dein Freund, Alex», sagte er leise.

«Nein! Natürlich nicht! Wir kennen uns seit fünf Minuten. Ich gehe jetzt zur Polizei – vorne an der Khao San Road ist eine Polizeistation.» Sie schrie ihn an, aber sein Gesicht blieb vollkommen regungslos. «Du warst doch ständig hier, um Bier zu holen. Du musst sie doch gesehen haben!» Sie hatte plötzlich angefangen zu kreischen.

«Nein. Habe ich nicht.»

«O Gott, du warst das, oder? Und hast keinen Ton gesagt. Bist du das gewesen? Hast du sie umgebracht?»

Jamie drehte langsam den Kopf und sah sie an. Seine Augen waren wie zwei leere Löcher.

«Hör auf zu schreien», sagte er.

67

Freitag, 19. September 2014

DER POLIZIST

Jamie Lawrence blickte durch seine Wimpern zu ihm hoch. Er war verdreckt, die Nase lief ihm, und die abheilenden Brandwunden in seinem Gesicht waren mattrot.

«Hallo, Jamie», sagte Sparkes und reichte ihm die Hand, um ihn hochzuziehen. «Wir haben Sie gesucht.»

Der junge Mann blinzelte. Er hatte im Müllhäuschen eines Kinderheims übernachtet, zusammengerollt wie ein streunender Kater. Ein Mitglied der Freiwilligen Nachbarschaftswache aus dem Haus gegenüber hatte ihn am Vortag in der Gegend herumstreunen sehen und die Polizei informiert.

«Potenzieller Einbrecher in Meadow View. Jung, männlich, Baseballkappe, Schramme im Gesicht.»

Der diensthabende Beamte hatte sich mit einem leisen Seufzen die Daten notiert. *Wahrscheinlich ein Heimbewohner, der sich nach der Sperrstunde nach Hause schleicht. Wer bricht denn in ein Kinderheim ein?* Doch dann fiel dem Kollegen der nächsten Schicht die Beschreibung von Kappe und Schramme auf, und er meldete sich bei der Ermittlungsleitung in Southampton. «Wir haben möglicherweise eine Sichtung Ihres Verdächtigen», sagte der DI aus Kingston. «Was sollen wir tun?»

«Beobachten, aber nicht eingreifen», sagte Sparkes. «Ich bin schon unterwegs.»

*

Der Einbrecher schlief noch, als Sparkes die Tür zum Müllraum öffnete und der Suche nach Jamie Lawrence ein Ende machte. Es gab keinen Fluchtversuch, kein Handgemenge, kein Fluchen, kein Boxen oder Treten. Nur ein verschlafenes Blinzeln.

«Ich bin DI Sparkes, und das ist DS Salmond. Wir möchten, dass Sie mit uns kommen.»

Salmond legte Jamie die Handschellen an, und Sparkes verlas ihm seine Rechte.

«Jamie Lawrence, ich verhafte Sie wegen des Verdachts auf Mord an Alexandra O'Connor am oder um den vierzehnten August 2014. Sie dürfen die Aussage verweigern. Sollten Sie jedoch Informationen unerwähnt lassen, auf die Sie sich bei einer späteren Befragung vor Gericht beziehen wollen, so kann sich das vor Gericht für Sie negativ auswirken. Genauso kann alles, was Sie jetzt aussagen, als Beweis gegen Sie verwendet werden», sagte er und verspürte einen winzigen Funken Triumph. *Hab ich dich.*

Der Junge hatte ein zweites Mal geblinzelt.

Sein Anwalt, ein verstaubter Pflichtverteidiger, war im Verhörraum an seiner Seite.

«Nennen Sie uns bitte Ihren Namen fürs Protokoll», sagte Salmond und versuchte, es sich auf dem Plastikstuhl etwas bequemer zu machen.

«Jamie Lawrence.» Die Stimme klang jungenhaft, wie frisch im Stimmbruch.

«Warum haben Sie sich ausgerechnet in einem Kinderheim versteckt? Haben Sie dort früher mal gewohnt?», fragte Sparkes. Er war sich ziemlich sicher, dass dem nicht so war, aber er wollte dem Jungen den Einstieg erleichtern.

«Nein, aber meine Mum lebt in der Nähe.»

«Ihre Mutter? Ich dachte, sie wäre nach Norfolk gezogen, als Sie in Pflege kamen?»

Salmond hatte mit May Lawrence gesprochen, und sie hatte ausgesagt, sie wolle mit ihrem Adoptivsohn nichts mehr zu tun haben. «Er hat meinen Ehemann fertiggemacht», hatte sie mit belegter Stimme leise gesagt. «Ich wünschte, wir wären ihm niemals begegnet.»

«Nicht die», sagte Jamie stirnrunzelnd und fummelte an den dreckigen Verbänden herum, die noch immer seine Hände bedeckten. «Meine leibliche Mutter. Na ja, sie war nicht zu Hause, also bin ich in der Gegend rumgefahren, und da habe ich plötzlich das Hinweisschild auf dieses Kinderheim gesehen. Es sah aus wie zu Hause. Komisch, oder?»

Sparkes schüttelte den Kopf. «Gar nicht, wir suchen überall nach dem Vertrauten, oder? Wir versuchen, in sicherem Gewässer vor Anker zu gehen.»

Die Zeile stammte aus einem Buch über den Umgang mit Verlust, das er sich gekauft hatte, um es heimlich zu lesen. Wie ein Pornoheft. Ein Trauerporno. Er räusperte sich. *Halt den Mund. Wenn du nicht aufpasst, singst du ihm gleich noch ein beschissenes Schlaflied vor.*

Es wurde langsam spät, und Sparkes fragte sich, ob Sam noch da wäre, wenn er nach Hause kam. Als er aufgebrochen war, war sie damit beschäftigt gewesen, ein paar von Eileens Sachen zusammenzufalten und in einen Koffer zu räumen. «Sie wollte, dass ich die zur Wohlfahrt gebe», hatte sie gesagt. «Das steht auf ihrer To-do-Liste. Weißt du noch, als sie sich dieses Kleid gekauft hat?» Sie hatte ein Glitzerteilchen hochgehalten, das ihre Mutter sich letztes Jahr aus einer Laune heraus zu Weihnachten gegönnt hatte. «Du hast gesagt, sie würde aussehen wie die Fee auf der Christbaumspitze. Ich glaube nicht, dass sie es danach noch mal anhatte.»

Er hatte Eileens Lieblingspullover in die Hand genommen und das Gesicht darin vergraben. Er roch nach ihr. «Den behalte ich», hatte er gemurmelt und sich den Pullover unters Kopfkissen gelegt.

«Erzählen Sie uns von sich und Alex», sagte er. «Wir haben gehört, sie hätten in Bangkok viel Zeit miteinander verbracht.»

Jamie nickte. «Wir waren beste Freunde.»

«Aber Sie waren sich gerade erst begegnet.»

«Das spielte keine Rolle. Wir hatten das Gefühl, uns schon ewig zu kennen.»

«Ging es Alex genauso?»

«Klar.» Jamie wich seinem Blick aus. «Wir wollten zusammen weiterreisen.»

«Ihrer Freundin Margaret Harding hat sie aber etwas anderes erzählt. Sie sagte, Sie hätten sie nicht in Ruhe gelassen. Wären ihr ständig auf die Pelle gerückt.»

Daraufhin riss Jamie den Kopf hoch und schob den Stuhl vom Tisch weg. «Nein. Wir waren verliebt.»

«Sie vielleicht, aber Alex nicht, oder? Das muss sehr schmerzhaft für Sie gewesen sein. Sie wollten unbedingt, dass sie bei Ihnen bleibt, habe ich recht?»

Jamie nickte zu allem, was er sagte, eingelullt von seiner mitfühlenden Sanftheit.

«Sie haben sie sogar unter Drogen gesetzt», sagte Sparkes leise.

Jamie wurde rot, und die Fäuste waren wieder da.

Endlich kam auch Leben in den Pflichtverteidiger, und er schaltete sich ein. «Welche Beweise gibt es dafür, Inspector?»

«Wir haben eine Zeugin», sagte Sparkes.

«Mama, die Besitzerin der Unterkunft», fügte DS Salmond hinzu. «Sie sagt, Sie hätten Alex Rohypnol in ein Getränk gemischt, um sie daran zu hindern, mit Jake Waters auszugehen. Das Mädchen war danach tagelang schwer krank.» In Wirklichkeit war Salmonds Gespräch mit Mama informell gewesen – die Wirtin war wieder untergetaucht, ehe der Bitte um eine offizielle Zeugenaussage von behördlicher Seite stattgegeben wurde –, aber sie hatte die Details aus dem Gespräch mit Kate Waters bestätigt.

«Ich konnte sie doch mit dem Typen nicht losziehen lassen», sagte Jamie und rutschte nach vorne auf die Stuhlkante. «Mir war nicht klar, dass sie davon so krank werden würde. Ich hab zu viel reingetan. Aber ich habe sie beschützt, sie in Sicherheit gebracht.»

«In Sicherheit vor Jake? Inwiefern war er eine Bedrohung?»

«Er hat versucht, mir Alex wegzunehmen!», rief Jamie, und sein Anwalt legte ihm beschwichtigend die Hand auf den Arm.

Sie waren beinahe am Ziel. Sparkes beugte sich vor und sagte sanft: «Wieso erzählen Sie uns nicht, was in der Nacht, als Alex starb, tatsächlich geschah?»

«Ich weiß es nicht. Ich glaube, es war ein Unfall», sagte der junge Mann, jedes einzelne Wort gepresst.

«Was war ein Unfall?»

«Dass Alex gestorben ist», flüsterte er.

Der Anwalt wollte etwas einwenden, doch Jamie machte weiter.

«Ich wollte das nicht. Ich habe sie geliebt. Ich wollte ihr niemals weh tun. Aber sie hat mich weggeschubst. Ich habe versucht, sie festzuhalten. Es ist alles total falsch gelaufen.»

Salmond schob eine Schachtel Papiertücher über den Tisch. Jamie zog eines heraus, wischte sich die Augen und die Nase sauber und zuckte zusammen, als er dabei die frisch vernarbte Haut berührte.

«Ich muss verstehen, was das bedeutet, ‹es ist alles falsch gelaufen›, Jamie.» Sparkes lehnte sich zurück und gab dem Verdächtigen Raum, seine Geschichte zu erzählen.

«Sie war einverstanden, mit mir zum Abschied was zu trinken. Ich war schon ein bisschen angetrunken – ich hatte mir im Hostel vorher ein paar Bier genehmigt –, und ich stand total neben mir, weil sie von mir weg wollte. Ich muss sie zu fest gehalten haben. Sie hat nicht mehr geatmet ...»

«Wieso wollte Alex weg von Ihnen?»

«Wegen Rosie. Rosie war verschwunden, und Alex wollte nach Hause. Ich konnte es nicht ertragen.»

«Waren auf der Abschiedsparty nur Sie beide?»

Jamie nickte. «Sonst war niemand mehr da. Jake war verhaftet worden.»

«Wusste Alex davon?»

«Nein, sie dachte, er hätte sich einfach verpisst. Ich hab sie in dem Glauben gelassen.»

Sparkes sah, wie Jamies bandagierte Hände sich in seinem Schoß zu Fäusten ballten.

«Ich wollte, dass sie ihn hasst.» Jamie wurde lauter. «Ich habe ihr erzählt, dass Jake mit Rosie geschlafen hat, aber sie hat mir nicht geglaubt. Ich war so eifersüchtig, als ich die beiden in ihrem Zimmer erwischt habe. Ich wollte sie so sehr, dass es in meinen Händen gekribbelt hat, wenn ich sie gesehen habe. Es war dasselbe Gefühl, wie wenn ich an meine Mum denke. Meine echte Mum, meine ich. Ich hasse es, an sie zu denken. Weil dann immer die ganzen Gefühle wieder hochkommen, von denen mein

Sozialarbeiter sagt, dass ich sie loslassen muss. Aber die kann man nicht loslassen. Es fühlt sich an, als wären sie tief in meinem Bauch verwurzelt.» Der junge Mann griff sich an den Bauch, wie um seine Gefühle zu lokalisieren. «Sie sind immer da und löschen alle anderen Gefühle aus, wenn mir mal was Gutes passiert.»

Jamies Worte luden die Atmosphäre statisch auf, und er blickte hinab auf seine Hände.

«Nachdem ich Jake und Alex gesehen hatte, hab ich ihm Pass und Geldbeutel geklaut. Ich hab seinen Spind aufgebrochen und mir die Sachen aus seinem Tagesrucksack geholt. Und meinen eigenen Pass reingesteckt, damit er es nicht sofort merkt.»

«Warum haben Sie das getan, Jamie?»

«Ich dachte, wenn Alex Jake will, werde ich eben Jake», sagte er an seine Fäuste gewandt. «Klingt irre, oder? Glauben Sie, ich bin verrückt?» Er hob den Blick und sah Sparkes kurz an.

Der Polizist schüttelte sanft den Kopf. «Erzählen Sie weiter.»

«Ich hätte die Pässe wahrscheinlich am nächsten Tag einfach wieder ausgetauscht, aber ehe ich das tun konnte, wurde Jake verhaftet. Ich glaube, Mama hat ihn bei der Polizei verpfiffen – sie haben sich megamäßig verkracht, ich hab sie streiten hören. Jake sagte, Alex würde niemals aufhören, nach Rosie zu fragen. Dass alles total aus dem Ruder laufen würde. Wie beim letzten Mal mit irgendeinem Schotten. Dass die Polizei aufkreuzen würde und er kein Geld mehr hätte, mit dem Mama sie bestechen könnte. Mama hat ihm befohlen, den Mund zu halten, bevor jemand ihn hört.»

«Aber da hatten Sie es bereits gehört …», sagte Sparkes, und der junge Mann lächelte leise.

«Ich hab immer alles mitbekommen, was vor sich geht. Dort hat keiner auf mich geachtet», sagte er. «Jedenfalls hat Jake seinen kleinen Rucksack genommen, ohne den er nie irgendwo hingeht, und ist rausgestampft, ohne mich anzusehen. Daraufhin muss Mama telefoniert haben. Jake hat immer gesagt, sie hätte einen guten Draht zur Polizei. Er war weg. Rosie war weg. Ich war mir sicher, dass Alex jetzt mit mir nach Kho Phi Phi gehen würde. Musste sie doch, sie wäre sonst ganz allein gewesen.»

«Aber sie wollte nicht?»

«Nein.» Jamies Stimme wurde ganz leise, und Sparkes musste sich wieder vorbeugen, um ihn zu verstehen. «Sie wollte nicht mal mit mir darüber reden. Was ich alles getan habe, nur damit sie mich mitnimmt – alles für den Arsch.»

«Was haben Sie alles getan, Jamie?» Sparkes ahmte seinen Tonfall nach.

Der junge Mann schloss einen Augenblick lang die Augen. «Was ich Ihnen erzählt habe. Jakes Pass klauen, Alex von ihm und Rosie erzählen. So was eben.»

Da ist noch mehr: Das war Sparkes klar, aber Jamie machte bereits mit seinen Schuldzuweisungen weiter.

«Sie hatte nur ein Thema: Rosie. Wo ist Rosie? Und sie wollte nach Hause. Sie sagte, es gäbe keinen Grund mehr zu bleiben. Ich war total am Boden.»

«Wo wart ihr?»

«Im Schlafsaal.»

«Hat sie was getrunken?»

«Ja, ein bisschen. Ich hatte ihr Lieblingsbier aus dem Kühlraum geholt. Wir saßen auf dem Fußboden, und ich wollte ihr sagen, dass ich sie liebe, aber dann habe ich ihr plötzlich meine Geschichte erzählt. Ich dachte, vielleicht hat sie dann Mitleid mit mir und überlegt es sich anders, aber eigentlich wollte sie das alles gar nicht hören. Sie sagte, sie würde jetzt zu Hause anrufen und alles erzählen. Ich wusste nicht, was ich machen soll. Ich dachte, sie würde nach nebenan in ihr Zimmer gehen, aber dann habe ich sie plötzlich draußen schreien gehört. Ich bin rausgerannt, und sie hat geweint und gesagt, sie hätte Rosie gefunden.»

Die Spannung im Verhörraum war mit Händen greifbar. Sparkes war dort, bei Jamie im Schlafsaal, wie er sich aufrappelte, durch den Gang zur Hintertür schwankte und hinaus in die heiße Nacht.

«Haben Sie Rosies Leiche gesehen?»

«Ein kleines Stück von ihrem Gesicht. Sie war in eine Matte gewickelt, aber ich konnte ihre Haare sehen.»

«Wo war Alex?»

«Im Hof. Sie hat gezittert und geweint, und ich hab versucht, sie zu trösten. Ich hab ihr gesagt, ich kümmere mich darum. Aber sie wurde wütend. Ich hab versucht, ihr aufzuhelfen, aber sie hat sich gewehrt. Sie wollte mich wegschubsen, so, als würde sie mich nicht mehr sehen wollen. Ich hätte sie loslassen müssen, aber ich habe sie festgehalten, ich habe die ganze Zeit nur gedacht: *Mich schiebt nie wieder wer weg!* Und sie hat geschrien und gekreischt. Ich glaube, sie hatte Angst vor mir. Das wollte ich nicht, wirklich nicht. Ich wollte doch nur, dass sie aufhört. Ich habe ihren Hals gedrückt, damit der Lärm aufhört, und dann habe ich meine Hände dagelassen, auch, als sie sich gewehrt hat und nach mir und gegen die Wand geschlagen hat, immer wieder. ‹Sei still, Alex!›, habe ich gesagt. Glaube ich. Und dann war sie still.»

Jamie nahm das Taschentuch vom Tisch und wischte sich die Augen ab. Sparkes stand in dem dreckigen Hinterhof und durchlebte den furchtbaren Todestanz. *Es dauerte wahrscheinlich nur ein paar Minuten*, dachte er und sah zu, wie der junge Mann vor seinen Augen in sich zusammensackte.

«War Alex danach noch bei Bewusstsein?»

Jamie schüttelte langsam den Kopf. «Sie hat jedenfalls nichts mehr gesagt», flüsterte er. «Ihr Gesicht war ganz grau, und sie ist zu Boden gestürzt. Sie hatte sich nass gemacht – an ihren Beinen lief Pisse runter, und auf den Schuhen waren Flecken. Ich hab auf ihre Beine gestarrt, weil ich ihr Gesicht nicht mehr sehen wollte. Es hat sich angefühlt, als hätte ich stundenlang so dagestanden. Die Luft um mich herum war total stickig, als würde sie fest werden wie Gelee, und als ich mich umgedreht habe, war alles wie in Zeitlupe. Kennen Sie das Gefühl?»

Sparkes nickte. «Was haben Sie dann getan, Jamie?»

«Ich weiß noch, dass ich gedacht habe, ich muss es ungeschehen machen. Zurückspulen. Aber das ging nicht. Ich musste das, was ich getan habe, unbedingt vertuschen. Es durfte niemand was merken. Also hab ich ihr die schmutzigen Sachen ausgezogen, damit sie wieder schön und sauber war, und dann hab ich sie zu Rosie gelegt. Ich hab sie beide in die Matte gewickelt, und dann hab ich die Streichhölzer aus der Tasche gezogen und nach was zum Anzünden gesucht.»

68

Freitag, 19. September 2014

DER POLIZIST

Als Jamie um Schmerztabletten für seine Verbrennungen bat, legten sie eine Pause ein. Er hatte erzählt, der Brand wäre förmlich in seinem Gesicht explodiert, als er Alex' schwelende Anziehsachen mit noch mehr Feuerzeugbenzin bespritzte. Weil die Sachen nicht richtig brennen wollten. Er hatte Angst bekommen, dass man das Feuer löschen würde, ehe alles zerstört war. Er hatte die brennbare Flüssigkeit an den Händen, und als er versucht hatte, die Augen zu schützen, waren die Flammen auf ihn übergesprungen. Er sagte, er wüsste nicht mehr genau, wer ihn ins Taxi zum Krankenhaus gesetzt hätte, glaubte aber, es könnte Mama gewesen sein.

Sparkes und Salmond standen vor dem Verhörraum, knisterten mit den Plastikbechern und gingen das Gehörte noch einmal durch.

«Er sagt, es war ein Unfall.»

«Na ja, was soll er auch sonst sagen?», wandte Salmond ein. «Aber wo bleibt die Reue? Es fühlt sich an, als würde es hierbei nur um ihn gehen, nicht um Alex. Als würde er sich als Opfer sehen.»

Sparkes hatte dasselbe Gefühl gehabt. Außerdem fühlte er sich manipuliert von Jamies Erzählweise und seinen flirtenden Augen. «Haben Sie gesehen, was er mit seinen Augen macht? Dieser Blick durch die Wimpern ist eine klassische passiv-aggressive Technik. Unterwürfig und kontrollierend.»

«Wenn Sie das sagen, Sir.»

«Tue ich. Ich habe erst neulich was darüber gelesen.»

«Jack Reacher ist mir lieber.» Salmond trank den letzten Schluck Wasser.

«Weiter geht's», sagte Sparkes und warf den Becher in den Abfalleimer. «Es gibt noch ein totes Mädchen, um das wir uns kümmern müssen.»

«Erzählen Sie uns von Rosie», nahm Sparkes den Faden wieder auf.

Und Jamie blinzelte. «Was denn? Sie war tot. Hab ich Ihnen schon gesagt. Alex hat sie im Kühlraum gefunden.»

«Und wann haben Sie Rosie dort entdeckt?»

«Hab ich doch gesagt – nachdem Alex sie gefunden hat.»

«Aber vorhin haben Sie uns erzählt, Sie hätten sich schon früher am Abend Bier aus der Kühlung geholt.»

«Ich …» Jamie schloss die Augen.

«Ich frage Sie noch einmal. Wann haben Sie Rosie in der Kühlung liegen sehen? Zum ersten Mal?»

«An dem Tag, nachdem sie angeblich den Holländern hinterhergereist ist», sagte er schließlich. Die unterwürfigen Blicke waren verschwunden, registrierte Sparkes. Jamie Lawrence war in der Defensive.

«Also wussten Sie, dass Rosie tot war und ihre Leiche seit zwei Tagen im Hinterhof lag?»

Jamie nickte. «Ich hatte zu viel Schiss, um mit jemandem darüber zu sprechen», sagte er. «Ich dachte, dann glauben die Leute, ich hätte was damit zu tun.»

«Aber nicht genug Angst, um sie nicht beiseitezuschubsen, um an ein Bier ranzukommen?», fuhr Sparkes ihn an. «Hatten Sie mit dem Tod von Rosie Shaw etwas zu tun?»

«Nein. Ich dachte, vielleicht hat sie zu viel erwischt. Vielleicht ist sie an ihrer eigenen Kotze erstickt.»

Er hatte einen winzigen Augenblick gezögert, ehe er ihnen diese Theorie unterbreitete, und Sparkes war klar, dass er ihn fast so weit hatte. Das Wörtchen «vielleicht» war ein Feigenblatt. Eine letzte Deckung gegen die Wahrheit.

«Woher wissen Sie, dass Rosie erstickt ist?»

«Weiß ich nicht. Ist nur geraten. Hätte zu ihr gepasst. Aber ich war nicht dabei, also weiß ich es auch nicht.»

«Ich war nicht dabei.» Gleich erzählt er uns, dass die großen Jungs ihn gezwungen haben.

«Wissen Sie denn, *wer* dabei war?»

Jamie zupfte wieder an dem Verband herum, zerfranste die Fasern, schüttelte den Kopf.

«Okay. Wann haben Sie Rosie Shaw zum letzten Mal lebend gesehen?»

«Ich kann mich nicht mehr erinnern. Wahrscheinlich in der Bar oder so. Sie war ja ständig da.»

«Bis sie irgendwann plötzlich weg war», sagte Sparkes. «Das muss doch Thema gewesen sein. Rosie, einfach so verschwunden. In Mama's Guesthouse gab es sicher kein anderes Gesprächsthema mehr.»

«Ja, kann schon sein. Ganz ehrlich? Ich konnte ihren Namen nicht mehr hören.»

«Mochten Sie Rosie nicht?»

«Nein. Ich habe sie gehasst. Haben wir beide. Ich und Alex.» Jamie hatte einen langen Faden gelöst und wickelte ihn sich so eng um einen Finger, dass die Kuppe weiß wurde. «Rosie war eine kleine Schlampe. Hat ständig Ärger gemacht. Am Anfang hat Alex noch versucht, auf sie aufzupassen, aber sie hat nicht auf sie gehört. Hat Drogen genommen, hat mit Leuten rumgevögelt, die sie eben erst kennengelernt hat. Sie hat sich in dem Hostel durch sämtliche Betten geschlafen, wissen Sie?» Jamie schüttelte angewidert den Kopf.

«Haben Sie mit ihr geschlafen, Jamie?»

Er wirkte aufrichtig schockiert. «Ich? Natürlich nicht. Ich war Alex treu. Aber sonst war so gut wie jeder mit ihr in der Kiste.»

«Jake?»

«Klar. Hab ich doch schon gesagt. Ich habe es Alex erzählt.»

«Gab es Ärger zwischen den Männern, die mit ihr geschlafen haben? Streit oder Prügeleien?»

«Eigentlich nicht. Keiner mochte sie so sehr, dass er sich für sie geprügelt hätte.»

Arme Rosie, dachte Sparkes. *Arme, einsame, kleine Rosie.*

«Welche Drogen hat Rosie genommen?»

«Hauptsächlich K. Das hat Lars ihr vor seiner Abreise noch besorgt.»

«Wo hatte er es her?»

«Von Mama. Alle wussten, dass sie Drogen vertickt, K, Gras und Yaba. Und ab und zu ein bisschen Heroin.»

«Und Roofies», sagte Sparkes, und Jamie sah weg.

Sparkes wurde müde. Er drehte sich zu Salmond um und signalisierte ihr das Ende des Verhörs, als Jamie wieder zu sprechen anfing.

«Darf ich jetzt auch mal was fragen?»

Sparkes blickte ihn an und registrierte, dass der Junge ihn wieder durch die Wimpern ansah, als wollte er sich einschmeicheln. Das beunruhigte ihn.

«Äh, ja? Was möchten Sie wissen?»

«Haben Sie schon mit Jake gesprochen?», sagte er. «Sie sollten Jake fragen, was mit Rosie passiert ist.»

69

Freitag, 19. September 2014

DIE JOURNALISTIN

Bob Sparkes klang am Telefon sehr ernst. Als ich versuchte, mich nach Eileen zu erkundigen, und wissen wollte, wie die Beerdigung gelaufen war, schnitt er mir das Wort ab.

«Das soll jetzt nicht unser Thema sein. Ich rufe aus offiziellen Gründen an. DS Salmond und ich sind auf dem Weg nach London. Wir müssen mit Jake sprechen. Ist er zu Hause?»

«Ja, er hat das Haus noch nicht verlassen, seit wir zurück sind. Im Augenblick gibt er Joe Jackson ein Interview über diesen ganzen Albtraum. Mich hat er nicht gelassen – wäre wahrscheinlich auch etwas seltsam gewesen. Jedenfalls ist Joe an dem Fall dran. Ein Justizirrtum, der endlich richtiggestellt wird.»

Ich hatte Joe ein paar Tage zappeln lassen, hatte ihm gesagt, Jake müsse sich ausruhen, aber in Wirklichkeit hatte ich Jakes Geschichte vorher selbst hören wollen. Um sicherzugehen, dass ich ihn sie gefahrlos erzählen lassen konnte.

«Worum geht's? Ich dachte, DS Salmond und Sie wären mit der Befragung fertig. Er hat doch bereits in Bangkok seine Aussage gemacht.» Ich zwang mich zu einem lässigen Tonfall, doch mir schwirrte der Kopf vor ungebetenen Gedanken.

«Wir sind in einer Stunde bei Ihnen.»

Ich lege auf und stecke den Kopf ins Wohnzimmer, wo Jake und Joe zusammensitzen und reden. «Kann ich dich bitte eine Minute sprechen?», sage ich zu meinem Sohn.

Er kommt auf den Flur geschlurft. Er trägt etwas zu kurze Jeans von Freddie und ist barfuß.

«Ich hatte eben DI Sparkes am Telefon. Er kommt her, um noch ein paar Dinge mit dir zu besprechen. Letzte offene Fragen, du weißt schon.»

Jake sieht mich erschrocken an.

«Das geht sicher ganz schnell», sage ich, aber unsere Blicke kreuzen sich eine Sekunde zu lang. «Du hast deine Aussage doch schon gemacht. Und? Wie läuft es da drin? Stellt er die richtigen Fragen? Bist du sicher, dass du mich nicht dabeihaben willst?» Ich bemühe mich um einen fröhlichen Tonfall, aber seit Sparkes' Anruf habe ich einen Knoten im Magen und das Gefühl, mich gegen einen Schlag wappnen zu müssen.

«Nein, wir waren uns doch einig. Was hat die Polizei denn genau gesagt?», fragt Jake.

«Nur das, was ich dir gesagt habe.»

«Sollen wir deinen Anwaltsfreund anrufen?»

Ich sehe meinen Sohn forschend an und versuche rauszufinden, was er denkt. «Ich weiß es nicht. Die Anwesenheit eines Anwalts könnte aussehen, als hättest du was zu verbergen ...»

«Ich sage ja nur, dass es vielleicht besser wäre. Ich will keinen Ärger kriegen.»

«Nein, natürlich nicht. Ich rufe ihn an und frage ihn, was er dazu sagt. Überlass das mir.»

Er nickt und will noch etwas sagen, aber ich schneide ihm das Wort ab. «Wir müssen noch was zum Anziehen besorgen, ehe Mick dich fotografiert», sage ich in dem Bemühen, uns wieder in die Bahn zurückzukriegen. «Du bist ja ohne alles nach Hause gekommen.»

Und dann fällt mir die Hose wieder ein, die er bei Ross vergessen hat.

Joe taucht in der Tür auf. «Können wir weitermachen, Jake?», fragt er. «Ich bin ein bisschen unter Zeitdruck.»

«Okay. Machst du uns noch eine Tasse, Mum?»

DI Sparkes klopft leise an, und ich öffne schwungvoll die Haustür, um ihn zu begrüßen. *Hier gibt es nichts zu verbergen.*

«Wie geht es Ihnen?», frage ich, aber alle Intimität aus dem Hotelzimmer in Bangkok ist verschwunden. Ohne mir in die Augen zu sehen, kommt er herein und streift sich auf der Matte den nicht existierenden Schmutz von den Schuhsohlen.

«Ist Jake da?», fragt er.

«Ja, wie ich Ihnen am Telefon bereits gesagt habe. Er ist dahinten. Zusammen mit Joe Jackson.»

«Sie bitten den Reporter vielleicht besser hinaus», sagt Sparkes zu DS Salmond. Ich will protestieren, aber er bringt mich mit einem Blick zum Schweigen.

Salmond betritt das Wohnzimmer, und nach einem kurzen Wortwechsel kommt Joe heraus und steckt im Gehen den Laptop in die Tasche. Er wirkt etwas verstimmt.

«Was ist hier los, Kate?», fragt er mich. «Die werfen mich raus.»

«Na komm, dann trinkst du deinen Kaffee eben unterwegs», sage ich zu ihm. «Die Polizei hat nur noch ein paar Fragen an Jake. Ich rufe dich nachher an …»

Ich habe keine Ahnung, ob ich das tatsächlich tun werde, im Augenblick will ich nur, dass er verschwindet. Damit er nicht mitbekommt, was hier, unter meinem eigenen Dach, womöglich gleich passiert.

Ich mache hinter Joe die Haustür zu und gehe ins Wohnzimmer. Jake sitzt auf dem Sofa. Er ist bleich und hüstelt nervös.

«Worum geht es?», frage ich. Meine Stimme klingt scharf. Dabei verspüre ich mehr Angst als Wut.

Sparkes meidet meinen Blick und ergreift das Wort. Er verhaftet Jake in Zusammenhang mit dem Tod von Rosie Shaw am dreizehnten August 2014.

Jake springt wankend auf.

«Wir nehmen Sie zur Befragung mit nach Southampton.»

«Du brauchst Schuhe, Jakey», sage ich und versuche, seinen Blick aufzufangen. Er wendet sich ab, und mir versagt die Stimme.

70

Freitag, 19. September 2014

DIE JOURNALISTIN

Wir haben besprochen, dass ich nichts sagen würde, falls die Polizei noch mal wiederkäme. Wir haben zusammengesessen, mein Sohn und ich, vorgestern Abend, während alle anderen schliefen. Beide noch auf Thai-Zeit gepolt.

Ich hatte mich auf dem Rückflug zusammengerissen, hatte versucht, ihn nicht auszuhorchen, ihm stattdessen während des Essens sanft die Einzelheiten seiner Zeit in Bangkok entlockt, doch er war schnell müde geworden und bald an meiner Seite eingeschlafen.

Steve hatte unserem Sohn seine Fragen auf der Fahrt vom Flughafen nach Hause gestellt, ihn dabei nicht ein einziges Mal unter Druck gesetzt, hatte ihn in allen Einzelheiten von seiner Zeit in Mama's Guesthouse und im Gefängnis erzählen und dabei freimütig hierhin und dorthin abschweifen lassen. Immer schön auf sicherem Terrain. Freddie hatte schweigend zugehört. Wir hatten ihn alle geschont.

Wir hatten ihn bekocht und ihm eine Badewanne eingelassen. Und ihn schlafen lassen.

«Wir haben ihn wieder», hatte Steve gesagt, als wir an jenem ersten Abend irgendwann endlich ins Bett gefallen waren. «Ich kann es immer noch nicht ganz glauben.»

«Es ist wunderbar, findest du nicht?» Ich wollte so sehr, dass es wunderbar war, doch die eine Frage erstickte meine inneren Jubelrufe: *Was verschweigt er?* «Wir müssen noch mal richtig mit ihm reden, Steve», hatte ich gesagt und mich zu meinem Mann gedreht.

«Das werden wir», hatte er schon im Halbschlaf gemurmelt. «Dazu ist noch jede Menge Zeit.»

Ich hatte neben ihm gelegen, wach, und hatte stumm jedes einzelne Wort wiederholt, das Jake erzählt hatte, die Aussagen im Kern seiner Geschichte überprüft, an den Details gerüttelt, mit denen er sie stützte, sie wie einen kranken Zahn geprüft, ständig auf der Suche nach der Schwachstelle. Und hatte gemerkt, wie ich mich selbst an die Kandare nahm, sobald ich zu nahe herankam. Sobald etwas an mir zu nagen begann.

Warum sollte er lügen? wurde mein Mantra.

«Ich glaube, ich weiß, was mit Rosie passiert ist», murmelte er leise.

«Du hast uns doch gesagt, was du weißt, Jake», antwortete ich, in dem verzweifelten Versuch, die heimliche Familienübereinkunft aufrechtzuerhalten, sich die Finger in die Ohren zu stecken.

Er sah mich an, und ich hielt den Atem an.

Als er nicht weitersprach, flüsterte ich: «Okay. Sag mir die Wahrheit, Jake.» So wie damals, als er noch klein gewesen war, wenn ich etwas Zerbrochenes entdeckt oder eine Packung Kekse vermisst hatte.

«Als ich sie das letzte Mal gesehen habe, hat sie gefakten Tequila aus der Flasche getrunken. Sie hat auf ihrem Bett gelegen und mich angeschrien. Ich dachte, ihr geht's gut – dass sie am nächsten Tag einfach einen Kater haben würde. Aber es ging ihr nicht gut. Sie ist gestorben, Mum.»

«Wann ist sie gestorben?», fragte ich flüsternd.

«Ich weiß es nicht. Irgendwann nachdem ich weg war

und ehe Mama am nächsten Morgen versucht hat, sie zu wecken.»

Ich registrierte, wie meine Hände sich fester um den Becher heiße Milch klammerten.

«Okay», sagte ich behutsam, voller Angst, dass mir die Stimme versagte. *Was hast du getan?*, schrie es in mir. *O Gott! Hast du das Mädchen umgebracht?* «Warum hat Rosie dich angeschrien?»

Jake ließ den Kopf auf die Brust sinken. «Wir waren beide angetrunken und haben gestritten», sagte er tonlos.

«Worüber?»

«Ich hätte nicht mit ihr ins Bett steigen sollen.» Er sah zu mir hoch, die Augen weit vor Verzweiflung. «Aber sie hat mich nicht in Ruhe gelassen, hat ständig gesagt, sie steht auf mich, hat mich angefasst und mich geküsst. Und dann haben wir es eben getan. Wir hatten Sex. Dabei war mir klar, dass sie es nur tut, um Alex eins auszuwischen. Sie hatte so ein Lächeln im Gesicht – als hätte sie gewonnen. Es war schrecklich, und wir haben gestritten. Ich habe sie gebeten, Alex nichts davon zu erzählen, und sie hat gelacht. Ich sagte, sie soll leise sein, weil Alex uns sonst vielleicht hört, und sie hat mir ins Gesicht geschrien, dass Alex uns gar nicht hören kann. Weil Jamie ihr was ins Bier getan hätte. Um sie davon abzuhalten, mit mir auszugehen. Mama hätte ihn dabei beobachtet. Sie hat geschrien, sie würde es Alex mitten ins Gesicht sagen. Ihr alles erzählen. Das ganze Hostel konnte sie hören. Ich hatte Angst, Mum. Es war alles total außer Kontrolle. Ich wollte einfach nur, dass es aufhört, und bin gegangen. Ich habe sie allein gelassen.»

«Gott, was für ein Albtraum», hörte ich mich sagen. Ich sah es bildlich vor mir. Ich hörte den Zorn in ihren Stimmen. Ich roch es, den bitteren Gestank von Ekel und Hass. Ich ließ meinen Sohn nicht aus den Augen, aus Angst, einen Fremden vor mir zu haben, wenn ich kurz weg- und wieder hinsah.

«Mir war klar, dass sie Alex am nächsten Morgen alles erzählen würde. Doch dazu kam es nicht mehr», fuhr er fort. «Als Mama zu ihr ging, um mit ihr über Geld zu sprechen, fand sie Rosie tot in ihrem Bett. Sie kam zu mir, weckte mich und sagte es mir.» Jake holte tief Luft. «Mama sagte, Rosie wäre wohl im Schlaf erstickt. Sie sagte, ihre Haare wären voller Kotze gewesen, Mum.»

«O Gott!», stieß ich aus, entsetzt über das, was ich zu hören bekam. «Aber du hast es niemandem erzählt! Wieso hast du denn keinen Arzt gerufen? Oder die Polizei? Warum hast du es niemandem gesagt?»

Er schloss die Augen und schlug sich beide Hände vor den Mund, wie um ihn zuzuhalten. Doch jetzt ließ ich nicht mehr zu, dass er aufhörte.

«Sprich mit mir, Jake!», rief ich und zog ihm die Hände vom Gesicht. «Hast du ihr was getan?» *Sie getötet* brachte ich nicht über die Lippen. Das wäre zu endgültig gewesen. Das lässt sich nie wieder ungesagt machen.

Er hatte schockiert den Kopf in den Nacken geworfen. «Nein! Du hörst mir nicht zu! Ich habe ihr gar nichts getan. Mir war klar, dass du das nicht kapierst, aber du warst schließlich nicht dabei! Du hast keine Ahnung von meinem beschissenen, kaputten Leben. Ich kann dir nur sagen, dass ich den Ball flachhalten musste … weil es megamäßigen Ärger gegeben hätte. Mama sagte, alles würde werden wie beim letzten Mal.»

«Der tote Schotte», flüsterte ich.

Jake nickte. «Damals war die Polizei da, um sämtliche Ausländer im Guesthouse zu befragen. Mama meinte, sie würden mich verhaften und einsperren, weil ich das falsche Visum hatte. Die können einen auf Nimmerwiedersehen einlochen, Mum. Ich gab Mama damals mein ganzes Geld, damit sie die Sache für mich regelt. Sie hat mich eine Zeitlang aufs Land geschickt, in ihr Dorf, und als ich zurückkam, war alles wieder okay. Die Polizei sagte, John hätte sich umgebracht.»

«Aber das stimmte nicht?»

Jake schüttelte widerstrebend den Kopf. «Er ist in seinem Zimmer überfallen und ausgeraubt worden.»

«Himmel! Wer war das?»

«Ich weiß es nicht», antwortete Jake. «Er hat ständig total gefährliche Sachen gemacht und ist mit ziemlich fertigen Leuten abgehangen. Und jetzt hätte die Polizei wieder auf der Matte gestanden. Ich habe in der Nacht, in der Rosie gestorben ist, mit ihr geschlafen. Ich dachte, diesmal würde ich endgültig in den Knast wandern. Und ich hatte auch kein Geld mehr, damit Mama die Sache für mich regeln könnte.»

«*Die Sache?* Hier geht es um ein achtzehnjähriges Mädchen, Jake!», rief ich.

«Es tut mir so leid, Mum.»

Und ich hörte ihm weiter zu, zunehmend tauber gegen sein Flehen, und seine Ausreden lagen mir im Magen wie Blei.

Vielleicht spürte er, wie mein Herz sich verschloss, jedenfalls wählte er den richtigen Augenblick für seinen Gnadenstoß.

«Außerdem wusste niemand, wo ich war. Du und Dad, ihr hattet keine Ahnung. Dafür hab ich ja gesorgt. Es tut mir leid – aber mein Leben war total im Arsch. Ich wollte nicht, dass ihr das erfahrt. Ich musste ständig daran denken, wie Dad und du vor anderen immer lachend angegeben habt, ich würde Starverteidiger werden. Ihr habt mich derart unter Druck gesetzt, Mum. Ich weiß, dass das nicht eure Absicht war, aber es war eben so. In Bangkok habe ich Klos geputzt! Ich musste mein Leben umdrehen, mir endlich was suchen, einen richtigen Job, um nicht als Versager nach Hause zu kommen. Aber ich habe nur immer weiter meine Zeit verschwendet.»

Ich hatte mich zu ihm gebeugt und seine Hand genommen. «Ich hatte keine Ahnung, dass du das so empfunden hast.»

«Ich war ein Idiot, Mum, aber ich hatte niemanden, mit dem ich reden kann. Du hättest gewusst, was zu tun ist, Mum, aber ich konnte die Vorstellung, dass du Bescheid weißt, nicht ertragen. Bitte, hilf mir. Die stecken mich vielleicht ins Gefängnis. Die glauben mir doch nie, dass ich nichts zu verbergen habe. Bitte ...»

Und mein Versagen als Mutter breitete sich sickernd in mir aus wie schwarzes Gift, löschte jeden anderen Gedanken, jedes Gefühl, aus. *Wir haben ihn im Stich gelassen. Das ist unsere Schuld. Meine Schuld.* Später fragte ich mich, ob ich anders gehandelt hätte, wenn er das nicht gesagt hätte. Doch da war es schon zu spät.

Wir saßen noch eine Weile schweigend da, das Ticken der Uhr das einzige Geräusch – der Herzschlag des Hauses. Und dann tat ich, was ich immer tue: unendlich viele Fragen stellen.

«Wer weiß sonst noch, dass du Rosies Tod verschwiegen hast, Jake?»

«Niemand. Na ja, Mama. Aber die sagt garantiert nichts.»

«Ist es möglich, dass jemand euch belauscht hat, als sie es dir erzählt hat?»

«Keine Ahnung. Sie war total laut, aber Alex stand unter Drogen, die war völlig weg. Bleibt nur noch Jamie. *Jamie always in the way*», murmelte Jake leise.

Wir redeten und redeten, überlegten hin und her, und am Ende überzeugte er mich, dass niemandem gedient wäre, wenn er die Wahrheit sagte. Er nahm meine Hände zwischen seine und sah mir tief in die Augen, als er sein Schlussplädoyer hielt – mein Sohn, der Starverteidiger.

«Rosie ist gestorben, und niemand ist daran schuld. Und selbst wenn Jamie was gehört hat – schließlich ist er der Mörder, oder? Wer würde ihm schon glauben? Hier geht es schließlich um den Rest meines Lebens, Mum.»

Ich fühlte mich so verletzlich. Genau wie damals, als ich ihn nach seiner Geburt zum ersten Mal im Arm hielt. Diese überwältigende Angst, zu versagen und meinem Kind zu schaden, hatte mich damals zum Weinen gebracht. Die Verantwortung hatte mich vollkommen überwältigt. Obwohl ich völlig neben mir gestanden hatte, hatte ich nur eines zu tun gehabt: für seine Sicherheit zu sorgen, ihm dabei zu helfen, groß zu werden und immer das Richtige zu tun. Diese Bürde hatte ich fortan als engen Knoten in meiner Magengrube mit mir herumgetragen und an allen Ecken Gefahren gewittert. Steve hatte versucht, mich zu unterstützen, mir mit Erklärungen zu helfen – postnatale Hormonumstellung, Mutterinstinkt, bla, bla, bla. Doch die alles beherrschende Angst saß tief in meinen Eingeweiden. Ich hatte gedacht, es wäre vorbei, als unser Sohn endlich groß genug gewesen war, sich um sich selbst zu kümmern, als er an die Uni gegangen war und wir ihm hinterhergewinkt hatten. Aber es ist nie vorbei. Nun stand ich wieder da, und wieder lag seine Zukunft in meinen Händen.

Und ich ließ mich wieder darauf ein.

71

Freitag, 19. September 2014

DER POLIZIST

Jake schwieg während der Fahrt. Er sah zum Fenster hinaus und beobachtete die anderen Autos, bis sie vor dem Polizeirevier ankamen. Als sie ihn abführten, war keine Zeit mehr gewesen, sich die Schnürsenkel zu binden, seine Füße fanden in den ausgelatschten Turnschuhen keinen Halt, und er stolperte.

Salmond stützte ihn. «Hier entlang.» Sie führte ihn zum Arresttrakt und blieb bei dem mürrisch wirkenden Beamten am Tresen stehen. Sparkes beobachtete das Ritual und hakte innerlich sämtliche Schritte ab, die absolviert werden mussten, ehe sie mit ihm sprechen konnten.

Jake redete nur, wenn er angesprochen wurde. *Er hat sich in seinen Kopf zurückgezogen*, dachte Sparkes. *Übt er seine Story? Hat er Kate erzählt, was er getan hat?*

Die einzigen Worte aus seinem Mund waren: «Besser als Klong Prem.»

«Bitte nennen Sie uns Ihren Namen fürs Protokoll», sagte Salmond, als sie endlich alle in dem winzigen Verhörraum Platz genommen hatten. Mit seiner Schülerbrille und den abgekauten Fingernägeln wirkte Jake noch jünger als beim letzten Mal.

«Also», begann Sparkes das Verhör. «Wie wäre es, wenn wir bei Ihrer Beziehung zu Rosie Shaw anfangen?»

«Die gab es nicht. Ich kannte sie kaum», sagte Jake.

«Alex sagte, sie hätte mit Ihnen geflirtet.»

«Alex?» Er wirkte wie vor den Kopf gestoßen.

«In den E-Mails, die sie an ihre Freundin Mags geschrieben hat. Sie meinte, Rosie hätte versucht, Sie ihr auszuspannen.»

«Ich weiß nicht, was Alex in ihren Mails geschrieben hat. Woher auch?» Seine Stimme blieb fest und ruhig, und Sparkes rief sich ins Gedächtnis, dass Jake Jura studiert hatte.

«Aber Sie erinnern sich schon noch daran, dass Sie am Abend des zwölften August im Zimmer von Rosie Shaw waren?» Sparkes imitierte Jakes gelassenen Tonfall.

«Äh, keine Ahnung? Ich glaube nicht.»

Die Selbstsicherheit bröckelte, er fing an, über seine Worte zu stolpern. Sparkes machte weiter Druck: «Wir haben die Aussagen zweier Zeugen, die Sie gesehen haben. Die Zeugen sagen übereinstimmend, Sie wären in Rosies Zimmer gegangen und hätten Geschlechtsverkehr mit ihr gehabt.»

«Die täuschen sich. Das klingt für mich nach reiner Vermutung. Sagen die Zeugen tatsächlich, sie hätten uns beim Geschlechtsverkehr gesehen?» Jake lehnte sich auf seinem Stuhl zurück, und eine Sekunde lang fragte Sparkes sich, ob er die Situation womöglich genoss. Damit wäre es jedenfalls gleich vorbei.

«Das ist keine Vermutung, Jake. In den Spermaspuren auf Rosies Leichnam wurde Ihre DNA gefunden.»

Jake ließ den Kopf sinken. Sein Rechtsanwalt hob die Hand. «Ich würde mich gerne eine Minute mit meinem Mandanten allein unterhalten.»

Die Polizisten verließen den Raum und lehnten sich auf dem Flur an die Wand.

«Wenn wir wieder reingehen, kommt die Wahrheit auf den Tisch, Boss», sagte Salmond.

Sparkes stimmte ihr zu: «Fast am Ziel.»

Als sie den Raum wieder betraten, war Jakes Gesicht völlig ausdruckslos.

«Mein Mandant möchte eine Erklärung bezüglich seiner Beziehung zu Rosie Shaw abgeben», sagte der Anwalt, lehnte sich zurück und überließ Jake die Bühne.

«Ich hatte mit Rosie Shaw Geschlechtsverkehr, das war alles», sagte Jake mit tonloser Stimme. «Ich habe ihr nichts getan. Sie wollte, dass ich mit ihr schlafe, um Alex eins auszuwischen. Aber sie ist anscheinend gestorben, nachdem ich wieder weg war. Die Besitzerin des Hostels hat mir später erzählt, sie hätte Rosie tot aufgefunden.»

«Also hatten Sie gegen Ihren Willen Geschlechtsverkehr?», fragte Sparkes mit unbewegter Miene.

«Ich war betrunken, und sie hat mich angebaggert.»

«Verstehe. Die Zeugen sagen, Sie hätten gestritten. Man hat Sie herumschreien gehört.»

«Ich war wütend, weil ich mich total schlecht gefühlt habe – ich mochte Alex, und das mit Rosie war eine Riesendummheit. Ich bin mit ihrer Freundin ins Bett gegangen. Ich Wichser!» Er schlug sich mit der flachen Hand gegen den Kopf.

«War Rosie Shaw noch am Leben, als Sie ihr Zimmer verließen?»

«Ja! Ich schwöre es», sagte er, die Stimme höher und lauter als eben noch. «Sie sagte, sie würde Alex alles erzählen.»

«Und? Weshalb hat sie es nicht getan? Wieso ist sie nicht sofort zu Alex gelaufen, um es ihr zu erzählen?»

«Jamie hatte Alex unter Drogen gesetzt.»

Also wusste er es. Sparkes nickte sich selbst zu.

«Der Typ ist ein völliger Psycho – er hat Alex was ins Bier getan, um sicherzustellen, dass sie nicht mit mir ausgeht. Das hat Rosie mir erzählt. Das war alles so krank dort!»

«Es kam also nicht mehr dazu, dass Rosie Alex davon erzählte.»

Jake schüttelte müde den Kopf. «Nein. Sie starb wohl in der Nacht.»

«Na ja, Glück für Sie, oder? So konnten Sie Ihr kleines Geheimnis für sich behalten», sagte Sparkes und machte sich eine Notiz.

Jake schob den Stuhl zurück und stand auf. Er bebte. «Machen Sie Witze? Ich habe ihr nichts getan. Ihr Tod war der reinste Horror. Mama hat mich geweckt, um es mir zu sagen. Ich stand total unter Schock. Ich kam mir vor wie ein Zombie. Ich wusste nicht, was ich sagen oder tun sollte.»

«Setzen Sie sich, Jake. Und was haben Sie getan?»

Der Junge setzte sich zögernd wieder hin und klammerte sich an seinen Stuhl, als würde er unter ihm wackeln. «Es fühlte sich an wie in einem Traum, alles total unwirklich. Ich lag einfach nur da und versuchte zu kapieren, was los war. Ich muss noch mal eingeschlafen sein. Als ich wieder aufgewacht bin, hat Mama so getan, als wäre nichts geschehen.»

«Sie sind noch mal eingeschlafen, nachdem Sie erfahren haben, dass ein junges Mädchen, mit dem sie ein paar Stunden zuvor Geschlechtsverkehr hatten, tot in ihrem Bett aufgefunden wurde?», fragte Sparkes fassungslos.

«Ich hatte sehr viel getrunken, Inspector. Das habe ich Ihnen doch schon gesagt. Ich weiß, das klingt total gleichgültig, aber das stimmt nicht. Ich stand unter Schock, und ich wusste nicht, was ich tun soll. Deshalb habe ich mitgespielt, als Mama rumerzählt hat, Rosie wäre den Holländern nachgereist.»

«Aber Sie wussten, dass das nicht stimmte, nicht wahr, Jake?»

Er nickte zerknirscht.

«Ich wollte es Alex sagen, aber ich wurde vorher verhaftet.»

«Das war über einen Tag später. Es hätte vorher genügend Gelegenheiten gegeben.»

«Glauben Sie, ich würde mir nicht selbst jeden Tag Vorwürfe machen, weil ich es nicht getan habe? Aber ich konnte einfach nicht. Sie haben ja keine Ahnung! Ich hatte solche Angst. Ich wusste nicht, was ich machen soll. Ich hatte Angst, was passieren würde, wenn ich es erzähle. Schließlich hatte ich mit ihr geschlafen. Die hätten mich wahrscheinlich für ihren Tod verantwortlich gemacht.»

«Dann haben Sie der Polizei nichts gesagt, als Sie verhaftet wurden?»

«Nein. Ich habe nicht gesagt, wer ich wirklich bin. Ich hatte auch so schon genug Ärger», sagte er und schloss die Augen.

«Jamie sagt, Sie wären dabei gewesen, als Rosie starb.»

Jake hob den Kopf und hätte fast gelächelt. «Klar, dass er das sagt, oder? Er hasst mich, weil Alex mich mochte und nicht ihn. Er hätte sie eher getötet, als zuzulassen, dass sie sich für einen anderen entscheidet. Der würde doch alles behaupten, nur um sich zu rächen. Ich wette, dass er Rosie auch was in die Flasche gemischt hat. Sie wollte Alex nämlich von seiner kleinen Leidenschaft für Roofies erzählen. Vielleicht hat er beschlossen, sie davon abzuhalten. Der Typ ist zu allem fähig.»

Als sie Jamie Lawrence wieder in den Verhörraum holten,

flirtete er nicht mehr. Er setzte sich hin und legte die bandagierten Hände auf den Tisch.

«Ich hatte mich gerade hingelegt», sagte er. «Ich habe Ihre Fragen beantwortet.»

«Es gibt noch ein paar mehr», sagte Sparkes und beugte sich vor, um sich Jamies ganze Aufmerksamkeit zu sichern. «Haben Sie Rosie Shaw unter Drogen gesetzt?», fragte er.

Jamie richtete sich auf. «Das hat sie selbst getan.»

«Haben Sie Rosie etwas verabreicht? Um sie davon abzuhalten, Alex von dem Rohypnol zu erzählen? Mama hat uns gesagt, sie hätte davon gewusst. Wollte Rosie Sie bloßstellen und zeigen, was für eine Sorte Mensch Sie in Wirklichkeit sind?»

Jamie presste die Lippen zusammen und schüttelte den Kopf, als müsse er sich davon abhalten zu sprechen.

«Wir untersuchen im Augenblick Rosies Blut, Jamie. Wir werden also bald wissen, ob dem so war», sagte Sparkes. Er war sich ziemlich sicher, dass die toxikologischen Untersuchungen zu diesem Zeitpunkt keinerlei Rückstände von Rohypnol mehr ans Licht fördern würden, doch der Verdächtige stand kurz vor einem Geständnis und brauchte nur noch einen kleinen Stups, um die Wahrheit zu sagen.

Das Schweigen wuchs, bis es schließlich den ganzen Raum ausfüllte, doch Sparkes wartete ab. Er saß vollkommen still da und bot dem Jungen gegenüber keinerlei Ablenkung. Jamies Finger zuckten auf dem Tisch, und er hielt konzentriert die Augen geschlossen.

«Ich habe ihr nur ein bisschen was gegeben», murmelte er schließlich beinahe lautlos, und Sparkes musste sich vorbeugen, um ihn zu verstehen. «Nur damit sie so lange still ist, bis ich mir überlegen konnte, was ich tun sollte.

Ich hab ihr was in den Tequila getan, und sie hat sich schlafen gelegt.»

«Nur dass sie eben nicht geschlafen hat!», fuhr Sparkes ihn an. «Sie war schwer betrunken und bewusstlos, und Sie haben sie ersticken lassen. Das arme Mädchen.»

«Sie hätte den Mund halten sollen», sagte Jamie leise. «Außerdem war sie selbst schuld. Es hat sie keiner gezwungen, sich das Hirn wegzusaufen.»

Sparkes sah ihn lange an, ohne zu sprechen. Ließ die giftigen Worte langsam die Wände hinunterrinnen.

«Haben Sie Rosies Leiche in den Kühlraum geschafft, Jamie?»

«Nein. Als ich am nächsten Tag aufgewacht bin, war sie weg.»

«Dabei waren Sie doch derjenige, der alles sieht und hört, was in dem Hostel vor sich geht», fuhr Sparkes fort. «Der Typ, den nie jemand bemerkt.»

Jamie zuckte die Achseln. «Ich hatte nichts damit zu tun.»

«Heute Morgen sagten Sie zu uns, ich zitiere: ‹Was ich alles getan habe, nur damit sie mich mitnimmt.› Meinten Sie das damit? Eine Leiche verschwinden lassen? Sie vor der Polizei verstecken?»

Jamie schlug mit der Hand auf den Tisch, und sein Anwalt zuckte erschrocken zusammen. «Nein!»

«Aber Sie wussten, dass Rosie tot war, oder? Und Sie haben geholfen, ihren Tod zu vertuschen. Mama hat uns erzählt, die erfundenen Nachrichten wären Ihre Idee gewesen», drängte Salmond weiter. «Damit sich niemand Gedanken über Rosies Verschwinden macht. Offensichtlich hatten Sie diese Situation auch unter Ihrer Kontrolle.»

«Rosie war mir egal, aber Alex war total fertig, weil ihre Freundin ohne ein Wort abgereist ist. Ich dachte, die

Nachrichten würden ihr bei der Entscheidung helfen, mit mir weiterzureisen.»

«Aber so ist es nicht gekommen, oder?»

Wieder schüttelte Jamie langsam den Kopf. «Nein. Wie gesagt, es ist alles total schiefgelaufen.»

72

Freitag, 19. Dezember 2014

DIE JOURNALISTIN

Ich habe eine Weihnachtskarte bekommen, von einem meiner Geister der vergangenen Weihnacht – Glen Taylors Witwe Jean. Die Redaktion hat sie in einem großen braunen Umschlag an mich weitergleitet, zusammen mit meiner Spesenabrechnung und irgendwelchem Gewerkschaftskram.

Sie schreibt von unserem gemeinsamen Trauma, von der Presse belagert zu werden. Als ob mich das interessieren würde. Wahrscheinlich war ich damals so sehr Teil ihres Lebens, dass sich meine Person untrennbar mit ihren Erinnerungen an die Zeit vermischt hat, als ihr Mann unter Verdacht stand, die kleine Bella Elliott entführt zu haben. Sie glaubt mich zu kennen. Ich war damals ständig an ihrer Seite, während die ganze Geschichte sich entfaltete, war in ihrer Küche, in ihrem Wohnzimmer, in dem Hotel, wo wir sie untergebracht hatten, um sie zu interviewen. Und wahrscheinlich bin ich das in ihrer Vorstellung noch heute.

Trotzdem hatte ich, seit der Bella-Elliott-Fall in die letzte Instanz ging, keinen Ton mehr von ihr gehört, auch wenn sie immer noch ab und zu irgendwo auftaucht – weil sie den Eltern vermisster Kinder geschrieben hat oder sich mal wieder zu ihrer Brieffreundschaft mit einem berüchtigten Gefängnisinsassen äußert.

Jetzt bin ich anscheinend an der Reihe, von ihr bemitleidet zu werden.

Sie hat von meinen «Problemen» gehört und möchte mich offensichtlich mit der Nase hineintunken. Natürlich sagt sie das nicht. Das ist nicht ihr Stil. Die kleine Jeanie Taylor schreibt mir, um mir zu sagen, wie leid es ihr tue, das mit Jake zu hören. Ich will den Namen meines Sohnes nicht in ihrer Handschrift lesen. Ich will nicht, dass sie irgendwas von mir berührt.

Ich werde ihr nicht antworten. Ich reiße den lächelnden Schneemann in der Mitte durch und werfe ihn in den Müll.

Jake wird davon nichts mitbekommen. Er ist mit Steve und Freddie beim Skilaufen. Ein Männertrip, um ihn auf andere Gedanken zu bringen. Steve fand, das würde ihm guttun. Anfang nächsten Jahres findet Jamie Lawrences Gerichtsverhandlung statt, und wir sind alle nervös, weil wir genau wissen, dass die ganze Geschichte von der Presse dann noch mal neu durchgekaut wird. Eine Zeitlang dachte ich, Jamie könne womöglich nach Thailand ausgeliefert und dort mit der Todesstrafe wegen Mordes konfrontiert werden. «Durch die Giftspritze», wie Joe, mein neuer bester Kontakt, mir berichtete. «In Thailand wurde seit 2009 kein Ausländer und auch sonst niemand mehr hingerichtet. Trotzdem würden wir keinen Briten in den Todestrakt ausliefern. Ihm wird hier der Prozess gemacht – für den Mord an einem britischen Staatsbürger kann man, egal wo auf der Welt die Tat begangen wurde, vor ein britisches Gericht gestellt werden.»

Das wird den Familien nicht gefallen. Lesley rief mich an, nachdem Jamie Lawrence offiziell wegen des Mordes an Alex angeklagt wurde, um mir zu erzählen, dass sie ein Gesuch ans Innenministerium formuliert hätten, um seine Abschiebung nach Bangkok zu erwirken. «Er hat sie in

Thailand umgebracht, also muss er auch nach deren Recht verurteilt werden. Wir haben in der Schule einen Kuchenverkauf veranstaltet, um den Grundstock für unsere Anwaltskosten zu legen – wir wollen Gehör!», hatte sie noch hinzugefügt, und ich stellte mir vor, wie rosawangige Teenager fröhlich *«Hängt Jamie Lawrence!»*-Cupcakes in sich reinmampfen.

Der Hass in ihrer Stimme hat mich erschreckt. Sie war nicht mehr die Frau, die ich auf der Trauerfeier für die Mädchen zum letzten Mal gesehen hatte. Ich hatte mich im Hintergrund gehalten, weil ich mir nicht sicher gewesen war, ob ich willkommen war, und Lesley aus der letzten Reihe beobachtet, eine stille, würdevolle Präsenz, das Herz des Gottesdienstes, und Jenny als blasser Schatten an ihrer Seite. Die Kirche war voller junger Leute gewesen, die Mädchen hatten ungehemmt geweint und einander in den Armen gehalten, während die Jungs beklommen in Gruppen zusammengestanden und nicht gewusst hatten, wohin mit ihren Blicken und Händen. Jake hatte erwogen, ebenfalls an dem Gottesdienst teilzunehmen, aber ich hatte ihn überredet, zu Hause zu bleiben. Er wäre nur ein gefundenes Fressen für die lauernde Meute gewesen, ein schriller Missklang an einem Tag, der ganz den Mädchen gehören sollte. Also war ich alleine dort gewesen und hatte stumm den Text von «Amazing Grace» mitgesprochen, während die Teenager um mich herum lauthals ihre Trauer herausgesungen und sich an den Händen gehalten hatten. Ich hatte die Kirche verlassen, ehe der Schlussakkord verklungen war.

Ich hätte in Lesley niemals eine Fürsprecherin für die Todesstrafe vermutet. Wenn überhaupt, dann eine Aktivistin für Sicherheit im Straßenverkehr. Aber ich weiß inzwischen, dass uns der Wille, unsere Kinder zu beschützen, zu anderen Menschen macht. Anders, als wir zu sein scheinen.

Der Kampf der Familien um Gerechtigkeit – und die Todesstrafe – wurde aus dem Hintergrund heftig von Louise Butler befeuert. Unser Chef hatte es laut Joe abgelehnt, auf diesen Zug aufzuspringen: «Ein bisschen zu sehr unterste Schublade für unsere Leser», hatte er der Nachrichtenredaktion verkündet. «Außerdem wird es nicht dazu kommen, und dann sieht es aus, als hätten wir versagt …»

Die O'Connors erschienen nach außen hin immer als Einheit, aber ich fragte mich, wie die Shaws aus ihren entgegengesetzten Ecken im Ring damit umgehen würden. Bis Joe mir erzählte, dass Mike wieder bei Jenny eingezogen war. «Ehefrau Nummer zwei hat ihn wegen seiner außerehelichen Fummeleien vor die Tür gesetzt», sagte er. «Jenny hat ihn wieder reingelassen. Die führen sich offensichtlich auf wie frisch verheiratet. Ich gebe ihnen sechs Monate …»

Lange genug, dass der Kreuzzug gegen Jamie seinen eigenen Tod stirbt und in der Versenkung verschwindet.

Joe sagt, Jamie behaupte immer noch, Alex' Tod sei ein Unfall gewesen – eine liebende Umarmung, die wegen der Zurückweisungen, die er in seinem Leben erlitten hatte, verhängnisvoll endete. Mein Ziehsohn hat sämtliche Mütter ausfindig gemacht, inklusive der traurigen Figur, die Jamie zur Welt brachte. All das eignet sich nicht eben zu fröhlichem Lesestoff, wenn das Urteil erst gesprochen ist und die vollständige Hintergrundgeschichte veröffentlicht werden kann. Es juckt mich in den Fingern, die Geschichte zu schreiben, aber das ist diesmal nicht möglich. Ich bin selbst Teil der Story. Und ich bin immer noch beschäftigt mit Jake und *seiner* «liebenden» Umarmung mit Rosie.

Ich frage mich, wie mein Sohn abschneiden wird, falls es zum Kreuzverhör kommt. In jedem Fall würde er nur als Zeuge für Rosies Behauptung auftreten, dass Jamie Alex unter Drogen gesetzt hat. Nicht als Beschuldigter. Es wurde schlussendlich keine Anklage gegen ihn erhoben.

«Es gibt keinerlei Beweise oder verlässliche Zeugenaussagen, die darauf hinweisen würden, dass etwas Widriges geschehen ist, während Jake mit Rosie zusammen war», teilte uns unser Anwalt zuversichtlich mit. «Er hat zugegeben, Rosies Tod verschwiegen zu haben, aber er war weder Zeuge ihres Todes, noch hat er die Leiche gesehen. Ehrlich gesagt, bin ich erstaunt, dass der Staatsanwalt eine Anklage wegen Justizbehinderung überhaupt in Erwägung zieht», sagte er jedes Mal, wenn wir uns trafen, um ihm die nächsten fünfhundert Pfund in den Rachen zu werfen. Trotzdem mussten wir noch einen ganzen nervenaufreibenden Monat lang warten, ehe uns telefonisch die endgültige Entscheidung mitgeteilt wurde.

«Die einzig vernünftige Entscheidung. Es gibt keinerlei Beweise, die eine Anklage rechtfertigen würden», sagte der Anwalt. Bob Sparkes meldete sich nicht persönlich bei uns.

«Jetzt können wir das alles endlich hinter uns lassen», sagte Steve nach dem Anruf des Anwalts. «Neu anfangen.»

Jake hat den Blick definitiv in die Zukunft gerichtet. Wenn er vom Skilaufen zurückkommt, will er das Jurastudium wiederaufnehmen – «Diesmal als vernünftiger Student, Mum. Diesmal werde ich alles richtig machen.»

Wird er, rede ich mir ein, wenn ich nachts wachliege und nicht schlafen kann. *Er wird ein besserer Mensch werden.*

Trotzdem gibt es Tage, an denen ich meinen Ältesten kaum ansehen kann, ohne an der Schuld zu ersticken, die ich empfinde, weil ich seine verheimliche. Dann mustere ich auf der Suche nach Reue forschend das Gesicht dieses jungen Mannes, den ich zur Welt gebracht habe, doch anscheinend ist es ihm gelungen, zwischen sich und dem, «was in Thailand passiert ist», wie es bei uns inzwischen heißt, einen Schutzwall zu errichten.

Steve lächelt optimistisch und nennt es die Resilienz der Jugend. Und ich lasse ihn in dem Glauben.

Ich habe beschlossen, ihm nicht die Wahrheit zu sagen, weil er darauf bestehen würde, das Richtige zu tun – Bob Sparkes anrufen, Jake dazu zwingen, die Konsequenzen für sein Tun zu tragen. Weil für Steve die Dinge immer so einfach sind – entweder etwas ist schwarz oder weiß, richtig oder falsch. Ich sehe darüber hinaus, bis hinein in die Grautöne, verschwommene Grenzen, hinter denen Konsequenzen lauern. Steve hat unseren Sohn nicht im Gefängnis erlebt. Ich schon. Ich habe das Altmännergesicht unseres Sohnes gesehen, seine Verzweiflung gespürt. Ich will nicht dafür verantwortlich sein, dass ihm so etwas noch einmal passiert.

Ich lenke mich mit Gedanken über meine eigene Zukunft ab. Ich bin immer noch freigestellt – «Ist doch toll, endlich Zeit, sich um Ihre Geranien zu kümmern», hatte Joe in dem Versuch gesagt, mich aufzumuntern. Außerdem habe ich in der nächsten Runde Entlassungen eine gute Chance auf eine Abfindung. Steve möchte, dass ich unterschreibe, aber die Vorstellung ist unerträglich für mich. Ich brauche einen Anker für meine Existenz. Vor allem jetzt. Ich rufe Bob Sparkes an – eigentlich nur, um seine Stimme zu hören. Er saß während der Trauerfeier für die Mädchen in seiner üblichen Bank – dem Ausgang am nächsten. Doch seitdem herrschte Funkstille.

«DI Sparkes», meldet er sich.

«Hallo, Bob. Hier ist Kate.»

«Ach was. Wie geht's Ihnen?», er klingt unsicher, aber nicht unfreundlich, und ich spreche weiter.

«Nicht schlecht – und Ihnen?»

«Auch. Ich arbeite inzwischen wieder Vollzeit.»

«Das freut mich für Sie. Ich rufe an, weil ich Ihnen was erzählen wollte. Raten Sie mal, von wem ich Post bekommen habe.»

«Keine Ahnung, sagen Sie schon.» Ich kann das Lächeln in seiner Stimme hören.

«Jean Taylor.»

«Herr im Himmel! Was will die denn von Ihnen?»

Und schon befinden wir uns auf vertrautem Boden und nehmen die Fäden eines längst vergangenen Lebens wieder auf. Vielleicht sollte ich Jean Taylor schreiben und mich bei ihr bedanken.

Heute habe ich das Gefühl, eine Tür hinter mir geschlossen zu haben. Ich habe ausgemistet. Ich habe endlich die Hose weggeworfen. Die Hose, die ich in meinem Übernachtungskoffer mit nach Hause gebracht habe. Die Hose mit dem verräterischen Fleck, der gereicht hätte, um die Lüge meines Sohnes zu enttarnen. *Ein paar Tage später kreuzte er ziemlich fertig bei mir auf und wollte was zu rauchen*, sagte sein Freund Ross, als er mir die Hose gab. *Er hatte Kotze oder so was auf der Hose.*

Und ich hatte sie in den turbulenten Ereignissen völlig vergessen. Nach der ersten Reise, als ich ohne Jake wieder nach Hause gekommen war, hatte ich sie achtlos in den Schrank gepfeffert, und als ich sie später dort wiedergefunden hatte, war es mir sofort klar gewesen. Mir war klar, dass diese Hose alles ändern konnte. Jake war bei ihr gewesen, in ihrem Zimmer, bei Rosies Leiche, genau wie der verfluchte Jamie Lawrence behauptet hatte. Jake hatte sie versteckt. Es war tatsächlich ein Fall von Justizbehinderung.

Hundertmal habe ich ihn mit der Hose konfrontieren wollen. Doch ich habe mich jedes Mal zusammengerissen. Ich vermute, ich habe gehofft, dass er es von selbst erzählen würde. Dass er für sein Handeln die Verantwortung übernehmen würde.

Doch er hat es nicht getan, und wann immer ich mir die Vorstellung erlaube, er würde ins Gefängnis gehen, sein Leben auf Dauer verpfuscht, rede ich mir ein, er habe eine zweite Chance verdient.

Die Mädchen haben diese zweite Chance nicht mehr, doch daran kann ich weder etwas ändern, noch kann ich es wiedergutmachen. Lesley und Jenny hätten gern, dass jeder, der in den Tod ihrer Töchter verwickelt war, öffentlich hingerichtet wird, weil er genauso leiden soll, wie sie gelitten haben. Doch Jake auf die Anklagebank zu zerren, würde ihnen auch keinen Frieden geben. Das zumindest rede ich mir ein, während ich die Hose zusammen mit ein paar alten Pullovern in eine Plastiktüte stopfe und rüber zum Altkleidercontainer trage. Dann stehe ich da, unfähig, mich zu bewegen. Unschlüssigkeit lähmt meine Arme, bis Bet von nebenan mir quer über die Straße plötzlich etwas zuruft.

«Hallo, Kate. Na, wie geht's deinem wunderbaren Sohn?»

Und ich schiebe die Tüte in den dunklen Schlund des Containers. Weg.

«Es geht ihm gut, Bet. Und dir?», rufe ich zurück, als wäre nie etwas geschehen.

Ich habe Anfragen von diversen Reportern erhalten, die möchten, dass ich parallel zu Jamies Prozess meine Geschichte erzähle. Ich bin mir sicher, die Wörter «hartnäckig», «aufopfernd», «mutig» und «inspirierend» werden in ihren Reportagen großzügig Verwendung finden. Für sie bin ich die gute Mutter, die ihrem Sohn zur Seite stand, den Fall löste und ihm zur Freiheit verhalf.

Vermutlich bin ich das in gewisser Weise auch. Im Moment warte ich auf die erste Kollegin. Sie wird bald hier sein. Ich frage mich, ob sie Blumen mitbringt. Wenn ich an meine Tür klopfen würde, ich hätte Blumen dabei. Ich habe einen Teller mit Snacks vorbereitet, und zwischen der Weihnachtsdekoration auf dem Kaminsims stehen meine Lieblingsfamilienfotos.

Ich sitze ruhig da. Ich bin bereit. Meine Story ist fertig.

DANKSAGUNG

Mein Dank gilt allen, deren Unterstützung für die Entstehung von *Der Trip* unerlässlich war, aber beginnen möchte ich mit der unfassbar großzügigen Louise Butler. Louise hat bei der Auktion der Antikrebskampagne CLIC den Zuschlag für eine Figur in meinem nächsten Roman erhalten. Sie ist nun für immer als durchtriebene Boulevardreporterin in *Der Trip* verewigt (bitte verzeih mir, Louise …) und hat mit ihrer Teilnahme an der Auktion geholfen, unglaubliche 10696 britische Pfund für den Kampf der Initiative *Young Lives Against Cancer* einzutreiben.

Collin Sutton, brillanter Kommissar der Mordkommission im Ruhestand, der sich neben seiner erfolgreichen Schriftstellerkarriere Zeit genommen hat, um mich geduldig durch alle möglichen Polizeithemen zu führen; außerdem die fürs Innenministerium tätige forensische Pathologin Dr. Debbie Cook, die ihr Skalpell beiseitelegte, um mich über die Autopsie einbalsamierter Leichen aufzuklären. Ihnen beiden bin ich zutiefst dankbar.

Die Auslandskorrespondenten und Regierungsbeamten, die mich mit viel Ortskenntnis und Insiderwissen durch die finsteren Seitenstraßen und Touristenkaschemmen von Bangkok führten – Marc Lavine, Andrew Drummond, Jonathan Head, Lindsay Murdoch und Daniel Fieller von der britischen Botschaft. Ihr alle wart mir wunderbare Ratgeber.

Für ihren Glauben an mich geht auch diesmal wieder ein riesengroßes Dankeschön an meine inspirierenden Lektorinnen bei Transworld und NAL / Penguin Random House, Frankie Gray und Danielle Perez.

Wie immer gilt meine Liebe und Dankbarkeit meinem Ehemann Gary, meinen Kindern Tom und Lucy, deren Partnern Orlanda und Martin, meinem Bruder Jon und meinen Eltern David und Jeanne für ihre Bestärkung und ihre Unterstützung und außerdem meiner wunderbaren Schwester Jo Wright sowie meinen Freundinnen Rachael Bletchly und Jane McGuinn, die zugehört, gelesen und mich immer weiter angefeuert haben.

Zum guten Schluss möchte ich mein Glas auf Madeleine Milburn erheben, die – ähem – Literaturagentin des Jahres 2018. Wie die Jury des British Book Award es formulierte: «Die Betreuung ihrer Autoren ist vorbildlich. Ihr Engagement geht immer über das Übliche hinaus.» Beides stimmt. Ich bin dir unendlich dankbar.

Fiona Barton
Die Witwe

Ein liebender Ehemann oder ein kaltblütiger Mörder ...
Was weiß sie wirklich?

Die Frau. Jean Taylor führt ein ganz normales Leben in einer englischen Kleinstadt: Sie hat ein hübsches Haus und einen netten Ehemann. Glen und sie führen eine gute Ehe.
Der Mann. Dann kommt der Tag, der alles ändert: Sie nennen Glen jetzt *das Monster*. Er soll etwas Unsagbares getan haben. Und Jeans heile Welt zerbricht.
Die Witwe. Jetzt liegt Glen auf dem Friedhof, und Jean ist frei. Frei, das Spiel endlich nach eigenen Regeln zu spielen ...

Jean Taylor wird uns sagen, was sie weiß. Perfekt konstruierte psychologische Spannung und komplexe Charaktere, erzählt von einer authentischen Stimme.

432 Seiten